제 2판

한국문학사상사시론

제2판 한국문학사상사시론

제1판 1쇄 발행 1978. 3. 15.
제2판 1쇄 발행 1998. 3. 10.
제2판 7쇄 발행 2016. 3. 15

지은이   조 동 일
펴낸이   김 경 희
펴낸곳   (주)지식산업사
        본사 ● 10881, 경기도 파주시 광인사길 53 (문발동 520-12)
             전화 (031) 955-4226~7 팩스 (031)955-4228
        서울사무소 ● 03044, 서울시 종로구 자하문로6길 18-7 (통의동 35-18)
             전화 (02)734-1978 팩스 (02)720-7900
        한글문패 지식산업사
        영문문패 www.jisik.co.kr
        전자우편 jsp@jisik.co.kr
        등록번호 1-363
        등록날짜 1969. 5. 8.

책값 18,000원

ⓒ 조 동 일, 1998
ISBN 89-423-4014-5 93810

이 책을 읽고 저자에게 문의하고자 하는 이는
지식산업사 전자우편으로 연락 바랍니다.

제2판 머리말

이 책의 첫 판은 1977년에 써서 1978년에 냈으니, 지금부터 20년 전의 일이다. 그 오랜 기간 동안 이 책이 계속 출판되어 만 명도 더 되는 독자와 만난 것이 커다란 행운이므로, 감사하게 생각한다. 그런데 모든 책이 다 그렇지만, 이 책 또한 독자에게 필요한 내용을 제공해서 기여한 바가 있는 반면, 다른 한편에서는 누를 끼친 면도 있다. 준비가 부족한 상태에서 서둘러 쓴 책이어서, 자료의 인용·번역·이해에 잘못된 점이 여기저기 보인다. 그 때문에 늘 송구스럽게 생각해 왔다.

기여한 바를 더 보태지는 못하더라도 누를 끼친 잘못은 줄여 고치고 다듬는 과제를 계속 미루다가, 이제야 감당하게 되었다. 판이 낡아 더 찍어내지 못할 형편이어서 전산조판을 해야 하겠다고 출판사에서 몇 번 채근을 하는 데 밀려서 오랜 숙제를 가까스로 해낸다. 그러나 근래 새로운 책을 여러 권 내야 하는 일정이라, 많은 시간을 할애하지 못하고, 최소한의 책임만 면하고자 하니 양해해주기 바란다.

표제를 《韓國文學思想史試論》이라고 해서 '試論'이라는 말을 넣은 것은 전에 없던 책을 쓰는 작업이 필요하고 온당한가 의견을 묻자는 뜻이 있었기 때문이다. 그렇게 한 다음에 내용을 대폭 보완해서 한국문학사상사를 완성하고서 그 말을 빼고 제목을 고칠 생각을 했다. 그 두 가지 사유 가운데 이제 앞의 것은 효력이 없어졌다. 문학사상사라는 말이 널리 통용되고 있으며, 다른 분들의 저작도 몇

4

가지 나왔다. 그러나 두번째 사유는 달라지지 않았다. 이 책은 대폭 보완하겠다는 계획이 이루어지지 않아 여전히 미완성이다. 그 때문에 제목을 고치지 못하고, 다만 국문으로 적기만 해서 《한국문학사상사시론》이라고 한다.

이 책에서 한 작업을 크게 확장해서 한국문학사상사를 완성하지 못하는 가장 큰 이유는 시간을 내지 못하는 데 있다. 여러 가지 주제에 관해 많은 저술을 하느라고 미완성품을 양산하기나 한다고 자책해도 어쩔 도리가 없다. 새로운 연구를 끊임없이 개척하는 모험을 감수하면서 학문 전환기의 과업을 수행하지 않을 수 없다고 각오한다. 그래서 계속 새로운 주제를 찾아다니는 것이 불행이면서 또한 행운이다.

이 책을 다시 쓰지 못하는 이유는 그것만이 아니다. 모든 연구업적은 그것이 산출된 시기의 산물임을 무시하고, 이 책을 20년이나 지난 지금에 와서 다시 쓰면 소속불명이거나 정체불명이 되고 만다. 바로 했어야 할 일을 미루어 두는 동안에 시간이 너무 많이 경과해버렸다. 그동안 내 자신이나 다른 사람들이 연구해서 밝힌 바를 충실하게 받아들이고, 지금에 와서 달라진 생각에 따라 전면 개고를 하면 다른 책이 되고 만다. 그래서 생길 수 있는 혼란을 막기 위해서, 이 책을 1978년의 저작으로 두고, 내용이나 문장에서 잘못된 대목만 손질해서 다시 내기로 한다.

문학사상사를 쓰는 데는 몇 가지 방법이 있다. 인물, 주제, 시대적 추이 가운데 어느 쪽에 중점을 두든 각기 장단점이 있다. 이 책에서 인물 중심의 서술을 택한 것은 다루지 않은 인물에 관해서는 연구한 바 없어 잘 모르기 때문이라는 소극적인 이유와, 사상은 창조자의 시련이나 고뇌와 더불어 이해하는 것이 바람직하다는 적극적인 이유가 있었기 때문이다. 소극적인 이유는 연구성과의 확대와 함께 해소되어, 이제 다른 방법을 사용해 인물 중심의 서술에서 불가피하게 생기는 단점을 보완하는 것이 가능하게 되었다. 그러나 적극적인 이유는 앞으로 어느 시기에도 계속 유효하다. 마땅히 들어가야 할 인물이 빠져 있다고 하는 지적은 받아들이면서, 인물 위주 서술의 장점을 더 잘 살릴 수 있게 계속해서 노력해야 하는 것이 마땅하다.

문학사상은 문학에 관한 사상만이 아니고, 문학에 나타난 사상 또한 문학사상임을 이 책 서두에서 말한 바 있다. 문학에 관한 사상의 연구도 계속 보완하고 확장해야 하지만, 문학에 나타난 사상에 대해서 통괄해서 탐구하고 체계적으로 고찰하는 데도 힘써야 한다. 그 두 가지 문학사상은 오늘날의 문학연구와 문학창작을 위해서 소중한 기여를 할 뿐만 아니라, 우리 학문의 방향을 바로잡고 과제를 발견하는 데서도 유용하게 쓰여야 한다. 그런 목적을 달성하는 데 적합한 연구를 계속 확장하고 심화해야 한다.

이 책을 다시 쓰지는 못했지만, 후속작업에 해당하는 그런 연구를 계속하면서 나는 다른 책을 여럿 썼다. 한국문학과 한국사상의 관계를 다각도로 고찰하고, 한국문학에서 출발해서 세계문학의 이해를 새롭게 하는 연구에 힘써 왔다. 그 내역을 밝혀, 이 책을 다시 쓰지 않아도 용서받을 수 있는 사유로 받아들여주기를 바란다.

《한국문학통사》전 5 권(지식산업사, 제 1 판 1982~1988, 제 3 판 1994)을 쓴 것이 이 책에서 펼친 구상을 확장하고 보완하는 후속작업이었다. 거기서 문학사 전개의 양상을 총괄해서 다루면서 문학사상사에 관한 다각적인 서술을 했다.

《한국문학과 세계문학》(지식산업사, 제 2 판 1992)에서 한문학의 전통 계승에 관한 鄭萬朝·李光洙·安廓의 논란을 다루었다.

《한국시가의 역사의식》(문예출판사, 1993)에서 시가문학에 나타난 사상의 변혁을 다양하게 고찰했으며, 〈산수시의 경치·흥취·이치〉가 그 가운데 특히 중요한 의의를 가진다.

《동아시아문학사비교론》(서울대학교 출판부, 1993)에서는 한국문학사상사 전개의 일단을 동아시아 다른 나라의 경우와 비교해서 논했다.

《한국의 문학사와 철학사》(지식산업사, 1996)에서 元曉에서 崔漢綺에 이르는 기간 동안 한국사상사와 한국문학사의 관련양상을 이해하는 데 긴요한 문제점을 심도 있게 고찰하고, 새로운 학문의 근거가 되는 사상을 구상했다. 거기서 義相·明晶·元曉의 사상 비교, 李仁老와 李奎報의 거리, 李珥 문학사상의 전개, 任聖周·洪大容·朴趾源의 철학과 문학의 관계, 崔漢綺의 글쓰기 이론 등에 관해 논의한 것은 이 책과 직결된다.

《카타르시스·라사·신명풀이 : 연극·영화미학의 기본원리에 관한 生克論의 해명》(지식산업사, 1997)에서는 우리 민속극의 기본원리를 다른 두 가지 원리와 비교해서 논하면서 문학사상의 전통을 계승해서 활용하는 방안을 제시했다.

《우리 학문의 길》(지식산업사, 1993, 제2판 1996)과 《인문학문의 사명》(서울대학교 출판부, 1997)에서는 한국사상의 전통을 오늘날의 학문을 위해서 어떻게 활용해야 할 것인가를 따졌다.

지난날의 사상에서 무엇을 어떻게 계승해서 오늘날 문학을 논하고 학문을 하는 기본원리로 삼아야 할 것인가 하는 의문에 대한 나의 대답이 生克論을 다시 만드는 것임을 위에서 든 몇몇 저서에서 밝혀 논했다.

이런 연구는 모두 국문학을 새로운 학문으로 확대하고 발전시켜야 하겠다는 주장의 구현이다. 연구의 영역을 시대·사용언어·문학 갈래에 따라서 나누는 관습에 머무르지 말고, 문학과 사상의 관계, 한국문학과 세계문학의 관계를 광범위하게 고찰해야 할 시기에 이르렀음을 실제 작업을 통해 입증해야 한다고 다짐하면서 다양한 작업을 해왔다. 그래서 오늘날 문학의 사상 빈곤을 타파하고, 우리 학문의 새로운 설계를 위한 지침을 얻는 데 적극 기여해야 한다.

그 모든 일을 내가 해낼 수 있는 것은 아니다. 나는 방향전환을 성급하게 주장하며 본보기가 되는 연구를 서둘러 해내는 바람잡이에 지나지 않는다. 20년 전에 이 책을 써 낼 때에 그렇게 했던 사정이 지금에 와서도 달라지지 않고, 다만 작업의 범위가 확대되었을 따름이다. 새로운 연구를 내실을 갖추어 착실하게 하는 것도 스스로 바라는 바이지만, 그 때문에 앞으로 나아가는 속도를 멈출 수는 없는 운명을 타고 났다.

내실을 갖추어 본론을 다지는 것은 다른 사람들의 일임을 인정하고, 후진의 활약에 기대를 건다. 급하게 서두르다가 저지른 많은 잘못을 뒤에 오는 공동연구자들이 바로잡아 줄 것을 굳게 믿고 계속 새로운 분야를 개척하는 데 매진하고자 한다. 다음 세대는 몇 권의 주저를 오랜 기간 동안 다져 쓰면서 어느 한 문제라도 결판을 낼 만큼 싶고 철저하게 연구하면, 나의 잘못은 그 밑거름이 되어 시정되리라고 기대한다.

그러나 문제의식과 연구의욕을 공유하면서 학문의 혁신에 대한 포부를 함께 지니는 것이 무엇보다도 긴요하다고, 강의를 듣고, 논문 지도를 받는 학생들에게 강조해서 말한다. 학위논문의 주제로 문학사상연구를 택하는 제자들이 계속 나와 다행스럽게 생각하면서, 커다란 구상을 치밀한 작업을 통해 구체화하는 데 모자람이 없기를 바란다. 아래에 그 몇 예를 들어, 우리 함께 과연 그런가 지켜보는 자료로 삼기로 하자.

김성룡은 李穡·權近·徐居正·成俔의 문학사상에 관한 박사논문을 쓰고, 단행본으로 출간했다. 류준필은 석사논문에서 安廓의 문학사상을 다룬 데 이어서 趙潤濟·金台俊·李秉岐의 학문을 비교하는 박사논문을 쓰고 있다. 최기묵은 金時習의 문학사상에 관한 박사논문을 냈다. 지금 학위논문을 준비하고 있는 학생들 몇이 또 다른 작업을 하고 있다. 다른 대학에서 공부하고 학위를 받은 신진학자들 가운데도 문학사상연구의 주목할 만한 업적을 내는 사람들이 적지 않아, 기대하는 바가 크다.

연구가 그렇게까지 확대된 시기에, 이 책이 어느 정도의 의의를 가질 수 있는가 의문이다. 한국문학사상사에 대한 관심을 촉구하고,

문제점을 제시하고, 연구방향에 관한 논란을 펴는 구실을 아직도 할 수 있는가 의문이다. 그러나 연구사를 점검하기 위해서 필요하고, 더욱 진전된 성과를 확인하는 데는 도움이 된다고 믿고, 주저하지 않고 다시 내기로 한다. 1978년과 1998년의 거리를 측정하면서 읽기를 간곡하게 부탁한다.

그 동안 이 책을 돌보아주신 분들께 감사드린다. 첫판 제1쇄가 나왔을 때 이우성 선생이 읽고 바로잡아 주셨는데, 머리말을 다시 쓸 기회가 없어 감사의 말씀을 적지 못했다. 신동욱 교수가 〈우리 문학의 사상적 흐름〉(《세계의 문학》 9, 민음사, 1978), 이동환 교수가 〈문학사상사의 시각〉(《한국의 사상》 16, 한국사상연구회, 1978)이라는 서평을 쓴 것도 크게 고무되는 일이다. 책을 읽거나 강의교재로 사용하면서 갖가지 지적을 해준 분들이 또한 적지 않았다. 특히 박희병 교수에게 감사한다.

최귀묵 박사가 이 책을 교재로 해서 강의하면서 잘못을 지적한 사항을 수정의 지침으로 삼았다. 서울대학교 대학원 학생 정길수·김아리·임재욱·김복영·강경아·정진희·배수찬·이민희·심우장·허선자·김경화·권정은·후지이 아사리·노로브냠이 논평하고 교정하는 과제를 내서 큰 도움이 되었다. 인쇄 교정을 할 때에는 이경하·이영화가 맡아 수고했다.

1998년 2월 15일 冠岳山 연구실에서

조 동 일

제1판 머리말

문학사상사는 문학에 관한 사상의 역사이다. 한국의 문학사상사를 문학사상의 기원에서 시작해서 현대의 문학사상에 이르기까지 두루 다루려고 이 책을 쓴다. 한국문학사상사는 전에 없던 책이고 처음으로 쓴 것이니, 왜 필요한가 설명하는 데서 서술을 시작해야 할 것 같은데, 이러한 책이 왜 필요한가 설명해야 한다는 사실 자체가 이러한 책이 필요하다는 증거이다. 국사책을 처음 쓸 때에도 국사책이 필요하다고 역설하지 않을 수 없었겠지만, 그것은 이미 아득한 옛날에 귀결이 난 일이므로 재론하지 않아도 좋다. 국문학사를 처음 쓸 때에도 국문학사는 써서 무얼하는가 반문하는 사람이 있었겠지만, 지금은 그렇게까지 뒤떨어진 생각을 하는 사람은 없다. 그런데 한국문학사상사는 이제야 그 필요성을 설명해야 하다니, 무언가 잘못되었다는 느낌이 든다.

사람은 사는 것만으로는 만족하지 않고, 생각하면서 살며, 생각해야만 살아갈 수 있다. 그런데 생각해서 이루어진 사상은 관심 밖의 것으로 밀어놓고, 사람을 알아보자는 것은 온당한 방법이 아닐 것이다. 자연과학이 사람을 동물이나 물질로 취급하는 것은 당연한 일이지만 사상을 다루어야 할 인문과학이 자연과학자가 화석을 만지듯이 문헌이나 사실을 고증하는 데 그친다면, 사상은 학자가 아닌 잡식가나 다루는 것으로 오해된다. 문학은 문헌이라면 문헌이고, 사실이라면 사실이고, 사상이라면 사상이다. 문학작품에 나타난 사상도 중요한 의의를 가지지만, 문학을 창작하고, 비평하고, 연구하면서 이루어진 사상 또한 지나쳐버릴 수 없다. 국문학 연구는 되도록이면 연구 대상에서 사상을 제외해야 충실하며 객관적인 작업이 될 수 있다고 하는 것은 학문을 학문답게 하는 길이 아닐 뿐만 아니라, 사람이 사람답게 사는 길도 아니다.

문학을 창작하고, 비평하고, 연구하는 데 필요한 사상은 개화 이후에 서양사람들의 고명한 책을 보고 비로소 알 수 있게 되었다고 한다면 그것은 무지의 소치이다. 문학사상은 우리가 이룰 수 없으며 서양에서 마련된 성과를 겸허한 자세로 받아들여야 한다는 것은 더욱 동의하기 어려운 주장이다. 문학이 있으면 문학사상이 있다. 우리 선인들도 문학사상을 정립하면서 문학을 했다는 사실은, 모른다고 해서 부정할 수 있는 것이 아니다. 문학사상도 사상이다. 사상은 역사를 창조하면서 모색되고, 현실의 문제에 부딪혀서, 이미 이루어진 사상을 새롭게 계승하는 데서 정립된다. 우리 사상은 몰라도 좋고, 서양사상은 만능일 수 있다는 생각을 버리지 않는다면, 역사 창조를 포기하는 식민지적 사고방식의 한계를 극복할 수 없다.

오늘날, 우리는 빈곤에서 벗어나야 한다는 말은 참으로 타당하다. 그러나 빈곤을 물질적인 것으로만 생각한다면, 그것이야말로 심각하기 이를 데 없는 사상의 빈곤이다. 사상의 빈곤은 조상 대대로 물려받은 것이 아니고 식민지 시대에 생겼으며, 식민지적인 지식인이 늘어날수록 더욱 심해졌다. 문학을 다루기 위해서 《문학원론》이니 《문학개론》이니 하는 책들이 쏟아져나왔다. 그러나 그것은 모두 서양책의 번안이라고 해도 지나친 말이 아니며, 우리 선인들의 문학사상을 계승하고 자기의 사상을 정립하면서 쓴 책은 찾아볼 수 없다. 번안의 원본이 무엇인가 하는 데 대해서만 열을 올리고 있으나, 그것은 중요한 시비거리가 아니다. 문학창작에서는 식민지 시대에도 자아 정립의 임무를 어느 정도까지는 발견할 수 있었는데, 문학을 비평하고 연구한다는 사람들이 언제나 이러고만 있을 수는 없다. 이론의 방해를 받지 않아야 창작을 잘할 수 있다는 것은 사상의 빈곤에도 불구하고 살아간다는 증거이지만, 사상화된 삶이라야 더욱 충실해진다.

이 책은 서둘러서 썼으므로 아주 미비하고, 적지 않은 결함도 지녔을 줄 안다. 다룬 범위도 한 사람의 작업으로는 너무 벅차다. 그럴수록 자료를 더욱 광범위하게 조사하고, 더욱 깊이 따지고, 오랫동안 다져서 쓰는 것이 온당한 태도라는 것도 잘 알고 있다. 그러나 사태는 생각보다 심각하다. 세상에서 물러나야 학문을 할 수 있지만, 세상에서 물러나서는 학문을 할 수 없다. 이 책을 서둘러서 쓴 것은 저자의 불행이면서 또한 보람이다. 이 책을 내어놓으면서 느끼는 자책감을 다음 작업을 위한 노력의 불씨로 삼고자 한다. 이 책은 이미 내어놓은 《韓國小說의 理論》과 깊은 관련을 가지며, 다음 차례로 발표하기 위해서 지금 쓰고 있는 《문학연구방법》과도 연결된다. 《문학연구방법》《韓國文學思想史試論》《韓國小說의 理論》은 우리 문학을 연구하는 데 필요한 사상을 정립하기 위해 노력하는 과정에서 나온 일련의 중간보고서이므로 함께 출간하는 것이 마땅하겠으나, 작업의 편의에 따라서 읽어야 할 순서와는 逆順으로 발표하게 되었다.

이 책은 영남대학교로 직장을 옮기면서 순조롭게 완성할 수 있게 되었다. 저자를 영남대학교로 이끌어서, 잡무 때문에 정력을 낭비하지 않고 연구에 몰두할 수 있게 해 준 이우기 총장님을 위시한 여러 선배 교수님들의 두터운 배려에 대해서 깊이 감사드리며, 앞으로도 계속 보답하고자 한다. 오늘날처럼 대학은 많아도 학문을 하기는 어려운 때에, 학문에 몰두할 수 있는 여건이 거의 마련되어 있다는 점에서 저자는 분명히 복많은 사람이다. 본래 山野의 기질인 저자는 외람되게 山林에 은거한 선인들의 자취를 되새기면서 오늘날의 시대를 살아가고자 한다.

1978년 1월 1일 晚村 萬居에서

조 동 일

차 례

한국문학사상사의 개념과 서술방법

한국문학사상사의 개념과 서술방법

1

 '문학사상'은 두 가지 뜻을 가진 말이다. 문학작품에 나타난 사상도 문학사상이고, 문학에 관한 사상도 문학사상이다. 그런데 여기서는 문학에 관한 사상을 문학사상이라고 하고, 그 역사적 전개를 살피고자 한다. 문학작품에 나타난 사상도 참으로 소중한 것이며, 문학연구는 문학작품에 나타난 사상을 밝히는 것을 목적으로 삼는다고 할 수 있다. 그러나 문학작품에 나타난 사상은 이미 광범위한 관심사가 되고 있으며, 그 연구 성과 또한 빈약한 편은 아니지만, 문학에 관한 사상으로서의 문학사상은 거의 버려지다시피 했으므로, 그 존재를 알리는 작업부터 당장 착수해야 할 형편이다. 문학에 관한 사상으로서의 문학사상은 오늘날 문학을 연구하고, 비평하고, 창작하기 위해서는 반드시 정립해야 할 것인데, 문학사상의 정립을 위해서 우리 선인들의 문학사상을 역사적으로 살피지 않을 수 없다. 한국문학사상사는 오늘날의 문학사상을 가다듬고 바로잡는 데 결정적인 지침이 될 수 있는 것이다.

 우리 선인들의 문학사상은 무엇이었던가? 이 문제는 정면에서 논의되지는 않았지만 개화 이후 오늘날까지 몇 가지 각도에서 무의식적으로 다루어지기는 했다. 개화를 주장하고 신문학을 내세운 사람들은 그 전에 있었던 문학사상은 한 말로 문학을 도학의 수단으로 보는 인습에 지나지 않으므로, 서양의 문학사상을 받아들여야만 새로운 문학사상이 이루어질 수 있다고 했다. 그리고 서양에서 받아들이는 문학사상은 계속 활발하게 전개될 수 있어도 우리 스스로 문학사상을 정립하는 것은 생각하기 어렵다고 주장하면서 그렇게 하는 데 필요한 증거를 조상의 못난 자취에서 찾으려고 했다.

그러나 잘못된 것은 조상탓이라고 미루는 사고방식은 수긍할 수 없을 뿐만 아니라, 신문학 이전의 문학사상은 문학을 도학의 수단으로 보는 인습에 지나지 않았다고 하는 생각은 사실을 사실로 인식할 수 없는 편견에서 나왔다. 우리 선인들의 문학사상은 도학의 전제에서 문학을 보게 되기까지의 과정에서나 이러한 전제를 극복하는 과정에서 문학이 무엇인가 하는 문제에 대한 진지한 논의를 전개했다는 사실을, 개화를 주장하고 신문학을 내세운 사람들, 특히 오늘날까지도 문학론을 독점한 듯이 행세하는 해외문학파적 비평가들은 알 수 없었고, 또한 알려고도 하지 않았다. 그러니, 도학의 전제에서 문학을 보는 사상이 어떤 역사적 철학적 의의를 가지는가 하는 문제는 문제로서 의식될 수도 없었음은 말할 나위 없다.

해외문학파적 비평이 문단을 휩쓸고 학계까지 간섭하는 동안 우리 선인들의 문학사상은 고서더미 속에 버려져 있었다. 이른바 고전문학을 한다는 사람들은 문학사상이나 문학연구의 방법 같은 것은 관심 밖에다 밀어두고, 자료나 모으고 세부적인 사실이나 고증하는 것으로 학문을 삼았으며, 문학사상이 들어 있는 문헌을 줄곧 상대하기는 했지만 그것을 정리하고 고증하려는 생각은 거의 하지 않았다. 이른바 현대문학을 한다는 사람들은 해외문학파적 비평을 본떠서 서양문학의 이론을 받아들여 우리 문학을 이해하고 설명하는 것으로 학문을 삼았으며, 우리 선인들의 문학사상도 문학사상이라는 생각은 가지지 않았다. 그 후에 고전문학과 현대문학의 장벽이 조금씩 무너지면서 현대문학도 고증의 대상으로 인식되고, 고전문학도 서양문학의 이론을 적용해서 연구할 필요가 있다고 하게 되자 사태가 오히려 악화되기도 했다. 우리 문학은 서양문학의 이론을 적용하는 대상으로 존재하는 것처럼 인식되었고, 서양문학의 이론이 잘 맞아들어가지 않는다는 이유로 무언가 기형적인 문학처럼 취급되기도 했다.

문학비평사에 대한 연구가 시작된 것은 참으로 중요한 전환이었다. 고려의 詩話를 다룬 논문이 발표되자[1] 식견 있는 사람이면 주목하지 않을 수 없었다. 문학비평이란 서양에서 이루어진 것이며, 서양의 문학비평을 도입한 해외문학파적 비평가나 하는 것인 줄 알았는데, 우리 선인들이 아득한 옛날인 고려시대에 이미 문학비평을 했다는 사실은 예사로 받아들일 수 있는 것이 아니었다. 그 후에도 비평에 관한 연구는 계속되어,[2] 고서더미 속에 버려져 있던 문학사상이 다시 살아나도록 자극했다.

그러나 시화를 중심으로 한 비평의 연구는 문학사상이 다시 살아날 수 있게 하는 자극제가 되었으면서도 또 한편에서는 문학사상을 고증의 그물 속에 가두어버리는 구실을 하는 경우도 없지 않았다.

---

1) 趙鍾業, 〈高麗詩論研究〉, 《語文研究》 1(忠南大學校 語文研究會, 1963).
2) 趙鍾業, 〈東人詩話研究〉, 《大東文化研究》 2(成均館大學校 大東文化研究院, 1966) ; 〈李朝初期詩論의 傾向〉, 《忠南大學校 論文集》 5(1966) ; 〈清江詩話研究〉, 같은 책 6(1967) ; 〈中世後期詩論研究〉, 《語文研究》 5(1967) ; 〈許筠詩論研究〉, 《藏菴池憲英先生華甲紀念論叢》(湖西文化社, 1971) ; 〈農巖詩論研究〉, 《東喬閔泰植博士古稀紀念儒學論叢》(同 刊行委員會, 1972).
   鄭基慈 〈李朝時代批評에 關한 研究〉, 《國文學研究》 1(서울大學校 國文學研究會, 1964).
   徐首生, 《高麗朝漢文學研究》(螢雪出版社, 1971).
   申東旭, 〈高麗時代의 批評論考〉, 《杏丁李商憲先生回甲紀念論文集》(螢雪出版社, 1968) ; 《韓國現代文學集》(博英社, 1972).
   崔信浩, 〈高麗詩話에 나타난 修辭에 對하여〉, 《서울大學校 教養課程部 論文集 人文·社會科學篇》 2(1970) ; 〈初期神話에 나타난 用事理論의 樣相〉, 《古典文學研究》 2(같은 곳, 1974).
   전형대, 〈麗朝詩學研究〉, 《國文學研究》 26(서울大學校 國文學研究會, 1974).
   崔雄, 〈朝鮮中期詩學研究〉, 《國文學研究》 32(같은 곳, 1975).

우선 시화는 문학창작의 실제적인 문제를 주로 다루는 데 그친 편이며, 문학의 근본적인 문제를 체계와 조리를 갖추어 다룬 것이 아니라고 할 수 있으므로, 시화에 관심을 집중시킨 결과 문학사상의 더욱 중요한 유산은 燈下不明의 어둠 속에 잠겼다.[3] 그리고 시화를 다루는 방법은 고전문학의 연구에서 흔히 볼 수 있던 바인 사실 고증 위주의 초보적인 실증주의에 머물러서, 시화가 문학의 이론으로서 생동하는 의의를 가진 것으로 해석하기 어려웠으며, 오늘날의 문학비평과 어떤 관계를 가지는가 하는 문제 같은 것은 제기될 수 없었다. 그렇다고 해서 시화를 사실상 서양비평인 이른바 현대비평의 용어와 개념으로 이해하자는 제안이 난관의 타개책일 수도 없다.

문학사상사는 문학비평사와 내용이 겹치지만 같은 것일 수는 없다. 문학비평사라면 문학의 실질적인 문제에 관한 논의를 창작과 관련시켜 다룬다. 문학의 독자성에 관한 이해가 이루어지며 문학만 논하는 전문적인 비평가가 나타나게 되는 것을 문학 이해의 발전이라고 한다. 문학비평사의 이러한 성향은 심각하게 검토해야 할 문제점을 지니고 있다. 우리 선인들의 문학론은 대부분 한문학 특히 漢詩를 대상으로 한 것이므로 문학의 실제적 문제에 관한 논의를 창작과 관련시켜 다루는 데 그친다면, 다른 성과가 문학 일반에 관한 이론으로 해석되기 어렵고, 더욱이 오늘날의 이론으로 계승될 수 없는 한계를 가진다. 한시를 대상으로 한 문학론이라도 그것이 지닌 일반이론적 의의를 찾아낼 수 있어야만 이러한 한계에서 벗어나게 된다.

---

3) 그러나 다음과 같은 업적에서는 詩話가 아닌 자료에서 발견되는 문학사상의 더욱 중요한 유산이 연구의 대상으로 등장했다.

崔信浩, 〈文學理論에 나타난 氣에 對하여〉, 《震檀學報》 38(震檀學會, 1974) ; 〈古典文學의 理論과 批評〉, 《古典文學을 찾아서》 (文學과 知性社, 1975) ; 〈丁茶山의 文學觀〉, 《韓國漢文學研究》 1(韓國漢文學研究會, 1976).

林熒澤, 〈16世紀 士林派의 文藝意識〉, 《韓國學會集》 3(啓明大學校 韓國學研究所, 1975).

柳基龍, 〈湛軒 洪大容의 思想과 文學觀〉, 《語文學》 35(韓國語文學會, 1976).

李箎衡, 〈洪湛軒의 經學觀과 詩學〉, 《韓國漢文學研究》 1(1976).

그리고 문학의 독자성 또는 배타성에 관한 이해가 이루어지는 것이 문학관의 발전이라는 전제는 불교의 문학사상, 성리학의 문학사상, 實學의 문학사상 등을 살필 수 있는 시야를 가리워버린다. 전문적인 비평가의 출현이 문학 이해의 발전이라고 하는 생각은 결국 해외문학파적 비평이 나타나기 전에는 비평다운 비평이 없었다고 하는 데 이르고, 서양비평사의 개념에 의해서 우리 비평사를 다루는 결과를 초래한다. 그러나 문학사상사는 문학의 실제적인 문제에 관한 논의보다는 문학의 근본적인 문제에 관한 논의를 주대상으로 삼으며, 그 내용을 창작과 관련시켜 다루기보다는 사상사와 관련시켜 다루는 데 힘을 쓰고, 문학의 독자성에 관한 인식의 성립이나 전문적인 비평가의 출현도 사상사적 관점에서 해석한다.

문학비평사는 고전비평사와 현대비평사로 양분되어 있다. 고전비평을 다루는 사람들은 현대비평에 관심을 두지 않고 있으며, 현대비평에 관한 활발한 정리가 이루어져도[4] 현대비평이 고전비평과 어떤 관계를 가졌는가 하는 문제는 제기되지 않았다. 이 둘을 한꺼번에 다루려는 사람도 없고, 이 둘을 한꺼번에 포괄하는 문제의식도 없다. 분업이 잘되어 있는 셈이며, 분업의 결과를 한 책에서 조립하는 업적이 설사 이루어진다고 해도, 전체적인 체계는 나타나지 않을 것 같다. 사태가 이렇게 된 데는 그럴 만한 이유가 있다. 문학비평사를 연구하는 사람들이 고전문학과 현대문학은 별개의 연구 대상이라고 하는 통념을 극복하지 못하고, 둘을 한꺼번에 다루는 데 필요한 기초 공부를 하지 못한 것이 그 이유이다.

그러나 더욱 중요한 이유는 지금까지 나타난 문학비평사 자체의 속성에서 찾을 수 있다. 문학비평사는 문학의 실제적인 문제에 관한 논의를 창작과 관련시켜 다루는 미시적인 관점에 사로잡혀 있다. 그러므로 신문학 이전의 문학과 신문학을 문학사적으로 관련시

---

4) 金允植, 《韓國近代批評史硏究》(한얼문고, 1973).
　　申東旭, 《韓國現代批評史》(한국일보사, 1975).

켜 다루는 관점이 제시되면 그 뒤를 따를 수는 있어도, 스스로 앞질러 나갈 수는 없다. 관점이 미시적일 뿐만 아니라 수동적이다. 그러므로 지금까지 있어 온 바와 같은 문학비평사 연구를 되풀이한다면 고전비평과 현대비평을 포괄하는 체계를 마련할 수 없고, 문학의 이론을 모색하는 데 필요한 사상적 근거를 찾아낼 수 없다.

문학사상사는 문학에 관한 논의를 사상사적 관점에서 다룬다. 그러므로 문학사상사는 문학연구에 머무르지 않고 역사의 연구와 철학의 연구를 겸한다. 오늘날처럼 학문의 분야가 세분되어 있어서 고전문학 연구와 현대문학 연구조차 별개의 전공 영역이라고 하면서 남의 전공을 존중하여 쉽사리 침범하지 않는 예절이 확립되어 있는 시대에 文·史·哲을 한꺼번에 다루려고 하는 것은 분수를 모르는 어리석은 짓처럼 보일 만하다. 그러나 이 경우에는 어리석게 보이는 사람이 오히려 현명할 수 있다. 우선 우리 선인들의 문학사상은 문학만 대상으로 하고 문학만 생각해서 나온 것이 아니고, 역사나 철학까지 한꺼번에 다루어서 나온 것이 대부분이므로, 자료를 해독하고 정리하는 기초적인 작업을 하기 위해서도 문·사·철을 모두 공부하지 않을 수 없으며, 더 나아가서 문학사상사를 서술하는 데까지 이르기 위해서는 학문의 세분된 영역을 허물어버리는 방향으로 나아가지 않을 수 없다.

우리 선인들은 문·사·철을 한꺼번에 했는데, 우리가 그 가운데 어느 하나만 하게 된 것을 발전이라고 할 수 있겠는가? 오늘날엔 공부해야 할 것이 너무 많기 때문에 문·사·철 가운데서 어느 하나에 특히 힘을 기울일 수밖에 없다고 한다면, 그것은 발전이 아니고 편법이다. 어느 쪽에 특히 힘을 기울이더라도 나머지 것들까지 알아야만 학문이 온전하게 될 수 있고, 오늘날 우리가 지니고 있는 학문의 혼란과 사상의 빈곤을 벗어날 수 있는 길이 열릴 것이다.

오늘날 우리는 문학이 무엇이며 문학은 어떤 방향으로 나아가야 할 것인가 하는 문제를 심각하게 생각할수록 학문의 혼란과 사상의 빈곤을 절실하게 느끼지 않을 수 없다. 해외문학파적 비평에서 이 문제를 해결해 보겠다고 나서면, 남의 말을 따라서 자기의 생각을 마련하는 것 자체가 창의력의 성장을 막는데다가, 어느 말을 따라야 할지 참으로 막연하게 된다. 문학의 이론에는 대립과 변모가 극심하다. 대립과 변모가 극심하다고 해서 적당한 절충론을 펴는 것이 해결책일 수는 없다.

문학이론의 전개를 당분간 보류하고 관망하자는 신중론은 더욱 무책임한 것이다. 그럴수록 남의 말을 겉으로 드러난 것만 듣지 말고 그 속까지 꿰뚫어보는 지혜가 우선 필요하고, 그러기 위해서는 문학이론의 역사적 철학적 성격을 알아야 한다. 그리고 우리 자신의 역사적 철학적 요구를 자각할 수 있어야만 학문의 혼란과 사상의 빈곤을 극복할 수 있는 가능성이 생긴다. 또한 우리가 오늘날의 역사적 철학적 요구를 자각한다면, 해외문학파적 비평에서 문제의 해결을 구하는 데 머무를 수 없다. 문학사상사를 살펴야만 오늘날 필요한 우리의 문학사상을 정립할 수 있는 시야를 열 수 있다. 문학사상사를 쓰는 의도는 이런 데 있다.

오늘날 우리 문화의 이해가 역설되고, 주체성이 논의되는 것은 당연한 일이다. 서양문학을 전공한 사람들까지도 우리 문학을 다루어야만 속이 차고, 행세를 할 수 있게 되었고, 우리 문화를 다룬 책이라야 팔리게 된 것이야말로 역사의 발전이라고 할 수 있다. 그러나 주체성의 논의가 반드시 핵심을 갖추고 전개되는 것은 아니다. 조상의 얼이나 슬기를 되살리자는 데 그치는 것은 내용이 갖추어지지 않은 공허한 말이다. 주체적인 근대화의 자취를 살피는 노력은 서양 학문의 용어와 개념을 우리 역사에 적용하는 데 치우칠 수 있다.

사회경제사의 연구성과는 일제 식민지사관의 잔재를 청산하는 데 중요한 기여를 했지만, 사회경제사와 사상사의 연결은 쉽사리 이루어지지 않고 있으며, 사상사는 거의 미개척 분야로 남아 있거나 학문 이전의 상태에 머무르고 있다. 사상사를 파헤치다가는 斯文亂賊으로 몰릴 수 있는 풍토가 우리 문화에 대한 올바른 이해를 저해하며, 철학은 서양철학이나 중국철학에 머무르고, 사학은 사실의 고증에 치우치며, 문학은 작품 자체로 도피하게 하는 작용마저 하고 있다. 문학사상사의 서술은 이와 같은 풍토를 완화하고, 가능하면 극복하려는 노력에서 시도된다.

2

문학사상사는 문학에 관한 사상을 다룬 역사이다. 문학사상사를 이렇게 정의하면 문학이 무엇인가 하는 문제가 제기된다. 문학이 무엇인가 하는 문제는 시대마다 다르게 논의되었고, 사람에 따라 다른 해답이 마련되었으므로, 그러한 대립과 변화를 살피는 것이 문학사상사의 과제지만, 문학사상사의 취급 범위를 설정하기 위해서는 문학이 무엇인가 하는 문제에 대한 검토가 있어야 한다. 문학이 무엇이라는 윤곽을 알아야만 문학사상사에서 다루어야 할 자료를 분별할 수 있다.

문학이 무엇인가 논의하려면 우선 용어부터 검토할 필요가 있다. '문학'이란 말은 원래 글로써 이루어지는 학문이라는 뜻이다.[5] 그러므로 문학은 글이라는 표현 방법도 의미하지만 학문이라는 내용을 주로 지칭할 수도 있기 때문에, 글이라는 표현 방법에 관심을 모으고자 하는 경우에는 '文'이나 '文學'이라는 말이 널리 통용되었다. 그런가 하면, 표현 자체를 숭상하는 풍조의 글은 '詞章'이라 했고, 글을 쓰는 재주를 강조하고자 하는 경우에는 '文藝'라는 말을 사용

---

5) 李珥, 〈文策〉, 《栗谷全書 拾遺》 6(《影印本 栗谷全書》 2, 成均館大學校 大東文化研究院, 1971), p. 575. "子游子夏 以文學稱焉 則雖若外道言文 然而三代之學 皆所以明人倫 則古人之所謂文學者可知已 豈若後世之雕蟲篆刻者哉," 李珥는 '文學'이 '道學'을 버릴 수 없다는 점을 강조하면서 이렇게 말했다.

했으며,[6] 한편 글로 쓴다는 생각에 구애되지 않고 표현 효과를 살피고자 한 경우에 '善鳴'이라는 용어도 등장했다.[7]

그러나 문학이라는 말이 밀려났던 것은 아니다. '문학'이 문·문장·사장·문예·선명 등과 다름없이 표현을 존중하는 의미로 사용되기도 했으며,[8] 개화 이후에는 '문학'을 서양말의 번역어로 규정하자는 제안도 있었지만,[9] '문예'는 주관적 감정에 치우친 글을 의미하지만 '문학'은 인생의 진실을 표현하는 글이라고 하면서 문학의 오랜 의미를 다시 되살리자는 주장도 있었다.[10] '문학'이 무엇인가 하는 문제에 관한 의견은 변해 왔지만, 문학이라는 용어는 지속적인 의의를 가진다.

문학·문·문장·사장·문예·선명 등은 경우에 따라서 어떤 특수한 의미를 가지기는 했지만, 대체로 보아서 같은 대상을 지칭하는 용어였다. 그러므로 이중에서 문학을 대표적인 용어로 선택해도 다른 용어로 지칭하는 대상을 포괄하지 못하게 되는 잘못이 생기지는 않는다. 다른 용어는 차차 쓰지 않고 문학이라는 용어만 특히 널리 사용한 것은 근거가 있는 처사이며, 문학이 서양말의 번역어로서 등장했던 것은 결코 아니었다. 문학이라고 하면 문장 표현만 의미하지 않고 학문을 의미하기도 했던 것이 사실이지만, 문예나 선명

---

6) 徐敬德, 〈送沈敎授序〉,《花潭集》2(《李朝初葉名賢集》, 成均館大學校 大東文化研究院, 1959), p. 215. "文藝其亦一學也 當嚴立課程 盡其力量 必充吾所期之數." 徐敬德은 '文藝'라고 해도 한갓 글재주에 그칠 수 없고, '學'의 방법으로 글쓰는 사람의 역량을 발휘해야만 온전한 '文藝'가 이루어진다는 생각에서 이렇게 말했다.

7) 李珥, 〈贈崔立之序〉,《栗谷全書 拾遺》3(《影印本》2), p. 518. "人之發其聲而好於人 好於人而著於文 著於文 而合於正者 謂之善鳴." 이것은 '善鳴' 즉 문학의 정의다.

8) 朴趾源, 〈與人〉,《燕巖集》3(《影印本》, 慶熙出版社, 1966), p. 73. "平日於文學 好看批評小品……大抵此等文體 全無全形 不甚爾雅 明末文勝質弊之時 吳楚間小才薄之士 無爲吊詭." 朴趾源은 明末 文勝質弊할 때 나온 경박한 글인 批評小品을 '文學'이라고 했다. 여기서 말하는 '文學'은 道學的 意義나 學的 意味를 전제로 한 것이 아니다.

9) 李光洙, 〈文學이란 何오〉,《李光洙全集》1(三中堂, 1971), p. 547.

10) 韓龍雲, 〈文學小言〉,《韓龍雲全集》1(新丘文化社, 1973), p. 192 이하.

까지도 그러한 의미를 지녀야만 한다는 주장을 흔히 볼 수 있었다. 따라서 이 경우에 학문이라고 하는 것은 창작과 구별되는 연구로서의 학문이 아니고 인생의 진실을 알고자 하는 창조적인 활동이다.

"문예도 또한 학의 하나이다"[11]라고 한 말은 이렇게 이해해야만 마땅하다. 문학은 인생의 진실을 알고자 하는 창조적인 활동에서 이루어진 글이 아니고 무엇이겠는가? 문학을 '선명'으로 정의해도, "사람이 낸 소리가 다른 사람에게 호감을 주고, 호감을 주면서 글로 정착되고, 글로 정착되면서 正에 합당한 것을 선명이라고 한다."[12]고 하게 된다. 문학은 의미를 가진 언어로 이루어지고, 다른 사람에게 호감을 주는 데 그치지 않고 '正'이라고 한 진실을 갖추어야 하는 것이다. '正' 즉 진실이 포괄적인 의미를 가지듯이, 문학도 포괄적인 것이다. 이렇게 말하는 문학은 이른바 광의의 문학이다. 광의의 문학이라고 하면, 역사나 철학에 관한 글까지 포함하고 있어서 협의의 문학과는 다르다고 한다. 그러나 여기서는 협의의 문학이 문학이라고 하는 생각을 버리고, 문학과 문예를 구별하는 견해를 가지고 말하면,[13] 문학의 범위를 문예로 한정할 수 없다는 입장을 취하게 된다.

문학을 이른바 광의의 문학으로 이해할 것인가 아니면 협의의 문학으로 이해할 것인가 하는 문제는 이미 뒤의 것을 택하는 방향으로 결론이 난 것처럼 생각될 수 있으나, 사실은 그렇지 않다. 이른바 협의의 문학은 신문학 성립 후에야 배타적인 지위를 차지하게 되었고, 전에는 광의의 문학 속에 들어 있던 개념이었으므로, 그 전의 문학을 다루고 신문학 이전의 문학사상사를 온전하게 서술하기 위해서는 협의의 문학관을 고집할 수 없다. 광의의 문학을 다루면서 협의의 문학도 함께 언급하는 것은 타당한 방법일 수 있어도 그

---

11) 註 6) 참조.
12) 註 7) 참조.
13) 註 10) 참조.

반대의 방법은 혼란을 초래한다. 그러나 문제는 이런 데에만 있는 것이 아니다. 도대체 광의의 문학이니 협의의 문학이니 하고 나누는 것부터가 편파적인 구분이다.

협의의 문학은 문학이야말로 글로 쓰는 표현 그 자체로 독립되어야 하고 역사적 철학적 의미는 되도록이면 배제해야 한다는 생각 때문에 배타적인 지위를 차지하게 되었던 것이고, 그래서 문예만 문학이라 해서는 문학을 망치게 된다는 반론이 나타났다. 문학을 협의의 문학으로 규정하게 되면서부터 문학은 배타적일수록 순수하다는 논리가 성립되었고, 문학사상의 혼란은 여기서부터 심각하게 되었다. 문학사상사의 서술은 이러한 혼란에 휘감기지 말아야 하고, 이러한 혼란을 정리하고 극복하는 길을 찾아야 한다.

문학사상사는 문학에 관한 사상을 다룬 역사이다. 문학사상사를 이렇게 정의하면 사상이 무엇인가 하는 문제도 제기된다. 사상이 무엇인가 하는 문제는 참으로 벅찬 것이지만, 문학사상사에서 다루어야 할 것과 다루지 않아도 좋을 것을 가려내기 위해서도 사상이 무엇인가 하는 데 대한 서론적인 논의는 있어야 한다.

문학에 관한 생각이면 무엇이든지 문학사상이라고 할 수 있다. 사상에는 定立된 사상도 있지만 정립되지 않은 사상도 있으며, 정립되지 않은 사상이라고 해서 버릴 것은 아니다. 그러나 사상이 사상으로 문제가 되고 영향력이나 설득력을 가지기 위해서는 정립되어 있어야만 한다. 정립되어 있다는 말은 체계와 조리를 갖추었다는 뜻이다. 문학작품에 나타난 사상이라면 정립되지 않은 채 문제가 될 수 있을 뿐만 아니라, 정립되지 않은 사상이 정립되어 있는 사상보다도 오히려 더 중요하다고 할 수 있는 것이 문학작품의 본질적인 속성이다. 그러나 문학작품으로 표현되지 않고 논설로 서술된 사상이라면 논설로서의 필요한 체계와 조리를 갖추어야 한다. 논설은 생활의 체험을 직접 나타낼 수는 없는 것이다.

그러나 체계와 조리는 저절로 생기는 것이 아니다. 체계와 조리는 생활의 내용이나 역사적 체험에서 마련된다. 생활의 내용이 서로 비슷하고 역사적 체험을 함께 하는 많은 사람들이 처음에는 무의식적으로, 정립되지 않은 상태에서 희망하고, 주장하고, 따지고 한 내용을, 그 가운데서 어느 사람이 맡아서 체계화하고 조리를 갖추도록 한 데서 사상이 정립된다. 많은 사람이 함께 지니고 있던 정립되지 않은 사상을 정립하기 위해서는 용기와 지혜가 필요한데, 그러한 용기와 지혜란 무엇보다도 생활의 내용과 어긋나고, 역사적 체험을 왜곡하는 사회적 통념이 정립된 사상으로 군림하는 것을 허용하지 않고, 그 근거를 비판하고 그 체계와 조리를 격파하는 용기이고 지혜이다.

지배적인 위치를 차지하고 있던 기존 사상을 비판하고 격파하는 작업에 비한다면 이미 잠재되어 있던 새로운 사상이 스스로 지닌 체계와 조리를 분명하게 드러내도록 하는 것은 오히려 손쉬운 일이다. 사상을 정립하는 사람은 그 작업을 자기의 개성이나 지식에 맞도록 한다. 그러나 나타나 있는 사상의 내용을 그 사람의 개성이나 지식의 표현으로만 해석하는 것은 온당한 방법이 아니다. 한문학, 특히 漢詩만 다룬 것 같은 문학사상이라도 한문학 특히 한시에는 관심이 없는 사람들이 겪은 역사적 체험의 집약화라는 의미도 가질 수 있는 것이다.

사상은 시간이 지나면 저절로 변하고, 단선적인 발전을 하는 것이 아니다. 현실의 경험이 달라지면서 사상이 변하게 된다. 사상은 대립적 논쟁을 거쳐 발전하면서, 또한 현실에 있어서 개조의 방향을 제시하는 것이다. 대립과 논쟁은 바람직하지 않은 것이라고 하는 안이한 절충론이나 무책임한 조화론을 내세우면 사상의 진면목은 보이지 않게 되고, 자기 시대의 통념이 사상사의 결론인 듯한 착각에 사로잡히게 되며, 자기 시대의 현실은 개조할 필요가 없다는 보수적인 사고방식에 빠지게 된다. 사상의 대립과 논쟁을 살피는 작업은 현실의 경험 자체가 하나로 고정되어 있지 않다는 것을 알려주는 데서 출발하여, 우리 시대의 통념을 비판하고 역사 창조의 새로운 방향을 투시할 수 있는 지혜까지 제공한다. 사상사에서 특히 중요한 위치를 차지하는 사람들은 모두 그럴 수 있었다는 데서 우리 자신도 그럴 수 있다는 신념을 얻을 수 있는 것이다.

그러나 사상사가 현실의 경험 자체를 다루는 것은 아니다. 현실의 경험을 근거로 하여 정립한 사상이 문제가 되고, 그 사상을 정립하는 작업을 하는 데 있어서 남다른 용기와 지혜를 보여준 사람들의 업적이 관심의 초점이 된다. 元曉·鄭道傳·洪大容·申采浩 같은 사람들은 문학에 관한 특별한 관심은 가지지 않았으면서도 문학사상까지 포괄하는 사상을 정립하는 데 특히 주목해야 할 자취를 남겼고, 李奎報·許筠·朴趾源·韓龍雲 같은 사람들은 자기 자신이 문학의 창작에 종사하면서 정립되지 않은 사상을 문학작품으로 표현하는 데 그치지 않고 문학사상을 정립하는 데서도 한 시대를 창조했다. 문학사상사는 문제의 항목에 따라서 서술하면 오히려 분명하지 않다. 이와 같은 문학사상의 巨峰들이 자기 시대의 천박한 통념에 맞서서 벌인 논쟁의 의미를 논쟁의 전폭에 걸쳐서 유기적으로 살펴야만 비로소 문제의 핵심이 드러나게 된다.

문학사상사는 문학에 관한 사상을 다룬 역사이다. 문학사상사를 이렇게 정의하면 역사가 무엇인가 하는 문제도 제기된다. 역사가 무엇인가 하는 문제를 자세하게 다루는 것은 이 자리에서 할 일이 아니지만, 문학사상사 서술의 방법을 올바르게 터득하는 데 필요한 서론은 없을 수 없다. 지금까지 나온 문학사나 문학비평사가 우리를 깊이 깨우치게 할 수 없었던 이유는 그 내용이 빈약한 데 있었던 것만이 아니고 서술 방법이 뚜렷한 결함을 지녔기 때문이었다는 점을 생각한다면, 역사가 무엇인가 하는 것은 새삼스럽게 심각해지게 하는 의문이다.

역사는 연대기가 아니다. 자료를 연대순으로 열거하고, 연대가 잘못 알려진 것을 찾아내어 바로잡는 일은 역사를 서술하기 위해서

해야 할 준비 작업의 하나일 수는 있어도, 그 자체가 역사 서술일 수는 없다. 그런데도 이러한 작업에만 힘을 기울이고 있으면서 이런 작업의 성과가 축적되어야 철저한 고증을 갖춘 문학사를 쓸 수 있다고 생각하는 것은 흔히 볼 수 있는 편견이다. 그렇다고 해서 역사가 선후관계로 파악될 수는 없고, 인과관계로 파악되어야 하는 것은 아니다. 사건의 역사는 단선적인 인과관계로 파악될 수 있다. 그러나 문학의 역사나 사상의 역사에서는 단선적인 인과관계는 찾아내기가 어렵고, 서술하는 것도 불가능하다. 역사를 사건의 역사로 생각하지 않고 문화사·사상사로 생각하면 역사가 무엇인가 하는 것은 더욱 심각한 문제가 된다.

역사는 있었던 일을 시간의 흐름에 따라서 살피며 서술하는 것이지만 시간만 살피고 공간을 살피지 못한다면 내용이 공허한 역사를 서술하게 되고 만다. 여기서 말하는 공간은 자연적 물리적 공간이 아니고 사회적 경험적 공간이다. 사람은 자기의 시간과 자기의 공간에서 살아가며, 시간적 연속에서 생기는 투쟁과 공간적 확장에서 생기는 투쟁을 겪는다. 李奎報가 金富軾의 문학사상을 거부한 것은 시간적 연속에서 생기는 투쟁이며, 또한 공간적 확장에서 생기는 투쟁이다. 김부식과 이규보는 시대적 위치가 다르고 또한 사회적인 입장이 다르기 때문에 투쟁이 일어나지 않을 수 없었던 것이다. 이규보가 김부식을 직접 공격의 대상으로 삼지 않았다 하더라도 이 투쟁은 피할 수 없었던 것이었고, 이 투쟁을 살피는 데서 문학사상사의 커다란 국면이 이해된다.

한쪽에서는 앞시대에서 뒷시대로, 사회적 공간의 표면에서 저변으로 작용하고, 또 한쪽에서는 뒷시대에서 앞시대로, 사회적 공간의 저변에서 표면으로 작용하면서 시간적 연속과 공간적 확장 때문에 일어나는 투쟁을 파악하는 것이 역사 서술의 특히 중요한 과제이다. 역사에서의 시간적 공간은 사람이 살아가는 시간이고 공간이므로 투쟁의 경과에 따라서 늘어나기도 하고 줄어들기도 한다. 그러므로 역사 서술이 어느 시간과 어느 공간을 특별히 확대해서 보여주는 것은 자의적인 선택이 아니고 역사의 실상에 부합하는 방법일 수 있다.

그런데 김부식과 이규보의 투쟁은 이규보의 승리로 귀착했지만, 李珥와 許筠의 투쟁은 승패가 분명하게 드러나지 않는다. 사회적 통념을 가지고 승패를 말한다면, 허균은 한번도 온전한 승리를 한 적이 없다. 이이의 문학사상이나 후대에 있어서의 그 변형은 계속 사회적 통념의 자리를 차지하고 있었으며, 허균에서 시작된 조선후기의 새로운 문학사상은 계속 통념에 도전하는 반역자의 위치를 지니고 있었다. 허균의 뒤를 이어서 金萬重·洪萬宗·金天澤·朴趾源·丁若鏞·崔漢綺가 계속 등장했어도 사정은 달라지지 않았다. 그러나 허균의 뒤를 이은 새로운 문학사상의 세찬 전개는 사회적 통념으로 남아 있는 문학사상이 지니고 있는 체계와 조리를 격파하는 반론을 마련하였고, 이미 이루어진 반론을 다시 격파하는 반론까지 계속 마련해서 문학사상사는 이 시대에 이르러서는 이러한 국면에서 생동하는 모습을 지녔다.

사정이 이와 같다는 것은 역사를 외면에서의 역사와 내면에서의 역사로 갈라서 생각할 필요가 있다는 사실을 깨닫게 한다. 외면에서의 역사는 사회적 공간의 표면에서 본 역사이고 평면적인 역사이다. 내면에서의 역사는 사회적 공간의 저변에서 본 역사이고 입체적인 역사이다. 이 두 가지 개념의 역사 가운데서 참으로 중요한 것은 내면에서의 역사이다. 특히 문화사나 사상사는 내면에서의 역사를 파악하지 못한다면 서술할 수 없다.

그러나 외면에서의 역사와 내면에서의 역사는 언제까지나 다르게만 나아가는 것은 아니다. 내면에서의 역사가 외면에서의 역사까지 뒤집어놓는 것은 흔히 볼 수 있는 일이고, 그렇게 되면 내면에서의 역사가 다시 마련된다. 뒷시대에서 앞시대로, 사회적 공간의 저변에서 표면으로 향하는 작용은 처음에는 무의식적이고, 정립되지 않은 상태에서 시작되어 정립된 상태로 나아가고, 앞시대에서 뒷시대로, 사회적 공간의 표면에서 저변으로 향하는 작용과 투쟁해서 온전한 승리를 거둘 수도 있으며, 이렇게 되면 역사의 발전은 결정적인 단계에 이른다.

그런데 역사는 그것이 무엇을 다루는 역사인가에 따라서 이러한 과정의 어느 한 측면을 주로 살피게 된다. 문학사상사는 뒷시대에서 앞시대로, 사회적 공간의 저변에서 표면으로 향하는 작용을 살피고자 하는 경우에도, 그것이 무의식적이고 정립되지 않은 상태에 있는 것은 살필 수 없고 정립되고 논쟁을 벌이게 되었을 때 비로소 시야에 들어오는 한계를 가진다. 가면극사 같은 것에서 무의식적이고 정립되지 않은 상태를 특히 잘 볼 수 있으며, 정치사라면 어떠한 작용이라도 표면화되어야 비로소 심각하게 다루게 되는 것이 특징이다. 역사는 전체를 한꺼번에 쓸 수 없고 어느 한 지점에서부터 쓸 수밖에 없지만, 접근하는 각도가 전체의 역사에서 어떤 의의를 가지는가 하는 분별이 있어야만 부분을 보면서 전체를 짐작할 수 있게 된다.

여기서 문학사상사를 쓰는 것은 문학에 관한 사상의 전개를 알고자 하는 작업이면서 또한 역사 전체를 파악하기 위한 가능한 접근의 하나이기도 하다. 그러나 당장 알아야 할 것은 자세하게 다루지만, 전체를 위한 접근으로서의 의의를 정리하는 결론은 장차 내리기로 한다. 전체를 위한 접근으로서의 의의를 정리하는 결론은 현재 우리가 차지하고 있는 사회적 공간의 역사적 성격을 규명하고 미래에서 현재로 향하는 작용까지 예견해야만 비로소 내릴 수 있을 것인데, 그럴 수 있는 준비를 하는 데 조그마한 보탬이라도 될 수 있게 하는 것이 이 책의 목적이다.

3

　문학사상사의 시대적인 범위는 문학사상이 처음 나타났던 때에서 시작해서 오늘날까지이다. 문학사상이 처음 나타난 시기는 확실하게 말하기 어렵다. 건국신화가 창조되고 國中大會가 벌어지던 때 신화나 노래에 대해서 가졌던 사상은 후대의 문헌을 통해서 어렴풋이 짐작해 볼 수 있는 정도이고, 그 후 향가가 나타나자 향가를 대상으로 한 문학사상은 단편적인 자료를 통해서나마 어느 정도 파악할 수 있다. 이러한 것들이 바로 문학사상의 기원을 이룬다. 문학사상은 그 개념이 포괄적인 것이므로 그 기원도 이렇게 上代까지 소급해서 생각할 수가 있다.

　그리고 문학사상사의 하한선은 오늘날의 문학사상이라고 했는데, 오늘날의 문학사상은 참으로 잡다하게 보이지만, 정리해 보면 문학비평의 사상, 문학원론 또는 문학개론에서의 사상, 국문학 연구에서의 사상으로 묶을 수 있고, 이러한 분야에서 특히 중요한 자취를 남긴 사람을 들어 오늘날의 문학사상을 다룰 수 있다. 연대는 1960년대까지로 한다. 1970년대 이후는 앞으로 다시 써야 할 문학사상사에서 다루어야 할 것이다.

　문학사상사의 시대구분을 어떻게 할 것인가 하는 것은 구체적인 서술을 위해서 참으로 중요한 문제이다. 문학사상사가 역사 전체를 책임질 수 없으며, 다른 어느 분야에서 얻은 결과가 역사 전체를 포괄하는 것도 아니므로, 문학사상사의 시대구분은 문학사상의 전개를 살펴서 해야 하는 것이 당연하다. 그런데 문학사상의 전개라고 하지만, 그 내용이 단순하지 않기 때문에 잡다한 현상을 집약적으로 포괄할 수 있는 개념을 발견하지 않고서는 시대 구분을 할 수 없다. 모든 사실을 한데 모으면 역사에 대한 포괄적인 이해가 이루어지게 된다는 안이한 귀납법은 시대구분과 같은 문제를 다루는 데는 전혀 도움이 되지 않는다.

　문학사상을 집약적으로 포괄하는 개념은 문학이 무엇인가 하는 근본적인 문제에 관한 것이어야 한다. 향가시대에는 문학을 무엇이라고 했던가? 문학은 말로 이루어진다고 하고, 말에는 자연이나 사람을 움직이는 힘이 있다고 믿었다. 그런데 원효가 나와서 말에 집착해서는 안 된다고 하고, 말의 이치를 파괴해야 이치의 이치가 드러날 수 있다고 했다. 그런가 하면 최치원은 말을 다루어 문장을 쓰는 재주를 통해서 立身을 하려고 했고 또한 절망도 했다. 그 후에 김부식은 문장을 쓰는 재주야말로 통치체제를 장식하는 데 있어서 참으로 중요한 구실을 한다고 믿었고, 그 규범을 마련하려고 했다. 여기까지가 한 시대라고 할 수 있다.

　이 시대에는 문학이 무엇인가 하는 문제에 대한 논의가 아직 심각해지지 않았고 문학사상의 정립도 그리 활발했던 것은 아니지만, 문학에서의 언어가 무엇을 할 수 있는가 하는 데 대한 생각이 문학사상의 중심적인 문제를 이루었다. 이러한 생각은 서라벌 출신의 귀족이나 그 후계자인 고려의 귀족이 사회적 질서나 세계관을 정립하려는 노력에서 나온 것으로서, 다음 시대의 문학사상과는 뚜렷한 차이점이 있다. 이때에는 뒷시대에서 앞시대로, 사회적 공간의 저변에서 표면으로 향하는 작용은 六頭品 출신의 하급귀족을 주체로 하여 이루어졌고, 육두품 출신의 하급귀족이 고려의 지배층으로 등장하면서 문학사상은 생기를 잃는 데 이르렀다. 그 결과 김부식을 공격의 대상으로 삼는 새로운 문학사상의 출현이 요청되었다.

　김부식을 공격의 대상으로 삼으면서 뒷시대에서 앞시대로, 사회적 공간의 저변에서 표면으로 작용한 사람은 바로 이규보였다. 이규보는 구귀족을 대신해서 문화 창조의 주역으로 등장하기 시작한 지방향리 출신의 신흥사대부의 선구자로서, 현실적 경험의 새로운 면모를 문학으로 표현하면서, 문학이야말로 物에서 존재하는 道나 興을 사람의 氣로써 나타내는 것이라고 했다. 이렇게 되니 문학에 관한 문제 제기가 아주 달라지고, 문학사상은 참으로 심각한 문제의식을 가지고 활발하게 전개되었다. 문학을 道와 氣로써 파악하는 새로운 관점은 정도전에 이르러서 사회개혁을 위한 문학사상으로 전개되고, 慧諶에 이르러서는 그 불교적 변형이 나타났다.

그러다가 신흥사대부가 조선왕조의 지배층으로 들어서자 서거정 같은 사람이 文衡을 장악하며 새로운 문학사상을 사회적 통념으로 만들고, 공허한 명분으로 삼았으며, 이에 맞서서 서경덕은 문학이야말로 통치체제의 장식물이 아니고 物의 본질을 체득하게 하는 것이라고 했고, 이황이나 이이는 物我一體를 경험하면서, 마음을 情에다 내맡기지 않고 性을 기르는 것이 문학의 이상이라고 했다. 이렇게 되어 조선전기까지의 문학사상은 역사적인 결론에 이르는 한편 이규보에서부터 보이기 시작했던 발랄한 탐구정신이 둔화되었으며, 문학은 載道之器라는 규범론이 수립되었다. 이황이나 이이는 발랄한 탐구정신을 버리지 않았다고 할 수 있지만, 그들의 후계자들은 앞시대에서 뒷시대로, 사회적 공간의 표면에서 저변으로 향하는 작용을 하는 보수적인 통념을 더욱 굳혔을 뿐이다.

이럴 때 새 시대를 여는 과감한 투쟁을 전개한 사람이 바로 許筠이었다. 하층민의 움직임과 깊은 관련을 가졌던 허균은 조선후기 문학사상을 제시하여, 마음을 정에다 내맡기지 않고 성을 길러야 한다는 데 맞서서 정을 긍정하고 문학은 정을 나타내야 한다고 했으며, 載道之器로서의 문학을 현실인식과 개조를 위한 문학으로 바꾸어놓았다. 張維·金萬重은 집권층으로서 중요한 위치를 차지했으면서도, 陽明學이나 불교를 택하면서 성리학의 문학관을 비판했고, 김만중은 국어문학의 의의를 주장하는 데까지 나아갔다. 홍만종은 주체적 道家思想에서, 김천택은 委巷賤流의 입장에서 문학사상을 다시 뒤집었다.

홍대용·박지원·정약용·최한기 같은 사람들은 그 뒤를 이어서, 一元論的 主氣論이나 實學으로 새로운 사상의 체계적인 조리를 갖추면서 情이 움직여서 이루어지고, 현실을 인식하고 개조할 수 있게 하는 문학의 근거를 더욱 확고하게 입증했다. 그러나 이러한 사상은 박지원의 경우를 제외하고 대체로 실제 창작과 깊은 연관을 가질 수 없거나, 이미 역사적인 사명이 끝나가는 문학을 주대상으로 삼는 한계점을 가지고 있었다.

그러므로 신문학의 사상이 나타난 것은 필연적이라고 할 수 있다. 그러나 崔南善이 서양문학의 전례에 따라서 기교를 수련하는 방향으로 나아가야 한다고 하고, 李光洙가 性情論을 버리고 知情意論을 수입해서 사람의 마음을 해체해 버리게 되자, 신문학을 주장하는 문학사상은 혼란과 자기 상실을 겪게 되었고, 崔載瑞 같은 해외문학파적 비평가가 문단을 장악하고, 일제를 위해서 봉사하는 문학론까지 들고 나오게 되면서 사태는 더욱 악화되었다. 그런데 한편으로는, 이에 맞서서 조선후기의 문학사상을 계승하고, 해체된 인간을 다시 살리는 방향으로 나아간 신채호, 한용운, 玄鎭健, 趙潤濟 같은 사람들도 있었다.

외면에서의 역사로서 살핀 신문학사상사는 자아상실의 역사이지만, 내면의 역사로서 살핀 신문학사상사가 자아회복을 위한 투쟁의 역사일 수 있게 한 것은 바로 신채호의 뒤를 이은 이 사람들의 노력이었다. 신채호는 민족혁명의 사상으로 문학을 다루었고, 한용운은 불교의 논리로써 민족혁명과 문학창작의 근본문제를 해명하고자 했으며, 현진건은 소설가로서의 체험에서, 조윤제는 국문학연구를 통해서 해체된 인간을 되살리고 민족적 자아를 정립하는 것을 과제로 삼았다. 그러나 이러한 문학사상으로 최남선에서부터 시작된 문학사상의 위기가 충분히 극복될 수 없었고, 해외문학파적 비평이 아직도 강한 영향력을 가지고 있다는 데 오늘날 우리가 시급히 해결해야 할 과제가 남아 있으며, 민족적 자아라는 것도 그대로 받아들여야 할지 의문이다. 앞으로의 창조는 다시 시작해야 할 것으로 생각한다.

한국문학사상사는 이와 같이 크게 네 시기로 나눌 수 있다. 그런데 네 시기를 각기 어떻게 이름지어야 할 것인가는 결단을 내리기 어렵다. 제1기를 중세 전기의 문학사상, 제2기를 중세 후기의 문학사상, 제3기를 중세에서 근대로의 이행기의 문학사상, 제4기를 근대의 문학사상이라고 하는 것도 생각해 볼 일이지만, 중세니 근대니 하는 개념이 역사에서 어떤 의미를 가지는가 하는 문제는 간단하게 해결할 수 없는 것이다.

그리고 제1기를 귀족의 문학사상, 제2기를 사대부의 문학사상, 제3기를 士와 평민의 문학사상, 제4기를 시민의 문학사상이라고 하는 것도 가능할 수 있으나, 귀족·사대부·시민 등의 개념을 분명하게 정립하는 것도 만만치 않은데다가, 제3기를 士와 평민의 문학사상이라고 하는 데 그치지 않고 士와 평민을 함께 포괄하는 개념을 발견하는 것은 더욱 어려운 과제이다. 한편 제1기를 文에 관한 사상, 제2기를 性에 관한 사상, 제3기를 情에 관한 사상, 제4기를 감정과 自我에 관한 사상이라고 하는 것도 각 시기 문학사상의 핵심을 지적하는 의의는 가지지만, 이렇게만 포괄해 버리면 무리가 생길 수 있다.

4

문학사상사는 문제의 항목에 따라 쓸 수도 있고, 사람을 단위로 하여 쓸 수도 있다. 문제의 항목에 따라 쓰면 그 문제에 관한 주장과 반론이 어떻게 전개되어 왔는가 알기 쉽게 된다. 사람을 단위로 쓰면 그 사람의 사상이 어떻게 이루어져 있는가 알기 쉽게 된다. 이 두 가지 서술 방법은 각기 그것대로의 장점이 있다.

그런데 여기서는 사람을 단위로 하여 쓰는 방법을 택하기로 한다. 문제의 항목에 따라서 쓰는 문학사상사는 겉으로 나타나 있는 주장과 반론을 명확하게 정리해 보여줄 수 있는 장점이 있기는 하지만, 그러한 주장과 반론이 어떻게 해서 생겼느냐 하는 데 대한 논의를 시대적인 상황이나 사상의 일반적인 추세로 미루어버릴 염려가 있다. 시대적인 상황이나 사상의 일반적인 추세도 중요하기는 하지만, 사상은 어느 것이나 어떤 사람의 사상이다.

사상을 창조한 사람은 시대적인 상황이나 사상의 일반적인 추세에 따라서 생각하기도 했지만, 자기대로의 경험과 결단으로 다른 사람은 생각할 수 없었던 데 이르러서 사상의 발전에서 독특한 위치를 차지하고 있는 것이다. 그러므로 사상의 근거가 되는 경험과 결단을 깊이 있게 살피는 것이 겉으로 나타나 있는 주장이나 반론을 정리하는 작업보다 오히려 중요하다고 믿고, 시대적인 상황이나 사상의 일반적인 추세에 대한 피상적인 이해나 막연한 추측에서 벗어나기 위해서도 사상을 정립한 주체로서의 개인에 대한 깊은 고찰이 필요하다고 본다.

한편, 문제의 항목을 시대적인 상황이나 사상의 일반적인 추세에 따라서 다루는 문학사상사는 문제의 항목이 두루 파악되고, 시대적인 상황이나 사상의 일반적인 추세가 철저하게 파헤쳐졌을 때 비로소 믿음직하게 쓸 수 있는 것인데, 지금의 형편은 그렇지 않다. 문학사상사에 관한 연구나 사상사 일반에 관한 연구는 이제 출발 단계에 있으므로, 이미 이루어진 성과를 광범위하게 종합해서 문학사상사를 쓰는 것은 불가능하다. 연구의 출발은 문제의 항목을 단위로 해서 이루어지기 어렵고, 사상가에 대한 고찰에서 이루어지는 편이 한층 더 손쉽고, 또한 과오를 저지를 수 있는 가능성도 적다. 문제의 항목에 따라서 쓴 문학사상사는 일단 완성된 후에는 고치기 어렵다. 일단 완성되면 부분적으로는 수정하거나 보충하기 어려운 체계를 만들어버리기 때문이다. 그러나 사상가에 대한 고찰로 이루어진 문학사상사는 일단 다룬 범위내에서만 책임을 지고, 앞으로의 연구가 진행되는 데 따라서 계속 확장될 수 있다.

이 책에서 다룬 원효·최치원·김부식·이규보·혜심·정도전·서거정·

서경덕·이황·이이·허균·장유·김만중·홍만종·김천택·홍대용·박지원·정약용·최한기·최남선·신채호·이광수·한용운·현진건·최재서·조윤제만이 한국문학사상사에서 특히 두드러진 존재라는 보장은 없다. 우선 보기에 이분들이 중요한 것 같아 이분들부터 다룬 데 지나지 않는다. 한국문학사상사의 자료를 두루 다 보고, 자세하게 살펴서, 그 결과 이분들이 가장 중요하다는 결론을 얻은 것은 아니고, 이분들의 저작을 중심으로 자료를 정리하고, 이분들의 저작을 이해하기 위해서 다른 사람들의 저작을 참고로 한 정도의 작업을 한 결과 이 책이 이루어졌다. 그러므로 더욱 광범위한 자료를 조사하고 연구를 확대해 나감에 따라서 이 책에서 미처 다루지 못했지만, 문학사상사에서 참으로 중요한 구실을 한 사상가가 발견될 수 있는 가능성은 널리 개방되어 있기 때문에, 이 책은 연구의 중간보고서에 지나지 않는다.

이 책에서 한국문학사상사의 전체적인 모습과 시대적인 특징을 파악하려고 노력하지 않은 것은 아니다. 그러한 노력에 대한 보고로서 이 책이 이루어졌다. 그러나 전체적인 모습이나 시대적인 특징도 어디까지나 이 책에서 다룬 분들의 저작을 충실하게 이해하려고 하면서 파악하고자 했고, 그러한 전제 없이 이루어지는 일반론은 마련할 수 없었다. 그런데 이 책에서 다룬 분들의 저작을 충실하게 이해한다는 것은 나타나 있는 주장을 빠짐없이 정리해서 제시한다는 뜻이 아니다. 여러 가지 주장이 나타나 있지만, 그 가운데서 어느 것이 문학사상사의 전체적인 전개에서 특히 중요한 것인가 찾아내어 그 주장의 근거를 살피는 데 노력을 집중했다. 사실을 열거해서 지식을 제공하는 책을 쓰려고 하지 않았고, 문학사상을 정립하고 창조하는 고민의 현장을 독자와 함께 살피면서 우리들 자신의 사상적인 고민을 해결하기 위한 반성의 단서를 찾으려는 시도를 버리지 않았다. 누구의 문학사상이든 그것대로의 유기적인 질서가 내적 대립을 통해서 나타나 있으므로 이것을 찾아내는 것이 무엇보다도 중요한 과제이지만 오늘날 우리가 지닌 사상적 고민을 의식하지 않고서는 찾아야 할 것을 찾아내는 절실한 필요성이 생기지 않는 것이다.

누구의 문학사상이든 그것대로의 유기적인 질서가 내적 대립을 통해서 나타나 있을 뿐만 아니라, 사용하는 용어나 주장을 펴는 문체가 모두 독특하다. 문학사상을 서술하는 데 있어서 무엇이 문제인가 따지는 데 그치지 않고, 용어나 문체까지 세심하게 살리는 것이 필요하다. 그래서 이 책은 누구를 다루는가에 따라서 다루는 방법이나 글의 구성은 물론 용어나 문체까지도 달라진다. 다루는 대상이 되는 사람의 주장뿐만 아니라 기질이나 감각까지도 살리는 글을 쓰고자 했다.

그러나 이러한 시도는 저자가 지금 사용하고 있는 말을 떠나서는 이루어질 수 없는 것이다. 원문에 나타나 있는 용어를, 대부분이 서양용어의 번역인 오늘날의 문학용어로 바꾸지 않고 그대로 쓰는 데 세심한 주의를 기울였지만, 저자가 지금 사용하는 말이 워낙 잡다하기 때문에 다루는 대상이 되는 사람의 주장·기질·감각 등을 오늘날의 문장으로 서술하는 데는 시대에 따라서 말이 바뀐다는 일반적인 사정 이상의 장애가 있다. 그리고 사람에 따라서 글의 구성도 다르게 한다는 것도 저자가 익힌 학문의 틀이 그렇게 될 수 있는 가능성을 적지 않게 제약했다. 그러므로 이 책은 오늘날 우리가 사용하는 말이나 학문의 틀을 반성하는 계기도 되어야 할 것이다.

제 1 기 12세기 이전

1. 문학사상의 기원

1

　우리 민족은 옛날부터 노래를 즐기는 생활을 했다고 한다. 부여 사람들은 "길을 가면서 밤낮으로 늙은이나 젊은이나 노래를 불러서, 소리가 종일 그치지 않았다"[1]고 하고, 고구려 사람들은 "노래와 춤을 좋아해서, 나라의 고을이나 마을에서 저문 밤에 남녀가 모여서 노래와 놀이를 같이 했다"[2]고 한다. 迎鼓·同盟·舞天 등의 國中大會를 개최할 때면 노래하고 춤추는 놀이가 더욱 성대하게 거행되었다. 그리고 마한에서는 5월에 씨뿌린 다음과 10월에 농사가 끝났을 때 두 번, 노래부르고 춤추는 사람들이 수십 명씩 무리를 지어 "함께 일어나고 서로 따르며, 땅을 낮게 밟고 높이 밟아 손발을 서로 맞춘다"[3]고 했다.

　노래는 왜 불렀던가? 즐거우니까 불렀다고 할 수 있고, 노래를 즐기는 것이 우리 민족의 두드러진 기풍이었으므로 중국인도 이 점을 흥미롭게 기술했다고 보아도 잘못이 없다. 그러나 노래를 즐기

---

1) 陳壽, 〈東夷傳〉, 《三國志》 魏志. "行道晝夜無老幼皆歌　通日不絶."
2) 같은 글, 같은 책. "其民喜歌舞　國中邑落　暮夜男女群聚相就歌戲."
3) 같은 글, 같은 책. "俱起相隨　踏地低昂　手足相應."

는 것은 그 자체로 그치는 행위가 아니었다. 마한에서 씨뿌린 다음과 농사가 끝났을 때 노래부르고 춤춘 모습은 노래나 춤이 농사가 잘되게 하기 위해서 필요했다는 생각을 나타낸다. 땅을 낮게 밟고 높이 밟으면 곡식이 잘 자라게 된다는 것은 고대인들이 지녔던 주술적 사고방식의 표현이고, 이런 몸짓을 하면서 불렀던 노래 또한 실제적인 목적에 합당한 내용을 갖추었으리라고 짐작할 수 있다. 노래를 부르며 노는 실제적인 목적에는 나라 사람들 사이의 공동체적 유대의식을 두텁게 하려는 것도 포함되어 있었을 것이다. '國中大會'라는 말은 이런 의미를 지닌다. 고구려에서 同盟이라는 이름의 국중대회를 거행할 때 모셨다는 隧神은 고구려 사람들을 한 덩어리로 모을 수 있는 나라의 상징일 것이며, 수신을 모시는 과정에서 고구려 사람들이 겪은 고난과 승리를 東明王의 신화에서 볼 수 있는 바와 같은 내용으로 엮어 몸짓이나 말로써 풀이했을 수도 있다.

《三國遺事》에는 노래·연극·이야기 등의 원초적인 형태에 관한 적지 않은 자료가 보이는데, 그 가운데서 우선 지목할 만한 것은 〈駕洛國記〉의 첫머리이다. 봄이 한참 무르익은 3월 禊浴日에 龜旨峰과 같은 신령스러운 산에 올라가서 "꼭대기의 흙을 파며"[4] 노래를 부른 것은 농사가 잘되게 하려는 굿이다. "거북아 거북아/ 머리를 내어놓아라/ 내어놓지 않으면/ 구워 먹겠다"[5]고 한 노래에서 머리를 내어놓으라고 한 거북은 물이 있어야 자라고 위로 뻗어오르는 농작물의 상징이라고 할 수 있고, 구워 먹겠다는 위협은 농사를 망치는 가뭄의 불을 두고 하는 말이라고 할 수 있다.

머리를 내어놓으며 자라야 하는 것은 사람이 농작물에 대해서 바라는 바이면서, 또한 농작물 자체의 희망이기도 하므로, 사람이 바라는 바를 실현하지 않는다면 농작물 자체의 희망도 짓밟아버리겠다는 위협이다. 거북은 또한 왕성한 생명력과 번식력을 상징하는

---

4) 一然, 〈駕洛國記〉, 《三國遺事》 2. "掘峰頂撮土."
5) 같은 글, 같은 책. "龜何龜何 首其現也 若不現也 燔灼而喫也."

남성 생식기의 모습을 하고 있는 것이기도 하고, 이러한 의미까지 지니면서 의인화되어 있다. 신령스럽게 의인화된 거북은 또한 龜旨峰의 신이다. 농사가 잘되게 하기 위해서는 농사의 신 또는 생명의 신이 나타나야 할 것인데, 노래를 부른 결과 首露의 하강을 보게 되었다. 그런데 首露는 땅에서 솟아나지 않고 하늘에서 내려와서, 땅을 새롭게 하는 데 그치지 않고 나라를 새롭게 했다고 한다.

〈駕洛國記〉에서 말한 것과 같은 굿은 어느 때 한 번 있었던 역사적 사건이 아니고, 가락국에만 있었던 것도 아니다. 북쪽의 부여에서 남쪽의 가락에 이르기까지 여러 나라 여러 곳에서 거행되었다고 생각되고, 이와 같은 풍속은 후대까지 계속되었다. 신라의 여러 聖母 또는 南山神, 北岳神 등 이른바 五岳神을 위한 굿은 憲康王이 남산신의 가면을 쓰고 남산신의 춤을 추었다는 데[6]서 알 수 있는 바와 같이, 춤추고 노래해서 재앙을 물리치고 안녕을 이루려는 것이었다. 그리고 八關會, 燃燈會, 儺禮, 內農作 등은 모두 이러한 굿의 후대적 변모로 이해할 수 있다. 묵은 해의 재앙을 물리치고 새해의 보람으로 나라를 편안하게 해야 한다는 생각은 고려시대에나 조선시대에도 계속되어, 유학의 예속론에 의한 반대에도 불구하고 궁중의 굿을 지속시켰다.

그러나 이러한 굿은 궁중에서만 전승되었던 것이 아니다. 궁중의 굿은 불교의식 또는 중국의 궁중의식과 타협하거나 이러한 것들로 대치되는 방향으로 나아갔고, 굳어진 격식이 동원된 광대들의 자유로운 신명풀이를 제한했지만, 민간에서 마을마다 농악대가 거행한 굿은 막혀 있는 마음을 풀어내 마음껏 뛰고 웃고 즐길 수 있는 기회였다. 자연이 겨울의 억압에서 벗어나 새봄의 생명을 되찾도록 하는 것이면서, 또한 사회적인 억압에서 벗어나려는 민중의 의지를 나타내는 것이었다. 새롭고 자유롭게 되려는 몸짓이 놀이이고, 새롭

---

6) 一然, 〈處容郎 望海寺〉, 《三國遺事》 2.

고 자유롭게 되려는 소리가 노래이다. 일하면서 놀이하고, 노는 사람과 바라보는 사람의 구분이 없는 경우에는, 신명풀이의 가락과 사설이 일의 흥에 근거를 두고 모든 사람을 하나로 묶을 수 있는 멋이기도 하다.

2

그런데 노래가 노래로서의 독자적인 성격을 가지고 문학으로도 의식된 것은 신라에서 향가가 시작된 때부터였다.

> 신라 사람들은 鄕歌를 숭상한 지 오래되었다. 대체로 詩頌의 종류인가 한다. 그러므로 이따금씩 천지와 귀신을 감동시킬 수 있었던 일이 한두 번이 아니었다.[7]

이것은 一然의 말이다. 그러나 향가가 詩頌과 같은 문학으로 의식되고, 천지와 귀신을 감동시킬 만한 것이라고 하는 생각은 일연에 이르러서 이루어진 것이 아니고, 신라 사람들 자신의 향가관이었다고 할 수 있다. 향가의 여러 작품에 관한 내력과 효능에 관한 설명이 이 점을 분명하게 드러내준다.

〈海歌〉의 유래담은 우선 주목할 만한 것이다. 純貞公이 부인인 水路夫人과 함께 江陵 太守로 부임하는 도중에 점심을 먹다가 海龍에게 부인을 빼앗겼는데, 어떤 노인의 말을 듣고 백성들을 모아서 노래를 부르니, 해룡이 바다에서 수로부인을 데리고 나왔다고 한다. 노래의 사설은 "거북아 거북아 수로를 내어놓아라/ 부녀를 빼앗아 갔으니 죄가 얼마나 큰가/ 너가 만약 거역하고 내어놓지 않으면/ 그물을 넣어서 잡아 구워 먹으리라"고 한역되어 있어서,[8] 〈龜旨歌〉

---

7) 一然, 앞의 책 5, 〈月明師兜率歌〉. "羅人尙鄕歌者尙矣 蓋詩頌之類歟 故往往能感動天地鬼神者非一."

의 경우와 아주 흡사하다는 점을 주목할 필요가 있다. 그러나 여기서는 거북이 수로부인을 빼앗아간 악룡이고, 어떤 노인의 말을 듣고 이런 노래를 불렀다고 하니, 노래를 부른 상황과 의미가 달라졌다.

〈獻花歌〉를 부른 사건이 일어난 지 이틀 만에 〈海歌〉를 부른 사건이 일어났는데, 〈헌화가〉 부른 사건도 점심 먹을 때 일어났고, 〈해가〉를 부른 사건도 점심 먹을 때 일어났다. 점심을 먹었다는 것은 路程祭에 해당하는 굿을 거행하는 데 따르는 절차라고 할 수 있겠고, 문제의 노인은 굿에 등장하는 존재로서 굿을 거행하는 주체와 화합해 재앙을 물리칠 수 있게 하는 구실을 한다고 볼 수 있다. 그러므로 수로부인이 벼랑 위에 핀 꽃을 가지고 싶어할 때 꽃을 꺾어서 바치며 〈헌화가〉라는 화합의 노래를 불렀고, 악룡이 수로부인을 빼앗아갔을 때는 재앙을 물리칠 수 있는 방법을 제시해 주었던 것이다. 그러나 악룡을 굴복시킨 것은 이 노인이 아니고 뭇백성의 노래였다.

> 옛사람의 말에 뭇입은 무쇠라도 녹인다고 하니, 이제 바다 속의 짐승인들 어찌 뭇입을 두려워하지 않겠는가?[9]

노인은 이렇게 말하면서 백성들을 모아서 노래를 부르라고 했다. 무리를 지은 사람들의 뭇입은 쇠라도 녹일 수 있다고 한 것은 민중의 의지를 근거로 한 노래야말로 무엇보다도 강한 힘을 가지고 있다는 사실을 분명하게 밝힌 말이다. 강릉 태수로 부임하는 귀족인 純貞公은 무력하지만 민중은 이러한 힘을 가지는 것이다. 〈海歌〉는 바다 속의 악룡을 퇴치한 노래라는 점에서는 굿에서 필요로 하는 주술적인 기능을 지니지만, 민중의 의지를 근거로 한 노래는 어떠

---

8) 一然, 〈水路夫人〉, 《三國遺事》 2. "龜乎龜乎出水路 掠人婦女罪何極 汝若傍逆不出 獻 入網捕掠燔之喫."
9) 같은 글, 같은 책. "古人有言 衆口鑠金 今海中傍生 何不畏衆口乎."

한 적대자라도 물리칠 수 있는 힘을 가졌다고 한 점에서는 문학의 사회적인 의의를 예시하는 작품이다. 향가가 천지와 귀신을 감동시킬 만한 것이라고 하는 말도 이와 같이 두 가지 의미로 해석할 수 있다. 사람이 아닌 천지와 귀신을 감동시킨다는 뜻이기도 하지만, 사람은 물론 천지와 귀신까지도 감동시킨다는 뜻이기도 한데, 향가를 발전시킬 수 있었던 것은 두번째 의미이다.

融天師가 부른 〈彗星歌〉도 이와 관련된 생각을 나타낸 것이다. 彗星이 心大星을 범하는 변괴가 일어나자, 융천사가 〈彗星歌〉를 지어 부르니 변괴가 사라졌을 뿐만 아니라, 日本兵이 물러갔다고 한다. 노래로써 혜성을 물리쳤다고 하는 데서는 노래가 그 자체로서 어떤 魔力을 지녔다는 생각을 읽을 수 있다. 그러나 물러간 것은 혜성만이 아니고 일본병이기도 하다. 일본병의 침입은 혜성의 출현과 같은 뜻밖의 변괴가 아니고 그 전부터 계속되어 온 고민이고, 이 고민을 해결하려는 것이 융천사와 같은 시인이나 居烈郞·實處郞·寶同郞 같은 화랑들의 간절한 소망이었을 것이다.[10] 간절한 소망을 표현한 노래는 나라 사람들을 단결시키고 분발시켜 일본병이 물러가게 할 수 있는 것이다.

노래로 나타내는 소망은 개인적인 것일 수도 있다. 孝成王이 자기를 잊지 않겠다고 한 약속을 저버리자 信忠이 〈怨歌〉를 지어 잣나무에 붙여놓아 잣나무가 시들었고, 효성왕이 자기의 잘못을 뉘우치고 신충을 등용하자 잣나무가 다시 살아났다고 한다.[11] 약속은 잣나무 밑에서 한 약속이다. 잣나무는 약속의 증거물이고, 신충으로서는 기대의 상징이었다. 그러므로 〈원가〉를 지은 신충은 잣나무를 自我化하여 자기의 괴로움 때문에 잣나무까지 마르게 한 것이다. 서정시는 이처럼 세계의 자아화이고, 세계를 자아화함으로써 세계

___

10) 一然, 〈融天師彗星歌 眞平王代〉, 《三國遺事》 5. 居烈郞·實處郞·寶同郞이 楓岳으로 놀러갈 때 變怪가 일어났다.
11) 같은 책 5, 〈信忠掛冠〉.

와 함께 자아를 바람직한 상태의 것으로 바꾸어놓는 데 귀착될 수 있다는 생각을 전한다.

水路夫人이 해룡에게 납치되었거나, 일본병이 쳐들어왔거나, 효성왕이 신충을 잊었다는 것 등은 모두 극복하지 않을 수 없는 장애이고, 이러한 장애가 나타날 때 노래가 필요하다는 것은 공통된 생각이다. 疫神을 물리치기 위해 處容이 노래를 부른 것도 노래가 무엇이며 왜 필요한가 알 수 있게 하는 자료이다. 그런데 신라는 下代로 내려올수록 극복해야 할 장애의 양상이 더욱 심각해지는 변화를 보인다. 처용이 물리쳐야 했던 역신은 憲康王 때에 문제화된 국가적인 재앙이라고 해석해도 싱격이 아직 모호한 편이었고, 이와 맞서는 처용의 의지도 그리 강한 것은 아니었다.

그러나 眞聖女王 때에 이르면 이와는 다른 사태가 벌어진다. 왕을 위시한 집권층의 개인적인 탐욕 때문에 살 수 없게 된 백성들이 도적이 되었으며, 이렇게 되어가는 나라의 형편을 근심한 사람이 정치를 비판하는 陀羅尼를 지어 길에다 던졌다 한다. 다라니라고 한 것은 은어로 이루어진 시일 것이다. 왕과 권신들은 王居仁이 아니면 누가 이 글을 지었으랴 하며, 왕거인을 잡아서 옥에 가두었다. 그런데 옥에 갇힌 왕거인은 하늘에 호소하는 시를 지었고, 하늘이 번개를 쳐서 옥을 깨뜨리고 왕거인을 구출했다고 한다.[12] 시인은 나라가 망하는 것을 경고하고 집권층의 잘못을 고발하는 사명을 지니고 있으며, 이러한 사명을 수행하다가 박해를 받는 시인은 하늘이 그 정당성을 입증해 준다는 생각이 나타나 있는 일화이다.

3

노래는 재앙을 물리치고 사회악을 비판하는 구실만 한 것이 아니

---

12) 一然, 〈眞聖女王 居陀知〉, 《三國遺事》 2.

었으며, 나라의 안녕과 질서를 기원하기 위한 것이기도 했다. 신라 제 2 대 儒理王이 가난하고 가여운 백성들을 구제하자 이웃 나라의 백성들까지 모여들어서 민속이 歡康해졌으므로 지었다고 하는 〈兜率歌〉[13]는 나라의 안녕과 질서를 위한 노래의 시초였다. 후대의 왕들도 이런 노래에 깊은 관심을 가졌는데, 그 대표적인 인물이 바로 景德王이었다. 경덕왕은 국가체제를 정비하는 것을 자기의 임무로 삼았고, 왕권을 강화하는 방향으로 제도적인 개혁을 했으며, 이러한 사업을 정신적으로 뒷받침하는 노래를 필요로 하여 忠談師와 月明師를 만났다.

경덕왕이 충담사를 만나서 짓게 한 〈安民歌〉는 儒學 사상에 입각한 덕치의 이상을 내세운 노래였다. 충담사는 그 전에 이미 〈讚耆婆郎歌〉를 지었는데, 경덕왕은 그 노래는 뜻이 매우 높다는 말을 들었다고 했다.[14] 뜻이 높다는 것은 숭고한 이상을 나타낸 작품에 대한 평이다. 충담사는 耆婆郎을 추념하는 마음을 나타내면서 기파랑을 달에다 비하고 달과 같이 고귀하고, 서리가 내릴 수 없는 신념을 따르고자 했다. 재앙을 물리치는 투쟁과 원망에 의한 비판의 노래에서는 숭고보다 비장이 중요시되지만, 안녕과 질서를 구현하고자 하는 노래에서는 숭고한 것이 주장되며, 숭고한 것은 정립된 이념에 근거를 두었다. 그래서 花郎精神이 이념화되는 한편, 유학도 필요하게 되었던 것이다. 불교의 문학적 표현도 이런 각도에서 이해될 수 있는 것이다.

충담사도 불교와 관련을 가지는 시인이었지만, 月明師는 이 점을 더욱 분명하게 나타내었다. 월명사의 〈兜率歌〉는 散花功德을 함으로써 나라를 편안하게 하려는 노래였다.[15] 월명사가 죽은 누이를 위해서 지은 〈祭亡妹歌〉에서는 이 세상에서의 번민, 특히 生死의 나

---

13) 金富軾, 〈儒理尼師今〉, 《三國史記》 1, 新羅本紀 1.
14) 一然, 〈景德王 忠談師 表訓大德〉, 《三國遺事》 2.
15) 같은 책 5, 〈月明師 兜率歌〉.

넘을 노래하면서 생사의 나뉨을 넘어서 있는 彌陀의 나라를 설정하
고 미타의 나라에서는 모든 갈등이 해결되리라는 기대를 나타낸 것
이다. 경덕왕은 충담사나 월명사처럼 이미 자기의 작품세계를 분명
하게 이루고 있는 시인들에게 나라를 위한 노래도 지으라고 하여,
시인의 내면적인 추구와 나라의 바람을 하나로 아우르려고 했으며,
이러한 노력은 무리 없이 이루어졌다. 불교를 골똘하게 믿고 서정
시를 가장 중요한 문학 장르로 삼았던 신라 귀족들은 세계를 자아
화함으로써 세계의 문제를 해결하려고 한 주관적 관념론자였다.

　숭고한 이상의 노래는 신라 귀족문화의 자랑이었다. 귀족의 지배
체제가 정비되고 귀족문화가 일반적으로 성장함에 따라서 경덕왕이
보여준 바와 같은 문학적인 관심도 이루어지고 충담사나 월명사의
격조 높은 시상도 나타날 수 있었다. 十句體 형식은 이러한 움직임
의 결실이었다. 처음 八句의 시상을 마지막 二句로 고양시키는 십
구체는 숭고한 것에 대한 동경을 나타낼 수 있게 하는 것이다. 그
러나 이러한 노래는 뭇입에서 나오는 민중의 노래가 아니다. 민중
의 노래가 아니므로 민중의 노래에서는 찾아볼 수 없는 가치를 지
니는 한편, 귀족문화가 굳어지면 창의적인 시상 대신에 관념화된
교훈을 지니게 되는 한계도 부정할 수 없다.

4

　“詞淸句麗”하다고 칭송된[16] 均如의 향가는 숭고한 이상의 노래가
이룰 수 있는 극치를 보여준 것이라고 할 수 있다. 작품수에서도
오늘날 남아 있는 신라 노래에서는 찾기 어려운 풍성함이 있다. 그
러나 균여는 서정에 충실하다기보다는 교술적인 작품을 써서, 경험
적 진실성보다는 불교의 교리를 전한 점에서 의식이 굳어진 시인이

---

16) 赫連挺, 《均如傳》, 〈第八譯歌功德分者〉의 崔行歸 譯歌序.

었다. 이미 역사적인 한계에 다다른 십구체 향가 또는 詞腦歌를 다
소 무리하게 이으면서 자기대로의 관점을 설정했다.

　월명사는 경덕왕에게 "臣僧은 國仙之徒에 속하고 있으므로 향가
만을 이해하고, 梵聲에는 익지 못합니다"[17]고 했다. 승려이면서도 國
仙之徒이고, 梵聲은 등한시하는 반면 향가에 전념한다는 말이다. 그
러나 華嚴 首座 균여는 불교만 숭상했고, 향가를 짓는 것은 外學이
라고 하면서 다음과 같이 말했다.

　　詞腦라는 것은 世人이 戲樂하는 도구이고, 願行이라는 것은 修行을
　아우르는 요체이다. 그러므로 얕은 데를 지나 깊은 데로 나아가고, 가
　까운 곳에서 시작해 먼 곳에 이를 수 있다. 世道에 의거하지 않으면
　劣根을 이끌 수 없으므로, 陋言에 기탁하지 않고서는 普因의 길을 나
　타낼 수 없다. 이제 쉽게 알 수 있는 가까운 일에 내맡겨 생각하기 어
　려운 먼 宗旨를 돌아가 깨닫게 하고자 해서, 二五大願의 文에 의거하
　여 十一荒歌의 句를 짓는다.[18]

　사뇌가는, 근본이 단단하지 못해 수행을 제대로 하지 못하는 사
람들에게 필요한 것으로서, 얕고 가까우며 비속한 데서 시작하여
깊고 먼 깨달음에 이르게 하는 수단이라고 보았다. 그렇다면 스스
로 荒歌라고 한 문학작품의 창작은 어디까지나 수단으로서의 가치
를 가지는 데 지나지 않고 깨닫는 경지에 이르면 무의미하게 된다
는 말이다. 균여의 노래는 병을 낫게 하고 잡귀를 물리치는 구실도
했다고 한다.[19] 그러나 이러한 기능을 말한 것은 신라 향가에서처럼
노래가 노래로서 지니는 힘에 관한 지적이 아니고, 불경을 대신할
수 있는 그 내용에 관한 지적이다. 이렇게 되면 새로운 주술이 나

---

17) 註 15)와 같은 곳. "臣僧旦屬於國仙之徒 只解鄕歌 不閑梵聲."
18) 赫連挺, 앞의 책, 〈第七歌行化世分者〉. "夫詞腦者 世人戲樂之具 願行者 幷修行之
　　樞 故得涉淺歸深 從近至遠 不憑世道 無引劣根之由 非寄陋言 莫現普因之路 今托易
　　知之近事 還會難思之遠宗 依二五大願之文 課十一荒歌之句."
19) 赫連挺, 〈第七歌行化世分者〉 및 〈第九感應降魔分者〉, 《均如傳》.

타나고 내면적 요구 같은 것은 그리 중요시되지 않는다고 할 수 있으며, 문학은 위기에 처하게 된다고 할 수 있다.

그러나 균여의 향가는 이와는 다른 각도에서 중요한 의의를 지녔다. 고려시대로 넘어오면서 문학은 곧 한문학이라는 생각이 일반화되었는데, 균여의 향가는 이에 맞서서 국어문학의 존재 의의와 가치를 입증하는 구실을 했던 것이다. 균여의 향가를 한시로 번역한 崔行歸는 한시와 향가는 서로 대조적인 특성을 지니는 한편, 각기 그것대로의 가치를 지닌다고 하고서 다음과 같이 말했다.

> 우리나라의 才子名公은 唐詩를 읊을 줄 알지만, 그 나라의 鴻儒碩德이라도 향가를 이해하지 못한다. 하물며 더욱이 唐文은 帝綱을 交羅한 것 같지만 우리나라에서는 쉽게 읽고, 鄕札은 梵書를 連布한 것 같아도 그 나라에서는 알기 어렵다.[20]

이러한 생각은 문화나 문학이 하나일 수 없다는 사실을 인식한 결과이다. 그리고 이렇게 전제하고서, 어려운 중국의 詩文을 아는 우리는 쉬운 우리의 시문을 알 수 없는 중국 사람들보다도 오히려 문화 및 문학 이해 능력에서 앞선다고 하는 논리까지 전개했다. 균여의 향가는 한문학에 맞서서 우리 국어문학의 내용적인 가치를 주장하는 주체로서는 그리 큰 설득력을 가지기 어려운 것이라고 할 수 있겠지만, 이러한 인식의 근거가 되었다는 점에서는 중요한 의의를 가진다. 오랫동안 한문학만 문학으로 생각했던 시대를 지나서 국어문학이 발전적으로 재흥될 때 金萬重은 국어문학의 존재 의의를 말하면서 이러한 논리를 계승했고, 國文은 梵書와 상통하며 한문과는 이질적인 글이라는 점을 중요한 논거로 사용하는 데서도 최행귀의 전례를 따랐다.

---

20) 赫連挺, 앞의 책, 〈第八譯歌功德分者〉. "我邦之才子名公解吟唐什 彼土之鴻儒碩德
莫解鄕謠 矧復唐文如帝綱交羅 我邦易讀 鄕札似梵書連布 彼土難諳."

2. 元 曉

1

元曉(617~686)는 다툼의 시대에 살았다. 밖으로는 신라가 고구려, 백제와 다투고, 안으로는 귀족과 민중이 화합하지 못하고, 불교가 중국에서 들어오고 또한 안에서 일어나면서 생긴, 불교와 세속 사이의 그리고 불교의 여러 종파 사이의 논쟁이 계속되었다. 이러한 다툼은 강한 쪽이 이겨서 해결된다고 하는 것은 너무나도 당연한 생각일 수 있다. 그러나 이렇게 생각하고 마는 것은 무책임하고 옹졸한 태도이다. 다툼은 싸워서만 결판을 내는 것이 아니라 싸우지 않고도 결판을 낼 수 있다. 그뿐만 아니라, 사실은 다툴 만한 일이 없는데 다툰다는 판단이 선다면, 양보하고 절충하는 편법을 쓰지 않더라도 다툼을 근본적으로 해결하는 것이 가능하게 된다. 삼국통일을 온 나라의 과업으로 삼고, 귀족과 민중의 간격을 좁혀야 하고, 중국에서 들어온 불교를 이해하고 넘어서서 자기의 문화를 발전시켜야 할 시기에는, 다툼을 근본적으로 해결할 수 있는 논리를 발견하는 것이 사상 전개에서 가장 중요한 방향이라고 할 수 있다. 원효는 바로 그 길을 열었다.

사람은 각자 자기대로의 생각을 가지고 살아간다. 자기대로의 생각이 서로 다르기 때문에 다투게 된다. 有에 맞서서 無를 주장하고, 眞에 맞서서 俗을 주장하며, 邊에 맞서서 다른 邊을 주장하는 것이 다툼의 일반적인 양상이다. 그런데 원효는 이러한 쟁론이 근본적으로 잘못되었음을 밝히는 和諍의 논리를 제시했다. 쟁론은 집착에 사로잡혔기 때문에 생기는 것이라고 하고, 涅槃, 眞如 등으로 편의상 지칭하는 마음의 근원을 향하게 되면 쟁론이 극복된다고 했다.

　　무릇 한 마음의 근원은 有無를 떠나서 홀로 깨끗하고, 三空(我空·法空·俱空)의 바다는 眞俗을 아우르며 湛然하다. 잠연하므로 둘을 아울렀어도 하나가 아니고, 홀로 깨끗하므로 邊을 떠났어도 中도 아니다. 中이 아니면서 변을 떠났으므로, 有가 아닌 法이 無에 머무르지 않고, 無가 아닌 相이 有에 머무르지도 않는다. 하나가 아니면서 둘을 아울렀으므로, 眞이 아닌 것이 俗이 되지도 않고, 俗이 아닌 이치가 眞이 되지도 않는다.[1]

有와 無, 眞과 俗, 邊과 中 사이의 다툼을 해결하는 길은 둘 가운데서 하나를 택하는 데에 있지 않고, 둘 사이의 어떤 상태를 택하는 데도 있지 않다는 것이다. 둘을 아울렀으면서도 하나가 아니고, 하나가 아니면서 둘을 아우르는 逆說의 진실, 비논리의 논리, 비합리의 합리는 다툼에 휩쓸리지도 않고 또한 다툼을 떠나지도 않으면서 올바르게 살아가기 위해서는 반드시 요청되는 것이고, 이 밖의 다른 길은 있을 수 없다고 했다. 마음의 근원이라고 한 것은 올바르게 살아가면서 가져야 할 마음이고, 피안의 무엇은 아니다. 涅槃이니 眞如니 하는 말은 마음의 근원을 피안의 무엇으로 오해하게 할 수 있는 것이므로 오히려 부정해야 한다고 하면서, 열반의 道에

---

1) 〈金剛三昧經論〉 上(《韓國高僧集　新羅時代》 1, 景印文化史, 1974), p. 3. "夫一心之源　離有無而獨淨　三空之海　融眞俗而湛然　湛然融二而不一　獨淨離邊而非中　非中而離邊　故不有之法　不卽住無　不無之相　不卽住有　不一而融二　故非眞之事　未始爲俗　非俗之理　未始爲眞也."

대해 다음과 같이 논했다.

　　원래 무릇 열반이 道가 됨을 따져보건대, 도가 아니면서도 아님이
아니고, 머무르지 않으면서 머무르지 않는 것도 아니고, 이러한 것은
그 도가 아주 가까우면서도 아주 멀다는 것을 알려주고, 그 도라는 것
이 더욱 고요하고 더욱 시끄러운 증거이다. 더욱 시끄러우므로 널리
八音이 울려 허공에 가득 차고 쉬지 않으면서, 더욱 고요하므로 十相
을 멀리 떠나서 眞際와 더불어서 湛然하다.[2]

　이렇게 말하는 데서 道도 부정되고 도가 아닌 것도 부정되며, 머
무르는 것도 부정되고 머무르지 않는 것도 부정된다. 가까운 것과
먼 것, 고요한 것과 시끄러운 것을 다 부정하면서 또한 함께 인정
하는 역설이 나타난다. 이 역설은 부정이 곧 긍정이고, 다툼이 곧
화해라고 풀이할 수도 있는 것으로서, 원효가 내세운 和諍의 논리
의 근본을 이룬다. 원효는 이러한 논리를 말하기 위해서 〈金剛三昧
經論〉〈大乘起信論疏〉 등을 위시한 수많은 글을 썼다.

　그러나 수많은 글을 써서 거듭 주장했다고 해서 원효가 말하려고
한 것이 바로 이해되지는 않는다. 원효가 내세운 비논리의 논리는
논리로 보이지 않고 오히려 비논리로 보인다. 有와 無, 眞과 俗, 먼
것과 가까운 것, 시끄러운 것과 고요한 것을 함께 부정하고 함께
긍정하는 말은 말이 안 된다고 하는 것이 정상적인 판단이다. 하지
만 정상적인 판단이라고 하는 생각은 우리가 사용하는 말의 편견
때문에 생긴다는 점을 지적하는 데서 원효는 새로운 논의의 출발을
마련했다.

　우리가 사용하는 말은 有이면 有이고 無가 아니며, 眞이면 眞이
고 俗이 아니라고 해야 이치에 닿는다고들 한다. 그러나 이것은 말

---

2) 〈涅槃經宗要序〉, 《東文選》 83(《影印本　東文選》, 景印文化史, 1966), 中　p. 519.
　　　"原夫涅槃之爲道也　無道而無非道　無住而無不住　是知其道至近至遠　證斯道者彌寂彌
　　　喧　彌喧之故　普震八音　遍虛空而不息　彌寂之故　遠離十相　同眞際而湛然."

의 이치이지 이치의 이치는 아니라고 하고, 원효는 말의 이치 때문에 파괴된 이치의 이치를 회복하려고 했다. 有이면 有이고 無가 아니라고 하는 것은 말 때문에 이치가 파괴된 상태이고, 有이면서 無라고 하는 것은 말 때문에 파괴된 이치가 회복된 모습이라고 했다. 말로 하는 言說은 무엇이나 일방적인 집착에 사로잡혀 있는 것이므로, 집착에서 벗어나기 위해서는 말의 한계를 알아야 한다고 하면서, 그러나 말이 아니고는 말할 수 없으므로 다음과 같이 말했다.

　　모든 言說은 다만 假名에 지나지 않는다. 그러므로 實性과는 단절되지 않을 수 없다. 또한 저 언설이라는 것은 다만 妄念을 따른다. 그러므로 眞智와는 떨어지지 않을 수 없다.[3]

2

　　원효는 문학을 논하지 않았으며, 원효의 문학사상이라고 할 만한 것은 전하지 않는다고 할 수 있다. 그러나 원효가 제기한, 말에 대한 불신은 바로 문학의 문제에 깊이 들어와 있는 것이다. 문학은 말로 이루어지며, 문학의 가능성은 바로 말의 가능성에서 그 근거를 마련한다. 말이 나타내야 할 것을 나타낼 수 있다면, 즉 마음의 근원, 열반, 眞如 등이라고 한 것을 나타낼 수 있다면, 문학의 가능성은 인정되지만, 사실은 그렇지 않아 말이 나타내야 할 것을 나타낼 수 있다는 데 대해서 근본적으로 회의적인 입장을 취할 수밖에 없다면, 문학의 가능성은 인정될 수 없다고 해야 할 것 같다. 이런 논리에 의하면 원효는 말을 불신함으로써 문학의 가능성을 인정하지 않은 것처럼 보인다.

---

3) 〈大乘起信論疏〉 2(《韓國高僧集 新羅時代》 1), pp. 384~385. "諸言說唯是假名 故於實性不得不絶 又彼言說但隨妄念 故於眞智不可不離."

원효의 생각에 의하면, 노래를 부르면 재앙을 물리칠 수 있고, 뭇 입은 쇠도 녹인다고 하는 것은 동의할 수 없는 지나친 낙관론이고, 나라의 안녕과 질서를 기원하는 노래를 부르는 것도 반갑지 않은 집착을 가져온다고 할 수 있다. 또한 문학의 존재 가능성에 대한 유학의 기본적인 입장도 받아들일 수 없는 것이다. 즉 유학에서는 《周易》의 象과 數가 天地의 이치를 구현하고 있으며, 天之文이나 地之文을 근거로 하여 人之文이 존재한다고 생각하는데,[4] 원효는 천지의 이치라고 하는 것도 의심스럽게 보았고 천지의 이치가 말로 나타나면서 문학이 이루어진다는 데 대해 근본적인 비판을 제기했다고 할 수 있다.

그러나 이러한 해석은 미흡한 것이고, 일방적인 것이다. 원효는 모든 언설은 假名에 지나지 않고 실상과 연결되지 않는 것이며, 진여를 떠났다고 하면서도 계속 言說을 늘어놓았다. 말을 불신하면서도 말로써 마음의 근원, 열반, 진여를 전했다. 말이 아니면 전할 수 없고, 말이 아니면 이치를 드러낼 길이 없다고 생각한 것이다. "말을 떠난 진여"라고 하는 것만으로는 부족하고 "말에 의한 진여"를 알아야 한다[5]고 하면서, 부정했던 말을 다시 긍정했다. 그런데 이 경우의 긍정은 단순한 긍정이 아니고, 말의 횡포로 가리워진 이치를 말로써 말을 파괴하여 드러낸다는 의미에서의 긍정이다. "이른바 말로써 말을 없애는 것은 소리로써 소리를 그치게 하는 것과 같다"[6]고 하면서, 말을 없애는 말을 긍정한 것이다.

말로써 말을 없앤다는 것은 "有이면 有이고 無가 아니다"라고 하는 일방적인 언설을 파괴하기 위해서 "有이면서 無이고, 無이면서 有이다"라고 하는 역설을 전개하는 데서 구체적인 예를 볼 수 있다.

---

4) 天之文, 地之文, 人之文의 관계는 나중에 鄭道傳에 의해 본격적으로 논의된다.
5) 〈大乘起信論疏〉(《韓國高僧集 新羅時代》 1), p. 383에서는 "眞如離言"을 말했고, p. 387에서는 "眞如者 依言說分別"이라고 했다.
6) 같은 글, 같은 책, p. 385. "所謂因言遺言 猶如以聲止聲也."

역설은 말을 파괴하는 수단으로서 또는 말의 횡포를 제거하는 방법으로서 특히 효과적인 것이므로 계속 사용하고, 진실의 진실 대신에 역설의 진실을 제시하는 것이다. 역설이 문학적 표현의 방법으로서 특히 중요하다는 사실은 널리 인정되고 있다. 그러나 역설의 의의가 무엇인가 하는 문제에 대해서 이처럼 철저한 검토를 한 예는 쉽사리 찾을 수 없다. 원효에 의하면 마음의 근원, 열반, 진여는 역설로 나타낼 수밖에 없고, 역설이 아니면 나타낼 수 없는 것이다. 문학이 마음의 근원, 열반, 진여 등을 나타내고자 한다면, 이러한 원리를 따라야 한다.

　이렇게 되면 원효는 밀을 부정하면서도 긍정하고, 문학의 가능성에 대한 극단적인 회의론과 함께 철저한 긍정론을 제시한 셈이다. 처음부터 말을 긍정하고 문학의 가능성에 대한 긍정론을 편 유학이라면 역설 같은 것을 배제한 말이 진정한 것이고, 역설로 이루어진 말은 표현의 보조적인 수단이거나 장식적인 이용물이라고 할 것이고, 그렇기 때문에 문학의 말이 일상생활의 말에 종속되고 말아서 문학의 가능성에 대한 긍정론이 허약하게 되는 것을 막을 수 없을 것이다. 그러나 부정이 곧 긍정이고, 긍정이 곧 부정이라고 한 원효는 오히려 문학의 존재 가능성에 대한 온전한 긍정론을 폈던 것이다.

　역설과 함께 중요시된 것은 비유이다. 원효는 비유를 '寄喩'라고 하면서 마음의 근원에 접근하기 위해서 기유를 사용했다. 〈金剛三昧經論〉에서 "金剛이라고 하는 것은 寄喩로 칭한 말이다. 견실한 것이 體이고, 깨뜨리는 것이 功이다"[7]라고 했다. 〈大乘起信論疏〉에서는 "수레라고 하는 것은 기유로 칭하는 말이다. 운반하고 싣는 것을 功으로 삼는다"[8]고 했다. 견실한 것으로 집착을 깨뜨려야 한다

---

7) 〈金剛三昧經論〉 上(《韓國高僧集　新羅時代》 1), p. 7. "言金剛者　寄喩之稱　堅實爲
　　體　穿破爲功."
8) 〈大乘起信論疏〉, 같은 책, p. 332. "乘是寄喩之稱　運載爲功."

는 뜻에서 '金剛'을 들었고, 마음이 벗어나야 할 데서 벗어나야 한
다는 뜻에서 '大乘'이라고 하는 큰 수레를 들었던 것이다. 깨뜨리고
나아가야 할 길을 말하기 위해서 사용한 금강이나 대승은 마치 달
을 가리키는 손가락과도 같은 것이다.

3

　원효 시대에는 어떤 문학이 있었던가? 설화도 있었고, 향가도 있
었고, 한시문도 있었다. 그러나 이러한 문학은 어느 것이나, 원효의
생각대로 말한다면, 有가 아니면 無에 집착하고 俗이 아니면 眞에
집착했다. 자기 나라만 위대하다고 하는 건국신화 같은 것은 편협
한 有에 집착한 것이고, 내세를 희구하는 향가는 無에 집착한 것이
다. 일반백성들의 노래는 생활의 실상은 갖추었지만 俗에 머무르고,
숭고한 이상을 내세우는 노래는 공허한 眞에 구속되었던 것이다.
이리하여 문화는 분열되고, 문학은 서로 단절되어 있었다. 이러한
때에 원효는 和諍의 논리로써 분열과 단절을 격파했을 뿐만 아니
라, 스스로 노래부르고 춤을 추면서 돌아다니기도 했다.

　승려인 원효가 俗人의 복장을 했고, 귀족인 원효가 광대짓을 했
다. 그리고는 "아무것도 거리낄 것이 없는 사람은 한 道로써 생사
를 벗어났다"는 뜻에서 〈無㝵〉라고 이름지은 노래와 춤을 들려주고
보여주면서 千村萬落을 돌아다녔다.[9] 승려이며 귀족인 원효는 무엇
보다도 먼저 승려와 귀족의 특권적인 의식을 스스로 파괴하고자 했
다. 원효는 六頭品 출신이다. 육두품은 眞骨 다음가는 위치에 있는
귀족이지만 사회적 진출에 제한이 있었고, 이런 귀족 의식에 있어
서의 한계 때문에 민중과 가까울 수 있는 지성을 지녔다고 하는데,

---

9)　一然,〈元曉不羈〉,《三國遺事》4. "偶得優人舞弄大瓠　其狀瑰奇　因其形製爲道具
　　以華嚴經　一切無㝵人　一道出生死　命名曰無㝵　仍作歌流于世　嘗持此　千村萬落　且歌
　　且舞　化詠而歸."

원효의 경우에는 이러한 성향이 더욱 선명하게 나타난다. 광대가 되어 광대 스승에게 배운, 기괴하게 생긴 큰 박을 희롱하는 춤을 추고 노래를 부르며 민중 속을 돌아다닌 원효는 협소한 주장에 사로잡히지 않는 보편적 인간, 귀족적 편견에서 벗어난 민중적 인간, 분열을 극복한 통일적인 인간의 본보기를 보여주었다.

3. 崔 致 遠

1

삼국은 통일되었어도 和諍의 논리로 上下를 아우르려는 元曉의
이상은 이루어지지 않았다. 삼국을 통일했기 때문에 더욱 이루어질
수 없었다. 전국을 지배한 서라벌의 귀족은 불교의 정신적인 지원
을 받으면서 사치스럽고 화려한 생활을 누리며 태평성대의 꿈에 도
취되어 있었다. 이 꿈이 깊어지는 것에 비례해 일반백성들의 고난
은 가중되었다. 서라벌의 귀족은 이러한 영화를 함께 나누는 집단
이지만, 귀족 중에도 眞骨·육두품·오두품·사두품 등의 骨品制에 의
한 구분이 있었으며, 육두품 이하는 사회적 진출에 제한이 있었고,
설사 뛰어난 재능이나 나라를 구할 만한 경륜을 지녔다 해도 진골
지배체제를 밑에서 뒷받침해 주는 구실을 하는 데 지나지 않았다.
그러므로 불만과 함께 비판정신이 싹텄다.

진골 지배체제에 대해서 불만을 품은 육두품 지식인들은 진골의
정신적 배경인 불교에 대해 그리 호감을 가지지 않았으며, 오히려
儒學을 택하였는데, 이는 흔히 볼 수 있는 경향이었다. 强首의 경우
에 이러한 분별이 잘 나타난다. 즉 강수가 유학을 택한 동기는 다
음과 같이 설명되어 있다.

　　자라면서 스스로 글을 읽을 줄 알고 의리에 밝게 통하므로 아버지가
그의 뜻을 보고자 하여 묻기를, "너는 불법을 배우겠느냐? 유학을 배
우겠느냐?" 하니, 강수는 "제가 듣건대 佛法은 속세를 떠난 外敎라 하
니 어리석은 사람이 어찌 불법을 배우오리까? 원하옵건대 儒者의 道를
배울까 하나이다" 하고 대답했다……드디어 스승에게로 가서 《孝經》
《曲禮》《爾雅》《文選》을 읽었는데, 듣는 바가 비록 淺近하여도 터득
하는 바가 점점 高遠하여 일시에 뚜렷하게 뛰어난 사람이 되었다.[1]

　　스스로 "어리석은 사람"이라고 한 것은 미천한 지위를 두고 한
말로 보인다. 스승에게로 가서 배웠으나 듣는 바가 "淺近"하였다는
것은 좋은 스승의 가르침을 빌을 만한 처지가 되지 못했다는 말로
생각된다. 강수는 진골이 누리는 특권을 누리지 못하고 진골처럼
진출이 보장되어 있지 않은 육두품 출신이므로, 유학을 기초로 한
문학을 공부해야만 능력이 평가될 수 있고, 바라는 지위를 얻을 수
있었다. 그 후 외교문서를 담당하여, 文武王이 "강수는 문장이 뛰어
나 능히 서한으로 뜻을 잘 나타내어 중국 및 고구려, 백제 두 나라
에 보낸 까닭에, 능히 結好의 공을 이루었고, 내 先王께서 당나라의
군사를 청해 고구려와 백제를 평정한 것은 비록 무공도 있었으나
또한 문장의 도움이니, 강수의 공로를 어찌 소홀하게 하는 것이 옳
겠는가"[2]라고 했다고 한다.
　　육두품 출신으로서 유학을 택한 사람은 강수만이 아니었다. 원효
의 아들 薛聰도 강수의 뒤를 이었으며, 神文王에게 군왕의 올바른
도리를 말한 《花王戒》를 남겼다.[3] 유학에 근거를 둔 문장은 외교문
서를 작성하는 데만 필요한 것이 아니고, 왕으로 하여금 백성에게

---

1) 金富軾, 〈强首〉, 《三國史記》46, 列傳 6, "及壯自知讀書 通曉義理 父欲觀其志 問
　　曰 爾學佛乎 學儒乎 對曰 愚聞之 佛世外敎也 愚人間人 安用學佛爲 願學儒者之道
　　……逐就師 讀孝經曲禮爾雅文選 所聞雖淺近 而所得愈高遠 魁然爲一時之傑."
2) 같은 글, 같은 책. "强首文章自任 能以書翰致意於中國及麗濟二邦 故能結好成功
　　我先王請兵於唐 以平麗濟者 雖曰武功 亦由文章之助焉 則强首之功豈可忽也."
3) 같은 글, 같은 책, 〈薛聰〉.

德治를 베풀도록 하고, 관료조직을 정비하여 특권층의 지나친 횡포를 억제하도록 하는 실제적인 구실도 할 수 있는 것이었으며, 이러한 구실은 육두품 출신 지식인들이 특히 바라는 바였다. 신문왕 때 國學이 설치되고, 元聖王 때에는 유학 經典에 대한 이해 능력과 문장력에 따라 인재를 등용하는 讀書三品科를 시행하게 된 것은 육두품의 요구가 실현된 결과라고 할 수 있다.

그러나 이러한 방향으로 사회구조가 개혁되었던 것은 아니다. 下代로 내려올수록 진골 귀족의 횡포는 오히려 더욱 심해졌으며, 왕위 쟁탈전까지 벌이는 과정에서 백성에게 부과되는 부담은 가중되었다. 완강하게 남아 있는 骨品制는 육두품 출신의 지식인들의 이상을 억압했다. 유학은 행정의 말단 업무를 처리하는 데 필요한 기술로 취급되고, 지배적인 이념은 여전히 강수가 "속세를 떠난 外敎"라고 한 불교였다. 이런 상황에서 육두품 출신의 지식인들은 당나라로 유학을 가는 길을 택했다. 과거로 인재를 등용하는 당나라는 능력을 기르고 시험할 수 있는 곳이었고, 당나라의 선진문화를 도입함으로써 집권층의 보수적인 의식에 타격을 주고 이와 맞설 수 있는 자세를 마련하고자 했다. 이때 당나라는 세계제국으로서의 면모를 갖추고, 외국인을 과거에 의해 등용하는 賓貢科를 실시하고 있었는데, 신라인 賓貢諸子가 58인에 이르렀다. 그런데 그 가운데서도 가장 두드러진 존재이고, 한문학을 본격적으로 개척해서 '東國文宗'으로 칭송되고 있는 인물은 바로 崔致遠(857~?)이었다.

2

최치원의 문학은 과거를 통해서 입신하는 데 필요한 문학이었다. 12살의 어린 최치원을 중국 당나라에 보내면서 아버지가 당부했던 것은 이러한 문학을 위한 노력이었고, 당부했던 바는 결국 이루어졌다. 최치원의 아버지가 아들을 통해서 실현했던 소망은 당시에 육두품 출신의 지식인들이 흔히 지닐 수 있는 것이었다. 최치원은 자기의 성공을 자랑스럽게 생각해서 귀국 후에 憲康王에게 《桂苑筆耕集》을 올리면서 그 서문에서 다음과 같이 말했다.

열두 살 때 집을 떠나 서쪽(중국)으로 향해 배를 타려고 할 때, 돌아가신 아버지가 "네가 십년 공부하여 進士에 급제하지 못하면 나의 아들이라 하지 말아라. 나도 아들 두었다고 하지 않겠다. 그곳에 가서 부지런히 공부에 힘을 다하여라"고 훈계하셨으므로, 저는 엄격하신 훈계를 마음에 새겨 조금도 잊지 않고 쉴 새 없이 머리를 묶고 다리를 찌르는 노력을 하며 아버지의 뜻을 받들고자 했었던바, 진실로 다른 사람이 백을 하면 저는 천을 하는 힘을 써서 觀光한 지 6년 만에 이름을 金榜 끝에 걸게 되었습니다.[4]

'觀光'은 중국의 빛나는 선진문화를 보는 것을 말한다. 선진문화를 자랑하는 중국에 가서 6년 만에 18살의 어린 나이로 과거에 급제한 것은 아버지의 기대에 대한 보답일 뿐만 아니라, 자기 자신으로서도 말할 수 없이 큰 영광이었다. 과거에 급제하는 것은, 최치원 이후 선비라면 누구나 바라는 꿈이었다고 할 수 있다. 그런데 이 꿈을 처음으로 감격스럽게 실현해서 후대 선비들의 숭앙을 받은 최치원이 이 꿈을 중국에서 실현한 사건은 당시로서는 인재를 능력에 따라 등용하지 않는 신라 사회에 대한 불만의 표시였고, 후대의 모화론자들이 보기에는 가장 이상적인 영달의 전례를 남긴 것이었다. 최치원의 영광은 후일 李穡이나 李齊賢에 의해서 재현되었고, 이색이나 이제현도 중원의 문학에 참여한다는 자부심을 가졌으나, 최치원만큼 文名을 드날리지는 못했다.

최치원은 급제 후 宣州 溧水縣尉가 되었는데, "祿은 후하고 벼슬

---

4) 〈桂苑筆耕集序〉(《崔文昌侯全集》, 成均館大學校 大東文化研究院, 1972), p. 287. "自年十二 離家西泛 當乘桴之際 亡父誡之曰 十年不第進士 則勿謂吾兒 吾亦不謂有兒 往矣勤哉 無墮乃力 臣佩服嚴訓 不敢弭忘 懸刺無遑 冀諧養志 實得人百之己千之 觀光六年 金名榜尾."

은 한가로와”[5] 편안히 날을 보내며 공부하고 글을 쓸 수 있는 여유를 얻었다고 만족해 했다. 그 후에는, 잘 알려진 바와 같이, 黃巢의 난이 일어나자 황소 토벌을 맡은 節度使 高騈의 從事官이 되어 〈檄黃巢書〉 등의 명문을 써서 문명을 드날렸다. 선비가 글을 하는 것은 사사로운 마음을 펴는 자기의 글만 쓰자는 것이 아니고, 전쟁이나 정치에 필요한 나라의 글을 맡아서 쓰자는 것이 오히려 더 중요한 목표였으니, 강수는 외교문서를 잘 써서 칭송을 받았으며, 최치원은 이러한 기회를 만나서 글을 한 보람을 찾았던 것이다.

그러나 강수는 나라 안에서만 명성을 얻었고, 최치원은 나라 밖에서 활약하면서 나라 안까지 이름을 떨쳤으니, 최치원이 차지한 영광은 강수의 경우보다 크다고 할 수 있다. 최치원은 귀국하자, 주로 고변의 幕下에서 고변의 명을 받아 고변을 대신해서 쓴 글들을 모아서 《桂苑筆耕集》을 꾸며서 자랑스럽게 헌강왕에게 바쳤다. 관직에 종사하면서 명령을 받아 쓴 글이 개인의 글보다 문집을 꾸미는 데 더 요긴하다는 생각이 여기서부터 나타나고, 개인의 글을 쓰는 것은 관직에 종사하면서 쓰는 글을 잘 쓰기 위한 문장 수련으로서 필요하다는 생각도 엿볼 수 있다. 이러한 문학관은 후대의 벼슬한 선비들에게도 공통적으로 찾아볼 수 있는 것이다. 최치원이 ‘東國文宗’이라고 하는 말은 최치원의 글은 중국에서도 명성을 얻을 만한 것이었다는 사실과 함께 최치원이야말로 文의 효용을 밝힌 전례를 남겼다는 뜻도 포함되어 있다.

> 高侍中(高騈)의 筆硯을 도맡게 되는 은혜를 입자, 몰려드는 軍書를 힘껏 감당하여 4년 동안 힘써 이룬 것이 무려 1만여 수가 되었사오나, 淘汰를 거듭하다 보니 10분의 1, 2도 되지 못하지마는, 모래를 파헤쳐 금을 발견하는 것에 비교하고, 깨진 기와 조각으로 벽에 그림을 그리는 것보다는 낫다고 여겨서, 드디어 桂苑集 20권을 이루었습니다.[6]

---

5) 〈桂苑筆耕集序〉, 《崔文昌侯全集》, p. 287. “祿厚官閑.”

1만여 수나 되는 軍書를 써내면서도 명문을 남긴 재능은 후일 崔氏정권의 글을 도맡고 雙韻走筆의 놀라운 솜씨를 보인 李奎報에게서나 다시 볼 수 있는 것이었다. 이런 점에서도 최치원은 흠모의 대상이 될 수 있다.

3

그러나 최치원은 이룰 것을 다 이룬 사람이 아니었으며, 영광의 이면에는 고민의 어두운 그림자가 있었다. 우선 과거에 급제한 직후에는 "東都(唐나라 서울)에 유랑하여 붓으로써 밥거리를 삼았다"[7]고 한다. 아직 벼슬을 하지 못했으므로 이럴 수 있다고 할 수 있다. 붓으로써 밥거리를 삼았다는 것은 글을 써주고 먹고 살았다는 말인데, 글은 먹고 사는 수단 이상의 것이어야 하므로 불우한 처지에서는 벗어나야 한다. 그러나 縣尉를 거쳐 고변의 종사관이 되어 불우한 처지에서 벗어났어도 사태는 근본적으로 달라지지 않았고 오히려 악화되었다.

《桂苑筆耕集》의 제목을 풀이하면서 "때마침 난리를 만나 戎幕에 寄食하게 되었으며, 거기서 먹고 살았는지라, 이에 筆耕으로써 제목을 삼습니다"고 하고, "밭갈고 김매듯 마음을 파헤쳤다"고도 했다.[8] 고변에게는 "특별히 풍성한 먹이를 주시어 아침 배고픔을 면하게 하시니, 실로 보잘것없는 주제에 과분한 모이를 얻어먹는 은혜를 입어 스스로 놀랍니다"라고 말했다.[9] 고변의 종사관이 되었을 때의

---

6) 〈桂苑筆耕集序〉, 《崔文昌侯全集》, pp. 287~288. "蒙高侍中專委筆硯　軍書輻至　竭力抵當　四年用心　萬有餘首　然淘之汰之　十無一二　敢比披沙見寶　粗勝毀瓦畫墁　遂勒成　桂苑集二十卷."

7) 같은 글, 같은 책, p. 287. "尋以浪跡東都　筆作飯囊."

8) 같은 글, 같은 책, p. 288. "適當亂離　寓食戎幕　所謂饘於是粥於是　輒以筆耕爲目", "旣墾旣耨　用破情田."

9) 〈再獻啓〉, 《崔文昌侯全集》, p. 379. "特垂豊餼　俾濟朝飢　自驚樗櫟之材　己荷稻粱之惠."

최치원은 곤궁하게 지냈다고는 볼 수 없으며, 지위와 명성에 따르
는 대우를 받았을 것이다. 그런데도 자기는 기식했고, 짐승에게 주
는 먹이나 새에게 주는 모이를 먹고 주림을 면했다고 한다. 의식의
문제는 해결되었어도 계속 이렇게 생각한 것은, 그가 쓰는 글이 지
위와 명성을 얻는 데는 큰 구실을 할 수 있었어도 내심의 만족을
주지는 못하고, 먹고 사는 수단에 지나지 않는 것으로 간주되었다
는 말이다. 황소의 난을 평정하는 데 필요한 구실을 담당하는 것이
입신의 기회이기는 해도 자기로서의 확신에 의한 행동은 아니었다
는 말이기도 하다. 당나라에 보내는 신라의 글을 쓴 강수라면 이런
어두운 생각은 가지지 않았을 것이다.

최치원은 문학에 대해서 자기 나름대로의 이상을 세우고 다음과
같이 말하기도 했다.

체모 없이 진출하였으므로 물러갈 생각만 두어, 詩篇으로써 性을 기
르는 자료를 삼고, 書卷으로써 몸을 세우는 근본을 삼았는지라, 비록
녹은 먹으나 가난을 면치 못합니다……웃음을 사는 金은 구하기 쉬우
나, 글 읽는 양식을 대기 어려운데, 하늘이 높으니 물을 곳이 없고, 날
이 저무니 어디로 가리까?[10]

이것은 자기 충실이 없는 상태에 대한 회의를 나타낸 말이다. 진
출하여 지위를 얻고 녹은 먹어도 가난을 면치 못한다고 하는 가난
은 정신적인 가난이다. 다른 사람들이 환영하는 웃음을 사는 금은
구하기 쉽다는 것은 누린 영광이 생각하면 헛된 것이라는 반성이
며, 글읽는 양식을 대기 어렵다는 말은 자기 충실을 위한 공부를
할 수 있는 길이 없다는 말이다. 최치원이 바라는 바는 性을 기르
고 몸을 세우는 데 필요한 문학을 하는 것이고, 유학에서 설정한

---

10) 〈與客將書〉, 같은 책, p. 396. "但以某無媒進取 有志退居 以詩篇爲養性之資 以書
卷爲立身之本 却緣雖曾食祿 未免憂貧……買笑金則易求 讀書糧則難致 天高莫問 日
暮何歸."

문학의 이상적인 경지에 접근하는 자세였다고 할 수 있다. 그러나 하늘이 높으니 물을 곳이 없다고 하여 天道가 아득해진 시대에 사는 자기로서는 올바른 길을 캐물어 실행할 수 없다고 한탄했고, "날이 저무니 어디로 가리까" 하면서 이와 같은 고민을 하는 동안에 시간만 흐른다고 했다.

그러나 최치원은 이러한 회의는 품었어도 확고한 결단은 내릴 수가 없는 인물이었다. 그가 쓴 글은 어느 것이나 性을 기르고 몸을 세우는 유학의 道를 추구한 것이 아니었고, 유학의 도를 근거로 한 문학관에서 힘써 배격한, 화려한 수식 위주의 騈儷文이었다.

최치원이 古文을 저버렸으므로, 오랫동인 文風이 어지러웠다고 후대의 유학자들은 분개했는데, 그렇게 될 수밖에 없었던 이유를 최치원이 중국에 간 시대인 唐末의 일반적인 경향으로만 설명할 수는 없다. 최치원은 사상적으로 모호한 태도를 지녔고, 유학을 내세우기는 해도 확신이 없었으며,[11] 불교에 대해서도 호감을 가지면서 미지근한 언설을 늘어놓는 데 그쳤다. 그러므로 사상적인 문제를 다루어야 할 때에는 다음과 같이 어정쩡한 儒佛兩役論 같은 것을 전개하면서 자기의 한계를 스스로 노출했다.

초년에 中原에서 이름을 얻어 章句 사이에서 아름답고 좋은 것을 맛보았으나, 미처 聖人의 道理를 마시어 취하지 못하였으므로 오직 진흙 속에서 허위적거림이 부끄러울 뿐이다. 하물며 法은 文字를 떠났으매 말을 부칠 곳이 없으니, 기어이 말하려 하면 수레 채를 북으로 두고 남으로 郢(중국의 남방 楚나라의 서울) 땅에 가려는 셈이다. 그러나 임금이 밖에서 애호하고 門人이 크게 바라는 바이고 문자가 아니면 뭇사람의 눈에 昭昭하게 할 수 없으므로 드디어 몸을 兩役으로 儒佛에 종사한다.[12]

---

11) 李滉은 崔致遠을 文廟에 配享하는 것이 옳지 못하다는 뜻에서 "崔孤雲 乃全身是 侯佛之人 濫厠祀列 彼其神豈敢受亨乎"라고 했다(李滉,《李子粹語》4,《影印本 退溪全書》5, 成均館大學校 大東文化硏究院, 1971), p. 471.
12) 〈眞鑑和尙碑銘〉,《崔文昌侯全集》, pp. 137~138. "頃捕名中州 嚼腴咀雋于章句間

최치원은 스스로 말했듯이 중원에서 아름답고 좋은 것은 두루 맛본 사람이다. 알 만한 것은 두루 다 안다. 박학다식의 극치를 자랑한 그의 글이 난해하다고도 할 수 있다.[13] 그러나 두루 맛보고 많이 안다는 것으로써는 사상이 정립되지 않는다. 원효는 중국에 가려다가 되돌아온 사람이고, 강수는 오직 신라를 위해 진력한 사람이다. 원효에게는 사상적 확신이 있었고, 강수에게는 나아가야 할 길이 분명했다. 그러나 최치원에게는 원효나 강수에게서는 찾아볼 수 없는 정신적 가난이 심각했지만, 이 가난을 극복하기 위한 결단조차 할 수 없었다.

최치원이 부딪힌 또 하나의 고민은 그가 외국인이므로 해서 생긴 것이었다. 이런 고민은 다음과 같은 시구에 잘 나타나 있다.

海內誰憐海外人	海內의 누가 海外 사람을 가엾게 여기리,
問津何處是通津	묻노라 어디 길이 내가 갈 나루로 통하는가?
本求食祿非求利	애초에 食祿을 구했고 利를 구하지 않았으며,
只爲榮親不爲身	어버이께 영광을 드리고 나를 위하지는 않았다.
客路離愁江上雨	나그네 길 이별의 시름은 강 위의 빗소리요,
故園歸夢日邊春	故園에 돌아가는 꿈에 봄이 아득히 멀구나.[14]

"海內의 누가 海外 사람을 가엾게 여기리"라고 한 말은 그가 외국인이므로 해서 겪는 고난이 얼마나 심각한 것이었던가 분명하게 전해준다. 海內 사람인 중국인은 비록 세계제국을 표방하고, 해외 사람에게도 과거를 베풀고 벼슬을 주었어도, 세계제국은 그들의 세계 지배를 위한 것이었고, 과거를 베풀고 벼슬을 주는 것은 주위의

未能盡醉儒檮 惟媿浚全泥塗 況法離文字 無地措言 苟或言之 北轅適郢 第以國主之外護 門人之大願 非文字不能昭昭乎群目 遂敢身從兩役." 같은 글, 같은 책, p. 124에는 儒佛 合一論을 전개하기도 했다.

13) 徐居正, 《筆苑雜記》 1(《大東野乘》 1, 慶熙出版社, 1968), p. 74에서는 "今桂苑筆耕多有不解處 恐當時氣習如此 惑東方文體未能如古也"라고 했는데, 難解性의 일차적인 이유는 崔致遠의 의식에서 찾아야 하지 않을까 한다.

14) 〈陳情上太尉詩〉, 《崔文昌侯全集》, p. 304.

민족을 무마하기 위한 방법이었다. 그러므로 최치원이 재능을 발휘하고 文名을 드날렸다 해도 진출하는 데는 한계가 있었고, 평가를 받는 데도 한계가 있었다.[15] “利를 구하지 않았으며”, “내 몸 위하지 않았다”고 떳떳하지 못한 출세를 변명한다 해도, 좌절감을 극복할 수 있었던 것은 아니다.

최치원은 육두품 출신이어서 진골에 비해 푸대접을 받았기 때문에 신라를 버리고 중국으로 갔다. 그러나 중국에 가서는 외국인이므로 고난을 겪을 수밖에 없었고, 외국인이므로 맛보게 된 고난은 육두품이므로 느끼는 것보다 오히려 더 컸을 것이다. 이렇게 되면 출발이 잘못되었다는 것을 늦게나마 알 수 있게 되고, 향수를 느끼게 된다. 갈 길이 어디냐고 묻고 “故園에 돌아가는 꿈”을 말한 것은 향수의 절실한 고백이다. 다른 글에서는 “집은 四郡에 멀고 길은 十洲에 격하여서, 한없는 근심은 밤새도록 속을 태우고, 먼 소식은 해를 지나도록 막혀 있는데, 인정은 냉담하고 세태는 메마르다”[16]고 했다. 향수는 고국땅에 대한 것에 그치지 않고 정신적인 것이기도 했다. 귀국 후에 〈鸞郎碑序〉에서 “나라에 玄妙한 道가 있으니 風流라고 한다.”[17]고 하면서 花郎道를 말하고, 화랑도야말로 儒佛仙 三敎를 이미 아우르고 있다고 한 것은 유불선 삼교가 가치의 기준이 되어 있는 중국에서 익힌 사고방식으로 민족적 전통을 재발견한 것이라고 할 수 있다.

---

15) 李圭報는 “唐書不立崔致遠列傳議”(《東國李相國集》 22, 《高麗名賢集》 1, 成均館大學校 大東文化硏究院, 1973, p. 237)에서 唐書 文藝列傳에 崔致遠傳을 두지 않은 중국인의 편협성을 지적하고, 崔致遠의 문학도 中國文學일 수 없다는 생각을 나타냈다.

16) 〈與客將書〉, 《崔文昌侯全集》, p. 396. “況乃家遙四郡 路隔十洲 窮愁則終夜煎熬 遠信則經年阻絶 時情冷澹 俗態堯訛.”

17) 같은 책, p. 212.

4

그러나 귀국 후의 최치원은 어떻게 되었던가? 이미 예견했던 바이지만, 신라의 집권층인 진골 귀족은 그를 용납하지 않았다. 정치의 개혁을 진언하는 10여 조의 時務策을 제시했다고 하지만, 채택되지 않았다. 그러자 후삼국 시대가 시작되었는데, 그는 崔承祐처럼 後百濟를 택할 용기도, 崔仁滾(崔彦撝)처럼 高麗를 택할 용기도 가지지 않고, 결국 가야산에 은거하다가 일생을 마쳤다.

그러면서 자기를 받아들이지 않고 또한 스스로 적응할 수 없는 사회에 대해서 두 가지 대응책을 마련했으니, 그 가운데 하나는 중국에 가서 공부한 것을 자랑으로 삼고 중국의 가치관을 숭상하는 것이었다. 〈眞鑑和尙碑銘〉에서는 중이 되어 불교를 공부하거나 선비가 되어 유학을 공부하거나 반드시 중국에 가야만 비로소 핵심적인 것을 알 수 있다고 했다.[18] 〈帝王年代曆〉에서는 신라 역사를 논하면서 임금을 居西干·尼師今·麻立干 등으로 부른 것은 모두 야비하므로 모두 '王'이라고 고쳐야 한다고 해서, 후일 金富軾조차도 핀잔하도록 했다.[19]

은거해서 시를 쓰는 것도 또 하나의 대응책이었다. 은거했을 때에는 자기의 심정을 토로한 시만 지었는데, 다음과 같은 시에서 세상과 절연하고 자기만의 세계를 이루고자 하는 뜻을 나타냈다.

狂奔疊石吼重巒	첩첩한 돌 사이 미친 듯 내뿜어 겹겹 봉우리 울리니
人語難分咫尺間	사람 말소리는 지척에서도 분간하기 어렵네.
常恐是非聲到耳	항상 시비하는 소리 귀에 들림을 두려워해서,
故敎流水盡籠山	짐짓 흐르는 물로 하여금 온 산을 둘러싸네.[20]

---

18) 〈與客將書〉, 같은 책, p. 123.
19) 金富軾, 《三國史記》 4, 新羅本紀 4, 智證麻立干 元年條. 〈帝王年代曆〉은 전하지 않고 金富軾을 통해서 그 내용의 일부를 알 수 있다.

　이처럼 자기를 격리시키면서도 괴로웠던 것은 자기를 알아주는 사람이 없다는 생각이어서 다음과 같은 시를 쓰기도 했다.

秋風唯苦吟　　가을바람은 괴롭게 읊조리기만 하고,
擧世小知音　　온 세상에는 知音이 드물구나.
窓外三更雨　　한밤중 창밖에 비가 내리는데
燈前萬里心　　등불 앞에는 萬里의 마음이 일어난다.[21]

　詩는 세상을 등지고 홀로 자연에 묻혀 있을 때 이루어진다고 하는 입장에서 볼 때 최치원은 또 다른 의미에서 '東國文宗'일 수 있다. 그러나 최치원은 자연과의 화합에서 자속했던 것도 아니고, 일찍이 마음의 밭을 갈았다고 자부했으면서도 밭갈고 김매는 농사꾼이 되었던 것도 아니다. 결국 신선이 되어서 자취를 감추었다는 전설은 최치원이 당나라에서도, 신라에서도, 세상에 나아가서도 자기 마음 속에서도, 자기의 자리를 마련할 수 없었다는 말이다. 그러는 동안 역사의 수레바퀴는 고려가 신라를 무너뜨리는 거대한 전환을 알렸고, 지방의 호족과 손을 잡은 육두품 지식인들이 역사 창조의 주인공으로 등장했다.

　최치원은 한국 한문학이 중국문학과 대등하게 될 수 있다는 전례를 남겨 후대까지 칭송되는 영광을 누렸다. 그러나 이와 더불어 한국 한문학이 지닌 고민을 선명하게 보여주기도 했다. 최치원의 문학조차 중국문학일 수 없었다면 다른 누구의 문학이 그럴 수 있는 가능성은 의심된다. 그런데도 최치원은 귀국하자 알아주는 사람도 없었고, 사회에 적응할 수도 없었다. 문장 표현의 가치가 이러한 고민을 해결해 줄 수 있는 것이 아니다. 한문학이라도 문장의 표현으로 가치가 정해질 수 있는 것이 아니고, 우리 역사를 위해 무엇을

---

20) 〈題伽倻山讀書堂〉, 《崔文昌侯全集》, p. 27.
21) 〈秋夜雨中〉, 같은 책, p. 24.

할 수 있는가에 따라 평가되어야 한다는 문학관은 최치원에 대한 반론이면서 또한 한문학이 지닌 고민을 해결하기 위한 노력에서 나온 것이라고 할 수 있다.

4. 金 富 軾

1

고려는 骨品制가 철폐된 사회였다. 광종 때 이래로 과거를 통해 인재를 등용해서, 詩·賦·頌·策을 과목으로 하는 製術業과 書·易·詩·春秋를 과목으로 하는 明經業이 병행하는 제도를 채택했다. 신라에서 육두품 이하 신분의 귀족들이 바라던 바가 이루어졌으며, 최치원이 중국에 가서야 얻을 수 있었던 영광이 널리 개방되었다. 타고난 혈통에 따라서 지위가 결정되던 시대가 지나고, 재능이 인재를 평가하는 기준으로 되었는데, 재능은 文章과 儒學 공부였으니, 문학이 크게 일어나고 유학에 근거를 둔 문학사상이 나타나게 되었다는 데 대해서는 긴 논증이 필요하지 않다. 성종은 과거에 급제하여 官員이 된 자에게도 달마다 詩 3편과 賦 1편을 지어 바치라고 했을 정도로 문학을 장려했다.[1]

고려 전기에 융성했던 문학에 대해서 후대 문인들은 입을 모아 칭송하고, 그리움에 찬 회고를 했다. 李仁老는 "타고난 성품이 학문을 좋아했고, 유학의 우아함을 존중하고 숭상한" 예종이 이상적인

---

1)《高麗史》3, 世家 3, 成宗 乙未 14年 春 2 月條.

임금이었다고 했고,[2] 崔滋는 고려 건국 이래 어질고 뛰어난 사람들이 이따금 나왔다고 하고, 특히 光宗 때 시작된 과거제도의 공적을 높이 평가했으며,[3] 조선초기의 徐居正은 같은 생각을 되풀이 강조해 "고려 광종 때 비로소 과거를 설치해서 詞賦를 썼고, 예종은 글이 우아한 것을 즐겨 날마다 文士를 모아서 唱和했으며, 이어서 仁宗과 明宗도 유학의 우아함을 숭상했다"[4]고 했다. 이 시대에 와서 한문학은 비로소 튼튼한 자리를 잡았으며, 후대까지 지속되는 문학의 기풍을 마련했다.

그러나 과거제도가 인재 등용의 한계를 제한 없이 철폐했던 것은 아니다. 고려에서는 良人이면 누구나 과거에 응할 수 있는 것을 원칙으로 삼았으며, 지방의 鄕吏도 과거를 통해서 중앙의 귀족으로 진출하는 것이 가능했다. 하지만 과거는 知貢擧라고 하는 시험관에 의해 운영되었고, 지공거와의 친분관계는 과거급제의 실제적인 조건이 되지 않을 수 없었는데, 이러한 관계는 문벌에 따라서 제한되었다. 뿐만 아니라 과거 외에 蔭叙制度가 있어서 5품 이상의 관원은 자기 아들을 과거를 통하지 않고 진출시킬 수 있었다. 과거와 음서는 정권장악의 기회가 몇 가문으로 집중되는 방향으로 나아가는 것을 막지 못했으며, 仁州李氏·海州崔氏·慶州金氏가 고려 전기 三大門閥로 등장했다. 이들 문벌은 문신 귀족들 내부에서도 경쟁자들을 도태시켰고, 武臣을 억압하며 지방향리의 진출을 억제하는 구실을 해서 사회적 불만은 다시 누적되고, 마침내 武臣亂이 일어나는 데까지 이르렀으며, 무신란 후에 지방향리가 士大夫로 성장하는 것을 보게 되었다.

---

2) 《破閑集》의 여러 곳에 이런 생각이 나타나 있으며, 특히 上(《高麗名賢集》 2, 成均館大學校 大東文化硏究院, 1973), p. 86에서는 "睿宗 天性好學 尊尙儒雅"라고 했다.

3) 〈補閑集序〉, 《高麗名賢集》 2, p. 105.

4) 《東人詩話》上. "高麗光宗 始設科 用詞賦 睿宗喜文雅 日會文士唱和 繼而仁明 亦尙儒雅."

고려의 과거에는 製術業과 明經業이 있다고 했다. 그런데 이 가운데서 압도적인 비중을 차지한 것은 제술업이었다. 고려 일대를 통해서 제술업의 급제는 6천여 명에 이르는데 명경업의 급제자는 4백여 명에 지나지 않았다고 한다.[5] 이러한 사실은 고려의 문신 귀족들이 일반적으로 숭상한 것은 경서가 아니라 시문이었다는 증거이다. 경서에 근거를 둔 유학적 세계관을 수립하는 데는 그리 깊은 관심을 가지지 않고 시문을 능란하게 지을 수 있는 기술을 익히는 것이 능력의 척도였다는 말이다.

이러한 사정은 세계관의 근본적인 문제는 불교가 담당하고, 특히 華嚴宗과 天台宗이 귀족문화의 정신적 지주로서 굳건한 세력을 가졌다는 사실과 관련된 것이었다. 신라 육두품 지식인의 전통을 이은 고려 초기 귀족의 유학적 성향을 대표하는 崔承老는 "釋敎를 행하는 것은 修身의 근본이고, 儒敎를 행하는 것은 理國의 근원인데, 수신은 來生의 준비이지만, 이국은 바로 오늘날 힘써야 할 것이며, 오늘날은 아주 가깝고, 내일은 아주 멀다"[6]고 했으나, 수신의 근본이 이국의 근원보다도 더욱 본질적인 것이라는 생각은 부정될 수 없었다. 문학을 논할 때 유학의 문학관을 표방하는 것은 흔히 볼 수 있는 바였지만, 유학의 문학관은 세계관적 기초를 분명하게 정립한 것이 아니었다.

2

김부식(1075~1151)은 이와 같은 추세를 보인 고려 전기 귀족문화를 대표할 수 있는 인물이었다. 그는 신라 왕족의 혈통을 이은, 고려전기 3대문벌의 하나였던 慶州金氏 출신으로서, 國權을 장악하고,

---

5) 李成茂, 《韓國의 科擧制度》(한국일보社, 1976), p. 102.
6) 崔承老, 《高麗史》 93, 列傳 6. "行釋敎者 修身之本 行儒敎者 理國之源 修身是來生之資 理國乃今日之務 今日至近 來生之遠."

西京遷都를 주장한 妙淸의 난을 정벌했고, 《三國史記》를 편찬해 역사서술을 통해 그 시대의 이념을 정립했으며, 자기 자신과 여러 형제가 知貢擧를 역임해서 文風을 좌우하는 결정적인 위치에 있었다. 김부식을 통해서 고려전기 귀족문화의 난숙한 모습을 볼 수 있는 동시에, 그것이 강화되고 폐쇄성을 지니게 된 문제점도 알 수 있다.

신라 왕족의 혈통을 이은 김부식은 고려가 고구려의 뒤를 이은 나라라고 자부하는 데서 존재하는 豪族의 전통이나 북방을 향해 진출하려는 의지는 부정하고, 신라의 문화적 유산을 慕華的인 견지에서 이해하고 수용해서 고려 귀족문화를 화려하게 하고 세련되게 하려는 입장을 취했으며, 開城의 귀족사회가 특권적인 안정을 누리는 데 장애가 되는 세력을 계속 억압했다. 九城을 쌓아서 북방의 영토를 확장한 尹瓘이나 그의 아들 尹彦頤와 불화했던 것도 이런 성향 때문이었다. 김부식의 아우 金富儀는 고려를 父母之國으로 모시던 女眞이 大金帝國을 칭하고 형으로 섬길 것을 고려에 요구해 오자, 다른 사람들의 반대를 물리치고, 이 요구에 응낙하자고 주장했다.[7] 김부식의 아들 金敦中은 鄭仲夫의 수염을 촛불로 그슬릴 정도로 방자한 특권의식을 보여주다가, 무신란이 일어나자 바로 정중부에게 피살되었다.[8] 김부식의 사상이나 문학은 이런 체질에 근거를 둔 것이었다.

自主를 표방한 묘청의 난을 정벌한 것은 김부식의 생애에서 가장 중요한 사건이어서, 《高麗史》 列傳 金富軾傳에서는 이 사건에 관한 서술이 특히 압도적인 비중을 차지하고 있다.[9] 이 싸움에서 이긴 김부식은 仁宗에게 "내와 도랑, 산과 고개를 안정시켜 진실로 만세의 안녕을 회복했다"고 했으나,[10] 이 싸움은 고구려 王統論에 대해

---

7) 《高麗史》 97, 列傳 10, 金富佾 附 富儀.
8) 《高麗史》 98, 列傳 11, 金富軾 附 敦中.
9) 《高麗史》 98, 列傳 11, 金富軾.
10) 〈平西京獻捷表〉, 《東文選》 44(《影印本 東文選》 上, 景印文化社, 1966), p. 585. "定川淳岳峠 允恢萬世之安."

서 신라 정통론이, 지방의 세력에 대해서 개성의 귀족 지배체제가, 북방으로의 진출 의지에 대해서 안으로 움츠러드는 현상 유지론이 승리한 것이었으며, 또한 자주적 사상에 대해서 慕華的 유학이 승리한 것이었다.[11] 김부식은 이 싸움에서 이겨서 대의명분에 입각한 나라의 안녕이 더욱 굳어졌다고 믿었지만, 더욱 굳어진 것은 事大를 내세우는 폐쇄적인 특권의식이었다.

전부터 있었던 《三國史》를 《삼국사기》로 고쳐 쓰는 작업은 이 전쟁이 끝난 후에 더욱 굳어진 명분을 정착시키기 위해서 추진되었던 것이다. 〈進三國史記表〉에서는 왕의 말로써 "古記는 문자가 거칠고 졸렬하며 사적도 빠진 것이 많은 까닭으로 君后의 善惡과 臣子의 忠邪, 나라의 安危, 인민의 理亂이 모두 드러나지 않았으므로 勸戒를 드리울 수 없다"[12]고 하여 《삼국사기》 편찬의 의도를 밝혔다. 삼국의 역사를 실상 그대로 반영하려는 노력이 없었던 것은 아니지만, 거칠고 졸렬하다고 본 문자를 우아한 것으로 대치하는 과정에서 향가를 위시한 민족문화의 고유한 모습은 삭제되고, 선악, 忠邪, 安危, 理亂에 대한 褒貶을 하는 과정에서 檀君神話를 위시한 여러 건국신화가 가지는 의의는 무시되거나 약화되고, 渤海는 우리 역사에서 제외되기도 했다.[13] 《삼국사기》는 분명히 고려 전기 귀족문화의 우아하고 세련된 기품을 유감 없이 보여주고, 문장에서도 浮華한 수식 위주의 騈儷文에서 탈피하여 古文을 정착시킨 공적도 높이 평가되어야 하지만, 또한 고려 전기 귀족문화의 한계 또한 명확하게 보여준다. 그리고 이러한 한계 때문에 이규보의 〈東明王篇〉, 일연의 《三國遺事》, 李承休의 《帝王韻紀》 등에 의한 반격을 받지

---

11) 申采浩는 이 싸움을 "朝鮮史上 一千年來 第一事件"이라고 하여, 그 귀결이 가져온 불행을 논했다(《申采浩全集》 上, 乙酉文化社, 1972), pp. 100~101.

12) 〈進三國史記表〉, 《東文選》 44(《影印本 東文選》 上), p. 586. "又其古記 文字蕪拙 事迹闕亡 是以 君后之善惡 臣子之忠邪 邦業之安危 人民之理亂 皆不得發露 以垂勸戒."

13) 金哲埈, 〈高麗中期의 文化意識과 史學의 性格〉, 《韓國古代社會研究》(知識産業社, 1976).

않을 수 없었다.

3

그윽히 생각하옵건대, 經術은 道를 밝히는 바이지만 사람이 나서지 않고서는 행하여질 수 없고, 학교는 어진 사람을 기르는 곳이지만 때를 기다려야 쓰이게 됩니다. 國學에서 大典을 거행함은 진실로 明朝의 盛事이옵나이다. 공손히 생각하옵건대, 聖上께서는 道가 지극히 高明하시고 政事를 仁義에 의거하시니, 堯舜의 稽古와 같으시며, 殷周의 右文을 체득하셨습니다. 이에 옛법에 의지하여 성례를 거행하시어, 聖師께 절하고 잔을 드리시며, 博士에게 명하여 經을 講하게 하시니, 군자가 기른 인재는 장차 菁莪의 시를 읊을 것이고, 武臣이 드리는 箴은 반드시 泮水의 공을 이룰 것입니다. 이는 다만 한때 일컬어진 아름다움이 아니고, 또한 萬年 동안이나 드리울 모범이옵나이다.[14]

김부식은 왕이 國學에 행차해서 孔子에게 제사지내고, 博士에게 經을 講하게 한 데 대해서 이렇게 말하는 表를 올렸다. 殷周의 전례를 계승하고, 堯舜이 이룬 先王之道를 재현하는 것이 정치와 문화의 가장 큰 이상이라고 하고, 그럴 수 있기 위해서는 殷周와 堯舜이 남긴 바를 전하고 풀이한 聖師인 공자를 숭상하고, 공자의 經術을 통해서 도를 밝히고 실행해야 한다고 했다. 그런 생각은 김부식 형제의 여러 글에 거듭 나타나 있다. 김부식의 형 金富佾은, "민속의 化成은 太學의 風敎로 말미암아 되고, 華로써 夷를 변혁시키려면 선왕의 경술에 힘입어야 한다"[15]고 했다. 김부식의 아우 金富儀는 睿宗이 국학을 세운 후에 "聖師의 봉양을 후하게 하여, 한 세

---

14) 〈賀幸國學表〉, 《東文選》 31(《影印本》 上), p. 398. "竊以經術所以明道 非其人則不行 學校所以養賢 待其時而後用 發明大典 允屬昌朝 恭惟聖上 道極高明 政由仁義 若高舜之稽古 體殷周之右文 乃據舊章 以興盛禮 拜聖師而奠爵 命博士以繙經 君子育材 行見菁莪之詠 虎臣獻箴 必成泮水之功 不唯推美於一時 抑亦垂休於萬祀."
15) 金富佾, 〈上大宋皇帝遣學生請入國學表〉, 《東文選》 41(《影印本》 上), p. 533. "化民成俗 由乎太學之風 用夏變夷 藉彼先王之術."

상 새롭게 만들고, 三韓의 학풍을 움직여서 글 읽는 자는 神天 至聖의 宗旨에 자극하지 아니함이 없고, 筆力을 분발하는 자는 다투어 性命과 도덕의 妙理를 바라게 되었다"[16]고 했다.

국학을 세워 공자를 숭상하는 것은 나라의 예속을 바르게 하는 길이라고 하는 데 그치지 않고, 글 하는 선비로 하여금 경전을 공부하고, 유학의 도에 입각한 문학을 하도록 하는 방향 제시였다는 점을 이와 함께 강조했다. 김부일이나 김부의의 생각도 이런 것이었고, 김부식 또한 〈仲尼鳳賦〉를 써서, 자기의 문학적 노선을 제시했다. 이 글에서 공자를 鳳이라고 칭송하고, 자기는 공자의 뒤를 이은 선비라고 하면서 다음과 같이 말했다.

> 보잘것없는 선비는 대대로 내려오는 푸른 氈은 일찍 물려받았으나, 아로새긴 붓은 아직 꿈꾸지 못한다. 어려서 章句와 수식을 공부하고, 장년에 이르러서는 典謨를 즐기며 吟諷하며, 遺風을 못내 찬양하며, 기어이 鳳에 붙은 영광을 가지고자 한다.[17]

대대로 내려오는 푸른 氈을 물려받았다고 하는 것은 자기 자신이 공자의 가르침을 이었고, 공자의 도를 계승했다는 말이라고 할 수 있다. 그런데 계승의 방향은 어디까지나 도학으로서의 계승이 아니고, 문학으로서의 계승이다. 어려서 章句의 수식을 공부한 것은 그리 내세울 만한 것이 아니라고 해도, 장년에 이르러서는 典謨를 즐기며 吟諷했다고 하는 데서 이 점이 잘 드러난다. 여기서 말하는 전모는 經典의 총칭이라고 할 수 있을 것인데, 경전을 궁리하고 실천해야 할 지침으로 받아들이지 않고 음풍하는 데 필요한 것으로 생각하며, 더욱이 아직도 아로새긴 붓은 꿈꾸지 못했다고 하는 데

---

16) 金富儀, 〈謝知貢擧表〉, 《東文選》 42(《影印本》 上), p. 549. "厚聖師之奉 作新一代 風動三韓 讀書者 無不極神天至聖之宗 舊筆者 爭欲窮性命道德之妙."
17) 〈仲尼鳳賦〉, 《東文選》 1(《影印本》 上), p. 10. "小儒靑氈早傳 鏤管未夢 少年攻章 句之彫篆 壯齒好典謨而吟諷 鑽仰遺風敎敎 深期於附鳳."

서는 능란한 문장을 구사하기를 바란다는 뜻이 분명하게 드러나 있
다. "아로새긴 붓"은 문장가의 붓이다.[18] 김부식은 공자의 도를 문장
의 도로 생각하고, 경전을 문장의 규범으로 이해하면서, '鳳에 붙을
영광'을 가져서 문장을 통하여 유학을 계승하고자 했으며, 이 점에
서 후대의 성리학자들과는 근본적인 차이를 보여주었다.

김부식은 물러가기를 청하는 表를 올리면서 "臣은 天機가 淺近하
고, 心術이 어리석고 몽매하여, 배운 것이 비록 성인의 緖餘이지만,
힘쓴 바는 바로 어린아이가 글 다듬는 재주입니다"[19]라고 했으며,
知貢擧를 사퇴하는 表에서는 또한 다음과 같이 말하기도 했다.

臣 같은 자는 천성이 우둔하고 局量이 천박하온데 다행히 負扆(임금)
의 알아주시는 바를 입어 오래도록 인재를 육성하는 위치에 있었사오
나, 낡은 編目과 떨어진 書冊을 이리저리 찾아다니며 애썼을 뿐이오며,
억센 구절과 산뜻한 사연은 모두 미친 문체라고 편잔받아 왔으므로,
언제나 쫓겨날 것을 염려하옵니다.[20]

天機가 淺近하고, 心術이 어리석고 몽매하다든가, 천성이 우둔하
고 국량이 천박하다는 것은, 나타난 바 그대로 이해한다면, 자기의
한계를 스스로 시인한 말이다. 문학에서 크게 이룬 바가 없다고 생
각해서 이렇게 말했다고 보아도 잘못이 없을 것이다. 왕에게 물러
가기를 청하면서 하는 말이니 실제로 생각하고 있는 것보다 자기를
낮추었을 수 있으며, 언제나 쫓겨날 것을 염려한다는 것은 사실이
아니다. 그러나 이 글은 다만 겸양을 나타내기 위해서 쓴 것만은
아니고, 글다듬는 재주에 힘쓰고, 낡은 編目과 떨어진 書冊을 찾아

---

18) 국역 《동문선》 1(민족문화추진회, 1968), p. 45, 註 100) 참조.
19) 〈引年乞退表〉, 《東文選》 42(《影印本》上), p. 546. "臣天機淺近 心術愚蒙 所學雖
    聖人之緖餘 其業則童子之雕篆."
20) 〈謝知貢擧表〉, 《東文選》 42(《影印本》上), p. 547. "如臣者 性鍾蹇鈍 器謝淵冲 幸
    叨負扆之知 久寘育材之地 殘編墜簡 徒涉獵以申勤 磔句灑辭 皆狂斐而取誚 每虞見
    逐."

다닌 데 대한 변명으로 해석할 수 있다. 김부식은 자기와 같은 사람이라도, 억센 구절이나 산뜻한 문체를 사용하는 것은 미친 짓이라고 비난받아야 마땅한데, 자기와 같은 천기나 심술 또는 천성이나 국량마저 지니지 못한 사람이라면 말할 것도 없이 스스로 창조를 한다고 나서기보다는 이미 있는 글을 주워 모으고 엮어서 글을 써야 한다는 뜻에서 김부식은 이런 말을 했을 것 같다.

여기서 김부식과 鄭知常의 대립을 생각해 볼 필요가 있다. 정지상은 독창적인 시인이었고, 김부식은 이 점에 대하여서 부러워하면서도 이 점을 용납하지 않는 자기대로의 명분을 찾았다고 할 수 있다.[21] 발랄한 개성을 지닌 정지상은 개성적인 것과 함께 민족 독창적인 것을 주장하고, 모화적인 기풍을 반대한 데 대해서, 정지상에 비해서 둔한 편인 김부식은 문학의 전래적인 규범을 따르기를 주장하고, 개성적인 것과 독창적인 것의 가치를 부인하기 위해서 모화적인 명분을 내세웠을 것 같다. 그런데 이러한 논쟁은 문학적인 차원의 것에 그치지 않고, 정치적인 대결로 악화되고, 김부식이 정지상을 죽이고, 무력으로써 西京遷都派의 자주적인 사상을 억압했으므로 불행이 가중되었다. 김부식의 승리는 바로 고려 귀족문화가 더욱 자주성을 상실하고 더욱 경화되도록 하는 데 결정적인 계기를 만들었다. 그러므로 무신란이 일어나서 김부식의 아들이 피살되고, 고려 전기 귀족문화가 일거에 파괴된 것은 올 것이 왔다고 해도 지

---

21) 후대의 詩話에는 이 점을 흥미롭게 서술한 대목이 적지 않은데, 그 대표적인 예로서 李奎報는 《白雲小說》, 《高麗名賢集》 1(成均館大學校 大東文化硏究院, 1973), p. 574에서 다음과 같은 일화를 전했다(抄譯해 보인다).
   金富軾과 鄭知常은 문장으로 서로 다투었다. 鄭이 "琳宮梵語罷 天色淨琉璃"라는 詩句를 짓자, 金이 자기의 창작으로 삼겠다고 부탁하다가 거절당했다. 그 후에 鄭은 金에게 피살되어 陰鬼가 되었다. 金이 "柳色千絲綠 桃花萬點紅"이라는 시를 짓자 鄭鬼가 공중에서 "누가 세어 보았느냐? 왜 '柳色絲絲綠 桃花點點紅'이라고 하지는 않느냐?"고 했다. 金이 厠間에 갔을 때 鄭鬼가 金의 陰囊을 잡고 힐책해서 金이 죽었다고 한다.
   이러한 일화는 金富軾의 시는 凡俗하고 鄭知常의 시는 기발함을 말하고, 金富軾이 鄭知常의 독창성을 표절하려다가 뜻을 이루지 못해서 鄭知常을 죽이는 데까지 이른 행위는 보복을 받아 마땅하다는 생각을 나타내고 있다.

나친 말이 아니다.

4

김부식은 자기 사상을 유학으로 정립하고, 유학에 의한 문학을 한다고 거듭 강조했다. 그러나 김부식의 유학사상은 세계관적 기초를 단단하게 갖추지 않았으며, 유학에 의한 문학을 한다는 것은 정치적 진출을 위해 필요한 수단이라는 의미를 농후하게 지니고 있다. 일찍이 〈大覺國師碑文〉을 쓰면서, 선비는 자기를 알아주는 사람을 위하여 죽어도 좋다고 하고, "글로써 비석 아래에 이름을 적어 두는 것은 어찌 영광이 아니고 다행이 아니랴" 하고 스스로 감격했다.[22] 글을 써서 이름을 얻어야 하겠다는 생각이 앞섰고, 쓰는 글이 불교의 글인가 유학의 글인가 하는 데 대해서는 깊은 관심이 없었다. 그래서 "우러러 바라건대, 法輪이 항상 굴러 國祚가 더욱 늘어나고, 風雨가 순조로와 인민이 利樂하게 하소서"[23]라고 하는 불교의 축원문도 썼다.

이와 같이 글을 쓰는 것은 출세의 길이라고 하면서 유학과 함께 불교를 위하는 글을 쓰는 모호한 태도는 유학과 불교 양면에서 비판의 대상이 되지 않을 수 없는 것이었다. 그러므로 고려 후기에 이르러서는 유학의 문학사상이 다시 정립되고, 불교 또한 문학의 문제에 대해서 근본적인 재검토를 했다. 고려 전기의 문학사상에서 고려 후기의 문학사상으로서의 전환이 필연적으로 요청된 사상사적 발전이었다는 사실은 김부식의 경우를 살펴서도 이해할 수 있다.

---

22) 〈大覺國師碑文〉, 金哲埈, 〈高麗中期의 文化意識과 史學의 性格〉, 《韓國古代社會研究》, p. 411에서 再引用. "以文字掛名於碑石之下 豈不爲榮幸也哉."
23) 〈興王寺弘教院華嚴會䟽〉, 《東文選》110(《影印本》下), p. 302. "仰祝 法輪常轉 國祚增長 風雨調順 人民利樂."

제 2 기   13〜16세기

1. 李 奎 報

1

　"文冠을 쓴 자는 胥吏라도 죽여서 종자를 남기지 말자"[1]고 하면서 일어난 武臣亂과 그 후에 한 세기 가까운 동안 계속된 무신정권은 문신의 결정적인 몰락을 가져왔고, 문신이 담당하는 문학에도 회복하기 어려운 피해를 끼쳤던 것처럼 보인다. 그러나 사리는 반드시 그렇지 않다. 무신란이 일어난 후에도 문학은 계속되었을 뿐만 아니라, 오히려 더욱 활발한 모습을 나타내었다. 李仁老·李奎報·崔滋·李齊賢·李穡 등은 무신란 이전의 문인들에게서는 찾아볼 수 없었던 왕성한 창작 의욕과 날카로운 비평의식을 가지고 문학을 새롭게 했으며, 그 결과 문학사의 새로운 시대가 시작되었던 것이다. 이러한 사실을 어떻게 이해할 수 있는가? 이것은 한국문학사 서술에서 해결해야 할 가장 중요한 문제의 하나이다.

　이 문제는 새삼스럽게 제기되는 것이 아니고, 이미 여러 가지 견해가 마련되어 있다. 무신의 학살에서 살아 남은 문인들이 도피와 향락의 생활을 하면서 문학에 탐닉했기 때문에 문학이 융성할 수

---

1) 《高麗史》 128, 列傳 41, 鄭仲夫.

있었다는 설명은 흔히 들을 수 있는 것이다.[2] 이러한 설명은 어느 정도 사실과 부합된다. 바로 이인로의 경우를 그렇게 말할 수 있을 것 같다.

그러나 이규보 이하 문인들은 그렇게 말할 수 없으며, 도피와 향락의 생활에서 문학이 융성할 수 있었다는 일반론은 설득력을 가질 수 없다. 이규보 이하의 문인들은 물론 이인로까지도 무신정권에서 벼슬을 하고 무신정권에 협력하는 방향에서 사회에 참여하고자 했으므로, 이와는 다른 견해가 필요하게 된다.

이 문제를 무신정권의 변모 과정에서 이해하려는 것이 또한 일반화되어 있는 견해이다.[3] 崔忠獻이나 그의 아들은 무신란을 처음 일으켰던 鄭仲夫 등과는 달라서, 書房이라는 기구를 만들고 문신들을 등용하고 포섭했으므로 문학이 다시 일어났다고 한다. 그러나 그것 역시 사실의 일면만 살핀 단견이다. 무신정권의 문신 등용과 포섭에 의해 문학이 다시 일어났다면, 다시 일어난 문학은 무신란 이전의 문학보다 미약할 수밖에 없을 것이다. 문신이 무신의 서기노릇이나 하고 있을 때의 문학이 문신이 나라의 주인으로 군림할 때의 문학보다 나을 수 없다는 것이 이러한 논리에서 얻어지는 당연한 귀결이다.

이규보 같은 사람은 崔氏의 門客이라고 폄하되기도 하는데, 최씨의 문객이 얼마나 대단한 문학을 이룰 수 있을 것인가 하는 반문도 당연히 일어난다. 무신의 문객 노릇이나 하면서 비굴하게 지내는 문신에게서 문학의 새로운 창조나 문학사상의 대단한 전개 같은 것을 기대하기 어렵지 않겠는가 하는 생각을 하게 되는 것도 순리이다. 그러니 이러한 설명은 조리를 갖춘 것 같은 인상을 주면서도, 사실과 어긋난 것이다. 사실과 어긋날 뿐만 아니라 출발부터 잘못된 것이다.

---

2) 徐首生, 《高麗朝漢文學硏究》(螢雪出版社, 1971), pp. 12~24, pp. 110~111.
3) 朴菖熙, 〈武臣政權時代의 文人〉, 《한국사》 7(국사편찬위원회, 1973).

무신란 이전의 문인과 무신란 이후의 문인은 동질적인 문인이 아니다. 이 점을 분명히 하는 데서 새로운 논의의 출발점을 마련해야만 한다. 문인은 글을 하는 사람에 대한 범칭이다. 문인이라는 범칭은 역사적인 개념이 아니며, 어떤 사람들이 어떤 입장에서 어떤 글을 하는가는 역사적인 시기와 조건에 따라서 달라지게 마련이다. 문인이나 문학에도 파괴와 건설에 의한 역사적인 변화나 발전이 있게 마련이다. 무신란이 결정적인 몰락을 강요하고, 회복하기 어려운 피해를 끼친 쪽은 구시대의 문인이고, 낡은 문학일 따름이었다.

신라 이래의 오랜 인습을 지켜오며, 문벌에 의해서 권력을 독점하고, 외세에 대항해서 나라를 지키려는 민족의 의지를 약화시키고, 자기들의 안일을 도모하는 데 힘을 기울인 문벌귀족인 문신들의 특권의식, 사대의식, 형식주의, 보수성과 관련된 문학이 파괴된 것이다. 그런 문학은 청산해야 할 인습이었다는 점에서 파괴될 것이 파괴된 셈이며, 무신란은 결과적으로 파괴의 공적을 이룬 셈이다. 문학은 그것만이 아니다. 파괴되어야 할 문학이 파괴되면, 그 때문에 창조력을 발휘하지 못하던 세력이 이와는 다른 문학을 건설할 수 있게 되는 것이다. 무신란 이후 문학의 새로운 동향은 이러한 각도에서 이해되어야 하며, 이규보는 그 주역으로서 주목될 필요가 있다.

이규보는 대단한 문호였다고 한다. 이규보의 창의력과 주체의식은 이미 널리 인정되고 있다. 그러나 이규보가 그럴 수 있었던 근거는 아직 충분히 밝혀지지 않았다. 그 근거를 말하기 위해서는 우선 역사의 흐름을 크게 보아야 한다. 이규보는 무신란으로 전시대의 문학이 파괴되자, 그 뒤를 이어서 일어난 새로운 문학의 선구자이고, 그 가장 발랄한 모습을 보여준 사람이었다. 무신란 이전의 문학을 회복하는 과정에서 이규보가 나타났던 것도 아니고, 최씨정권의 문객으로서 봉사하는 글이 이규보 작품세계의 본질도 아니었다.

이규보는 그보다 높은 경지에서 역사 창조의 새로운 저력을 표현

했다. 그 저력에 대한 이해는 사상사적 통찰력을 필요로 하는데, 이규보의 문학사상이 문제되는 이유가 여기에 있다. 이규보에 관한 연구는 두 가지 각도에서 현저한 성과를 거두었다. 《白雲小說》을 중심으로 한 연구가 그 하나였고,[4] 〈東明王篇〉을 중심으로 한 연구가 다른 하나였다.[5] 그런데 《白雲小說》을 중심으로 한 연구는 이규보 비평의 특징과 공적은 정리했으나, 비평의 사상적 근거와 역사적 성격에 관한 논의에까지는 이르지 않았다. 〈東明王篇〉을 중심으로 한 연구는 이규보의 사회적 위치와 역사적 성격은 밝혔으나, 문제를 문학사상에 관한 것으로 집약하고 심화하지는 않았다.

2

이규보는 이인로와 대조적인 인물이다. 두 사람은 동시대의 문인이었고, 둘 다 문학비평을 개척하면서 서로 관련된 문제를 논했다. 그러나 이미 알려진 바와 같이, 두 사람은 입장이 다르고 견해가 달랐다. 이인로는 벼슬을 하기는 했으나 영달하지 못한 사람이고, 이규보는 처음에는 고난을 겪었으나 결국 영달한 사람이다. 이인로는 七賢의 하나였고, 이규보는 칠현과 동류가 되기를 거부한 사람이다. 이인로는 문학창작에서 用事를 중요시했고, 이규보는 문학창작에서 新意를 중요시했다. 이러한 차이는 같은 차원에서 논의될 수 있는 개성적인 차이인 것처럼 보이지만, 사실은 그렇지 않다. 이인로와 이규보의 비평을 비교해서 서로 장단점이 있다고 하는 등의 평면적인 논의는 사실에 대한 이해를 심화하는 데 장애가 된다.

이인로와 이규보의 차이는 이인로가 무신란으로 몰락한 구귀족에 속하는 인물이고, 이규보가 무신란과 함께 대두하기 시작한 새로운 세력에 속한다는 데 근거를 둔 것이다. 이인로는 고려 전기 삼대가

---

4) 趙鍾業, 〈高麗詩論研究〉, 《語文研究》 1(語文研究會, 1963).
5) 李佑成, 〈高麗中期의 民族敍事詩〉, 《成均館大學校 論文集》 7(1962).

문의 하나인 仁州李氏였다. 인주이씨는 文宗에서 仁宗 때까지 7대 80년 동안 국권을 장악하고 영화를 누린 문벌귀족이었다. 인종 4년 (1126) 李資謙의 난으로 절정에 이르렀던 인주이씨의 권력은 일단 기울었지만, 그 후에는 李子淵 계통을 대신해서 李子祥 계통이 득세했는데, 이인로는 이자상의 후손이다.[6] 이인로는 자기 스스로 "나의 선조는 문장이 계속되었으며, 紅紙가 전하는 것이 8장이나 된다"[7]고 하여 가문의 내력을 큰 긍지로 삼았다. 19세 때에 정중부란을 만나서 피신하여 중이 되었다가 환속한 후에, 무신정권하에서 과거를 보아 右諫議大夫(정 4 품)에 이르기까지의 벼슬을 하며 지내는 처지였으므로,[8] 이러한 긍지를 더욱 강조했다. 淸談으로 자처했으나 벼슬을 단념한 것은 아니었고, 벼슬을 했으나 권력의 영화는 누리지 못했으며, 무엇보다 문학을 자랑으로 삼았다.

그런데 이규보는 조상을 알 수 없는 처지이고 원래 고향인 驪州에서 鄕吏로 일하다가 아버지 대에 이르러서 개성에 진출해서 관원이 되었던 것으로 보인다.[9] 무신란으로 피해를 입은 층이 아니었고, 무신란을 겪으면서 사회적 진출의 기회를 가지게 된 세력이었으므로, 新興士大夫에 속한다고 할 수 있다. 이규보가 門下侍郎 平章事 (정 2 품)에까지 영달한 것은 구귀족이 몰락한 후 무신정권하에서 신흥사대부가 진출하게 된 사정을 잘 나타내주는 것이었다. 진출을 가능하게 하는 것은 바로 문학이었다.[10] 이인로의 문학이 몰락한 자

---

6)　金庠基,《高麗時代史》(東國文化社, 1961), p. 833과 p. 339 사이의 表.

7)　李仁老,《破閑集》下(《高麗名賢集》2, 成均館大學校 大東文化研究院, 1973), p. 98.

8)《高麗史》102, 列傳 15, 李仁老.

9)　같은 책 102, 列傳 15, 李奎報.
　　李佑成,〈高麗中期의 民族敍事詩〉,《成均館大學校 論文集》7(1962).

10)　李奎報는 불우했던 시절에 文學의 능력이 인정되어 영달하게 되기를 열망했으며, 이런 생각은 〈代仙人寄子書〉,《東國李相國集》26(《高麗名賢集》1, 成均館大學校 大東文化研究院, 1973), pp. 278~279와 《白雲小說》, 같은 책, p. 575에 잘 나타나 있다(이하 李奎報 글의 인용에서는 26, pp. 278~279와 같이 써서 《東國李相國集》의 권수와 《高麗名賢集》1의 면수만 표시한다).

의 자위책이었다면, 이규보의 문학은 진출을 위한 길이었다고 할
수 있다.

　이인로를 중심으로 한 구귀족 출신의 문인들은 海左七賢 또는 竹
高七賢의 모임을 만들어 竹林七賢의 전례에 따라서 청담을 자처하
면서 문학을 했고, 이규보는 이들과 어느 정도의 친분을 가졌다. 그
러나 이규보는 이들의 하는 짓이 "술을 마시고, 詩를 지으며, 傍若
無人한 태도를 가져, 세상의 배척을 받았다"고 했다. 이들이 이규보
에게 칠현의 하나가 되라고 했을 때, 이규보는 "칠현이 어찌 조정
의 官爵이라고 빈 자리를 채운단 말인가? 嵇康이나 阮籍의 뒷자리
를 이은 사람이 있다는 말을 듣지 못했다"고 하면서, 다음과 같은
시를 지었다.

榮參竹下會　　竹下會에 참여하는 영광을 입어,
快倒甕中春　　항아리 안의 봄을 기쁘게 기울였다.
未識七賢內　　알 수 없도다, 七賢 중에서
誰爲鑽核人　　누가 씨앗에 구멍을 뚫는 사람인가?

　이 시를 짓고서 "오만하게 취해서 물러났다. 나는 젊어서부터 이
와 같은 미친 짓을 했으므로 세상사람들이 모두 狂客이라고 지목했
다"[11]고 했다.

　이 사건은 이규보의 입장을 분명하게 나타내주는 것이다. 칠현의
무리는 조정의 관직 같은 것은 대단치 않다고 하면서 방약무인한
태도를 취했는데, 이규보는 이 점을 풍자했다. 이들이 관직을 거부
했던 것은 아니다. 관직을 바라서 과거를 보아 낮은 자리를 차지하

---

11) 〈七賢說〉, 21, p. 227. "先輩有以文名世者某某等七人　自以爲一時豪俊遂相與爲七賢
　　蓋慕晉之七賢也　每相會　飮酒賦詩傍若無人　世多譏之." "七賢豈朝廷官爵　而補其闕耶
　　未聞嵇阮之後有承之者　闔座皆大笑　又使之賦詩　占春人二字　予立成口號曰　榮參竹下
　　會　快倒甕中春　未識七賢內　誰爲鑽核人　一座頗有慍色　卽傲然大醉而出　予少狂如此
　　世人皆目以爲狂客也." 李奎報의 《白雲小說》, p. 575에도 위와 같은 내용이 수록되
　　어 있다.

고 있거나 과거를 보았어도 실패한 사람들이다. 그러므로 이규보는
이들이 겉으로는 청담을 자처하면서, 자기 집 오얏나무가 다른 데
가서 번식할 수 없도록 하기 위해 오얏 씨에 구멍을 뚫으면서 竹林
七賢의 한 사람으로 자처한 王戎 같은 속물이라고 한 것이다.[12] 술
마시고 시를 짓는 것은 이규보도 좋아하는 바이다. 그러나 이규보
로서는 술과 시가 자기를 위한 위장 수단이 아니다. 이규보는 술과
시로써 세상에서 벗어난 것처럼 행세하는 위선을 원하지 않고, 시
를 짓는 것과 조정에서 벼슬하는 것을 함께 하면서 자기의 능력을
발휘하고자 했다. 狂客이라는 지목은 자기의 입장과 재능에 대한
강한 자부심을 가지고, 당시 문인들의 불투명하고 위선적인 태도를
공격했기 때문에 얻은 것이었다고 생각된다.

 이규보는 자기의 호를 白雲이라고 하고, 〈白雲居士語錄〉과 〈白雲
居士傳〉을 지었으므로 七賢과 같이 도피사상을 가졌던 것으로 해석
되기도 한다. 그러나 이규보가 白雲을 동경한 것은 흰 구름이 막힌
데가 없이 자유로이 움직이고 변하기 때문이며, "뻗어나면 군자의
나아가는 모습으로 펴고, 거두면 高人의 숨은 모습으로 움츠린다"[13]
고 하는 두 가지 면모를 모두 말했고, 陶淵明처럼 세월을 보낸다고
도 하고 "六合을 갑갑하게 여기고 천지를 비좁게 여긴다"고도 했
다.[14] 이처럼 백운은 물러나 은거하는 자의 모습을 나타내는 것만이
아니고, 나아가서 크게 뜻을 펴는 거침 없는 자세를 나타내기도 하
는 것이었다. 뿐만 아니라 백운거사로 자처한 것은 젊은 시절의 일
이었다.[15] 관직에 나아간 후에도 "도리어 官을 쉬고 백운에 들어가
고 싶다"고도 했으나,[16] 이규보는 관직에 대해서 근본적으로 긍정적
인 태도를 지니고, 관직이야말로 道를 실현하는 길이라고 생각했다.

---

12) 〈鑽核人〉에 관한 주석은 車柱環, 《詩話와 漫錄》(民衆書館, 1966), p. 10 참조.
13) 〈白雲居士語錄〉, 20, p. 221. "油然而舒君子之出也 斂然而卷高人之隱也."
14) 〈白雲居士傳〉, 20, p. 223. "六合爲隘 天地爲窄."
15) 〈年譜〉, p. 4에 의하면 〈白雲居士語錄〉과 〈白雲居士傳〉은 25세 때 지었다.
16) 〈自貽雜言八道〉의 제 6 수, 9, p. 107. "反欲休官入白雲."

이러한 생각은 다음과 같은 글에도 잘 나타나 있다.

> ㈎ 物은 道의 기준이다. 그 물을 그 기준에 따라 지킨 후 그 도가 존재한다. 만약 이를 버린다면, 도를 잃게 된다. 官은 도의 기구이므로, 도를 지키면서 관을 잃는다는 것은 있을 수 없다……㈏ 도가 관을 지키는 근본임을 알지 못하고, 부질없이 도의 소재만 찾으면서 스스로 도를 지킨다고 생각하고, 관을 지키는 데 소홀하다 보면 이로써 직책을 잃어버리고 사무를 망쳐, 곧 돌이킬 수 없이 그 화를 받게 될 것이니, 그 관인들 지킬 수 있겠는가? 이는 사람을 불의에 빠뜨리는 것과 같은 일이니, 어찌 성인의 말이라고 할 수 있겠는가? 만약 도를 지키는 것이 官을 지키는 것만 못하다고 하면, 힘써 각별히 조심하면서 官을 능히 지켜, 또한 도에도 가깝게 될 것이니, 도가 어찌 보존되지 않겠는가?[17]

앞부분 ㈎는 중국 당나라 때의 문인 柳宗元이 한 말의 인용이다. "物은 道의 기준이다"라고 한 지론에 대해서 동의했다. "官은 도의 기구이다"라고 하는 말도 원칙적으로 타당하다고 인정했다. 뒷부분 ㈏에서 자기 주장을 펴면서, 거기서 한 걸음 더 나아갔다. 도를 지키면 官을 잃지 않는다는 것은 특별한 사람에게만 해당되므로, 어떤 사람에게든지 널리 적용되는 일반적인 원리를 제시할 필요가 있다고 하고, 도를 지키는 것이 官을 지키는 것만 못하다고 고쳐 일러야 한다고 했다. 그래서 道의 현실성·일상성·실용성을 강조해서 말했다.

이러한 생각은 도의 초월적인 성격을 부정한다. 물을 허망하게 보고 물에서 떠나야만 도에 이를 수 있다고 하는 사고방식도 거부한다. 淸淨하고 自存하며 평등한 마음이 도[18]라고 하지 않고, 도는

---

17) 〈反柳子厚守道論〉, 22, p. 234. "㈎ 物者道之準也 守其物由其準而後其道存焉 苟舍之是失道也 官者道之器 未有守道而失官者……㈏ 未知道之爲守官之本 妄求道之所在 自以爲能守其道 而忽於守官 因以曠職喪局 則不旋踵蹈其禍矣 官可守歟 是喩人而陷於不義 焉在其爲聖人之言耶 苟以爲守道不如守官 而務力恪謹能守官 則亦庶幾於道矣 道豈不存乎."

물에서 존재하고, 물이 도의 기준이라고 하며, 흐린 마음을 바로잡는 것이 도에 이르는 길이라고 하지 않고, 물을 대상으로 한 실천적 활동이 도를 발현하는 길이라고 한다. 관은 도의 기구라고 하는 말은 실천적 활동 일반에 관한 것으로 해석될 수 있다. 이규보로서는 관직을 맡아서 일하는 것 외의 다른 실천적 활동을 생각하기 어려웠을 것이고, 관직을 맡아서 일하는 실천적 활동에 의해서만 마음의 도가 아닌 물의 도가 발현될 수 있다고 본 것이 당연한 일이다.

이규보는 이 글에서 현실이 허망하다고 하는 생각을 비판하고, 현실 자체와 그것을 대상으로 하는 실천적 활동을 긍정하는데, 이것은 바로 신흥사대부 시고방식의 철학적 표현이다. 원래 향리로서 실무적인 전통을 가진 신흥사대부는[19] 물에 대해서 긍정적인 입장을 취하고 물에서 존재하는 도를 실현하는 활동이 다른 어떤 활동보다 가치가 있다고 역설했다. 이러한 사고방식은 한편으로 景幾體歌처럼 물을 열거하거나,[20] 假傳體처럼 물을 의인화하는 문학 장르로도 표현되었고[21] 理氣哲學으로 체계화되었다.

이규보는 이기철학이 나타나기 전 사람이었고, 이기철학의 용어와 개념을 사용하지도 않았다. 그러나 이규보가 말한 것이 후일 이기철학에서 재확인되고 더욱 명확하게 표현되었다고 할 수 있다. 官이 도의 기구라고 한 것은 鄭道傳에 이르러 儒가 하는 도의 인식과 吏가 하는 도의 실천은 분리될 수 없고 儒와 吏는 일치해야 한다는 논리로[22] 발전했고, 물이 도의 기준이라고 한 것은 또한 정도전에 이르러서 處事接物에서의 마땅함이 도라고 하는 사상으로[23]

---

18) 義天이 말한 道는 이런 것이었다. 《大覺國師文集》 4(《韓國高僧集 高麗時代》 1, 景印文化社, 1974), p. 35.

19) 李佑成, 〈高麗朝의 '吏'에 對하여〉, 《歷史學報》 23(歷史學會, 1964).

20) 趙東一, 〈景幾體歌의 장르的 性格〉, 《學術院論文集》 15(學術院, 1976).

21) 趙東一, 〈景幾體歌의 장르 規定〉, 《藏菴池憲英先生華甲紀念論叢》 (湖西文化社, 1971).

22) 鄭道傳, 〈送揚廣按廉庾正郎詩庾〉, 《三峯集》 3.

23) 鄭道傳, 〈佛氏昧於道器之辨〉, 《三峯集》 9.

전개되었다. 이기철학은 물론 중국에서 들어온 사상이지만, 필요에
의해서 들어왔고, 이미 있던 사고방식을 체계적으로 설명하기 위해
서 들어온 것이다. 이기철학이 외래사상이라는 측면만 살피면 이규
보에서 정도전까지 지속되고 발전된 사상적 창조의 맥락이 드러나
지 않게 된다. 이규보가 다음과 같이 말한 뜻도 이기철학과 전혀
무관한 것으로 처리되고 만다.

> 내가 손으로 물건을 만드는 것을 너는 보았는가? 무릇 物은 스스로
> 생기고 스스로 변화한다. 내가 어떻게 만들었으며, 내가 어떻게 알겠는
> 가? 나를 造物이라고 이름짓는 것은 나도 모르겠다.[24]

이것은 〈問造物〉이라고 하는 글의 마지막 대목이고, 造物이 이렇
게 말하는 것으로 되어 있다. 조물이 말을 하는 것은 우의적 표현
이고, 조물이라는 존재를 조물의 말을 통해서 부정하는 것이 이 글
의 주제이다. 조물이 있어서 물이 이루어졌다면 도가 물보다 선행
한다. 인격적인 존재로서의 조물이 그리 큰 문제가 되는 것은 아니
다. 인격적인 존재로서의 조물은 도가 물보다 선행한다는 데 대한
우의적인 표현이다. 이규보가 부정하고자 하는 것은 도가 물보다
선행한다는 생각 자체이다. 이러한 생각이 부정되어야 할 명확한
이유는, 물은 스스로 생기고 스스로 변화한다는 데 있다. 또한 스스
로 생기고 스스로 변화하는 것이 바로 물의 도이다. 이기철학의 용
어를 빌어 표현하면, 氣의 운동과 변화로 만물이 이루어지고, 이는
氣 자체의 원리라는 말이다. 이규보는 위의 글에서 물을 들어 도를
말하고 마음의 도를 따라 설정하지 않으며, 도를 존재 또는 운동의
원리로서 이해하고, 도덕적인 당위성으로서의 도는 말하지 않는다.
이러한 점은 이규보가 이기철학의 선구자이되, 이기철학 중에서도

---

24) 〈問造物〉,《後集》 11, p. 558, "予以手造其物　汝見之乎　夫物自生自化耳　予何造哉
　予何知哉　名予爲造物　吾又不知也."

一元論的 主氣論을 예고한 증거일 수 있다.

이규보는 자기의 철학적 사고를 체계적으로 논술할 만한 준비를 갖추지 않았고, 또 그런 데 관심을 표하지도 않았다. 이규보는 철학을 하지 않고 문학을 한 사람이다. 그러나 이규보는 자기대로의 세계관적 자각을 가지고 살았으며, 그 자각을 문학을 통해 표현했다. 문학창작이나 문학의 이론은 이런 근거를 가졌다. 이규보가 이인로의 문학사상에 반대하고, 문학에서 意를 존중하고, 독창성을 평가하고, 자주적인 입장을 취한 것은 이규보의 개성으로써만 설명할 수 있는 현상이 아니다. 이규보는 신흥사대부로서의 선진적 입장을 지니고, 문학의 근본적인 문제를 새로운 사상으로써 해결하고자 한 사람이다. 이규보의 문학론은 체계적이기보다는 직관적이고 단편적이지만, 이기철학의 전형적인 논술이 마련되었을 때에는 오히려 둔화된 발랄성을 보이고 있다. 경화된 이기철학에서는 문제의 핵심처럼 되는 도덕적 규범의 설정이 이규보에게는 아직 나타나지 않는다는 사실 또한 문학론의 심화를 위해서는 다행한 일이었다.

3

시는 왜 쓰는가? 이것이 이규보가 제기한 근본적인 물음이다. 이 물음은 경험을 통해서 심각하게 느껴졌고, 이 물음에 대한 해답 또한 경험에서 찾으려고 했다. 다음과 같은 고백이 이런 사정을 말해 준다.

나는 본래 시를 좋아한다. 전생의 빚이라고도 하지만, 병이 들었을 때에는 더욱 좋아해서 그 정도가 보통 때의 배가 되니, 그 까닭을 모르겠다. 興이 나고, 物에 촉발될 때마다 읊지 않은 날이 없고, 그렇게 하지 않으려 해도 않을 수 없다. 그래서 이것 역시 병이라고 말한다. 일찍이 〈詩癖篇〉을 써서 뜻을 나타낸 일이 있는데, 그것은 대체로 스

스로 슬퍼한 내용이다.[25]

    시는 興이 나서 物에 촉발되기 때문에 쓴다. 물이 시를 쓰도록 하는 것이며, 쓰지 않으려 해도 쓰지 않을 수 없는 것이다. 그런데 물에 촉발되어 흥이 나는 것은 즐거운 일일 수 있어도, 시를 쓰는 것은 괴로운 것이다. 물에 촉발되어 흥이 난다고 해도, 나타내야 할 것이 무엇인지 쉽사리 잡을 수 없고, 어떻게 써야 할지 저절로 분명하게 되는 것이 아니다. 물은 도의 기준이지만 물에 접한다고 해서 바로 도를 알 수 있는 것은 아니듯이, 물은 시의 근거이지만 물에 촉발된다고 해서 바로 시가 이루어지는 것은 아니다. 그래서 시를 쓰는 것은 괴로운 노릇이고 병이다. 하지만 시를 쓰는 데서 사람은 자기의 존재 의의를 발견하게 된다. 도가 막연하다고 해서 버릴 수 없듯이, 시가 어렵다고 해서 그만둘 수는 없다. 병이 들어서 생명이 위태롭게 될수록 삶의 의미를 찾아야 하고, 삶의 의미를 찾기 위해서는 시를 쓰지 않을 수 없는 것이다. 위의 글에서 말한 〈詩癖篇〉의 序에서는 "차차 고질이 된 것을 스스로 알지만, 스스로 그만둘 수 없어서, 시를 지어서 근심한다"[26]고 했다. 시를 그만둘 수 없는 한탄을 산문이 아닌 시로 나타낸 것은 역설적인 행위이며, 이 시는 다음과 같은 괴로움을 지닌다.

日日剝心肝	날마다 心肝을 깎아서,
汁出幾篇詩	몇 편의 시를 짜낸다.
滋膏與脂液	비계나 기름만이 아니고,
不復留膚肌	살조차 남지 않겠네.
骨立苦吟哦	뼈만 남아서 읊고 있는
此狀良可嗤	이 모습이 참으로 가소롭다.

---

25) 《白雲小說》, p. 576. "予本嗜詩 雖宿負也 至病中尤酷好 倍於平日 亦不知所以 每寓興觸物 無日不吟 欲罷不得 因謂曰此亦病也 曾著詩癖篇以見志 盖自傷也."
26) 〈詩癖 序〉, 《後集》 1, p. 453. "自知漸作痼疾 猶不能自止 故作詩傷之."

亦無驚人語　　사람을 놀라게 할 말이 없구나,
足爲千載貽　　천년이나 남을 말이.
撫掌自大笑　　손바닥 어루만지며 크게 웃고,
笑罷復吟之　　웃음을 그치고 다시 읊는다.
生死必由是　　살고 죽는 것이 여기 달렸으니,
此病醫難醫　　이 병에는 의원도 의원 노릇 하기 어렵다.[27]

시를 쓴다고 해서 되는 것이 아니다. 사람을 놀라게 할 말, 천년
이나 남을 말을 찾아야 비로소 시다운 시가 이루어질 수 있는데,
그러한 말은 몸이 야위고 견딜 수 없는 지경에 이르러도 쉽사리 나
타나지 않는 것이다. 그래서 그 노릇이 우스워서 웃지만, 웃고 나서
는 다시 읊는다. 시는 살고 죽는 일이 매인 노릇이다. 시는 저주스
러운 것이지만, 시만이 사는 길이고 죽음에서 벗어나는 길이다. 시
를 쓰는 것은 ‘詩魔’에 매여서 어쩔 수 없이 하는 짓이고, 시마는
그 죄상을 따져서 물리쳐야 할 것처럼 생각된다. 〈驅詩魔文 效退之
送窮文〉에서는 시마의 죄를 다섯 가지로 열거했다.[28]

(1) 시는 사람을 들뜨게 한다. 물에서 흥을 느끼니 들뜰 수밖에
없는 것이다. (2) 시는 숨은 비밀을 캐낸다. 물이 무엇인가 물으니
숨은 비밀을 캐내지 않을 수 없게 되는 것이다. (3) 시는 자부심을
가지게 한다. 들떠서 비밀을 캐내는 데서 자부심이 생기지 않을 수
없는 것이다. (4) 시는 비판을 한다. 물의 올바른 상태를 따지니 비
판을 하지 않을 수 없게 되는 것이다. (5) 시는 상심을 하게 한다.
시는 쉽사리 이루어지지 않으니 상심을 하지 않을 수 없는 것이다.
그런데 이와 같이 열거된 시마의 죄는 실제로 시의 존재 의의이고
시의 가치이다. 그러므로 시마를 물리치겠다는 데서 시작한 이 글
은 시마를 스승으로 삼겠다는 결말에 이르른다.

이러한 견해에 의하면 시는 자기 만족만을 위한 것이 아니다. 홍

___

27) 〈詩癖〉, 앞의 책, 같은 곳.
28) 20, pp. 216~217.

을 느껴 들뜨는 것도 다른 사람까지 그렇게 만드는 행위이고, 숨은 비밀을 캐내고, 자부심을 가지고, 비판을 하는 것도 모두 물의 도를 캐내고 바르게 실현하여 인간의 생활을 바람직한 방향으로 이끄는 적극적인 참여이다. 숨은 비밀을 캐내는 데 대해서는 시마를, 땅은 조용함을 숭상하고, 하늘은 이름 붙이기 어려우며, 조화와 신명의 현묘함은 자물쇠로 굳게 잠겼는데, 생각없이 그 영묘함을 염탐하고 비밀을 발설하여 당돌하기 그지없다[29]고 나무랐는데, 이 말은 시가 물의 도를 그 근저에서까지 밝히려고 하는 의지를 긍정하는 반어이다. 비판을 하는 데 대해서는 시마를, 어떤 사람을 미워하면 칼이 아니라도 찔러 죽이니, 무슨 도끼를 가졌길래 戰伐에 방자하고, 무슨 권리를 잡았길래 상벌을 멋대로 하며, 왜 벼슬한 사람이 아니면서 나라 일에 관여하고, 배우가 아니면서 모든 일을 조롱하느냐[30]고 나무랐는데, 이 말은 시가 정치의 시비를 가리고 사회에 참여하는 기능을 긍정하는 반어이다. 사람을 놀라게 하고 천년이나 남을 문학은 이와 같은 것이다. 이규보가 다음과 같은 주장을 펴면서 시는 意를 으뜸으로 삼는다고 한 것은 이와 같은 시의 본질에 관한 깊은 통찰에서 얻은 견해이다.

무릇 시는 意를 으뜸으로 삼고, 의를 설정하는 것이 가장 어렵다. 辭를 연결하는 것은 그 다음이다. 意는 또한 氣를 으뜸으로 삼는다. 기의 우열에 따라서 깊고 얕은 것이 있다. 그러나 기는 하늘에 근본을 둔 것이어서 배워서 얻을 수는 없다. 그러므로 기가 약한 사람은 글을 다듬는 데 공을 들이고, 意를 먼저 내세울 수 없다. 대체로 글을 다듬고 구절을 아롱지게 하면 분명히 아름답게 된다. 그러나 그 속에 깊은 뜻이 들어 있지 않으므로, 처음에는 볼 만하지만 다시 씹어보면 이미 맛이 없어진다.[31]

---

29) 20, p. 216. "地尙乎靜　天難可名　智乎造化　目莽若神明　沌沌而漠　渾渾而冥　機開閟邃　且緘且扃　汝不是思　偵深譏靈　發洩幾微　搪突不停."

30) 같은 책, p. 216. "有慍於人　不刃而刺　爾炳何鉞　惟戰伐是恣　爾握何權　惟賞罰是肆　爾非肉食　謨及國事　爾非侏儒　嘲弄萬類."

시에서의 意는 물의 숨은 비밀을 캐내고 현실을 비판하는 내용이다. 이러한 내용을 갖추어야 시는 홍을 느끼게 하고, 자부심을 가지게 한다. 그러므로 시는 반드시 의를 으뜸으로 삼지 않을 수 없다. 시가 어렵다고 하고, 시가 이루어지지 않아서 상심한다는 말은 모두 시의 의를 두고 한 것이니, 의를 설정하는 것이 가장 어렵다고 하는 것이 당연하다. 시에서 뜻을 설정하는 것 즉 設意가 중요한가, 말을 연결하는 것 즉 綴辭가 중요한가 하는 문제는 편의에 따라서 둘 중의 하나를 택할 수 있는 것이 아니고, 둘 사이의 절충론이 쉽사리 성립될 수 있는 것도 아니다. 이규보처럼 물의 도를 추구하고, 그것을 올바르게 실현하려는 적극적인 의지를 가진 경우에는 설의가 철사보다 중요하다고 보는 것이 당연한 일이고, 이와 같은 의지를 가지지 않고, 문학을 정신적인 위안으로 삼는 경우에는 철사가 설의보다 중요하다고 하는 것이 또한 당연한 일이다. 철사를 내세우는 이인로의 문학관과 설의를 내세우는 이규보의 문학관의 차이는 바로 거기에 있다.

이인로는 문학의 표현이야말로 다듬을수록 "무지개 같은 광채"[32] 가 난다고 했으나, 이규보가 깊은 뜻을 갖추지 않고 다듬기만 한 글은 처음에는 볼 만하지만 다시 씹어보면 맛이 없어진다고 한 것은 세계관이 다르기 때문에 생기는 견해차이다. 철사를 존중하는 이인로의 문학관은 고려 전기, 특히 예종 때에[33] 문벌귀족들이 누렸던 것과 같은 안정과 영화가 사라지는 데 대해 미련을 가진 보수적

---

31) 〈論詩中微旨略言〉, 22, p. 242. "夫詩以意爲主 設意尤難 綴辭次之 意亦以氣爲主 由氣之優劣 乃有深淺耳 然氣本乎天 不可學得 故氣之劣者 以雕文爲工 未嘗以意爲先也 盖雕鏤其文 丹靑其句 信麗矣 然中無含蓄深厚之意 則初若可翫 至再嚼 則味已窮矣." 《白雲小說》, pp. 579~580에도 이와 같은 대목이 있다.

32) 李仁老, 《破閑集》 下(《高麗名賢集》 2), p. 101. "足有以垂光虹靈." 李仁老는 또한 〈雙明齋詩集 序〉, 《東文選》 83에서 心은 원래 아득한 것이어서 言語에 맡겨지고 詩로 나타내야만 비로소 그 모습이 형성된다고 하여, 표현의 중요성을 강조했다. 詩의 근원이 心이라고 하는 李仁老의 견해는 詩가 氣에 근거를 두고 意로 나타난다고 하는 李奎報의 견해와 대조적이다.

33) 李仁老는 《破閑集》에서 睿宗代의 文化를 그리워하는 말을 거듭 되풀이했다.

인 입장에서 나온 것이라면, 설의를 존중하는 이규보의 문학관은
현실을 바람직한 방향으로 개조하고자 하는 신흥사대부의 진취적인
자세에서 나온 것이다. 이규보 이후에도 진취적인 사대부는 계속
설의를 존중하는 문학관을 폈고, 이기철학에 의해서 문학의 문제를
설명하게 되었을 때에도 이 점은 한동안 특히 강조되었다.

그런데 위의 글에서는 의를 말하고 또한 기를 말했다. "의는 또
한 기를 으뜸으로 삼는다"고 했다. 여기서 말하는 기는 理와 함께
거론되면서 천지만물에 두루 존재한다고 하는 기가 아니고 사람의
경우에만 국한되어 있는 기질로서의 기이다. 기질로서의 기를 말하
면서 기가 우월한 사람은 설의를 존중하고, 기가 열등한 사람은 철
사에 힘을 쓴다고 한다. 그러면서 기의 우열은 하늘에 근본을 둔
것이어서 배워서 얻을 수 없다고 한다. 이러한 견해는 기의 우열은
마치 운명적으로 정해져 있다는 것 같은 오해를 자아낼 수 있으나,
사실은 그렇지 않다. 하늘에 근본을 두었다는 것은 결코 운명적으
로 정해져 있다는 말이 아니다.

〈問造物〉에서 조물이 物을 만들었다는 것을 부정하고, 물이 스스
로 생기고 스스로 변한다고 했는데, 물이라고 한 것이 사람의 경우
에는 기이다. 사람의 기도 스스로 생기고 스스로 변하는 것이지 하
늘에서 정해진 것은 아니므로, '하늘에 근본을 두었다'고 하는 것은
조물주가 만들었다는 말이 아니고, 시를 쓰기 전에 이미 정해져 있
다는 뜻이다. 스스로 생기고 스스로 변하는 기는 체질적인 것이라
기보다는 사회적인 성격으로서의 기질이다. 사회적인 성격으로서의
기질은 스스로 생기고 스스로 변하며, 시의 수사를 익히듯이 배워
서 얻을 수는 없다고 한 것이다. 기가 우월하다는 말도 체질을 두
고 하는 말이 아니고, 사회적인 성격으로서의 기질이 우월해서, 물
또는 현실과 주체적으로 부딪친다는 뜻으로 볼 수밖에 없다. 물 또
는 현실과 주체적으로 부딪치면 철사보다는 설의가 선행하게 마련
이다. 이규보는 스스로의 경험을 통해서 이와 같은 일반론을 전개

할 수가 있었을 것이다.

철사가 중요한가 설의가 중요한가 하는 문제는 古人의 문학을 본받을 것인가 독창적인 문학을 창조할 것인가 하는 문제와 깊은 관련을 가지고 있다. 자기대로 물 또는 현실과 부딪치는 경험이 없다면 철사가 중요할 뿐만 아니라, 고인의 문학을 본받아 전래된 품위를 갖추지 않을 수 없다. 그러나 자기대로의 물 또는 현실과 부딪치는 경험 때문에 문학을 창작한다면, 설의가 중요할 뿐만 아니라 고인의 전례에 의지할 수 없고, 반드시 독창을 할 수밖에 없게 되는 것이다. 이규보는 시뿐만 아니라 啓와 같은 공식적인 글조차도 스스로 창조해야 한다고.다음과 같이 말했다.

오늘날 사람들은 啓를 짓는 방법이 이미 습관화되어서 개혁할 수 없게 되었다. 본문을 古事와 함께 엮어서 글을 이룬다면, 마음에서 스스로 창조한 것이 얼마나 되겠는가? 나는 이에 반대하고자 하지만, 반드시 웃음거리가 될 것이다. 만약 모방에 의해서 글을 쓰면 반드시 후세 군자가 웃게 될 것이다. 후세의 웃음은 지금 사람들의 웃음보다 심할 것이다. 차라리 지금 사람들의 웃음을 당할지언정, 후세 사람들의 웃음거리는 되지 않겠다.[34]

문학은 독창적인 것이어야 한다는 이규보의 주장은 분명히 새롭고 파격적인 것이어서 당시 사람들의 글짓는 습성과는 어긋날 뿐만 아니라, 당시 사람들이 받아들일 수 없는 것이었다. 당시 사람들은 글을 쓰는 것은 격식의 문제라고 생각하고, 일정한 격을 따르고, 고사를 늘어놓으면서 글을 썼다. 과거를 보는 데서는 蘇東坡의 시를 흉내내는 것이 큰 유행이 되어 "해마다 榜이 붙고 난 후에 사람들은 올해에도 30명의 東坡가 나왔다"[35]고 한다는 시대였다. 이규보는

---

34) 〈與金秀才懷英書〉,《後集》26, p. 278. "今人所以作啓 久已成習 不可克革 苟必用本文 與古事編列成章 則其所自創於心者 能有幾耶 僕欲反之 必爲所笑 若倣而爲之 必爲後世君子所笑 後世之笑 甚於今人之笑 寧被笑於今人 無爲後人所笑."
35) 〈答全履之論文書〉, 26, p. 276. "故每歲榜出之後 人人以爲 今年又三十東坡出矣."

이러한 풍조에 대해서 반론을 제기하는 것을 자기의 사명으로 삼아
서, 다음과 같은 주장을 폈다.

　　무릇 古人의 體를 본받으려면, 반드시 먼저 그 시를 익히도록 읽은
후에 본받아야 목적을 이룰 수 있다. 그렇지 않으면 훔쳐 써야 하니
오히려 힘들어진다. 이것은 도적에다 비할 수 있다. 먼저 부잣집을 잘
살피고, 그 대문이나 안문, 담장이나 울타리를 익힌 후에 집안으로 들
어가야만, 그 집 사람의 것을 빼앗아 자기의 것을 만들어도 그 집 사
람이 모르게 할 수 있다. 그렇지 않으면 주머니를 뒤지고 상자를 열지
못하고 반드시 잡히니 재물을 탈취할 수 있겠는가? 나는 어려서부터
放浪無檢해서 독서를 아주 정교하게 하지는 않았다. 비록 六經이나 諸
子나 史記의 글이라도 섭렵하는 데 그치고, 그 근원을 캐는 데까지는
이르지 않았다. 하물며 諸家章句의 글이야 말할 것도 없다. 그 글에 익
지 않았으니, 그 체를 본받고, 그 말을 훔칠 수 있겠는가? 이것이 新語
를 지어내지 않을 수 없는 이유이다.[36]

　여기서 말한 바는 이규보 자신처럼 공부가 부족하면 고인의 체를
본받을 수 없고 新語를 창작하지 않을 수 없다는 뜻으로 이해될 수
있는 것이 아니다. 이규보는 스스로 詩書六經, 諸子百家, 史筆의 글
을 비롯해서 궁벽한 경전, 梵書, 道家의 설에 이르기까지, 중요한
것을 모아서 거울삼아 보고 외어 읽어서 적절할 때 응용하려고 마
련해 두었다[37]고 했다. 신어를 창작하는 근본적인 이유는 공부가 부
족한 데 있지 않고, 남의 말을 표절해서 가지는 것이 도적의 짓이
기 때문이다. 도적질은 잘한다 해도 좋을 것이 없는데, 세상사람들
은 서투른 도적질을 한다고 하는 것이 이 글의 숨은 뜻이다. 표절

36) 〈答全履之論文書〉, pp. 275~276. "凡效古人之體者　必先習讀其詩　然後效而能至也
　否則　剽掠猶難　譬之盜者　先窺諜富人之家　習熟其門戶墻籬　然後善入其室　奪人所有
　爲己之有　而使人不知也　不爾　未及探囊胠篋　必見捕捉矣　財可奪乎　僕自少放浪無檢
　讀書不甚精　雖六經子史之文　涉獵而已　不至窮源　況諸家章句之文哉　旣不熟其文　其
　可效其體　盜其語乎　是新語不得已而作也."《白雲小說》, p. 580에도　같은　대목이　있
　다.
37)《白雲小說》, p. 575.

을 하는 중요한 이유의 하나는 표절한 글이 아름답다고 하는 데 있다. 그러나 표절한 글은 가치를 인정할 수 없다고 하면서 또한 다음과 같이 말했다.

오호라, 오늘날의 사람들은 眩惑이 滋甚해서 비록 훔친 물건이라도 눈을 즐겁게 하면 탐내고 즐긴다. 남에게서 따온 바를 누가 알아서 시비하겠는가 하고 생각하지만, 백세 후에 이르러서 만약 어떤 사람이 足下와 같이 참과 거짓을 판별하면, 비록 도적질을 잘한 사람이라도 반드시 잡히게 된다. 그리고 나의 生澁한 말을 도리어 아름답다고 칭찬하게 된다.[38]

이 글은 아름다움이 무엇인가 하는 문제를 제기한다. 표절해서 아름답다고 하는 것은 오랜 인습 때문에 생긴 관념이다. 독창적인 글은 오랜 인습의 위치에서 볼 때 生澁하게 느껴질 수밖에 없으나, 생삽한 것이 도리어 아름답다고 했다. 생삽한 것은 인습적인 기준에는 어긋나고, 새로운 현실을 표현한 것이므로 아름답다. 아름다움의 기준은 관습이 아니고 현실이다. 이규보가 새롭고 독창적인 문학을 주장한 것은 당시의 지배적인 풍조에 대해 반발하기 위한 단순한 몸짓이 아니고, 자기의 독특한 개성을 실현하기 위한 시도도 아니었다.

이규보는 새시대의 문학을 객관적으로 인식했고, 문학작품의 평가 기준도 객관화하려고 했다. 자기의 시라도 남의 시와 같이 보아 결함을 찾아야 한다는 비판적인 태도를 주장했고,[39] 시의 아홉 가지 좋지 못한 체를 들어서 시를 논하기도 했다.[40] 또한 시는 清警, 雄豪, 姸麗, 平淡한 것을 모두 갖추어야 한다고 하는 견해를 제시하기

---

38) 〈答全履之論文書〉, 26, p. 277. "嗚乎 今世之人 眩惑滋甚 雖盜者之物 有可以悅目 則茅貪翫耳 孰認而詰其所由來哉 至百歲之下 若有人如足下者 判別其眞贋 則雖善盜者 必被擒捕 而僕之生澁之語 反見襃美."
39) 〈論詩中微旨略言〉, 22, p. 243 ; 《白雲小說》, p. 580.
40) 같은 글, 같은 책, p. 579.

도 했다.[41] 이와 같은 노력은 모두 시가 자기만의 만족에 그치지 않고 나타내어야 할 대상을 폭넓게 표현하고, 널리 감동을 주어야 한다는 생각을 구체화하기 위한 것으로 이해된다. 이규보는 타락된 시를 바로잡아야 한다는 강한 사명감을 지니고 있었으며, 다음과 같은 시에서 이 점이 잘 드러난다.

爾來作者輩	근래의 작자들은
不思風雅義	風雅의 뜻은 생각하지 않고,
外飾假丹靑	밖으로 丹靑의 가식만 하여
求中一時嗜	한때의 기호만 찾는다.
意本得於天	뜻은 본래 하늘에서 얻으니,
難可率爾致	쉽사리 이르기 어렵다.
自揣得之難	얻기 어려운 줄 스스로 헤아려,
回之事綺靡	돌아서서 綺靡한 것만 일삼네.
以此眩諸人	이로써 사람을 현혹하여,
欲掩意所匱	뜻이 다한 것을 감추려 한다.
此俗寢已成	이 풍속은 이미 점차 굳어져,
斯文垂墮地	斯文이 땅에 떨어지려나.
李杜不復生	李白과 杜甫는 다시 살아나지 않으니,
誰與辨眞僞	누구와 함께 眞僞를 가린단 말인가.[42]

이처럼 斯文의 타락을 근심하고, 風雅의 전통을 되찾으려고 하는 것은 장차 전개될 이기철학적 문학사상에서 더욱 강조된 바이고, 이규보는 그 선구적인 역할을 했다고 할 수 있다.

4

독창적인 것의 주장은 또한 민족적인 것의 가치 평가와 직결된

---

41) 註 39)와 같은 출처.
42) 〈論詩〉, 《後集》 1, pp. 446~447(인용된 시는 p. 447에 있음).

다. 고인의 체를 표절하지 말고 자기 스스로 터득한 것을 창조해야 한다고 할 때의 고인의 체는 물론 중국의 것이다. 중국의 문학적 규범을 본받아 전승하자는 것이 모방론의 목표이기도 했다. 小中華로 자처하기 위해서는 독창보다 모방이 필요하고, 중국에 대한 事大의 외교를 하기 위해서는 고사로 가득찬 글이 필요하다고 하는 것이 유력한 주장이었다. 그러나 이규보는 자기의 문학이 한문학이었으면서도 이런 주장에 대해 반론을 폈다. 風雅의 전통을 말하고, 李白과 杜甫의 식견을 그리워하는 데 그치지 않고, 우리 문학의 오랜 연원과 그 자주적인 자세를 살폈다.

《白雲小說》의 앞부분은 문학시라고 할 수 있을 체재를 취하고, 우리 문학의 오랜 연원을 말하면서 먼저 乙支文德의 시를 다루었다. 을지문덕의 시는 자료가 남아 있던 최초의 작품이어서 서두에서 다루기도 했지만, 이규보가 강조하고자 한 것은 최초라는 사실보다 그 시의 정신이다.

을지문덕은 중국과 싸워 이긴 민족의 영웅이고, 을지문덕의 시는 敵將에게 보낸 것이다. 우리 문학은 민족의 굳센 기상을 나타내는 데서 시작되었음을 말하려고 했고, 굳센 기상을 나타낸 시는 "句法이 奇古하고, 아름답게 깎고 다듬으려는 경향이 없다. 어찌 후세의 맥빠진 사람들이 따라가려고 할 수 있으랴"[43]라고 칭송될 수 있는 것이라고 했다. 이와 같은 정신적 자세에서 출발한 우리 문학은 중국문학과 같을 수 없고, 자주적인 방향으로 나아가는 문학이어야 한다는 것이다.

다음 순서로 崔致遠을 다루었는데, 문제의 핵심은 최치원의 문학이 중국문학인가 우리 문학인가 하는 데 있다. 이인로도 최치원에 대해서는 깊은 관심을 가졌으며, 최치원이 벼슬에 뜻이 없어 가야산에 은거했다가 자취를 감추었다는 사실을 특히 중요시했다.[44] 이

---

43) 《白雲小說》, p. 573. "句法奇古　無綺麗雕飾之習　豈後世委靡之所可企及哉."
44) 李仁老, 《破閑集》 下, 《高麗名賢集》 2, p. 98.

인로는 隱居를 회구하면서 〈和歸去來辭〉를 지은 자기의 입장에서
최치원을 이해했다. 그런데 이규보의 관심은 이와는 다른 것이었고,
이규보는 자기의 입장에서 최치원을 이해했다. 이규보는 우선 최치
원이 중국에 가서 큰 공을 세우고 文名을 떨쳤는데, 《唐書》, 文藝列
傳에 최치원의 傳이 들어 있지 않은 점을 납득할 수 없다고 했다.
그 이유는 최치원이 중국인이 아니었다는 데 있다고 생각하면서 다
음과 같이 말했다.

> 옛날 사람들은 문장에 있어서 서로 嫌忌하지 않을 수 없었거든, 하물
> 며 致遠이 외국의 명색 없는 사람으로 중국에 들어가 당시의 명성 있는
> 무리들을 짓밟았음에랴. 傳을 두어 곧이곧대로 쓴다면 혐기하는 점에
> 미치게 될까 두려워서 생략한 것일까? 이 점을 내가 모를 일이다.[45]

"나는 중국이 廣蕩한 자세를 가지고 배타적이지 않은 점을 미상
불 가상하게 여겼다"[46]고 전제하고서 이런 말을 했다. 중국은 중국
인의 중국이 아니고 천하의 중국이므로 한문학은 모두 중국문학일
수 있다는 생각은 오래 된 것이고, 최치원도 이런 생각을 가지고
중국에 갔을 것이다. 그러나 최치원은 중국에서 외국인이었고, 결국
고국으로 돌아왔다. 이규보는 이 점을 들어서 한문학은 모두 중국
문학일 수 있다는 생각을 반성했다. 중국에 가서 문명을 떨친 최치
원의 문학조차 중국문학이 아니고 우리 문학이라면, 중국에 가지도
않고 우리 독자를 상대로 하여 창작하는 한문학은 말할 것도 없다.
이규보의 시대에는 당나라와 같은 중국인의 세계제국도 없었고, 중
국에 들어가 文名을 떨칠 길도 없었다. 중국의 지배자로 등장한 元
나라는 항거해야 할 대상이었다. 사리가 이렇기 때문에 중국의 문

---

45) 《白雲小說》, pp. 573~574. "古之人 於文章 不得不嫌忌 況致遠以外國孤蹤 入中朝
   蹦踏當時名輩 若立傳直其筆 恐涉其嫌 故略之歟 是余所未知者也." 〈唐書不立崔致遠
   列傳議〉 22, p. 237에도 같은 내용이 있다.
46) 《白雲小說》, p. 573. "余未嘗不嘉其中國之廣蕩無外."

학을 재현하여 중국의 문학에 참여하겠다는 생각은 더욱 어리석고, 마땅히 을지문덕의 정신을 계승해야 한다는 것이, 이규보가 최치원을 논한 궁극적인 의도일 것이다.

이규보가 〈東明王篇〉을 쓴 것도 이와 관련해 이해할 필요가 있다. 〈東明王篇〉에 관해서는 두 가지 견해가 제기되어 있다. 遼나라와 金나라에 대한 사대적인 외교에 반대하며 민족적 주체성을 찾으려고 한 것이 창작 의도였다고 하는 것이 첫째 견해이고,[47] 신라의 부흥을 외치는 반란세력을 진압하면서 고려는 고구려의 뒤를 이은 나라라고 한 것이 창작 의도였다고 하는 것이 둘째 견해이다.[48] 그런데 이 가운데 둘째 견해는 작품 창작의 당면한 동기를 지적한 것일 수는 있어도, 문제 제기의 차원으로서는 지나치게 평면적이다. 이규보가 고려는 고구려의 뒤를 이은 나라라고 한 것은 당면한 과제를 해결하기 위한 논리로만 해석될 수 있는 것이 아니고, 민족적 주체성을 찾아내고자 하는 더욱 깊은 생각의 반영으로 보아야 할 것이다. 그러므로 첫째 견해가 이 작품의 깊은 의미를 이해하는 데 더욱 중요한 의의를 가진다고 할 수 있다.

사대적인 외교는 젊은 이규보가 반발의 대상으로 삼을 만한 것이다. 그러나 이규보가 반발의 대상으로 삼은 것은 요나라와 금나라에 대한 사대적인 외교만이 아니고, 그보다 더욱 광범위한 현상 즉 중국문화에 대한 추종이었다고 할 수 있다. 고려가 신라의 뒤를 이은 나라인가 고구려의 뒤를 이은 나라인가 하는 문제도 이와 관련된 것이다. 이규보는 신라 이래의 구귀족이 중국문화를 추종하고 주체성이나 자주성을 저버린 태도를 비판하고, 민족사에 관한 새로운 입장을 수립하기 위해서 〈東明王篇〉을 썼다고 생각된다.

세상에서는 東明의 신이한 일을 많이 말해서 어리석은 사나이와 아

---

47) 李佑成, 〈高麗中期의 民族敍事詩〉, 《成均館大學校 論文集》 7(1962).
48) 朴菖熙, 〈李奎報의 東明王篇詩〉, 《歷史敎育》 11·12합집(歷史敎育硏究會, 1969).

낙네들도 그 일을 능히 말할 수 있다. 나는 일찍이 이 이야기를 듣고 웃으면서 말했다. "先師 仲尼가 怪力亂神은 말하지 않는다고 했다. 이것은 참으로 황당하고 奇詭한 일이니, 우리가 말할 바는 아니다."[49]

이와 같이 시작되는 詩序는 문제의 소재를 명확하게 나타내고 있다. 東明王의 행적이 怪力亂神이라고 하는 것은 중국의 입장이고 유학의 입장이다. 중국이 마련한 문화적 척도에 의하면 중국 제왕의 건국은 신이하지만, 우리의 것은 괴력난신의 짓이다. 이러한 사고방식을 그대로 받아들이면, 중국은 천하의 중심이고 기준이며, 우리의 문화는 버려야 할 오랑캐의 풍속이고, 오랑캐의 풍속을 바로 잡기 위해서는 성현의 가르침에 따르는 비판적인 작업이 있어야 한다. 金富軾은 이런 각도에서 역사를 정리했다. 《舊三國史》를 《三國史記》로 고쳐 쓰면서 동명왕의 서사시를 간략한 산문으로 요약해서 신이한 성격을 삭제했던 것이다.

이와 같은 김부식의 처사는 자기 혼자만의 것도 아니고 우연한 것도 아니었으며, 무신란 이전에 권력을 장악하고 있던 문벌귀족의 慕華的이고 보수적인 가치관의 반영이었다. 당시 문벌귀족의 중심 인물이었던 김부식은 西京으로 천도하여 자주적인 국가를 세우려고 한 妙淸의 반란을 진압한 후에 《三國史記》를 편찬했으므로 西京遷都論의 정신적 바탕일 수 있는 동명왕의 서사시에 대한 격하에 특히 힘을 기울였을 것이라는 점은 쉽사리 짐작할 수 있다. 그러나 일반백성은 김부식을 중심으로 한 문벌귀족들의 책동과는 관계없이 동명왕의 신이한 일을 계속 구전했다. 이규보가 동명왕에 관한 구전을 듣고 괴력난신에 관한 말이라고 생각한 것은 자기대로의 새로운 사고방식을 확립하기 전의 태도였다. 그러다가 다음과 같은 변화가 일어났다고 했다.

---

49) 〈東明王篇序〉, 《後集》3, p. 33. "世多說 東明王神異之事 雖愚夫駿婦 亦頗能說其事 僕嘗聞之笑曰 先師仲尼 不語怪力亂神 此實荒唐奇詭之事 非吾曹所說."

《舊三國史》를 얻어서 東明王本紀를 보니 그 신이한 자취는 세상에서 말하는 것을 넘어선다. 처음에는 믿을 수 없어서 鬼이고 幻이라고 생각했는데, 세 번 거푸 탐독하고 음미하니 점차 그 근원에 이르게 되고, 幻이 아니고 聖이며, 鬼가 아니고 神이다……동명의 일은 變化 神異로써 사람의 눈을 현혹시키는 것이 아니고, 실은 바로 創國의 신이한 자취이다. 이것을 기술하지 않으면 후에 무엇을 보여줄 수 있겠는가? 시로 지어서 무릇 천하가 우리나라는 원래 성인의 都임을 알게 하겠다.[50]

이러한 변화는, 구전만으로는 믿을 수 없어 《舊三國史》를 얻어 보고 이루어진 것처럼 서술되어 있다. 그러나 변화의 근본 이유는 자료에 있는 것이 아니고, 자료를 보는 눈에 있다. "점차 그 근원에 이르게 되고"라고 한 것은 자료를 보는 동안에 보는 눈이 달라지고, 사고방식이 바뀌었다는 말이다. 동명왕의 일을 怪力亂神에 관한 것으로 생각한 입장에서 벗어나는 것은 쉽사리 이루어질 수 없었다. 한 시대의 지배적인 이념은 새 역사의 창조가 시작되어도 바로 극복될 수 있는 것은 아니다.

이규보가 김부식과는 다른 방향으로 나아가, 주체적인 입장을 확립하고, "우리나라가 원래 성인의 都임을 알게 하겠다"는 결단을 마련하기까지에는 적지 않은 사상적인 진통이 있었다. 그런데 사상적인 진통의 결과 자주적인 의식을 확립하게 된 것은 무엇보다도 이규보가 현실 자체를 존중하고 현실을 실천적으로 개조하고자 하는 신흥사대부의 입장에 서서 구귀족의 사상적 한계를 극복하는 데 선구적인 역할을 했기 때문에 가능할 수 있었다. 그리고 이러한 움직임은 성장하고 있는 일반백성의 의지와 관련을 가지고 이루어졌다는 증거의 하나가 바로 이규보가 동명왕에 관한 '어리석은 사나이

---

50) 〈東明王篇序〉, 《後集》 3. p. 33. "得舊三國史 見東明王本紀 其神異之迹踰世之所說者 然亦初不能信之 意以爲鬼幻 及三復耽味 漸涉其源 非幻也 乃聖也 非鬼也 乃神也……矧東明之事 非以變化神異眩惑衆目 乃實創國之神迹 則此而不述 後將何觀 是用作詩以記之 欲使夫天下知我國本聖人之都耳."

와 아낙네들’의 구전의 가치를 인정했다는 데서 나타난다.

《삼국사기》를 쓴 김부식도 유학의 입장에 섰고, 이규보 또한 유학을 버린 것은 아니었다. 그러나 김부식의 유학과 이규보의 유학은 역사적 위치가 다른 것이고, 성격 또한 다른 것이다. 이미 거듭 지적된 바와 같이, 이규보는 이기철학을 중심적인 내용으로 하는 새로운 유학의 선구자 노릇을 함으로써 김부식이 숭상한 漢唐 유학과는 다른 사상을 마련했다. 그러나 이규보의 사상을 이기철학을 중심으로 하는 새로운 유학과 관련해서 이해하는 것만으로는 충분하지 않다. 새로운 유학이라고 해서 반드시 자주적인 입장을 취했던 것이 아니고, 오히려 明나라의 중국 통일과 관련해서 중국과의 사대의 관계를 재확립하고자 했던 것도 새로운 유학의 주장이었다.

이규보는 그런 동향과 연결되지 않고, 그것과 병행해서 나타난, 檀君正統論으로 요약되는 민족의식의 성장과 연결된다. 몽고에 대한 항쟁, 몽고의 지배로부터의 국권 회복, 명나라에 대한 대등한 입장의 의식화, 그리고 내부적으로는 田制改革에서 조선왕조의 성립까지의 변화, 또는 訓民正音의 창제 등에 이르는 움직임은 새 역사를 자주적으로 창조하는 두드러진 모습이었는데, 이규보는 이러한 방향을 개척하는 데 일정한 구실을 했다. 물론 이규보의 활동은 문학에 관한 것으로 집약되고, 사회적 정치적 개혁에 관해서는 다루지 않았으나, 문학에서의 독창성과 자주성의 주장은 이와 같이 해석을 해야 비로소 온전하게 이해될 수 있으며, 문학에 관한 새로운 사상의 전개에서는 이규보보다 더 뚜렷한 역할을 한 사람이 쉽사리 발견되지 않는다.

2. 慧 諶

1

고려 중엽에 知訥이 나와 불교를 혁신했다. 그때까지 집권 귀족과 결탁한 불교는 방대한 토지와 많은 노비, 그리고 강력한 僧兵까지 거느리고, 세속을 벗어날 것을 역설하면서도 세속의 영광을 마음껏 누리고, 종교적인 영향력에서 뿐만 아니라 실제적인 힘으로도 집권 지배체제에 대한 항거를 억누르는 구실을 해왔다. 지눌은 이러한 불교를 다음과 같이 비판했다.

늘 제멋대로 탐욕·분노·질투·교만·방종으로 명예와 이익을 구하면서 헛되이 세월을 보내고, 쓸데없는 말로써 천하의 일을 의논한다. 또는 계율을 지키는 덕도 없으면서 함부로 신도의 布施를 받아들이고, 남의 供養을 받으면서 부끄러워할 줄 모른다. 이처럼 그 허물이 한량없거늘, 어찌 덮어두고 슬퍼하지 않겠는가?[1]

일정한 스승이나 道統이 없이 공부한 지눌은 이러한 여러 가지

---

1) 知訥, 〈勸修定慧結社文〉, 《韓國高僧集 高麗時代》 1(景印文化社, 1974), p. 584. "尙復恣意 貪嗔嫉妬 我慢放逸 求名求利 虛喪天日 無趣談話 論說天下 或無戒德 空納信施 受人供養 無慚無愧 如是等愆 無量無邊 其可覆藏 不爲哀痛乎."

폐단을 시정하고 불교를 개혁하기 위해서 처음에 定慧社라고 하고 나중에 修禪社라고 고쳐 부른 신앙단체를 결성하면서, 그 취지를 다음과 같이 밝혔다.

마땅히 名利를 버리고 산림에 은둔하여 함께 社를 결성해서, 언제나 定과 함께 慧를 익히는 것으로 일삼자. 禮佛하고 經 읽고, 노동으로 運力하는 데까지 각자 소임에 따라서 경영하며, 인연에 따라서 養性하고, 평생 구속 없이 지내자.[2]

'社'라고 하는 것은 '寺'와 다르다. 寺는 승려들만 모여 있는 사원이고, 社는 승려와 신도가 함께 모여서 만든 단체이므로, 社에 모여든 '尊卑四衆'은 定慧, 예불, 독경만 하는 데 그치지 않고 노동으로 運力하는 것까지 함께 하는 것이다.[3] 기존 불교의 세력기반인 사원에 들어가서는 뜻을 이룰 수 없으므로 社를 결성했으며, 社의 구성원은 널리 개방해서 禪宗·敎宗·儒學·道敎 등에 속한 사람들이라도 가리지 않고 누구든지 원하면 結社文에 이름을 쓰라고 했다.[4] 결사문을 쓴 것은 1200년(神宗 3년), 崔忠獻의 정권이 수립된 지 4년째 되던 해였다. 武臣亂으로 구귀족의 세력이 무너지고 사대부의 등장이 가능하게 되었을 때 불교에서도 새로운 기운이 돌았으며, 지눌에서 시작된 曹溪宗은 무신정권과 밀접한 관계를 가졌다.

지눌은 사람은 누구나 자기 마음에서 佛性을 찾아야 한다고 했다. 자기 마음이 진정한 부처인 줄 모르고, 자기의 性이 진정한 佛法인 줄 모르고, 마음 밖에서 부처를 찾고, 불성을 구한다면, 티끌

2) 知訥, 〈勸修定慧結社文〉, 《韓國高僧集 高麗時代》 1, p. 579. "當捨名利 隱遁山林 結爲同社 常以習定均慧 爲務 禮佛轉經 以至於執勞運力 各隨所任而經營之 隨緣養性 放曠平生."
3) 金君綏, 〈曹溪山修禪社佛日普照國師碑銘〉, 《東文選》 117에서는 四方의 緇白(중과 신도)이 修禪寺에 모여들었다 하고, 王公士庶로서 投名入社한 사람이 수백 명에 이르렀다고 했다. 崔滋, 〈萬德山白蓮社圓妙國師碑銘〉, 《東文選》 117에서는 "王公大人牧伯縣宰尊卑四衆" 3백여 인이 白蓮社에 入社했다고 했다.
4) 知訥, 앞의 글, 앞의 책, pp. 637~638.

처럼 많은 劫이 지나도록 몸을 사르고 팔을 태우면서 뼈를 두드려
골수를 꺼내며, 피를 찔러 경을 베낀다 해도, 모래를 삶아 밥을 지
으려는 것과 같은 헛수고만 한다고 단언했다.[5] 자기 마음에서 불성
을 찾는 것이 진정한 수행의 유일한 길이라면, 수행은 누구나 할
수 있는 것이다. 그 많은 경전을 읽고 연구할 겨를이나 능력을 가
지지 못한 일반백성이라도 수행을 할 수 있다는 말이다. 그리고 수
행은 頓悟로써 이루어지고 돈오한 후에 漸修가 필요하다고 하면서,
다음과 같은 방향으로 나아가자고 했다.

> 이른바 惡을 끊으면서도 끊은 것이 없고, 善을 닦으면서도 닦은 것
> 이 없어야 진정한 닦음과 끊음이 될 수 있다고 하겠다. 만일 이와 같
> 이 禪定과 智慧를 아울러서, 온갖 行을 함께 닦으면, 어찌 이것이 헛되
> 게 침묵만 지키는 어리석은 禪이나 다만 문자나 찾는 미친 지혜에 견
> 주겠는가 ?[6]

끊고 닦으면서도 끊음과 닦음이 없어야 한다는 것은, 특히 일정
한 法文을 내세우고, 교단의 권위와 세력을 넓히기 위해서 헛된 정
열을 기울이는 태도를 비판한 말이다. 헛되게 침묵만 지키는 어리
석은 禪을 하는 禪宗도 배격해야 할 것이고, 다만 문자만 찾는 미
친 지혜를 주장하는 敎宗도 배격해야 할 것이라고도 했다. 지눌은
定慧雙修를 내세워 선종의 결함과 교종의 결함을 한꺼번에 극복하
려 했다. 義天은 교종의 견지에서 禪敎를 융합하려고 했는데, 지눌
의 목표는 선종의 견지에서 禪敎의 양극단을 지양하려는 것이었다.
다만 문자만 찾는 미친 지혜를 배격하는 데서 잘 나타난 바와 같
이 지눌은 말로 된 논술을 불신하면서 수행할 것을 역설했다. 말에

---

5) 知訥, 〈修心訣〉, 《韓國高僧集 高麗時代》 2, p. 469.
6) 知訥, 〈勸修定慧結社文〉, 《韓國高僧集 高麗時代》 1, pp. 592~593. "可謂於惡斷 斷
   而無斷 於善修 修而無修 爲眞修斷矣 若能如是 定慧雙運 萬行齊修 則豈比愚夫空守
   默之癡禪 但尋文之狂慧者也."

대한 불신은 元曉의 경우에도 잘 나타난 바였고, 불교의 근본적인 입장이다. 그러나 지눌의 불신은 더욱 철저한 것이었다. 지눌은 經이나 論을 풀이하는 데 열의를 가지지 않고, 스스로 수행하는 것만 특히 소중하게 여기며 스스로 수행하는 데 직접적인 도움이 되는 것을 찾아서 널리 펴고자 했다. "글에 집착하지 말고, 義를 바로 이해하며, 하나하나 자기에게 돌리어 근본에 합치되면, 스승이 없는 지혜가 저절로 앞에 나타나고, 천진스러운 이치가 了然하여 어둡지 않게 된다"[7]고 한 것은 이런 생각을 잘 나타낸 말이다.

지눌의 말은 스스로 깨닫도록 하려는 것이고, 말의 한계를 인식시켜 경종을 울리는 것이다. 원효도 역설의 논리로써 經典을 풀이하고, 비유로써 佛法을 알리려고 했지마는 지눌이 사용한 역설과 비유는 풀이하는 논리마저 철저하게 부정하는 것이다. "개는 佛性이 없다"는 역설이나, 부처는 "庭前栢樹子"나 "麻三斤"이라는 것과 같은 비유를 흔히 들었는데,[8] "개는 불성이 없다"는 말은 불교의 기초적인 교리를 정면에서 부정함으로써 교리에 대한 집착마저 파괴하려는 것이고, '庭前栢樹子'니 '麻三斤'이니 하는 말은 부처의 실상이라고들 생각하는 무엇을 부숴버리려는 것이다. 그렇다고 해서 침묵만 하고 있을 수는 없으므로, 이런 말이라도 해서 침묵에 의한 부정마저 깬다.

지눌은 경전의 이해를 통하지 않고 이루어지는 수행을 내세웠고 문자에 의한 引證을 배제했다. 話頭를 놓고 수행하는 것은 모든 사람이 경전의 가르침이나 스승의 도움 없이 스스로 해결해야 할 과제에 부딪치는 행위이고, 談禪法會는 스스로의 발견에 의해서 진행될 수밖에 없는 것이다. 스스로의 과제를 가지고 자기가 발견해야 하므로 기존의 논리에 의지해서 말할 수 없고, 말을 끊임없이 파괴

---

7) 知訥, 〈修心訣〉, 《韓國高僧集 高麗時代》 2, p. 492. "莫執文 直須了義 ——歸就自己 契合本宗 則無師之智 自然現前 天眞之理了然不昧."
8) 知訥, 〈看話決疑論〉, 《韓國高僧集 高麗時代》 2, p. 614.

해야 말을 한마디라도 할 수 있게 된다. 이러한 경지에 이르러 하는 말은 모두 문학창작이라고 할 수 있고, 이와 같은 지눌의 사상은 문학을 근본적으로 새롭게 하면서 문학의 문제를 다시 한 번 철저히 검토하는 계기를 제공했다.

2

慧諶(1178~1234)은 지눌의 후계자이다. 修禪社의 법통을 들어 말하면, 지눌이 제1세 普照國師였고, 혜심이 제2세 眞覺國師였다. 혜심은 지눌이 연 길을 충실하게 따랐으므로, 사상사적으로 새삼스러운 의의를 가지지 않는다고 할 수도 있겠으나, 지눌과 혜심에게는 중요한 차이점이 있다. 혜심은 원래 유학의 문장을 익히는 데서 공부를 시작해서 불문에 들어가 승려가 되었고, 문학에 대해서 계속 깊은 관심을 가졌다. 지눌에 의해서 시작된 사상을 문학의 문제와 바로 연결시켜 문학사상을 이룬 사람은 바로 혜심이다.

어려서부터 이미 文章에 종사하는 데 힘쓰고, 오래지 않아서 선비의 관문인 司馬試에 뽑히었으니, 학문이 정교하지 않은 것도 아니요, 운수가 불길한 것도 아니었다. 만일 조금만 더 참았더라면 곧 大科에 급제하여 앞으로 더 나아가 이름난 士大夫가 되었을 것이다. 그런데 거의 이루어질 이름을 버리고, 오히려 더럽혀진 바를 일찍 떨쳐버리지 못했음을 한탄했으니, 초연하게 세상에서 벗어나려는 마음을 이로써 증험할 수 있다.[9]

李奎報는 〈眞覺國師碑銘〉에서 이렇게 말했다. 혜심은 이규보와

---

9) 李奎報, 〈曹溪山第二世故斷俗寺住持修禪社主贈諡眞覺國師碑銘〉, 《東國李相國集》 35(《高麗名賢集》 1, 成均館大學校 大東文化研究院, 1973), p. 375. "況自妙齡 業已 從事於文章 未幾施擢賢關 則學非不精也 命非不偶也 若小忍須臾 便登桂籍 長驅前 途 不失爲名士大夫 而反割棄垂就之名 猶以不早落染爲恨 其超然出世之心 亦於此可 驗."

같은 신흥사대부의 일원이었고, 사대부로서의 문학 수업을 하다가 지눌의 문하에 들어가 중이 되었던 것이다. 사대부의 생애는 과거를 보아서 급제하고 벼슬을 하는 과정으로 이루어져야 할 것인데, 이 과정은 세상에서 시달리고 자기 충실을 희생시켜야 하는 것이기도 했다. 그러므로 혜심은 자기를 더럽히는 세상을 피하고 자기 충실을 찾아서 중이 되었고, 한 번도 開京에 나타나지 않았다. 중으로서의 명예도 바라지 않았으므로, 지눌이 자기의 후계자로 지명하려고 하자 자취를 감추었고, 지눌이 죽은 후에야 修禪社로 되돌아갔다.

지눌은 혜심을 만나자 "이미 내가 너를 만났으니 죽어도 한이 없다. 너는 마땅히 佛法을 自任으로 하여 本願을 바꾸지 말라"[10]고 했다고 한다. 혜심은 불법을 자임으로 삼았지만, 스스로 "儒之佛"이라고 자처하고, 불교와 유학이 다름없는 것이라고까지 말했다.[11] 혜심이 말한 유학은 도학이 아니고 문학이다.

혜심은 문학에 대해서 계속하여 깊은 관심을 기지고 글을 썼는데, 혜심의 문학은 당시 사대부의 문학과 상통하는 것이어서, 전래하는 격식을 따르지 않고 이치 그 자체를 말하려는 것이었다. 〈竹尊者傳〉과 〈氷道者傳〉과 같은 가전체 작품을 쓴 것도 사대부 문인들과 같은 취향을 가졌다는 증거이고, 이규보가 보인 독창적인 개성이 혜심에게서도 발견된다.[12]

그러나 혜심의 문학은 禪定과 頓悟를 위해서 필요한 방편이었고, 문학을 위한 것은 아니었다. 말을 불신하고, 문자만 찾는 미친 지혜

---

10) 李奎報, 앞의 글, 앞의 책, p. 376. "吾旣得汝 死無恨矣 汝當以佛法自任 不替本願也."

11) 慧諶은 〈答崔糸政〉(《曹溪眞覺國師語錄》 書狀)에서 崔洪胤에게 자기가 '儒之佛'이라고 하고, 崔洪胤은 '佛之儒'라고 했다. 慧諶은 일찍이 崔洪胤 밑에서 司馬試에 급제했는데, 崔洪胤이 나중에 慧諶의 제자가 되었으므로 이렇게 말하고, "佛儒廻異知其實 則佛儒無殊"라고 덧붙였다.

12) 李奎報, 앞의 글, 앞의 책, p. 377에서는 "師性沖和碩實 旣自儒之釋 凡內外經書 無不淹貫 故至於談揚佛乘 撰著偈頌 則恢恢乎 游刃 有餘地矣"라고 했다.

를 경계하는 지눌의 견해를 충실히 계승하면서 禪家의 문학을 개척했고, 문학의 존재 이유를 다음과 같이 말했다.

世尊·迦葉 이래로 대대로 이어서 등불이 끊어지지 않았으며, 서로 비밀히 당부한 것으로 바로 전한 바를 삼았다. 바로 전하고 비밀히 당부한 것은 말이나 뜻을 갖추지 않은 것은 아니지만, 말이나 뜻으로는 표현할 수 없다. 그러므로 비록 가리키는 바가 있어도 문자를 세우지 않고, 마음을 마음으로 전했을 뿐이다. 그런데 일을 좋아하는 사람들이 굳이 그 자취를 기록하여 책에 실어 지금까지 전하니, 그 거친 자취는 귀중하게 여길 것이 아니다. 그러나 흐름을 찾아올라가 그 근원을 얻고, 끝머리에 의거하여 근본을 아는 것도 무방하다. 본원을 얻은 사람은 만 가지로 분별해서 말하더라도 맞지 않는 것이 없고, 본원을 얻지 못한 사람은 말을 끊고 침묵을 지키더라도 미혹 아닌 것이 없다. 그러므로 여러 祖師들은 문자를 버리지 않고, 자비를 아끼지 않으면서, 묻기도 하고, 들어 보이기도 하고, 代身하기도 하고, 판별하기도 하고, 읊거나 노래를 부르기도 하여, 심오한 이치를 드러내 후인에게 주었다.[13]

이 글은 문학의 존재 가능성을 문제삼으면서, 우선 문학의 존재 가능성을 부정했다. 世尊이나 迦葉 이래로 비밀히 전하는 바는 말이나 뜻으로 표현할 수 없고, 마음을 마음으로 전하는 以心傳心으로 이해할 수밖에 없다고 하며, 문자를 세워서 마음의 자취를 기록한 것은, 일을 좋아하는 사람이 한 짓이어서 귀중하게 여길 바가 아니라고 한 것은 문학의 존재 가능성을 부정한 말이다. 그러나 일단 부정된 문학의 존재 가능성이 독자의 자세에 따라서, 또는 작자의 위치에 따라서 긍정될 수도 있다고 하여 다음 말을 이었다. 흐

---

13) 〈禪門拈頌序〉,《曹溪眞覺國師語錄》附錄. "詳夫自世尊迦葉已來 代代相承 燈燈無盡 遞相密付以爲正傳 其正傳密付之處 非不該言義 言義不足以及 故雖有指陳 不立文字 以心傳心而已 好事者 强記其迹 載在方冊 傳之至今 則其麤固不足貴也 然不妨尋流而得源 據末而知本 得乎本源者 雖萬別而言之 未始不中也 不得乎此者 雖絶言而守之 未始不惑也 是以諸方尊宿 不外文字 不悋慈悲 或徵 或拈 或代 或別 或頌 或歌 發揚奧旨 以貽後人."

름을 찾아가 근원을 얻고, 끝머리에 의지해서 근본을 아는 것은 무방하다고 한 것은 독자가 흐름에 지나지 않는 글을 흐름으로만 보지 않고 끝머리에 머무르고 있는 글을 끝머리로만 알지 않고, 흐름에서 근원으로 향하는 길을 찾고, 끝머리에서 근본을 발견한다면, 문학이 긍정될 수 있다는 뜻이다. 그 다음 순서로, 본원을 얻지 못한 사람은 침묵을 지켜도 의혹이 아닌 것이 없고, 본원을 얻은 사람은 만 가지로 분별해 말해도 맞지 않는 것이 없으므로 문자를 버리지 않고 말하는 것이 자비를 베푸는 행위라고 했다. 본원을 얻은 사람의 문학이라면 긍정될 수 있다는 생각이다.

혜심은 경전의 가치를 검토하기 위해서, 말로써 분별하고 문자를 세워 나타내는 언설을 믿을 수 있는가 따졌던 것은 아니다. 선종의 입장에서 교종에 대해서도 어느 정도 동의하고자 했다고 한다면, 그것은 더욱 피상적인 해석이다. 모든 말이나 글은 마음으로 전해진 것의 거친 자취에 지나지 않는다고 하면서도, 경전보다는 경전이 아닌 문학작품이 오히려 더 중요하다고 생각하였다. 말로써 분별하고 문자를 세워 나타내는 표현에 대한 부정의 부정은 문학 일반의 가능성을 검증한 논리였고, 문학 일반의 가능성은 禪家文學에서 인정될 수 있다고 보았다. 이 글은 역대 선가문학 작품을 모은 〈禪門拈頌〉의 서문이다. 경전을 풀이하기보다 선가문학에 대한 관심을 일으키는 것이 더욱 긴요하다는 생각에서 이 책을 편찬했던 것이다.

이 글의 끝부분에서는 문학의 종류라고 할 수 있는 것들을 말했다. 묻고, 들어 보이고, 대신하고, 판별하고, 읊거나 노래하는 것은 모두 문학의 종류라고 할 수 있다. 묻는 것은 禪門答이다. 들어 보이는 것은 일화를 통한 예시이다. 대신하는 것은 비유를 통한 해명이다. 판별하는 것은 시비를 가리는 논의이다. 그리고 읊거나 노래하는 것은 시 창작이다. 선가문학은 이미 정립되어 있는 문학의 여러 종류에서 벗어나, 고정된 격식을 거부하면서, 즉흥적이고 기발한 표현의 영역을 다양하게 확장하려고 했으며, 그렇게 함으로써 이런 것들을 두루 개척했다고 할 수 있다.

3

어느 날 스님은 목욕을 하다가 좌우에 있는 두 중을 보고 문득 물었다.
"물이 얼마나 깊은가?"
한 중은 말이 없고, 한 중은 말이 있었다.
스님은 왼쪽 중을 붙들어 왼쪽 볼을 때리면서 말했다.
"이 손바닥은 말이 있는 놈이 먹어라."
다시 오른쪽 볼을 때리면서 말했다.
"이 손바닥은 말이 없는 놈이 먹어라."
또 정수리를 때리면서 말했다.
"이 손바닥은 내가 먹겠다."
다시 말했다.
"또 한 손바닥이 있는데, 이것은 누구에게 줄꼬?"[14]

혜심이 목욕을 하다가 제자들과 나눈 문답을 적어 둔 것이다. 이런 문답은 무슨 말을 주고받겠다고 미리 작정하지 않고, 때에 따라서 즉흥적으로 생기는 것이므로, '室中對機'라고 한다. 실중대기는 연극과 상통한다고 할 수 있으나, 줄거리도 없고, 이치에 닿지도 않고, 근원을 얻고 근본을 알고자 하지 않는다면 이해할 수 없는 연극이고, 연극이 아닌 연극이다. 말에 집착하지 말고, 말이 없는 데 머무르지도 말아야 한다는 뜻에서, 혜심은 두 중에게 다 시비를 건다. 그러면서 이유 없이 때리고, 물의 깊이를 묻다가 손바닥을 먹으라고 하면서 일상적인 생각의 이치를 격파한다. 그리고 손바닥도 둘이기도 하고, 셋이기도 하고, 넷이기도 하니, 이로써 고정관념에

---

14) 〈室中對機〉, 《曹溪眞覺國師語錄》. "師一日浴次 見二僧在左右 師便問 水深多小 一僧有語 一僧無語 師捉左一僧 打左顋云者 一掌有語者喫 打右僧云者 一掌無語者喫 又打頂云者 一掌山僧自喫 更有一掌 分付阿誰."

서 벗어나서 자유롭게 되려고 한다.

破竈 和尙이 嵩山에 있을 때 사당에 모신 竈神(부엌의 신)이 아주 신령스러웠다. 화상은 지팡이로 조신을 넘어뜨리고는 "너는 본래 흙과 기와를 합쳐서 만든 것인데, 靈은 어디서 왔으며, 聖은 어디서 생겼는가?" 하면서, 몇 번 내리치고 "부서져라, 무너져라" 하자 조신은 곧 부서졌다. 푸른 옷을 입은 사람이 나와서 절하면서 말했다. "나는 사당의 조신인데, 화상의 설법을 듣고 解脫을 얻었으므로 사례합니다." 그 다음에 대중이 청하자, 스님은 지팡이로 대중의 머리를 두드리면서 "부서져라, 무너져라"고 했다. 대중은 크게 깨달았다.[15]

靈이니 聖이니 하는 관념을 파괴한 일화이다. 신령스럽다는 竈神조차도 조신으로 숭상되고 있으므로 자유롭게 될 수 없었는데, 조신을 섬기는 대중은 더욱 말할 것도 없다. 조신의 사당을 섬기는 생각, 조신의 사당과 같이 폐쇄되어 있는 생각을 부수고 무너뜨려야만 解脫의 자유를 얻을 수 있는 것이다.

言路理路不得行	말 길이나 이치 길을 가지 말고,
無事匣裏莫坐在	일없이 匣 속에 들어앉아 있지도 말아라.
擧起之處勿承當	들어 보이는 곳에서 시인하려고 하지 말고,
亦莫將迷要悟待	미혹하게 된다고 깨치기를 기다리지도 말아라.
恰到無所用心處	마음 쓰는 것이 없는 경지에 흡족하게 이르러서,
終不於此却打退	마침내 거기서 물러나지 말아라.
忽然打破漆桶來	갑자기 漆桶를 부수면,
快快快快快快快	쾌쾌쾌쾌쾌쾌쾌하다.[16]

이것은 禪詩에 관한 禪詩이다. 말이나 이치를 믿고 이용하는 것

---

15) 〈破竈話〉, 같은 책 附錄. "破竈和尙居嵩山 廟竈甚靈 師以杖墮云 汝本泥瓦合成 靈從何來 聖從何起 乃敲數下云 破也墮也 其竈破 有一靑衣拜曰 我以廟神 蒙和尙說法 以得解脫 故致禮 後衆請 師以杖打頭云 破也墮也 大衆一時大悟."
16) 〈示宗敏上人〉, 《曹溪眞覺國師語錄》, 示人.

도 잘못된 일이고, 그렇다고 해서 침묵의 匣 속에 들어앉아 있어서
될 일도 아니다. 들어 보이는 것이 있다고 해서 그대로 시인하면,
들어 보이는 것의 근본에는 이르지 못하고, 깨치려고 애쓰면 오히
려 집착만 강해진다. 마음 쓰는 것이 없는 경지에서 흡족해 하고,
漆桶같이 막혀 있는 생각을 부숴야만 비로소 즐겁게 된다. 그런데
이러한 생각도 이 시에서처럼 조리를 갖추어서 드러내 보이면 대중
이 그대로 시인하는 폐단이 생길 수 있다. 그러므로 칠통 같은 대
중의 머리를 부수고 무너뜨리기 위해서 다음과 같은 시를 짓기도
했다. 그래서 시는 점점 더 엉뚱하게 된다.

芥子納須彌	개자가 須彌山을 집어넣고,
毛端含利海	터럭 끝에 利海가 포함된다.
蝦蟆上梵天	두꺼비는 梵天에 오르고,
蜈蟉吞魚蟹	지네가 게를 삼킨다.
馳尾釣冬瓜	낙타 꼬리로 冬瓜를 낚고,
林脚種生菜	나무가 다리로 채소를 심는다.[17]

　이러한 것들은 모두 참으로 기발한 상상에 의한 표현의 시도이
다. 문학의 가능한 영역을 크게 확대해 주는 것이라고도 할 수 있
다. 현대에 와서 이루어진 여러 양상의 파격적인 문학의 실험이 이
미 나타났다고 해도 지나친 말이 아니다. 그러나 혜심은 신기하고
충격적인 것을, 그 자체의 목적으로 삼지 않고, 칠통 같은 무지를
파괴하고 근본적인 의문을 일으키기 위해서 사용했다. 문학은 말을
떠난 것이고, 문학이 아닌 것이어야 한다고 하면서, 말에 대한 집착
이나 문학에 대한 기대마저 없애려고 했다.

　太虛를 그리는 사람은 붓을 들면 이미 絶相에서 벗어나고, 바닷물을
퍼내려는 사람은 병에 담자 無涯를 잃어버리거늘, 하물며 이 宗門의

---

17) 〈示覺雨上人〉, 같은 책, 같은 곳.

일을 어찌 語言의 붓으로 원만하게 그리고, 識量의 병으로써 온전하게 알 수 있겠는가?[18]

유가문학은 말에 대한 신뢰에 근거를 두고, 말로 나타낼 수 있는 것을 말로 나타내기 위해서 진지하게 애쓰며, 일상적 경험에서 출발하여 숭고한 이치에 도달하려고 한다. 그러나 선가문학은 말에 대한 불신에 근거를 두고, 말로 나타낼 수 없는 것을 말로 나타내 보이는 데서, 진지하게 애쓰는 노력을 가소롭게 만들고, 숭고한 이치라고 생각해 오던 것을 일상적인 경험의 사소한 모습으로 되돌려 버리는 희극적인 태도를 지닌다. 말을 떠난 문학은 숭고하다고 생각되던 이치뿐만 아니라 일상생활에서 굳어진 관념을 파괴하기 위해서 기발한 역설이나 생각할 수 없었던 비유를 다채롭게 사용하고, 불합리한 것을 그대로 드러내는 희극을 창조하며, 또한 불합리한 희극 그 자체를 부정하는 데까지 이른다.

선가문학은 고려 전기 귀족문화의 정신적 바탕인 敎宗 특히 華嚴宗과 天台宗의 사상체계에서 벗어나, 무엇보다도 스스로의 마음가짐이 가장 중요한 문제라고 하면서 자유롭게 생각하고 쉽게 생각할 수 있는 길을 열었다는 점에서 중요한 역사적 의의를 지녔다. 이것은 분명히 사상의 커다란 전환이었다고 할 수 있고, 전환을 위한 과업은 지눌·혜심·景閑으로 이어졌다. 지눌에 의해서 수립된 교단이 무신정권과 밀착되고 구귀족과는 적대적인 관계에 있었던 것도 이러한 각도에서 설명될 수 있는 현상이었다. 사대부 또한 교종보다는 선종에 대해서 더욱 호감을 가졌다. 그러나 사대부는 그들의 세계관을 전개하기 위해서 불교에 의존할 필요가 없었고, 불교와 맞설 수 있는 철학사상을 마련했으며, 사회개혁을 하기 위해서도 척불론을 전개하는 방향으로 나아갔다.

---

18) 〈示空藏道者〉,《曹溪眞覺國師語錄》附錄. "畵太虛者 落筆已乖於絶相 把滄海者 盛瓶且失其無涯 而況此个宗門中事 豈可以語言之筆而能圓邈 識量之瓶足以承當耶."

　　사대부가 조선왕조를 건국한 후에는 교종이든 선종이든 불교는 전과 같은 지위를 유지하기 어려웠고, 불교에 의한 사상의 창조는 한계에 부딪혔다. 신가문학은 계속되었다 해도, 그것은 창작하는 사람의 마음가짐에서도 받아들이는 사람의 태도에서도 기이한 말과 묘한 글귀로 이상하게 외치는 데 더욱 가깝게 되었다. 그러는 동안에도 休靜같은 분들이 나타나지 않은 것은 아니고, 불교는 불교대로의 활로를 찾으려고 했고, 儒佛合一論의 전개도 있었으나, 이러한 시도가 전반적인 움직임을 되돌릴 수는 없었다. 불교의 문학사상이 또 한번 결정적으로 중요한 구실을 하면서 중요한 전환을 겪기 위해서는 韓龍雲의 출현을 기다려야만 했다.

3. 鄭 道 傳

1

정도전(?~1398)은 한국사상사에서 우뚝한 위치를 차지하고 있다.
安珦이나 白頤正에서 시작된 이기철학은 李齊賢과 李穡을 거쳐서
정도전에 이르자 비로소 체계적인 모습을 갖추었으며, 정도전은 이
기철학에 의해서 고려사회의 모순을 해결하고 조선왕조를 건국하는
이념을 수립하였다. 이기철학은 고려말 신흥사대부의 사상으로 수
용되었고, 신흥사대부가 전부터 가지고 있던 사고방식을 논리적으
로 발전시키고 실천적으로 적용하는 방법으로 이용되었다. 사물의
존재나 현실 자체를 존중하면서 인류의 근본이 되는 포괄적인 원리
를 찾으려는 노력은 신흥사대부가 지배적인 위치를 굳혀가는 과정
에서 뚜렷하게 되었고, 모색된 원리에 의해 사회를 재구성하려는
실천적 활동은 조선왕조를 건국하는 데 이르러서 더욱 중요한 의의
를 가지게 되었는데, 이 시기의 가장 중요한 사상가가 바로 정도전
이다.

후대의 士林은 흔히 이기철학 또는 성리학의 연원을 말하면서 정
도전을 논외로 하고 鄭夢周에서 吉再로 내려오는 道統을 내세웠다.
그러나 이러한 주장은 철학사의 실상을 전한 것이라기보다 勳舊派

와 대립하고 있던 사림파의 입장을 합리화하는 명분론이었다. 정도전은 훈구파의 선두에 선 인물이었는데, 훈구파는 조선왕조의 집권층이 된 후에 성리학의 근본문제에 대해서 수정주의적인 태도를 취했으므로 정도전의 강경노선은 차차 퇴색했고, 성리학은 집권층에서 소외된 在野 사림의 전유물처럼 되었다.

사림파의 입장에서 볼 때 두 왕조를 섬기고, 또한 新王朝에서 역적으로 처형된 정도전은 숭앙할 수 없는 인물이었다. 더욱이 내면적인 결백성을 강조하는 사림파로서는 실천적인 활동의 소용돌이 속에서 사상을 정립한 정도전의 투쟁적인 자세에도 공감을 가질 수 없었다. 그러나 이러한 사정 때문에 정도전에 대한 평가가 보류될 수는 없는 것이다. 정도전은 후대의 사림파 성리학자들보다 뚜렷하게 자득적이었고, 朱子를 숭상하고 풀이하는 것이 학문이라고 생각하지 않고 현실문제를 해결하는 것이 학문이라고 주장했다.

정도전이 제기한 철학적인 문제는 徐敬德·李滉·李珥 등에 이르러서야 새로운 각도에서 재론될 수 있었으며, 정도전에 대한 재인식은 인습적인 편견에서 벗어나서 한국사상사를 이해하기 위해서 소홀히 할 수 없는 과제이다.[1]

문학을 말하고 문학사상을 논하는 경우에도 정도전은 그리 중요시되지 않고 있는 것이 사실이다. 문학에 관해서는, 이제현이나 이색이 높이 평가된 나머지 정도전은 그 그늘에 묻혀버렸고, 조선왕조의 문학적 규범을 마련한 공적은 정도전보다 權近에게 돌아간다고 보는 것이 관례가 되었다. 그러나 이러한 해석은 정도전에 대한 일반적인 貶下와도 관련된 것이고, 정도전이 극력 배격한 詞章派적인 문학관의 반영이기도 하다.

이기철학에 의한 문학사상을 수립해서 문학의 방향을 크게 바꾸어 놓았다는 점에서, 정도전은 결코 과소 평가될 수 없다. 이기철학

---

1) 鄭道傳에 새로운 관심을 일으킨 업적은 韓永愚, 《鄭道傳思想의 研究》(서울大學校 韓國文化研究所, 1973)였다. 그러나 이 책은 文學思想을 다루지는 않았다.

에 의한 문학사상의 수립 과정에서 이제현이나 이색은 정도전의 출현을 준비했고, 권근은 정도전이 이룬 바를 풀이하고 적용했다고 할 수 있을 것이다.

2

정도전은 우리 문학의 전통이 을지문덕·최치원·김부식·이규보로 계승되어 왔다고 한 데 이어서, 이제현이 새로운 문학을 시작했고, 이색이 새로운 문학을 발전시켰으며, 자기 자신은 그 뒤를 이은 사람 가운데 하나라고 했다.

　　근세의 큰 선비 雞林 益齋 李公과 같은 분이 비로소 古文의 學을 창도했으며, 韓山 稼亭 李公과 京山 樵隱 李公이 따르며 호응했다. 이제 牧隱 李先生은 일찍이 집안의 가르침을 잇고, 북쪽으로 中原에 가 배워서, 스승과 벗의 바른 연원을 얻고, 性命道德의 說을 살폈다. 동방에 돌아온 다음에는 여러 제자를 이끌었다.[2]

雞林 益齋 李公은 李齊賢이다. 이제현이 "古文의 學을 창도"했으므로 문학에서 새로운 시대가 시작되었다고 했는데, 고문의 학은 문장의 수식에 힘쓰는 풍조를 배격하고, 先秦 시대의 전례에 따라서 文으로써 道를 나타내는 문학을 의미한다. 김부식이나 이규보도 문장의 수식에 힘쓴 사람은 아니었지만, 이제현은 고문의 사상적인 입장을 더욱 분명하게 의식했다는 점에서 "근세의 큰 선비"라고 본 것이다. 그리고 이색은 이제현, 李穀(韓山 稼亭 李公)·李人復(京山 樵隱 李公) 등보다 한 걸음 더 나아가 "性命道德의 說"을 살폈다고 칭송했다. 이색은 스승인 이제현과 아버지인 이곡을 계승하여 고문에

---

2) 〈陶隱文集序〉, 《三峯集》 3(國史編纂委員會, 1974), p. 93. "近世大儒 有若雞林益齋李公 始以古文之學倡焉 韓山稼亭李公 京山樵隱李公從而和之 今牧隱李先生 早承家庭之訓 北學中原 得師友淵源之正 窮性命道德之說 旣東還 延引諸生."

힘썼을 뿐만 아니라, 고문이 표현하는 道를 성리학의 도로 이해하는 데서 뚜렷한 진전이 있었다고 한 것이다. 이어서, 이색의 문하에서 정몽주, 李崇仁·朴尙衷·朴宜中·金敬之 등이 배출되어 새 시대의 문학이 바야흐로 융성하게 되었다고 하고, 정도전 자신도 이색의 門人으로서 이들과 한자리에 선다고 했다.

정도전의 문학사상은 분명히 이제현과 이색에 의해서 개척된 방향을 계승한 것이다. 그러나 이제현과 이색은 정도전과 중요한 차이점이 있으며 정도전은 이제현이나 이색이 해결하지 못한 문제를 과감하게 해결하고, 이들의 사상적 불철저성을 극복하면서 자기의 사상을 전개했다. 이제현은 문학을, 章句를 존중하는 '雕蟲篆刻之徒'의 문학과 실학을 갖춘 '經明行修之士'의 문학으로 나누고, 앞의 것이 성행하고 뒤의 것이 이루어지지 않는다고 개탄했다. 그러면서 문학의 형편이 이와 같이 된 이유는 무신란에 있다고 하면서, 무신란으로 문인들이 佛門에 피신해서 장구를 다듬는 기술만 배우는 풍조가 나타났다고 했다.[3] 문학을 두 가지의 것으로 나누어 經明行修之士의 문학을 주장하고, 불교는 허망하고 유학은 착실하다고 한 점에서는 이제현의 생각이 정도전으로 계승되었다.

그러나 이제현은 경명행수지사의 문학으로써 새 시대를 창조하고자 하는 적극적인 의지를 가지기보다는 무신란 때문에 생긴 문학의 피해를 회복하고자 하는 뜻에서 이런 말을 했다. 무신란으로 파괴된 것은 고려 전기의 귀족문화이며, 實學을 하는 경명행수지사의 문학은 무신통치 기간 동안 현저하게 대두할 수 있었던 신흥사대부의 새로운 문화였다. 그런데도 무신란 이후에는 문학이 잘못되었고, 무신란의 피해를 회복하고 고려 전기의 문학을 재현하려고 한 데 문제가 있다.

이제현이 경명행수지사의 문학을 주장한 것은 성리학적 문학을

___

3) 李齊賢, 《櫟翁稗說》 前集 1(《高麗名賢集》 2, 成均館大學校 大東文化硏究院, 1973), p. 350.

의식한 말이다. 성리학적 문학을 지향하는 움직임은 무신란 이전의 문화를 회복하기 위한 것이 아니고, 무신란을 거치면서 성장한 신흥사대부가 새로운 이념을 정립하기 위한 노력에서 나온 것으로, 漢唐 유학과 불교를 사상적 근거로 삼는 고려 전기 귀족문화의 유산을 극복하기 위한 모색이었다. 이제현이 장구를 숭상하는 풍조가 불교와 관련된 것이라고 한 말은 장차 전개될 정도전의 斥佛論을 예고한 것이기도 하다.

그뿐만 아니라 이제현은 학교를 넓히고 유학을 진흥하라고 했는데,[4] 그렇게 한다고 해서 새로운 문학이 융성해질 수 있었던 것은 아니다. 그 점에서 이제현은 두 가지 상반된 생각을 하는 과도기적 인물이었고, 과도기적인 현상은 정도전에 이르러서 극복되었다. 이제현은 또한 뜻이 말 밖에 있는 陶淵明의 시와 같은 작품을 높이 평가하면서 뜻을 존중하는 문학관을 제시했지만, 나타내야 할 뜻의 역사적 사회적 의의 같은 것은 중요하게 여기지 않았다. 이와 같은 한계를 극복하기 위해서는 이색의 노력이 필요했고, 다시 정도전의 혁신이 필요했던 것이다.

이색은 문학에 관해서 다음과 같이 말하면서 이제현보다 한 걸음 더 나아갔다.

문장은 바깥의 일이지만, 마음에 근거를 두고 있으며, 마음의 발로는 시대와 관련된다. 그러므로 시를 외는 사람은 風雅의 正變에 느낌이 있지 않을 수 없는 것이다. 末世의 章句는 날로 타락하니, 正音이 다시 일어나지 않는 것이 기이한 일이 아니다. 다행히 외로운 봉이 새의 무리 속에서 울어도, 그 소리는 바람을 따라 날아가버리고 만다. 가서는 더욱 멀어져 남은 소리마저 접할 수 없게 된다.[5]

---

4) 註 2)와 같음.
5) 李穡, 〈栗亭先生逸藁序〉, 《牧隱集》 8(《高麗名賢集》 3, 成均館大學校 大東文化硏究院, 1973), p. 857. "文章外也 然根於心 心之發關於時 是以誦詩者 不能不有感於風雅之正變焉 叔世章句 日趍于下 無怪乎正音之不復作也 幸而有孤鳳之鳴于鳥群 又其聲隨風而去 去益遠 而餘音不可得接矣."

 문장은 외도라고 한 것은 道學이 本道라고 하는 전제에서 할 수 있는 말이다. 문장은 외도이지만, 도학과 함께 마음에 근거를 두고 있으므로 마음의 바른 길을 나타내는 올바른 문장이 있을 수 있고, 風雅의 正이 바로 그런 것이라고 했다. 그러나 시대가 변해서 도가 전해지지 않게 되자, 문학은 正을 버리고 變을 택해서 章句만 숭상하는 풍조가 생겼다는 것이다. 이와 같은 생각은 漢代 이래의 문학 또는 이와 대응되는 고려 전기까지의 문학을 전체적으로 부정하는 성리학적 문학관의 표현이며, 부정이 이제현의 경우보다 깊고 철저하다.

 이 글은 〈栗亭先生逸藁序〉의 한 대목이다. 새의 무리 속에서 외로운 봉이 운다는 것은 栗亭 尹澤 같은 사람이 새로운 문학의 출발을 마련한 데 대한 칭송이다. 그런데 이색은 이어서 "栗亭先生은 雄偉한 氣로써 《春秋》에 능통하고, 蕭統의 《文選》을 전공하여, 문장이 이런 데서 나왔다. 선생의 座主 益齋先生은 공의 문에 古氣가 있다고 거듭 칭송했다"[6]고 했다. 웅위한 氣는 문학의 바탕이 되는 사람됨의 크기이고, 《춘추》에 능통하고 《문선》을 전공한 것은 이루어진 바탕에 덧보태진 노력이며, 바탕과 노력은 올바른 문학을 이루기 위해서 마땅히 갖추어야 할 조건이지만, 《춘추》와 《문선》을 나란히 열거한 데 문제가 있다.

 《춘추》는 性命道德之說의 근원을 이루는 경전의 하나다. 그러나 《문선》은 장구를 다듬는 풍조를 대표하는 책이고, 이런 이유에서 후대의 성리학적 문학관에서 힘써 공격한 것이다. 그런데도 이색은 이 둘을 함께 옹호하고, 문학은 도를 나타내야 하는 것이면서 또한 잘 다듬어진 것이어야 한다는 이중의 생각을 가졌다. 이제현은 물론 이색이 말한 '古氣'를 갖춘 문학은 宋儒의 주장인 '載道之器'로서의 문학 같은 표현도 갖추었지만 실제로 唐儒의 주장인 '貫道之

---

6) 李穡, 앞의 글, 앞의 책. "栗亭先生 以雄偉之器 通春秋攻蕭選 文章於是焉出 先生之座主 益齋先生 屢稱公之文有古氣."

器'로서의 문학에 가까운 것이다.[7]

> 道는 천지 사이에 있어서, 어둡고 밝은 데를 관통하고, 크고 작은 것을 포함하여 어느 物에나 있지 않음이 없고, 어느 때나 그렇지 않음이 없다. 그 體用은 진실로 찬연하지만, 사람이 실행하는 바에는 전하는 것이 있고 전하지 못하는 것이 있다.[8]

이색은 道에 관해서 이렇게 말했다. 도의 일관성과 보편성에 대한 확신은 성리학적 세계관에 근거를 둔 것이라고 할 수 있다. 그러나 확신은 그리 투철하지 않다. 이색은 도의 體用은 찬연하다고 하면서, 사람의 행동으로 발현되는 도는 성현의 노력에도 불구하고 전해지지 않을 수 있다고 하고, 결과적으로 전하지 않는 쪽을 강조함으로써 회고적이고 소극적인 자세를 지녔다. 또한 이 글은 승려인 絶傳上人에게 준 것이며, 도가 전해지지 않는 것은 유학만의 사정이 아니고 불교도 이와 같다고 하여, 두 가지 도를 인정하고 상대적인 것으로 보았다. 이와 같은, 도의 실행 문제에 대한 회고적이고 소극적인 자세와 불교에 대한 타협적인 태도는 정도전이 과감하게 극복한 것이다.

3

> 이 道는 비록 窈冥하고 황홀한 것이 아니지만, 그 미묘한 바의 것을 범람하게 구할 수는 없다. 비록 平常 日用의 사이에 있지만, 그 원대한 바의 것을 비근하게 구할 수는 없다. 오로지 고명하고 卓絶한 선비가 잠심해서 탐구하고 돈독하게 목표에 이르는 자세를 갖춘 후에야, 함께 작용하고 또한 도달하는 바도 있게 된다.[9]

---

7) 두 가지 文學觀의 差異點은 郭紹虞, 《中國文學批評史》 上(臺北 : 文光出版社, 1973), pp. 4~5 참조.

8) 李穡, 〈送絶傳上人序〉, 《牧隱集》 8(《高麗名賢集》 3), p. 859. "道在天地間 貫幽明 包大小 無物不有 無時不然 其體用固粲然 而人之行之 有傳與否焉."

　정도전은 道에 관해서 이렇게 말했다. 도가 쉽사리 실현될 수 없다고 하는 점에서는 정도전도 이색과 같은 생각을 가졌다. 이색은 "도의 體用은 진실로 찬연하다"고 했지만, 정도전은 도가 窈冥하거나 황홀하지 않고 平常日用의 사이에 있다고 했다. 평상 일용을 떠난 것은 도일 수 없다는 말이다. 그러나 도는 평상 일용 그 자체가 아니고 평상 일용의 미묘하고 원대한 원리이다. 무심히 보아서는 알 수 없는 것까지 밝혀주니 미묘하다고 했을 것이고, 현재에 머무르지 않고 미래를 창조하게 하니 원대하다고 했을 것이다. 그러므로 도는 저절로 얻어지는 것이 아니고 고명하고 卓絕한 선비가 잠심해서 탐구하고 돈독하게 목표에 도달하는 자세를 갖추어야 비로소 인식하고 실천할 수 있는 것이라고 했다.

　고명하고 탁절한 선비는 이색이 말한 외로운 봉과는 달라 외롭지 않은 존재이고 도의 인식과 실천을 위해 구체적인 활동을 하고 있다고 생각했으며, 이러한 생각에 근거를 두고 회고적이고 소극적인 자세를 청산했다. 정도전은 이색이 정몽주와 朴宜中을 만나서 도학을 일으키는 사업을 벌인 것을 두고서 이런 말을 했다. 그러나 이색·정몽주·박의중을 거론한 것은 자기의 주장을 펴기 위한 구실이었다. 정도전이 회고적이고 소극적인 자세를 청산하고 도의 실현을 확신한 것은 이색·정몽주·박의중으로부터 물려받은 생각이 아니고, 자기 자신의 실천적 활동에서 얻은 체험이다.

　정도전은 또 다른 글에서 "도는 천하에 있어서 일찍이 하루도 없은 적이 없으나 이른바 氣라고 하는 것에 청탁과 성쇠의 구분이 있어서 世道의 治亂과 人材의 賢愚가 있다"고 하고, "도가 사람에 기탁하는 바는 어둠이 심해지면 다시 밝아지고, 오래 끊어지면 다시 이어지고 하니, 이른바 천하에서 일찍이 없은 적이 없었다는 것을

---

9) 〈李牧隱送子虛詩序卷後題〉,《三峯集》4, p. 110. "抑嘗竊念是道也　雖非窈冥悅惚之物　而其所以爲微妙者　不可以泛濫求也　雖在平常日用之間　而其所以遠大者　亦不可以卑近得也　唯其高明卓絕之士　潛深篤至之資　然後可與有爲　而亦有所達矣."

이로써 볼 수 있다”[10]고 했다. 여기서는 道와 氣의 구분이 나타난다. 도는 영원하고 일관성 있는 것이지만, 기에는 청탁과 성쇠의 구분이 있어서 난세의 어둠이 생긴다고 했다. 이러한 논리는 자기 시대가 어두운 난세라고 하는 진단을 위해서 필요한 것이면서, 동시에 난세는 필연적으로 극복된다고 하는 확신을 입증하기 위한 것이다. 그런데 난세의 인식과 그 극복의 확신은 정도전이 겪은 사회적인 갈등과 그것을 해결하기 위한 투쟁에서 얻은 것이며, 움직이지 않고 마음을 고요하게 하여 생각해 낸 결과는 아니었다.

정도전의 시대가 난세였다고 하는 것은 우선 당시의 대외관계에서 쉽사리 드러나는 바이다. 元의 지배로 인한 피해가 채 회복되기 전에 북쪽에서는 紅巾賊이, 남쪽으로는 倭寇가 침략해서 나라를 뒤흔들었다. 그런데 지배세력인 權門勢家와 寺院은 국방의 재정이 되는 토지까지 사적으로 소유하고, 나라를 지키는 데 무력했으며, 신흥사대부가 가지고자 하는 경제적 기반을 허용하지 않으려고 했고, 일반백성의 생존을 위협했다. 원래는 지방의 향리였다가 중앙 정계로 진출해서 정치적 문화적으로 성장한 신흥사대부는 나라를 지키고 백성을 구한다는 명분하에 권문세가와 사원을 상대로 하는 싸움을 벌여, 먼저 田制改革을 하고, 이어서 고려를 부정하고 조선왕조를 건국하는 데까지 이르렀다.

정도전은 그런 방향으로 나아간 신흥사대부 가운데서도 강경노선을 내세운 급진파였다. 미천한 출신성분과[11] 오랫동안의 귀양살이는[12] 강경노선을 택하도록 하는 데에 중요한 구실을 했을 것으로

---

10) 〈贈任鎭撫詩序〉, 《三峯集》 3, pp. 85~86. “道之在天下者 未嘗一日而亡也 而所謂氣者 有淸濁盛衰之判 故世道有治亂 人材有賢愚……道之托於人者 晦之甚而復明 絶之久而復續 所謂在天下 未嘗亡者 於此可見.”

11) 鄭道傳의 母系 先祖에는 賤人이 있었으며, 《高麗史》 119, 列傳 33. 鄭道傳傳에는 “道傳家風不正 派系未明” 또는 “鄭道傳 起身賤地”라는 臺諫의 말이 기록되어 있다.

12) 鄭道傳은 李仁任 일파의 親元政策에 반대하다가 9년 동안 귀양살이를 했다. 이 기간 동안에 농민의 입장을 이해하고 동조한 〈答田父〉(《三峯集》 4) ; 〈錦南野人〉

생각되며, 싸움이 격화되자 스승인 이색, 존경하던 선배인 정몽주가 택한, 고려왕조를 유지하려는 입장과 과감하게 결별했다. 성리학은 이색·정몽주·정도전이 함께 추구하던 것이었으나, 정도전의 성리학만이 혁명의 철학이었다.

정도전은 "사람은 천지 사이에서 하루도 物을 떠나서 독립할 수는 없으므로 우리가 處事接物하는 행위는 또한 마땅히 그 도를 각각 다해야 하고 어그러지고 잘못된 바가 있어서는 안된다"[13]고 했다. 處事接物하면서 사물마다의 마땅한 도를 다해야 한다고 하는 것은 향리출신의 사대부가 실무적인 활동을 천하게 여기는 권문세가나 승려들에게 맞서서 이론과 실천의 일치를 주장하는 사상이었다. 정도전은 "도덕을 心身에 쌓은 자를 儒라 하고, 政事에서 교화를 베푸는 자를 吏라 한다"고 하면서, 도덕은 교화의 근본이고, 교화는 도덕의 실행이므로 "儒와 吏는 한 사람이고, 도덕과 교화는 두 가지 이치가 아니다"고 했다.[14] 그런데도 儒와 吏가 분리되어 서로 비방하며, 도덕은 詞章으로 변하고, 교화는 법률로 바뀐 사상의 위기를 극복하고, 사대부의 이념을 실현하는 방향으로 사회를 재구성하여 백성들에게도 생업을 보장하는 訓民의 德治를 베풀기 위해서는 새로운 왕조의 건국이 필연적으로 요구되었다.

정도전이 불교에 대해서 강력한 비판을 전개한 것은 불교가 이러한 개혁을 저해하는 사회적 이념적 적대세력이라는 판단에 근거를 둔 결단이었다. 이색이나 정몽주는 불교에 대해서 타협적인 태도를 취했지만, 정도전은 타협을 용납하지 않았던 것도[15] 사회적 입장의

(《三峯集》 4)과 같은 글을 썼다.

13) 〈佛氏昧於道器之辨〉, 《三峯集》 9, p. 261. "人在天地之間 不能一日離物獨立 是以凡吾所以處事接物者 亦當各盡其道 而不可或有差謬也."

14) 〈送楊廣按廉庾正郞詩序〉, 《三峯集》 3, p. 87. "道德蘊之於身心 斯謂之儒 敎化施之於政事 斯謂之吏 然其所蘊者 卽所施之本 而所施者 自其所蘊者而推之 儒與吏爲一人 道德與敎化 非二理也."

15) 〈上鄭達可書〉, 《三峯集》 3, p. 70에서 鄭道傳은 "異端日盛 吾道日衰 驅民於禽獸之域 陷民於塗炭之中"이라 하고서 鄭夢周가 佛敎에 호감을 가진 데 대해서 우려를

차이에서 설명될 수 있다. 정도전은 乞食을 표방하면서 호화로운 생활을 하는 불교의 승려들이야말로 "義를 저버려서 이미 인륜의 해충이 되었고, 天物을 함부로 소비하니 참으로 천지의 큰 좀이다"[16]고 했는데, 이것은 직접 생산을 담당한 사람들의 편에 선 비판이라고 할 수 있다.

불교에서는 마음 속에 윤리의 분별이 갖추어져 있다는 주장을 헛된 집착이라고 하지만, 정도전은 그러한 생각이 오히려 허망하다고 했다. 〈贈祖明上人詩序〉라는 글에서는 이 문제를 묘하게 다루었다. 無說大師라는 중이 병이 들어 누워 있는데, 왜구가 쳐들어왔다. 그래서 제자 祖明이 無說을 업고 달아났다고 하고, 이 사건은 스승이나 아비나 임금을 섬기고자 하는 마음이 본래 갖추어져 있는 증거라고 해석하면서 다음과 같이 말을 이었다.

> 이 마음 속에 義理는 본래 갖추어져 있어서 없애버릴 수 없다. 저 친척을 이별하기도 하면서 人倫을 버리고 나가서 돌아오지 않는 자는 유독 어떤 마음을 가지는가? 그러나 人心이란 같은 것이다. 내가 發하면 저쪽도 興을 느껴 스스로 그만두지 못한다. 이것을 노래하는 사람이 많음직도 하다.[17]

마음 속에 이미 갖춰진 의리가 발현, 사람들이 서로 공감하는 관계를 맺는 것은 사람이 사람답게 사는 길이고, 사회적 모순을 해결하는 방향이며, 노래가 이뤄지지 않을 수 없는 근거이다. 정도전이 생각한 문학은 의리를 표현해서 공감을 불러일으키고, 난세의 빛이 되어 세상을 바로잡는 문학이었다. 허망한 궤변을 내세워 세상에서

나타냈다.

16) 〈佛氏乞食之辨〉, 《三峯集》 9, p. 266. "廢棄義理 旣爲人倫之蟊賊 而暴殄天物 實乃天地之巨蠹也."

17) 〈贈祖明上人詩序〉, 《三峯集》 3, p. 81. "則此心之中 義理本具 不可得以泯滅矣 彼或離親戚去人倫 往而不返者 亦獨何心歟 雖然 人心所同然者 自我發之 則彼之興感 固有所不能自已者矣 宜乎歌之者衆也."

도피하는 승려들에게서조차도 이런 문학의 자연스런 성립이 부정될 수 없으니, 역사의 전환은 역행할 수 없다는 것이 정도전의 주장이었다.

4

정도전의 문학관은 한 말로 문학이 '載道之器'라고 하는 것으로 요약될 수 있다. 문학이 載道를 해야 할 이유는 마음 속에 도가 갖추어져 있다는 데서도 입증될 수 있지만, 사람이 天地萬物과 맺는 관계 또한 이와 함께 중요시되어야 한다는 뜻에서 다음과 같이 말했다.

> 日月星辰은 天之文이고, 山川草木은 地之文이고, 詩書禮樂은 人之文이다. 그러나 天은 氣로, 地는 形으로, 人은 道로 존재한다. 그러므로 文은 載道之器이고, 人文을 말하면, 그 도를 얻는다. 시서예악의 가르침은 천하에서 밝고, 三光(日·月·星의 빛)의 진행에 순응하여, 만물의 마땅함을 이치로 삼는다. 문의 성함은 이런 극치에 이른다.[18]

日月星辰은 天이 드러난 것이고, 山川草木은 地가 드러난 것이고, 詩書禮樂은 人이 드러난 것이다. 무늬처럼 드러났으니 文이라고 한다. 천은 氣로, 지는 形으로, 인은 道로 존재한다고 했지만, 氣·形·道는 서로 별개의 것이 아니다. 氣가 구체적인 모습을 갖춘 것이 形이고, 기나 형은 반드시 道를 지닌다. 천지도 形氣만으로 된 것이 아니고 도를 지니고 있으며, 사람도 도로만 존재하지 않고 형기를 갖추고 있을 뿐만 아니라 천지의 도가 바로 사람의 도이다. 天之文·地之文·人之文은 서로 배타적이거나 경쟁적인 것이 아니며,

---

18) 〈陶隱文集序〉, 《三峯集》 3, p. 92. "日月星辰 天之文也 山川草木 地之文也 詩書禮樂 人之文也 然天以氣 地以形而人則以道 故曰 文者載道之器 言人文也 得其道 詩書禮樂之敎 明於天下 順三光之行 理萬物之宜 文之盛至此極矣."

人之文은 천지문과 지지문을 근거로 삼고, 천지문과 지지문은 인지문의 객관적 타당성을 보장해 준다.

그런데 道는 사람에게서 특히 중요시된다. 도는 천이나 지에도 존재하지만, 사람은 도를 인식하고, 실행하고, 표현하는 주체이므로, 인지문으로서의 문은 반드시 載道之器여야 하고, 사람은 문에서 도를 얻어야 한다. 詩書禮樂은 이러한 문의 모범이라고 했다. 이러한 문학은 천지만물의 운행과 일치하고, 心·身·人·物을 꿰뚫는 원리를[19] 나타낸다고 보았다.

이러한 생각은 불교의 문학관과 정면으로 맞서는 것이었다. 불교는 도를 논술하고 말로 나타낼 수 있는 것에 대해서 회의적인 태도를 취했으니, 知訥은 "글에 집착하지 말아라"[20] 했다. 지눌의 뒤를 이은 慧諶은 離言의 문학을 주장하고 실행했으며, 이치로써 이치를 부정하고 말로써 말을 파괴하고, 문학으로써 문학이 헛되다는 것을 보여주었다. 이처럼 고려 후기의 禪宗은 문학의 존재 가능성과 효용에 대한 회의론을 극단에까지 밀고 나갔는데, 정도전은 위에서 분석한 글에서 문학에 대한 회의론을 일소하고 강력한 긍정론을 폈다. 인지문은 공연히 지어낸 허망한 무엇이 아니고, 천지문과 지지문에 근거를 둔 것이며 인지문의 이상적인 경지를 천지의 도를 사람의 도와 함께 나타난다고 하여, 문학을 옹호하고, 문학이 나타내는 도를 옹호했던 것이다.

그렇다고 해서 불교는 문학을 저버리고, 정도전의 유학만 문학을 독점했던 것은 아니다. 慧諶을 위시한 여러 禪師들은 문학적 언설을 사용하지 않고서는 뜻하는 바를 나타낼 수 없었고, 고려말은 불교문학의 전례 없는 융성기였다. 문학에 대해서 근본적인 회의를

---

19) 〈佛氏心性之辨〉, 《三峯集》 9, p. 258에서는 "此吾儒之學 內自身心 外而至於事物 自源徂流 一以通貫"이라고 했고, 〈佛氏昧於道器之辨〉, 《三峯集》 9, p. 261에서는 "此吾儒之學 所以自心而身而人而物 各盡其性而無不通也"라고 했다.

20) 知訥, 〈修心訣〉, 《韓國高僧集 高麗時代》 2(景仁文化社, 1974), p. 492. "莫執文 直須了義 ——歸就自己契合本宗."

가지면서 문학을 애용한 것은, 정도전의 생각대로 설명하면, 불교가 일관성이 없고 間斷이 심한 점이다.[21] 이에 비해서 정도전 같은 유학자는 문학의 존재 근거에서 문학적 표현의 구체적인 문제에 이르기까지 일관성을 가지고 있다고 자부했던 것이다.

정도전은 불교 문학관의 근저를 비판했을 뿐만 아니라 유학적 문학관에 관한 종래의 견해가 지닌 한계를 극복하는 구실도 했다. 이제현은 經明行修之士의 문학이 올바른 문학이라고 했고, 이색은 문학이 도를 나타내야 한다고 했다. 이러한 말은 거듭 되풀이되어 온 것이다. 그러나 그렇다고 해야 할 근거가 무엇인가? 이 문제는 철저하게 논의되지 않았고, 분명한 대답이 마련되지도 않았다. 이제현이나 이색의 문학관이 모호하고 상반된 면모를 지녔던 것도 이 문제에 대한 탐구가 부족했던 데서 유래된 현상이었다. 그러나 정도전이 제기한, 마음 속에 미리 갖추어진 도는 억누를 수 없이 문학으로 표현되고, 天之文·地之文·人之文이 天人合一의 관계를 가진다는 이론은 문학의 근본적인 문제에 관한 새로운 해결의 체계를 마련한 것이고, 불교에 대한 유학의 사상적 우위를 확보할 수 있는 것이었다.

그러나 정도전이 생각한 이상적인 문학은 실제로 쉽사리 실현될 수 없는 것이었다. 天人의 道를 함께 구현한 문학은 詩書禮樂이나 雅頌에서 있었던 것이라고 하고, 그 후에는 볼 수 없게 되었다고 했다. 이 점에 관해서, 詩의 경우를 중심으로 다음과 같이 설명했다.

詩道를 말하기 어렵게 된 것은 오랜 일이다. 雅頌이 폐지된 후로는, 騷人의 원망하고 비방하는 작품이 흥했고, 昭明의 《文選》이 행해지자 섬약에 치우치는 폐단이 생겼다. 唐에 이르러서 성률이 이루어지면서

---

21) 〈佛氏心性之辨〉,《三峯集》9, p. 259에서 "釋氏虛 吾儒實 釋氏二 吾儒一 釋氏間斷 吾儒連續"이라고 주회의 말을 인용했다.

시체가 크게 변했다. 李太白과 杜子美가 소위 卓然하다고 일컬어지는 자이다. 宋이 흥하자, 眞儒의 무리가 나타나서, 그 경학과 도덕에서는 三代를 회복했으나, 聲詩에 있어서는 唐律을 따랐으니, 近體라 해서 소홀히 여길 수는 없다. 그러나 세상에서 시를 말하는 자는 聲은 얻었을 수 있어도 味는 놓쳤고, 意는 있을 수 있어도 辭는 없다. 과연 능히 性情에서 발해서 物로써 흥하고, 類로써 비해서, 시인의 本旨에 어그러지지 않는 것이 거의 없다. 중국에서도 또한 이렇거늘, 하물며 변방 먼 곳에서랴!²²⁾

시대가 변해서 도가 전해지지 않게 되자, 雅頌이 폐지되고 문학이 타락했다는 것은 이색의 경우와 같은 생각이다. 그러나 정도전은 이색이 공부해야 할 모범으로 들었던 《文選》을 섬약의 폐단을 낳은 장본이라고 공격했다. 이색은 문학이 古氣를 갖추어야 한다고 말했는데, 정도전은 宋代 ‘眞儒’가 회복한 경학과 도덕에 입각한 문학이 이루어져야 한다고 했다. ‘貫道之器’로서의 문학이 지니는 사상적 불철저성을 극복하고, ‘載道之器’로서의 문학을 내세운 정도전은 三代의 문학을 회복하는 방향으로 문학을 발전시키는 길은 文에 있지 않고 道에 있다고 했다. 문의 형식인 詩體에서는 近體가 나타나고, 李白과 杜甫같은 우뚝한 시인이 등장해서 宋儒도 그 본보기를 따랐지만, 이로써 문학의 위기가 극복될 수 있었던 것은 아니라고 했다. 그렇다고 해서, 문학이 내용만으로 이루어진다는 말은 아니다. 문학에서의 도는 聲·味·意·辭를 모두 온전하게 갖추고, 性情에서 발해서 物로써 興하고 類로써 比해야 도일 수 있는 것이다.

도가 전해지지 않게 된 것은 저절로 그렇게 된 숙명적인 현상이 아니고 사람이 그렇게 만들었으며, 載道의 문학을 일으키는 것도

---

22) 〈若齋遺藁序〉,《三峯集》3, p. 89. "詩道之難言久矣 自雅頌廢 騷人之怨誹興 昭明之選行 而其弊失於纖弱 至唐聲律作 詩體逐大變 李太白杜子美 尤所謂卓然者也 宋興 眞儒輩出 其經學道德 追復三代 至於聲詩 唐律是襲 則不可以近體而忽之也 然世之言詩者 或得其聲而遺其味 或有意而無其辭 果能發於性情 興物比類 不戾詩人之旨者 幾希 在中國且然 況在邊遠乎."

작가의 노력에 따라서 가능할 수도 있고 불가능할 수도 있다고 보았는데, 陶淵明을 논하면서 이런 생각을 선명하게 나타냈다. 陶淵明은 중국에서나 우리나라에서나 오랫동안 칭송되어 온 문인이었으며, 이제현은 말밖에 뜻이 있는 도연명의 시는 문학의 이상적인 경지라고 했다. 정도전은 도연명의 처지를 이해하지 못하는 바는 아니다. 불후하게 될 때면 도잠의 길은 따르지 않을 수 없었다. 그러면서도 도연명이야말로 자기 시대의 문제를 저버렸다고 비판하면서, 자기 자세를 가다듬으려고 했다.

"남북이 분열된 시기를 맞이하여 전쟁이 계속되고, 백성은 편한 날이 없으며, 내란이 장차 일어나고, 왕실이 장차 기울어지게 되어서, 바로 義人 志士가 할 일이 있을 때" 살았으면서도, 도연명은 "전원으로 돌아가기만 했으며, 그 시를 보아도 乞食, 貧士, 怨詩, 飮酒 등은 다만 초췌하고 무료함을 이기지 못해서 술에 의탁하여 날을 보낸 것에 지나지 않는다"[23]고 나무랐다. 도연명과 같은 문인은 아무리 아름다운 시를 써도, 그 시에 시대의 문제를 해결하고 백성을 구할 수 있는 도가 나타날 수 없지 않는가 하고 시비하면서, 자기 시대의 문학이 나아가야 할 길을 찾고자 했다. 道는 혼자 은둔하여 마음의 결백을 찾는 데서 회복될 수 있는 것이 아니고, 사회를 개혁하려는 대결 정신에서 인식되고 실행되는 것이어야 한다고 했다. 그런데도 당시의 선비들은 다음과 같이 왜소하고, 소심하고, 기회주의적인 태도를 버리지 못하고 있다는 데 대해 정도전은 분노를 터뜨렸다.

저 선비라고 칭하는 자는 헌 갓과 낡은 옷으로 조심조심 고개를 뽑았다 움츠렸다 하며, 그저 관망만 하여 겨우 자기 保身할 것만을 생각

---

23) 〈讀東亭陶詩後序〉,《三峯集》 4, p. 111. "當南北分裂之際 干戈相尋 民無寧日 內亂將作 王室將傾 此義人志士有爲之時 而淵明 則歸去田園而已 及觀其詩 乞食貧士怨詩飮酒等篇 但不勝其憔悴無聊 姑託酒以遺耳."

하고, 비록 말단의 문서나 다루는 자리에 앉아도 오히려 능력을 발휘하지 못하는데, 하물며 그 눈을 부릅뜨고 담력을 내보이며 의연히 조정에 서서, 道理의 輕重이 될 수 있겠는가! 부끄러운 줄 모르는 자는 말을 꾸며서 조그만 재주를 부리며, 요행에 따라 분주하고, 利祿을 가로채며, 벼슬하지 않고 지낼 때에는 高談闊論이 이르지 않는 데가 없지만, 일을 맡기면 茫然하여 할 바를 모른다.[24]

5

정도전은 자기 시대의 문학이 새로운 방향으로 나아가는 데 대해서 큰 기대를 걸었다. 새로운 기풍이 이색에서 시작되어, 정몽주·이숭인·金敬之 등으로 계승된다고 했고, 특히 이숭인과 김경지를 높이 평가했다. 이숭인은 “저술한 시문 약간 편이 시의 興比와 書의 典謨에 근거를 두고, 그 和順의 쌓임과 英華의 발휘가 모두 예악에서 나왔다”[25]고 했으며, 김경지는 “그 시가 유려하여 특히 사람됨과 같으며”, “詩道를 이루었다고 할 수 있다”[26]고 칭송했다. 趙璞이라는 후진에 대해서도 그가 선비의 고루한 기풍을 버리고 “儒者의 功效를 명백히 드러낸다면 道傳은 살아서 태평성대의 백성이 되고, 죽어서 현명한 시대의 귀신이 되겠다”[27]고 했다.

그러나 이러한 기대는 그대로 실현되지 않았다. 고려를 유지하느냐 조선왕조를 건국하느냐 하는 선택의 기로에서, 정도전은 이색·정몽주·이숭인과 결별하지 않을 수 없었다. 그리고 조선왕조의 사

---

24) 〈送趙生赴擧序〉,《三峯集》3, pp. 83~84. “彼號爲儒者 敝冠羸服 恐恐焉延縮觀望 僅足以圖保其身 雖在錐刀文墨之間 猶不能展布 況望其明目張膽 毅然立於朝 以爲理道之輕重哉 其無恥者 則飾言語逞末枝 僥倖奔走 橫取利祿 又有在平居之時 高談闊論 無所不至 若付之以事 則茫然不知所爲者皆是.”

25) 〈陶隱文集序〉,《三峯集》3, p. 93. “所著述詩文若干篇 本於詩之興比 書之典謨 其和順之積 英華之發 又皆自禮樂中來.”

26) 〈若齋遺藁序〉,《三峯集》3, p. 89. “其爲詩也 淸新流麗 殊類其爲人 敬之之於詩道 可謂成矣.”

27) 〈送趙生赴擧序〉,《三峯集》3, p. 84. “使儒者之效 白於世 則道傳 生爲太平之民 沒爲明時之鬼.”

회와 문화를 자기의 포부대로 설계하는 과정에서 정도전은 태종에게 피살되었다. 백성이 나라의 근본이라는 정도전의 생각은[28] 그대로 통용될 수 없었고, 선비의 자세와 문학의 사명에 관한 주장도 희망하던 대로 실현될 수 없었다. 정도전을 대신해서 조선왕조의 이념적 사업을 담당한 權近은 정도전을 칭송하고,[29] 계승하고 해설했다.

그러나 정도전이 정립한 혁명의 철학이 권근에 의해서 심성의 도리를 탐구하는 수양의 철학으로 바뀌었고, 권근은 이색의 전례에 따라서 儒佛의 문학적 교류를 긍정하고, 불교의 문학을 평가하는 방향으로 나아가기도 했다.[30] 정도전이 내세운 載道의 문학은 그 후에도 공식적인 노선으로 인정되기는 했지만, 권근에서 徐居正으로 이어지는 文風에서 詞章派가 나타나 공식적인 노선을 변질시켰다. 정도전이 제기한 문제는 오히려 李珥나 후대의 실학파에 의해서 새로운 방향에서 계승되었다.

---

28) 〈朝鮮經國典 上 賦典 版籍〉,《三峯集》7, p. 214에서는 "蓋君依於國 國依於民 民者國之本 而君之天 故周禮獻民數於王 王拜而受之 所以重其天也."
29) 특히 〈鄭三峯文集序〉,《陽村集》16 ; 〈三峯先生眞讚〉,《陽村集》23 참조.
30) 특히 〈贈華嚴中德義砠序〉,《陽村集》15 ; 〈玉溪詩序〉,《陽村集》20 참조.

4. 徐 居 正

1

　徐居正(1420~1488)은 "우리 東方의 文은 삼국에서 시작해서, 高麗
에서 성행했으며, 盛朝에서 극에 이르렀다"[1]고 했다. 盛朝는 朝鮮王
朝이다. 조선왕조의 건국을 더욱 다지기 위해서 정치제도를 확립하
고, 문화적인 정비사업을 한창 벌이던 시기에 23년 동안이나 文衡
을 장악한 서거정은 자기 시대의 위치와 사명에 대해서 대단한 자
부심을 가졌다. 서거정의 문학사상은 이러한 자부심을 바탕으로 하
여 이루어진 것이며, 조선후기에 이르기까지 오랫동안 지속된 문학
적 관습을 마련했다.

　서거정은 문학이 天地 기운의 성쇠에 따라서 시대마다 달라질 수
있다고 하면서, 자기 시대에는 기운이 극성하고 문학에서도 이상적
인 시대가 이루어졌다고 보았다. 중국에서도 "聖天子가 천하를 하
나로 아울러 中華의 문물이 전성시대를 만났고"[2], 안으로는 오랫동

---

1) 〈東文選序〉, 《影印本　東文選》 上(慶熙出版社, 1966), p. 2. "吾東方之文　始於三國
　盛於高麗　極於盛朝." 〈東文選序〉는 《四佳集》 12에도 수록되어 있다. 앞으로 계속
　해서 《東文選》 및 《續東文選》을 우선적으로 인용한다.
2) 〈觀光錄序〉, 《四佳集》 12, "政當聖天子混一涵　夏文物全盛之時."

안 갈망하던 정치가 이루어져서 "功德이 우뚝하여 이름짓기 어렵고, 治敎는 전대보다 융성하며, 문장은 빛나서 기술할 만한"3) 때가 이르렀다고 했다. 서거정은 융성한 치교와 빛나는 문장을 정리하고 뒷받침하는 사업의 주동자로 일해서, 《經國大典》《東國與地勝覽》《東國通鑑》 등을 저술하는 데 참여했고, 《東文選》을 편찬한 것도 이러한 사업의 하나였다. 鄭道傳이 뜻했던 바를 서거정이 모두 이루었다고 할 수 있으며, 이 점에서 서거정이 얼마나 중요한 일을 했는가 알 수 있다. 그러나 서거정은 한편에서는 정도전의 계승자이면서도, 또 한편에서는 정도전의 노선을 수정하고 변질시킨 사람이다.

정도전은 미천한 처지에서 태어났고, 일반백성이 살 수 있는 사회를 건설하자는 의지와 사명감을 버리지 않으면서 정치를 하고 문학을 했다. 그러나 서거정의 경우에는 이러한 성향을 찾아볼 수 없다. 서거정은 이미 名門으로서의 자리를 굳힌 집안에서 태어났으며, 순조롭게 관직에 올라 누릴 수 있는 영화는 다 누렸고, "대장부로서 세상에 나서 누가 때를 만나서 道를 행하며, 들어와서는 사신을 맞이하는 일을 하고 나아가서는 사신이 되어 한 나라를 영화롭게 하고, 천하에 이름을 떨치기를 바라지 않겠는가?"4)라고 한 희망을 실현하는 문학을 했다. 문학에는 臺閣의 문학, 草野의 문학, 禪道의 문학이 있다고 하면서도,5) 이 가운데서 대각의 문학을 담당한 勳臣만 뛰어난 재주를 지니고 또한 발휘한다는 생각을 굳게 지녀서, 정도전마저도 이러한 각도에서 이해하는 논설을 폈다.

우리나라가 시작되면서, 천지의 運氣가 성하고 특이한 재주를 가진

---

3)〈進東文選箋〉,《續東文選》11, p. 217. "功德巍乎難名 治敎隆於前代 文章煥焉可述."

4)〈朴判書編集奉使諸賢詩序〉,《四佳集》12. "大丈夫之斯世也 孰不欲得時行道 入擯出使 以華一國 以揚天下之名乎."

5)〈桂庭集序〉,《續東文選》15, p. 286.

분들이 이따금씩 나타났는데, 당시에 文으로써 시대를 울린 분은 모두 勳臣碩輔이다. 三峯 鄭先生, 浩亭 河文忠公, 松堂 趙文忠公, 獨谷 成文景公, 星山 李文景公, 그리고 나의 외할아버지 陽村 權文忠公 같은 분들은 모두 雄偉하고 걸출한 재주를 지니며, 우뚝한 시대를 만나서 공이 뛰어나고 빛나며, 發해서 언어 문사가 된 것은 여유 있고 넓고 커서 治世之音이 있다.[6]

여기서 말한 "우리나라"는 조선왕조이다. 조선왕조 건국 후에 정도전·河崙·趙浚·成石璘·李稷·權近 등이 문학에서도 뛰어난 분들이었다는 것은 사실과 부합된다. 그런데 서거정은 이분들을 거론하면서 勳臣의 문학이 독점적인 지위를 누리는 것이 당연하다는 주장을 펴고, 자기의 위치에 대한 자부심을 나타냈다. 서거정은 자기가 권근의 외손임을 거듭 자랑했고, "옛 사람으로서 문장으로 名家를 이룬 사람은 반드시 家法이 있었거나 스승이나 벗의 연원에서 오는 바탕이 있었다"[7]는 생각을 자랑의 근거로 삼았다.

한문학은 처음 시작할 때부터 일반백성의 문학일 수 없었고, 상층지식인의 문학이었으며, 과거제를 시행하자, 상층지식인이 부귀를 누리는 자리로 영달하기 위해서 필수적으로 갖추어야 할 요건으로 숭상되었다. 한문학을 통해서도 세계관을 혁신하고, 창조적인 표현을 개척하고, 민중의 문제를 다루려는 사람들도 계속 나타났지만, 특히 집권층이 통치 기반을 단단하게 다져 안정을 누리던 시대에는 이러한 노력을 인정하지 않는 대각의 문학 또는 官人의 문학이 독점적인 우위를 누렸다. 그리하여 고려 전기에는 金富軾의 문학이 한 시대를 지배했듯이, 조선전기에는 서거정의 문학이 이루어진 것

---

6) 〈獨谷集序〉,《四佳集》 14. "我國之始興 天地運盛 異才間出 當時以文鳴世者 皆勳臣碩輔 如三峯鄭先生 浩亭河文忠公 松堂趙文忠公 獨谷成文景公 星山李文景公 及我外祖陽村權文忠公 皆以雄偉傑出之才 遭遇顯隆 功烈炳煒 其發而爲言語文辭者 春容博大 有治世之音."
7) 〈金載城聯芳集序〉,《四佳集》 13. "予嘗見 古之人以文章名家者 必有家法焉 又必有師友淵源之資焉."

이다.

물론 김부식의 문학사상이 서거정으로 바로 이어진 것은 아니고, 서거정은 성리학적 문학사상을 표방했다는 점에서 김부식과 중요한 차이가 있다. 고려 광종, 현종 이후에 文士가 배출되고, 뒷사람이 따르기가 어려울 정도의 풍부하고 아름다운 창작을 이루었지만, 성리학을 갖추지 않았던 것이 결함이었다고 하고, "益齋 이하 稼亭· 牧隱·圃隱·三峯·陽村 제선생이 서로 잇고 지으며, 道學을 唱明하자, 문장 氣習이 古風에 가까워지고, 詩賦나 四六이 또한 저절로 우열이 있게 되었다"[8]고 하는 데서 서거정의 입장은 분명하게 드러난다. 그러나 서거정의 경우에는 성리학이 사상을 혁신하기 위한 것도 아니고, 사회를 개조하기 위한 것도 아니었으며, 다만 고풍에 가깝고 우수한 문장을 쓰기 위해서 필요한 것이었다. 그러므로 李齊賢과 鄭夢周를 함께 논하고 李穡과 정도전을 구별하지 않았으며, 이들에게서 사상을 찾지 않고 문장을 찾았다. 사상은 명분이고 문장이 실질이었다.

서거정은 과거의 문학을 두루 포괄하는 편이었다. 漢, 唐, 宋에서 일어난 문학이 모두 "비록 서로 工拙은 있으나, 요컨대 결과적으로는 모두 다 性情을 本으로 삼았다"고 하고, 蕭統의 《文選》은 古文을 모아서 전한 공적이 있다고 했다.[9] "性情을 本으로 삼았다"는[10] 것은 성리학적 입장이지만, 성리학적 입장으로 과거의 문학을 비판하는 기준을 삼지 않고 오히려 합리화하는 구실을 삼았다.《東文選》을 편찬한 것은 이와 같은 포괄성을 지녔기 때문에 가능할 수 있었으며, 포괄성은 중요한 의의를 가진다고 할 수 있다.

그러나 모든 것을 인정하는 것 같은 서거정도 사실은 두 가지 유

---

8) 《東人詩話》 下(여기서 인용하는 《東人詩話》는 啓明大學 圖書館 소장 初版本이다). "益齋而下 稼亭 牧隱 圃隱 三峯 陽村諸先生 相繼而作 唱明道學 文章氣習 庶幾近古 詩賦四六 亦有優劣矣."
9) 〈進東文選箋〉,《續東文選》 11, p. 217. "雖互有工拙 要其歸 皆本於性情."
10) 같은 글, 같은 책.

산에 대해서는 반발을 했으니, 문장을 중요시하면서도 李奎報가 보여준 바와 같은 독창성에 대해서 반발하고 用事의 가치를 주장했다. 또한, 성리학을 표방하면서도 정도전이 시도했던 바와 같은 사상적 혁신은 바라지 않고 비판정신을 완화하고 둔화하는 방향으로 나아갔다. 이것이 바로 서거정에 이르러서 뚜렷한 모습을 드러내고, 그 후에도 오랫동안 지속된 詞章派의 입장이다.

2

서거정은, 天之文과 地之文이 있으므로 人之文이 존재하게 되었고, 人之文은 천지의 이치를 나타내기 위해서 聖人이 지은 바라고 했으며, 성인이 지은 바인 人之文은 그 후에 道가 전해지지 않게 되면서 차차 쇠퇴해서 시대가 내려올수록 文이 그 전만 못하게 되었다고 했다.[11] 이러한 관점은 정도전이나 권근의 생각을 계승한 것이다. 그러나 한편으로는 문장은 時運이라고 하고[12] 각 시대에는 각 시대대로의 시운이 있어서 문장은 한결같지 않다고 하면서, 문장의 종류가 다양해지고 시대에 따라서 서로 다른 문장이 생겨나는 현상을 긍정적으로 보기도 했다.

> 精·一·中·極은 문의 體요, 詩, 書, 禮, 樂은 문의 用이다. 따라서 각 시대마다 문이 있고, 문은 각각 體가 있으니, 典, 謨를 읽으면 唐, 虞의 문을 알 수 있고, 訓, 誥, 誓, 命을 읽으면 三代의 문을 알 수 있다. 秦에서 漢으로, 한에서 魏晋으로, 위진에서 隋唐으로, 수당에서 宋元으로 내려오면서, 그 시대를 논하여 그 문을 상고하려면 文選, 文粹, 文鑑, 文類 등 諸編으로써, 대개 후세 文運이 높고 낮음을 논할 수 있다.[13]

---

11) 〈東文選序〉, 《東文選》 上, p. 1.

12) 〈觀光錄序〉, 《四佳集》 12. "文章者 氣也 時運也."

13) 〈東文選序〉, 《東文選》 上, p. 1. "精一中極 文之體也 詩書禮樂 文之用也 是以代各有文 而文各有體 讀典謨 知唐虞之文 讀訓誥誓命 知三代之文 秦而漢 漢而魏晋 魏晋而隋唐 隋唐而宋元 論其世考其文 則以文選 文粹 文鑑 文類諸編 而亦槪論後世文

이와 같은 관점은 상대주의라고 할 수 있다. 상대주의에 서기 때문에 문학의 종류를 구분해서, 구분된 종류의 의의를 두루 인정할 수 있고, 문학의 시대적인 변천으로 새로운 종류가 생겨나는 현상을 주목할 수 있다. 文運에는 높고 낮음이 있어서, 문의 體라고 한 精, 一, 中, 極을 온전하게 갖추고 있는 것은 높고 그렇지 못한 것은 낮겠지만, 문의 用이라고 한 詩, 書, 禮, 樂은 언제나 같은 모습을 갖추고 있지 않고 변할 수 있으므로 변한 것 가운데서 어느 것만 높고 어느 것은 낮다고 하는 절대적인 기준을 세울 수 없게 되는 것이다. 體가 문학의 본질이라면 用은 문학의 종류인데, 詩, 書, 禮, 樂이라고 든 것은 포괄적인 의미에서의 종류 또는 장르류이고, 典, 謨, 訓, 誥, 誓, 命 등은 구체적인 의미에서의 종류 또는 장르종이다. 서거정은 문학이 쇠퇴해 왔다는 생각을 버리지 않았지만, 문학의 종류를 하나씩 분별하는 데에도 주의를 기울였으므로 이러한 이론을 분명하게 확인할 수 있었고, 이러한 이론에 따라《동문선》을 편찬할 수 있었다.

그리고 문학의 시대적 변천은 중국의 경우에만 인정되는 것이 아니었고, 우리 문학의 존재 의의를 주장하는 근거이기도 했다. 우리 동방의 문학이 중국에 비해서 손색이 없다는 생각은 이미 오래 전부터 있었고, 사대부의 등장과 더불어 재확인되었다. 이규보는 문학은 독창적인 것이어야 한다는 관점에서, 정도전은 사회개조를 통해서 도를 실현해야 한다는 사명감에서 우리 문학의 가치와 진로를 논했는데, 서거정은 문학은 하나로 고정되어 있는 것이 아니라는 생각에서 다음과 같이 주장했다.

우리 동방의 문은 宋元의 문이 아니고, 漢唐의 문도 아니며, 바로 우리나라의 문이다. 마땅이 歷史의 문과 천지 사이에서 나란히 가는 것이니, 어찌 泯滅해서 전하지 않을 수 있겠는가 ?[14]

運之上下者矣."

서거정은 "文이라는 것은 貫道之器이며, 六經의 문은 문에 뜻을 두지 않아도 자연히 道에 합당한데, 후세의 문은 먼저 문에 뜻을 두고, 도는 순수하게 갖추지 못할 수 있다"[15]고 하면서 道가 文보다 선행해야 한다는 생각도 받아들였다. 그러나 서거정이 말한 도는 그리 심각한 의미를 가지는 것이 아니었다. 도는 바른 시대의 통치로써 구현되는 질서 정도의 것이라고 보고, 성군이 나타나서 나라를 다스리면 도를 지닌 문이 회복된다고 생각했다. 자기 시대는 도를 상실한 위기에 처해 있다는 생각은 하지 않았고, 오히려 도가 실현되어 三光과 五岳의 기운조차도 온전한 때이므로 위대하고 精髓한 문장이 이루어져서 옛사람에 비해서도 손색이 없다고 했다.[16] 조선왕조가 건국된 이래 勳臣들의 문학에는 '治世之音'이 갖추어져 있다고 한 것도 이런 생각에서 나온 평가였다.

서거정은 문학에서의 도는 物을 좋아하는 데서도 얻을 수 있다고 하면서, 그럴 수 있기 위해서는 물을 겉으로만 좋아할 것이 아니라 내면적인 발견이 있어야 한다는 뜻에서 "만약 物을 겉으로 형체나 빛깔에서만 찾으려 들고 안으로 性情의 天眞에서 찾지 않으면, 한갓 좋아하는 이름만 있을 뿐이고, 좋아하는 실속은 없을 것이다"[17]고 했다. 이러한 생각이야말로 성리학적 깊이를 갖추었다고 할 수 있다. 그러나 물을 성정의 천진에서 찾는 것이 수양의 방향이라고 생각하기보다는 타고난 기질의 발현이라고 보았다. 물을 좋아하는 것은 "자기가 좋아하는 바이지만, 자기도 어째서 좋아하게 되는지 모른다"[18]고 하면서, 徐敬德이나 李滉이 제기할 문제 같은 것은 의

---

14) 〈東文選序〉,《東文選》 上, p. 1. "是則我東方之文 非宋元之文 亦非漢唐之文 而乃我國之文也 宜與歷代之文 幷行於天地間 胡可泯焉而無傳也."

15) 같은 글,《東文選》 上, p. 2. "況文者 貫道之器 六經之文 非有意於文 而自然配乎道 後世之文 先有意於文 而或未純乎道."

16) 같은 글,《東文選》 上, p. 1.

17) 〈假山記〉,《續東文選》 13, p. 249. "若外求之 形色之末 而不內求諸性情之直 則徒有好之之名 無好之之實矣."

18) 같은 글, 같은 책. "雖吾之所好 吾不得而知之."

식하지 않았다.

　서거정은 문장은 時運이고 기질이라는 말을 흔히 했다. "기질은 하늘에서 타고난 것이고, 淸濁과 純駁의 차이가 있으므로, 文詞를 나타내는 데도 工拙과 高下의 차이가 있다"[19]고도 하고, "시를 읽으면 그 사람을 알 수 있다"[20]고도 했다. 타고난 氣가 사람에 따라서 다르다는 것은 서거정이나 후대 성리학자나 공통적으로 가진 생각이었다. 그러나 서거정은 이러한 생각에서 淸純한 기를 타고난 사람이라야 훌륭한 문학을 남길 수 있다는 주장을 폈고, 후대의 성리학자들은 그럴수록 氣에 얽매이지 않는 노력이 필요하다는 사상을 전개했다.

3

　서거정은 문학의 가치를 여러 모로 주장하고 입증하려고 했다. "詩라는 것은 小技이지만, 世敎에 관계가 있을 수 있으므로 군자가 마땅히 취해야 한다"[21]고 했고, "詩는 비록 細事이지만, 古人이 시를 지을 때에는 반드시 후대까지 전해지기를 기약했다"[22]고 했다. 시를 小技니 細事니 하는 성리학적 전제는 부정할 수 없었지만, 그 전제를 인정하는 범위 안에서 가능한 찬사를 두루 동원했으며, "천지의 英靈한 기가 사람에게 모여서 문장으로 나타나 功名과 事業을 이룬다"[23]고 하는 데서는 한 걸음 더 나아가 문학이야말로 사람이 하는 일 가운데서 가장 보람 있는 것이라는 생각까지 나타냈다.

　여기서 세교·공명·사업 등으로 열거한 것이 바로 문학의 기능이

---

19) 〈觀光錄序〉, 《四佳集》 12. "稟氣於天　有淸獨粹駁之殊　故發於詞者　有工拙高下之異."
20) 〈桂庭集序〉, 《續東文選》 15, p. 286. "讀其詩　可以知其人."
21) 《東人詩話》 下. "詩者小技　然或有關於世敎　君子宜有所取之."
22) 《東人詩話》 上. "詩雖細事　然古人作詩　必期後傳."
23) 〈眞逸集序〉, 《續東文選》, p. 286. "天地英靈之氣　鍾於人　而文章發　而爲功名事業."

다. 세교라고 하면 문물제도를 정비하고, 문화의 수준을 높이며, 나라의 질서를 정비하는 기능이다. 《經國大典》《東國與地勝覽》《東國通鑑》《동문선》 등은 모두 이러한 의미에서의 세교를 위해서 편찬되었고, 서거정이 자기대로 문장 수업을 한 결실이 이런 데서 빛을 볼 수 있었다. 그리고 문학으로써 얻을 수 있는 공명이나 문학으로써 할 수 있는 사업은 특히 다음과 같은 것이다.

고려 중엽 이후 兩宋·遼·金·蒙古와 같은 강국을 섬김에 있어서 여러 번 文詞로써 나라의 환란을 해결했으니, 무릇 詞賦를 어찌 사소한 것이라고 할 수 있겠는가?[24]

事大의 表牋은 모름지기 精切하게 지어야 한다. 고려 때 遼人이 압록강을 넘어와 경계를 삼으려고 하자, 朴參政 寅亮이 陳情表를 썼는데, 立語나 用事가 분명하고 간절했으므로, 遼帝가 그 의논을 중지했다.[25]

여러 글에서 거듭 나타난 이러한 말은 서거정이 주장하는 문학의 가치를 가장 구체적으로 나타낸 것이다. 서거정의 생각으로는, 강국과의 외교는 나라의 사업 가운데서도 특히 힘을 기울여야 할 것이고, 이 일을 담당한 외교문서는 詞章의 가치를 명백히 입증해 주는 것이다. 외교문서를 쓰는 데 필요한 것은 도학파의 글이 아니고 사람의 마음을 움직일 수 있게 하는 표현력을 갖추고 用事를 능란하게 활용하는 詞章派의 글이라는 주장에서, 사장파는 도학파가 성현의 도리를 잇지 않고 사상적으로 공허하다고 비판한 데 대해서 방어하고자 했다. 과거에서 詞章을 시험해 인재를 등용하는 것이 타당하다[26]는 논거도 여기서 찾았다.

---

24) 《東人詩話》 下. "高麗中葉以後 事兩宋遼金蒙古强國 屢以文詞 見稱得紓國患 夫豈詞賦而小之哉."
25) 《筆苑雜記》 1, 《大東野乘》 1(慶熙出版社, 1968), p. 74. "事大表牋 要須精切 高麗時 遼 人欲過鴨綠江爲界 朴參政寅亮俯陳情表 立語用事白懇切 遼帝寢其議."
26) 같은 책 2, 같은 곳, p. 93.

서거정은 문학이 이와 같은 실질적인 기능을 가지기 때문에 대단한 것이라고 하는 데 그치지 않고 그 자체로서도 찬양해야 할 것이라고 주장했다. 문장은 천지의 精英스러운 기가 사람에게 모여서 이루어지는 것이며, "사람 말 중에서 精華다"[27]라고 하면서, 문장이야말로 사람이 지니고 있는 능력을 최대한 발휘한 창조물이고, 말로써 이루어진 것 중에서 최고의 가치를 지닌다고 했다. 그러나 서거정이 생각한 이상적인 문학은 능력을 발휘할 수 있는 기회를 만나서 임금과 和答하는 詩이고, 山林에 묻혀서 읊조리는 시는 그만큼 빛날 수 없는 차선책에 지나지 않는다.

> 盛時를 만나서 임금의 시에 和答하며 歌詠하는 것은 그 문이 밝게 드러나는 바가 五行의 별이 하늘에서 빛을 내는 것과 같다. 불우하게 되어 山林을 읊조리면서 빈 소리에다 뜻을 기탁하는 것은 그 文이 빛나는 바가 구슬이 山谷에다 버리는 것과 같기는 하지만, 밝게만 읊는다면 그 빛이 마침내 덮이고 말지는 않는다. 일시의 耳目을 놀라게 하고, 없어지지 않는 명성을 남김은 마찬가지이다.[28]

문장은 표현력을 자랑해서 인정을 받고 명성을 남길 수 있게 하기 때문에 대단하다 하고, 그렇지 못한 문장은 있을 수 없다고 했다. 그런데 서거정이 중요시한 표현력은 新意를 추구하지 않는 수사법이고, 특히 用事에서 솜씨를 발휘한 것이다. "시는 古人을 답습하는 것을 꺼린다"[29]고 하여 표절을 경계하면서도, 고인의 표현인 事를 이용하되, "그 事는 그대로 쓰면서 그 뜻에는 反하는"[30] 用事는 힘써 익힐 만하고, 참으로 소중한 기법이라고 보았다. 이러한 기

---

27) 〈泰齋集序〉, 《四佳集》 14. "人言之精華也."
28) 〈泰齋集序〉, 《四佳集》 14. "有遭遇盛時 廣載歌詠者 則其文之昭著 如五緯之麗天 而燁乎其光 不遇而嘯咏山林 托於空言者 則其文之炳耀 如珠璧損委山谷 明朗而終不掩其煒矣 其所以駭一時之觀聽 而垂名聲於不朽一也."
29) 《東人詩話》 上. "詩忌蹈襲古人."
30) 같은 책, 같은 곳. "直用其事……反其意."

법을 사용한 시는 기존의 권위에 힘입어 인정받을 수 있고, 교묘한 재주를 보여 명성을 얻을 수 있다는 것이다.

用事를 중요시하는 입장은 일찍이 李仁老가 주장했던 바이고, 이규보는 이에 대한 반론을 펴면서 용사보다 新意를 내세웠다. 그런데 서거정은 다시 이인로의 뒤를 이으면서 이규보에 시비를 걸었다. 이규보의 작품은 豪健하고 峻壯한 기상이 있으며 괴이하고 놀라운 데가 있으나, 거칠고 사나운 점이 결함이라 하면서, 근래에 시를 공부하는 사람들이 唐宋의 고인이 말한 作法은 배우지 않고 이규보를 배우는 것은 큰 폐단이라고 걱정했다.[31] 그리고 이규보는 평생 진부한 것을 본뜨지 않고 스스로 창작한다고 했지만, 이규보의 시에도 고인의 것과 유사한 구절이 있다고 자세하게 고증해 보였다.[32] "시가 고인을 답습하지 않는 것은 어렵다"[33]는 것을 입증하고, "이규보처럼 재주가 높은 사람도 오히려 이런데, 이규보에 미치지 못하는 사람은 말할 것이 있겠는가?"[34]라고 하여 답습이 불가피하다는 것을 말했고, 답습을 하면서 뜻을 바꾸는 '翻案法'이 시를 배우는 사람이라면 반드시 알아 두어야 할 방법이라고 했다.[35] 그리하여 다음과 같이 주장하면서 창의력을 부정하는 데까지 이르렀다.

무릇 시의 用事는 반드시 출처가 있어야 한다. 만약 자기 뜻을 나타냈으면 말이 비록 잘 다듬어졌다 해도, 비판하는 사람이 나무라는 대상이 되지 않을 수 없다.[36]

---

31) 《東人詩話》 下. "李相國長篇 豪健峻壯凌厲振踔 如以赤手搏虎豹 挈龍蛇 可怪可愕 然有蠆猛處……近世學詩者 例喜法二李(李奎報, 李穡) 不學唐宋古人云 作法於凉 其 弊猶貪 作法於貪 弊將何救."

32) 같은 책, 같은 곳에서 "李文順 平生自謂 擺落陳腐 自出機杼 如犯古語死且避之然 有句云"이라 하고, 李奎報의 시 중에서 杜甫, 李白 등의 시와 유사한 표현이 있는 것들을 들어 原詩와 비교했다.

33) 같은 책, 같은 곳. "詩不蹈古人所難." 註 32)에서 인용한 말의 서두이다.

34) 같은 책, 같은 곳. "以李高才尙如是 況不及李者乎." 註 32)에서 인용한 말의 결말이다.

35) 같은 책, 같은 곳. "吾用此語 而反其意 此謂翻案法 學詩者 不可不知已."

서거정은 雜錄이 섞이지 않은 순수한 詩話로서 東人의 시를 조리 정연하게 다룬 《東人詩話》를 지은 공적이 있으며, 고려에서 시작된 시화는 서거정에 이르러서 규모가 온전하게 갖추어지고 수준이 높아졌다. 用事에 관한 논의만 하더라도 고려 때에는 윤곽만 보이던 것을 서거정이 구체적으로 전개했다. 그러나 《東人詩話》는 用事論이 가장 중요한 내용을 이루고, 논지가 용사를 합리화하는 방향으로만 치닫고 있는 점에서 서거정은 개성적이고 창조적인 문학 또는 우리 현실의 문제를 다루는 문학의 발전에 역행하는 구실을 했다. 그러므로 후대 시가 고사의 집구적 나열로 나아가도록 한 책임이 있다는 비판이[37] 타당하다고 할 수 있다.

4

그러나 서거정의 문학은 이러한 방향으로만 나아갔던 것은 아니다. 唐宋 古人을 본뜬 시를 짓는 데 재능을 발휘해서 인정받고 명성을 남기려고 한 것과는 별도로, 스스로 '詭激之說'이며, '奇崛之文'이라고 한, 지위와 文名을 오히려 손상시킬 《滑稽傳》을 짓기도 했다. 다른 사람이 아니라, 40년 동안이나 조정에서 벼슬을 하면서, 臺閣을 지내고, 六曹判書를 역임한 서거정이 이런 데 관심을 가졌던 것은 어울리지 않는 일이고, 이런 글을 쓰면 聖門에 죄를 짓는다는 것은 자기 자신도 시인하면서,[38] 이에 대한 변명을 다음과 같이 늘어 놓았다.

---

36) 《東人詩話》下, 같은 곳. "凡詩用事 當有來處 苟出己意 語雖工 未免砭者之譏."
37) 趙鍾業, 〈東人詩話研究〉, 《大東文化研究》 2(成均館大學校 大東文化研究院, 1966), p. 56.
   崔信浩, 〈初期詩話에 나타난 用事理論의 樣相〉, 《古典文學研究》 1(韓國古典文學研究會, 1971), p. 125.
38) 〈滑稽傳序〉, 《四佳集》 12, 첫 부분.

그대는 "戲謔을 좋아하노라", "文武는 늦추었다 당겼다 하느니라"라
고 하는 道를 듣지 못했는가? 齊諧는 《南華經》에 실려 있던 것이고,
滑稽는 班固의 史書에서 전한 것이다. 居正이 이 傳을 지은 데는 애초
에 후세에 전할 뜻이 없었고, 다만 세상 근심과 무료함을 없애려고 한
의도뿐이었다. 하물며 孔子께서는 장기나 바둑을 두는 것도 마음 쓰는
데가 없는 것보다는 현명하다고 하지 않았던가. 이것은 또한 居正이
마음 쓰지 않는 데 대한 스스로의 경계이기도 하다.[39]

"戲謔을 좋아하노라", "文武는 늦추었다 당겼다 하느니라"라고 한
것은 《詩經》과 《禮記》에서 유래한 말인데,[40] 사람의 마음을 활에다
비유해서, 줄곧 당기고만 있는 마음은 상하기 쉬우니 당겼다가 늦
추었다가 해야 하고, 늦추기 위해서는 戲謔이 필요하다는 것이며,
문무의 도리도 이와 같다는 뜻이다. 마음을 당기는 데 필요한 글만
쓰고 있을 수는 없으니, 서거정 자신도 《滑稽傳》을 엮어서 긴장을
늦추었다는 말을 하기 위해서 이 구절을 인용했다. 인정을 받고 명
성을 얻는 데 필요한 글 또는 나라를 다스리는 데 필요한 글은 힘
든 것이고, 마음을 피로하게 하는 것이므로 《滑稽傳》 같은 것을 써
서 심심풀이를 하고 흥미를 찾을 필요가 있다는 말이기도 하다.

그러나 변명은 그 정도에 머물렀지만, 의도한 바는 더 따져볼 만
하다. 서거정이 자기가 내세운 문학에서 지나친 긴장과 피로를 느
꼈다고 하는 것은 그럴 만한 이유가 있을 것이고, 그럴 만한 이유
는 무엇보다도 충만한 경험을 토로하거나 사상적인 확신을 표현하
는 글을 쓰지는 않았던 데 있을 것이다. 충만한 경험을 토로하거나
사상적인 확신을 표현한 이규보·정도전·서경덕이라면 긴장이 곧 즐
거움일 수 있겠으나, 서거정으로서는 그럴 수 없었으므로 긴장과

---

39) 〈滑稽傳序〉, 같은 책. "子聞 善戲謔兮 文武弛張之道乎 齊諧志於南華 滑稽傳於班史
居正之作是傳 初非有意於傳後 只欲消遣世慮聊復爾耳 況孔聖 以博奕爲賢於無所用
心者 此亦居正無所用心之自戒爾."
40) 《詩經》, 衛風 〈淇奧〉에서 "善戲謔兮 不爲虐兮"라고 했고, 《禮記》 雜記 下에서
"張而不弛 文武弗能也 弛而不張 文武弗爲也 一張一弛 文武之道也"라고 했다.

즐거움이 분리되었다고 할 수 있다. 성리학의 입장에서 설명하면, 爲己之學에 충실하지 않고 爲人之學을 서둔 공허감을 엉뚱한 방향에서 해소했다고 할 수도 있다. 《滑稽傳》은 세상 근심과 무료함을 없애는 휴식의 문학인데, 휴식의 문학은 일 자체에서 내심의 보람을 충분히 맛보지 못하는 사람에게 더욱 필요한 것이다.

성리학자라면 《골계전》 같은 것은 쓰지 않을 뿐만 아니라 용인하지도 않는다. 사소한 웃음거리를 글로 쓰면 마음가짐이 흐트러지고, 氣質之性을 드러내고 人心을 찬양하면 풍속을 해친다고 보았다. 그러므로 이런 글은 성리학적 문학관에 구애되지 않는 문인들이 즐기는 것이다. 서거정이 말한 바와 같이, 莊子·班固·司馬遷 등은 유학의 관념을 파괴하거나 세상에서 있는 일을 그대로 나타내려고 했으므로 골계를 버리지 않았다. 서거정의 골계담도 이러한 성향을 가지는 것이고 결과적으로 문학이 도학의 요구에 구속되지 않도록 하는 구실을 하는 의의도 가지는 것이었다.

골계담은 서거정만의 것이 아니었고, 姜希孟의 《村談解頤》, 宋世琳의 《禦眠楯》 같은 데서 더욱 뚜렷한 모습을 보이고, 成俔의 《慵齋叢話》에서도 적지 않은 비중을 차지했다. 강희맹은 《村談解頤》를 지었을 뿐만 아니라, 서거정의 《滑稽傳》에 대해서도 “사실에는 아름답고 싫은 것이 없고, 풍속을 경계하는 것이 소중하며, 말에는 다 듬어지고 거친 것이 없고, 이치에 이르는 것이 소중하다”[41]고 하여 서거정보다 적극적인 주장을 했다. 강희맹이나 송세림의 경우에는 골계담이 대부분 농민이 하는 이야기인 村談을 수록하는 데서 이루어졌고, 도학에 의한 인간성의 구속을 제어하는 구실도 더욱 분명하게 의식되어 있다. 골계담은 민중문학의 전통과 연결되는 것이고, 조선후기에 이르러서는 다채로운 모습을 갖추고 나타나 문학사의 방향을 바꾼 것이다.

---

41) 姜希孟, 〈滑稽傳序〉. “事無美惡 警俗者 爲重 言無精粗 詣理者 爲貴.”

5. 徐敬德

1

서경덕(1489~1546)은 글을 많이 남기지 않았으며, 문학사상만 따로
다룬 뚜렷한 글도 없다. 그러므로 서경덕의 문학사상을 살필 수 있
는 귀중한 단서는 오히려 다음과 같은 시에서 발견된다.

讀書當日志經綸　　독서하던 當日에는 經綸을 뜻했지만,
晩歲還甘顔氏貧　　晩歲에는 도리어 顔氏의 가난이 달구나.
富貴有爭難下手　　부귀는 다툼이 있어서 얻기 어렵고,
林泉無禁可安身　　林泉은 금하지 않으니 安身할 수 있다.
採山釣水堪充腹　　나물캐고 고기 잡아 배를 채우고
詠月吟風足暢神　　詠月 吟風으로 暢神하기에 족하다.
學致不疑知快活　　공부가 의심 없는 데 이르니 쾌활함을 알아서,
免敎虛作百年人　　백년 인생이 헛되지 않도록 가르쳐 준다.[1]

이 시에는 두 가지 문학이 암시되어 있다. 경륜을 뜻하면서 독서
를 하던 때에는 나라를 다스리는 데 필요한 문학, 즉 官人의 문학

---

1) 〈述懷〉, 《花潭集》 1, 《李朝初葉名賢集》(成均館大學校　大東文化硏究院,　1959),　p.
189(앞으로는 1, p. 189와 같은 방법으로 자료의 출처를 표시한다).

에 관한 수련도 했을 것이다. 그러나 그러한 문학을 통해서 경륜을
펼 수 있는 지위에 오르겠다는 것은 서경덕의 경우에는 한때의 희
망에 불과했으며, 寒微한 武班의 가문에서 태어나서[2] 스승을 만나
지 못하고 스스로 공부하고,[3] 평생 동안 벼슬하지 않고 가난하게
산 서경덕으로서는 그러한 문학을 뜻했다는 것부터가 잘못된 일이
었다. 그래서 서경덕은 관인의 문학 대신에 처사의 문학을 택했다.
사대부의 문학은 관인의 문학과 처사의 문학으로 나눌 수 있고, 벼
슬에서 물러났거나 벼슬하지 못한 山林處士가 자연에 묻혀서 영월
음풍하는 문학은 아주 흔한 것이었으며, 이러한 관점에서 본다면
서경덕이 말하는 문학은 새삼스러운 의의가 없다고 할 수 있을 것
같다.

그러나 문제는 "詠月吟風으로 暢神하기에 족하다"고 하는 데 있
다. '暢神'은 정신을 펴서 기분이 상쾌해진다는 말인데, 영월 음풍
을 하면 왜 기분이 상쾌해지는가? 시는 원래 그런 것이라고 한다
면, 이 말은 무의미한 동어 반복에 지나지 않는다. 서경덕은 이와
같은 무의미한 설명에 만족하지 않고, 근본적인 이유를 파고들었다.
관인의 문학에서는 문학이 왜 필요한가 쉽사리 해명할 수 있다. 문
학이 영달의 수단이고 경륜을 펴는 도구이기 때문에, 문학은 가치가
있고 문학을 하는 사람은 즐거움을 누릴 수 있다고 할 수 있다. 그
러나 處士의 문학을 두고 논한다면 문제가 그렇게 간단하지 않다.

처사는 자기가 이루지 못한 뜻을 문학을 통해서 나타내기 때문에
그런 대로 暢神의 즐거움을 누린다고 한다면, 이러한 설명은 사태
의 일면만 지나치게 확대한 것이고, 처사 문학의 진의를 왜곡한 것

---

2) 朴民獻이 지은 〈神道碑銘〉에 의하면 할아버지는 進勇校尉 副司勇(從 9 品)이었고,
   아버지는 修義副尉였으며, 할아버지가 남의 토지를 경작하는 처지였다(3, p. 221).
   살림살이는 가난해서 며칠씩 밥을 짓지 못할 정도였다고 한다(3, p. 222).
3) 14세 때 선생을 정하고 공부를 하다가 선생이 《尙書》의 朞三百 대목을 설명하
   지 못하므로 이때부터 선생을 떠나서 스스로 공부하기 시작했다(《年譜》 3, p.
   217).

이다. 처사는 부귀는 단념한 대신에 林泉이나 風月을 정신적으로 소유하면서 만족을 느낀다고 한다면, 그것 또한 短見이라고 하지 않을 수 없다. 서경덕이 좌절에 대한 보상심리나 정신적 소유의 즐거움을 말하지 않은 것은 아니지만, 서경덕의 영월 음풍은 실제로 그러한 전제 없이 달과 바람을 노래한 시라는 점에서 더욱 중요한 의의를 가지고, 달과 바람을 노래한 시는 왜 창신의 즐거움을 줄 수 있는가 하는 데서 문제는 새삼스럽게 심각해진다.

이 문제에 대한 해답은 달과 바람이 제공해 줄 수 있는 것은 아니다. 달과 바람은 아름답기 때문에 창신의 즐거움을 줄 수 있다고 한다면, 아름다움이란 무엇이고 달과 바람은 왜 아름다운가 하는 의문이 다시 생기므로 오히려 번거롭게 된다. 서경덕은 아름다움이라는 개념을 설정하지 않고 이 문제에 접근했으므로, 서경덕을 이해하기 위해서는 아름다움 같은 것을 내세우는 편법을 버릴 필요가 있다. 그리고 다시 시로 돌아가서 마지막의 두 줄을 주목해 보자. 공부가 의심 없는 데 이르니 쾌활함을 알았다고 하는데, 이 경우의 쾌활함은 앞줄의 창신과 무관하지 않을 것 같다. 알았다는 대상은 우선 자연이고, 의심 없는 데까지 알면서 달과 바람을 노래하거나, 의심 없는 데까지 안 것의 표현으로서 달과 바람을 노래했다고 보면, 전후의 연결이 쉽사리 이루어진다. 그래서 스스로 "백년 인생이 헛되지 않도록 가르쳐 준다"는 데 이르렀다면, 창신의 쾌활함은 이해될 수 있을 것같다.

서경덕은 자기가 알았다는 데 대해서 대단한 자부심을 가지고 있었고, 다음과 같은 시를 즐겨 쓰기도 했다.

風餘月揚明   바람 끝에 달이 밝게 올라오고,
雨後草芳菲   비 뒤에 풀이 향기롭다.
看來一乘兩   하나가 둘을 타고 있는 것을 보니,
物物賴相依   物物이 서로 의지해 있도다.

透得玄機處　　아득한 機微를 꿰뚫어 얻은 경지에서,
虛室坐生輝　　虛室에 앉으니 빛이 난다.[4]

　이 시는 앞의 것보다 문제의 해결에 더욱 접근한 것이다. "하나가 둘을 타고 있다는 것"은 一氣가 陰陽 二氣를 지니고 있어서 陰陽 二氣가 一氣에서 나타나는 원리를[5] 두고 하는 말이다. 이것이야말로 서경덕 철학의 핵심적인 발견이고, 一元論的 主氣論의 가장 소중한 내용을 이룬 것이다. 理는 '氣의 用事'에 불과하다고 한[6] 서경덕은 이는 하나이고 기는 둘이라는 것을 믿지 않는다. 이는 純善이지만 기에는 선악이 있다는 것도 인정하지 않는다. 이와 기를 나누지 않는 서경덕은 物物이 서로 음이 되고 양이 되어 관련을 가질 뿐만 아니라, 또한 一氣에서 나왔다는 점에서도 관련을 가진다는 뜻에서 "物物이 서로 의지해 있도다"라고 한 것이다. 바람과 달을 노래하며 "바람 끝에 달이 밝게 올라오고", 비와 풀을 노래하며 "비 뒤에 풀이 향기롭다"고 한 것도 그러한 발견의 직접적인 표현이다.

　서경덕은 이러한 사실을 알아냈다 하고, 그래서 창신의 기쁨을 느낀다고 했다. 이 상태야말로 아득한 機微를 꿰뚫어 안 경지이다. 아득한 것이 아득하지 않게 된 경지이다. 그래서 "虛室에 앉으니 빛이 난다"고도 했다. 虛室은 허하고 고요한 마음이라고 한다.[7] 허하고 고요한 마음을 가지면 빛이 난다는 말을 끌어와서 발견의 기쁨을 나타내는데, 허한 데서 발견이 이루어진다고 하는 것은 虛가 즉 氣라는 사실이[8] 마음에 비추어진 결과일 수 있다.

　서경덕은 결코 신비주의자가 아니다. "아득한 기미"라는 말을 쓴

———————————

4)〈天機〉의 한 부분, 1, p. 189.
5)〈原理氣〉, 2, p. 203에서는 "一便涵二 一不得不生二"라고 했다.
6)〈理氣說〉, 2, p. 204. "理者 氣之宰也 所謂宰 非自外來而宰之 指其氣之用事."
7)《莊子》권 2, 養生主 제 3에서 "虛室生白"이라고 한 데서 유래한 말인데, 이 말은 註에서 "室此喩心 心能空虛 則純白獨生也"라고 풀이되었다(《四部備要本》, 臺北 : 臺灣中華書局, 1972, 권 2, 8장 앞쪽).
8)〈太虛說〉, 2, p. 204. "太虛 虛而不虛 虛卽氣 虛無窮無外 氣亦無窮無外."

것은 아득할 수밖에 없는 기미라는 뜻이 아니고 아득하게 생각되던 기미라는 뜻이다. 아득하게 생각되던 기미를 명확한 논리로 꿰뚫은 것이다. 그러나 명확한 논리로 꿰뚫었다고 해서 흥분이나 감격이 가시는 것은 아니고, 사실은 그 반대이다. 아득하게 생각되던 때는 느낄 수 없던 감격이 폭발적으로 나타나는 것이 당연한 이치이고, 그러므로 기묘하다는 말을 되풀이해 사용하기도 했다.[9] 또한 서경덕은 아름다운 자연을 만나면 춤을 추었다고도 한다.[10] 이 경우에 자연이 아름다우니까 춤을 추었다고 하는 것은 피상적인 해석일 것이다. 그러한 때 서경덕이 춤을 추어야 할 정도의 감격은 자연의 모습이 아득하게 생각되던 것이 투철하게 꿰뚫어볼 수 있게 되었기 때문에 생겼을 것이다.

2

서경덕이 말한 기쁨은 자연을 아는 데서만 생기는 것이 아니고 나를 잊고 자연과 화합하는 物我一體의 경지에서 더욱 뚜렷해지는 것이다. 다음과 같은 시가 이러한 경지를 알려준다.

眼垂簾箔耳關門　　눈에는 발을 드리우고 귀에는 문을 닫았으나,
松籟溪聲亦做喧　　솔바람 시내 소리는 역시 뚜렷하구나.
致得忘吾能物物　　나를 잊고 物을 物대로 보는 경지에 이르니,
靈臺隨處自淸溫　　마음이 곳에 따라 절로 맑고 따뜻하구나.[11]

안다는 것은 보고 듣는 것만이 아니다. 눈에는 발을 드리우고, 귀에는 문을 닫았다고 해도, 솔바람 시내 소리는 역시 뚜렷하다. 나를

---

9) 〈原理氣〉, 2, p. 203에서는 氣의 본질을 알아낸 느낌을 "不其奇乎 奇乎奇 不其妙乎 妙乎妙"라고 했다.
10) 제자인 許曄이 전한 말이다(遺事, 3, p. 227).
11) 〈無題〉, 1, p. 190.

잊고 物을 物대로 본다는 것은 나와 물이 하나가 된 상태이고, 그래서 물이 곳에 따라 맑고 따뜻하듯이 나도 맑고 따뜻하게 된다고 한다. 자연을 노래하는 즐거움은 하나가 둘을 타고 있어서 물물이 서로 의지해 있는 것을 발견하는 데서만 생기는 것이 아니고, 그러한 자연과 자아가 하나를 이루는 物我一體를 실현하는 데 있다. 물아일체가 시의 이상적인 경지라고 하는 것은 조선전기 시문학의 지배적인 미의식이었는데, 서경덕은 물아일체를 자기의 이론에 따라서 해석했다.

물아일체의 경지는 어떤 경우에 이루어지며 어떠한 의의를 가지는가 하는 문제에 관한 해답은 사상적인 입장에 따라서 달라질 수 있는 것이다. 흔히 볼 수 있는 바는 자연물은 세속적인 욕망과는 거리가 먼 것이므로 세속적인 욕망을 버릴 때 물아일체가 이루어지고, 물아일체는 세속적인 욕망에서 벗어나서 도의로써 心性을 기르는 길이라는 것이다. 세속적인 욕망을 버리는 것이 물아일체의 한 측면이라는 데 대해서는 서경덕도 반론을 제기하지 않는다.

그러나 서경덕의 경우에는 "林泉에 天放되어 外紛에서 풀렸도다"[12]라고 하듯이 세속적인 얽힘은 물을 물대로 알고 느끼는, 자연스러운 상태 그대로 버려져 있는 天放을 저해하는 것으로 이해되기는 해도 길러야 할 도리와 대립적인 개념으로 설정되지는 않는다. 도의에 관한 목표를 설정하고 추구하지 않는 것이 서경덕의 독자적인 입장이다.[13] 물아일체는 도의의 근거인 하나이면서 순선한 理에 의해서 이루어진다고 하지 않고, 둘이면서도 하나인 氣에 의해서 이루어진다고 하는 것이 서경덕의 생각이므로, "마음이 곳에 따라 맑고 따뜻하다"고 하는 말도 윤리적 가치에 관한 암시가 아니고,

---

12) 〈觀易偶得首尾吟以示學易輩諸賢 又一絶〉, 1, p. 189. "天放林泉解外紛."
13) 후일 이러한 입장에 대해서 의혹을 가지는 宣祖에게 제자인 朴淳은 "敬德常曰 學者用工之方 已經四先生無所不言 只理氣之說有所未盡 故不得不明辨云"이라고 했다(遺事, 3, p. 228).

마음이 物과 합치되면서 생기는 기쁨을 갖게 된다는 말이다.

서경덕의 생각에 의하면, 도의를 함양하려는 노력에 집착하는 것은 오히려 물아일체를 파괴하는 결과를 가져오고, 그리하여 실제로 이루어지지 않는 것을 이루려고 하는 태도는 더욱 바람직한 것이 아니며, 그러하기 때문에 學行 일반이나 문학에서는 오히려 그치는 정신이 중요하다.

군자가 學을 소중하게 여기는 까닭은 학으로써 그치는 것을 아는 데 있다. 학을 해서 그치는 것을 모른다면, 학을 하지 않은 상태와 무엇이 다르겠는가? 文藝도 또한 學의 하나이다. 당연히 과정을 엄하게 세우고, 역량을 다해서 나에게 기약된 數를 다 채우며 탐구를 해야 하겠지만, 공략하는 藝가 날카로운가 둔한가, 거두는 功이 마땅한가 부적당한가를 살펴서, 일체를 放下하고 물러나 일없는 상태에서 듣는 것이 어찌 초연하게 그칠 줄 아는 경지가 아니겠는가?[14]

"그치는 것"은 인식의 방법이면서 또한 마음 가짐의 상태이다. 사물을 바로 알기 위해서는 선입견을 버리고, 다른 생각은 하지 않고 사물에다 마음을 모아야 하고, 그렇게 하면 마음이 사물을 꿰뚫어 맑은 거울과 같은 경지가 이루어진다고도 했다.[15] 이것은 詩로써 이름을 얻은 沈義라는 사람에게 준 글이다. 심의는 이미 얻은 이름을 더욱 빛내기 위해서 열심히 시를 쓰는데, 시를 써야겠다는 데 집착하면 마음이 사물에서 멀어져 오히려 시가 이루어지지 않으므로 그치는 것을 알아야 한다는 말이다. 그래서 "이미 그칠 줄 아는 경지에 이르면, 시는 반드시 苦吟할 것이 아니다"[16]라고도 했다.

---

14) 〈送沈敎授序〉, 2, p. 215. "君子之所貴乎學 以其可以知止也 學而不知止 與無學何異 文藝其亦一學也 當嚴立課程 盡其力量 必充吾所期之數 而其究也 視所攻之藝利鈍 收功與不 而一切放下 退聽於無事 則豈非超然知所謂止者哉."

15) 이러한 태도를 '持敬觀理'라 하고, "敬者主一無適之謂也 接一物則止於所接 應一事則止於所應 無間以他也 則心能一 及事過物去 而便收歛湛然當如明鑑之空也"(같은 글, 같은 책, 같은 곳)라고 설명했다.

16) 같은 글, 같은 책, 같은 곳. "旣坐止止之域 則詩不必苦吟."

과정을 엄하게 세우고 역량을 다해서 탐구하는 것을 陰陽을 들어서 말한다면 양에 속하는 방향인데, 氣는 양으로만 존재하지 않고 음으로도 존재하기 때문에 양만 추구한다면 "하나가 둘을 타고 있는 것을 보니, 물물이 서로 의지해 있도다"라고 한 '둘'이 둘일 수 없다고 하는 결과에 귀착되고, 물물이 서로 단절되고 만다. 양이 발현되어 공략하는 藝가 날카로워 거두는 공이 마땅할 수도 있고, 陰이 시작되어 공략하는 예가 둔하여 거두는 공이 마땅하지 않을 수도 있으므로, 공략하는 예가 둔하여, 거두는 공이 마땅하지 않을 때에는 일체를 放下하고 물러나 일없는 상태에서 초연히 들어야만 진정한 문예가 이루어진다는 말이기도 하다.

서경덕은 문예는 學의 하나라고 했다. 서경덕이 말하는 학은 아는 데만 머무는 것이 아니고 앎, 마음가짐, 삶을 모두 포괄하는 개념이며, 문예도 앎, 마음가짐, 실행을 모두 포괄한다는 점에서 학과 다름이 없다. 학이 워낙 포괄적인 의미를 가지므로 문예가 학과 대립적인 위치에 설 수 없는 것이다. 그래서 문예가 따로 존재하지 않듯이, 문예의 방법도 따로 존재하는 것은 아니다. 서경덕은 평생동안 학의 방법을 탐구했다. 성현의 말이라도 믿지 않고, 스스로 格物致知해서 자득하는 것이 서경덕의 학문적 방법이고, 그리하여 氣 자체를 알고 기를 꿰뚫는 마음을 가지고, 기에 따라서 살아가는 것이 설정된 목표였다. 그래야만 인식과 실행에서 物我一體가 이루어지는데, 문학작품에서 구현되는 물아일체도 이와 다름이 없는 것이다. 성현의 말씀도 믿지 않는데, 古文의 규범 같은 것은 더욱 받아들일 수 없으며, 그런 것을 숭상하고 따르려고 한다면 물아일체는 파괴되고 만다. 이런 뜻에서 다음과 같이 말했다.

> 만약 長趨·闊步하여 李白이나 杜甫의 詩壇에 窺躋하여 詩句를 찾는 버릇이 여전히 있다면, 昭氏의 鼓琴과 같지 않겠는가. 시가 情性을 즐겁게 하면서 喪志하지 않는다고 한다면 ……그것이 또한 올바른 태도

이다.[17]

이백과 두보는 훌륭한 시인이었다 해도, 이백과 두보의 시에서 자기의 시구를 찾는다면, 그것은 自得이 없이 모방을 일삼는 태도이고, 나타내야 할 것은 잃어버리고, 헛된 표현만을 숭상하는 결과를 가져온다.

昭氏의 鼓琴은 《莊子》에 나오는 말로서 소씨라는 사람이 거문고를 타니 나오지 않는 소리가 있고 거문고를 타지 않으니 오히려 소리가 온전하더라는 뜻인데,[18] 소씨가 거문고를 타지 않는 상태야말로 시를 쓴다는 데 집착하지 않고 이루어지는 올바른 시의 경지이다. '喪志'는 '玩物喪志'에서 온 말로서, 시를 희롱의 대상으로 삼으면 뜻을 잃게 된다는 의미로 사용되었다. 시는 물의 이치를 구현함으로써 마음을 즐겁게 하는 것이지 시 그 자체가 즐거움을 지니는 것은 아니다.

3

위에서 말한 昭氏의 鼓琴이 뜻하는 바는 '無絃琴'으로도 나타낼 수 있는데, 서경덕은 〈無絃琴銘〉을 썼다.[19] 이 글에서 말하는 줄 없는 거문고는 문학에 관한 그의 생각을 나타낸 것이라고 보아도 무

17) 〈送沈敎授序〉, 2, p. 216. "若乃長趨濶步 窺躋於李杜之壇 而覓句之癖猶在 則殆不類 於昭氏之鼓琴也哉 如曰詩可以娛情性 惟在勿喪其志……則其亦可也."
18) 《莊子》 권 1, 齊物論 제 2에서 "有成與虧 故昭氏之鼓琴也 無成與虧 故昭氏之不鼓琴也"라고 한 데서 유래한 말인데, 이 말은 註에서 "彰聲而聲遺 不彰聲而聲全"이라고 풀이되었다(주 7)과 같은 책, 권 1 173장 앞쪽).
19) 〈無絃琴〉은 梁의 昭明太子가 〈陶靖節傳〉에서 "淵明不解音律 而蓋無絃琴一張 每酒適輒弄以寄其意"라고 한 데서 유래하며, 李奎報는 〈陶潛贊〉에서 "無絃琴上怡怡其心"의 뜻을 "所攝者內 可遺者內"로 풀이했다(《東國李相國集》 17, 《高麗名賢集》 1, 成均館大學校 大東文化硏究院, 1973), p. 210. 徐敬德의 〈無絃琴銘〉은 이런 데서 소재를 얻어서 이루어진 것이지만, 음악을 모르는 사람의 음악 또는 내면의 음악이라는 전래된 뜻을 되풀이하지 않고, 자기의 철학에 입각한 새로운 주제를 구현했다.

리가 없다.

　거문고로서 줄이 없으니 體만 남고 用은 버렸네, 참으로 用을 버린
것은 아니고, 靜이 動을 포괄했네. 소리에서 듣는 것은 소리 없는 데서
듣는 것보다 못하고, 형체에서 나오는 음악은 형체 없는 데서 나오는
음악보다 못하네. 형체 없는 데서 나오는 음악이라야 그 徵을 얻고, 소
리 없는 데서 들어야 그 妙함을 얻는다. 밖으로는 有에서 얻고, 안으로
는 無에서 만난다. 그 가운데서 趣를 얻을 것이지, 어찌 줄 위의 공부
를 일삼으랴.[20]

　줄 없는 데서 듣는 음악은 문학의 경우를 두고 생각한다면 문학
을 한다는 데 대한 헛된 집착 없이 이루어지는 문학일 뿐만 아니
라, 用을 용으로 나타내지 않고 體로써 용을 포괄하고, 動을 동으로
나타내지 않고 靜으로써 동을 포괄하고, 有를 유로 나타내지 않고
無로써 유를 포괄한 문학이다. 用이나 動이나 有는 모든 사람이 쉽
사리 보고 즐길 수 있는 것이지만, 體나 靜이나 無는 쉽사리 보이
지도 않고 즐기는 사람도 적다. 그러나 용이 있으면 체가 있고, 동
이 있으면 정이 있고, 유가 있으면 무가 있으므로, 체·정·무를 보고
즐기는 경지에 이르러야 본다고 할 수 있고 즐긴다고 할 수 있는
것이다. 체·정·무를 보고 즐긴다고 해서 용·동·유를 버린다는 말은
아니다. 체가 바로 용이므로 체가 용을 포괄하고 있고, 정이 바로
동이므로 정이 동을 포괄하고 있고, 무가 바로 유이므로 무가 유를
포괄하고 있다는 사실을 알아야만 볼 것을 보고, 즐길 것을 즐긴다
고 할 수 있는 것이다. 이것이 문학이 도달해야 할 경지이고, 그렇
게 되어야 할 이유는 존재 자체가 그렇다는 데 있다.

　서경덕에 의하면, 순선한 理가 체를 이루고 선악이 섞인 氣가 용

---

20) 2, p. 216. "琴而無絃 存體去用 非誠去用 靜其含動 聽之聲上 不若聽之於無聲 樂之
　　形上 不若樂之於無形 樂之於無形 乃得其徵 聽之於無聲 乃得其妙 外得於有 內會於
　　無 顧得趣乎其中 奚有事於絃上工夫."

을 이루지 않고, 湛一淸處한 기가 바로 만물의 움직임이므로 體와 用의 이원론은 부정되어야 한다. 만물은 음양으로 움직이는데, 음양은 서로 근거를 이루는 관계를 가질 뿐만 아니라 一氣의 구현이라는 점에서도, 음은 음이고 양은 양이라고 갈라놓기만 하면 사태의 일면만 잘못 이해하게 된다. 뿐만 아니라 有라고 생각되는 것은 유만이 아니고 氣가 바로 虛이며, 무라고 생각되는 것도 무만은 아니고 허가 바로 기이다.[21] 그러므로 "밖으로는 유에서 얻고"라고 할 때 얻는 것은 무이고, "안으로는 무에서 만난다"고 할 때 만나는 것은 유이다. 이러한 경지에서 徼이나 妙가 이루어진다. 徼이나 妙는 모두 다 老子가 쓴 말이다.[22]

유와 무를 함께 말하는 것은 곧 노자와 상통하는 입장이라고 할 수 있으며, 더 나아가서 심성을 닦아 도의를 밝히겠다는 목표를 설정하지 않고 물아일체의 경지에 이르려고 하는 서경덕의 사상은 老莊的인 것이라고 할 수 있을 듯한 생각도 든다. 그러나 이러한 생각은 사실과 어긋난다. 서경덕은 "老氏는 유가 무에서 생긴다고 했는데, 虛가 바로 氣라는 것을 모르고 한 말이다……허가 기를 낳는다고 한다면, 기가 태어나기 전에는 기가 없으니 허가 죽은 것이다", "허가 능히 기를 낳는다고 하면, 기에 시작과 한정이 있게 된다"[23]라고 하여 노자를 거듭 비판했다. 서경덕은 一氣가 不滅 長存하면서, 체가 용이고, 음이 양이고, 허가 기인 관계가 계속된다고 하고, 그러므로 문학은 체가 용을 포괄하고, 음이 양을 포괄하고, 무가 유를 포괄한 상태를 나타내야 한다고 보았다.

체가 용을 포괄하고, 음이 양을 포괄하고, 무가 유를 포괄한 문학

---

21) 註 8) 참조.

22) 老子는 《道德經》 上篇 1장에서 "無名天地之始 有名萬物之母 故常無欲以觀其妙 常有欲以觀其徼"이라고 했는데, 王弼은 "徼歸終也"라고 풀이했다(《四部備要本》, 註 7과 같은 책, 上篇 1장 앞쪽).

23) 〈太虛說〉, 2, p. 204. "老氏曰 有生於無 不知虛卽氣也……若曰虛生氣 則方其未生 是無有氣 而虛爲死也";〈理氣說〉, 2, p. 204. "虛能生氣 是則氣有始有限也."

은 用, 陽, 有의 특징만 지니지 않고, 體, 陰, 無의 특징을 지니므로 맑고 한적하며, 여운이나 여백을 지니게 된다. 이러한 것이 특히 가치있는 미의식이라는 생각은 사대부 문학의 일반적인 경향이었다. 그런 미의식에 대한 숭상과 찬탄의 말도 적지 않게 찾아낼 수 있다. 그러나 숭상과 찬탄의 말은 이러한 미의식이 가치가 있다는 생각을 재확인해 줄 수 있을 뿐이고, 왜 가치가 있는가 하는 문제를 해결할 수는 없었다.

그런 미의식의 가치를 도덕적 수양의 단계와 관련해서 설명하는 견해가 흔히 있으며, 그것대로 중요한 의의를 가진다. 그러나 서경덕은 이 문제에 관한 존재론적 해답을 마련했다. 체가 용을 포괄하고, 음이 양을 포괄하고, 무가 유를 포괄하고 있으므로, 문학도 마땅히 그런 경지를 나타내야 한다는 것이 해답의 핵심적인 내용이다. 이 해답은 서경덕의 일원론적 주기론을 근거로 해서 이루어진 것이며, 일원론적 주기론을 받아들이는 경우에만 타당성이 인정되는 것이다.

4

서경덕의 사상은 성현의 글을 따르지 않고 스스로 格物致知해서 얻은 自得의 사상이며 충격적인 내용으로 이루어져 있는데, 문학사상도 예외가 아니다. 그는 문학에 관해서 장황한 논의는 전개하지 않았지만, 문학의 근본적인 문제를 제기하고, 당시의 통념과는 다른 방향에서 문제를 해결했다. 千聖이 이르지 못한 경지에 도달해서 千古의 의문을 풀었다는[24] 자부심은 문학의 문제에 관해서도 인정될 수 있을 것 같다.

서경덕에 의하면, 문학이 暢神이나 쾌활의 기쁨을 주는 이유는

---

24) 〈鬼神死生論〉, 2, p. 205에서 자기의 발견이야말로 "見到千聖不盡傳之地頭爾"이고 "足以破千古之疑"라고 했다.

문학에 관한 도덕적인 효용 같은 것을 들어서 설명할 수 없고, 문학이 虛가 바로 氣이고, 하나인 기가 음양이라는 사실을 깨닫게 하는 데 있다. 이러한 사실을 깨달으면서 다른 생각에 대한 집착을 버리면, 物我一體의 경지가 이루어지고, 용이나 양이나 유만 추구하지 않고 체가 용을 포괄하고, 음이 양을 포괄하고, 무가 유를 포괄한 상태에 이르러 그치는 데서도 기쁨을 얻게 된다. 이러한 사상은 도덕적 당위로서의 理를 설정하지 않고 이는 기의 用事에 불과하다는 일원론적 주기론을 근거로 하여 이루어진 것으로서, 문학을 그 자체로서 문제삼아 문학에서의 기쁨이 어떻게 해서 성립될 수 있으며, 문학이 물아일체의 경지에 도달할 수 있는 근거가 무엇이며, 맑고 한적한 것을 표현하는 미의식이 가치를 가지는 이유가 무엇인가 하는 데 대해서 존재론적 해답을 제시했다.

서경덕이 말한 문학의 기쁨은 인식의 기쁨을 전제로 한 것이다. 그러나 알아야 할 것을 아는 데 그치지 않고 자기 자신이 안 바에 따라서 움직이기 위해서는 문학창작이 필요한 것이다. 산천을 보고 춤을 추어, 산천의 이치가 자기 마음이 되듯이 詩를 쓰는 것이다. 그러므로 시를 쓰는 자세는 學의 방법과 같아야 할 뿐만 아니라, 자연의 움직임과 합치되어야 한다고 했다. 문학은 고문의 규범과 표현을 따르지 않고 자득으로 창조해야 하며, 문학을 하겠다는 데 대한 집착을 버리고 그쳐야 할 때 그칠 줄 아는 자세를 가져야 온전할 수 있다고 했다. 이러한 견해는 모방과 습용을 되풀이하면서 문학을 일신의 영달이나 도덕적 규범의 강화를 위한 수단으로 생각하는 입장에 대한 간접적인 경고로 해석될 수 있다.

그러나 서경덕은 이와 기를 분리하면서 설정된 도덕적 규범에 대해서 구체적인 반론을 제기하지 않았듯이, 문학에 관한 사상에 있어서도 소극적인 태도를 취했다고 할 수 있다. 서경덕이 말한 문학은 사실상 자연을 노래한 시로 한정된다. 맑고 한적한 것이 가치 있는 미의식이라는 점을 재강조하고 그 근거를 새로운 각도에서 밝히는 데 주력했으며, 이와 각도를 달리해서 비판과 갈등의 문학이 성립될 수 있는 가능성은 내다보지 않았다. 虛가 바로 氣라는 사실은 기의 창조적 활동을 강조하는 방향으로 해석될 수 있고, 陰陽二氣의 관계는 갈등이론의 기틀이 될 수 있으며, 그 점에서 서경덕의 철학은 참으로 중요한 잠재적인 기여를 했다.

그러나 실제로 서경덕이 관심을 기울인 것은 그 반대쪽, 즉 기가 바로 허라는 방향과 음양이 一氣라는 측면이었는데, 일생을 가난하고 의로운 처사로 지내며 예외자로 머물렀던 서경덕으로서는 그쳐야 할 데 그치는 지혜의 속성인 소극성과 은둔성을 벗어날 수 없었던 것이다. 서경덕 철학의 잠재적 기여는 조선후기에 이르러서 서경덕의 경우에는 나타나지 않던 파문을 일으키는 작용을 했다.

6. 李 滉

1

末世天無改	末世에도 天道는 바뀌지 않나니,
吾東聖欲居	우리 동방은 聖人이 살고자 했던 곳이다.
魯風猶可變	魯나라의 기풍은 오히려 변할 수 있으나,
箕訓詎終虛	箕子의 가르침은 어찌 헛되이 없어지겠는가.
前輩文華勝	앞 사람은 文華에만 뛰어났고,
今人術業疎	지금 사람도 術業이 성글기만 하다.
有誰能自奮	어느 누가 능히 스스로 분발해서,
躬道向經書	道를 실행하며 經書를 향할 것인가.[1]

李滉(1501~1570)은 道學을 일으키는 것을 평생의 사업으로 삼았다. 자기 시대가 말세라고 생각했으므로, 도학을 일으켜야 하는 사명은 더욱 저버릴 수 없는 것이었다. 말세는 중국에서부터 시작되었다. 明나라에서는 朱子의 道統이 이어지지 않았으니, 羅欽順이 나와 주기론을 제창하고, 王守仁이 시작한 陽明學이 성행하면서 이황의 견

---

1) 〈書徐處士花潭集三首〉, 《退溪集》 2(《影印本 增補退溪全書》 1, 成均館大學校 大東文化研究院, 1971), p. 81(앞으로는 2, 1 p. 81과 같은 방법으로 자료의 출처를 표시한다).

지에서 보면 비판하고 경계해야 할 사태가 벌어졌던 것이다.[2] 魯나라의 기풍으로 유학의 정통을 이어야 할 중국이 이렇게 변했으니, 동방이 도학의 본고장이 되어야 한다고 생각했다. 우리 동방은 일찍이 공자가 와서 살고 싶다고 한 곳이고, 기자의 가르침이 남아 있는 나라이므로 그럴 수 있다고 믿었으며, 비록 말세라 해도 天道는 바뀌지 않고, 어디에선가 반드시 실현되게 마련이라는 신념 또한 버릴 수 없었던 것이었다.

그러나 동방에서도 도학이 올바르게 이어지지 않았으므로, 문제는 더욱 심각하다고 했다. 앞 사람은 文華에만 뛰어났다고 했듯이, 오랫동안 선비라는 사람들이 문장에 힘을 썼으며, 문장에 떠어난 재간을 보인 예는 적지 않았으나, 이황은 문장을 꾸미려는 태도야말로 도학을 해친다고 보았다. 해야 할 것은 유학의 術業이고, 道를 실행하며 경서의 근본에 도달하려는 노력인데, 이에 관해서 볼 만한 자취를 남긴 선비는 흔하지 않고, 흔하지 않은 사람들조차도 이루어야 할 것을 온전하게 이루지 못했다고 한탄했다. 그러므로 동방에서 도학을 일으키는 사명은 자기 자신이 수행할 수밖에 없다고 생각했고, 이 사명을 자각하는 데서 나아가야 할 길이 결정되었다.

동방에서 도학을 했던 사람으로는 이색·정몽주·권근·金宗直·趙光祖·서경덕 등이 있었다고 했다. 이분들의 노력에 대해서 거듭 치하하면서, 자기는 그 뒤를 잇겠다고 했다. 그러나 이분들은 이루어야 할 것을 온전하게 이루지 못했을 뿐만 아니라, 시정해야 할 결함이 있었거나 뜻을 펴지 못하고 불행하게 죽었으므로, 사상적인 위기는 극복될 수 없었다고 보았다. 그 가운데 이색은 스스로 불교를 공부하지는 않는다고 거듭 말했으면서도 불교를 다룬 글이 많을 뿐만 아니라 자세하고, 유학에 관해서는 맹랑하고 적확하지 않은 언설을 늘어 놓았으므로, 문장에 幻說이 많다고 비판했다.[3] 불교와의 결별

<hr>

2) 〈傳習錄論辯〉, 41, 2 pp. 332~335와 같은 글을 써서 陽明學을 비판하고, 陽明學의 수입을 경계했다.

은 사상을 바르게 하기 위해서 필요한 선결 문제라고 본 것이다.

그리고 김종직에 관해서는 "학문하는 사람이 아니었으며, 종신토록 힘쓴 것이 오직 詞華라는 것은 문집을 보면 알 수 있다"[4]고 했다. 문장에 힘쓰는 것은 다음 순서로 배격해야 할 태도라는 점을 분명히 강조했다.

정몽주·권근·조광조·서경덕은 불교를 공부하거나 문장에 힘쓴 사람들이 아니었고, 도학을 목표로 삼아 힘써 정진했다. 그리고 정몽주는 節義를 실행하기는 했어도, 저술을 남기지는 못했다.[5] 권근은 《入學圖說》을 통해서 天人合一의 원리를 보여주기는 했으나, 무리하게 끌어다 붙이는 결함이 있다고 하였다.[6] 조광조가 뜻을 펴지 못하고 사화에 희생된 데 대해서는 더욱 애통하게 생각했다.[7] 한편 서경덕은 사물의 원리를 꿰뚫어보는 데까지 이르렀지만, 성현의 생각과는 다른 방향으로 나아갔다는 점을 비판했다.[8]

정몽주·권근·조광조·서경덕 등 이들의 한계는 이황으로 하여금 자기의 길을 찾는 데 귀중한 지침이 되어 주었다. 이황은 공자에서 주자까지 이어온 성현의 가르침을 돈독하게 믿고 따라야 한다고 다짐하면서, 무리하게 끌어다 붙이거나 성현의 생각과는 다른 방향으로 나아가지 않으려고 했다. 또한 사화로 어지러워진 세상을 조심스럽게 살아가고, 나아가서 벼슬하면서 경륜을 펴는 데 기대를 가지지 않음으로써 조광조가 당한 것과 같은 불행을 되풀이하지 않으

---

3) 〈閒居次趙士敬具景瑞金舜擧權景受諸人唱酬韻十四首〉, 2, 1 p. 75에서 "牧老文章幻說多"라고 하고, 다시 "牧隱每自謂不學佛 然其稱述釋敎 不啻多且詳 而於吾學殊孟浪無的確說到處"라고 했다.

4) 〈言行錄〉 5, 金誠一 記, 4, p. 232. "金佔畢 非學問底人 終身事業只在詞華上 觀其文集可知."

5) 이 점에 관해서 註 3)과 같은 글, 같은 곳에서 "圃翁著述嗟漫滅"이라고 하고, 다시 "圃隱集 一卷 其所述宜不止此 惜無從而得見之"라고 했다.

6) 같은 글, pp. 75~76에서 "陽村圖說儘爲奇"라 하고, 다시 "入學圖說 說道理儘細密 但以心字 狀天人合一之理 巧則巧矣 恐未免杜撰牽合之病"이라고 했다.

7) 〈靜庵趙先生行狀〉, 48.

8) 특히 〈非理氣爲一物辯證〉, 41에서 徐敬德을 비판했다.

려고 했다. 알았다고 자부하지 않고 뜻을 마음 속으로 키우면서, 겸허하고 신중한 태도를 지녔다.

이황의 도학은 문학과 직접적인 관계가 없는 것처럼 보인다. 그러나 이황은 중년까지 문학을 하다가 도학에 들어섰으며,[9] 도학을 시작한 후에도 문학에 대해서 계속 깊은 관심을 가졌다. 뿐만 아니라, 이황의 도학은 문학의 근본적인 문제를 자기의 입장에서 해결하는 것이기도 했다. 문학이 어떻게 心性을 나타내며, 어떻게 심성을 올바르게 길러 줄 수 있는가 하는 문제를 이황은 도학에서 얻은 논리로 해명했다. 이 문제에 대해서 서경덕은 서경덕의 사상을 전개했으며, 이황은 이황의 사상을 전개했다.

2

이황은 文科에 급제한 후 벼슬살이를 하다가 여러 번 辭職疏를 내고 고향인 陶山으로 돌아왔으며, 왕이 간곡하게 불러도 쉽사리 응낙하지 않았다. 물러나야 할 이유를 신병·노쇠·재능 부족·염치 존중 등으로 들었으나, 이런 것들만으로써는 사태의 진상이 설명되지 않는다.[10] 물러나야 한다고 생각한 이면에는 조광조가 희생된 후에 出仕하기를 꺼리는 士林의 기풍이 적지 않게 작용하고 있는데다가, 이황은 자기의 형마저 사화 때문에 일찍 세상을 떠나는 비운을 당했다. 뿐만 아니라 이황은 정치를 담당해서 적극적으로 펴고 싶은 경륜을 가지려고 하지 않는 소극적인 성격이었고,[11] 물러나 학문을 하는 것이 자기에게 부여된 사명을 다하는 길이라고 믿었다. 학문을 하는 데는 조용한 분위기가 필요하다는 일반적인 사정만 고려

---

9) 中宗 38년, 43세 때 《朱子大全》을 처음 보았으며(〈朱子書節要序〉, 42, 2 p. 349), 그보다 앞서 34세 때에 文科에 급제했다.
10) 李相殷, 《退溪의 生涯와 思想》(瑞文堂, 1973), p. 49 이하.
11) 李秉烋, 〈退溪 李滉의 家系와 生涯〉, 《退溪學研究》 1(慶尙北道, 1973).

할 것은 아니었으니, 그의 학문은 자연과의 화합을 체험하면서 심성을 탐구하고 기르는 것이었다. 문학의 문제도 이런 각도에서 제기되었다.

오호라! 나는 불행히도 늦게 태어난 먼 시골 사람이므로, 투박하고 고루하여 들은 것이 없으면서도 山林 사이를 돌아보면서 거기 즐거움이 있다는 것은 일찍 알았다. 중년에는 망령되게 세상 길에 나아가 바람과 티끌이 뒤덮인 곳에서 나그네 생활을 하였다. 스스로 돌아오지 못하고, 거의 죽을 뻔했다. 그 뒤에 나이는 더욱 들고, 병은 더욱 깊어졌으며 행실은 더욱 곤란해지고 보니, 세상은 나를 버리지 않지만, 나는 부득이 세상을 버려야만 했다. 그래서 비로소 짐승 우리와 새 조롱에서 벗어나 農畝에 몸을 던지니 앞에서 말한 산림의 즐거움이 뜻밖에 내 앞에 닥친다. 그러므로 내가 묵은 병을 고치고 깊은 시름을 풀면서 궁색스러운 늙은 시절을 편안히 보낼 곳을 여기를 버리고 어디서 구할 것인가.[12]

이 글에 나타난 바와 같이, 이황은 세상에 나아가 시달리는 것은 자기를 상실하는 길이라고 생각했다. 짐승의 우리나 새 조롱과 같은 데 갇혀서 거의 죽을 뻔하다가, 그러한 구속에서 벗어나 자연으로 돌아오니 비로소 마음이 편안하고 잊었던 즐거움이 되살아난다고 했다. "나는 본래 山野의 기질이다"[13]라고 하면서 자기는 시골 사람이고 산에 숨어서 지내는 것을 좋아한다고 거듭 말했지만, 이렇게 생각하는 이유는 출신과 기질에만 있는 것은 아니다. 세상 길에 나아가 바람과 티끌이 뒤덮인 곳에서 나그네 생활을 했다는 것은 자기의 본심과는 어긋나게 세상의 기준에 따라서 허덕이며 지냈

---

12) 〈陶山雜詠記〉, 3, 1 p. 102. "嗚乎, 余之不幸 晩生遐裔 樸陋無聞 而顧於山林之間 夙知有可樂也 中年妄出世路 風埃顚倒 逆旅推遷 幾不及自返而死也 其後年益老 病益深行益躓 則世不我棄 而我不得不棄於世 乃始脫身樊籠 投分農畝 而向之所謂山林之樂者 不期而當我之前矣 然則余乃今所以消積病 豁幽憂 而晏然於窮老之域者 舍是將何求矣."
13) 〈和陶集飮酒二十首〉 其五, 1, 1 p. 71. "我本山野質."

다는 말이고, **本然之性**을 버리고 **氣質之性**에 매여서 살았다는 데 대한 스스로의 비판이다. 그리고 자연에서 맛보는 즐거움은 본연지성을 회복하는 데서 생기는 것이다. 본연지성에 따라서 살아야 한다는 윤리적 요청은 마음 속에서 느끼는 즐거움과 분리할 수 없는 것이고, 둘 다 자연과의 화합을 통해서 이루어진다. 이 글은 다음과 같이 이어지면서, 이 문제를 계속 다룬다.

　　그러나 옛날에 山林을 즐겼던 사람들은 두 종류가 있다. 玄虛를 그리워하고 高尙을 섬기면서 즐기는 사람도 있고, 道義를 기쁘게 여기고 心性을 기르면서 즐기는 사람도 있었다. 앞의 설을 따르면, 몸을 깨끗이 하느라고 윤리를 이지럽게 하는 네 흐를까 두렵고, 심하게 되면 새나 짐승과 같은 무리를 지어도 잘못인 줄 모르게 된다. 뒤의 설을 따르면, 즐기는 것은 성현이 남긴 찌꺼기인 글뿐이고, 전할 수 없는 묘한 이치에 이르러서는 구할수록 더욱 얻지 못하거늘, 즐거움이 어디 있겠는가? 그러나 차라리 뒤의 것을 위해서 스스로 힘쓸지언정, 앞의 것을 위해서 스스로 속이지 않겠다.[14]

자연을 즐기는 기쁨은 도의의 구속에서 벗어나는 데서 생긴다고도 할 수 있고, 이 길을 택했던 사람들도 있었으나, 이황은 자연에서 道義를 즐거워하고 心性을 기르는 길을 택하겠다고 했다. 도의의 구속에서 벗어나는 것은 老莊的인 태도라고 할 수 있는데, 노장적 태도는 짐승과 같은 상태를 동경해서 가치의 기준을 어지럽히는 것이므로 배격해야 하고, 심성을 기르는 방향이야말로 가치의 근본을 찾는 것이므로 마땅히 즐길 것을 즐기는 도학의 길이라고 했다. 이황의 시는 이런 데서 이루어지는 것이었다.

---

14) 註 12)와 같은 글 계속, 같은 곳. "雖然 觀古之有樂於山林者 亦二有焉 有慕玄虛
　　事高尙而樂者 有悅道義頥心性而樂者 由前之說 則恐或流於潔身亂倫 而其甚則與鳥
　　獸同群 不以爲非矣 由後之說 則所嗜者糟粕耳 至其不可傳之妙 則愈求而愈不得 於
　　樂何有 雖然 寧爲此而自勉 不爲彼而自誣矣."

青山은 엇뎨ᄒ야 萬古애 프르르며
流水는 엇뎨ᄒ야 晝夜애 긋디 아니는고
우리도 그치디 마라 萬古常靑호리라[15]

萬古에 푸른 靑山과 주야에 그치지 않는 流水를 보면서 그러한 자연과 일체를 이루면, 세상에서 혼탁해진 마음이 깨끗해질 뿐만이 아니라 마음에서도 만고에 푸르며 주야에 그치지 않는 도의의 근원인 本然之性이 드러나게 된다는 뜻이다. 도의의 근원인 본연지성을 드러내는 것은 벗어나는 즐거움만이 아니고 찾아내는 즐거움이며, 부정적인 즐거움만이 아니고 긍정적인 즐거움이므로, 심성을 기르는 방법이고 나아가서 세상을 바로 잡는 단서를 얻는 실천이라고 보았다.

그러나 이러한 방향에서 자연을 즐기는 것은 쉽사리 목표에 이를 수 없는 바이고, 자칫하면 성현이 남긴 찌꺼기에 지나지 않는, 경전의 글귀나 숭상하며 구하면 구할수록 얻는 것이 없는 상태에 머무르게 되는 것이라고 했다. 사람은 계속해서 氣質之性에 따라서 살아가기 때문에 본연지성은 드러내기 어렵고, 청산은 만고에 푸르고, 유수는 주야에 그치지 않지만, 사람은 일정한 마음가짐을 유지하지 못하고 변하는 존재인 것이다. 그러므로 이황이 바라는 바는 불가능에 가까운 희망일 수 있으며, 시는 반드시 이런 경지에 이르러야 한다면 성현이 아니고서는 시를 쓸 수 없게 된다.

3

문제는 여기서 그치는 것이 아니다. 더욱 근본적인 문제점이 아직도 검토되지 않았다. 자연과의 화합은 본연지성을 드러내면서 심성을 기르는 길이라고 했는데, 그럴 수 있는 이유가 무엇인가 하는

---

15) 〈陶山六曲之二〉 其五, 5 p. 9.

데 대한 이황의 해답은 서경덕의 경우와 다른 방향에서 마련되었다. 서경덕은 〈有物〉이라는 시에서 "有物來來不盡來(物은 오고 오며 끊임 없이 온다) / 來纔盡處又從來(오는 것이 그치자마자 또 다시 따라 온다)"[16]고 했는데, 이황은 〈觀物〉이라는 시에서 "芸芸庶物從何有(무성하게 많은 物이 어디서부터 있나) / 漠漠源頭不是虛(막막한 源頭는 虛한 것이 아니리라)"[17]라고 했다. 서경덕은 物이 스스로 대립적인 운동을 하며 생성하고 변화한다고 보았는데, 이황은 물이 스스로 운동하며 생성하고 변화하지 않고 그럴 수 있게 하는 무엇이 있다고 보았다. 서경덕은 太虛이자 하나인 氣가 음양으로 나뉜다고 했는데, 이황은 太極의 이가 陰陽 二氣를 낳는다 했다.[18] 여기서 서경덕과 이황은 생각이 결정적으로 달라지고, 시가 자연과의 화합을 나타내는 데 대한 설명도 아주 다른 방향으로 나아가게 된다.

태극의 이가 음양 이기를 낳았다고 하는 것은 이가 선행해서 기가 있게 했다는 뜻이면서 또한 이는 대립을 넘어서 있는 것이고, 기는 음양이므로 대립적으로 존재할 수밖에 없다는 말이기도 하다. 세상에서 시비가 생기고, 다툼이 벌어지고, 질서가 허물어지는 것은 모두 기의 대립적 속성 때문이고, 시비를 정지시키고, 다툼을 해결하고, 질서를 온전하게 하는 것은 오직 이가 대립을 넘어선 것이므로 그럴 수 있다는 생각이다. 그러나 이는 하나이지만, 사람은 둘로 나뉘어진 기로써 살아가고 있으므로 다음과 같은 반문이 생긴다.

理로 말하면 참으로 物我의 간격과 內外 精粗의 구분이 없지만, 만약 사물로 말하면 무릇 천하의 사물이 실로 모두 나 밖에 있다. 어찌 이가 하나라는 이유 때문에 마침내 천하의 사물이 모두 나 안에 있다고 하겠는가?[19]

---

16) 《花潭集》 1, 《李朝初葉名賢集》(成均館大學校 大東文化硏究院, 1959), p. 190.
17) 3, 1 p. 99.
18) 〈非理氣爲一物辯證〉, 41.
19) 〈答鄭子中別紙〉, 26, 2 p. 38. "以理言之 固無物我之間 內外精粗之分 若以事物言

이것이 이황으로서는 실로 심각한 고민이었다. 사물로 말하는 견지에서 벗어날 수 없는 것이 사람의 생활이다. 그러나 이가 하나라는 것은 또한 부정할 수 없는 만고 불변의 진실이라고 생각했으므로, 생활의 현실을 그대로 인정하고 따를 수 없는 이원론이 생겼다. 더 나아가서 하나인 이는 가만히 있는 무형의 존재가 아니고 움직일 수 있고 활동할 수 있는 것이라고 하여 고민을 해결하려고 했다. 그래서 태극이 음양을 낳을 뿐만 아니라, 이가 발한다고 하는 문제의 理發說을 제기했다. 사람의 마음을 두고 말하더라도, 氣發만 인정하는 것은 대립에 머무르고, 악할 수 있는 상태를 그대로 인정하는 무책임한 태도라고 생각해서, 기발과 함께 이발을 주장하고, 기발인 七情과 함께 이발인 四端이 존재한다고 했다. 그리고 이러한 생각은 이와 기를 분리시키는 데 귀착한다는 奇大升의 논박이 있자, 이황은 다음과 같이 말했다.

> 理發하고 기가 따르는 것이 있다 함은 主理에서 말하는 바이고, 이가 기 밖에 있다는 뜻이 아니다. 四端이 이런 것이다. 氣發하고 이가 타는 것이 있다 함은 主氣에서 말하는 바이고, 기가 이 밖에 있다는 뜻이 아니다. 七情이 이런 것이다.[20]

이와 같은 이원론을 설정한 이황은 기가 천하고 이는 귀하다고 하면서 主氣를 버리고, 主理로 나아가서 理發하고 기가 따르는 상태에 이르는 것을 목표로 삼았다. 자연과의 화합을 노래한 시는 이런 목표에 도달하는 데 필요한 것이고, 이런 목표에 도달했음을 나타내주는 것이다. 변하지 않는 자연의 모습은 변하지 않는 마음을 일깨워 주고, 자연은 物我의 간격과 內外, 精粗의 구분이 없는 상태

之 凡天下事物 實皆在吾之外 何可以理一之故 遂謂天下事物 皆吾之內耶."
20) 〈答奇明彦 論四端七情第二書〉, 16, 1 p. 419. "大抵有理發而氣隨之者 則可主理而言耳 非理外於氣 四端是也 有氣發而理乘之者 則可主氣而言耳 非謂氣外於理 七情是也."

를 느끼게 해주는 것이므로 기에 의한 대립에서 벗어나 이에 의한 화합과 질서를 이룬다고 했다. 천박한 氣에 의한 대립에서 벗어날 수 있는 마음은 存省을 위해서 무엇보다도 긴요하다고 생각했다.

그러므로 나 밖에 있는 자연이 그 자체로서 아름답다는 것은 아니며, 자연과 나의 만남에서 아름다움이나 즐거움이 나타나게 된다는 것이다. 자연과 나의 만남에 의해서 하나인 理가 드러나는 상태가 즐거운 것이다. 그리고 하나인 이가 아름답다는 것은 하나인 이가 도의에 의한 질서를 이루는 데 근본이 되고, 세상의 어지러운 시비를 가릴 수 있다는 데 대한 가치 부여이다. 서경덕과 이황은 물아일체의 즐거움의 정체를 밝히려고 한 점에서 같은 문제를 다루었지만, 얻은 결론은 서로 상반된다. 이황은 물아일체의 즐거움이나 자연의 아름다움을 도의의 근본을 체득한 감격으로 이해했다. 바로 다음과 같은 시에서 얻을 수 있는 감격이다.

黃濁滔滔便隱形　　누르고 탁한 물이 도도히 흐르면 형체를 감추고,
安流帖帖始分明　　고요한 물이 잔잔히 흐를 때 비로소 분명해진다.
可憐如許奔衝裏　　대견하구나, 이와 같은 거센 물결 속에서 견디며,
千古盤陀不轉傾　　千古의 盤陀石은 굴러서 기울어지지 않는구나![21]

4

이황은 문학에 대해서 전면적인 긍정을 하지 않았다. 오히려 문학이 사람을 망친다고 경계하는 말을 흔히 했다. "스스로 文藝에 각별히 힘쓰는 자는 선비가 아니고, 과거에 급제하는 것을 취하는 자도 선비가 아니다"[22]고 해서, 문장 수식에 힘쓰는 글이나 과거를 위한 글을 배격했다. 또한 "말은 뜻을 통하면 그만이지만, 문장을

---

21) 〈盤陀石〉, 3, 1 p. 104.
22) 〈言行錄〉 5, 鄭士誠 記, 4 p. 235. "自別工文藝非儒也 取科第非儒也."

이해하지 않을 수 없으니, 만약 문장을 이해하지 않는다면 비록 문자는 대강 안다 해도 뜻을 言辭로 나타낼 수 없게 된다"[23]고 했다. 문장은 뜻을 전하기 위해서 필요한 것이고, 그 자체로서는 숭상할 것이 아니라는 말이다. 그러나 문학이 뜻을 전하기만 하면 되는 문장이라고 단정하지 않았고, 특히 詩는 心性을 기르는 더욱 중요한 구실을 하는 것이라고 보았으며, "詩가 사람을 그르치지 않고, 사람이 스스로 그릇된다"[24]고 하면서 시를 옹호했다.

詩는 비록 末技이지만, 性情에 근본을 둔다. 體와 格이 있어서 쉽사리 지을 수 없다. 그대는 지나치게 어지러이 다투며 氣를 드러내고, 승리를 쟁취하기를 좋아하며, 말이 放誕한 데 이르기도 하고, 義가 厖雜한 데 이르기도 한다. 일체를 불문에 붙이고, 입에서 나오는 대로, 붓 가는 대로 함부로 써대는 것은 비록 일시적인 쾌감을 얻을 수는 있어도 만세에 전하기 어렵지 않을까 두렵다. 하물며 이런 일은, 능하다 해도 계속 익혀야 하는데, 더욱이 말을 조심해서 하거나 마음의 도를 수습하는 데 방해가 되니, 마땅히 경계해야 할 태도이다. 응당 古今 名家의 저작을 취해서 착실하게 공들여 스승으로 삼고 본받으면, 타락함에 거의 이르지 않는다.[25]

이 글은 문학창작의 구체적인 문제에 관한 이황의 생각을 간추려 나타낸 것이다. "시는 비록 末技이지만" 하고 시작한 것은 道學이 본분이라는 점을 강조한 말이다. 도학이 본분인 데 비해서 시는 말기이지만, 시 또한 성정에 근본을 두고 본연지성을 드러내고 심성을 기르게 할 수 있으므로 긍정될 수 있다고 했다. 그러나 문학을

---

23) 〈言行錄〉 5, 李德弘 記, 4 p. 237. "辭達意而已 然學者不可不解文章 若不解文章 雖粗知文字 未能達意於言辭."
24) 〈吟詩〉, 3, 1 p. 108. "詩不誤人人自誤."
25) 〈與鄭子精〉 35, 2 p. 206. "夫詩雖末技 本於性情 有體有格 誠不可易 而爲之 君惟以誇多鬪靡逞氣 爭勝爲尙 言或至於放誕 義或至於厖雜 一切不問 而信口信筆 胡亂寫去 雖取快於一時 恐難傳於萬世 況以此等事 爲能而習熟不已 尤有妨於謹出言收放心之道 切宜戒之 仍取古今名家著 實加工而師效之 庶幾不至於墜墮也."

하는 데 필요한 것은 문학으로써 심성을 기르겠다는 자세만은 아니
라고 보았다.

기를 억제하지 않고 나타내고, 문학이 무엇인가 하는 근본적인
문제에 대한 탐구 없이 창작만 서두르는 것 또한 배격해야 할 자세
일 뿐만 아니라, 體와 格을 체득하고 익히기 위해서 고금 명가의
저작을 스승삼고 본받는 것을 소홀하게 할 수 없다고 했다. 그래야
만 타락하지 않는 데 가깝게 된다고 했는데, 이 점에서도 문학창작
의 독창성을 주장한 서경덕과 아주 대조적인 태도를 취했다.

고금 명가의 저작을 본받으라고 한 데서 이황의 조심스러운 태도
가 잘 드러난다. 이황은 도학에서 뿐만 아니라[26] 문학에서도 자기를
내세우기보다는 이미 이루어진 전례에 의거하고자 했다. 문학이 經
典에 근거를 두어야 한다는 것은 너무나도 당연한 생각이고, 경전
뿐만 아니라 陶潛과 朱熹의 시를 특히 좋아해서 늘 애송하면서 본
받으려고 했다.

이황의 시는 처음에 淸麗한 데서 출발해서 화려한 맛을 버리고
典實, 莊重, 簡淡한 데에 이르러서 일가를 이루었다고 한다.[27] 이러
한 변모의 과정에서, 세상의 번거러움에서 물러나 자연과 화합하고
자 한 도잠의 시, 그리고 시를 통해서 심성을 탐구하고 도의를 즐
거워한 주회의 시를 계속 본받아야 할 것으로 삼았고, 이처럼 의고
적인 데서 자기의 세계를 이루는 창작 태도를 변함없는 신조로 삼
았다. 이황은 도잠의 소극적이고 도피적인 자세를 심하게 나무란
정도전, 스스로 천고의 비밀을 풀었다고 한 서경덕, 문학은 세상을
바로잡기 위해서 적극적으로 나서야 한다고 한 이이와는 다른 취향
을 보여주었다.

---

26) 李珥는, 徐敬德이 自得에 의한 學을 했고, 李滉이 依樣에 의한 學을 했다고 했다
　　(〈答成浩原〉,《栗谷集》10,《影印本　栗谷全書》1,　成均館大學校　大東文化研究院,
　　1971, p. 214).
27)　言行錄〉6, 鄭惟一,《言行通述》, 4 p. 250.

이황이 문학에서 이룬 것은 한시만은 아니다. 이황은 국문시가에 대해서도 깊은 관심을 가지고 〈陶山十二曲〉과 같은 시조를 남겼는데, 이러한 작품을 이루기 위해서도 국문시가로서 고금 명가의 저작이라고 할 수 있는 것을 두루 살피면서 참고로 삼는 조심스러운 자세를 보여주었다.

> 우리나라 노래 곡조는 대부분 음란하여 족히 말할 것이 없다. 〈翰林別曲〉類는 文人의 입에서 나왔으나, 교만하고 방탕하여 아울러 비루하게 희롱하고 親狎하여, 더욱이 君子가 숭상할 바는 아니다. 오직 근세에는 李鼈의 〈六歌〉가 세상에서 유행하는데, 이보다 더 좋다고는 하나 세상을 희롱하는 不恭한 뜻이 있고, 溫柔敦厚한 內實이 적음을 애석하게 여긴다. 老人(이황 자신)은 본래 음률을 모르며, 세속의 樂은 오히려 듣기 싫어했으나, 한가하게 살면서 병을 요양하는 여가에, 무릇 情性에서 느껴지는 바가 있으면, 번번이 시로 나타냈다. 그러나 오늘날의 시는 옛날의 시와 달라서, 읊기는 해도 노래 부를 수는 없으므로 노래 부르려고 하면 반드시 俚俗의 말로 엮어야 한다. 대개 國俗의 음절이 그렇지 않을 수 없는 것이다. 그래서 일찍이 李鼈의 〈六歌〉를 본따서 〈陶山六曲〉을 두 편 지었다. 하나는 言志이고, 둘은 言學이다. 아이들로 하여금 아침 저녁으로 익혀서 부르게 하고 几席에 비기어 듣는다. 또한 아이들을 시켜서 스스로 노래 부르고 스스로 춤추며 뛰게 하여, 비루한 마음을 거의 다 씻어버리고, 感發하며 融通한다. 歌者와 聽者가 서로 유익함이 없을 수 없다.[28]

우리나라의 노래는 대부분 음란하여 족히 말할 것이 없다고 하고서도, 〈翰林別曲〉類와 李鼈의 〈六歌〉에 대해서는 깊은 관심을 보였

---

28) 〈陶山十二曲跋〉 43, 2 p. 383. "吾東方歌曲 大抵多浮哇不足言 如翰林別曲之類 出於文人之口 而矜豪放蕩 兼以褻慢戲狎 尤非君子所宜尙 惟近世有李鼈六歌者 世所盛傳猶爲彼善於此 亦惜乎 其有玩世不恭之意 而少溫柔敦厚之實也 老人素不解音律 而猶知厭聞世俗之樂 閑居養疾之餘 凡有感於情性者 每發於詩 然今之詩異於古之詩 可詠而不可歌也 如欲歌之 必綴以俚俗之語 蓋國俗音節不得不然也 故嘗略倣李歌 而作爲陶山六曲者二焉 其一言志 其二言學 欲使兒輩 朝夕習而歌之 憑几而聽之 亦令兒輩 自歌而自舞蹈之 庶幾可以蕩滌鄙吝 感發融通 而歌者與聽者 不能無交有益焉."

다. 지나치게 자유분방하고 천박한 〈翰林別曲〉類는 마땅히 배격해야 할 것으로 생각했지만, "文人의 입에서 나왔으나"라고 한 전제를 내세운 것을 보건대, 문인이 우리말로 노래를 지을 수 있는 가능성을 보여주었다는 데서는 그 의의를 인정했을 것 같다. 이별의 〈六歌〉는 세상을 희롱하는 불공한 뜻을 지녔다고 비판했으면서도, 〈陶山十二曲〉을 지을 수 있는 형식을 제공한 작품으로서 존중했다. 그리고 李賢輔가 벼슬살이에서 물러나 "여러 번 불러도 나아가지 않고, 부귀는 뜬구름에 붙이면서, 雅懷를 物外에다 기탁한" 〈漁父歌〉는 江湖의 즐거움이 무엇인가 하는 진수를 보여주었다고 칭송했다.[29] 〈陶山十二曲〉은 이와 같은 전통을 탐구하고 이어받아 이루어진 작품이며, 성정에서 느껴지는 바를 나타내면서 온유돈후한 경지를 구현한다는 점에서 이황이 지은 한시와 다름이 없는 것이었다.

이황은 한시와 시조가 성정을 기르는 데 있어서 같은 구실을 할 수 있는 것으로 보았으며, 더 나아가서 시조는 한시보다 더욱 요긴한 것이라고 하기도 했다. 처음 六曲은 言志라고 하고, 다음 六曲은 言學이라고 하고 言志와 言學의 노래로써 비루한 마음을 씻고, 感發하며 융통하는 데 이른다고 한 것을 보면, 시조는 餘技로 지은 戱作일 수 없고, 도학을 일으키는 데 아주 긴요한 것이었다. 그리고 한시는 노래 부를 수 없고 읊는 데 그쳐야 하지만, 시조는 노래 부를 수 있는 것이라고 한 데서는 시조가 더욱 적극적인 의의를 가졌다는 생각이 나타난다. 노래 부르고 춤을 추기도 하면, 감발하고 융통하게 하는 효과가 더 크며, 歌者와 聽者가 서로 유익하게 되는 관계가 이루어진다고 했다.

이와 같은 견해는 문학이 사람의 마음을 움직이는 감동적인 효과를 깊이 통찰한 것이며, 그렇기 때문에 문학은 도학과 하나가 될 수 있다고 보았다. 그러나 이러한 견해를 더욱 과감하게 주장하고,

---

29) 〈書漁父歌後〉 43, 2, p. 373. "屢召不起 等富貴於浮雲 寄雅懷於物外……則其於江湖
之樂 可謂得其眞矣."

철저하게 다지는 것은 이황의 기질에 맞지 않는 일이었다. 이황은 도학에서 뿐만 아니라 문학에서도 스스로 개척하는 정신을 오히려 경계했고, 시비의 대상이 될까 염려해서 〈陶山十二曲〉을 조심스럽게 감추어 둔다고 했다.[30]

동방에서 도학을 일으키겠다는 포부는 대단한 것처럼 보인다. 그러나 이황이 이루고자 했던 바는 사회적인 형편이나 개인적인 기질 때문에도 무척 조심스럽게, 창조적이라기보다 의고적인 방향에서 모색되었고, 이는 기보다 선행하며 스스로 발할 수 있으므로 대립은 해소되고 도의의 근본이 구현된다는 이상주의를 설정하여 도의의 질서를 불변의 것이라고 설명하는 데 이르렀다. 도의의 근본을 구현하는 문학은 物我의 간격과 內外, 精粗의 구분이 없어지는 상태를 향해 마음이 움직이게 하므로 形氣로써 살아가고자 하는 사람들은 바라기 어렵고 감동을 느끼기 어려운 것이고, 기의 대립적 운동으로 전개되는 현실의 문제는 도외시한 것이었다. 이황은 사상사에서 참으로 중요한 위치를 차지한다고 할 수 있다. 그러나 이황을 살펴서 사상의 전통을 알 수 있다고 믿고 이황 연구에만 노력을 집중하는 것은 분명히 한쪽에 치우친 처사이고, 문학사상사의 경우에도 그 폭과 변화를 이해하는 데 장애가 된다.

30) 註 28)에서 인용한 데 이어서 "顧自以蹤跡頗乖 若此等閒事 或因以惹起鬧端 未可知也 又未信 其可以入腔調諧音節與未也 姑寫一件 藏之篋笥 時取玩以自省 又以待日覽者之去取云爾."

7. 李 珥

1

李珥(1536~1584)는 "道가 드러난 것을 文이라고 한다"[1]고 했다. 이한 마디로써 이이의 문학관은 분명하게 드러났다고 할 수 있다. 文이 道와 분리될 수 없다고 하는 것은 유가적 문학관의 공통적 견해이며, 김부식·이제현·이색 등이 이미 이런 견해를 내세우면서 문학을 했다. 그러나 이이는 문이 貫道之器라고 하는 당대 古文運動의 입장을 배격하고 문이 載道之器라고 하는 송대 성리학의 입장을 재확인하며, 이렇게 되어야 할 이유를 입증하는 것을 문학론의 과제로 삼았다. 문이 관도지기라고 하는 경우에는 도와 함께 문이 존중되고, 경전이 문의 규범으로서 이해된다. 그러나 문이 재도지기라고 하는 경우에는 문이 도를 위해 존재하고, 경전과 같은 것은 문을 지으려는 생각 없이 이루어진 "不文之文"이므로 "天下之至文"일 수 있다고 했다.[2]

---

1) 〈文武策〉,《栗谷全書 拾遺》 4(《影印本 栗谷全書》 2, 成均館大學校 大東文化研究院, 1971), p. 539.(앞으로는 4[또는 《拾遺》 4], 2 p. 539와 같은 방법으로 자료의 출처를 표시한다). 〈文策〉,《拾遺》 6, 2 p. 575 등에서 되풀이해 한 말이다. "道之顯者謂之文."

2) 〈與宋頤菴〉,《拾遺》 3, 2 p. 504. "聖賢不自知其爲文 是故 古人之以道爲文 以道爲

문이 재도지기라는 견해는 이미 정도전이 주장했고, 성리학이 지배적인 이념으로 등장하면서 널리 인정되던 것이다. 그러나 널리 인정되었다고 해서 문학관이 그렇게 바뀐 것은 아니다. 조선전기의 집권층은 성리학을 표방하기는 했어도, 정도전의 주장을 그대로 받아들이지 않고, 서거정의 경우에 분명하게 드러나는 바와 같이 詞章派의 입장을 택해서 도와 더불어 문을 존중하는 편이었다. 일찍부터 중앙 정계에서 확고한 권력의 기반을 굳힌 사장파는 성리학의 이념을 더욱더 엄격하게 실현하겠다는 도학파의 대두를 억압해서 몇 차례의 士禍를 일으켰다. 趙光祖를 살해하기 위한 음모를 꾸민 南袞이 詞章의 대가였다는 사실은 이러한 사정을 잘 나타낸다.

이러한 시대적 상황에서 서경덕은 자기의 미천한 처지 때문에도 벼슬하기를 단념하고 산림에 은거하면서 지배적인 이념의 근거를 비판하는 일원론적 主氣論을 전개했다. 또한 이황은 벼슬은 했으면서도 기회가 있을 때마다 물러나는 길을 찾으며, 爲己之學에 충실하면서 지배적인 이념의 근거를 확립하는 이원론적 主理論을 수립했다. 그런데 이이는 자연에서 심성을 기르는 사림파적인 성향을 부정했던 것은 아니지만 적극적으로 정계에 나아가서 勳戚들의 사장학을 일소하고, 그 동안 거듭 좌절된 왕도정치를 시행하는 데 진력했으며, 문학에서도 문이 재도지기라는 노선을 굳게 다지려고 했다. 이와 같은 방향으로 나아간 이이는 理는 氣의 用事에 지나지 않는다고 하는 서경덕의 사상을 비판하고 이와 기는 하나가 아니라고 했으며, 이는 기보다 선행하며 스스로 발할 수 있다고 하는 이황의 사상을 비판하고, 이와 기는 둘일 수 없다는 이원론적 주기론을 제시했다. 그러므로 문학의 문제 또한 서경덕이나 이황에 의해서 논의되었던 것조차도 새로운 각도에서 해결되지 않을 수 없었다. 이이의 문학사상이 참신한 모습을 지닐 수 있었던 이유가 여기

文 故不文而爲文 噫孰知 未不文之文 是乃天下之至文耶."

에 있다.

이이가 이처럼 적극적으로 나설 수 있었던 데는 그럴 만한 사정이 있었다. 이이가 관직에 나섰던 선조 때에는 그 동안 권력을 장악하고 횡포를 자행하던 훈척들이 물러나고, 사림파가 포부를 실현할 수 있는 기회가 마련되었다. 이이는 이런 시기에도 물러나기만 일삼는 이황의 "理窟에 沈潛"[3]하는 태도에 대해서 불만을 표시하고, 자기 자신은 이 기회에 국왕의 각성을 촉구하고 나라를 바로잡는 사명을 수행하고자 하였다. 이 사명은 당시에 조선왕조가 中衰期에 들어서서, 백성의 힘이 고갈되고, 질서의 근본이 흔들릴 수도 있게 되었다고 할 지경에 이르렀으므로[4] 더욱 절실한 것이었다. 이이의 철학은 위기의 철학이었으며, 흔들리는 질서를 바로잡아야 한다는 데서는 이와 기는 하나일 수 없다는 이상주의를 내세웠고, 위기를 바로 보고 그 자체로서 해결해 보자는 데서는 이와 기는 둘일 수도 없다는 현실주의적인 성향을 지녔다. 이이는 이치를 따지는 글을 조리정연하게 쓰면서, 이와 같은 철학적 관점에 따라서 문학의 문제를 체계적으로 다루었다.

2

三代의 學은 모두 인륜을 밝히는 것이었으므로, 古人이 말한 바의 문학이라는 것도 알 수 있다. 어찌 후대의 雕蟲篆刻과 같겠는가. 한나라 이후에는, 위로 善治가 없고, 아래로는 眞儒가 없어서, 道術은 날로 무너지고, 衆流가 雜出했다. 세상에서 선비라고 하는 자도 다만 문이 있는 것만 알고, 도가 있는 것은 몰랐다. 浮華를 숭상하고, 駁雜을 으뜸으로 삼아서, 斯文의 폐단의 극도에 이르렀다.[5]

---

3) 〈經筵日記〉, 今上 14년 10月條, 30, 2 p. 226. "李滉 沈潛理窟."

4) 〈萬言封事 甲戌〉, 5, 1 p. 109.

5) 〈文策〉,《拾遺》6, 2 p. 575. "三代之學　皆所以明人倫　則古人之所謂文學者可知已　豈若後世之雕蟲篆刻者哉　自漢以來　上無善治　下無眞儒　道術日壞　衆流雜出　世之儒名者　徒知有文　而不知有道　浮華爲尚　駁雜爲宗　斯文弊極矣."

이이는 문학이 그릇된 경위를 이와 같이 논했다. 도통이 이어지던 三代에는 도와 문이 분리되지 않았는데, 한나라 이후에 도통이 무너지고, 사상의 혼란이 생기자 浮華하고 駁雜한 수식을 일삼는 문학이 생겼다고 했다. 그러는 동안에 董仲舒, 韓愈와 같은 사람들이 나와서 이단을 억제하고 유학을 숭상하며 문을 바로잡았다고 하지만, 모두 마음가짐이 굳지 못하고 행실이 온전하지 못했으므로 크게 평가할 것이 없다고 했다.[6] 한나라 때부터 쇠퇴했던 올바른 문은 주자가 나와 오래 끊어졌던 도통을 다시 잇게 되자 비로소 소생해서, "道가 드러난 것을 文이라고 한다"는 載道之器로서의 문학관이 확립되었다고 했다. 그러나 그 후에 도통이 다시 끊어지고, 혼란이 더 심해져서 "재주가 높은 자는 오로지 詞章에만 힘을 쓰고, 재주가 짧은 자는 科場에만 분주하게 드나들면서"[7] 문을 망치는 세상이 되었다고 개탄했다.

이이가 성리학의 입장에 섰으므로 이런 말을 했다고 하면, 그것은 동어반복이고, 문제의 소재를 살피지 못한 피상적인 견해이다. 이이가 漢唐儒學을 비판하고 성리학을 택한 것은 한당유학의 사상적 불철저성에 대한 불만 때문이었고, 철학적 깊이와 체계를 갖춘 철저한 규범이 마련되어야만 이단을 배격하고 정통을 수호하며, 가치관을 분명하게 정립할 수 있다고 생각했던 데 명백한 이유가 있다. 이이는 道統이 다시 끊어졌을 뿐 아니라, 中衰期에 들어선 조선왕조에 있어서 중세적 질서의 심각한 위기가 예견된다고 생각했으므로, 위기의 극복을 위해서도 문학의 자세를 가다듬어야 한다고 주장했다. 문학을 사대부의 교양이나 취미로 보는 사장파의 입장을 비판하고, 문학을 영달의 수단으로 만들도록 하는 과거제도의 폐단을 공격한 것은 도덕적 질서를 확립하기 위해서 지배층은 안일이나 향락에 빠지지 말고 정신적 자세를 가다듬어야 한다는 생각의 구체

---

6) 〈文策〉,《拾遺》6, 2 p. 575. 그 다음 대목.
7) 같은 글, p. 576. "才高者 專事乎詞章 才短者 奔走乎科場."

적 표현이다. 이이가 문은 도를 위해서 존재해야 한다고 역설한 것은, 자기 시대의 문제를 사상사적 통찰을 통해서 거시적으로 살핀 결과이다.

도와 문의 관계는 "道라는 것은 문의 本이고, 文이라는 것은 도의 末이다"[8]라고 하고, 이어서 문을 '聖賢之文'과 '俗儒之文'으로 나누는 데서 더욱 분명한 설명을 마련했다.

그 本[道]을 얻어서 末[文]이 그 가운데 있는 것이 聖賢之文이다. 그 末[文]을 섬기면서 그 本[道]에 힘쓰지 않는 것이 俗儒之文이다. 옛날의 배우는 사람은 반드시 먼저 도를 밝혔다. 능히 도를 밝혀서 마음에 얻은 바가 있으면, 威儀에 드러나는 바나 言辭에 나타나는 바가, 도가 밝혀진 것이 아닐 수 없다. 그러므로 文이 이루어지되, 말은 간략해도 이치에 합당하고, 가까운 것을 말하면서도 먼 것을 지칭하며, 마침내 仁義道德을 윤택하게 해서 빛낸다. 이것이 바로 성현지문이다. 후세의 배우는 사람들은 실리를 구하지 않고, 다만 浮藻만 숭상해서, 마음에는 얻은 바가 없으면서 밖으로 말만 교묘하게 한다. 사람들을 즐겁게 하는 것만 취하고, 재주를 세상에서 판다. 그러므로 문이 이루어지되, 撰術에만 공을 들이고, 도의는 외면하며, 언사는 번잡하면서도 이치가 막혀 있으며, 말은 원만하면서도 뜻이 막혀 있다. 이것이 바로 속유지문이다. 진실로 능히 그 本末을 궁리하고, 先後를 알아야만, 斯文의 의논을 함께 할 수 있다.[9]

이러한 구분을 통해서 분명해진 것은 표현보다는 이치가 중요하고, 표현이 선행하면 이치는 막히지만, 이치가 선행하면 표현은 부수적으로 따라오게 마련이라는 생각이다. 이치는 마음에서 얻은 바

---

8) 〈文策〉,《拾遺》 6, 2 p. 575. "道者文之本也 文者道之末也."
9) 〈文策〉,《拾遺》 6, 2 p. 575. "得其本而末在其中者 聖賢之文也 事其末而不業乎本者 俗儒之文也 古之學者 必先明道 苟能明道 而有得於心 則見乎威儀 發乎言辭者 莫非道之著者也 是故 其爲文也 辭約而理當 言近而指遠 卒澤於道德仁義炳如也 此則聖賢之文也 後之學者 不求實理 而徒尙浮藻 心無所得 而外爲巧言 取悅於人 而衒玉於世 是故 其爲文也 工於撰術 而外於道義 辭繁而理礙 語圓而意滯 此則俗儒之文 苟能窮其本末 知所先後 則可以與議於斯文矣."

이고, 마음에서 얻은 바가 갖추어지면, 이것을 밖으로 나타내는 것은 손쉬운 일이지만, 표현 그 자체는 남에게 자랑하는 재주이고, 재주를 자랑해서는 진실성이 없는 글을 쓸 수밖에 없다는 뜻이기도 하다. 이이는 이 점을 거듭 강조해서 "旨趣가 精하면, 聲律이 어울리는 것은 모두 자연스럽게 되니, 어찌 후인이 억지로 지어내는 것과 같겠는가"[10]라고 하기도 했다.

마음에서 얻은 바를 갖추고 글을 써야 한다는 것은 일찍이 이규보도 주장한 바이며, 서경덕도 특히 소중하게 여겼던 태도이다. 그러나 이이는 이규보와는 다른 旨趣를 말했으며, 서경덕과는 다른 이치를 말했다. 이이의 지취는 창조적인 경험에 대한 자각이 아니라 仁義道德이고, 이이의 이치는 氣가 스스로 생기게 하고 움직이게 하는 것이 아니라 도덕적 당위로서의 理이다. 성현지문은 인의도덕 또는 도덕적 당위로서의 理를 갖춘 글이라고 한 데서 문학이 지향해야 할 방향이 제시되어 있다. 그런데 문제는 지향해야 할 방향을 제시한다고 해서 해결되지 않는다. 이규보는 창조적인 경험으로서의 意를 표현하지 않을 수 없는 이유를 밝혔고, 서경덕은 기의 이치를 발견하는 감격의 정체를 해명했듯이, 文이 어떻게 도덕적 당위로서의 이를 갖출 수 있는가 하는 의문을 해결해야만 이이의 문학사상은 비로소 일관성을 가지고 설득력 있게 부각될 수 있다.

이러한 의문은 이미 이황이 해결했던 것처럼 생각될 수 있다. 이황은 특히 자연과의 화합을 이룰 때 하나이면서 순선한 이가 드러난다고 했으며, 이이도 이와 같은 각도에서 문제에 접근하기도 했다. 자연을 노래한 시는 세 단계의 것이 있다고 하고, 첫단계는 다만 눈으로 보는 데 지나지 않고, 다음 단계는 산수의 흥취를 깊이 아는 것이고, 마지막 단계가 자연을 통해서 道體를 아는 것이라고 했다.[11] 그러나 道體가 어떻게 마음 속에서 드러날 수 있는가 하는

---

10) 〈與宋頤菴〉,《拾遺》3, 2 p. 504. "旨趣之精 聲律之協 咸出於自然耳 何嘗若後人之 牽强作意."

문제가 이이에게는 새삼스러운 것이었다. 이황처럼 理가 발할 수 있다고 하면, 이 문제는 적어도 이론적인 차원에서는 쉽게 해결될 것 같다. 그러나 이이는 이는 發할 수 없고 발하는 것은 오직 기라고 했으므로, 문을 이루는 것은 사람의 기인데, 기에서 이루어진 문이 어떻게 도덕적 당위로서의 이를 갖출 수 있는가 하는 문제가 이황의 전례에 따라서 해결될 수는 없다.

<h1 style="text-align:center">3</h1>

이이에 의하면, 문학은 소리로써 이루어져 있고, 소리를 내는 것은 사람의 氣이다.[12] 문학이 소리로써 이루어져 있다는 것은 主氣論者다운 발상이고, 소리를 내는 것은 사람의 기라는 사실을 지적함으로써 문제를 아득하고 모호한 무엇으로 되돌려버리지 않으려는 태도를 분명하게 했다. 경험을 통해서 객관적으로 확인할 수 있는 데서 논의를 시작하고 비약을 쉽사리 허용하지 않으려고 했다.

그런데 사람의 기는 天地가 있으므로 존재하는 것이고, 천지는 無極太極이 있으므로 존재하는 것이다. 無極太極은 "無形無爲하면서 有形有爲한 것의 主가 되는 理"이며, 소리를 내는 氣는 "유형유위하면서 무형무위한 것의 器가 되는 것이다."[13] 그런데 기와 이런 관계를 가지고 있는 이는 말하자면 존재의 원리로서의 理이고, 도덕적 당위로서의 이라고는 하기 어렵다. 氣發인 소리는 모두 존재의 원리로서의 이는 갖추고 있지만, 도덕적 당위로서의 이는 갖출 수도 있고 갖추지 않을 수도 있다. 모든 종류의 소리가 문학이 아니듯이, 모든 문학이 도덕적 당위를 갖추는 것도 아니다. 이 문제를

---

11) 〈洪耻齋仁祐遊楓嶽錄跋〉 13, 1 p. 271.
12) 〈贈崔立之序〉,《拾遺》3, 2 pp. 518~519.
13) 〈答成浩原〉 10, 1 pp. 208~209. "無形無爲 而爲有形有爲之主者 理也 有形有爲 而爲無形無爲之器者 氣也."

다루면서 이이는 소리에 관한 사뭇 장황한 분류를 했다.

소리가 나는 것은 한 가지만이 아니다. 無用之聲이 있고, 有用之聲이 있다. 재채기를 하고, 코를 고는 것 따위는 사람의 소리 중에서도 무용한 것이다. 혀를 차고, 웃으면서 이야기하는 것 따위는 사람의 소리 중에서 유용한 것이다. 유용한 것 중에는 또한 美聲과 惡聲이 있다. 사람이 그 소리를 듣고 좋아하는 것은 미성이다. 싫어하는 것은 악성이다. 미성 중에는 또한 實聲과 虛聲이 있다. 입에서 나와서 글에 정착되지 않는 것은 허성이다. 입에서 나와서 글에 정착되는 것은 실성이다. 실성 중에는 또한 正者와 邪者가 있다. 正者인 듯하면서도 邪者이고, 사자인 듯하면서도 정자인 것도 있다. 사람이 낸 소리가 다른 사람에게 호감을 주고, 호감을 주면서 글에 정착되고, 글에 정착되면서 正者에 합당한 것을 善鳴이라고 한다.[14]

여기서 '善鳴'이라고 하는 것은 문학을 지칭하는 용어다. 모든 소리가 善鳴 즉 문학이 아니며, 有用之聲, 美聲, 實聲, 正者에 합당한 것이 문학이라고 했다. 유용지성은 의미가 있는 소리이다. 미성은 듣기 좋은 소리이다. 실성은 글에 정착된 소리이다. 正者는 도덕적 당위이다. 소리를 이렇게 나누는 데에서 문학에 관한 이이의 정의는 분명하게 드러났으니, 이이는 의미가 있는 언어로 이루어지고, 듣기 좋도록 하여 호감을 주고, 글에 정착되고, 도덕적 당위에 합당한 것이 문학이라고 했다. 그리고 의미가 없는 소리로써 이루어진 것이나, 듣기 싫도록 하는 것이나, 글에 정착되지 않거나, 도덕적 당위에 합당하지 않은 것은 문학이 아니라고 했다.

이러한 정의 가운데 처음 두 가지의 것, 즉 언어라는 조건과 호감이라는 조건은 문학과 문학이 아닌 것을 구분하는 데 있어서 절

---

14) 〈贈崔立之序〉,《拾遺》3, 2 p. 518 "聲之出亦非一也 有無用之聲 有有用之聲 噴嚏鼻唾之類 人聲之無用者也 咄嗟言笑之類 人聲之有用者也 有用之中 亦有美聲惡聲 人聞其聲而好之 則爲美聲 惡之 則爲惡聲 美聲之中 亦有實聲虛聲 出於口而不著於文 則爲虛聲 出於口而著於文 則爲實聲 實聲之中 亦有正者邪者 或似正而邪者 或似邪而正者 人之發其聲而好於人 好於人而著於文 著於文而合於正者 謂之善鳴."

대적인 의의를 가지고 있으면서도, 이이의 주기론적 접근에 의해서
비로소 지적되고 정리될 수 있었다. 세번째 조건 또한 절대적인 의
의를 가졌다고들 하는 것으로서, 이이가 문학이 소리로써 이루어져
있다고 함으로써 비로소 부각될 수 있었다. 그리고 문학은 도덕적
당위를 갖추어야 한다는 것은 성리학적 문학관에서 계속 강조되어
온 바이지만, 문학이 소리로써 이루어져 있다는 관점을 제시하자
문학의 네번째 조건으로 열거되고, 그럴 수 있는 이유가 심각한 문
제점으로 등장했다.

　文, 文章, 文藝 등의 용어를 쓰지 않고 善鳴이라고 한 것은 상당
한 배려의 결과일 것이다. 선명은 잘 울린다는 뜻인데, 소리로써 이
루어진 문학은 창작하는 사람의 기가 울려서 나오는 것이고, 받아
들이는 사람의 기를 울려야만 존재 의의가 있으며, 잘 울린다는 것
은 의미의 전달, 호감의 야기, 글로의 표기, 도덕적 당위에의 호소
등을 두루 포괄하는 개념이다. 詩를 규정하면서 "사람의 소리 중에
서 精한 것이 말이고, 시는 말 중에서도 또한 精한 것이다"[15]라고도
했는데, 이 경우에는 잘 울린다는 것이 '精하다'는 말로 설명되었다.
잘 울린다, 精하다는 것 등은 모두 문학이라는 존재의 특징이고, 문
학을 문학이 아닌 것과 구별하는 징표이다. 그런데 도덕적 당위에
합당하고, 도덕적 당위를 호소한다는 것은 문학이라는 존재의 특징
또는 문학을 문학이 아닌 것과 구별하는 징표가 아니고, 문학 중에
서도 가치있는 문학과 그렇지 않은 문학을 갈라놓는 기준이다. 도
덕적 당위를 갖추어야 한다는 것은 선명이 지향해야 할 바를 제시
한 견해이다.

　이이에 의하면 도덕적 당위는, 理發은 인정되지 않고 氣發만 인
정되는 사람의 마음에서 나타나는 道心으로 구체화된다. 그런데 心
이 반드시 道心은 아니고 人心도 있듯이, 문학이 도심을 갖추는 것

---

15) 〈精言妙選序〉, 13, 1 p. 269. "人聲之精者爲言 詩之於言又其精者也."

은 문학이 반드시 그렇게 되는 필수적인 방향이 아니고, 경우에 따라서는 그렇게 될 수도 있는 선택적 방향이라는 사실은 이이의 심성론에 비추어보아도 분명해진다. 존재의 원리인 무극태극은 필수적인 것이지만, 도덕적 당위인 正者는 선택적일 수밖에 없다. 그러나 무극태극과 정자는 다 같이 理이므로 별개의 것일 수 없으며, 천지의 理인 무극태극과 사람의 理인 정자는 원래 근본적으로 일치하여야 하고, 또한 이 둘이 실제로 일치할 때 天人合一의 이상적인 경지가 이루어진다고 하는 것이 이이의 생각이다. 선명은 천인합일의 이상적인 경지에서 사람의 마음을 잘 울려야 하는 것으로 설정하고자 했다.

이이는 천인합일의 필연성이나 천인합일을 구현하는 문학의 절대적인 가치를 입증하여, 道心을 갖추고 세상을 바로잡는 문학만 문학으로서 온전한 것임을 주장하고자 했다. 그러나 이러한 이론은 그 철학적인 근거를 깊이 따질수록 확고부동하게 정립될 수 없다는 사실이 드러난다. 도덕적 당위로서의 이가 존재의 원리로서의 이와 같다는 것이 검증될 수 없는 전제이거나 받아들이도록 요구되는 주장으로 남아 있는 성리학의 근본적인 문제점이기 때문에, 가치의 절대성을 추구하는 이론이라도 가치의 상대성을 부정할 수는 없는 것이다. 이이는 이러한 결과를 시인하는 편이다. 무용지성과 유용지성이 있고, 오성과 미성이 있고, 허성과 실성이 있듯이, 邪者와 正者가 있다고 했는데, 그렇다면 앞의 것들이 모두 상대적인 개념이므로 사자와 정자도 상대적인 개념이다. 뿐만 아니라, 유용지성, 미성, 실성, 정자는 문학 즉 善鳴의 성립 요건으로서 서로 대등한 위치에 있다고 할 수 있다. 선명이라는 용어에서나, 유용지성, 미성, 실성, 정자 등의 요건을 나열하는 순서에서나, 문학을 道를 위한 것으로만 규정할 수 없었고, 호감을 도와 함께 중요시하는 데에 이르렀다.

이렇게 되면, "道가 드러난 것을 文이라고 한다"는 주장은 독점

적인 타당성을 가질 수 없게 된다. 이이는 문학에 관한 불변적인
규범의 확립을 사명으로 삼았지만, 결과적으로는 규범을 수립하는
것만으로는 해결할 수 없는 문제를 제기하고, 문학을 그 존재 양상
에 따라서 규정하는 데 이르렀다. 이 점은 이이가 道心에 의한 질
서 수립을 염원하면서도 氣發만 인정해서 人心과 道心을 상대적인
것으로 보고,[16] 理를 존중하고 氣를 천하게 여기는 이원론자이면서
도 氣 자체의 원리와 운동을 인식과 실천의 주대상으로 삼은 주기
론자라는 점과 직결된다.

4

　서경덕이나 이황이 문학을 논하면서 詩를 특히 중요시하였던 것
은, 시는 산문보다 문학의 고유한 속성을 더욱 밀도 짙게 지니고
문학창작에서 핵심적인 위치를 차지한다는 인식이 있었기 때문이
다. 이이는 이 두 사람과 같은 생각을 했을 뿐만 아니라, 詩가 문학
작품 가운데서 가장 중요하다는 점을 다음과 같이 논술했다.

　소리 중에서 精한 것은 말보다 더 큰 것이 없다. 말 중에서 精해서,
빛나고도 우뚝하며, 야비하지 않고 속되지 않은 것은 文辭보다 큰 것
이 없다. 시라는 것은 문사 중에서도 영탄하며 넘치는 것이어서 가장
빼어나다. 오호라! 말은 소리 중에서 정한 것이고, 문사는 말 중에서
정한 것이며, 시는 문사 중에서 빼어난 것이다.[17]

　소리, 말, 文辭, 詩를 비교해서, 소리의 精粹가 말이고, 말의 정수
가 문사이며, 문사 가운데서도 가장 빼어난 것이 시라고 했다. 이와

---

16) 〈答成浩原 壬申〉, 9, 1 p. 192에서 人心이 道心으로 바뀔 수도 있고, 道心이 人心
　　으로 바뀔 수도 있다고 했다.
17) 〈人物世藁序〉, 《拾遺》3, 2 p. 518. "聲之精者 莫大乎言 而言之精而煥然軒然 不野
　　不俗者 莫大乎文辭也 詩者文辭之詠嘆 淫泆而最秀者也 嗚呼 言者 聲之精者也 文辭
　　者 言之精者也 詩者 文辭之秀者也."

같이 보는 이유는 자명한 것이 아니다. 위에서 인용한 대목에 이어서 "詩가 세상에서 중요시되는 까닭은 이로써 알 수 있으니, 그러므로 聖人이 經을 서술할 때 시도 한 자리를 차지했다"[18]고 했으나, 經書 중의 하나인 《시》는 경서의 문사와 대등한 위치에 설 수는 있어도 문사 중에서 가장 빼어난 것일 수는 없는 것이다. 시가 문사 중에서 가장 빼어난 것이라는 견해는 시는 필요에 따라서 일정한 목적을 달성하기 위해서 쓰는 글이 아니고 작자의 마음을 표현하는 구실을 해 왔다는 오랜 전통에서 설명될 수도 있겠으나, 문학을 善鳴으로 이해할 때에 더욱 분명하게 입증된다. 시는 논술하지 않고 영탄하는 것이며, 주어진 내용을 전달하는 것이 아니고 마음에서 넘치는 것이므로 받아들이는 사람에게 가장 큰 善鳴의 효과를 지닐 수 있다. 그러므로 "시는 귀신도 감동시킬 수가 있다"[19]고 하기도 했다.

시는 性情에 근본을 두고 있으며, 성정을 읊는 것이라는 생각은 이이도 되풀이해 강조했다.[20] 시가 심성을 기르는 存養과 省察에 도움이 된다는 것도[21] 새삼스러운 생각은 아니다. 그런데 이이는 시로써 심성을 기르는 방법과 근거에 관해서 세심한 논의를 펴고 그럴 수 있는 시의 예를 들어서 《精言妙選》을 편찬했다. 이러한 작업을 한 데서 이이의 조직적이고 체계적인 면모가 잘 드러나고, 이이의 문학론이 성리학의 문학론 중에서 특히 구비된 것임을 알 수 있다.

시로써 심성을 기르는 것은 시가 마음을 淸和하게 하고, 胸中의 찌꺼기를 쓸어낼 때 가능하게 된다고 보았다.[22] 흉중의 찌꺼기는 氣質之性에 따라서 세상과 얽혀 지내는 데서 생긴 것이며, 이러한 상

---

18) 〈人物世藁序〉, 같은 곳. "詩之所以重於世者 斯可見矣 是故 聖人之述經也 詩居其一."
19) 같은 글, 같은 곳. "詩之可以感乎鬼神者 亦可知也."
20) 〈精言妙選序〉, 13, 1 p. 269. "詩本性情."
21) 같은 글, 같은 곳. "存省之一助."
22) 〈精言妙選序〉, 13, 1 p. 269. "宣暢淸和 以滌胸中之滓穢."

태에서 벗어나서 本然之性을 회복하기 위한 노력 때문에 시가 필요
한 것이다. 그런데 이러한 노력은 시를 아름답게 꾸미고 "情을 옮
겨서 마음을 방탕하게 하는"[23] 것과는 반대의 방향에서 이루어져야
할 것이다. 시를 아름답게 꾸미려고 하면 사람의 눈을 즐겁게 할
수는 있어도, 세상과 더욱 깊이 얽히고, 마음 속의 찌꺼기만 두껍게
한다. 정을 옮겨서 마음을 방탕하게 하는 것은 곧 기질지성의 횡포
를 조장하는 방향이다.

　이루어져야 할 이상적인 시는 감격이 없는 것 같은 데서 감격을
느끼고, 텅빈 것 같은 데서 느낌이 있는 경지에 이르러야 한다고
보았다. 그리하여 가능한 대로 有에 속하는 것을 배제히고 虛에 접
근하고 인공을 멀리하고 자연스러운 것을 택해야 한다고 했다. 이
와 같은 기준에서 살핀 결과, 이이는 詩品의 여러 종류 중에서 가
장 높이 평가해야 할 것은 '冲澹蕭散'이라고 하면서, 다음과 같은
가치의 등급을 설정했다.

冲澹蕭散 : 꾸미고 장식하는 것을 힘쓰지 않고, 자연스러운 데서 妙
　　　　　趣, 古調, 古意가 깊이 들어 있다.
閒美淸適 : 조용하게 자득하고, 寓興에서 나오며, 사색해서 이를 수
　　　　　있는 경지가 아니다.
淸新麗落 : 매미가 바람과 이슬에서 허물을 벗는 것 같으며, 불에 익
　　　　　힌 음식을 먹는 사람의 입에서 나오지 않는 것 같다.
用意精深 : 句語가 鍛鍊되고 格度가 엄정하며 造妙之論이 여유있게
　　　　　갖추어져 있어, 예사 감정으로는 도달하려고 꾀할 수 없는
　　　　　것이다.
情深意遠 : 경치를 만나면 바로 묘사하고, 품고 있는 원망을 털어놓
　　　　　되 지나치지 않으며, 슬프기는 해도 마음 상하게 하지는 않
　　　　　는다.
格詞淸健 : 筆力이 굳세지만 급박한 뜻은 없으며, 원대한 맛이 엉겨

---

23) 〈精言妙選序〉, 같은 곳. "移情蕩心."

있다.
精工妙麗 : 애써 다듬고 수식하려 하지만, 음탕해서 색정을 일으키는
데는 이르지 않는다.[24)]

冲澹蕭散에서 精工妙麗까지는 모두 《精言妙選》에 들어갈 수 있어서 심성을 기르는 데 도움이 되기는 하지만, 그 가운데서도 다듬어 수식하는 것이 가장 나쁘고, 굳센 筆力을 자랑한다든가, 품고 있는 원망을 함부로 털어놓으며 슬퍼한다든가, 엄정한 格度를 갖춘다든가, 초탈한 기풍을 내세운다든가, 조용한 寓興에만 머문다든가 하는 것들도 모두 결함을 지녔다고 했다. 이규보는 시가 여러 가지 體格을 두루 갖추고 어느 한 가지에 쏠려서는 안된다고 했으나, 이이는 그렇게 생각하지 않았다. 시가 氣의 울림이라고 하는 것은 이규보에서 이이에까지 지속된 생각이었고, 이이도 기가 커서 크게 울리는 것이 바람직하다고 했지만,[25)] 이이가 더욱 중요시한 것은 기의 大小보다 淸濁이다. 冲澹蕭散은 사람의 기 중에서 가장 맑은 것의 울림이고, 흐린 기가 울려서 이루어진 시는 결함을 지니게 되는 것이다.

그러나 이이가 내세운 가치의 기준이 절대적인 것은 아니었다. 冲澹蕭散만 내세우지 않고, 閒美淸適에서 精工妙麗까지를 두루 거론한 것은 어느 정도의 포괄성을 인정했기 때문에 가능할 수 있다. 바람이 불어서 나무가 소리를 내고, 물체가 치기 때문에 金石이 소리를 내듯이, 사람의 기가 울려서 소리를 내기 위해서는 밖에서 오는 자극이 있어야 할 것인데, 밖에서 오는 자극은 언제나 같은 것일 수 없으므로 한결같이 충담소산한 시만 쓰라고 하는 것은 무리

---

24) 〈精言妙選總叙〉,《拾遺》4, 2, pp. 531~532. "冲澹蕭散 不事繪飾 自然之中 深有妙趣 古調古意……閒美淸適 從容自得 出於寓興 非思索可到……淸新麗落 蟬蛻風露 似不出於煙火食之口……用意精深 句語鍛鍊 格度嚴整 間有造妙之論 非常情所可企及者……情深意遠 郎景事寫 出襟懷怨而不悖 哀而不傷……格詞淸健 筆力遒勁 而無急迫之意 有凝遠之味……精工妙麗 雖有雕繪之飾 而不至於淫體."
25) 〈贈崔立之序〉,《拾遺》3, 2 p. 519.

이다. 밖에서 오는 자극은 인정이나 物理라고 할 수 있고, "인정에 曲盡하고, 물리에 넓게 통달하는"[26]것이 또한 시의 목표이다. 인정이나 물리는 한 가지 소리만 나도록 하는 것이 아니고, 인정에 곡진하고 물리에 넓게 통달하기 위해서는 맑은 기에서 나오는 소리라 하더라도 경우에 따라서 다른 모습을 지녀야만 할 것이다.

이렇게 되면, 시에 대한 이이의 요구는 두 가지 방향으로 나누어진다. 시가 마음을 淸和하게 하고, 흉중의 찌꺼기를 쓸어내야 한다는 데서는 물러나서 마음 속에 침잠하는 시를 요구했고, 시가 인정에 곡진하고, 물리에 넓게 통달해야 한다는 데서는 나아가 세상과 부딪치는 시를 요구했다. 이 두 가지 방향을 모두 문학은 載道之器라는 개념으로 포괄하기는 했지만, 이로써 문학사상에 어떤 결론이 마련된 것은 아니다. 물러나서 마음 속에 침잠하는 시는, 서경덕이나 이황이 탐구했던 바인데, 이이는 자기의 사상적인 관점에서 다시 한 번 그 본질과 가치를 해명했고, 나아가 세상과 부딪치는 시는 이이의 경우에는 아직도 심각하게 논의되지 않았지만, 장차 실학에 의한 문학사상이 전개되면서 특히 丁若鏞이 주장하게 된다.

이이는 조선전기 사대부의 성리학적인 문학사상을 가장 분명하게 체계화했으면서, 또한 성리학적 문학사상으로는 해결할 수 없는 문제점을 제기했다. 문학을 이원론적 주기론으로 해명하려는 시도는 이념적 질서의 근본을 표현하는 문학을 가장 가치있는 것으로서 평가하는 방향으로 나아가는 한편, 문학 그 자체의 존재양상과 다양성에 주목하는 결과에도 이르렀다. 그러므로 조선시대 사대부의 성리학적 문학사상은 이이에 이르러서 극치에 이르렀으면서 또한 종말을 예고했다고도 할 수 있다.

---

26) 〈精信妙選序〉, 13, 1 p. 269에서는 《詩經》의 三百篇이 "曲盡人情 旁通物理"했다고 칭송했다.

제 3 기　17〜19세기

1. 許筠

1

　문학은 왜 있어야 하는가? 이 문제는 許筠(1569~1618)이 태어나기 전에 이미 움직일 수 없는 해답이 마련되었던 것처럼 보인다. 文은 貫道之器 또는 載道之器라고 하여, 道를 나타내기 위해서 문학이 필요하다고들 했는데, 도는 나라의 질서이거나 마음에서 갖추어야 할 규범이었다. 고려말에 지배적인 위치를 차지하기 시작해서 조선 왕조의 통치자 노릇을 한 士大夫는 문학의 존재 의의에 관해서도 확고한 이념을 정립했다. 大夫의 문학과 士의 문학, 官人의 문학과 處士의 문학, 詞章派의 문학과 道學派의 문학 사이의 논란은 계속 되었지만, 크게 보면 그 모두가 같은 범주에 속하는 것이었고, 지배 층의 보수적인 문학을 옹호하는 것이었다. 그러나 정립된 이념을 근저에서부터 살필 때에는 이미 이루어진 문학사상에 대한 비판이 피할 수 없는 과제가 되고, 허균과 같은 사람이 나타나야만 했다.

　道를 내세우는 문학은 피아의 구분을 넘어선 조화를 이상적인 경 지라고 생각하며 本然之理에 입각한 物我一體를 추구하고, 대립 또 는 갈등을 일으키는 氣는 천하다고 보는 데서 공통적인 관점을 지 녔다. 이러한 관점은, 실제 생활에서는 불합리한 면이 적지 않게 발견되고, 이와 관련된 정신적인 고민 또한 심각하다 해도, 이미 설정된 사회적 질서나 이미 수립된 이념적 지표는 잘못이 없다는 주장을 펴기 위한 것이었다. 이 주장에 대한 반론은 理는 氣를 넘어서 있는 무엇이 아니고 음양으로 나누어져서 대립하는 기 자체의 원리에 지나지 않는다는 일원론적 주기론을 발견하는 데서 시작되었으며, 金時習과 서경덕이 사상적 전환의 선구자 노릇을 했다. 身世矛盾을 절감한 김시습은 세계의 질서를 용납할 수 없는 장애로 다루는 문학을 개척했고, 서경덕은 이는 하나이면서 純善하다는 생각의 근저를 비판하였다. 그러나 이 두 사람의 노력은 새로운 문학의 길을 열기에는 아직 미흡한 것이었다. 김시습은 소설에서 탈출구를 찾는 데 그쳤고, 서경덕은 물아일체를 기로써 설명하는 데 머물렀으므로, 김시습과 서경덕이 제기한 반론을 더욱더 분명하게 발전시켜 조선후기 문학사상으로 넘어가기 위해서는 허균의 기여가 필요했다.

허균의 생애는 참으로 이해하기 어려운 것처럼 보인다. 명문에서 태어나 뛰어난 글재주로 일찍 과거에 급제하여 순조롭게 관직에 나아갔으면서도, 이단을 숭상하고 윤리에 어긋나는 짓을 해서 여러 번 파직을 당했다. 권신의 일원으로서 지위를 확보하는 데 수단을 가리지 않았으면서도, 하층민의 반란에 가담했고, 마침내 그 주동자가 되어서 처형되는 데 이르렀다. 그래서 당시 사람들은 "천지간의 한 괴물"이라고 하였고,[1] 오늘날까지도 행동에 일관성이 없다는 평을 듣는다.[2]

그러나 허균은 자기대로의 일관성을 가지고, 세계의 질서를 이용하기도 거부하기도 했다. 조선전기의 가치관에서 마련된 것이든 오늘날의 것이든, 사람은 세계의 윤리적 질서에 맞도록 살아야 한다는 선입견을 버려야 허균을 허균으로 이해하고, 허균의 문학사상도

---

1) 《光海君日記》 131, 10年 閏 4月 丁亥. "天地間一怪物也."
2) 李能雨, 〈許筠論〉, 《淑明女子大學校 論文集》 5(1965).

다른 무엇으로 대체하지 않고 살필 수 있다.

허균은 文人이었다. 허균을 천하의 악인으로 치던 당시 사람들도 그의 뛰어난 글재주는 두루 인정했다. 그 자신도 당대 문장가로 자처했다. 《惺所覆瓿藁》《閑情錄》《鶴山樵談》 등의 저작이[3] 이런 평가가 헛되지 않다는 것을 입증해 준다.

그러나 허균의 문학은 기존 질서를 옹호하거나 행동의 규범을 탐구하는 문학이 아니었고, 자기대로 세계와 부딪친 경험의 표현이다. 〈豪民論〉과 〈遺才論〉을 써서 사회적 불평등 때문에 일어나는 항거는 막을 수 없으며, 하늘이 낸 인재를 버리는 것은 逆天이라고 했다. 《洪吉童傳》 같은 반역적인 소설을 쓴 것도 이러한 생각의 표현이다. 〈文說〉〈詩辨〉 같은 체계와 조리를 갖춘 논설, 〈惺叟詩話〉 〈鶴山樵談〉 등의 詩話, 그리고 그 밖에 여러 가지 단편적인 글에 나타나 있는 허균의 문학사상은 문학에 관한 기존 관념을 근저에서부터 비판하고, 새로운 방향을 제시한 것이다.

2

허균은 자기가 세상과 화합하지 못하므로 문학이 필요하다고 생각하였다. 벼슬에서 거듭 파직당하자, "禮敎가 어찌 자유로움을 구속하리오. 뜨고 가라앉는 것을 다만 情에 맡겨 하겠노라. 그대들은 그대들의 법을 지켜라, 나는 내 삶을 다하겠노라"[4]고 하는 시를 읊었다. 세상에서 말하는 예교나 법에 매일 수 없고, 정에 맡겨 멋대로 살아가기 위해서 문학이 필요했던 것이다. 그리고 "성질이 疎誕하여 不與世合하며, 시속 사람들이 떼를 지어 꾸짖고, 많은 무리가

---

3) 이 셋이 모두 《許筠全集》(成均館大學校 大東文化硏究院, 1972)에 수록되어 있다. (앞으로의 자료 인용에서는 原著名, 原著 卷數, 全集 面數를 밝히되, 原著名은 惺, 閑, 鶴의 略號로 지칭한다).

4) 〈聞罷官作〉, 惺 2, p. 28. "禮敎寧拘放 浮沉只任情 君須用君法 吾自達吾生."

배척한다"[5]는 처지에서 생기는 고독을 문학에서 풀고자 하기도 했다. 시속 사람들과 맞지 않고, 不與世合해서 벗이 없으므로 옛사람인 陶潛, 李白, 蘇軾을 벗으로 삼을 수밖에 없다고 했는데, 그렇다고 해서 산림으로 물러나는 처사의 문학을 하겠다는 것도 아니었고, 고풍을 따르려고 한 것도 아니었다.

不與世合은 허균의 입장을 이해하는 데 결정적으로 중요한 개념이다. 세상은 예교를 내세워서 허균을 배척했고, 이에 맞선 허균은 예교를 충실하게 따른다는 합리화를 택하지 않고 예교의 구속 자체를 부정하고 정의 가치를 주장했는데, 이것이야말로 당시의 통념과는 정면에서 어긋나는 파격적인 방향이다. 정은 사람을 자유롭게 하는 것이므로 존중했을 뿐만 아니라, 살아가는 데 필요한 경험을 하게 하는 것이라는 점에서 더욱 가치 있다고 하고, 문학은 험난한 경험에서 이루어져야 비로소 절묘한 표현을 갖추고, 감동을 줄 수 있다고 생각했던 것이다.

> 근래 館閣에서 李鵝溪를 으뜸으로 삼는데, 그의 시는 처음에 唐詩를 본받았고, 만년에 平海에서 귀양살이를 하게 되자, 비로소 극치를 이루었다. 高霽峰의 시 또한 한가하게 버림받은 데서 바야흐로 大進의 경지를 깨달았다. 그러므로 문장은 富貴 榮耀에 있지 않고, 험난하고 어려운 경험을 쌓고, 江上의 도움을 얻은 후에야 기묘한 경지에 들어갈 수 있다는 것을 알겠다. 어디 이 두 분뿐이겠는가? 柳州로 간 柳子厚나 嶺外에 버려진 蘇東坡의 경우도 알 만하다.[6]

富貴 榮耀에서 이루어지는 館閣의 문학은 진실된 것일 수 없고, 唐詩와 같은 규범을 본받는다고 해서 향상이 이루어질 수 있는 것도 아니다. 柳宗元이나 蘇軾, 李山海나 高敬命의 경우에 볼 수 있는

---

5) 〈四友齋記〉, 惺 6, p. 90. "性疎誕不與世合 時之人群罵 而衆斥之."
6) 〈惺所詩話〉, 惺 25, p. 237. "近代館閣 李鵝溪爲最 其詩初年法唐 晚謫平海 始造其極 而高霽峰詩 亦於閑廢中 方覺大進 乃知文章不在於富貴榮耀 而經歷險艱 得江山之助然後 可以入妙 豈獨二公 古人皆然 如子厚柳州坡公嶺外 可見已."

바와 같이 부귀와 영요를 누리던 사람이라도 귀양살이를 하면서 험난하고 어려운 경험을 하면, 비로소 삶의 진실을 근거로 해서 이루어지는 기묘한 경지의 문학을 할 수 있다는 것이다. 귀양살이하는 사람이 자연과의 화합을 통해서 마음의 갈등을 해소하는 문학을 말한 것은 아니다. 江上의 도움을 얻는다고 한 것도 강상에서 위안을 받는다는 뜻이 아니고, 강상에서 살아가는 쓰라림을 경험한다는 뜻이다.

허균은 江湖로 물러나는 歸去來辭를 읊은 사람이 아니며 거듭 파직을 당하면서도 계속 벼슬을 했고, 권력을 장악하기 위해서 수단을 가리지 않은 편이었다. 그러니 이것은 허균의 한 면이었고, 다른 한 면에서는 불평을 품은 하층민들과 깊은 관계를 맺었다. "경박하고 행실이 바르지 못하여 선비들의 논의에서 버림받은 결과 下僚들에게 沈潛했다"[7]고 하는 것은 허균에 대한 비방의 대표적인 예의 하나이면서, 사태의 진상을 전하고 있다. 예교에 매이지 않는 하료들이라면 기질상 통할 수 있고 불평을 함께 나눌 수도 있다. 그리고 허균은 불평을 하는 데 그치지 않고 불평을 지닌 하층민들과 힘을 합쳐서 나라를 뒤집어엎고 정권을 탈취하려는 시도를 거듭하다가 마침내 처형되는 데까지 이르렀다. 이러한 행동은 다음과 같이 말한 생각에 근거를 둔 것이었다.

천하에 참으로 두려운 것은 오직 백성이다. 백성은 물이나 불 또는 虎豹보다도 두렵다. 在上者는 바야흐로 백성을 길들여서 가혹하게 부려먹으니, 아니 어쩌자는 것인가?[8]

험난하고 어려운 경험은 백성과 가까운 위치에서 백성의 고난을

---

7) 金時讓, 〈荷潭破寂錄〉. "輕薄無行 見棄於士論 沈潛下僚."
8) 〈豪民論〉, 惺 11, p. 124. "天下之所可畏者 唯民而已 民可畏有甚於水火虎豹 在上者 方且 狎馴而虐使之 抑獨何哉."

함께 겪어야만 이루어진다. 문학은 이러한 경험으로 충만되어 있어야만 세상을 바로 그릴 수 있고, 감동을 줄 수 있다. 백성의 항거는 막을 수 없다고 했듯, 백성의 소리로 이루어지는 문학은 거부할 수 없는 것이다. 그러나 항거는 쉽사리 이루어질 수 있는 것이 아니고 최종적인 결단으로써만 가능하고, 계속해서 문제가 되는 것은 다음과 같이 말한 불평등이다.

> 하늘이 균등하게 부여한 재능을 가문과 科擧를 빌미로 제한하면서, 재능 있는 자가 없다고 근심하니 마땅한 일이겠는가? ……하늘이 낸 것을 사람이 버리는 것은 逆天이다.[9]

허균의 소설 《嚴處士傳》《蓀谷山人傳》《張山人傳》《蔣生傳》 그리고 《홍길동전》은 사회적인 장벽 때문에 발휘될 수 없는 탁월한 재능을 지닌 인물을 주인공으로 삼고, 자아와 세계는 서로 용납할 수 없는 관계에 있기 때문에 생기는 갈등을 보여준다.[10] 그러면서 이 가운데서 《蔣生傳》은 景福宮 慶會樓 들보 위에 본거지를 정하고 있으면서 때를 기다리는 도적의 무리를 그리고, 《홍길동전》은 咸鏡監營을 습격해서 재물을 빼앗아 가난한 사람들에게 나누어주는 도적을 등장시켜, 억눌리고만 있을 수 없는 백성의 분노를 나타내기도 했다.

백성의 소리를 전하는 문학으로서는 이와 같은 소설이 특히 중요한 의의를 가지지만, 詩 또한 이러한 구실을 할 수 있는 것이고, 이러한 구실을 감당하는 정도에 따라서 평가할 수가 있다. 김시습은 소설인 《金鰲新話》를 지었을 뿐만 아니라 백성의 소리를 시로써 전하기도 했는데, 허균은 김시습의 시문에 대해 깊은 관심을 가지

---

9) 〈遺才論〉, 惺 11, p. 123. "天之賦才爾均也 而以世胄科目限之 宜乎常病其乏才也……天之生也 而人棄之 是逆天也."
10) 趙東一, 〈小說의 成立과 初期小說의 類型的 特徵〉, 《韓國小說의 理論》(知識産業社, 1977).

고, "그 詩文은 뛰어나고 고매한 것을 아울러 지녔으나, 시문을 장난거리로 삼고 애써 얻지 않았으며, 강한 쇠뇌 끝에다 잡스럽고 산만한 말을 늘어놓아 구름 피어나는 것같이 한 점은 싫어할 만하다"[11]고 했다. 뛰어나고 고매하며, 강한 쇠뇌 끝 같은 시를 쓴 것은 김시습이 다른 누구도 따르기 어려운 비판정신을 가졌으므로 그럴 수 있었으나, 긴장이 지속되지 않을 때면 자포자기에 빠져 戱作을 한 데 대해서는 불만을 나타낸 것이다.

허균은 자기에게 시를 가르친 李達에 대해서도 특별한 애착을 가지고 《蓀谷山人傳》을 짓기도 했다. 이달은 "어머니가 천해서 세상에서 쓰이지 못했을" 뿐만 아니라, "용모가 단정하지 못하고 성질 또한 호탕하여 俗禮를 익히지 않은" 위인이었다. "평생 몸 붙일 곳이 없어서 사방에 유리 걸식했으며, 그를 천하게 여기는 사람이 많았다"고도 했다.[12] 이달은 이러한 처지에서 벗어날 수 없었기 때문에 시를 지어 세상과 맞서고, 시로써 세상을 압도하고자 했으며, "그 몸이 곤궁했으므로, 不朽의 것을 남겼다"[13]고 했다.

그런데 미천한 사람들의 시는 쉽사리 없어지고 전해지지 않는 것이 예사이고, 허균은 이 점을 안타깝게 여겼다. 이달의 시만 해도 소실된 것이 더 많다고 했으며, 그 밖에 이름마저 온전하게 남기지 못한 사람들의 시를 찾아내어 그 가치를 평가하는 것을 자기의 사명으로 삼았다. 그리하여 첩 노릇을 한 李玉峰, 羽士 田禹治, 기생 桂生, 천인 劉希慶, 승려 參寥, 그리고 賤隷 白大鵬을 발견했다. 이 가운데서 백대붕은 "賤隷이고 黑衣를 입는 무리에 속했지만, 시가 工巧해서 仲兄(許篈)과 沈承旨 喜壽가 모두 平交를 했다"[14]고 하는

---

11) 〈惺叟詩話〉, 惺 25, P.233. "其詩文俱超邁 以其遊戱不用意得之 故强弩之末 每雜蔓語張打油 可厭也."
12) 〈蓀谷山人傳〉, 惺 5, pp. 100~101. "其母賤不能用於世", "達貌不雅 性且蕩不檢 又未習俗禮", "平生無着身地 流離乞食於四方 人多賤之."
13) 같은 글, p. 101. "其身困 而不朽者存."
14) 鶴, p. 365. "白大鵬者 賤隷也 補黑衣之列 工詩 仲兄與沈承旨喜壽 皆與之平交."

인물이다.

이상에서 말한 시는 모두 한시이다. 한시는 원래 상층 지식인의 것이고, 사대부로서의 자격을 가늠하는 요건이기도 했다. 시로써 과거를 보아 영달하는 길을 개척하고, 물러나 심성을 기르기도 했다. 그러나 한시라고 해 이렇게만 씌어지는 것은 아니다. 하층민도 한시를 지을 수 있으며, 하층민의 고민도 한시로 표현될 수 있다는 사실을 발견하고, 그것이 당연하다고 드러내는 것이 허균에게 주어진 과제였다. 문학은 부귀 영요에서 이루어지는 것이 아니고 험난하고 어려운 경험에서 이루어지는 것이라고 하는 주장은, 하층민이야말로 위대한 작가가 될 수 있는 일차적인 자격을 가지고 있으며, 부귀 영요를 누리다가 몰락하여 고난에 부딪친 사람은 하층민과 일체가 될 수 있는 정도에 따라서 문학적인 성장이 보장된다는 결론을 도출한다.

3

그러면 글을 어떻게 써야 할 것인가 하는 것이 문제인데, 이 문제는 〈文說〉에서 자세하게 논의되었다. 〈文說〉은 客과의 문답 형식으로 이루어져 있으며, 객이 먼저 "당세에 古文에 능한 사람을 칭하라 하면 반드시 그대를 巨擘으로 삼지만, 내가 보니 그대의 글은 비록 浩汗하고 툭 터진 것 같기는 해도 경솔하게 常語를 쓰며, 읽으면 입을 열자 바로 목구멍이 보이고, 이해할 사람이나 이해하지 못할 사람이나 막히는 데 없이 너무 쉽게 통하는데, 고문에 힘쓴다 하면서 과연 이럴 수 있는가?"[15]라고 따지고, 이에 대한 대답이 본문을 이룬다. 허균은 자기의 글이 古文이라고 자처했고, 또한

---

15) 〈文說〉, 惺 12, p. 128. "當世之稱能古文者 必以子爲巨擘 吾見之 其文雖若浩汗無涯矣 而率用常語 文從字順讀之 則開口見咽 毋論解不解者 輒無疑滯 業古文者果若是乎."

그렇게 인정되었지만, 고문의 개념과 특징에 관해서는 당시의 통념을 비판하고 자기의 새로운 견해를 내세웠다.

古文이라고 하면 先秦 시대의 글을 모범으로 삼고, 선진 시대에 정립된 道를 그 글을 통해서 계승하자는 것이다. 고문은 또한 전할 만한 내용이 선행하고 수식은 자연히 따르는 것이므로 쉽게 이해될 수 있다고도 한다. 허균도 글은 이렇게 써야 한다는 생각에서 고문을 표방했다. 그러나 허균이 말한 道 또는 전할 만한 내용은 당시의 통념과는 다르게 儒家思想으로 한정되지 않았고, 性理學的 개념의 것은 더욱 아니었다. 문장의 수식에 힘쓰는 풍조가 만연하는 것이 문학의 위기라고 하는 데 동의하면서도, 그렇게 되지 않아야 할 이유에 관해서는 생각이 달랐다.

> 옛날에는 문이 上下의 情이 통하게 하여 道를 실어 전했다. 그러므로 명백하고, 正大하고, 諄切했다. 정녕 듣는 사람으로 하여금 지시하는 뜻을 명확하게 깨달을 수 있게 했다. 이것이 문의 用이다. 三代에는 六經 聖人之書나 黃帝, 老子, 諸子百家의 말이 모두 그 도를 논했으므로, 그 문이 쉽사리 명확해지고, 저절로 고풍스럽고 우아할 수 있었다. 후세에 내려와서는 文이 道와 둘로 나뉘고, 章을 낚고 句를 꾸미기 시작해서, 險辭와 巧語로 재주를 다투었으니 이것이야말로 문의 횡액이다.[16]

이 말에서 명확하게 드러나는 바와 같이, 허균은 유가의 도가 독점적인 의의를 가졌다고 생각하지 않고, 黃帝, 老子, 諸子百家의 도를 두루 인정했다. 文이 載道之器라고 하는 도는 어느 도로 한정될 수 없다고 생각했으며, 허균은 실제로 불교, 仙道, 西學 등 유학과 상반되는 것이라면 무엇이든지 두루 좋아하는 사상적인 반역을 했

---

16) 〈文說〉, 惺 12, p. 128. "古者 文以通上下之情 以載其道而傳 故明白正大諄切 丁寧 使聞者 曉然知其指意 此文之用也 當三代 六經聖人之書 與夫黃老諸子百家語 皆爲 論其道 故其文易曉 而文自古雅 降及後世 文與道爲二 而始有釣章棘句 以險辭巧語 爭其工者 此文之厄也."

다. 그러나 잡다한 것을 모두 끌어들여 혼란에 빠졌다는 말은 아니다. 허균이 존중한 도는 한 말로 "상하의 정이 통하게"하는 것이며, 추상적인 개념은 아니다. 載道之器로서의 문은 마땅히 상하의 정이 통하게 하는 임무를 지니고 있으며, 이런 임무를 수행하는 글이 고문이라고 하는 데서 독자적인 문학관이 이루어졌다. 상하의 정이 통하게 하는 문학이라면 저절로 명백하고, 정대하고, 諄切하게 되며, 상하의 정이 통하지 않게 하는 문학은 쓸데없는 수식을 늘어놓아 알아보기도 어렵게 하기 마련인 것이다.

그러므로 허균은 고문은 先秦 시대의 글을 모범으로 삼고, 또한 이러한 방향에서 古文運動을 일으킨 韓愈, 柳宗元, 歐陽修, 蘇軾 등의 전례에 의거해야 한다는 통념도 부정했다. 선진 시대의 글이 모범이 될 수 있는 이유는 그것이 지닌 권위에 있지 않고, 상하의 정이 통하게 했다는 데 있다고 보았으며, 한유, 유종원 등의 전례도 復古에서 인정될 수 있는 것이 아니고 자기 시대의 문제를 다루었다는 데서 평가해야 한다고 주장했다. 이러한 논란은 常語에 대한 언급에서 분명하게 드러났다. 상어는 일상생활에서 사용하는 상스러운 말이고, 고문은 고풍스러운 글이므로, 고문에서는 상어가 금물이라는 통념에 대해서 다음과 같이 반박했다.

(左氏, 莊子, 司馬遷, 班固, 韓愈, 柳宗元, 歐陽修, 蘇軾 등)이들 몇 분의 글이 어째서 常語와 다르단 말인가? 내가 보건대, 비록 간략하고, 온전하고, 깊고, 奔放하고, 굳세며 기이한 것 같지만, (이분들의 글은) 모두 當世의 常語를 우아한 것으로 바꾸어놓아 이루어졌다. 참으로 철을 금으로 바꾼 것이다. 후세에 오늘날의 글을 볼 때, 오늘날 사람이 이분들의 글을 보듯이 보지는 않으리라는 것을 어찌 알겠느냐? 하물며 滔滔하고, 莽莽해서, 진정 위대하게 되고자 하며, 옛 것을 본받지 않음은 또한 우뚝 서고자 함이어늘 어찌 남의 찌꺼기를 먹겠는가? 그대는 이들 몇 분을 자세히 보아라. 左氏는 스스로 좌씨이고, 莊子는 스스로 장자이고, 司馬遷과 班固는 스스로 사마천과 반고이고, 韓愈, 柳宗元,

歐陽修는 스스로 한유, 유종원, 구양수여서 서로 답습하지 않았고, 각각 一家를 이루었다. 힘써 원해야 할 것은 이런 경지를 배우는 데 있어야 하며, 다른 사람의 집 아래에다 집을 짓고, 답습하고, 훔치고, 낚아내고 하다가 비난을 받는 것을 스스로 부끄럽게 여겨야 한다.[17]

역대의 고문은 모두 자기 시대의 상어를 써서 철을 금으로 만드는 것과 같은 창작을 했다고 하면서, 한 시대의 상어가 다음 시대에는 古風으로 보이는 것이 당연하다고 하는 말은, 과거의 글을 이해하기 위해서 필요한 것이 아니고, 자기 시대의 글을 쓰기 위한 지침이다. 상어를 써야 할 근본적인 이유는 문학이 언제나 새로운 시대의 현실적 문제를 다루어야 한다는 데 있고, 문학을 하는 목표는 남의 찌꺼기를 먹거나 남의 집 아래에다 자기의 집을 짓지 않고, 자기 시대의 현실적 문제를 다루어 과거의 다른 누구와도 비교할 수 없는 독자적인 작품세계를 이루려는 데 있다. 모방을 경계하고 독창적인 것을 존중하자는 주장은 허균이 처음으로 제시하지는 않았지만, 독창적인 것의 본질과 가치는 이러한 논리에 의해서 한층 더 명확하게 되었다. 擬古的인 문학관에 대한 비판도 더욱 분명한 근거를 발견했다.

의고적인 문학관에서 벗어난 허균은 문학이 시대에 따라서 변하는 것이 당연하다고 보았다. 좌씨·장자·사마천·반고·한유·유종원·구양수·소식 등이 모두 자기 시대의 새로운 문학을 이루었다고 하는 데 그치지 않고, "先秦과 兩漢은 詩文이 구비되고, 晉人의 淸談과 書法, 六朝人의 四六, 唐人의 시와 소설, 宋人의 詩餘, 元人의 畵와 南北劇은 모두 독립된 일대를 이루었다"[18]고 하는 말을 인용하면

---

17) 〈文說〉, 惺 12, p. 128. "之數公之文 亦何異於常耶 以余觀之 雖若簡若渾若深若奔放若倔奇 率當世之常語 而彰爲雅眞 可謂點鐵成金也 後之視今文 安知不如今之視數公文耶 況滔滔莽莽 正欲爲大 而不銓古者 亦欲其獨立 奚餒爲 子詳見之數公乎 左氏自爲左氏 莊子自爲莊子 遷固自爲遷固 愈宗元脩軾亦自爲愈宗元脩軾 不相蹈襲 各成一家 業之所願 願學此焉 恥向人屋下架屋 踏竊釣之誚也."
18) 閑 12, p. 309. "先秦兩漢詩文具備 晉人淸談書法 六朝人四六 唐人詩小說 宋人詩餘

서 더욱 적극적인 견해를 제시했다. 온전한 문학은 先秦시대에만 있었고, 그 후의 문학사는 오로지 타락의 역사였다고 하는 데 대해서 허균은 동의하지 않았다. 모방과 답습에서는 타락이 생기고, 문장만 수식하려는 데서는 문학에 횡액이 생기지만, 이러한 태도에서 벗어나 새로운 시대가 요구하는 문학을 찾아나가면 문학사는 결코 타락의 역사일 수 없다고 생각했다. 그리고 각 시대의 문학은 모두 그것대로의 독립된 一代를 이룰 수 있다고 했다.

그런데 문학의 시대적 전개를 논하면서 거론한 것 가운데서 소설과 희곡을 특히 주목할 필요가 있다. 儒家의 문학관은 소설과 희곡의 가치를 인정할 수 없고 마땅히 배격하고 규탄해야 할 것으로 처리했는데, 허균은 이에 대해서 과감한 반기를 들었다. 소설과 희곡이 先秦이나 兩漢의 詩文과 함께 그것대로의 독립된 일대의 문학일 수 있다는 주장은 참으로 파격적인 것이며, 문학사의 방향을 바꿀 수 있는 것이었다. 소설에 대한 허균의 관심은 〈西遊錄跋〉에서도 잘 드러난다. 서두에서 "나는 戱家說 수십 종을 얻었는데, 《三國》과 《隋唐》 외에는, 《兩漢》은 어긋나고, 《齊魏》는 졸렬하고, 《五大殘唐》은 경솔하고, 《北宋》은 간략하며, 《水滸》는 간사하게 속이고 책략이 교묘해, 모두 교훈하기에는 부족하다"[19]고 하고, 이어서 《西遊記》를 분석하여 그 가치를 평가했다. 《兩漢演義》《齊魏演義》《五大殘唐演義》《北宋演義》《水滸傳》 등에 대한 비판은 소설 자체를 배격하기 위한 것이 아니며, 소설을 소설로서 비평하면서 그 결함을 지적한 말이고, 더욱 바람직한 소설을 모색하기 위한 제언이다.

문학은 시대마다 새롭게 제기되는 현실적인 문제를 다루면서 변모되어야 한다고 하는 입장에 설 때, 허균 시대의 문학으로서 특히 중요시된 것은 말할 것도 없이 소설이다. 허균은 이러한 인식에서

___

元人畫與南北劇 皆是獨立一代."
19)〈西遊錄跋〉, 惺 13, p. 137. "余得戱家說數十種 除三國隋唐外 而兩漢齟 齊魏拙 五代殘唐率 北宋略 許則姦騙機巧 皆不足訓."

소설을 논했을 뿐만 아니라 자기 자신이 소설을 썼고, 소설을 통해서 현실을 반영하고 비판했다. 상하의 정이 통하게 하는 문학, 그리고 常語로써 이루어진 문학, 그리고 독창적인 문학은 무엇보다도 소설이었다.

4

허균 스스로 소설을 쓰기는 했지만, 소설에 관한 논의를 자세하게 전개할 수 있었던 것은 아니다. 소설을 문학론의 대상으로 등장시켜 깊이 나무는 것은 허균으로시도 시도하기 어려웠던 일이었고, 문학론은 시를 중심으로 해서 구체화되었다. 소설을 쓰는 것은 아직은 은밀히 해야 할 일이었고, 한문소설은 문집에 수록하기는 했어도 창작의 의도와 방법을 따로 밝히지 않고 傳의 하나로 알도록 했으며, 국문소설인 《홍길동전》은 문집에 수록할 생각조차 할 수 없었던 것이므로 오늘날까지 작자 시비가 일어나고 있다. 그러나 시는 소설과 다르다. 시는 드러내놓고 논할 수 있는 것이었고, 과거의 문학론이 시를 주대상으로 했으므로 이에 대한 반론 또한 시론을 통해서 제기하는 것이 당연한 일이었다.

시를 논할 때면 계속 문제가 되어 온 것이 《詩經》에 대한 해석이다. 《시경》을 어떻게 보는가 하는 것은 시의 본질과 기능을 말하는 데 있어서 출발점이 된다. 주자 이래로 성리학에서는 《시경》을 雅와 頌은 물론이고 國風까지도 사람이 타고난 理를 보여주고 윤리적인 질서를 구현한 것으로 해석하기 위해서 계속 노력했고, 이렇게 해석하는 입장에서 《시경》을 경전의 하나로 숭상했다. 그런데 허균은 다음과 같이 말하면서 이에 대한 반론을 제기했다.

일찍부터 詩의 道는 삼백 편에 가장 잘 갖추어져 있다고들 했는데, 그 優遊敦厚가 感發하고 징계하기에 족한 것은 國風에서 가장 성하다.

雅와 頌은 理의 길에 들어서서 性情을 제거해 멀어지게 했다.[20]

《시경》은 시의 도를 잘 갖추고 있다는 데 대해서는 옛사람들과 생각이 같으면서도 그 이유는 아주 다르다. 優遊敦厚한 작품세계를 구현하여 사람을 感發하게 하고 잘못을 징계하는 것은 理에 근거를 두지 않고 바로 情을 발로한다고 했다. 주자는 국풍에서도 이를 찾으려고 했는데, 허균은 이의 길에 들어서서 윤리적 규범을 내세우는 雅와 頌은 性情에서 멀어졌다는 이유로써 국풍만한 가치가 없다고 했다. 아와 송은 지배층의 노래로서 격식을 갖추고 있는 것이며, 국풍은 백성들의 노래로서 격식에 매이지 않는 자연스러운 감정을 표현한다는 점까지 고려한다면, 허균의 견해는 분명하게 일관성을 지닌 것이다.

허균이 이를 배격하고 정을 존중한 것은 변함없는 생각이다. 禮教에 구속되지 않고 정에 맡겨 살겠다고 했으며,[21] 문학의 도는 상하의 정이 통하게 하는 것이라고도 했다.[22] 허균은 예교니 윤리니 하는 것은 사람이라면 누구나 타고난 자연스럽고 자유스러운 정을 왜곡하기 위해서 인위적으로 만들어낸 것이라고 보고, 정을 제어해서 본연지성을 회복해야 한다고 한 도학의 가르침에 정면으로 맞섰다. 그리하여 "남녀의 情欲은 天이요, 倫理의 분별은 聖人의 가르침이니, 차라리 성인의 가르침을 어길지언정 天稟의 本性은 감히 어길 수 없다"[23]고 하는 데까지 이르렀다. 허균이 말한 천품의 본성은 정이며 人欲이다. 그리고 허균은 天이라는 말도 여러 번 사용했는데, 허균이 말한 천은 도학에서 내세우는 天理로서의 천이 아니고

---

20) 〈題唐絶選刪序〉, 惺 5, p. 82. "嘗謂詩道大備於三百篇 而其優遊敦厚足以感發懲創者 國風爲最盛 雅頌則涉於理路 去性情爲稍遠矣."
21) 註 4) 참조.
22) 註 16) 참조.
23) 安鼎福,〈天學問答〉,《順菴集》 17. "許筠……倡言曰 男女情欲天 分別倫紀聖人之教也 寧違於聖人 不敢違天稟之本性也."

사람이 본래 갖추고 있는 자연스러우며 자유스러운 상태이다.

〈遺才論〉에서는 하늘이 낸 인재를 버리는 것은 逆天이라고 했다. 원래 자연스럽고 자유스럽게 태어난 사람은 능력을 발휘하도록 되어 있는데, 사회제도가 그럴 수 있는 가능성을 짓밟아버리는 것은 잘못이라는 말이다. 《홍길동전》에서도 "하늘이 만물을 니시민 오직 사룸이 귀"[24]한데, 천대받는 사람에게는 귀함이 없게 되는 잘못을 문제삼았다. 타고난 재능을 발휘하고, 천대받는 신분에서 벗어나고자 하는 것은 부정할 수 없는 情이기 때문에 세계와의 대결이 불가피하게 되는 것이다. 허균의 생각으로써는 이러한 대결을 다루는 문학이 특히 가치가 있는 것이었다.

그런데 정의 요구를 세계가 거부하기 때문에 생기는 자아와 세계의 대결을 그리는 문학이 소설이라면, 시는 정 그 자체를 표현하면서 정의 가장 근원적이고도 순수한 모습을 나타내는 것이라고 할 수 있다. 가장 근원적이고도 순수한 모습에서의 정을 지니면 자아가 곧 세계이고 세계가 곧 자아일 수 있다. 자아의 창조가 곧 세계의 창조이고, 세계의 창조가 곧 자아의 창조라고도 할 수 있게 된다. 이와 같은 경지에서 이루어지는 시의 창조는 이치를 따지는 것도 아니고, 사실을 서술하는 것도 아니라는 뜻에서 다음과 같이 말했다.

시는 특별한 취향이 있으며, 理와 관련된 것이 아니다. 시는 특별한 재료가 있으며, 書와 관련된 것이 아니다. 오직 시는 天機를 희롱하고, 玄造를 빼앗을 때에, 神逸, □亮, 格越, 思淵하게 되는 것이 가장 으뜸이다.[25]

---

24) 《洪吉童傳》京板本, 《韓國語文學會 古典小說選》(螢雪出版社, 1970), pp. 1~2.

25) 〈石洲少稿序〉, 惺 4, p. 72 "詩有別趣 非關理也 詩有別材 非關書也 唯其於弄天機 奪玄造之際 神逸響亮格越思淵爲最上乘." 宋代의 嚴羽는 〈滄浪詩話〉에서 "詩有別材 非關書也 詩有別趣 非關理也"(《詩辨》)라고 했는데, 許筠은 이 말을 따왔다고 할 수 있다. 그러나 嚴羽는, 詩는 禪과 같이 妙悟하는 것이라고 하면서 禪學에 입각한 詩論을 전개했는데, 許筠이 말한 '天機'나 '玄造'는 禪家의 생각을 나타낸 것이

시를 理나 書와 대립시킨 것은 깊이 생각해 볼 만한 견해이다. 이는 이치이다. 시는 이치를 따지는 글이 아니고, 시에서 나타내야 할 것은 이치를 따지면 가리워지고 만다는 말이다. 이러한 지적은 시의 본질을 밝히는 일반론으로서도 중요한 의의를 가지고 있지만, 특히 여기서 문제가 되는 이치는 윤리적 구속을 목적으로 하는 이치이다. 윤리적 구속을 목적으로 하는 이치를 거부한다는 점에서, 시는 긍정하고 찬양해야 할 것이다. 書는 사실을 기록한 산문이다. 시는 사실을 기록한 산문일 수 없다는 것은 시의 본질을 규정하는 데 있어서 또한 중요한 의의를 가지지만, 여기서 문제가 되는 사실 은 사람이 타고난 情의 자유로운 움직임을 제약하는 규범으로 해석 되는 것이다. 시는 새로운 규범을 내세우지 않으면서 기존의 규범 에서 벗어날 수 있게 하는 의의를 가진다.

시가 추구해야 할 것은 이치나 사실이 아니고 天機이며 玄造라고 했다. 천기는 하늘의 움직임이다. 현조는 창조의 신비이다. 하늘의 움직임이나 창조의 신비는 사람과 동떨어져 있는 것이 아니고, 사 람이 지닌 정은 하늘과 함께 움직이고, 창조의 신비에 참여한다. 허 균은, 氣의 발로인 情은 대립만 일으키고, 대립을 넘어설 수 있게 하는 것은 하나이면서 純善한 理라는 생각을 부정하고, 정이야말로 천지만물과 함께 운동하고 창조적인 작용을 한다는 사상을 제기한 것이다. 하나이면서 순선한 이에 의해서 이루어지는 물아일체는 움 직임보다는 정지 상태에서, 有보다는 虛에 접근하는 데서 이루어진 다고들 했는데, 정이 천지만물과 함께 운동하고 창조하는 물아일체 는 神逸, □亮, 格越, 思淵이라고 하는 풍부한 표정, 발랄한 소리, 강한 의지, 의식적인 깊이를 가진다.

천기, 현조, 신일 등은 도가의 냄새를 농후하게 풍기는 말들이며, 허균은 실제로 도가에 깊은 관심을 가지고, 신선을 주인공으로 하

아니고, 오히려 道家의 용어이며, 道家의 용어를 사용해서 理에 구애되지 않은 情 의 창조적인 활동을 긍정하는 새로운 詩論을 제기한 데 許筠의 독자성이 있다.

는《嚴處士傳》《張山人傳》《南宮先生傳》《蔣生傳》 같은 소설도 썼
다. 허균이 말한 신선은 천진스러운 情을 회복했기 때문에 마음대
로 움직이고 무엇이든지 창조하는 사람이며, 천기, 현조, 신일을 구
체적으로 보여준다. 그러나 엄처사, 장산인, 남궁선생, 장생은 신선
이 되어서 멀리 떠나가지 않았고 신선이면서도 세상에 머무르고 있
는 地上仙이며, 표면적으로는 천한 일을 감수하며 세상과 화합하면
서 내면에서는 세상을 거부한다. 천한 일을 감수하며 고난을 겪기
때문에 신선일 수 있고, 신선이어야만 했다. 시도 이와 같은 것이
다. 시가 천기를 희롱하고 현조를 빼앗는 것은 세상을 초월해서 세
상일에 무관해졌기 때문에 가능한 도피가 아니며, 사회제도와 윤리
적 규범 때문에 움직이기 어렵게 되고 창조적 활동이 제한된 피해
자가 움직임과 창조를 되찾기 위한 대결이다. 천한 일을 감수하며
세상과 화합하면서 지내는 사람이 신선이라는 것도 반어이듯이, 움
직이기 어렵게 되고 창조적 활동이 제한된 피해자가 천기를 희롱하
고 현조를 빼앗는다는 것도 또한 반어이다.

5

시를 어떻게 써야 할 것인가 하는 구체적인 문제를 다룬 글이
《詩辨》이다. 《詩辨》에서는 먼저 시는 모방으로써 이루어질 수 없
는 것이라는 점을 강조하며, 語意를 주위 모아서 답습하고 표절하
는 재주를 팔아먹는 시를 규탄하고, 이어서 시를 쓰는 방법을 다음
과 같이 제시했다.

먼저 意를 세우는 데로 나아가고, 다음 순서로 語를 命하는 데 이르
면, 句는 살아나고 글자는 원활하게 되며, 소리는 잘 울리고, 節은 긴
요하게 된다.……철을 금과 같이 쓰고, 썩은 것을 신선한 것으로 변하
게 하며, 平澹하되 천속한 데 흐르지 않고, 奇古하되 怪癖을 이웃하지

않고, 형상을 읊되 **物類**에 집착하지 않아야 한다.[26]

　먼저 意를 세우고 다음 순서로 語를 명해야 한다는 것은 말보다 뜻이 소중하고, 뜻이 주인이라면 말은 주인의 명령에 따르는 하인이어야 한다는 관계를 나타낸 말이다. 그런데 여기서 말하는 뜻은 물론 理나 書와는 대립되는 것이고, 천기를 희롱하고 현조를 빼앗는 뜻이다. 이나 서로서의 뜻을 먼저 세우고, 말을 명한다면 말이 살아 움직일 수 없게 되지만, 천기를 희롱하고 현조를 빼앗는 뜻의 명령을 받은 말은 뜻이 나아가는 바에 따라서 살아 움직이고, 원활하게 되고, 잘 울리고, 긴요한 구실을 하게 되는 것이다. 반대로 말을 먼저 세우면 말이 말로써 막혀 있고, 이미 많은 사람들이 자기 대로 써먹던 것이어서, 시작에 의한 창조를 할 수 없게 된다는 것이다.

　그리고 常語의 가치를 말하고, 시는 정으로 이루어진다고 한 허균답게 비속하게 썩은 것, 平澹한 것을 버리지 않는다. 이런 것들을 버리면 시는 일상생활의 진실성을 상실한다. 그러나 시는 상어를 그대로 사용하는 것이 아니고, 정으로써 무엇이든지 노출하는 것도 아니다. 상어를 그대로 사용하고, 무엇이든지 노출하면 일상생활의 진실성은 지니겠지만, 일상생활에의 흐름을 그대로 따라가고 마는 결과에 이른다. 시는 일상생활과 대결하면서 더욱 중요한 진실성을 확보해야 하기 때문에, 철을 금과 같이 쓰고, 썩은 것을 고운 것으로 변하게 하고, 평담하되 천속한 데 흐르지 않아야 한다. 천한 일을 감수하면서 불만이 없는 듯이 살아가는 사람이 사실은 세계의 질서를 한꺼번에 거부하는 地上仙이라는 것을 입증해야 한다. 奇古하되 괴벽하지 않아야 한다는 것도 이와 관련해서 생각할 때, 참으로 깊은 의미를 가진 말이다. 세계의 질서를 거부하기 위해서는 기

---

26) 《詩辨》, 惺 12, p. 130. "先趣立意 次格命語 句活字圓 音亮節聚……用鐵如金 化腐　　爲鮮 平澹不流於淺俗 奇古不隣於怪癖 詠象不泥於物類."

고한 자세를 지녀야 하지만, 세계의 질서를 거부하는 것이 결코 괴벽한 짓이어서는 안 된다는 뜻이며, 상어를 사용하는 의도가 괴벽한 효과를 노리는 데 있지 않다는 뜻이기도 하다.

읊는 모습이 사물의 종류에 들어붙어 있지 않아야 한다는 것도 깊이 생각해 보아야 할 의미를 지닌 말이다. 상어로써 정을 나타내는 시는 사물을 버릴 수 없다. 사람의 일상생활은 사물과의 관계에서 이루어지고 있으며, 사물과의 관계를 부정한다면 일상생활마저 부정하게 된다. 그러나 시는 일상생활을 받아들이면서 일상생활의 구속에서 벗어나야 하고, 사물을 버리지 않으면서도 사물의 종류를 하나씩 열거하는 따위의 짓에 머물러 움직임과 창조를 포기하지는 않아야 한다. 이러한 의미에서 사물에 들어붙어 있지 않은 시가 참다운 시라고 할 수 있는 것이다.

그런데 허균 당시까지의 시는 이런 방법을 체득하지 못한 것들이고, 옛날 것을 모방하는 풍조를 따르고 있었다. 옛사람들의 語意를 주워모아서 모방하는 폐단은 宋詩에서, 그 가운데서도 江西派에서 가장 두드러지게 나타났는데, 강서파를 모범으로 삼는 풍조가 만연되어 있었으므로, 허균은 이에 대해서 집중적인 비판을 했다. 《시경》 이후의 시로서는 "높은 것이 漢, 魏, 六朝이고, 그 다음이 開元, 大歷이며, 最下者가 바로 蘇, 陳이라고 칭하는 것이다"[27]라고 하면서, 蘇軾이나 陳師道의 宋詩는, 한, 위, 육조의 시는 물론 개원, 대력 연간의 唐詩에 비해 현저하게 악화된 것임을 밝히고, 다시 다음과 같이 말했다.

시는 宋에 이르러서 가히 망했다고 하겠다. 이른바 망했다는 것은 詩語가 망했다는 것이 아니고, 시의 원리가 망했다는 것이다. 시의 원리는 詳盡, 婉曲한 데 있지 않고, 辭는 그치고 뜻이 이어지는 데 있다. 가까운 것을 가리키면서 먼 데를 향하고, 이치의 길에는 들어서지 않

---

27) 《詩辨》, 惺 12, p. 130. "高則漢魏六朝 次則開元大歷 最下者乃稱蘇陳."

고, 말에 구애되지 않는 것이 가장 으뜸가는 경지인데, 唐詩를 통해서
는 이따금씩 이런 경지에 가까워질 수 있었다. 宋代 작자는 적다고는
할 수 없으나, 모두 뜻을 다 나타내는 것을 좋아하고, 故事의 인용에
힘을 기울이며, 험하고 군색스러운 押韻으로 격조를 스스로 손상하면
서 그러는 줄 전혀 모르고 있다. 千篇萬首가 모두 牌坊에서 썩어 냄새
나는 말이고, 詩道에서 수만 리나 떨어져 있으니, 어찌 슬퍼할 바가 아
니겠는가?[28]

그렇다고 해서 明詩가 온전하게 되었다는 것도 아니다. 明詩 또
한 宋詩의 폐단을 극복하지 못하고, 표절과 답습을 일삼고 있다고
하였다.[29] 그런데 허균은 중국인을 위해서 송시나 명시를 비판하지
는 않았으며, 송시나 명시를 따르고자 하는 우리 시인들에게 경고
를 한 것이다. 그렇기 때문에 다음과 같이 개탄하는 데서 그의 비
판은 절정에 이른다.

本朝의 詩學은 蘇軾이나 黃庭堅을 으뜸으로 삼아서, 비록 빛나고 안
온한 大儒라도 답습하는 데 떨어졌고, 그 나머지 세상에서 울리는 자
는 모두 그 지게미를 먹고, 썩은 牌坊의 말을 만들고 있어서, 읽으면
염증이 난다.[30]

이러한 폐단을 극복하기 위해 우선 송시를 버리고 당시를 회복하

---

28) 〈宋五家詩鈔序〉, 惺 4, p. 74. "詩至於宋可謂亡矣 所謂亡者 非其言之亡也 其理之
亡也 詩之理 不在於詳盡婉曲 而在於辭絶意續 指近趣遠 不涉理路 不樂言筌 爲最上
乘 唐人之詩 往往近之矣 宋代作者不爲不少 俱好盡意 而務引事 且以險韻窘押 自傷
其格殊不知 千篇萬首 都是牌坊臭腐語 其去詩道 數萬由旬 豈不可悲也." 宋詩 특히
江西派의 詩를 배격하고 唐詩를 긍정하며, 詩는 "不涉理路 不落言筌者上也"라고
한 점에서 許筠은 嚴羽와 같은 생각을 지녔다. 인용구는 〈滄浪詩話〉의 《詩辨》에
있는 말이다. 그러나 嚴羽는 妙悟의 興趣를 주장하면서 이 말을 했고, 許筠은 "指
近趣遠"이라고 하여 현실적 경험을 손상시키지 않으면서 높은 경지에 이르는 詩
를 주장하기 위해 이 말을 했다.
29) 〈明四家詩選序〉, 惺 4, p. 74.
30) 鶴, p. 345. "本朝詩學 以蘇黃爲主 雖景濂大儒 亦墮窠臼 其餘鳴于世者 率啜其糟粕
以造腐牌坊語 讀之可厭."

는 것이 필요하다고 보았다. 그래서 허균은 이른바 三唐詩人인 崔
昌慶, 白光勳, 李達의 시를 높이 평가해 마지않았으며, 이 가운데서
도 이달은 이미 말한 바와 같이 자기가 시를 배운 스승이고, 불우
한 처지여서 위대한 시를 남길 수 있었다는 점에서 허균은 각별한
애착을 가졌다. 그러나 이들 三唐詩人의 시를 시의 이상적인 경지
라고 생각했던 것은 아니다. 이들조차도 "골격이 불완전하고, 綺靡
가 지나치다"[31]고 했다. 당시의 회복을 주장한 것도 당시로 돌아가
자는 데 그 목적이 있지 않았고, 송시에 대한 비판 때문에 당시라
는 대안이 필요하다고 생각했으며, 이달에게 보낸 편지에서는 다음
과 같이 말했다.

　　나는 나의 시가 唐詩와 비슷하다느니 宋詩와 비슷하다느니 하게 될
　　까 두렵고, 오직 사람들이 "허균의 시"라고 말하게 하고 싶다.[32]

　사람들이 "허균의 시다"라고 말하게 하는 시를 쓰기 위해서는 위
에서 이미 논술한 원리와 방법이 두루 필요했지만, 한 가지 더 첨
부해야 할 것은 자기 시는 중국문학이 아니고 우리 문학이라는 점
을 분명하게 의식하는 태도가 또한 필요했다는 점이다. "아버지께
서 일찍이 우리나라 사람은 古史를 공부하면서 본국의 사적은 모르
니 本道에 힘쓰지 않는 태도라고 하셔서, 두 형과 나는 모두 《東國
通鑑》을 읽었다"[33]라고 하는 데서 나타나 있는 바와 같이, 허균은
우리 것을 알아야 한다는 방향을 일찍부터 설정했다. 그리고 본국
의 사적을 공부하는 것이 본도라고 하는 생각은 우리 문학의 독자
적인 의의를 적극적으로 평가하는 데까지 나아가서 鄭澈의 가사를
칭송했다.

---

31) 鶴, p. 345. "骨格不完 綺靡太甚."
32) 〈與李蓀谷〉, 惺 21, p. 197. "吾則懼 其似唐似宋 而欲人曰 許子之詩也."
33) 鶴, p. 358. "先大夫嘗曰 我國人專攻古史 不識本國事蹟 甚非務本之道 故二兄及僕
　　皆讀東國通鑑."

　鄭松江은 俗謳를 잘 지었는데, 그 중에서 〈思美人曲〉과 〈勸酒辭〉는 淸莊을 갖추어서 가히 들을 만하다. 異論을 펴는 사람은 이것이 邪하다고 배척하지만, 文采와 풍류를 부정할 수 없다.[34]

　異論을 펴는 사람이 정철의 가사를 邪하다고 하는 이유는 국문문학을 인정하지 않으려는 데 있다. 그런데 本道를 내세워 이론을 반박한 허균은 우리 문학은 우리 현실의 문제를 다루는 데 그치지 않고 우리말로 씌어진 것이어야 한다는 의식까지 가지고 있었다. 허균 자신이 국문소설인 《홍길동전》을 쓴 것도 이와 같은 각도에서 다시 이해할 수 있다. 백성의 소리를 담은 소설이라면 국문으로 써야 할 이유가 정철의 가사의 경우보다 더욱 명백하다.

　허균은 자기 시대의 이단자였다. 그의 주장은 당장 공감자를 얻기 어려웠다. 하층민과 함께 일으킨 반란은 성공할 수 없었다. 결국 자기 자신이 처형되었고, 만고의 악인이며 천지간의 괴물이라는 낙인이 찍혔다. 그 후에도 허균의 신원을 주장하는 사람은 없었고, 악평은 오늘날까지도 계속되고 있다. 그러나 《홍길동전》은 살아남아 소설시대를 열었고, 허균의 문학사상은 실학시대에 이르러서 새로운 의의를 가지게 되었다. 실학자 중에도 허균의 사상을 계승한다고 나선 사람은 없었지만, 사상의 맥락은 계보나 학풍의 전수에 구애되지 않고 살아 있을 수 있는 것이다.

---

34) 〈惺所詩話〉, 惺 25, p. 237. "鄭松江 善作俗謳 其思美人曲及勸酒辭 俱淸莊可聽 異論者斥之爲邪 而文采風流亦不可掩."

2. 張 維

1

　仁祖反正을 거쳐서 들어선 西人政權은 정권의 안정을 통해서 사
회질서를 유지하고자 하여, 통치체제를 합리화하고 고착하는 방향
으로 나아가고자 했다. 그러나 현실 자체의 변화는 막을 수 없었다.
민중의 각성, 신분제의 동요, 윤리적 질서에 대한 도전 등이 벌써
나타나기 시작해서, 조선전기에 설정한 이념을 그대로 따르고만 있
을 수 없게 되었다. 특히 서인정권이 성립되자 바로 겪은 병자호란
은 국제관계에서 華夷論的 질서를 뒤흔들어 놓았을 뿐만 아니라,
안으로도 화이론적 질서에 상응하는 상하관계의 윤리가 또한 위기
를 맞지 않을 수 없게 하는 계기가 되었다.

　이러한 난국을 극복하기 위해서 서인정권은 이이가 제시한 이원
론적 주기론을 지배적인 이념으로 확인하고, 주기론을 현실 자체의
인식을 가능하게 하는 논리로 삼으면서, 또 한편으로는 이원론적
가치관을 더욱 엄격하게 설정하여 질서의 붕괴를 막고자 했으며,
이에 대한 반론을 斯文亂賊으로 다스리는 공포 분위기를 조성하는
데까지 이르렀다. 그러나 이렇게 한다고 해서 사상이 통일될 수는
없었다. 서인정권 내부에서도 지나친 이념적 구속의 완화를 희망하

며 지배적인 사상에 대해서 회의 또는 비판을 제기하는 움직임이 나타났으며, 陽明學이나 불교에 접근하는 사람도 있었다.

張維(1587~1638)가 바로 그런 사람이었다. 장유는 金長生의 門人으로 사상적 계보가 분명하고, 인조반정에 참여하여 서인정권 수립에 중요한 기여를 한 功臣이었으면서도 이원론적 가치관의 재확립을 위한 程朱學의 계승을 역설하지 않고, 정주학에 의해서 이단으로 배격된 陽明學을 택하는 방향으로 나아갔다. 이와 같은 방향 전환은 조선후기 새로운 사상의 전개를 위해 선구적인 역할을 하는 의의를 지니면서, 문학이 정주학의 구속을 벗어나 문학 그 자체로 이해되고 존중되는 길을 개척하는 것이기도 했다. 정주학을 버리고 양명학을 택하면 문학사상도 다시 마련해야 할 것인데, 장유는 자기의 창작 경험을 근거로 하여 이 과업을 담당한 사람이다.

중국에는 학술이 여러 갈래여서 正學, 禪學, 仙學이 있으며, 程朱를 공부하는 사람도 있고, 陸氏를 공부하는 사람도 있다. 문이나 길은 하나가 아니다. 그런데 우리나라에서는 유식한 사람이나 무식한 사람이나 책을 끼고 독서를 하면 누구든지 程朱만 칭송하고 다른 학문이 있다는 말은 듣지 못했다. 우리나라 선비의 학풍이 중국에 비해서 어찌 현명하다고 할 수 있겠는가? 그렇지 않다.[1]

장유는 이처럼 당시 우리나라의 선비들이 정주학만 숭상하고 다른 학문은 배격하는 태도에 대해서 조심스러우나 대담한 비판을 제기했다. 여기서는 아직도 정주학 자체의 결함은 지적하지 않았지만, 학문은 각자의 志趣에 따라서 다양하게 해야 하는데, 정주학만 독점적인 권위를 지닌 현상을 "악착스러운 구속"[2]이라고 하고, 이러한

---

1) 《谿谷漫筆》 1. "中國學術多岐　有正學焉　有禪學焉　有丹學焉　有學程朱者　學陸氏者　門徑不一　我國則無論有識無識　挾筴讀書者　皆稱誦程朱　未聞有他學焉　豈我國士習果賢於中國耶　曰非然也."
2) 같은 책, 같은 대목. "齷齪拘束."

상태에서는 기존의 권위를 따르는 데만 급급하고 **實心**으로 **向學**할 수 없다고 했다.

장유가 바라는 학문은 **禪學**이나 **仙學**은 아니다. 그러나 이런 것들까지 허용되어야 학문의 자유가 보장되고, 학문의 자유가 보장되어야 여러 학문이 서로 경쟁해서 무엇이 진리인가 입증될 수 있다고 했다. 자유가 학문의 발전에 필수적인 조건임을 말하기 위해서 "땅에 씨앗을 심고 이삭이 패서 열매가 열린 후에야 오곡과 잡초를 구별할 수 있는데, **茫然 赤地** 위에서 무엇이 오곡이고 무엇이 잡초라고 할 수 있겠는가 ?"[3]하는 비유를 들었다.

학문적 풍토가 **茫然 赤地**와 같다고 한 말은 학문의 자유를 주장하기 위한 것에 그치지 않고, 정주학 자체의 결함을 겨냥한 비판이기도 하다. 장유는 **禮樂刑政** 같은 것들로 사람의 마음을 바로잡을 수 있다는 생각에 대하여 반론을 제기해서, "**刑政**은 다스리는 도구에 지나지 않고 배우는 사람의 **身心**과는 원래 관련이 없는 것이므로, 이런 것들로 **道**를 닦으면 겉치레만 하고 만다"[4]고 했다. 그리고 사람이 사람답게 되는 길은 이러한 겉치레를 버리고 "경계하고 두려워하며 홀로 있는 데서 삼가서 **中和**를 이룬다"[5]고 하는 것과 같은 절실한 교훈을 따르는 데 있다고 했다. 사회적인 규범이나 제도를 존중하는 정주학의 객관적 관념론을 비판하고, 주관적 성실성을 주장한 것인데, 이러한 주장은 문학의 방향과도 직결된다. 문학은 예악형정을 마련하고 풀이하는 통치의 도구가 아니고, 마음의 성실성에서 우러나오는 것이어야 한다는 생각을 마련하게 된다.

이렇게 되면 멀리 정도전 시대에 확립되어 수백 년 동안 변함 없는 권위를 누려온 정주학적 문학사상이 기본적인 명제에서부터 흔

---

3) 《谿谷漫筆》 1. "播種有秀有實而後 五穀與稊稗可別也 茫然赤地之上 孰爲五穀 孰爲稊稗者哉."

4) 같은 책 1. "刑政是爲治之具 元無關於學者身心 以是修道無乃外乎."

5) 같은 책, 같은 대목. "戒懼愼獨 致中和." 이 말은 《中庸》에서 인용한 것이다.

들리지 않을 수 없다. 정도전은 人之文의 가장 지극한 모습을 詩書禮樂에서 찾았으며, 시서예악과 같은 인지문은 天之文과 地之文이 있으므로 존재할 수 있다고 했는데, 장유는 시서예악은 문학의 순수한 모습이 아니며, 인지문은 천지만물에 구애되지 않고 사람의 마음에서 독자적으로 이루어지는 것이라고 생각했다. 정도전은 사람은 하루도 物을 떠나서 독립할 수는 없다고 했는데, 장유는 물에 의지하는 사고방식을 버려야 한다면서 다음과 같이 말했다.

物에 기대서 일어나는 것은 어린아이이고, 물에 붙어서 자라는 것은 소나무 겨우살이이고, 물에 따르며 변하는 것은 도깨비이고, 물을 훔쳐서 스스로 이익되게 하는 것은 좀도둑이고, 물을 해치며 스스로 살지는 것은 승냥이다.……사람은 반드시 스스로를 다스린 후에야 물에 기대지 않고, 스스로 선 후에야 물에 붙지 않고, 지키는 바가 있은 후에야 물에 따르며 변하지 않고, 不義를 부끄럽게 여길 줄 안 후에야 물을 훔치지 않게 되고, 不仁을 미워할 줄 안 후에야 물을 해치지 않게 된다.[6]

정도전의 시대에는 物을 무시하고 마음을 논하는 고답적 관념론을 비판하고 물과의 관계를 확인하는 것이 사상의 전환으로서 획기적인 의의를 가졌는데, 사상의 전환이 지배적인 이념의 확립에까지 이르자 그 결과 차차 나타난 것은 사회적인 규범이나 제도에 의한 구속과 물에 얽혀 이해관계를 다투는 탐욕이었으므로, 장유의 시대에 와서는 이런 것들 때문에 희생된 인간성을 다시 찾아내는 것이 오히려 긴요한 과제가 되었다. 여기서 인용한 장유의 말은 사람은 물과의 관계에서 살아간다는 명제에 대한 근본적인 비판이되, 물을 不義나 不仁의 원인으로까지 규정하는 데서 물을 보는 각도가 달라

---

6) 《谿谷漫筆》 1. "待物而立者 嬰兒也 附物而成者 女蘿也 隨物而變者 影響也 竊物而自利者 穿窬也 害物而自肥者 豺貌也……人必自治而後 可以不待物矣 自立而後 可以不附物矣 有守而後 可以不隨物矣 羞不義而後 可以免於竊物矣 惡不仁而後 可以免於害物矣."

졌다는 사실을 분명하게 확인할 수 있다.

장유는 사람이 살아가는 길을 외향적인 길과 내향적인 길로 나누었다고 할 수 있다. 외향적인 길은 물에 기대고, 물을 따르고, 물을 훔치고, 물을 해치며 사는 것이고, 내향적인 길은 스스로를 다스리고, 스스로 서고, 義와 仁을 실행하면서 사는 것이다. 소인은 외향적인 길을 가지만, 군자는 내향적인 길을 간다는 것이다. 그렇다면 문학에도 두 가지 문학이 있다는 말이다. 물을 전제로 하여 성립되는 외향적인 문학은 주체성이 없으면서 세상을 해치는 문학이고, 마음에서 이루어지는 내향적인 문학이야말로 순수하고 참다운 문학이라고 생각하는 데서 문학의 본질에 관한 새로운 이론을 마련했다.

2

글자를 지어내게 된 후에 저술이 광범위해지고 체재의 구분이 생겼다. 世變을 기재하고 진실을 밝혀서 제시하는 것은 史라고 한다. 性情을 도야하여 管絃과 화합하는 것은 시라고 한다. 이 두 가지는 섞을 수도 없고 겸할 수도 없다.……(史는) 일찍이 시에 가까워진 적이 없으며,……(詩는) 일찍이 사에 가까워진 적이 없다. 秦漢 이래로 司馬遷, 班固, 范曄, 陳壽를 훌륭한 史家라고 하지만, 이들에게서 諷詠, 麗則의 義를 구한다면, 그런 것은 갖추어져 있지 않다. 曹植, 劉楨, 鮑照, 謝靈運을 유능한 시인이라고 하지만, 筆削, 詳核의 實을 구하면, 그런 것은 거리가 멀다.[7]

여기서 인용한 〈詩史序〉에 장유의 문학사상이 체계적으로 논술되어 있는데, 그 요지는 史와 詩를 구별하는 데 있다. 사는 세상의

---

7) 〈詩史序〉, 《谿谷集》 5. "自書契之作也 著述浸廣 體裁區別 紀載世變 昭示失得者 謂之史 陶治性情 叶之管絃者 謂之詩 此二者 不可混 亦不能兼也……(史) 未嘗近乎 詩……(詩) 未嘗近乎史 降自秦漢 遷固曄壽之稱良史也 而求之諷詠麗則之義 則闕焉 曹劉鮑謝之 稱能詩也 而求之筆削詳核之實 則遠矣."

변화를 기재하고 그 득실을 밝혀서 제시하는 글이고, 시는 마음을 길러 율동적으로 나타내는 글이라고 했는데, 이와 같이 구분된 사와 시는 각각 기록으로서의 문학과 표현으로서의 문학을 지칭하는 말이다. 기록으로서의 문학인 사는 더 쓸 것은 더 쓰고 덜 쓸 것은 덜 쓰는 筆削과 핵심을 자세하게 드러내는 詳核으로 이루어지고, 표현으로서의 문학인 시는 풍자하면서 읊는 諷詠과 아름답게 나타내는 방법인 麗則으로서 이루어지므로, 사의 기준에서 시를 논할 수 없고, 시의 기준에서 사를 논할 수 없다고 한 것이다.

史와 詩의 구분은 말의 뜻을 풀이하는 것 이상의 의의를 가지고 있다. 문학을 文이나 文章이라고 하는 범칭으로 지칭하는 데 만족하면 문학의 본질이 모호하게 처리될 염려가 있으므로, 시로서의 문학을 사로서의 문학과 구분한 것이다. 예악형정을 마음과 함께 다루고, 물을 살피면서 이를 논하는 사상에서는 문학은 經, 史, 詩 등의 총체로 이해되었다. 經, 史, 詩 중에서도 가장 중요한 것은 경이며, 경이 사와 시를 하나로 아우를 수 있는 중심체였다. 그러나 장유는 마음이 예악형정 또는 물과 같은 외적 조건에서 벗어나 스스로 창조력을 발휘하는 데서 문학이 이루어져야 한다고 생각했으므로, 내외를 하나로 아우르는 經의 의의를 인정하지 않았고, 內心의 표현인 시를 外物의 기록인 사와 명확하게 구별했다.

사로서의 문학과 시로서의 문학 중에서 장유가 더욱 중요시한 것은 물론 시로서의 문학이다. 사는 물에 의지해 있고 물을 다루는 것이지만, 시는 마음이 물에 의지하지 않고 스스로 주체성을 가질 수 있다는 사실을 입증하는 문학이다. 사는 외향적인 길을 가는 데서 이루어지는 문학이지만, 시는 내향적인 길을 가는 데서 이루어지는 문학이다. 장유의 논리는 사에 대한 시의 우위를 전제로 하고 있고, 시가 더욱 바람직하다는 주장을 지니고 있다. 시로서의 문학은 형식상의 개념이 아니고, 문학 본질에 관한 개념이다. 산문으로 쓴 글이라도 마음의 표현이면 사가 아니고 시이다. 시로서의 문학

은 요컨대 창작 문학이란 말이고, 장유는 창작 문학의 본질과 의의
를 찾아낸 셈이다.

장유는 또한 사와 시는 서로 섞일 수도 없고, 겸할 수도 없으며,
가까워진 적도 없다고 했다. 그리고 그 이유는 "人才有偏"이라고 했
다.[8] 이 말은 사람은 개성의 차이가 있으므로, 사에 적합한 사람도
있고 시에 적합한 사람도 있다는 뜻이다. 그렇기 때문에 시대가 변
해도 사는 언제나 사이고, 시는 언제나 시라고 한 것이다. 史家는
사가이고 詩人은 시인일 수밖에 없다고 한 것이다. 그러나 사가와
시인은 각기 주어진 영역을 지키는 데 머무른다고는 하지 않았고,
위대한 사가는 시인일 수 없지만, 위대한 시인은 사가보다도 더 훌
륭한 사가일 수 있다고 하여, 사에 대한 시의 본질적인 우위를 다
시 주장했다. 杜甫가 바로 그런 시인이라고 했다. 두보의 시는 다음
과 같다고 했다.

> 위로는 時事의 어려움을 느끼고, 아래로는 身世의 곤란에 상심하면
> 서, 俯仰, 得失, 悲歡, 豊約, 天時와 人事, 大小와 遠邇가 무릇 눈에 뜨
> 이고, 마음에 느낌을 주면 한결같이 시로 나타냈다. 그 시는 말이 절실
> 하고, 뜻이 깊고, 사실이 적실하다.[9]

時事의 어려움과 身世의 곤란에서 시작해서 大小와 遠邇까지 열
거한 말은 모두 대립으로 이루어져 있다. 시는 시인의 마음을 나타
낸다고 하지만, 마음에만 머무르는 것일 수 없고, 시대의 객관적 경
험까지도 마음에서 다루면서, 자기 자신의 문제를 통해서 시야를
확대하면 史에서 다룰 수 있는 것까지 사보다도 더 절실하게 갖출
수 있다고 하기 위해서 이런 말을 했다. 시는 말이 절실하고, 뜻이
깊은 데 그치지 않고, 사실의 핵심에 이르는 것을 이상으로 삼는다

---

8) 〈詩史序〉, 《谿谷集》 5.
9) 같은 글. "上而感時事之艱危 下而傷身世之阨窮 俯仰得失悲歡豊約天時人事小大遠
   邇 凡觸於目 而感於心者 一皆發之於詩 其言切 其志深 其事核."

고 했다.

문학은 도를 나타내기 때문에 주관과 객관을 함께 아우르는 진실성을 지닌다고 하는 것이 오랫동안 통용된 지배적인 이론이고, 두보의 시는 이렇게 설명하는 것이 관례였다. 그러나 장유는 도를 말하면서 지배적인 문학관에 복귀하지 않았고, 美를 말하면서 자기의 이론을 계속 전개했다. 시대의 객관적 경험을 절실하게 표현하는 것도 도가 아니고 미라고 생각했다.

> 문장의 美惡는 스스로 정해진 바탕이 있다. 그러나 문장이라는 것은 精微하고 변화가 많아서 반드시 능하게 된 다음에야 알 수 있다. 그 경지에 이르지 못하고 문장의 묘를 이해할 수 있는 사람은 없다. 그러므로 모르는 사람은 비록 옥돌을 옥이라고 하고 雅를 俗이라고 해도 분별해 내지 못하고, 아는 사람이 살피면 저울로 무게를 다는 것 같고, 자로 길이를 재는 것 같아서 속이려고 해도 속일 수 없다.[10]

미는 정해져 있는 것이라고 했다. 미는 각자 자기가 좋은 대로 판단할 수 있는 것이 아니고, 문학창작의 높은 경지에 이르러서 분별할 수 있는 식견을 갖춘 사람만 알아낼 수 있는 것이라고 했다. 도를 내세우는 사람은 문학은 모르고 인륜도덕의 조목만 알아서 문학을 평가하려고 하는데, 장유는 자기와 같은 사람은 이런 말에 휩쓸리지 않고 문학을 그 자체로 평가할 만한 식견을 갖추고 있다는 뜻에서 이런 말을 했다. "반드시 능하게 된 후에야 알 수 있다"고 하는 것은 작가라면 누구나 할 법한 말이지만, 장유는 그렇게 생각하는 충분한 근거를 가지고 있었다.

가만히 앉아서 이치만 따지는 것이 窮理의 길이 아니고, 知行合一이 궁리의 길이라고 하는 것이 장유가 지닌 양명학적 발상이었

---

10) 《谿谷漫筆》 1. "文章美惡 自有定質 然其物也 精微多變 必能之而後知之 不造其境而能 解其妙者 未之有也 故其在不知者 雖指珉爲玉 以雅爲俗 無以辨也 自知者觀之 如以權衡稱輕重 尺寸度長短 雖欲欺之 不可得也."

다.[11] 지행합일은 문학의 경우에도 예외일 수 없으므로, 문학의 미 또는 묘는 이치를 따지면서 설명할 수 있는 것이 아니고 실제 창작이 높은 경지에 이르러야 비로소 알 수 있는 것이라고 했다. 그리고 체득해서 아는 사람은 저울로 달고 자로 재는 것과 같은 정확한 평가를 하지만, 체득하지 못한 사람은 아무런 분별력이 없다고 한 데서도 지행합일을 확인했다.

3

장유는 "文은 理를 으뜸으로 삼으며, 이가 뛰어나면 아름답게 하려고 하지 않아도 문이 스스로 아름답게 된다"[12]고 했다. 그런데 이렇게 말하는 이는 도덕적 당위로서의 이도 아니고 존재 일반의 원리로서의 이도 아니며, 문학 자체의 원리로서의 이다. 이가 뛰어나야 아름다울 수 있다고 했으니, 이는 미의 이라고 할 수도 있다. 문학은 氣에서 이루어진다고 하는 것이 오랜 관례이지만, 장유는 문학작품의 아름다움은 표현 대상인 사물에 의해서 결정되는 것도 아니고, 창작하는 사람의 기질에 따르는 것도 아니라고 생각했으므로 기를 말하지 않고 이를 말했다.

문학의 이는 작품 자체에서 존재하는 것이고, 시대와 지역을 초월한 작품의 가치를 보장해 주는 것이다. 李白은 崔顥보다 뛰어난 시인이지만, 최호의 〈黃鶴樓〉를 보고 감탄하지 않을 수 없었다는 고사를 들어서 작품 자체의 의의를 역설했다.[13] 문장의 "일시적인 輕重은 名位에 달려 있을 수 있으나, 千秋에 不朽하는 바는 실상에 따라서 결정된다"[14]고 하면서 시대를 초월한 작품 자체의 가치를 말

---

11) 《谿谷漫筆》 1에서 "先儒 以窮理爲格物致知之事 專屬於知 唯王陽明 以爲兼知行而言"이라고 했다.
12) 같은 책 1. "文主於理 理勝 則文不期美 而自美."
13) 註 10)에서 인용한 대목.
14) 《谿谷漫筆》 2. "其一時輕重 或繫於名位 而千秋不朽 則顧其實如何耳."

했다. 중국 通州 驛樓에 걸려 있는 安南 使臣의 시를 예를 들어서, 문학은 지역도 초월해서 가치가 인정된다고 했다.[15] 그러나 이러한 설명은 문학의 이를 명확히 밝혀줄 수 있는 것이 아니다. 따지고 보면 문학이 무엇인가 명확하게 규정하려는 것 자체가 무리일 수 있으므로, 장유는 문학에 관해서 단정적인 말을 하지 않았다. 그러나 문학은 무엇인지 설명할 수 없고 오직 느낄 수만 있는 것이라고 미뤄둘 수는 없으므로, 다음과 같은 논의를 전개하기도 했다.

> 시는 天機이다. 聲에서 울리고 色에서 빛나며, 淸濁이나 雅俗을 윤택하게 하는 것이 自然에서 나오는 바이다. 성이나 색은 만들어낼 수 있으나, 천기의 묘는 만들어낼 수 없으므로 성색만 같게 할 수 있을 뿐이다. 마음이 흐려진 무리도 彭澤(陶潛)의 韻으로 가장할 수 있고, 속이 좁은 사람도 靑蓮(李白)의 말을 본뜰 수 있으나, 닮아 보았자 구차하고, 본 떠 보았자 훔친 것이다. 왜 그런가? 진실성이 없기 때문이다. 진실성을 어찌 天機라고 하지 않을 수 있겠는가?[16]

시는 聲이나 色으로 존재한다. 그러나 성이나 색이 시의 본질은 아니다. 성이나 색은 본뜰 수 있지만 문학의 본질은 본뜰 수 없는 것이다. 문학의 본질은 겉으로 드러나지 않고 감각으로는 인식할 수 없는 영역에 존재하며, 天機나 자연이라고 할 수밖에 없는 것이다. 천기나 자연은 저절로 그렇게 되는 것을 말한다. 저절로 그렇게 되어야 표현의 높은 경지에서 이루어지는 묘를 갖추고, 그렇게 되지 않을 수 없는 진실성을 가진다. 성이나 색이 表層이라면 천기나 자연은 심층이고, 문학의 본질은 심층에 존재한다.

작품 자체를 존중한 장유는 형식주의자라고 할 수 있다. "시문에는 본래 體裁가 있다"[17]고 하여 형식을 강조하기도 했다. 그러나 형

---

15) 《谿谷漫筆》 2.
16) 〈石洲集序〉, 《谿谷集》 6. "詩天機也 鳴於聲 華於色 澤淸濁雅俗 出乎自然 聲與色 可爲也 天機之妙 不可爲也 如以聲色而已矣 顓冥之徒 可以假彭澤之韻 齷齪之夫 可以效靑蓮之語 肖之則優 擬之則僭 夫何故 無其眞故也 眞者何非天機之謂乎."

식은 성색을 꾸미는 방법도 아니고, 청탁을 가르고 아속을 분별하는 기술도 아니라고 생각하는 데서 장유의 형식은 깊은 의미를 가진다. 천기 또는 자연으로서의 妙와 眞은 형식이고 표현이라고 할 수 있겠지만, 마음을 온전하게 갖추어야 비로소 저절로 나타날 수 있는 것이고, 고심해서 만든다고 하여 이루어질 수 있는 것이 아니다. 문학의 표층에서는 형식만 따로 존재하지만 문학의 심층에서는 형식만 따로 존재할 수 없는 것이다.

장유는 문학에 대한 도학적인 평가를 수긍하지 않고, 문학이야말로 사람이 하는 일 가운데서 특히 보람 있는 것이라고 하는 점에서 詞章派의 전통을 이었다. 그러나 사장파는 문학을 통치기구의 장식물로 생각하고, 문학의 외형적인 조건이나 기능에서 그 가치를 찾으려고 했는데, 장유는 이런 데 머무르지 않고 문학의 내면적 가치를 투시하고 문학을 순수하게 이해하고자 했다. 장유의 관심은 작품 자체의 아름다움, 아름다움의 원리와 가치에 집중되었으며, 이 점에서 획기적인 의의를 가진다.

장유는 문학이 載道之器라고 하는 고정관념에서 벗어나 자기대로 자유롭게 생각하고 창작했기 때문에 이러한 문학관을 가질 수 있었으며, 사물의 질서를 궁리의 대상으로 삼지 않고 마음을 바로 알고 행동을 통해서 진실을 인식하려는 양명학을 택했기 때문에 문학에 부수된 여러 가지 윤리적 실용적 조건에 매이지 않을 수도 있었다. 그러나 장유는 어디까지나 權門勢家의 일원이었고 정신적 귀족의 입장에서 문학을 했으므로, 문학을 자기 만족의 방법으로 생각하고, 唐宋 문인들의 전례에 따라서 醇正한 古文을 쓰는 것이 가장 바람직한 방향이라고 생각했다.

申欽·李廷龜·張維·李植은 象月谿澤이라고 병칭되는 漢文 四大家이고, 고문의 높은 경지를 이루었다고 평가된다. 그런데 이 가운데

---

17) 《谿谷漫筆》 1. "詩文本有體裁."

서도 語錄體가 섞이지 않은 순정한 고문은 장유와 이식에게서 볼 수 있되, 장유는 타고난 재질이 우세하고, 이식은 인공이 우세하다고 하여 장유가 으뜸이라는 평가가 널리 통용되고 있다.[18) 송시열조차도 장유의 문장은 동방에서 제일이라고 했다.[19) 그러나 이러한 평가는 장유의 한계를 말해 주는 것이기도 하다. 순정한 고문이라는 것은 문학의 시대적 사회적 의의는 도외시하고 표현만 존중하는 글인데, 장유는 이런 글을 이루는 데 다른 어느 사람보다도 뛰어난 재질을 보였다는 말이다. 문학의 원리를 탐구하려는 장유의 노력은 복고적이고 심미적인 고문을 합리화하는 데 일차적인 의의가 있다.

허균과 장유는 문학을 道學의 구석에서 해방시키는 데 있어서 공동의 보조를 취하고, 문학의 창조적인 과업을 긍정하는 이론을 마련했다는 점에서도 같은 노선을 개척했다. 그러나 허균은 고문을 구실삼아 常語를 대담하게 구사하는 새로운 문학을 개척했고, 험난한 경험을 하면서 민중의 감정을 나타내는 문학이 진정한 가치를 가진다고 했는데, 장유는 상어를 철저히 배격해야 고문일 수 있다는 생각을 굳게 지니고, 험난한 경험이나 민중의 감정 같은 것에는 문학적인 의의를 인정할 수 없다는 입장을 택했다. 오히려 문학이야말로 영달해서 뜻을 펴는 사람만 훌륭하게 할 수 있는 것이라고 하는 뜻에서 다음과 같이 주장했다.

歐陽氏가 문장을 논하면서 "궁하게 된 후에야 말이 다듬어지게 될 수 있다"고 한 이래로, 글 하는 이가 흔히 이 말을 인용해서 구실로 삼는다. 무릇 雕蟲寒苦之徒가 바람에 신음하고 비에 읊조리고 잠꼬대 같은 소리를 날리며, 一言半辭에도 곱고 추한 것을 다투는 경우라면, 이 말을 따를 만하다. 鴻公哲匠이 詞壇의 으뜸이 되어 色을 드러내 文彩를 아름답게 하고 소리의 조화로움이 笙簧金石과 어울리게 해서 一世

---

18) 金台俊, 《朝鮮漢文學史》(朝鮮語文學會, 1931), pp. 154~162.
19) 金昌協, 《農巖雜識》, 《農巖集》 34, 《農巖全書》(景文社, 1976), p. 696. "尤翁亟推谿谷文章謂爲東方第一."

에 크게 울리는 사람이라면, 사람됨이나 재주가 어찌 궁하냐 달하냐 하는 처지에 구애되어 공교롭거나 졸렬한 차이가 생길 수 있겠는가?[20]

이것은 〈月沙集序〉에 쓴 말이다. 月沙 李廷龜의 문학이나 자기 자신의 문학 또는 四大家 전체의 문학은 벼슬하는 詞壇에서 빛을 내는 것이고, 왕조의 권위를 표현한다고 자부했다. 그러면서 궁하게 되어 신음하는 문학은 雕蟲寒苦之徒의 잠꼬대라고 공박했다. 이런 생각을 가진 장유는 김부식이나 서거정의 후계자이다. 고려 때에는 김부식이 있었고, 조선전기에는 서거정이 있었듯이, 조선후기에는 장유가 있었던 것이다. 김부식의 생각이 서거정에 이르러서 더욱 세련되고, 서거정의 생각이 장유에 이르러서 더욱 심화되었다는 차이점은 있지만, 이들은 모두 진정한 문학은 영달해서 재능을 발휘하는 사람의 것이라고 했다.

4

장유는 자기의 글에 대해서 스스로 대단한 자부심을 가졌다.[21] 어려서부터 글쓰는 것을 가장 소중한 일로 여기고 鍊琢之功을 계속해 왔다고 하고, 평생 동안 글쓰는 데 노력을 기울여 왔으며 늙어서 더 나아갈 수 없는 것이 안타깝다고 했다. 평생 동안 자기는 文人으로 생각하고, 문학창작은 餘技가 아니고, 本業이라고 하는 분명한 의식을 가졌던 것이다.

나는 젊어서부터 文詞를 다듬어 왔는데, 지금은 벌써 백발이 되었다.

---

20) 〈月沙集序〉, 《谿谷集》 7. "自歐陽氏論文章 有窮而後工之語操 觚家多稱引爲口實 夫雕蟲寒苦之徒 風呻雨喟 噋哫飛走 爭姸醜於一言半辭者 以是率之猶可也 乃若鴻公哲匠 冠冕詞壇 彰其色而黼黻靑黃 協其聲而笙簧金石 以大鳴一世者 此其人與才 豈囿於窮達之域 而格其巧拙哉."
21) 〈默所稿甲自序〉, 《谿谷集》 5 ; 〈溪谷草稿自序〉, 《谿谷集》 7.

대강 그 길을 알았는데, 늙고 병들어 폐업하게 되었다. 하늘의 뜻이 어찌 한계를 지어 다시 진보하지 못하게 하는 것인가! 평소에 저술한 것을 江都의 난리에 다 잃어버리고 남은 것이 없다고 여겼더니, 다행히 다시 얻었는데, 잃은 것은 겨우 열에 하나 정도이다. 일찍이 망령되게 스스로를 평하기를 "詞賦로서 《離騷》와 《文選》을 배운 6, 7편은 고려의 李文順과 더불어 짝을 지운다 해도 마땅하다"고 했다. 대개 筆力에서는 文順이 두려우나, 典則에서는 (文順이) 부족할 수도 있을 것이다. 그리고 고문으로서 작법에 맞는 것 수십 편은 감히 중국에는 내보내지 못하겠으나, 《東文選》에 섞어 넣는 것도 도한 탐탁한 일이 아니다.[22]

장유는 仁祖反正에 가담하여 공신이 되고, 大提學으로 文衡을 잡고, 벼슬이 右議政까지 이르렀지만, 순탄한 일생을 보냈다고 할 수는 없다. 丁卯胡亂 때에 그때까지 써둔 글의 원고를 잃었고, 병자호란 때에는 〈三田渡碑文〉을 작성하는 치욕을 겪으며 세상의 비난을 받은 데다가 하나뿐인 며느리가 청군에게 잡혀갔다가 오는 수모를 겪었다. 정치인으로서의 장유는 명분을 세우면서 살아갈 수 없었고, 오히려 士林의 지탄을 받는 인물이었다. 그러나 장유의 뜻은 그럴수록 문학에 있었으며, 글을 쓰고 다듬는 것이야말로 자기 생애를 보람있게 하는 길이라고 굳게 믿었다. 늙고 병들어서 글쓰는 데 진전이 없게 되어도 좌절할 수 없다는 생각도 이런 데서 나온 것이었다.

이러한 생각을 가지고 鍊琢之功을 거듭한 장유는 자기 자신의 글을 어떻게 써야 할 것인가 하는 문제에 대해서 계속 절박한 관심을 가지고 그 방법을 탐구했다. 그러나 글쓰는 방법을 지나치게 내세우고, 특별한 기교를 개척하는 것은 장유가 바라는 바가 아니었다. 방법이나 기교가 없는 것 같은 데서 있는 것을 이상으로 삼으면서

---

22) 《谿谷漫筆》 2. "余少治文詞　今已白首　粗識蹊徑　而遽以老病廢業　豈天意欲局其地而不使更進耶　生平著述　盡失於江都之難　意謂無復遺者　幸而復得之　所軼財十之一耳　嘗妄自評隲曰　詞賦學騷選者　六七篇　當與麗朝李文順鴈行　盖文順筆力可畏　而典則或不足耳　古文合作者　數十篇　進之中國　則不敢　厠諸東選　亦不屑."

글을 순화하고 자연스럽게 하려고 했으므로, 다음과 같이 말했다.

秦漢 이전에는 文人도 없고 詞學도 없었지만, 문인이 없어도 그때의
大夫나 士는 글이 되지 않는 사람이 없었고, 사학이 없어도 각자 指事
하여 陳詞하는 데 있어서 다듬어지지 않는 것이 없었다. 魏晉 이후부
터는 비로소 문사로써 스스로 이름을 내는 사람이 생겨서, 組織으로써
기교를 삼고, 采色으로써 浮華를 삼아서, 浮淫과 纖靡가 날로 심해졌다.
대체로 옛사람은 근본을 돈독하게 하고 실제를 숭상했으므로 마음에
얻은 바를 나타내서 글을 쓰는 데 있어서 후세의 미칠 바가 아니었
다.[23]

장유는 자기 시대의 문제와 대결하려고 글을 썼다기보다 자기 시
대의 문제에서 벗어나서 정신적인 만족을 얻기 위해서 글을 썼으므
로, 치열한 대결과 투쟁의 시대에 살았으면서도 寬平하고 돈후한
표현을 하려고 했고, 雅潔한 작품을 남기려고 했다. 秦漢 이전의 고
문을 숭상하고, 진한 이후에는 문학이 타락했다고 하는 古文家로서
의 견해도 이렇게 생각하는 데서 이루어졌다. 진한 이후에 문학이
타락했다는 것은 화려한 수식을 자랑하고 기교에 힘쓰는 결함을 지
적한 말이면서 또한 감정의 노출은 바람직하지 않다는 생각도 나타
낸 말이다.

장유는 정주학을 비판하고 양명학을 주장하기는 했지만, 그렇다
고 해서 사상 혁신을 위한 투쟁을 전개하는 데까지는 나아가지 않
았다. 온건하게 생각하고 형편에 따라서 살아가는 것이 생활 신조
였으므로, 무리한 명분을 내세우지 않았고, 병자호란 때에는 화의를
주장했으며, 치욕적인 내용의 〈三田渡碑文〉을 쓰기도 했다. 지행합
일이라는 명제는 생활의 전영역에서 일관된 의의를 가진다기보다

---

23) 〈八谷集序〉,《谿谷集》6. "秦漢以上 無文人 亦無詞學 無文人也 而時之大夫士靡不
   文也 無詞學也 而人各指事陳詞靡不工也 自魏晉以降 始有以文詞自名者 組織以爲巧
   采色以爲華 浮淫織靡 日趨於下 盖古之人 敦本尙實 以得於中者 發而爲文 非後世之
   所能及也."

사고의 영역에서 통용되는 것이고, 특히 문학을 다루면서 창작의 실천을 강조하는 데서 의의가 있다.

글쓰는 방법으로서 '五戒'를 평생 동안 실행했다고 하는데, 오계의 내용은 "날카로운 기교를 쓰지 않고, 막히고 간깐한 말을 쓰지 않고, 표절을 하지 않고, 본뜨지 않고, 의심스러운 내용이나 궁벽한 말을 쓰지 않는다"는 것이다.[24] 모나고 강한 것을 배격하고 둥글고 부드러운 것을 택하면서 장유는 험난한 시대를 험난하지 않은 듯이 살아갈 수 있었고, 문학사상의 새로운 방향을 개척했으면서도 그 의의를 스스로 한정했다.

---

24) 《谿谷漫筆》1. "常持五戒 毋尖巧 毋滯澁 毋剽竊 毋摸擬 毋使疑事僻語."

3. 金 萬 重

1

17세기는 엄격한 정주학 또는 주자학의 사상체계가 수립되고, 이에 대한 반론을 억압하던 시기였으면서 또한 주자학의 사상체계가 무너지던 시기였다. 주자학의 사상체계에 대한 반론은, 우선 주자학이 이미 부정했던 여러 형태의 선행 사상을 다시 긍정하는 데서 나타났다. 漢學의 재론, 불교의 재등장이 바로 그런 것이었다. 이와 함께 陽明學이 정착되고, 실학의 초기 형태가 이루어지기 시작한 것은 주자학 이후의 사상을 모색하기 위한 중요한 움직임이었다. 주자학 이전의 사상을 다시 등장시키는 경우에나 새로운 사상을 모색하는 경우에나 주자학에 대한 반론은 주자학이 지니지 못하고, 주자학 때문에 억압되어온 시야를 여는 데 각기 중요한 역할을 했다.

金萬重(1637~1692)의 사상적 입장도 이와 같은 각도에서 이해할 수 있다. 김만중은 宋時烈과 같은 정치세력에 속했으며, 숙종 때 정권을 독점한 老論 閥閱層의 일원이었다. 아버지 金益兼은 병자호란 때 강화도에서 자결하여 절의를 지킨 인물이었고, 김만중은 유복자로 태어난 것을 평생의 한으로 삼았다. 그렇다면 김만중은 淸의 득

세 때문에 생긴 위기를 극복하고 인류의 질서를 재확립하자는 명분을 내세운 송시열의 사상에 깊이 공감할 만하다. 그러나 김만중은 송시열의 명분론을 근저에서부터 불신했다. 주자학을 절대적인 사상으로 내세운 송시열의 명분론은 중국을 세계의 중심으로 삼고, 華夷論을 엄격하게 지켜서 인류의 질서를 분명하게 해야 한다는 것을 특히 중요한 사명으로 삼았는데, 김만중은 중국을 세계의 중심으로 삼는 사고방식에서 벗어나려 했고, 인류의 질서를 분명하게 하는 것을 긴요한 과제로 삼지 않았다.

김만중은 張維보다 반세기 뒤의 사람이었으며, 여러 모로 장유의 뒤를 이었다. 장유 시대의 西人이 김만중 시대의 老論으로 연속되었고, 장유가 文衡을 장악했듯이 김만중도 문형을 장악했다. 뿐만 아니라, 주자학을 비판하면서 새로운 문학사상을 전개했다는 점에서도 김만중은 장유를 계승했다. 그런데 장유는 주자학 대신에 양명학을 내세웠지만, 김만중은 주자학을 불신하면서 불교에 동조하는 입장을 취했다. 양명학과 불교는 서로 아주 다른 사상이지만, 장유와 김만중이 해결하고자 하는 역사적 과제가 연속되어 있었으므로, 김만중은 불교에 의거해서 장유가 택한 방향을 더욱 과감하게 개척하고, 장유가 이를 수 없었던 데까지 이르렀다. 양명학은 주자학과 함께 중국에서 시작된 사상이고, 다 같은 유학이면서 주자학을 비판했지만, 불교는 중국에서 시작된 사상도 아니고, 유학과는 원래부터 서로 용납할 수 없는 관계에 있었으므로, 김만중은 장유의 경우보다 주자학에 대한 비판을 더욱 철저하고 격렬하게 전개할 수 있었다. 김만중의 불교는 불교 그 자체로서 의의를 가진다기보다 주자학에 대한 비판을 전개할 수 있는 논거로서 더욱 긴요한 것이었다.

佛書가 비록 煩雜하지만, 그 요점은 '眞空妙有'라고 하는 넉 字에 지나지 않는다. 圭峰 宗密은 "眞空이라는 것은 有의 空에 지나지 않고,

妙有라고 하는 것은 空의 有에 지나지 않는다”고 했다. 이 말은 濂溪周
子가 말한 '無極而太極'과 자못 유사하다.[1]

'眞空妙有'가 '無極而太極'과 자못 유사하다는 이 말은 주자학의
독단을 배격하자는 것이다. 주자학은 '無極而太極'이라는 원리를 가
지고 모든 것을 두루 설명할 수 있다고 하면서, 다른 사상은 일체
배격하는 독점적인 권위를 누려왔다. 그런데 김만중은 독점적인 권
위의 근거를 파헤쳤다. '無極而太極'이라고 하는 것은 주자학에만
있는 생각이 아니고, 유학이 독점하고 있는 생각도 아니며, 불교에
서 이미 '眞空妙有'라고 하는 것이다. 역사적으로 따지면, '眞空妙有
論'이 중국에 들어와서 유학에 영향을 끼친 결과 周敦頤 같은 사람
이 無와 有를 연결시키는 존재론을 수립할 수 있었고, 朱熹도 불교
를 공부한 후에 유학으로 돌아온 사람이다. 그런데도 '無極而太極'
은 정통이고, '眞空妙有'는 이단이라고 하는 것은 받아들일 수 없는
독단이라는 것이 김만중이 마음 속에 지닌 생각이다. 이러한 항변
을 통해서 주자학의 독점적인 권위를 부정해야만 새로운 사상이 전
개될 수 있는 것이다.

주자학은 華夷論을 내세워 중국이 세계의 중심이고, 周公, 孔子에
서 시작된 교화를 받지 못한 변방은 夷狄이라고 했다. 김만중은 주
공, 공자의 문화를 세계문화라고 하고, 각 민족이 자기대로의 문화
를 가질 수 없다는 주장을 인정하지 않았다. 또한 김만중은 이러한
편견을 비판하는 논리를 불교에서 찾았다.

　　朱子는……불경이 莊子와 列子에서 나왔다는 말을 했는데, 그렇지
않은 것 같다. 老釋 二家는 모두 정신을 존중하고 形骸를 저버리지만,
그것은 동해가 서해와 같다는 말이다. 그 마음을 立言한 요지에는 서

---

1) 《西浦漫筆》(《西浦集》 合本, 通文館, 1971), p. 485. “佛書雖煩 其要不出於眞空妙
　　有四字 圭峰宗密謂 眞空者 不違有之空也 妙有者 不違空之有也 此語頗與濂溪周子
　　無極而太極相似.”

로 용납하지 못하고 서로 같지 않은 것이 있다. 그런데 중국 사람은 불경을 번역하면서 그 大旨가 列子와 유사하므로, 열자의 글을 본받아서 불경의 글을 삼았다. 이렇게 하는 것은 文人의 常事이다.[2]

이렇게 말한 김만중은 주자야말로 중국인이 지닌 자기 중심적인 생각의 한계를 특히 잘 보여준다고 했다. 중국인은 列子의 글을 본받아서 불경을 번역해 놓고서 불경이 열자로부터 나왔다는 억설을 주장할 정도로 중국의 문화만 숭상하고 다른 나라의 문화는 인정하지 않으려고 하며, 이러한 사고방식을 체계화한 것이 바로 주자의 華夷論이라고 할 수 있다. 그런데 다른 나라에도 있고 중국에도 있는 것을 모두 중국에서 생겨서 다른 나라로 전파된 것처럼 생각하는 것은 망상이다. 각국 문화에는 보편성도 있고 특수성도 있게 마련이다. 동해와 서해가 같다고 하는 것이 보편성이라면, 같지 않다고 하는 것은 특수성이다. 특수성을 무시하고 천하가 중국의 천하인 것처럼 생각하는 것은 잘못이고, 보편성은 모두 중국인이 창조했다고 믿는 것은 더욱 큰 과오이다. 그러므로 김만중은 주자학의 화이론적 세계관을 격파해야만, 세상을 있는 그대로 볼 수 있다고 생각했다.

朱子는 《傳燈錄》의 西天 祖師의 偈頌에 韻脚이 있는 것은 중국 사람의 창작이라고 했는데,……高麗 風謠에 韻이 있는 것도 중국 사람의 창작이라는 말인가? 漢 明帝 때에 西羌 白浪이 바친 樂章에도 또한 韻이 있었다. 중국 사람이 번역하면서 韻을 달았다는 것은 거짓이다. 羌語에 본래 운이 있었다. 중국 사람은 외국어를 모르기 때문에, 주자가 이렇게 말하는 것도 괴이한 일은 아니다.[3]

---

2) 《西浦漫筆》, p. 506. "朱子……謂佛經出於莊列 此亦恐不然 老釋二家 皆貴精神 而遺形骸 此謂東海西海同 此心者立言之旨 自有不容不同者 而華人之謂是經者 見其大旨 與列子所云相似 倣其文法以文之 此乃文人之常事."

3) 같은 책, pp. 505~506. "朱子 以傳燈錄 西天祖師偈有韻脚 謂之華人贗作……高麗 風謠 有韻者 爲華人贗作乎 漢明帝時 西羌白浪所獻樂章亦有韻 盖漢人譯之而就韻 固非 羌語本有韻 亦豈漢人贗作乎 中國人不識外國語 勢無在朱子言如此."

　이와 같이 따지는 데서 주자의 편견은 더욱 분명하게 드러난다. 중국 사람들은 시의 韻은 중국 사람만 창작할 수 있는 것이라고 믿고 있으며, 외국어를 모르기 때문에 잘못을 깨달을 기회조차 없다. 중국인뿐만 아니라 西天人, 羌人, 高麗人도 모두 민족어를 가지고, 민족어로 된 문학을 창조해 왔는데, 중국 중심의 사고방식 때문에 그 존재와 가치가 무시되어 온 것이다. 그러므로 중국 중심의 사고방식에서 벗어나야만 민족어 및 민족문학에 대한 인식이 이루어지고, 문학창작의 방향이 올바르게 정립될 수 있는 것이다.

　외국어를 모르는 중국인은 자기 중심의 편견에서 벗어날 기회조차 없지만, 한문도 알고 우리말도 알며, 한시도 지을 줄 알고 우리말 시도 지을 줄 아는 우리는 중국인보다도 더욱 폭 넓은 안목을 가지고 사태를 바로 판단할 수 있는데도 그럴 수 없도록 하는 것이 주자학의 해독이라고 생각했다. 일찍이 崔行歸는 均如의 향가를 논하면서 한시만 아는 중국인보다 한시도 알고 향가도 아는 우리가 문화 이해의 폭이 더 넓고 세계 인식의 범위가 더 넓다고 했는데, 김만중은 이러한 논리를 계승하면서 주자학의 해독을 비판했다.

　김만중은 西天이나 西羌을 논하는 데 그치지 않고, 達靼, 靺鞨, 몽골 등의 언어 또는 문자에까지 관심을 가졌다.[4] 梵語는 語順에 있어서 중국어와 다르고 우리말과 흡사하다고 했으며, 범어 문자나 몽골 문자는 初聲·中聲·終聲을 합쳐서 소리를 낸다는 점에서 우리 문자와 같다고 했다. 이렇게 말하면서 언어와 문자에 있어서 중국이 오히려 특수하다는 것을 입증하고, 중국이 세계의 중심이라는 사고방식은 더욱 용납할 수 없는 것이라고 했다. 불교는 周公, 孔子의 글이 전파되어 있는 지역보다 더 넓은 범위까지 행해진다고 하면서, 중국문화권 밖에도 넓은 세계가 있다는 것을 강조하고, 서양, 구라파의 존재까지 들었다.

---

4) 《西浦漫筆》, pp. 515~516.

2

사람의 마음이 입에서 나오면 말이 된다. 말이 節奏를 가지면, 歌, 詩, 文, 賦가 된다. 사방의 말은 비록 같지 않으나, 말을 할 줄 아는 자라면 각기 그 말로서 절주를 삼아, 모두들 천지를 움직이고 귀신을 통할 수 있다. 중국에서만 그럴 수 있는 것은 아니다.[5]

김만중은 이런 논리로써 문학의 보편성을 입증하고, 문학을 한문학으로 한정하려는 편견을 논파했다. 사람의 마음이 입에서 나오면 말이 된다. 사람은 어느 나라 사람이든지 말을 할 줄 알고, 말이 있으므로 문학이 있다. 歌, 詩, 文, 賦 등으로 부르는 문학은 다름이 아니라 말이 節奏를 가진 것이다. 말이 절주를 가져서, 그 사람의 마음을 더욱 집약적으로 표현하면 천지를 움직이고 귀신을 통할 수 있게 되는 것이다. 문학을 이렇게 규정하니, 문자로 기록되어야만 문학이라는 요건은 문제되지 않고, 구비문학도 문학이라는 견해가 성립된다. 문자로 기록된 것만 문학이라고 하면 문학의 보편성은 한정된다. 말은 있어도 문자는 없는 민족에게는 문학이 없다고 하게 된다. 그러나 김만중은 말이 절주를 가지면 문학이라고 하여, 말이 있으면 반드시 문학이 존재한다는 사실을 명백히 밝히면서 문학의 보편성을 입증했다. 그러므로 다음과 같은 주장을 하는 데까지 이르렀다.

우리나라 詩文은 우리말을 버리고 다른 나라의 말을 배우므로, 설사 十分 비슷하다 해도 그것은 앵무새가 사람 말을 하는 짓이다. 일반백성들이 사는 거리에서 나무하는 아이나 물 긷는 아낙네가 "이아" 하면서 서로 화답하는 노래는 비록 천박하다고 하지만, 만약 진실과 거짓

---

5) 《西浦漫筆》, p. 653. "人心之發於口者爲言 言之有節奏者爲歌詩文賦 四方之言雖不同 苟有能言者 各因其言而節奏之 則皆足以動天地通鬼神 不獨中華也."

을 따진다면, 참으로 學士, 大夫의 이른바 詩니 賦니 하는 것들과 함께 논할 바가 아니다.[6]

문학은 말이 절주를 가진 것이므로, 우리 문학은 우리말로 된 것이어야 한다. 우리말로 된 문학이 진실된 것이고, 중국어의 기록인 한문을 배워서 詩文을 짓는 것은 앵무새가 사람의 말을 하는 것과 같은 허위이다. 이렇게 단정한 김만중은 참으로 대담한 선언을 했다. 學士, 大夫가 한문으로 짓는 詩賦만 문학이고, 우리말로 된 노래 따위는 문학일 수 없다고 하는 시대에 문학사상의 혁명을 선언한 것이다. 일반백성들이 사는 거리에서 나무하는 아이나 물 긷는 아낙네가 서로 화답하는 노래는 바로 민요이다. 민요는 우리말로 된 문학의 가장 기본적인 형태이고, 민요를 근거로 해서 다른 노래가 이루어질 수 있었는데, 김만중은 이와 같은 민요의 가치를 발견하고, 민요야말로 詩賦라는 것들과는 함께 논할 수 없는 진실성을 가진다고 했다.

민요가 진실성을 가졌다고 하는 생각은 김만중한테서 처음으로 나타났던 것이 아니다. 민요는 시대의 소리이므로 거리의 민요를 들어야 앞일을 알 수 있다는 것은 오랜 관습이었다. 민요를 한시로 번역한 樂府詩도 여러 사람의 문집에서 발견된다. 그러나 김만중은 민요를 정치를 위한 참고자료나 창작을 위한 소재로만은 생각하지 않고, 민요 그 자체의 가치를 발견했다. 민요의 가치를 말하기 위해서는 또한 《詩經》의 國風을 들고 공자가 《시경》을 편찬했다는 사실을 상기하는 간접 증명이 널리 성행하고 있었는데, 김만중은 문학이 무엇인가 하는 문제에 대해서 분명한 해답을 찾았으므로, 이와 같은 간접 증명을 빌지 않고 자기의 논리를 바로 제시했다.

---

6) 《西浦漫筆》, p. 653. "我國詩文 捨其言而學他國之言 設令十分相似 只是鸚鵡人言 而閭巷間 樵童汲婦 咿啞而相和者 雖曰鄙俚 若論眞贗 固不可與學士大夫所謂詩賦者 同日而論."

사대부의 문학은 고귀하고, 나무하는 아이나 물 긷는 아낙네와 같은 일반백성의 문학은 천박하다고 생각하는 것은 당시의 통념이었다. 김만중이라고 해서 사대부의 문학이 천박하고 일반백성의 문학은 고귀하다고 생각을 바꾼 것은 결코 아니었다. 그러나 김만중은 문학을 평가하는 기준이 사대부의 문학이어서 고귀한가 아니면 일반백성의 문학이어서 천박한가 하는 데만 있다고 하지 않고, 우리말로 된 문학인가 아니면 남의 나라 말을 배워서 된 문학인가 하는 데 따라 진실과 허위를 판정하는 것도 중요한 기준이라고 했으며, 이 두 번째 기준에 따라서 민요의 가치를 평가했다. 다시 말하면, 김만중은 사대부의 문학을 옹호하는 신분적 입장을 버리지 않았지만, 이와 함께 우리말로 된 문학을 존중하는 민족적 입장을 지녔기 때문에 민요의 가치를 발견했던 것이다.

> 松江의 〈關東別曲〉과 前後 〈思美人歌〉는 바로 東方의 《離騷》인데, 한문으로는 표기할 수 없고, 樂人의 무리가 입으로 서로 전수하거나 국문으로만 전한다. 〈關東曲〉을 七言詩로 번역한 사람이 있는데, 번역을 해서는 아름다울 수 없다.……鳩摩羅什이 "天竺의 풍속은 文을 가장 존중하고, 그 讚佛歌는 華美가 으뜸인데, 이제 중국말로 번역을 하니 그 뜻은 알 수 있어도, 그 辭理는 알 수 없다"고 했는데, 진실로 타당한 말이다.[7]

梵語로 된 讚佛歌나 우리말로 된 松江 鄭澈의 가사는 한문으로 번역하면 아름다움이 사라진다. 문학의 가치는 아름다움에 있고 표기한 문자의 등급에 있지 않다. 그러므로 한문만이 품위 있고 아름다운 글이라는 생각은 수긍할 수 없는 편견이라고 하고, 정철의 가사는 한문으로 번역할 수 없는 그것대로의 아름다움이 있

---

7) 《西浦漫筆》, pp. 652~653. "松江關東別曲前後思美人歌 乃我東之離騷 而以其不可以文字寫之 故惟樂人輩口相授受 或傳以國書而已 人有以七言詩翻關東曲 而不能佳……鳩摩羅什有言曰 天竺俗最尙文 其讚佛之詞 極其華美 今以譯秦語 只得其意 不得其辭理 固然矣."

으므로 樂人의 무리가 말로 전수하거나, 그렇지 않으면 국문으로
전해야만 그 아름다움이 온전할 수 있다고 했다. 번역하면 대강의
뜻은 살아 있지만 아름다움은 죽고 마는데, 문학작품은 대강의 뜻
으로 존재하는 것이 아니고 아름다움이 생명이다. 뜻만 나타내는
글은 한문으로 써도 좋고, 한문으로 번역해도 지장이 없겠으나, 뜻
보다는 辭理 즉 표현이 더욱 소중한 문학작품은 우리말로 된 것이
어야 온전한 아름다움과 진정한 가치를 가진다고 생각했다.

 김만중은 문학작품을 국문으로만 썼던 사람은 아니었다. 한문으
로 쓴 작품이 월등하게 많고, 국어문학을 주장한 글마저 한문으로
썼다. 그러나 이런 점을 들어서 김만중을 언행이 일치하지 않는 사
람이라고 비난할 수는 없다. 한문으로 글을 써야만 사대부로서의
자격이 보장되고 과거에 급제하여 자기 가문에 어울리는 지위를 차
지할 수 있는 시대에 살았던 김만중은, 그 길을 택해서 지위가
大提學에까지 이르러 당대 한문학의 규범을 보인 사람이었다. 그
런데 그렇게까지 得意한 김만중이 한문학에 대해서 근본적인 의
문을 제기하고, 한문학은 허위이고 국어문학만 진실이라는 생각
을 가지게 되었다는 것은 참으로 중요한 의의가 있다.

 국어문학은 김만중이 시작했던 것이 아니고, 정철의 가사에서 유
래한 것도 아니다. 정철이나 김만중이 창작활동을 하기 전에 이미
시조·가사·소설 등이 있었고, 시조·가사·소설 등이 아직 나타나지
않았을 때에도 일반백성은 민요나 설화를 생활화하고 있었다. 일반
백성의 국어문학과 사대부의 한문학은 오랫동안 직접적인 교섭이
없이 지내왔다. 그런데 정철이나 김만중처럼 지체 높은 사대부이
고 한문학에 있어서 높은 수준에 이른 사람들이 국문으로 작품을
쓰고, 국어문학의 의의를 깊이 인식했다는 것은 획기적인 전환이
었다. 김만중은 사대부의 국어문학이야말로 문학의 가장 이상적
인 형태라고 생각하면서 정철의 가사를 다음과 같이 평가했다.

하물며 이 세 別曲은 天機의 自發을 갖추고, 夷俗의 천박함이 없으니, 옛날부터 우리나라의 眞文章은 다만 이 세 편이다. 그리고 세 편을 논하면, ‘後美人’이 더욱 높다. ‘關東’과 ‘前美人’은 한문의 어구로 그 표현을 수식했다.[8]

국어문학을 존중하면서도 사대부 위주의 사고방식은 버리지 않고 있는 김만중으로서는 민요보다도 정철의 가사를 더욱 높이 평가하는 것이 당연한 일이다. 정철의 가사는 天機의 自發을 갖추고, 夷俗의 천박함이 없다고 했다. 천기의 자발은 마음에서 우러나오는 자연스러운 창의력이 발휘되어 이루어진, 의식적으로 꾸미지 않은 아름다움이다. 이속의 천박한 풍속은 일반백성의 민요에서 볼 수 있는 것처럼 먹고 사는 문제나 남녀의 사랑을 정면으로 노출시켜 다루는 作風을 말한 것인데, 정철의 가사는 이러한 방향으로 나아가지 않고 사대부의 이상주의적인 사고방식을 구현하고 있으므로 높이 평가한 것이다. 정철의 가사 중에서도 〈續美人曲〉이 특히 뛰어난 작품이라고 한 김만중은 문학작품은 마땅히 국어의 아름다움을 살리는 방향으로 나아가야 한다는 생각을 다시 강조하면서 국어의 아름다움과 사대부의 이상주의적인 사고방식을 함께 나타내는 것이 문학의 목표라고 주장했다.

정철이 〈關東別曲〉〈思美人曲〉〈續美人曲〉 등의 가사와 여러 편의 시조를 지었듯이, 김만중은 《九雲夢》《謝氏南征記》 같은 국문소설을 지었다. 가사와 시조를 되풀이하지 않고, 소설을 택한 것은 주목할 만한 일이다. 정철의 시대에는 가사와 시조가 중요한 의의를 가졌지만 자기 시대에는 소설이 필요하다는 데 대한 자각이 있었으므로 장르를 바꾸었을 것이다. 소설은 일상생활을 다루고, 일상생활에서 벌어지는 자아와 세계의 대결을 구체적으로 그리는데, 김만중

---

8) 《西浦漫筆》, p. 653. "況此三別曲者 有天機之自發 而無夷俗之鄙俚 自古左海眞文章 只此三篇 又就三篇而論之 則後美人尤高 關東前美人 猶借文字語 以飾其色耳."

은 전래적인 가치관이 무너지고 명분보다는 행복을 추구하는 것이
일반적인 관심사가 된 시대에 살았으며, 시대의 요구를 소설로 나
타내는 지혜를 보였다. 그러나 김만중의 소설은 나무하는 아이나
물 긷는 아낙네들의 생활을 다룬 것이 아니고, 學士나 大夫의 생활
을 다룬 것이다. 일상생활에서 벌어지는 자아와 세계의 대결을 구
체적으로 다루는 데 관심을 가지면서도 천박한 풍속이라고 규정한
것은 멀리하려던 것이 김만중이 택한 방향이었다.

3

김만중은 假相을 제거하고 實相을 파악하는 것을 특히 중요한 사
명으로 삼았다. 주자학의 가상, 華夷論的 사고방식의 가상, 명분론
의 가상 등을 모두 파괴의 대상으로 삼았고, 가상을 그대로 믿으려
는 편견을 두루 제거하려고 했다. 실상과 가상을 구별하기 위해서
사용한 말이 '本地風光' 또는 '本來面目'과 '卷裡風光' 또는 '紙上面
目'이었다. 금강산의 비유를 들어서, 금강산에 가본 사람은 '본지풍
광' 또는 '본래면목'을 알지만, 금강산에 가보지 못하고 그림만 보
아서 금강산에 대해서 아는 듯이 말하는 사람은 '卷裡風光' 또는
'紙上面目'을 금강산으로 착각하고 있다고 했다.[9]

本地風光·本來面目·卷裡風光·紙上面目은 불교에서 유래한 禪家의
용어이다. 김만중은 가상을 파괴하고 실상을 드러내도록 하는 데
禪家의 용어를 사용했을 뿐, 선가사상을 실상으로 택하려고 했던
것은 아니다. 그가 말한 실상은 선가의 실상이 아니고, 실상에 접근
했다고 인정한 사람도 선가 사상가는 아니었다. 실제로 보지 않고
그림이나 살피고 책이나 뒤지면서 알았다고 하는 것이 오랜 풍조였
으므로 사상사는 공허할 수밖에 없었다고 개탄하면서, 그런 중에도

---

9) 《西浦漫筆》, p. 625.

본지풍광에 접근했던 사람이 둘이 있는데, 그들은 서경덕과 장유였다. 서경덕과 장유를 금강산에 비유해 설명했다.

어떤 사람이 東海에서 오는 길에 外山의 한 봉우리를 바라보았다고 하면, 비록 전체는 파악하지 못했어도, 본 것이 眞山이 아니라고 할 수는 없을 것인데, 徐花潭이 이에 가까운 사람이다.[10]

어떤 사람이 圖經에서만 금강산을 보았어도, 그 사람은 평소에 지혜로운 천성을 갖추고 있어서, 능히 丹靑과 蹊逕, 文字와 脈絡을 식별할 줄 알아서, 진부한 자취에서 막히지 않고 衆說에 현혹되지 않으면서 이따금씩 산중 景物을 눈앞에 있는 듯이 생각해 낼 수 있으면, 비록 斷髮嶺 위에서 보지는 않았지만 세상에 금강산을 진짜로 본 사람이 없다면 이 정도라도 善知識이라고 할 수 있을 것인데, 張谿谷이 그런 사람이다.[11]

서경덕과 장유는 둘 다 주자학이라는 假相을 거부했던 사람들이다. 서경덕은 성현의 가르침을 믿지 않고 자기 자신이 스스로 格物致知하여, 理와 氣는 둘이라고 하는 생각을 거부하고, 이는 기의 用事에 지나지 않는다는 일원론적 주기론을 수립했던 사람이다. 서경덕의 일원론적 주기론은 주자학의 사상체계를 내부에서부터 부정했던 것이다. 한편 장유는 양명학을 택하면서 주자학을 외부에서 부정한 사람이다. 서경덕이나 장유라도 실상을 온전하게 다 파악했다고 하지는 않았다. 그러나 서경덕은 남의 말은 믿지 않고 本地風光의 일단을 실제로 보았으며, 장유는 卷裡風光을 보았지만 사리를 올바르게 분별할 수 있는 지혜를 갖추고 있었으므로 권위를 자랑하

---

10) 《西浦漫筆》, p. 625. "若有人 從東海路上 望見外山一峰 則雖非全體 亦不可謂所見 非眞山 徐花潭近之人."

11) 같은 책, p. 625. "有一人 等是圖經上所見 而其人素具慧性 能識丹靑蹊逕文字脈絡 不滯於陳迹 不眩於衆說 往往想出山中景物 如在眠中 此雖非斷髮嶺上所見 世無眞見 楓岳者 則亦可推以爲善知識 張谿谷是也."

는 衆說에 현혹되지 않을 수 있었다고 하면서, 이 두 사람을 높이 평가했다.

서경덕과 장유만 인정한 김만중은 분명히 이단을 옹호하고, 정통이라고 인정되어 온 사상이 사실은 가상에 지나지 않는다고 선언했다. 그러나 중요한 것은 이러한 결론이 아니고, 가상을 격파하고 실상을 드러내려고 한 탐구정신이었다. 서경덕과 장유만 하더라도 같은 대상을 격파했으면서도 생각이 같지는 않았다. 더욱이 김만중은 서경덕이나 장유가 다루었던 문제에 관해서 자기의 사상을 체계적으로 전개하는 데까지 이르지는 않았다. 김만중의 불교는 가상을 격파하는 아주 효과적인 방법이기는 했어도, 실상을 말해 줄 수 있는 것은 아니었다. 김만중한테 특히 소중한 것은 비판의 지혜이다.

김만중은 문학작품을 논하는 경우에도 비판의 지혜로 가상을 파괴하고 실상을 드러내고자 했다. 장유는 창작의 경험이 높은 수준에 이르러야 비로소 문학을 이해하고 평가하는 능력이 생긴다고 했는데, 김만중은 자기의 창작 경험을 통해서 다른 사람의 작품을 보는 것은 가상에 머무르는 태도라고 생각하고, 객관적인 비평을 주장했다. 문학작품에도 본지풍광이 있으며, 문학작품의 본지풍광은 주관적인 취향이나 기분을 버려야만 볼 수 있게 된다고 했다. 그리하여 창작과 비평은 구별해야 한다는 이론이 이루어졌다.

옛날부터 시를 평하는 사람은 반드시 시에 능할 필요가 없었고, 시에 능한 사람이라고 해서 반드시 평을 잘 했던 것도 아니다.……李芝峰은 詞壇의 重望을 모았지만, 《類說》20권에 시를 논한 대목이 반이나 되면서도, 사람의 뜻을 특별히 깨우칠 말은 없다.[12]

許筠은 시를 짓는 데 있어서 지혜로운 천성을 갖추었지만 안정된 바탕에서 우러나오는 힘이 부족해서 唐, 宋, 元, 明의 가락이 雜出했다.

---

12) 《西浦漫筆》, pp. 629~630. "自古詩評者 未必能詩 能詩者 又未必善評……李芝峰 負詞壇重望 類說二十卷 論詩者居半 而其言殊無開發人意處."

東岳이나 石洲의 깊은 詩道에는 견줄 수 없었다. 그러나 시를 識鑑하는 능력에 있어서는 (허균이) 근대의 제일인자였다. 澤堂은 자제들에게 말하면서, 늘 허균은 시를 안다고 했다.[13]

시를 평하는 데에는 비판정신이 필요하다. 무엇이든지 그대도 믿지 않고 의심하고 따지면서, 가상에서 벗어나 실상에 이르려고 하는 것이 비판정신이다. 비판은 자기 자신마저도 대상으로 해야 한다. 시를 잘 지을 수는 있어도 시를 평하는 데는 능하지 못한 사람은 창작능력은 있어도 비판정신이 부족한 것이다. 시를 짓는 데는 능하지 못해도 시를 정확하게 평할 수 있는 사람은 창작능력은 부족해도 비판정신은 올바르게 갖추고 있는 것이다.

芝峰 李晬光, 東岳 李安訥, 石洲 權韠은 모두 창작 능력이 앞선 사람들이었고, 許筠은 비판정신이 앞선 사람이었다고 보았다. 허균이 대단한 시인이었다는 것은 당시의 衆論이었다. 그러나 김만중은, 허균이 시인으로서의 능력보다도 비평가로서의 지혜가 뛰어났다는 점을 강조하기 위해서 시인으로서의 허균은 상대적으로 폄하했다. 澤堂 李植의 말은 허균의 비평 능력을 잘 알 수 있게 하는 것이다. 이식은 허균을 좋아하지 않은 사람이었다. 그런데도 이식이 비평가로서의 허균은 인정하지 않을 수 없을 정도로 허균의 비평이 대단했다는 것이 김만중이 하고자 한 말이다.

김만중은 문학에서의 본지풍광이 무엇인지 분명하게 보았던 사람은 아니었고, 본지풍광을 보기 위해서 노력했던 사람이다. 권리풍광을 믿지 않고, 문학을 실제로 알고자 했기 때문에 나무하는 아이나 물 긷는 아낙네의 민요에 귀를 기울이고, 국어문학만이 진정한 문학이라는 생각도 갖게 되었다. 정철의 가사를 통해서 국어문학의 실상을 파악했으므로, 스스로도 한문학에만 머무르려 하지 않았다. 그

---

13) 《西浦漫筆》, p. 623. "筠之爲詩 有慧性而定力不足 故難出唐宋元明之調 不能如東岳 石洲之深造乎道也 然其識鑑當爲近代第一 澤堂與子弟言 每稱許筠爲知詩云."

러나 한문학을 논하고 한시를 평하는 경우, 권리풍광을 제거하고 본지풍광을 찾아내고자 하는 비판정신이 한시의 관습을 근본적으로 깨뜨리는 데까지 나아갈 수 없었고, 비평의 독자적 의의를 인정하는 데 머물렀다.

4

김만중은 문학은 道를 전하는 것이 아니고 감동을 주는 것이라고 믿었다. 이러한 생각은 우선 도라고 하는 것을 의심스럽게 보는 데서 이론적인 근거를 마련했다. 사람의 마음을 人心과 道心으로 나누어서 인심은 버리고 도심을 따라야 하며, 인심은 도심의 명령을 들어야 한다는 心性論에 대해서 다음과 같은 반론을 제기했던 것이다.

> 〈中庸序〉에서 "人心은 道心의 명령을 듣는다"고 한 한 마디는 가장 이해하기 어렵다, 무릇 "마음의 虛靈하면서·知覺하는 것이 하나일 뿐이다"라고 했는데, 人心과 道心이 어찌 두 마음일 수 있는가?[14]

〈中庸序〉는 주자가 쓴 글이다. 김만중은 주자의 주장을 수긍할 수 없다고 한다. 먼저 虛靈하면서 知覺하는 사람의 마음이 하나라고 해놓고서, 사람의 마음을 다시 人心과 道心으로 갈라놓은 것이야말로 가상이라고 생각했다. 인심과 도심의 구분은 도의로써 사람을 구속하기 위해서 한 것이므로 받아들일 수 없다고 하고, 문학의 사명은 오히려 사람의 마음은 인심만도 아니고 도심만도 아니며, 둘을 구별할 수 없고 구별할 필요도 없다는 것을 입증하는 데 있다고 믿었다. 문학작품이 주는 감동은 인심이 도심의 명령을 듣도록

---

14) 《西浦漫筆》, p. 459. "中庸序 人心聽令於道心一語 最難讀 夫旣曰 虛靈知覺一而已矣 則道心人心豈有二心."

하는 것이 아니고, 도심이 인심의 명령을 듣도록 하는 것도 아니라고 하면서, 사람의 마음에 주인과 하인이 있는 것처럼 주장하는 것은 잘못이라고 했다.

白沙 李公이 北靑으로 귀양을 갈 때 鐵嶺을 지나면서 "철령 높은 峰에 쉬어 넘는 저 구름아, 孤臣 寃淚를 비삼아 실어다가, 임 계신 九重宮闕에 뿌려볼까 하노라" 하는 시조를 지었다. 하루는 光海君이 뒷뜰에서 잔치를 하며 노는데, 이 시조를 노래하는 궁녀가 있었다. 광해군은 "아주 새 노래로구나, 어디서 나왔느냐?" 하고 물었다. "서울에 전해져 부르는데, 李某의 작이라고 하더이다"라고 대답하니, 광해군은 다시 부르게 하고 처연히 눈물을 흘렸다. 시가 사람을 감동시킬 수 있다는 것이 이와 같다.[15]

白沙 李恒福의 시조가 광해군에게 감동을 주었다는 이 일화는 사람의 마음을 인심과 도심으로 나누지 않아야 온전하게 이해될 수 있다. 이 시조가 광해군의 인심만 움직였다고 하는 것도 적합한 설명이 아니고, 도심만 움직였다고 하는 것도 적합한 설명이 아니다. 처연하게 눈물을 흘린 마음은 인심이고, 충신의 뜻을 알고 잘못을 뉘우친 마음은 도심이라고 할 수도 있겠으나, 굳이 이렇게 나누어 보아도 인심이라고 하는 것과 도심이라고 하는 것 중에서 어느 한쪽이 먼저 움직여서 다른 한쪽까지 움직이도록 했던 것은 아니다. 사람의 마음은 하나이고, 문학작품이 주는 감동은 하나인 마음을 움직이게 한다. 문학작품이 주는 감동은 도의를 위한 것만도 아니고 도의를 해치기 위한 것만도 아니다. 도의를 개입시키지 않아야만 감동의 의의를 온전하게 이해할 수 있다. 문학작품은 道를 전하는 것이 아니고, 감동을 주는 것이다. 광해군에게 도를 역설한 이항

---

15) 《西浦漫筆》, p. 642. "白沙李公之竄北靑 行過鐵嶺 作鐵嶺宿雲詞有 得孤臣寃淚作行雨 往灑九重宮闕之語 一日光海主 遊宴後庭 宮娥有唱是詞者 主曰 大是新聲 何處得來對曰 都下傳唱云是李某所作 主使之復歌 悽然泣下 詩之能感人如此."

복은 배척되었지만, 광해군을 생각하는 심정을 노래한 이항복은 광
해군의 마음을 움직일 수가 있었다. 도는 마음을 움직이게 할 수
없었지만, 노래는 마음을 움직이게 할 수 있었던 것이다.

　김만중은 이러한 주장을 펴기 위해서 또 다른 사례를 들었다. 蘇
軾의 〈東坡志林〉을 인용해서, 아이들이 돈을 주고 《三國志演義》낭
독을 들으면서 劉備가 패했다면 삐죽삐죽 울고, 曹操가 패했다면
기뻐서 쾌재를 부르는데, 陳壽의 《三國志》나 司馬光의 《通鑑》은 이
런 효과를 가질 수 없다고 했다.[16] 도를 전하는 책은 소설인 《삼국
지연의》가 아니고 오히려 史書인 《삼국지》나 《통감》이다. 더욱이
《통감》은 주자학에서 기본적인 사서로 드는 것이다. 그러나 도가
사람의 마음을 움직이게 하는 것이 아니고, 소설이 사람의 마음을
움직이게 한다. 도가 도심을 움직여서 인심까지 도심의 명령을 듣
게 한다는 이론은 타당한 것이 아니고, 인심과 도심으로 구별할 수
없는 사람의 마음이 유비와 조조의 싸움을 자기 일인 듯이 여기기
때문에 울 수도 있고 쾌재를 부를 수도 있는 것이다. 김만중은 통
속소설을 짓는 이유가 이러한 데 있다고 했다.

　여기서 《謝氏南征記》와 《九雲夢》의 창작 동기로 알려진 것을
생각해 볼 필요가 있다. 《사씨남정기》는 숙종의 마음을 돌리기 위
해 썼다고 한다.[17] 숙종이 張禧嬪 때문에 仁顯王后를 버린 것은 이
소설에서 劉翰林이 첩 喬氏 때문에 正妻 사씨를 버린 것과 상통하
기 때문에 숙종이 소설에서 자기를 발견하는 감동을 받을 수 있을
것으로 생각했던 것이다. 그리고 《구운몽》은 어머니의 시름을 위로
하기 위해서 지은 것이라고 한다.[18] 어머니는 과부로서 김만중 형제
를 키우면서 견디기 어려운 시름을 겪어왔던 것인데, 인생은 결국

---

16) 《西浦漫筆》, p. 650.
17) 李圭景, 〈小說辨證說〉, 《五洲衍文長箋散稿》 7. “爲肅廟仁顯王后閔氏巽位　欲悟聖
　心而製者云.” 李圭景은 이 글에서 〈南征記〉의 작자가 金春澤이라고 했으나 사실
　이 아니다.
18) 李圭景, 같은 글, 같은 곳. “世傳　西浦竄荒時　爲大夫人銷愁　一夜製之.”

허망하다는 《구운몽》의 내용으로 어머니의 시름을 해소할 수 있다고 생각했던 것이다. 이러한 창작 동기론은 문자 그대로 수긍할 수 있는 것이 아니지만, 소설이 주는 감동적인 효과를 의식하고 있었던 김만중의 생각에서 유래했으리라는 점은 인정할 수 있다.

소설은 유학자들이 배격했던 것이다. 소설은 正史를 흐리게 하고, 가치관의 혼동을 초래한다고 했다.[19] 그러나 김만중은 소설의 가치를 옹호하고, 자기 자신이 소설을 썼다. 소설을 옹호하는 논리가 소설은 도의를 돌보지 않기 때문에 의의가 있다는 방향으로 나아갈 수는 없었다. 도의는 부정할 수 없는 대전제였다. 그러나 김만중은 소설이 도의를 위한 것으로서 인심이 도심의 명령을 듣도록 한다는 주장을 펴지는 않았으며, 소설은 독자로 하여금 자기 발견의 감동을 가지게 하는 점에서 의의가 있다고 생각했다. 감동의 결과 어떤 행동을 하게 될 것인가는 소설에 따라서 달라진다. 《사씨남정기》는 선한 사씨의 승리를 확인하지만, 《구운몽》에서는 선악의 대결 같은 것이 나타나 있지 않고, 선악 대신에 욕망의 충족과 부정이 문제의 중심으로 부각되어 있다.

---

19) 윤성근, 〈유학자의 소설 배격〉, 《語文學》 25(韓國語文學會, 1971).

4. 洪 萬 宗

1

洪萬宗(1643~1725)은 행적이 분명하게 드러나 있지 않은 사람이다. 행적은 분명하지 않으면서도 책은 여러 권 저술해, 《旬五志》《小華詩評》《詩評補遺》《詩華叢林》《蓂葉志諧》《東國歷代總目》《中國歷代總目》《海東異蹟》《東國經濟野言》 등이 있다. 뚜렷한 벼슬은 하지 않고 민간에 숨어서 지내며 저술에 몰두했던 것 같은데, 숨어서 지낸 이유는 사상적인 입장을 통해서 이해할 수 있다. 홍만종은 도가사상을 지녔던 사람이다.

도가사상은 그 당시 이단이었고, 숨어서 지내는 사람들 사이에서 전승되어오던 것이었다. 도가사상을 지녔으면 사상을 굽히지 않기 위해서 세상에 나서지 말아야 했을 것이다. 이 점에서 홍만종은 《揆園史話》를 지은 北崖[1]와 상통하는 바가 크다. 도가사상은 그 존재와 의의가 그리 주목되지 않고 있었으므로, 北崖가 발견되고 홍만종의 도가사상이 논의되는 것은 한국사상사에 있어서 그 이해의 폭을 넓히는 데 소중한 기여를 한다.

---

1) 韓永愚, 〈17世紀의 反尊華的 道家史學의 成長—北崖의 〈揆園史話〉에 대하여〉, 《韓國學報》 1(一志社, 1975).

홍만종은 어려서부터 도사의 方書를 좋아했다고 한다. 《旬五志》에는 도가에 대한 언급이 거듭 나타나는데, 그 가운데는 神仙修鍊術을 옹호하는 대목이 있다. "신선수련술은 스스로 그 門에 드나들지 않은 사람이 경솔하게 의논할 바가 아니다"고 전제하고, "세상 사람들은 仙道의 虛誕하고 망령스러워 믿을 바가 아니라고 하지만, 程明道는 造化의 비밀을 훔쳐서 해를 늘여 더 살 수 있게 하는 것이라고 했다"[2]고 하는 것이 그 대표적인 예이다. 그리고 신선수련술의 방법까지 설명해서, "다리를 포개고 단정히 앉아서, 발을 드리워 귀를 막고 만가지 복잡한 생각을 수습하여 하나도 없는 太極에 귀착하는 것이 선도이다"[3]라고 하기도 했다.

이런 말을 들어보면 홍만종은 신선수련술이나 좋아하는 허황한 사람이라는 생각이 든다. 허황한 환상을 추구하는데, 어디 믿을 만한 사상이 있겠는가 하는 의문도 생긴다. 그러나 그렇게 단정하는 것은 피상적인 견해이다. 홍만종의 도가사상은 그 당시 독점적인 권위를 가지고 사상의 자유를 구속하던 정주학에 대한 반발이었다고 할 수 있다. 張維가 양명학을 택하고, 金萬重이 불교를 말했듯이, 홍만종은 도가사상을 내세웠던 것이다. 홍만종은 儒佛仙 3교가 각기 그것대로의 의의가 있다고 했으며, 사상이 정주학으로 국한될 수 없다고 한 장유의 말에 공감했고, 程明道조차도 신선수련술을 인정했다고 하면서, 정주학만 숭상하는 풍조에 대해서 어긋장을 놓고, 도가사상도 버릴 것은 아니라고 주장했다. 정주학을 핵심으로 하는 유학이 갖추고 있는 것과 같은 원리는 도가도 갖추고 있다고 했다.

그러나 도가사상이 사상의 자유를 찾기 위한 발판만은 아니었다.

---

2) 《旬五志》 下. "神仙修鍊之術 非親涉其門者 不可以輕議 世之人 以仙道爲誕妄不足信 而程明道稱其窃造化之機 以延年益壽."
3) 같은 책, 같은 곳. "疊足端坐 垂簾塞兒 收拾萬事之紛擾 歸於一無之太極者 仙道也."

홍만종이 말한 도가사상은 신선수련술로 한정되는 것이 아니었고, 중국에서 들어온 것만도 아니었다. 신선수련술은 도가의 방편이고, 도가사상의 본질은 강렬한 기상과 온건한 주체의식을 가진 정신에 있다고 했다. 도가사상은 檀君에서 시작되었다고 하고, 도가사상의 계보는 檀君, 赫居世, 東明王, 그리고 述郎, 南郎, 永郎 등의 화랑, 그 다음으로는 姜邯贊, 김시습, 서경덕, 田禹治, 李之菡, 郭再祐 등으로 계승되었다고 했다.[4] 北崖가 《揆園史話》에서 말한 도가사상도 이러한 것이었으며, 홍만종은 北崖의 경우와 같이 도가사상의 연원을 창조한 단군을 중심으로 한 고대사를 서술하는 데 깊은 관심을 보였다. 《旬五志》는 단군을 말하는 데서 시작된다. 단군의 사적을 여러 모로 들고서, 단군의 신이한 통치가 우리 역사의 출발이고, 단군이야말로 "東方生民의 鼻祖"라고 한 것이 고대사 인식의 기본을 이루었다. 그리고 "우리 동방은 비록 작지만, 歷史의 흥함, 산천의 뛰어남, 인물의 아름다움이 중국과 비슷하다"고 하고, "唐堯 시대에는 檀君이 같이 섰고, 武王 시대에는 箕子가 봉해졌고, 漢나라가 일어나자 衛氏가 평양에 도읍했다"[5]고 했다. 우리 역사는 이와 같이 오랜 연원을 가지고 줄기차게 전개되었다는 사실을 강조하고, 그 후에도 신이한 행적이 계속되었다는 것을 입증하여 민족적 자부심의 근거로 삼고자 했다. 이와 같은 관점에서 우리 역사를 해석했으므로, 우리 문화는 주체적으로 발전해 왔다는 사실을 발견하고, 중국문화의 유입이 문화 발전을 결정했다는 사고방식을 극복했다.

그리고 그 후 외적의 침입이 있을 때마다 선조들이 단군 이래의 굳건한 정신을 발휘해 외적을 물리쳤던 데 대해서 깊은 관심을 보였다. 특히 고구려 사람들이 중국의 침략을 당당하게 물리치고 힘을 떨쳤던 사실을 감격스럽게 서술하고, 자기 시대의 사람들에게는

---

4) 《旬五志》下.
5) 《旬五志》上. "我東雖小 歷代之興 山川之勝 人物之美 與中國彷彿 姑以大略言之 唐堯之時 檀君並立 武王之世 箕子受封 炎漢初起 衛氏都平壤."

그런 기상을 찾을 수 없게 되었다고 통탄했다. 林悌가 죽을 때에, "四夷八蠻이 모두 황제라 일컫지 않는 자가 없었는데……우리나라 만은 홀로 황제란 칭호를 가져보지 못했으니, 이러한 나라에서 살 바에는 차라리 죽는 것이 낫지 않겠는가?"[6]라고 했다는 말을 상기하고, 선조들의 굳건한 기상을 잃어버리고 나약하게 되어서 해마다 중국에 朝貢을 바치는 개나 말과 같은 짓을 하니 참으로 가련한 노릇이 아닐 수 없다고 했다.[7] 나약하게 되어서 생긴 피해는 이런 데 그치는 것이 아니다. 임진왜란과 병자호란을 겪으면서 당한 수모는 더욱 참을 수 없는 것이라고 하면서 다음과 같이 말했다.

　　壬辰年에 섬나라 오랑캐가 몰래 침입하니 王城을 지키지 못하고 龍灣으로 播遷하기까지 했으며, 丙子年에 북쪽 오랑캐가 갑자기 쳐들어 왔을 때는 江都가 함몰하고, 마침내 南漢山城에서 내려오기까지 했다. 지금은 세월이 편안한 지 오래되었다고 하지만, 기강은 해이해지고 습속은 흐리게 되어, 안팎의 軍兵들은 대부분 헛된 帳簿에만 올라 있고, 크고 작은 兵器는 문서로만 갖추어 놓았으니……만약 수만의 강적이 유린해 들어오면 바람부는 대로 무너질 판이다. 이러한 형편을 乙支文德이 隋나라를 파하고, 楊萬春이 唐나라에 항거하던 것에 견주어본다면 어떻다고 해야 할 것인가?[8]

홍만종은 임진왜란과 병자호란의 기억이 생생하게 남아 있던 시대에 살았던 사람이다. 임진왜란과 병자호란을 겪었으면 근본적인 각성이 있어야 할 것인데, 그 후에도 해이한 기강과 흐린 습속이 계속되고 있는데 대해서 신랄한 비판을 했다. 그렇게 되는 이유는

---

6) 《旬五志》上. "林白湖 疾甚將死 子弟泣下 白湖止之曰 四夷八蠻 無不稱帝……我國 獨不得稱帝 生於如此之國 不若死之爲愈."

7) 같은 책, 같은 곳. "以近時觀之 皮幣犬馬之事 無歲無之 豈不眞可憐也哉."

8) 같은 책, 같은 곳. "壬辰之歲 島夷竊發 則王城不守 未免龍灣之播遷 丙子之年 北 虜猝至 則江都陷沒 竟致南漢之下城 卽今 昇平日久 委靡頹塌 內外軍兵 多擁虛簿 大小器械 皆作文具……設有數萬强寇 蹂躪而至 則擧將望風奔潰 其視於乙支之破隋 萬春之拒唐何如耶."

무엇보다도 군병이 장부로 대치되고, 병기가 문서로만 갖추어져 있다고 했듯, 글로 쓴 것만 숭상하고 실질은 저버리는 사고방식에 있다고 보았고, 사고방식의 개조를 위해 유학의 헛된 명분론을 거부하고, 고구려 시대의 실질적이고 전투적인 기상을 계승해야 한다고 했다. 이러한 생각은 또한 당시 지배층의 무능과 허위를 공박하고, 민족의 위대한 전통을 되찾으려는 민중의 소리를 담은 것이라고도 할 수 있다. 그리고 《壬辰錄》이나 《朴氏傳》 같은 데서 나타난 바와 같은 고대의 모습을 지닌 민중적 영웅에 대한 희구를 자기의 입장에서 논술한 것이라고도 할 수 있다.

홍만종은 을지문덕이나 양만춘을 숭배하는 한편, 이름이 알려지지않은 전설적인 영웅에 대해서도 깊은 관심을 보였다. 세상에 전해 오는 말이라고 하면서, 옛날에 穢國에 있었던 영웅의 이야기를 전한 것은 이러한 각도에서 이해할 때 깊은 의미를 지니고 있다. 영웅의 이야기는 다음과 같이 요약할 수 있다.

어느 시골 할머니가 빨래를 하다가 물에 떠내려오는 큰 알을 하나 주웠다. 알이 갈라지면서 사람이 태어났는데, 태어났을 때부터 얼굴이 기이하였으며, 자라나 장사가 되었다. 사람을 해치는 사나운 호랑이를 잡아 죽였다. 무게가 만 근이나 되는 종을 단숨에 들어 등에 짊어졌다. 임금이 알고서 上客으로 대접했다. 그 후에 어떻게 생애를 마쳤는지 알 수 없다.[9]

이야기의 이와 같은 전개는 '영웅의 일생'을 서술하는 데 있어서의 일반적인 유형구조를 지닌다. 그러나 서두에 고귀한 혈통을 타

---

9) 《旬五志》上. "世傳 穢國一村嫗 澣衣於溪水 有一卵浮來 其大如瓢 村嫗異之 取置其室 俄而一男子破殼而出 形貌非常 邮嫗因眷之 年纔十六七 身長八尺 顔面黎黑 仍以黎爲姓 是時 國中有一惡虎 白晝橫行傷人甚多 一國憂之 莫有制者 勇士忿然曰 吾必殺此惡獸 以除生靈害也 聞者不信 俄有一聲如雷 陰風颯至 一大斑虎 自上而下咆哮 磨牙跳躍而進 勇士奮躍 高出虎上 張拳一打虎 卽碎頭而斃 後國君鑄萬鈞鐘 置之前 欲徒之 壯士數千人 引之不動 勇士一擧而負 國君壯而奇之 常留之在側 以爲上客 後莫知其所終."

고났다는 말이 전혀 없고, 영광스러운 지위를 차지하게 되었다는 것을 결말로 삼지 않는 점으로 보아서, 이야기 속의 영웅은 귀족적인 영웅이 아니고 민중적 영웅이다.[10]

민중적 영웅은 미천한 처지에서 천한 혈통을 타고 태어났으므로 세상에서 쉽사리 용납될 수 없었을 뿐만 아니라, 지니고 있는 힘과 뜻을 온전하게 발휘하지 못하고 일생을 불행하게 마치는 것이 예사인데, 홍만종이 전한 영웅의 이야기가 바로 이와 같은 민중적 영웅의 원초적인 모습을 보여준다고 할 수 있다. 홍만종은 신이한 능력과 탁월한 행적을 찾으면서 자기 시대 사람들의 나약해진 풍조를 극복하고자 한 사람이다.

홍만종의 도가사상은 나중에 申采浩가 郎家思想이라고 하게 되는 것과 상통하는 개념이다. 민족의 기상을 크게 떨칠 수 있었던 고대사를 재발견하고, 그때부터 내려오는 탁월한 능력이 자기 시대에 와서는 지배층의 사상적 제약 때문에 저류로만 남아 있는 것을 안타깝게 여기면서, 민족사를 다시 일으킬 수 있는 영웅의 출현을 갈망한 점에서 두 사람은 같은 사상을 가졌다. 홍만종은 영웅적인 힘을 기르기 위해서 신선수련법까지도 필요하다고 했는데, 신채호는 영웅적인 힘은 바로 민중이 지니고 있다고 한 점에서 두 사람은 중요한 차이점을 보이며, 신채호에 이르러서는 주체성의 상실 때문에 생긴 위기가 더욱 심각하게 되면서 홍만종의 사상이 더욱 발전된 모습을 가지고 나타난다고 할 수 있다.

2

홍만종은 영웅 이야기 같은 것에만 관심을 가지지는 않았으며, 한문학을 다루는 것도 중요한 과제로 삼았다. 《旬五志》에도 漢文

---

10) 趙東一, 〈英雄의 一生, 그 文學史的 展開〉, 《東亞文化》 10(서울大學校 文理科大學 東亞文化硏究所, 1971).

學論이 있으며, 《小華詩評》이나 《詩話叢林》은 한문학을 광범위하게, 또한 조리 정연하게 다루는 데 정열을 바치며 쓴 책이다. 홍만종은 정주학을 거부하고 유학에도 매이지 않았으므로 문학을 그 자체로서 존중하고, 문학을 논하는 비평이야말로 문학을 위해서 참으로 중요한 기여를 한다는 사실을 인습에 구애되지 않고 주장할 수 있었다. 신선을 찾고, 영웅을 그리워했다고 해서 홍만종이 비합리적인 생각을 가졌다고 단정하는 것은 잘못이다. 문학비평을 전개한 홍만종은 치밀하고도 정확한 비판정신을 보여주었다.

홍만종은 "문장은 小技라고 하지만, 사람이 하는 일 가운데서 가장 精한 것이므로 마음이 거칠고 담이 큰 사람이 쉽게 말할 수 있는 바가 아니다"[11]라고 했다. 문장이 작은 재주라는 것은 유학에서 오래 전부터 해오던 말이며, 道가 本이고 文이 末이라고 하는 성리학에서는 이 점을 더욱 강조했다. 그런데 홍만종은 문장이 다른 무엇에 종속되어 있다는 생각을 거부하고, 문장이야말로 사람이 하는 일 가운데서 가장 정한 것이라고 했다. 문장은 모르고 도만 내세우면서 함부로 말하는 사람은 마음이 정하지 못해서 거칠고, 무지하기 때문에 담이 크다고 했다.

그러면 문학이 무엇인가 하는 문제가 새삼스럽게 제기된다. 문학이 도를 전하며 심성을 바르게 하는 것이 아니라면, 문장 수식을 문학의 본질이라고 해야 하는 데 귀착된다는 것이 그 동안 성행한 양단논법이었으며, 이러한 양단논법은 도학적 문학관을 입증하는 구실을 해왔다. 그러나 홍만종은 이러한 양단논법에 말려들지 않았다. 문학의 본질이 문장 수식이라고 하지도 않았지만, 그렇다고 해서 도학적 문학관으로 되돌아가야 할 정도로 논리가 군색하지도 않았다. 문학의 본질을 표면에 나타나 있는 수식에서 찾으려 하지 않

---

11) 〈詩話叢林 證正〉, 《詩話叢林》(亞細亞文化社, 1973), p. 477. "文章雖曰小技 業之最精也者 盖非麤心大膽之所可易言."

았으며, 수식 뒤에 더욱 중요한 것이 있다고 했다.

　　무릇 詩를 지어 말에 나타났어도 함축함의 여지가 있어야 아름답게 된다. 만약 말 뜻을 바로 나타내어 적절하고, 축적해 둔 바가 없으면, 비록 그 詞藻가 宏麗하고 侈靡해도 시를 아는 사람은 취하지 않는다.[12]

　겉으로 드러나 있는 말 뒤에 함축해 둔 뜻이 있어야 시는 아름답다고 했다. 수식이 거창하고 화려하다고 해서, 그것을 시의 아름다움이라고 할 수는 없다고 했다. 그러면 함축해 둔 뜻이 무엇인가 하는 것이 문제가 된다. 함축해 둔 뜻은 도덕적 규범이 아니며, 이미 알려져 있는 개념도 아니다. 규범이나 개념으로 분간하지 않은, 마음의 자연스러운 상태에서 저절로 우러나오는 것이고, 그런 의미에서 天得이라고 부를 수 있다고 했다.

　　詩가 天得이 아니면 시라고 부를 수 없다. 천득이 없는 사람은 비록 눈을 찌르고 가슴을 후빈다 해도 종신토록 글을 써서 취한 것이 咸通諸子의 優孟에 지나지 않는다. 비유하면, 오색 비단을 잘라서 꽃을 만들면 빛나지 않는 것은 아니지만, 말로써 빛깔이 살아 있게 할 수는 없는 것과 같다.[13]

　피나는 노력을 하면 좋은 시를 쓸 수 있는 것은 아니다. 무리해서 한 수식은 오색 비단을 잘라서 만든 꽃과 같아서, 보기에는 빛이 나지만 살아 있는 것이 아니며, 경박한 무리들이 벌이는 광대 놀음에 지나지 않는다. 말로써 빛깔이 살아 움직이게 할 수는 없다. 살아 움직이게 할 수 있기 위해서는 天得이어야 한다. 천득은 자연스러운 상태에서 저절로 이루어지는 것일 뿐만 아니라,

---

12) 《小華詩評》上. "凡爲詩 意在言表 含蓄有餘爲佳 若語意呈露 直說無蘊 則雖其詞藻宏麗侈靡 知詩者 固不取矣."

13) 같은 책 下. "詩非天得 不可謂之詩 無得於天者則 雖劌目鉥心 終身觚墨而所就 不過咸通諸子之優孟耳 譬如剪彩爲花 非不燁 然而不可與語生色也."

부질없는 인공 때문에 가리워지고 이지러진 본연의 생명을 되찾는 길이다. 본연의 생명은 도가에서는 신선수련을 통해서도 추구하려 한 것이고, 시인은 시를 써서 찾으려고 하는 것이다.

이렇게 생각한 홍만종은 "시를 아는 것은 시를 짓기보다 어렵다"[14]고 했다. 시를 짓는다고 해서 모두 다 시일 수 없고, 天得인 시만 시일 수 있다는 것을 아는 사람이 세상에 흔하지 않다. 시를 알고 시를 분별하는 것은 깊은 식견을 가진 사람만 할 수 있는데, 許筠 같은 사람은 이러한 일을 해내면서 창작보다도 우위에 서는 비평을 실행했다고 보았다. 천득으로서의 시는 신비스러운 무엇이 이니다. 그리고 창작을 통해서 느낄 수 있는 것만도 아니다. 시를 가려내고 평가하는 비평은 창작으로부터 독립해 존재하고, 창작에서는 미처 모르고 있는 사실까지 알아낼 수 있다고 하면서 비평의 의의를 주장했다. 그리고는 허균이 할 수 있었던 일을 계승하고 발전시키는 것이 자기의 임무라고 했다.

그런데 홍만종은 허균의 전례를 따르는 데 그치지 않고, 비평의 의의와 그 방법에 대한 생각을 허균의 경우보다 더욱 철저하게 다졌다. 허균의 《國朝詩刪》에 鬼作이라고 하면서 수록한 두 편의 시는 귀작이 아니라고 논증하고, 자기의 논증은 "노련한 아전이 재판을 하는 것에 가깝다"[15]고 했다. 시를 분별하고 평가하는 비평은 엄밀한 논증을 갖추어 진행되는 재판과 같다고 하면서 비평의 객관성을 존중하는 것이 홍만종의 비평의식이다. 비평은 있었던 일을 산만하게 적어놓는 記事之書와 구별되는 것이라고 하고, 자기 중심으로 시를 말하는 데 그치지 않고 객관적 논리를 갖추고 독자를 설득할 수 있어야 한다고 생각했다. 《詩話叢林》을 편찬하고, 《小華詩評》을 쓴 것은 이러한 생각의 구현이다.

---

14) 〈詩話叢林 證正〉, p. 470. "知詩 難於作詩."
15) 〈詩話叢林 證正〉, p. 471. "此論近於老吏斷獄."

3

醫術은 치료 방법을 버리고 병을 낫게 할 수 없고, 시는 評을 버리고 결함을 시정할 수 없다. 雅가 망한 후에는 騷가 생기고, 騷가 망한 후에는 古詩가 생기고, 古詩가 망한 후에는 律詩가 생기고 하면서, 衆體가 번잡하게 일어나자, 시를 평하는 사람 또한 많아졌다. 〈叢話〉〈玉屑〉 등의 시평은 논의가 정밀하고 核實하며 格律이 구비되어 있어서 실로 詩家의 良方이다.[16]

홍만종은 이처럼 비평을 의술에다 비유했다. 병을 낫게 하기 위해서는 의술이 필요하듯이, 시의 결함을 시정하기 위해서는 시평이 필요하다고 했다. 그러면서 시가 시대에 따라서 변해 왔으므로 시평 또한 계속 한 자리에 머무를 수 없었고, 중국에서는 여러 가지 시평이 나타나서 정밀하고 核實한 논의를 갖추고 格律論까지 구비했던 사실을 상기시켰다. 그런데 홍만종이 하고자 한 바는 중국의 시평을 본받으려는 것이 아니고, 우리 시평을 바람직한 방향으로 이끌려는 것이었다. 그러므로 다음과 같은 의도에서 《詩話叢林》을 편찬했다.

우리 동방의 詩道는 殷 太師(箕子)에서 시작되었으며, 그 후에 작자가 시대마다 각자 一家를 이루는 일도 흔히 있었다. 그러나 詩評만은 아주 드물고, 볼 만한 평은 거의 없다시피 해서, 麗朝의 《白雲小說》《櫟翁稗說》, 我朝의 《芝峰類說》《於于野談》 등 수십 종에 지나지 않는다. 나는 듣고서 구득하지 않은 것이 없고, 보지 않은 것이 없는데, 시평 사이에 朝野事蹟, 閭巷俚語를 함께 수록해서 篇帙이 방대하고 記覽하기 어렵다. 그래서 諸家의 著作을 한데 합치고, 오로지 詩話만 취해서 한 편의 책을 엮어 《詩話叢林》이라고 이름짓는다. 상하 수백 년 동안, 騷

---

16) 〈詩話叢林序〉, p. 5. "宜(醫)不可棄方而療疾 詩不可捨評而袪疵 自雅亡而騷 騷而古 古而律 衆體繁興 而評者亦多 如叢話玉屑等篇 論議精覈 格律備具 實詩家之良方也."

人, 墨客, 山僧, 閨秀의 名章 警句가 빠짐없이 수록되어 있으며, 그 淸麗하고 豪雄한 기상이 각각 意趣를 다 나타내고, 品題에 대한 考核이 정당하지 않은 바가 없다. 우리 동방의 詩學이 성했다는 것을 이로써 볼 수 있다.[17]

시가 성하다고 해서 반드시 시평이 발전되는 것은 아니므로 시평을 위한 의식적인 노력이 필요하다는 것이 홍만종의 입장이다. 우리 동방의 경우에는 시에서는 일가를 이룬 사람이 흔히 있었어도, 시평은 드물고 볼 만한 것이 얼마 되지 않은 것이 불만이라고 하면서, 그렇게 된 이유는 시평이 독자적인 분야로 인식되지 않고 記事之書와 혼동된 데 있다고 했다.[18] 그래서 朝野事蹟, 閭巷俚語 등은 모두 제거하고 순수한 詩話만 모아서 《詩話叢林》을 편찬했다. 《시화총림》을 편찬하는 것을 계기로 하여, 시화가 시평으로 인식되게 하고, 시평이 詩學으로 존중될 수 있게 하고자 했다.

시화라고 하면 시를 자기 생각대로 산만하게 다룬 글이고, 시평이라고 하면 시의 결함을 시정하려는 글이고, 시학이라고 하면 시의 내력, 기풍, 가치 등을 엄밀하게 고증해서 다룬 글이다. 엄밀한 고증이 참으로 긴요한 일이라고 생각했으므로, 《시화총림》 말미에 〈證正〉을 첨부해서 수록한 시화를 다시 검토하고, 여러 시화에서 시를 부정확하게 다룬 대목을 시정했다. 특히 시의 표절 여부를 밝히는 것이 시학의 긴요한 과제라고 하면서, 표절을 用事로 합리화한 서거정에 대해서 반론을 제기했다. 서거정의 시에서 표절을 찾

---

17) 〈詩話叢林序〉, p. 5. "吾東方詩道 自殷太師始 其後作者 代各有人往往自成一家 而獨評詩者甚罕 評而可觀者 亦無幾 如麗朝白雲小說 櫟翁稗說 我朝芝峰類說 於于野談等書 不過數十種而已 余聞無不得 無不覽 第於其間 並載朝野事蹟 閭巷俚語 篇帙浩汗 難於記覽 於是 合諸家所著 而專取詩話 輯成一編 名之曰 詩話叢林 凡上下數百載 騷人墨客 山僧閨秀 名章警句 備錄無遺 其淸麗豪雄 各臻意趣 品題考核 無不的當 我東方詩學之盛 斯可見矣."

18) 〈詩話叢林 凡例〉, p. 9에서는 "如破閑集 補閑集 東人詩話 專是詩話 當以全書看閱 故玆不抄錄 如櫟翁稗說 於于野談等 十餘書 乃記事之書 而間有詩話 故今只拈出詩話 別作一篇 以備吟玩"이라고 했다.

아내어 반론의 중요한 증거로 삼기도 했다.[19]

《시화총림》의 내용은 참으로 방대하다.[20] 그러나 《시화총림》을 편찬하는 것만으로는 시화가 시평으로 나아가고, 시평이 시학으로 정립될 수 있게 하기 어려웠다. 이미 이루어진 업적을 정리하는 것도 필요한 일이지만, 자기대로의 실천도 있어야 했으므로 《시화총림》과는 별도로 《小華詩評》을 내놓았다. 《소화시평》은 우리 한시에 대한 광범위한 서술을 포괄하고 있어서, 오늘날의 용어를 사용하면 한시사이고 한시개론일 수 있는 책이다. 서두에서 고려 太祖이하 역대 제왕의 시를 다루고, 다음 순서로는 을지문덕, 최치원 등에서부터 시작해서 자기 시대까지의 한시를 차례대로 고찰해서 그 사이의 경과를 소상하게 알 수 있게 했다.

그러면서 광범위하게 다루는 데만 힘쓰지 않고, 역대 시인 중에서 특히 뛰어난 사람을 찾아내어 평가하는 것 또한 중요한 과제로 삼았다. 한 예를 들면 "우리 동방의 시는 麗朝에서 근대에 이르기까지 警聯이 볼 만한 것을 다 적을 수 없을 정도인데, 몇 사람의 七言詩를 취해서 간력한 평을 한다"[21]고 하고서, 21명의 시인을 들었는데, 그 가운데서 처음 세 사람에 대한 평을 인용하면 다음과 같다.

  鄭學士는 意境이 入神해서, 洛妃가 물결을 능멸하고 걸음마다 絶俗

---

19) 〈詩話叢林 證正〉, pp. 471~472. 徐居正이 중국 사신을 접대하면서 지은 "風月不隨黃鶴去 烟波長送白鷗來"라는 구절은 蔡洪哲의 시를 표절한 것이라고 밝혔으며, 徐居正이 편찬한 《東文選》을 증거로 제시했다.

20) 수록된 詩話는 春卷 ; 《白雲小說》(李奎報), 《櫟翁說稗》(李齊賢), 《慵齋叢話》(成俔), 《秋江冷語》(南孝溫), 《思齋撫言》(金安國), 《諛聞瑣錄》(曹伸), 《龍泉談寂記》(金安老). 夏卷 ; 《遣閑雜錄》(沈守慶), 《松溪謾錄》(權應仁), 《稗官雜記》(魚叔權), 《淸江詩話》(李濟臣), 《月汀謾錄》(尹根壽), 《五山說林》(車天輅), 《晴窓軟談》(申欽), 《山中獨語》(申欽). 秋卷 ; 《芝峰類說》(李晬光), 《於于野談》(柳夢寅), 《惺叟詩話》(許筠), 《霽湖詩話》(梁慶遇), 《谿谷漫筆》(張維). 冬卷 ; 《終南叢志》(金得臣), 《壺谷謾筆》(南龍翼), 《水村謾筆》(任埅), 《玄湖瑣談》(任璟)이다.

21) 《小華詩評》 上. "我東之詩 上自麗朝 下至近代 警聯之可觀者 不爲不多而不能盡錄 姑取若干人七字詩 聯略加批評."

하는 것과 같다. 金老峰은 造語가 俊健해서, 李廣이 말에 올라 오랑캐
를 따라가는 것과 같다. 李白雲은 寫景이 精妙해서, 龍眠이 붓을 놀려
物色이 살아있는 것과 같다.[22)]

意境이 入神하고, 造語가 俊健하고, 寫景이 精妙하다는 것은 해당
시인의 특징을 요약한 말이다. 의경, 조어, 사경은 시가 갖추어야
할 요건이고, 입신, 준건, 정묘는 그러한 요건이 충족되는 양상이다.
이 두 가지로 시인의 특징을 요약할 수 있으나, 그것만으로는 실감
을 느끼기 어렵기 때문에 "洛妃가 물결을 능멸하고 걸음마다 絶俗
하는 것과 같다"는 등의 비유를 들었다. 이러한 비유는 시를 시로
써 전달하는 것이다. 시를 개념으로 파악하고 논리로써 설명하는
것이 詩學의 목표이기는 하지만, 이 목표는 쉽사리 달성할 수 없기
때문에 시를 시로써 전달하여 시를 손상하지 않는 방법까지 아울러
사용했던 것이다. 홍만종은 시에 대한 대단한 주장은 내세우지 않
은 편이었다. 시의 실상을 파악하는 데 노력을 집중했으며, 이 점에
서 전에 볼 수 없었던 대단한 일을 했다.

4

홍만종의 자주의식은 국어문학을 다루는 데서 잘 나타난다. 홍만
종은 주자의 華夷論에 구애되지 않고, 단군 이래의 민족문화의 전
통을 존중하고 후대에 이르러서는 민족의 기상이 크게 떨칠 수 없
게 된 것을 안타까워했을 뿐만 아니라, 문학은 말로써 이루어지므
로 말이 다르면 문학이 달라야 한다는 데서도 민족문학 성립의 필
연성을 입증했다.

---

22) 《小華詩評》上, 같은 곳. "鄭學士……意境入神 如洛妃凌波步步絶俗", "金老峰……
造語俊健 如李廣上馬推隨胡兒", "李白雲……寫景精妙 如龍眠下筆物色生態." 洛妃
는 洛水의 神이다. 李廣은 漢代에 匈奴를 물리친 장군이다. 龍眠은 〈龍眠山莊圖〉
를 그린 宋代 화가 李公麟의 號이다.

우리나라 사람은 한문으로 글을 쓰는 경우에도 우리말을 아주 버리 수 없다고 했다. 《旬五志》에 속담을 수집해 놓은 것도 이러한 생각의 반영이다. 그리고 우리말로 된 노래를 한문으로 옮기는 경우도 이따금씩 있었다고 하고, 몇 가지 예를 들었다. 《於于野談》에서 "수심이 실이 되어 마디마디 맺혀서, 풀고는 싶지만 실마리가 어디 있는가"[23]라고 하는 김매기 노래를 번역해서 수록했다고 하는 것이 그 한 예이다. 김매기 노래와 같은 것은 한문으로 번역하면 온전할 수 없고, 번역해서 중국 사람에게 보인다면 곡조를 알 수 없게 되는 것이다. 한편 중국의 樂府 歌詞는 중국민요에서 유래한 것이므로 우리나라 사람은 아무리 한문에 능해도 지을 수 없는 것이라는 점을 지적하고, 다음과 같이 반문했다.

중국 사람으로서도 그 歌詞가 곡조에 맞지 않기도 하고, 음률과 어울리지 않을 때가 있거늘, 하물며 멀리 떨어져 있는 곳인 우리나라에서 詞曲을 지을 수 있기를 바라겠느냐?……한 글자 한 글자 억지로 따져서 음률에 맞추고자 하는 것은 공연한 헛수고가 아니겠느냐?[24]

사리가 이렇다면 음영하는 시가 아니라 노래하는 시를 짓기 위해서는 우리말을 사용해야 하는 것이 당연한 귀결이다. 중국의 詞曲에 근거를 두지 않고 우리 민요에 근거를 둔 노래라고 해서 천하다는 논리는 성립되지 않는다. 자기 나라의 말을 사용하는 것은 자기 나라의 습속이므로 당연한 일이다.[25] 홍만종은 이러한 생각에서 우리말로 된 長歌 중에서 널리 알려진 것들을 들어서 평가했는데, 다룬 작품이 〈歷代歌〉〈勸善指路歌〉〈冤憤歌〉〈俛仰亭歌〉〈關西別

---

23) 《旬五志》 下. "愁心化爲絲 曲曲還成結 欲解復欲解 不知端材處."
24) 같은 책, 같은 곳. "以中華之人 其詞或不入腔 或不叶音 況我偏邦 寧望其能爲詞曲耶……字字强究 希合音律者 不亦勞乎哉."
25) 같은 책, 같은 곳. "盖方言之用 在其國俗不得不然也." 이 말 앞뒤의 글이 金天澤의 〈靑丘永言序〉에 길게 인용되어 있다.

曲〉〈關東別曲〉〈思美人曲〉〈續思美人曲〉〈將進酒〉〈江村別曲〉
〈怨婦辭〉〈流民嘆〉〈牧童歌〉〈孟嘗君歌〉여서 무려 14편에 이른다.
이 가운데서 정철의 가사는 허균이나 김만중도 이미 평가했던 것이
지만, 나머지 것들은 홍만종이 처음으로 부각시켰다.

> 歷代歌 : 陳復昌이 지었다. 역대 帝王의 治亂과 성현 군자의 否泰를
> 서술한 것이다. 과거를 비추는 역사로 삼을 만하다.
> 勸善指路歌 : 曹南溟이 지었다. 性理의 자세한 뜻을 나타내서 도학의
> 방향을 지시했다. 참으로 儒家의 지침서이다.
> 冤憤歌 : 忍齋 洪暹이 지었다. 公이 젊어서 安老에게 모함을 받고 참
> 혹하게 고문을 당해 죽었다가 겨우 살아나 興陽으로 귀양가서
> 자기의 억울하고 분한 일을 쓴 것이다. 정말 불평에서 우러나
> 온 말들이다.[26]

처음 세 작품에 관한 서술을 소개하면 이와 같다. 서술 방식이
일정하다는 것을 알 수 있다. 작품 이름을 들고, 작자를 말하고, 내
용을 설명하고, 평가를 했다. 알아야 할 항목을 두루 구비했고, 불
필요한 말은 하지 않았다. 홍만종은 長歌를 소개하고 평가하여 국
어문학에 대한 인식을 갖게 하려는 데 그치지 않고, 작품의 실상을
정확하게 전하려는 것도 중요한 목표로 삼았음을 알 수 있다. 漢詩
를 평했을 때 보인 태도가 여기서 다시 확인된다고 하겠으나, 한시
의 경우에는 작품의 원문을 수록했지만, 여기서는 작품의 원문은
수록하지 않고 작품의 실상을 알 수 있게 하기 위해서 세심한 배려
를 했다. 처음 세 작품은 우연히도 오늘날에는 전하지 않는데, 홍만
종의 서술이 자료의 공백을 메울 수 있게 한다. 그러면서 작품에
대한 평가에서도 정확하고도 효과적인 방법이 의식되어 있음을 알

---

26) 《旬五志》 下. "歷代歌 陳復昌所製 述歷代帝王之治亂 記聖賢君子之否泰 足爲鑑古
    之一史 勸善指路歌 曹南溟所製 形容性理源委 指示道學蹊逕 實是儒家之指南 冤憤
    歌 忍齋洪暹所製 公少時 爲安老所陷 慘被栲掠 死而董甦 竄于興陽 述其冤憤之事
    信不平之鳴也."

수 있다. 네번째 작품 이하 몇 작품에 대한 서술에서 평가에 해당하는 대목만 인용해 보이면 다음과 같다.

> 俛仰亭歌 : 마음 속에 浩然한 취향이 저절로 갖추어져 있다.
> 關西別曲 : 關西의 좋고 아름다운 것이 이 한 편에 다 그려져 있다.
> 關東別曲 : 사물을 형상해 낸 묘한 솜씨라든지 말을 만드는 기발한 재주라든지, 정말 악곡 중에서 절묘한 작품이다.
> 江村別曲 : 天下神仙의 淸福이라도 이보다 나을 수는 없을 것이다.
> 怨婦辭 : 고금 시인의 애정시가 이보다 더하겠는가?
> 孟嘗君歌 : 薛君(孟嘗君)의 혼에게 이 노래를 다시 듣게 한다면, 반드시 저승에서도 옷깃을 적실 것이다.[27]

평가는 작자의 마음, 작품의 표현 방법 및 작품에서 이루어진 기풍, 다른 작품과의 비교, 독자에게 주는 감동 등에 걸쳐 이루어졌다. 마음 속에 호연한 기상이 저절로 갖추어져 있다는 것은 작자의 마음을 평가한 말이다. 좋고 아름다운 것을 그렸다 하고, 형상해 내고 말 만드는 솜씨와 재주를 지적하고, 天上仙人의 淸福보다 낫다고 하는 것은 작품의 표현 방법 및 작품에서 이루어진 기풍을 평가한 말이다. 고금의 애정시보다도 낫다는 것은 다른 작품과의 비교를 통해서 평가한 말이다. 孟嘗君이 저승에서도 옷깃을 적실 것이라는 것은 독자에게 주는 감동을 평가한 말이다. 평가의 가능한 방법이 두루 이용되고, 작품에 따라서 적절하게 선택되었다. 평가하는 사람 중심의 평가를 하지 않고, 작품 위주의 평가를 하고자 했다.

홍만종은 비평의 독자적인 의의를 인식하고, 그 방법을 탐구한 사람이었다. 특히 작품에 밀착된 비평방법을 개발하고자 했으며, 그렇기 때문에 시평을 시학으로 정립하려고 했다. 시학은 한시에 관

---

27) 《旬五志》 下. "俛仰亭歌……胸中自有浩然之趣", "關西別曲……關西佳麗寫出於一詞", "關東別曲……狀物之妙 造語之奇 信樂譜之絶調", "江村別曲……雖上仙淸福亦無以踰矣", "怨婦辭……古今詞人閨體 何以過此也", "孟嘗君歌……若使薛君之靈更聽 則必沾襟於九原矣."

한 것만이 아니었고, 국어문학까지 대상으로 삼았으며, 서론만 펴지 않고 본론까지 갖추었다. 국어문학에 관한 연구는 홍만종에서 시작되었다. 홍만종은 도가사상을 지녔지만, 그것을 문학작품을 논하는 데 필요한 일관된 전제로 내세우지는 않았다. 사상을 말하기보다는 작품의 실상을 존중하는 연구를 하는 오늘날의 국문학자는 홍만종의 후계자이다.

5. 金天澤

1

　肅宗 때 捕校였던 金天澤이 《靑丘永言》을 편찬했다. 포교라면 문학과는 아무런 관련도 없는 무지막지한 사람 같지만, 김천택은 시조 唱을 잘해서 이름이 높았고, 金壽長과 함께 敬亭山歌壇의 중심 인물 노릇을 하면서, 시조의 창작과 시조집의 편찬에 힘썼다. 57수의 시조와 《청구영언》이 모두 이런 생활에서 나온 것이다.

　譯官이었던 玄窩 鄭來僑(字는 潤卿)는 김천택과 친분이 두터운 사이였던 것 같은데, 〈靑丘永言序〉에서 김천택이 "노래를 잘 불러 온 나라에 이름을 떨치며, 聲律에 정통했을 뿐만 아니라, 아울러 문예도 익혔다"[1]고 했다. 磨嶽老樵라는 號만 밝히고 《청구영언》의 발문을 쓴 사람은 김천택이 "사람됨이 精明하고 유식하며, 詩 삼백 편을 이해하고 욀 줄 아니 다만 歌者라고만 할 사람은 아니다"[2]라고 말했다. 포교노릇을 한 것은 신분에 따르는 생업이었다. 시조 창을

---

1) 鄭潤卿, 〈靑丘永言序〉, 沈載完編, 《歷代時調全書》(世宗文化社, 1972), p. 227. "以善歌鳴一國 精於聲律 而兼攻文藝"(앞으로도 金天澤을 다루면서 인용하는 자료는 註 23)을 제외하고 모두 이 책에 수록된 것으로, 面數만 밝히고 인용한다).
2) 磨嶽老樵, 〈靑丘永言後跋〉, p. 1228. "爲人精明有識 解能誦詩三百 蓋非徒歌者也."

하고 시조를 지은 것은 풍류였다. 한문학까지 익힌 것은 교양이었다. 그러나 이 셋을 합쳐서 생각한다고 해서 김천택이 바로 이해될 수 있는 것은 아니다. 김천택이 한 사업 중에서 가장 중요한 것은 《청구영언》의 편찬이며, 이것은 포교노릇을 하고, 시조 창을 하며 시조를 짓고, 한문학까지 익힌 사람이라고 하여 누구나 할 수 있었던 것이 아니다. 《청구영언》을 편찬한 김천택은 시조에 관한 자기 대로의 분명한 주견을 가졌고, 《청구영언》의 서언, 발문, 그리고 시조작가 몇 사람을 논한 글에 나타나 있는 이러한 주견을 우리는 김천택의 문학사상이라고 부를 수 있다.

시조는 원래 사대부 문학이었다. 조선전기까지는 시조가 사대부의 것이었고, 사대부와 가까운 관계를 지닌 妓女들이 시조 창작에 가담하는 정도의 변화만 나타났다. 그러나 조선후기에 이르러서는 시조의 작자는 폭이 확대되었을 뿐만 아니라, 中人, 胥吏, 委巷賤流들이 오히려 시조의 주인으로 등장하는 주목할 만한 전환이 이루어졌다. 그러는 동안에 그 당시에는 〈蔓橫淸〉이라고 부른 사설시조가 나타나서 우아하고 함축된 표현을 존중하던 시조를 비속한 내용의 반복을 즐기는 것으로 바꾸어놓기도 했다. 김천택은 이러한 움직임을 주도하고 정리해야 하겠다는 자각을 가지고 《청구영언》을 편찬했다.

사대부에게는 시조가 여기였다. 정철이나 윤선도 같은 시조작가의 경우에조차도 시조를 짓는 것보다 더욱 중요한 활동이 있었으니, 그들의 문학은 우선 한문학이었고, 한문학만으로 만족할 수 없을 때 시조를 찾았다. 그러나 김천택 같은 사람들에게는 시조의 창과 창작이 그들이 하는 다른 어떤 활동보다도 소중한 것이었다. 그들이 설사 한문학까지 어느 정도 이해했다 하여도, 그 수준은 사대부에게 미칠 수 없는 것이었고, 그들의 문학은 오로지 시조였다. 시조에서는 사대부에 못지 않은 능력을 가지고 있다고 자부했다. 포교노릇 같은 것을 하면서 지내는 것이 바람직한 일이 아니라고 생각했기 때문에 시조에 전념하면서 시조집을 편찬하는 데까지 이르렀던 것이다.

시조의 주인이 바뀐 것은 사대부가 개척한 국어문학이 委巷賤流와 같은 평민에게까지 확대된 결과라고만 할 수는 없다. 조선후기에 이르러서 평민의 문화적 능력이 현저하게 성장한 것이 더욱 주목할 현상이었고, 국어문학의 확대 또는 발전에서 평민은 수동적인 역할만 했던 것은 결코 아니었다. 사대부가 한문학에 힘쓰는 동안에도 평민은 민요를 생활화하고 있었고, 민요를 잡가로 전용하기도 했다. 민요와 잡가에서 작용하던 창조력이 사대부의 시조를 평민의 시조로 만들고 사설시조를 창출하는 데까지 나아갔던 것이다. 이러한 움직임의 결과로 조선후기에는 시조뿐만 아니라 국어문학 전반에서 평민문학이 화려한 꽃을 피웠다.

그런데 시조를 창하고 창작하는 데 그치지 않고, 시조집을 편찬한 것은 또 하나의 중요한 발전이었다. 시조집의 편찬은 시조 작품은 반드시 수집되고 보존되어야 한다는 각성이 이루어졌기 때문에 가능할 수 있었고, 시조를 우리 문학의 중심적인 위치에 가져다놓는 사업이었다. 조선초기에는 《東文選》의 편찬을 위시해서 한문학의 작품을 수집하고 보존하려는 움직임이 광범위하게 나타나서 한문학의 전성시대를 마련했는데, 조선후기에는 《청구영언》에 이어서 《海東歌謠》《歌曲源流》 등 수많은 시조집이 편찬되면서 이때부터 시조가 한문학을 대신할 수 있는 위치로 올라서게 되었다.

이러한 전환은 문학관의 근본적인 반성이 있었기 때문에 가능할 수 있었다. 문학은 한문학만이 아니고 국어문학도 한문학과 대등한 위치를 지니거나 국어문학이 오히려 한문학보다 더욱 소중한 것이라고 하는 것이 근본적인 반성의 내용이었다. 이러한 각도에서 국어문학의 의의를 역설한 논리는 金萬重·洪萬宗·洪大容 같은 사람들의 글에서도 발견된다. 이들은 모두 한문학을 자기의 문학으로 삼는 사대부였으면서도, 중국 중심의 세계관을 비판하고 문화의 자주성을 주장하는 방향으로 나아가면서, 국어문학의 가치를 강조했다.

그런데 김만중·홍만종·홍대용 중에서 김만중과 홍만종은 김천택보다 먼저 활동한 사람이었고, 홍대용은 김천택보다 나중에 활동한 사람이었다. 김만중은 1692년(숙종 18년)에 죽었고, 홍만종은 《旬五志》를 1678년(4년)에 썼는데, 김천택은 1728년(영조 4년)에 《청구영언》을 편찬했다. 김천택은 국어문학의 의의를 역설하는 이론의 전개 과정에서 김만중과 홍만종의 뒤를 이었고, 홍대용보다 앞섰다고 할 수 있다. 그러나 김천택의 위치는 시대적인 선후관계에서만 이해할 수 없으며, 국어문학에 관한 평민의 생각을 나타낸 사람이었다는 점에서 특별한 의외가 있다. 국어문학의 주인은 평민이었다는 점을 고려하면, 김천택을 다른 어느 사람보다도 중요시할 필요가 있을 것이다. 김천택의 이론은 소상한 논리를 갖추지 못한 것이었고 단편적인 표현에서만 나타나 있는 것이 분명한 한계이기는 해도, 이러한 한계 때문에 김천택을 무시한다면, 그것은 올바른 처사가 아니다.

2

김천택은 문학이 무엇인가 하는 문제에 대해서 장황한 논리를 펼겨를이 없었으며, 한 말로 간단하게 설명하는 데 그쳤다. 김천택의 관심은 시조에 집중되어 있었으므로, 시조를 포함한 노래 일반 또는 문학 일반에 관해서 다음과 같은 전제를 세우고 본론을 전개할 준비를 갖추었다.

옛날 陰康氏 시절에 백성이 다리가 부어오르는 병에 걸려 있었는데, 노래와 춤을 배우게 하니 병이 나았다. 노래와 춤은 이렇게 해서 시작되었다. 옛날에 秦靑과 韓娥가 노래를 잘 부르는 사람들이었다. 진청의 노래는 숲의 나무를 흔들어 소리를 내게 했고, 구름을 멈추게 하기도 하고 가게 하기도 했다. 한아의 노래는 들보를 감싸고 사흘 동안이나 이어지는 餘音을 남겼다. 魯나라 사람 虞興은 소리를 내니 들보 위의 먼지가 모두 흔들렸다.[3]

김천택이 자기 말로 서술하지 않고 중국 고사를 인용한 이유는 이해할 만하다. 되도록이면 유식한 말을 해야만 인정받을 수 있다고 생각했던 것이다. 음률에 정통했을 뿐만 아니라 아울러 문예도 익혔다든가, 詩 삼백 편을 이해하고 욀 줄 알았다든가 하는 말이 모두 김천택이 무식한 사람이 아니었다는 점을 강조하기 위해서 필요했듯이, 중국 고사의 인용 또한 그러한 구실을 했을 것이다. 김천택이 무식한 사람이 아니라는 증거를 제시해야만, 《靑丘永言》도 대단한 책일 수 있고, 따라서 시조도 격이 높아질 수 있다.

그런데 김천택은 실제로는 자기의 생각을 한문으로 유창하게 서술할 수 있는 능력을 가진 사람이 아니었던 것 같다. 다음에 다시 밝히겠지만, 김천택이 쓴 〈靑丘永言序〉는 중요한 대목이 자기 글이 아니고 남의 글을 인용한 것이다. 또한 자기의 서문만으로는 뜻을 충분히 나타낼 수 없었으므로 鄭來僑나 磨嶽老樵 같은 사람들의 지원이 필요했던 것이다. 고사의 인용은 자기 글이 서투른 사람이라도 쉽사리 택할 수 있는 방법이다.

그러나 서술은 이처럼 어둔해도 그 뜻은 명확하다. 서술은 빌어 왔어도 뜻은 빌어오지 않았다고 인정할 수 있다. 노래는 백성의 병을 고칠 수 있고, 나무를 흔들어 소리를 내게 하고, 구름을 멈추게 하며 또 가게 할 수 있고, 며칠씩 餘音이 남아 있을 수도 있고, 먼지를 없앨 수도 있다는 것이 김천택이 하고자 한 말이다. 이렇게 말하는 의도는 노래는 자연물을 움직이고, 자연의 재앙을 막아주고, 일상생활에서 인정하기 어려운 기적까지 일으킨다는 점을 들어서

---

3) 金天澤, 〈靑丘永言序〉, p. 1228. "昔陰康氏之時 民得重腿之疾 學歌舞以解之 歌舞之出 自此始焉 古之秦靑韓娥 善歌者 秦靑聲 振林木響 過行雲 韓娥餘音 繞梁欄三日不絶 魯人虞興 聲發盡動梁上塵."

노래의 가치를 역설하려는 데 있다. 노래는 마음에 담고 있는 절실한 느낌을 전하기 때문에 이럴 수 있다고 생각한 것이다. 노래가 주는 감동은 사람의 마음뿐만 아니라 자연까지도 움직일 수 있다고 한 것이다.

중국 고대의 노래만 이럴 수 있는 것은 아니다. 이럴 수 있는 것은 노래의 변함없는 속성이다. 중국의 노래뿐만 아니라 우리나라의 노래도, 옛날의 노래뿐만 아니라 김천택 시대의 노래도 이럴 수 있다고 하면서, 시조의 가치를 입증하는 전제를 마련했다. 정내교의 서문에서는 시와 노래가 원래 하나인데, 이 둘이 분리된 것이 후대의 폐단이라고 하면서[4] 漢詩와 시조를 대등하게 보아야 한다는 논리를 마련했고, 김천택은 다음과 같이 말을 이었다.

> 우리 東方人이 지은 歌曲은 方言을 전적으로 사용하고, 이따금씩 한문의 문자를 삽입한다. 모두 諺書로 씌어져 세상에 전한다. 대체로 방언을 사용하는 것은 나라의 풍속이므로 그렇게 되지 않을 수 없는 것이다. 우리 가곡은 중국의 樂譜와 나란히 견줄 수 있는 것이 아니라고 하지만, 볼 만하고 들을 만한 것이 있다. 중국에서 노래라고 하는 것은 옛날 악부 및 새소리를 관현에 올린 것들이다. 우리나라에서는 우리 땅의 음에서 나온 것을 漢文語에 맞춘다. 이 점은 중국과 다르다고들 하지만, 그 情境이 다 담기어 있고, 宮商이 조화되어 있어서 듣는 사람으로 하여금 詠歎하면서 마음이 움직이게 하고, 손발을 맞추어 춤추게 하는 점은 마찬가지다.[5]

위의 대목은 全文을 홍만종의 《순오지》에서 따왔다. 《순오지》에는 "……들을 만한 것이 있다"고 한 다음에 "象村集을 보면 芝峰의

---

4) 鄭潤卿, 〈靑丘永言序〉, p. 1227.

5) 金天澤, 〈靑丘永言序〉, p. 1228. "我東人所作歌曲 專用方言 間雜文字 率以諺書 傳行於世 蓋方言之用 在其國俗不得不然也 其歌曲 雖不能與中國樂譜比並 亦有可觀而可聽者 中國之所謂歌 卽古樂府 曁新聲 被之管絃者 俱是也 我國則發之藩音 協以文語 此雖與中國異 而若其情境 咸載宮商諧和 使人詠歎淫泆 手舞足蹈 則其歸一也."

朝天錄 歌詞에다 이런 말을 쓴 것이 있다"고 하고, 그 뒤에는 象村 申欽의 말을 인용했는데,[6] 홍만종의 글을 고쳐서, 인용이 아닌 것처럼 만든 점이 다를 뿐이다. 홍만종의 글이라고 밝히지 않았으니, 홍만종이 인용한 신흠의 말도 출처를 제시할 필요가 없었을 것이다. 그리고 홍만종이 국문 가사를 다루기 위해 내세운 주장을 시조에다 적용했다.

그러나 이러한 표절이 시비거리가 되지는 않는다. 김천택으로서는 이렇게라도 해서 자기의 뜻을 전해야만 했는데, 전하고자 하는 뜻은 명확하다. 우리 노래는 우리말로 된 것이 당연하다고 하고, 우리 노래는 한문의 문자를 이따금씩 삽입하는 것이 특수성인데, 이 특수성 때문에 중국의 노래와 대등할 수 있는 것이 아니고, 情境을 충분히 나타내고 음악적인 조화를 갖추어, 듣는 사람으로 하여금 詠歎하며 마음이 움직이게 하고, 손발을 맞추어 춤추게 하는 점에서 중국의 노래와 대등하다고 했다. 그럼에도 불구하고 세상 사람들은 한시만 숭상하고 시조는 버려도 좋을 것이라고 생각하는 것이 잘못이라고 항의하려는 데 김천택이 말하고자 하는 핵심이 있다.

무릇 文章이나 詩律은 세상에 간행되어 있어서 영구히 전한다. 천년이나 지나도 오히려 泯滅되진 않는다. 그런데 永言은 마치 화초의 빛나는 모습이 바람에 나부끼고, 새나 짐승의 좋은 소리가 귀를 스치는 것처럼 한때 口頭에서 諷詠되다가 자연히 沈晦되고, 후대에는 湮沒되지 않을 수 없으니, 어찌 慨惜하게 여길 일이 아니겠는가! 고려에서 國朝에 이르기까지 名公碩士, 閭井閨秀, 無名氏의 작품을 하나하나 수집하고 잘못된 것을 바로잡고, 잘 써서 책 한 권을 엮어 《靑丘永言》이라고 이름짓는다. 당세의 好事家로 하여금 입으로 외고 마음으로 생각하고, 손으로 뒤지고, 눈으로 보게 하여, 널리 전파하게 하고자 한다.[7]

---

6) 洪萬宗, 《旬五志》 下. "按象村集 其書芝峰朝天錄歌詞曰."
7) 金天澤, 〈靑丘永言序〉, p. 1228. "夫文章詩律 刊行于世 傳之永久 歷千載而猶有所未泯者 至若永言 有似花草榮華之飄風 鳥獸好音之過耳也 一時諷詠於口頭 自然沈晦

이 대목은 〈靑丘永言序〉의 결론에 해당한다. 한문학의 문장이나 詩律은 수집되고 간행되어 있어서 천년이나 지나도 민멸되지 않는데, 〈永言〉이라고 한 시조는 그렇지 않다는 데 대해서 김천택은 개탄해 마지않았다. 시조는 입으로만 전하는 데 만족하지 않고 시조를 모아 시조집을 편찬해서, 시조도 한문학의 작품처럼 기록되어 전해지고 보존될 수 있도록 하고자 한 것이 《靑丘永言》을 편찬한 가장 중요한 의도였다.

시조는 가창을 통해서 전달되었으므로 한 작품도 여러 가지로 달라질 수 있고, 작자를 말하는 데 있어서도 적지 않은 혼란이 있었다. 구비문학에서나 볼 수 있는 바와 같은 이러한 현상은 오늘날 시조의 문헌적 정리에서 큰 수고거리로 등장한다.[8] 김천택은 시조는 가창으로 전달되는 데 그치지 않고 문헌으로도 정착되어야 한다고 생각했고, 기록문학으로서의 요건이 확보되어 전달되기를 바랐다. 이것은 시조가 문자 그대로 〈永言〉일 수 있게 하는 길이다.

시조의 작품을 빠짐없이 수집하는 것이 김천택의 긴요한 과제였다. 한 편이라도 더 모아 전집을 꾸미려고 했다. 金聖器, 金裕器, 朱義植 등의 작품 전부를 입수했을 때 느낀 기쁨은 대단한 것이었다. 蔓橫淸類를 버리지 않는 이유도 이런 데 있다고 했다. 그리고 작품을 모은 다음에는 잘못된 것을 바로잡고, 작자도 밝힐 수 있는 데까지 밝히려고 했다. 〈無名氏分 後跋〉에서는 "이들 無名氏는 시대가 멀어져서 그 성명을 알 수 없는 사람들이며, 모두 지금으로서는 고찰할 수 없으나, 뒤에다 적어두어서, 해박하게 밝혀낼 사람이 나서서 잘못된 바를 고증할 것을 기대한다"[9]고 했다. 무명씨까지 모두

未免湮沒于後 不慨惜哉 自麗季至國朝以來 名公碩士及閭井閨秀無名氏之作 ——蒐輯 正訛善寫 釐爲一卷 名之曰 靑丘永言 使凡當世之好事者 口誦心惟 手披目覽 以圖廣傳焉."

8) 沈載完,《時調의 文獻的 研究》(世宗文化社, 1972).

9) 金天澤,〈無名氏分 後跋〉, p. 1228. "凡此無名氏 世遠代邈 莫知其姓名者 今皆不可攷 因錄于後 以待該治之士 傍叅而曲證."

밝혀야만 온전한 시조집이 될 수 있는데, 그럴 수 없는 것을 안타깝게 여겼다. 이렇게까지 애쓰는 노력이야말로 시조에 대한 깊은 애정의 표시이고, 시조를 위한 마땅한 봉사였다.

그러면서 시조는 작자층이 광범위하다는 점을 거듭 강조했다. "名公碩士, 閭井閨秀, 無名氏"의 작품이 있다고 했고, 다시 金聖器를 평하는 글에서는, "名公鉅卿, 委巷賤流"의 작품이 있다고 했다.[10] 시조에서는 名公鉅卿과 委巷賤流가 같은 자리를 차지했다. 이것은 엄격한 신분의 구분이 이루어져 있던 사회에서는 상상하기 어려운 일일 것 같으나, 시조에서는 이미 실현되고 있었다. 김천택이 시조집을 편찬한 또 하나의 의도는 이 점을 분명히 하려는 데 있었다. 〈有名氏分 後跋〉에서는 시조가 名公碩士 및 閭井閨秀의 것이라는 점을 다시 강조하고, 미천한 사람들의 작품이라도 "비록 그 사람은 취하지 못할지라도, 그 永言은 볼 만하다"[11]고 했다. 시조에서는 신분의 차별이 문제되지 않는다는 생각을 나타낸 것이다.

3

김천택은 김성기의 시조를 특히 높이 평가해서 자세한 평을 썼다. 김성기의 시조 전편을 입수하지 못해서 안타깝게 생각하던 중에 김성기와 가깝게 지낸 金重呂를 통해서 자료를 얻게 되었는데, 김중려는 김성기의 시조를 내놓으면서 다음과 같이 말했다고 한다.

> 나는 漁隱(김성기)과 江湖에서 같이 지낸 지 십수 년이라, 그가 평소에 敍懷寓興한 것을 많이 간직하고 있는데, 그 가운데는 油然히 사람을 감동시킬 것이 있지만, 세상의 귀먹은 풍속이 알아주지 않기 때문에 상자 속에 감추어 두고 好事者를 기다린 지 오래 되었다. 그대의

---

10) p. 1253(海周本의 문장을 따른다). "名公鉅卿委巷賤流之作."
11) 金天澤, 〈有名氏分 後跋〉, p. 1228. "雖其人不足取也 其永言可觀."

말이 이와 같으니, 이 노래가 이제부터 세상에 행해지게 되었다.[12]

"그대의 말이 이와 같다"는 것은 김천택이 김성기의 작품을 찾았다는 말이다. 김성기는 강호에서 자취를 감춘 사람이었을 뿐만 아니라, 자기 작품을 쉽사리 세상에 내놓지도 않았다고 한다. 귀먹은 풍속이라고 한 세상의 풍조가 자기 작품을 알아주지 않으리라고 생각했던 것이다. 그런데 김천택 같은 호사자가 나타나자 김중려는 비로소 소중하게 간직하고 있던 자료를 제공했다. 김천택은 자료를 얻은 기쁨만 말했을 뿐만 아니라, 김성기의 작품세계에 대해서 다음과 같은 찬사를 늘어놓았다.

　　돌아와서 그 全篇을 수삼 차 諷詠하니, 그가 산수에서 跌宕하는 趣에서 얻은 바는 스스로 語辭의 表에 나타나 飄飄然하고, 物外에 遐擧하는 뜻이 있다. 대체로 漁隱은 천지 사이에서 소요하는 한가한 사람이다. 음률에는 오묘하지 않음이 없고, 성격은 강산을 좋아하여 西湖 위에다 집을 짓고, 호를 漁隱이라고 했다. 花朝月夕이면 柳磯에 거문고를 들고 앉기도 하고, 갈매기를 친하면서 세속의 시름을 잊고, 고기를 바라보면서 낙을 알았다. 이로써 스스로 形骸 밖에 몸을 내맡겼다. 이것이 적합한 데서 자적하고, 노래를 善鳴할 수 있었던 이유였도다.[13]

김성기에 대한 찬사는 김천택 자신이 바라는 이상의 표현이라고 할 수 있다. 세상에 어울리지 않고, 자연 속에 숨어서 살며, 산수에서 질탕하게 놀고 초연히 지내는 것이야말로 풍류객의 이상적인 생활이고, 이런 데서 이루어지는 노래가 특히 높은 격조를 지닌다고

---

12) p. 1253(海周本의 문장을 따른다). "吾與漁隱 同住江湖 蓋十數年 其平日敍懷寓興者 多有記藏 而其中有足以油然感人者 聾俗不知 故藏諸巾篋 以待好事者久矣 子言如是 玆曲自以其將行于世乎."

13) p. 1253. "遂歸 其全篇 三復諷詠 其得於跌宕山水趣者 自見於辭語之表 飄飄然 有遐擧物外之意矣 蓋漁隱逍遙天地間一閒人也 凡於音律莫不妙悟 性好江山 搆屋于西湖之上 號漁隱 花朝月夕 或拊琴坐柳磯 或吹簫弄烟波 狎鷗而忘機 觀魚而知樂 以自放於骸之外 此其所以自適其適 而善鳴於歌曲者歟."

생각했다. 문학은 세속의 시름에서 이루어지는 것이 아니고 세속의 시름을 잊어야만 오묘한 경지에 이르게 되고, 형해를 다루는 것이 아니고 형해를 벗어나 천지 사이에서 놀아야만 자연스러운 아름다움이 갖추어진다고 했다. 정내교는 김천택을 평하면서 김천택이 "강호와 산림에서 방랑하고 은둔하는 말을 많이 인용했다"[14]고 하면서, 김천택이 지닌 이와 같은 취향을 지적했다.

그런데 자연 속에서 이처럼 한가하게 노니는 생활은 사대부가 자랑하던 것이다. 정철이나 윤선도의 시조 같은 데서 두드러지게 나타나던 것이다. 그러므로 김성기나 김천택 같은 위항천류가 어떻게 해서 이러한 경지를 노래했던가 하는 것은 의문이 아닐 수 없다. 위항천류는 서울에서 살아가며 서울에서 생업에 종사하고, 사대부가 지닌 것 같은 정신적 경제적인 여유는 없었다. 그런데 어떻게 해서 이럴 수가 있었는가? 이 의문을 풀어주는 단서는 우선 김천택의 시조에서 발견된다.

> 書劍을 못 일우고 쓸 찍 업쓴 몸이 되야
> 五十 春光을 희욤 업씨 지너연져
> 두어라 언의곳 靑山이야 날 씰 쏠이 잇시랴[15]

> 浮生이 꿈이여늘 功名이 아랑곳가
> 賢愚 貴賤도 죽은 後ㅣ면 다 혼가지
> 암아도 살아 혼 盞술이 즐거온가 ᄒ노라[16]

김천택 같은 사람은 書劍을 동경해도 이루지 못할 처지였다. 글을 한다 해도 입신할 만한 글은 되지 못했고, 설사 입신할 만한 글을 했다 해도 신분적 한계는 벗어날 수 없었다. 劍을 수련한다 해

---

14) p. 1254. "多引江湖山林放浪隱遯之語."
15) p. 550, 1533번 時調.
16) p. 469, 1301번 時調.

도 기껏 포교노릇이나 하는 처지였다. 현우귀천은 죽은 후에나 해
소될 수 있으므로, 죽은 후와 같은 상태를 살아서 이루기 위해서
술을 마시고, 노래를 부르며, 강호를 찾았다. 강호의 풍류는 신분에
따라서 제한된 것이 아니므로, 풍류를 즐기면서 사대부와 정신적으
로 같은 경지에 이르려고 했다. 사대부가 한시를 읊듯이 시조를 읊
으며, 시조는 명공석사나 위항천류가 함께 차지한 것이라는 데서
위안을 발견했다.

　정내교가 김천택의 시조는 "아랫사람들이 사는 마을의 누습을 한
꺼번에 씻었고", "音調節腔이며 淸濁高下가 스스로 律에 어울려, 松
江의 가사와 선후에 가지런히 놓을 만하다"[17]고 한 것은 이런 긱도
에서 이해할 수 있는 말이다. 김천택은 자기의 시조에서 松江 정철
의 기풍을 재현하려고 했던 것이다. 그러면서 정내교는 김천택이
세상에서 뜻을 이루지 못하는 심정을 노래로 나타낸다는 사실을 깊
이 이해하고 다음과 같이 말했다.

　　(세상이) 어찌하여 伯涵(김천택)으로 하여금 다만 燕趙의 音으로 불
　평을 올리게 하는가! 또한 그 노래는 江湖와 산림에서 방랑하고 은둔
　하는 말을 많이 인용하면서 거듭 嗟歎하여 마지않았는데, 이것 또한
　衰世의 소리가 아닌가![18]

　세상에서 뜻을 이루지 못한 김천택은 불평하는 소리를 노래로 나
타냈다. 강호와 산림에서 방랑하고 은둔하는 말을 많이 인용하면서,
거듭 嗟歎한 것 자체가 바로 불평이다. 김천택에게서 정철의 기백
이나 윤선도의 자부심을 찾을 수는 없다. 功名을 이루지 못하여 좌
절감에 사로잡힌 김천택은 "浮生의 꿈이어늘"이라고 하고, 자기 자

---

17) p. 1254. "一洗下里之陋", "音調節腔　淸濁高下　自叶於律　可與松江公新飜　後先方駕
　矣."
18) p. 1254. "奈何徒使履叔爲燕趙之悲慨音　以鳴其不平也　且是歌也　多引江湖山林放浪
　隱遯之語　反覆嗟歎而不已　其亦衰世之音歟."

신은 "쓸찍 업쓴 몸"이 되었다는 퇴폐적인 노래를 불렀으며, 이러한 것을 정내교는 "衰世의 소리"라고 했다.

신분적 제약을 당연한 것으로 받아들이면 퇴폐적인 노래가 생겨나지 않을 것인데, 김천택은 신분적 제약이 사회 발전의 질곡으로 의식되던 시대에 살았다. 신분적 특권을 비판하는 의지를 가졌으면 퇴폐적인 노래가 극복될 수 있을 것인데, 김천택은 사대부를 동경하고 스스로 사대부와 같은 정신세계를 가지고자 했다. 김천택이 강호와 산림에서 방랑하고 은둔했다는 것은 자기 시대의 문제에 대한 소극적인 반응에서 나온 태도였다고 할 수 있다.

그러나 김천택은 자기가 위항천류라는 것을 자각하지 않았던 것은 아니다. 사대부의 풍류를 되풀이하고자 하는 한편 위항천류의 문학을 옹호하는 것도 자기의 사명이라고 생각하는 이중적인 태도를 지녔다. 이러한 사명을 버리지 않았다는 증거는 우선 磨嶽老樵가 쓴 〈靑丘永言 後跋〉에 나타나 있다. 김천택은 마악노초에게 《청구영언》을 보이고, "委巷市井의 음란한 말과 외설스러운 사설"[19]을 수록하는 것이 마땅한 일인가 물었다고 하며, 이에 대해서 마악노초는 자못 장황한 설명을 하면서 김천택의 처사가 나쁘지 않다고 했다.

마악노초는 먼저 공자가 《詩經》을 편찬할 때에도 음란한 노래를 빼지 않았던 점을 상기시키고, 이어서 《시경》의 風雅가 쇠퇴한 후에는 詩가 "다만 事辭에만 치달아 詞藻를 넓히고, 景物을 수놓아 재주로 삼으며, 심지어는 소리를 비교하는 병이나 字句를 연마하는 법을 만들어내는 데 이르러서, 性情은 숨었다"[20]고 비판했다. 이러한 풍조는 우리나라의 한시에서 더 심해졌으며, 미천한 사람의 시조가 오히려 다음과 같은 의의를 가진다고 했다.

---

19) 磨嶽老樵, 〈靑丘永言 後跋〉, p. 1228. "委巷市井淫哇之談 俚褻之說詞."
20) 같은 글, p. 1228. "徒馳騁事辭 以爲博藻績景物以爲工 甚至於較聲病鍊字句之法出 而情性隱矣."

가요는 홀로 뛰어나 一路를 열었고, 사람을 울리는 遺旨에 가깝다. 情을 따라서 發해서는 俚語를 사용하는데, 吟諷하는 사이에 油然히 사람을 감동시킨다. 里巷 노래의 音에 이르면, 곡조는 비록 雅馴하지 못하지만, 무릇 그 愉佚, 怨歎, 猖狂, 粗笨하는 情狀과 態色은 각각 자연의 眞機에서 나온다.[21]

里巷 노래라고 한 것은 사설시조를 지칭한 말이며, "愉佚, 怨歎, 猖狂, 粗笨하는 情狀과 態色"은 사설시조의 내용을 지적한 설명이다. 마악노초는 사설시조를 높이 평가해서, '창광, 조분'조차도 자연의 眞機에서 나왔다는 최대의 찬사를 늘어놓았는데, 이 말이야말로 김천택이 듣고 싶어했던 것이다. 김천택은 〈蔓橫淸類序〉에서는 "만횡청류는 辭語가 음란하고 뜻도 寒陋하여 모범이 되기에는 부족하지만, 그 유래가 이미 오래 되었으므로 일시에 폐기하기 어렵다"[22]고 하는 온건한 말을 하는 데 그치고, 마악노초의 말을 빌어서 사설시조를 적극적으로 옹호했다.

김천택이 사설시조를 지었다는 말은 없다. 사설시조 중에서 특히 음란하고, 창광이나 조분을 나타낸 것은 모두 작자 이름이 명시되어 있지 않다. 그 이유는 유래가 오래 되어 작자를 밝힐 수 없는 데 있지 않을 것이다. 작자 이름은 체면상 밝힐 수 없었을 것이다. 사설시조를 옹호한 마악노초조차도 기이한 號만 썼다. 김천택이 사설시조를 지었어도 자기의 것이라고 내세울 수는 없었을 것이다. 그런데 김수장은 김천택을 평하면서 "지은 가곡은 수량이 많으며, 귀한 것도 있고 천한 것도 있다"[23]고 했다. 이 말은 흔히 걸작도 있

---

21) 磨嶽老樵, 〈靑丘永言 後跋〉, p. 1228. "獨最歌謠一路 差近風人之遺旨 率情而發 緣以俚語 吟諷之間 油然感人 至於里巷謳歈之音 腔調雖不雅馴 凡其愉佚怨歎 猖狂粗笨之情狀態色 各出於自然之眞機."
22) 金天澤, 〈蔓橫淸類序〉, p. 1228. "蔓橫淸類 辭語淫哇 意之寒陋 不足爲法 然其流來也已久 不可以一時廢棄."
23) 金壽長, 《海東歌謠》, 《靑丘永言》과 合本(亞細亞文化社, 1974), p. 76. "伯涵所製歌曲其數量多 而或有所貴者 或有所賤者."

고 졸작도 있다는 뜻으로 생각되지만, 귀한 것은 사대부의 풍류에 접근한 작품이고, 천한 것은 음란한 사설시조로 해석할 수도 있을 것이다. 겉으로 드러내놓고 주장하지는 않았지만, 사설시조를 옹호하고 사설시조를 《청구영언》에 수록하는 처사를 세심하게 합리화한 김천택이 스스로 사설시조를 창작하지 않았을 리 없다.

김천택은 옛날 중국의 노래와 자기 당대의 노래가 대등하다고 하고, 명공석사의 시조와 위항천류의 시조가 같은 자리를 차지할 수 있다고 했으며, 사대부의 강호 풍류에 접근하는 문학을 존중하는 한편 음란한 사설시조를 옹호하는 논리를 전개했다. 이러한 양면 중에서, 옛날 중국의 노래, 명공석사의 시조, 사대부의 강호 풍류를 숭상한 것은 상승하고자 하는 희망에 근거를 둔 생각이면서, 또한 이와는 반대가 되는 문학을 긍정하는 데 필요한 전제였다.

자기 당대의 노래, 위항천류의 시조, 음란한 사설시조에 쏟은 김천택의 애정이야말로 더욱 적극적인 의의를 가진 것이었고, 김만중이나 홍만중에게서는 발견할 수 없었던 김천택만이 지닌 가치가 이런 데서 확인된다. 김천택의 문학사상은 자세한 내용을 갖추어 여유있게 서술된 것이 아니었다. 조리정연하게 다듬어진 것도 아니었다. 그러나 김천택은 사대부와는 다른 입장에서 문학의 문제를 논했고, 자기대로의 결단에 의해서 시조를 다루었으며, 김수장, 朴孝寬, 安玫英 등으로 이어지는 문학사의 새로운 시대를 열었다. 申在孝의 출현 또한 이러한 맥락을 이었다고 할 수 있다.

6. 洪 大 容

1

실학이 조선후기 사상사에서 특히 중요한 위치를 차지한 것은 널리 알려진 바와 같다. 집권층에서 이탈해 나온 비판적인 지식인인 실학자는 학문의 사명이 통치 질서를 합리화하는 명분을 수립하는 데에 있지 않고, 재야 사림의 도학적 전통을 굳히는 데 있는 것도 아니라고 하면서, 학문을 통해서 현실을 인식하고 개조하는 방향을 제시하고자 했다. 그들 자신이 영락한 처지에 있어서 지방의 농민이나 도시 시정인이 겪는 어려운 생활을 깊이 이해했으므로, 집권층의 경제적인 수탈을 방지하여서 四民의 생업이 온전하게 이루어질 수 있도록 하는 것을 시급한 과제로 삼았다.

이와 같은 방향으로 나아간 실학은 성리학 또는 주자학에 대해서 일반적으로 비판적인 자세를 가졌다. 주자학의 명분론은 집권층이 이용하든 재야 사림이 내세우든, 현실을 인식하고 개조하려는 노력을 둔화시키는 번쇄한 이론에 지나지 않는다고 생각하고, 주자학 이전의 經學으로 돌아가거나, 주자학을 극복하는 새로운 사상을 모색하면서 사회사상의 철학적 근거를 다시 정립하려고 하였다. 그러나 실학은 사상의 체계보다는 경험적인 다양성을 존중하고, 철학의 문제보다는 생활의 문제가 우선적으로 논의되어야 한다는 주장을 지녔으므로, 주자학의 철학적 극복은 기대했던 것만큼 순조롭게 이루어지지 않았다고 할 수 있다. 鄭齊斗의 陽明學이나 任聖周의 일원론적 주기론은 실학의 범위 안에 들 수 있는 것이 아니었다.

실학자들도 그들 자신이 文人이었고, 문학의 문제를 계속 다루었으나, 실학은 성리학을 비판하듯이 문장학을 비판했다. 문장을 숭상하는 풍조는 과거를 통해서 입신하는 데만 관심을 가지며 나라를 구할 수 있는 실용적인 학문을 저버리는 결과에 이른다고 통렬하게 비판하고, 특히 문장의 표현과 수식을 소중하게 여기는 사장파의 문학관을 공격의 과녁으로 삼았다. 그러면서 실학자들이 희망한 문학은 현실의 문제를 다루고, 사회의 병폐를 지적하는 문학이었는데, 이러한 목표설정이 이루어지기까지에는 많은 곡절이 있었다. 실학의 사회과학적 성향 자체가 문학의 가능성을 의심스럽게 보았는데다가, 문학에 관한 실학의 주장이 실제 창작과 쉽사리 결부되기 어려웠던 것도 문학사상의 구체적인 전개를 위해서 장애가 되는 조건이었다.

실학은 李睟光에게서 연원이 마련되고, 柳馨遠을 거쳐서 李瀷에 이르러서 뚜렷한 모습을 드러내기 시작했다. 그런데 이 가운데서 이수광과 이익은 문학에 대해서 특히 깊은 관심을 가졌던 사람들이다. 이수광의 《芝峰類說》이나 이익의 《星湖僿說》은 문학을 다룬 부분이 두드러지게 큰 비중을 차지한다.

그러나 《芝峰類說》이나 《星湖僿說》이 문학사상의 새로운 전개에서 차지하는 비중은 그리 큰 것이 아니다. 이수광은 문학의 전반적인 문제와 문학의 종류를 두루 다루었지만, 사실은 산만한 나열에 그친 편이었고,[1] 문학의 독립적인 의의를 인정했다고 하지만,[2] 이러

---

1) 金萬重은 《西浦漫筆》(通文館, 1971), pp. 629~630에서 "李芝峰 負詞壇重望 類說 二十卷 論詩者居牛 而其言殊無開發人意處"라고 했다.
2) 崔雄, 〈朝鮮中期詩學研究〉, 《國文學研究》 32(서울大學校 人文大學 國文學研究會,

한 생각이 허균의 경우만큼 선명한 조리를 갖추었던 것은 아니다. 이익은 사회개혁론에서는 물론 華夷論的 세계관의 비판에서도 실학의 진면목을 갖추었으나, 문학의 문제를 다루는 데 있어서는 두드러진 진전을 보여주지 않은 편이었고, 김만중에 비해서 생각이 오히려 뒤떨어졌다고 할 수 있다.

김만중이 민요에 대해서 관심을 가졌듯이, 이익은 倡優戱謔에 대해서 관심을 가졌다. "요즈음 科擧에 급제한 사람은 반드시 倡優를 불러 즐기는데, 창우가 있으면 반드시 儒戱가 있어서, 찢어진 옷과 갓으로 갖가지 추태를 보인다"[3]고 하고서, 戱謔을 여러 번 다루었다. "희학을 좋아하지만, 사납지는 않도다"[4]라고 한 《詩經》의 힌 구설을 거듭 인용해서 사납지 않은 희학을 긍정하고, "기뻐서 웃는 것은 聖人이나 愚人이나 마찬가지지만, 그만둘 수 없을 정도로 크게 웃는 것은 마음의 상실이다"[5]라고 했다. 희학은 그 당시 평민문학의 일반적인 특징이었다고 할 수 있다. 이익은 희학에 대해서 각별한 관심을 가지고 희학을 원칙적으로 긍정했지만, 선비를 웃음거리로 만들어버리는, 지나치게 사나운 희학은 배격한다고 했다. 이익이 평민문학을 이해한 정도와 한계가 이런 데서 확인된다.

이익의 실학은 經世致用學派라 하고, 홍대용(1731~1783)의 실학은 利用厚生學派라고 하는데,[6] 두 학파는 중요한 차이점을 가진다. 경세치용학파는 농촌사회를 파탄에서 구하자는 데에 주안점을 두었으므로 사상적으로 보수성을 충분히 탈피할 수 없었는데, 이용후생학

1975).

3) 李瀷, 〈以儒爲戱〉, 《星湖僿說》上(慶熙出版社, 1976), p. 433. "今時 登科者 必以倡優爲樂 有倡優則必有儒戱 其破衣弊冠 胡說强笑 醜態百陳."

4) 李瀷, 〈善戱謔〉, 같은 책 上, p. 308 ; 〈公是公非〉, 같은 책 上, p. 532 ; 〈戱謔〉, 같은 책 上, p. 131. "善戱謔兮 不爲虐兮"라는 말은 원래 《詩經》 衛風 〈淇奧〉에 나오는 것이다.

5) 李瀷, 〈笑譜〉, 같은 책 下, p. 440. "凡有喜而笑 聖愚同然 然至於大笑不禁 心之失也."

6) 李佑成, 〈한국 社會經濟思想 序說〉, 《韓國思想大系》 II(成均館大學校 大東文化硏究院, 1976), pp. 37~39.

파는 도시 시정인의 생각을 대변하면서 상업이나 수공업의 발전을
역설하고, 사회의 기존 질서 및 그 사상적 바탕에 대해서 한층 더
대담한 비판을 전개하였다. 평민문학의 새로운 동향과 더욱 밀착되
어 있었던 것도 이용후생학파였다. 이러한 차이점은 문학사상의 전
개에서도 확인되는 것이다.

이용후생학파의 실학자로서는 홍대용, 朴趾源, 朴齊家 등이 있었
고, 丁若鏞은 경세치용학파의 사상과 이용후생학파의 사상을 아울
러 지닌 사람이었다. 그런데 이 가운데서 홍대용은 특히 중요한 위
치를 차지하고 있다. 나이로 보아서도 이용후생학파의 지도자일 수
있었는데다가, 주자학의 핵심인 二元論的 理氣論을 비판하고 一元
論的 主氣論을 정립하는 데 있어서 다른 어느 실학자보다도 철저한
결단을 보이면서, 자연과학 사상이나 사회과학 사상의 철학적 기초
를 분명하게 마련했다. 地轉說을 주장하고, 신분적 제한의 철폐를
주장하는 데까지 나아갔으며, 華夷論의 세계관을 극복하고 주체의
식을 정립하는 데 있어서도 선명한 논리를 제시했다.

홍대용은 문학에 대해서 특별한 관심을 가진 사람은 아니었다.
이용후생학파의 과학과 철학이 홍대용에서 절정을 보였다면, 문학
은 박지원에서 절정을 보였다. 박지원은 홍대용이 정립한 사상을
계승하여 이를 문학을 통해 실현한 사람이라고 할 수 있는데, 홍대
용은 문학을 오래 다루지는 않았지만, 〈大東風謠序〉 같은 데서는
박지원조차도 미처 따를 수 없는 경지에까지 이르렀다.

2

東儒가 朱子를 숭상하는 것은 참으로 중국이 따르지 못할 바이다.
그런데 다만 崇奉하는 것만 귀중하게 여기고, 經義에서 의문이 나고
의논할 만한 데 이르러서는 바람부는 대로 따르고, 한무리가 되어 생
각의 허물을 덮어주기만 한다. 이로써 一世의 입에다 재갈을 물리려

한다.[7]

홍대용은 주자를 숭봉하는 것이 학문이라고 하던 풍조를 이렇게 비판했다. 주자를 숭봉하는 무리는 주자의 학설에 대해서 의문을 가지고 따지려 하지 않고, 그대로 믿고 따르며 합리화시키기만 하니, 이렇게 해서는 일세의 입에다 재갈을 물리려는 사상의 탄압만 나타나고 학문은 자취를 감추게 된다고 했다. 사상 탄압의 주동자는 宋時烈이었다. 송시열은 성현의 말을 돈독히 믿고 이단을 배격해야만 세상을 바로잡을 수 있다고 주장했으며, 청나라를 치는 北伐을 해서라도 이러한 주장을 관철해야 한다고 했다. 그런데 북벌의 근거를 부정하고, 청나라의 학술을 받아들여야 한다는 北學을 내세우면서 홍대용은 송시열과 맞섰다.

홍대용은, 성현의 말을 돈독하게 믿는다고 하는 것은 실제로 "世儒가 正學이라 부르는 것은 과거 학문의 자취만 依樣해서 마침내 아무 실용이 없는 짓이다"[8]라고 했다. 이단을 배격해야 한다는 주장에 대해서는, 이단이라고 하더라도 모두 그것대로 마음을 바로잡고 세상을 구하는 방법을 제시하고 있으므로, "나는 내가 좋은 바를 따르고, 그들은 그들대로 선한 일을 하도록 두는 것이, 무엇이 나쁜가?"[9]하고 반박했다. 그리고 이어서 다음과 같이 말했다.

가지런하게 하기 어려운 것이 物이고, 마음은 가지런하게 하기 더욱 어렵다. 사람은 각자가 좋게 여기고 숭상하는 바가 있는데, 누가 그것을 하나로 만든단 말인가? 그러므로 각기 善한 바를 닦고, 能한 바를

---

7) 〈乾淨錄後語〉, 《湛軒書 外集》 3(《影印本 湛軒書》 上, 景印文化社, 刊年未詳), p. 650. "東儒之崇奉朱子 實非中國之所及 雖然惟知崇奉之爲貴 其於經義之可疑可議 望風雷同 一味掩護思 以箝一世之口焉"(앞으로는 《外集》 3, 上 p. 650과 같은 방식으로 자료의 출처를 표시한다).

8) 〈與孫蓉洲書〉, 《外集》 1, 上 p. 469. "世儒號爲正學 依樣塗轍 而竟無實用者."

9) 같은 글, 上 p. 470. "異學雖多端 其澄心救世 要歸於修己治人則一也 在我則從吾所好 在彼則與其爲善 顧何傷乎."

다해서, 私慾을 버리고 풍속을 선하게 하면, 어찌 大同에 해가 될 것인
가 ?[10]

이 말은 사상의 자유가 반드시 보장되어야 할 이유를 밝힌 것이
다. 物은 氣로 이루어져 있는데, 氣가 쉬지 않고 운동하므로 물은
계속 달라지고 그 모습이 일정하지 않다. 그래서 물도 가지런하게
하기 어렵다. "사람의 마음은 氣 가운데서도 가장 맑고, 가장 순수
하며, 신묘해서 헤아리기 어려운 것"[11]으로 이루어져 있으므로 더욱
가지런하게 하기 어려운데, 누구나 같은 생각만 하고 있어야 한다
는 것은 용납할 수 없는 횡포이다. '大同'이라고 한 전체적인 조화
는 마음의 氣가 각기 다른 생각을 하면서 대립적인 운동을 하는 데
서 새롭게 되며, 이렇게 해야만 사상의 발전이 이루어질 수 있는
것이다.

홍대용은 청나라에 갔을 때, 청나라에서는 주자학이 쇠퇴하고 陽
明學이 오히려 더 큰 세력을 가지고 있는 것을 보고, 이러한 사태
를 사상의 위기라 하지 않고 사상의 발전이라고 하였다. 양명학은
양명학대로 선한 바가 있고, 능한 바가 있어서 세상에 기여하면서
大同을 이룬다고 생각했던 것이다. "우리나라는 중엽부터 편파적인
논의가 나타나고, 시비가 공정하지 않게 되었다"고 하여, 주자학만
숭상하는 것을 오히려 사상의 위기라 하고, "중국에서는 주자와는
배치되고, 陸王氏의 학을 존숭하는 사람들이 도도하지만, 이것이 斯
文에 죄를 얻는 짓이라는 말은 듣지 못했다"[12]고 했다.

그러나 홍대용이 양명학을 했다는 말은 아니다. 홍대용은 자유로
운 입장에서 자기의 사상을 모색한 결과 주자나 송시열의 이원론적

---

10) 〈與孫蓉洲書〉,《外集》1, 上 p. 469. "難齊者物 而心爲甚 人各有好尙 孰能一之 然
   則 各修其善 各效其能 要以祛私而善俗 則何害於大同乎."
11) 〈答徐成之論心說〉,《內集》1, 上 p. 6. "就其(氣)中 至淸至粹神妙不測者 爲心."
12) 洪大應, 〈從只湛軒先生遺事〉,《湛軒書 附錄》下, p. 563. "我東 中葉以後偏論出 而
   是非不公……中原 則背馳朱子 尊崇陸王氏之學者滔滔 皆是而未嘗聞得罪於斯文."

이기론을 배격하고 일원론적 주기론을 수립하는 데에 이르렀다. 일
원론적 주기론은 도덕적 당위로서의 理를 부정하고, 이는 氣 자체
의 원리에 지나지 않는다고 하는 철학으로서, 일찍이 서경덕이 제
기한 바 있으나 사상의 탄압 때문에 순조롭게 계승될 수 없었고,
17세기의 어두운 시대를 지나서 18세기에 이르러서야 임성주와 홍
대용이 다시 들고 나올 수 있었다. 임성주는 理氣, 心性 문제에 관
한 집중적인 연구에서 일원론적 주기론에 이르렀고, 홍대용은 자연
및 사회 현상에 관한 광범위한 문제를 해결하는 데에 필요한 기본
원리로서 일원론을 찾아내었다.

　홍대용은 이는 無形한 것이면서 조화의 樞紐이고, 品彙의 근저라
고 하는 주장은 인정할 수 없다고 했다. 무형한 것은 樞紐일 수도
없고, 근저일 수도 없다고 했다. 이는 기를 주재하는 것이 아니고,
기의 所爲를 따르기만 할 뿐이라고 했다.[13] 이렇게 말하면서, 氣의
속성과 운동을 다음과 같이 규정했다.

　천지에 가득 찬 것은 다만 氣일 따름이고, 理는 그 가운데 있다. 氣
는 근본을 논하면, 澹一하고 沖虛해서, 淸濁이 없다고 할 만하다. 그것
이 升降하고 飛揚하여 서로 부딪치고 서로 밀치기도 하고, 찌꺼기도
되고 재도 되어, 가지런하지 않는다. 그래서 맑은 기를 얻어서 化하면
사람이 되고, 흐린 기를 얻어서 화하면 物이 된다. 그 가운데서도 가장
맑고, 가장 순수하며 신묘해서 헤아리기 어려운 것이 마음이 된다.[14]

만물뿐만 아니라 사람까지도, 사람의 신체뿐만 아니라 사람의 마
음까지도 氣로써 이루어져 있다고 하면서, 만물과 사람, 신체와 마
음의 차이는 기의 존재 양상이 다르기 때문에 생긴다고 하는 것이

---

13) 〈心性問〉, 《內集》 1, 上 p. 1. "是理無所主宰 而隨氣之所爲而已."
14) 〈答徐成之論心說〉, 《內集》 1, 上 p. 6. "充塞于天地者 只是氣而已 而理在其中 論
　氣之本 則澹一冲虛 無有淸濁之可言 及其升降飛揚 相激相蕩 糟粕煨燼 乃有不齊 於
　是得淸之氣而化者爲人 得濁之氣而化者爲物 就其中 至淸至粹神妙不測者 爲心."

일원론적 주기론의 핵심적인 내용이다. 이렇게 생각하면, 사람의 마음에 氣의 변화나 운동에 구애되지 않는 理가 미리 갖추어져 있다는 주장이 부정되고, 미리 갖추어진 이가 善의 근거라고 하는 윤리관도 인정할 수 없게 된다. 그러므로 홍대용은 성선설마저 부정했다. 性은 一身의 理인데, 이는 氣에 따라서 선할 수도 있고 악할 수도 있어서 기가 선하면 이도 선하고 기가 악하면 이도 악하다고 했다.[15] 活氣와 血氣, 本然과 氣質이 미리 정해져 있다는 생각도 반대했다.

　　대개 活氣와 血氣는 두 가지 기가 아니다. 本然과 氣質을 논할 것 같으면, 이 둘도 본래 하나의 性이다. 그러므로 기를 말하는 사람은 모두 기는 몸을 채운 것이라고 하고, 성대하게 유행하면 호기라고 하며, 사욕을 따르고 하고 싶은 대로 하면 혈기라고 하는데, 실제로는 하나의 기다.[16]

혈기를 억제해야 호기를 기를 수 있고, 氣質之性을 벗어나야 本然之性을 따를 수 있다고 하는 것은 움직일 수 없는 규범으로 인정되어 왔는데, 홍대용은 이러한 전제를 근저에서부터 부정했다. 호기와 혈기가 하나의 기이고, 본연과 기질이 하나의 性이라고 했으니, 혈기를 억제하거나 기질지성을 벗어나야 한다는 규범은 절대적인 것일 수 없게 되었다.

홍대용의 일원론적 주기론은 만물의 실상이나, 마음의 지향과는 관계없이 미리 갖추어져 있는 理가 존재의 원리이고, 도덕적 당위라고 하는 생각을 부정하고, 존재의 원리나 도덕적 당위는 만물의 실상이나 마음의 지향에 따라서 인식되고 실행되어야 한다는 주장

---

15) 〈心性問〉,《內集》 1, 上 p. 2.

16) 〈答兪擎汝浩氣問書〉,《內集》 3, 上 p. 254. "蓋浩氣血氣非兩氣也　如論本然氣質本是一性　故凡言氣者　皆屬充體　惟其盛大流行　則謂之浩氣　徇私逞欲　則謂之血氣　其實一氣也."

을 확립하는 데 이르렀다. 생각이 이렇게 바뀌니, 그때까지 숭상되어 오던 理의 허위가 쉽사리 파괴되고, 진실이 거침없이 나타날 수 있었다.

지구는 움직이지 않고 해가 지구의 주위를 돈다는 생각이 자연관을 지배하고 있었다. 이러한 생각은 성현이 마련한, 미리 갖추어진 이가 그 타당성을 보장하기 때문에 과학적 검증의 대상이 될 수 없다고 했다. 그러나 홍대용은 성현을 믿지 않고, 미리 갖추어진 이를 인정하지 않았다. 사실을 과학적으로 검증하여 氣 자체의 理를 찾는 방향으로 나아가서, 해는 움직이지 않고 지구가 해의 주위를 돈다는 地轉說을 제창하는 데 이르렀다.[17]

지전설은 세계관의 근본을 뒤바꾸어놓을 만한 의의를 가진 것이었다. 지구는 둥글고 해의 주위를 돈다는 사실이 알려졌으므로, 지구는 평평하고 움직이지 않으며 중국이 그 중심에 자리를 잡고 있고, 중국 주위에 있는 나라는 모두 夷狄이라고 하는 세계관은 근거를 상실하게 되었다. 이와 함께 중국이 문화적으로 세계의 중심이라고 하는 華夷論에 대해서도 홍대용은 다른 어느 사람보다도 철저하게 비판했다. 홍대용은 하늘에서 보면 內外의 구분이 있을 수 없다고 하고,[18] 모든 나라는 각기 자기가 內이고 다른 나라는 外이며, 자기가 중심이고 다른 나라는 변방이라고 생각하는 것이 당연한 일이라고 했다. 모든 나라의 문화는 원칙적으로 대등한 위치에 있으며, 각기 자기대로의 주체성에 따라서 발전한다고 했다.[19] 華夷論의 세계관은 공자의 《春秋》에서 시작되었는데, 공자는 중국 사람이므로 중국을 높였고, 만약 공자가 九夷에 와서 살았다면 內外之分과

---

17) 洪大容의 地轉說은 中國에 가서 西洋人과 접촉하면서 이루어진 것이 아니다. 朴趾源은 〈洪德保墓誌銘〉, 《湛軒書 附錄》, 下 p. 553에서 "泰西人論地球 而不言地轉 德保(洪大容)嘗論 地一轉爲一日"이라고 했다.

18) 〈毉山問答〉, 《內集》 4, 上 p. 362. "自天視之 豈有內外之分哉."

19) 같은 글, 같은 곳. "天之所生 地之所養 凡有血氣 均是人也 出類拔萃制治一方 均是君王也 重門深濠謹守封疆 均是邦國也 草甫委貌文身雕題 均是習俗也."

尊攘之義가 반대로 된 《春秋》를 썼을 것이라고 했다.[20]

중국 중심의 질서와 함께 신분적 질서 또한 미리 갖추어진 理에 근거를 둔 생각이었다. 無形이면서 氣를 주재하는 理는 존귀하고, 형체를 갖추어 움직이는 氣는 천하다고 했듯이, 가만히 앉아 있으면서 일반백성을 지배하는 양반은 존귀하고, 일하면서 움직이는 일반백성은 천하다고 하는 것이 신분적 질서의 핵심이었는데, 홍대용은 이러한 질서는 전혀 인정할 수 없는 것이라고 하면서 다음과 같이 말했다.

> 양반의 무리는 비록 아무리 심한 곤란과 굶주림을 당하더라고 팔짱을 끼고 편하게 앉아, 농사를 짓지 않는다. 간혹 실업에 힘써서 몸소 천한 일을 달갑게 여기는 자가 있다면 모두들 나무라고 비웃어 노예처럼 무시하니, 자연히 노는 백성은 많아지고 생산하는 자는 줄어든다. 재물이 어찌 궁하지 않을 수 있으며, 백성이 어찌 가난하지 않을 수 있겠는가?……재능과 학식이 있다면 비록 농부나 상인의 자식이라도 議政府에 들어가 앉아도 외람될 것이 없고, 재능과 학식이 없다면 비록 公卿의 자식이라도 하인이 된들 한탄할 것이 없다.[21]

홍대용은 힘써 일하면서 사람이 살아가는 데 필요한 재화를 생산하고 공급하는 농부나 상인의 입장에 설 수 있었으므로 이렇게 생각하였다. 자기 자신이 양반이었지만, 일하지 않고 지내는 것을 자랑으로 여기는 양반의 습성을 옹호하지 않고, 벼슬할 수 있는 자격이 양반의 자식에게만 세습되는 것도 마땅히 개혁해야만 할 사회제도라고 했다. 실학이 생산에 종사하는 사람들의 주장을 반영하면서

---

20) 〈毉山問答〉, 《內集》 4, 上 p. 363. "孔子周人也 王室日卑 諸侯衰弱 吳楚滑夏 寇賊無厭 春秋者周書也 內外之分嚴 不亦宜乎 雖然使孔子浮于海 居九夷 用夏變夷 興周道於域外 則內外之分 尊攘之義 自當有域外春秋 此孔子之所以爲聖人也."

21) 〈林下經綸〉, 《內集》 4, 上 p. 307. "兩班之屬 雖顚連窮餓 拱手安坐 不執耒耜 或有務實勤業 躬甘卑賤者 群譏衆笑 視若奴隷 遊民多 而生之者少矣 財安得不窮 而民安得不貧也……有才有學 則農賈之子 坐於廊廟 而不以爲僭 無才無學 則公卿之子 歸於輿儓而不以爲恨."

이루어졌다는 사실을 이런 데서 분명하게 확인할 수 있다.

3

지금까지 설명한 홍대용의 사상은 문학을 논한 글인 〈大東風謠序〉에 그대로 반영되어 있어서, 〈大東風謠序〉는 문학사상의 전개에서 참으로 획기적인 의의를 가진다. 홍대용은 문학을 논한 글을 별로 많이 남기지 않았다. 홍대용에게는 문학이 그리 긴요한 관심사가 아니었다고 할 수 있으며, 자기 사상에 입각해 문학의 문제를 자세하게 파헤칠 만한 겨를을 가지지 않았던 것 같다. 그러나 〈大東風謠序〉만은 생각의 폭과 깊이에서 특히 주목할 만한 글이다.

이 글은 《大東風謠》라는 책의 서문이다. "고금의 전하는 것을 삼가 채록해서 두 책을 엮어 이름을 《大東風謠》라고 하는데, 무릇 천여 편이나 되고, 또한 別曲 수십 편을 얻어서, 그 뒤에다 붙였다"[22]고 한 것을 보면, 《대동풍요》는 홍대용이 편찬했고, 그 뒤는 가사를 수록한 시조집이 아니었던가 한다. 그런데 《大東風謠》는 오늘날 전하지 않고,[23] 그 서문만 《湛軒書》에 수록되어 있다. 시조집이 이때 처음으로 편찬된 것은 아니었다. 《靑丘永言》이하 많은 시조집이 이미 나와 있었고, 《甁窩歌曲集》도 《대동풍요》보다는 앞서 이루어졌을 것 같다. 《대동풍요》는 수록된 작품수가 '천여 편'에 이른다는 점에서도 주목되기는 하지만, 자료를 수집해서 전하는 데 특별한 의의가 있었다기보다는 편찬자가 바로 홍대용이라는 점에서 더욱 주목할 만한 가치가 있었을 것이다.

실학자들은 일반백성의 생활을 이해함으로써 새로운 사상을 전개

---

22) 〈大東風謠序〉, 《內集》3, 上 p. 261. "謹採古今所傳 集成二冊 名以大東風謠 凡千有餘篇 又得別曲數十首 以附其後."

23) 1908년(隆熙 2년) 金喬軒이 편찬한 《大東風雅》는 오늘날까지 전하는데, 이 책은 上下 2권에 각각 163편, 154편의 시조가 수록되어 있다. 이 책은 洪大容의 《大東風謠》와 이름만 비슷할 뿐이고 완전히 딴 책이라고 생각된다.

할 수 있었으며, 일반백성의 문제에 깊은 관심을 가지고 문학활동을 하고 문학을 논함으로써 전에 볼 수 없었던 문학사상을 개척할 수 있었다. 홍대용·박지원·정약용이 모두 이러한 방향으로 나아갔는데, 홍대용은 시조에 정열을 쏟고, 시조를 다루면서 자기의 문학사상을 전개했으며, 박지원은 도시 시정인의 생활을 다룬 소설을 쓰고 이러한 소설을 옹호하는 이론을 전개했고, 정약용은 농촌 빈민의 처지를 호소하는 한시를 쓰고 이렇게 하는 것이 문학의 참다운 길이라고 주장했다. 홍대용의 〈大東風謠序〉는 시조집의 서문으로서 다른 어느 것보다 철저한 이론을 갖추었고, 박지원의 소설론이나 정약용의 한시론과 같은 자리에서 다룰 수 있는 것이면서, 사상적인 깊이에서는 한층 더 주목해야 할 것이다.

> 노래는 情을 말로 한 것이다. 情이 말에서 움직이고, 말이 글을 이루면, 노래라고 한다. 巧拙을 버리고, 善惡을 잊으며, 自然에 의거하고, 天機에서 나오는 것이 잘된 노래이다.[24]

〈大東風謠序〉는 이렇게 시작되면서, 먼저 노래의 정의를 내렸다. 노래는 性情에서 나온다는 것이 오랜 관념이었고, 성정이라고 하지만 그 가운데서도 性이 근본적으로 중요하다는 생각이 지배적인 위치를 차지해 온 이론이었는데, 홍대용은 성정을 함께 말하지 않고 情만 말하면서 "노래는 情을 말로 한 것이다"라고 단언했다. 本然之性이 바로 氣質之性이고, 活氣가 바로 血氣라고 생각한 홍대용은 情을 그 자체로서 긍정할 수 있는 이론을 이미 마련하였다. 사람의 본성은 善하다고 하는 견해도 부정함으로써, 선하고 巧한 것의 근원이 따로 마련되어 있다고 보지 않고, 巧拙을 버리고, 선악을 잊은 情이야말로 자연에 의거하고 天機에서 나오는 것이라고 했다. 이렇

---

24) 〈大東風謠序〉,《內集》3, 上 p. 260. "歌者 言其情也 情動於言 言成於文 謂之歌 舍巧拙忘善惡 依乎自然 發乎天機 歌之善也."

게 생각해야만 교졸이니 선악이니 하는 기준에 구애되지 않고, 일반백성들의 노래라도 그 자체로서 이해하고 평가할 수 있게 된다.

《詩經》의 國風은 허다히 里巷의 노래를 따랐으므로, 덕성을 함양하는 교화도 있고, 풍자하는 뜻도 있었다. 거리에서 부르는 노래 그 자체의 지극히 선하고 지극히 아름다운 데 비하면 손색이 있지만, 진실로 모두 當世 性情之正에서 나온 것이었다. 그러므로 邦國에서 아뢰면 음악을 맡은 太師가 채취해서, 管絃에다 올리고, 宴樂으로 사용해서, 庠塾에서 거문고 타고 글 읽는 선비나 밭에서 패랭이 쓰고 농사 짓는 백성으로 하여금, 모두 기뻐 감발하여 모르는 사이에 날로 선해지도록 했다. 이는 詩의 敎化가 아래에서 시작해서 위까지 통달한 것이다.[25]

노래가 어떻게 전해지고, 어떻게 변모되었는가 살피기 위해서 《詩經》의 경우를 논했다. 《시경》의 國風은, 알려져 있는 바와 같이, 대부분 일반백성의 노래를 채집해서 이루어졌다. 그러므로 국풍은 선비나 농부를 함께 감동시키고, 모르는 사이에 교화할 수 있었다고 했다. 그러나 홍대용은 국풍이라도 거리에서 부르는 노래와 같다고만 하지는 않았다. 국풍만 하더라도 교화가 의도적으로 가미된 것이므로 거리에서 부르는 노래 그 자체만큼 선하고 아름다울 수는 없다고 했다. 민요가 선하고 아름답다는 것은, 자연에 의거하고 天機에서 나온 특징이지만, 管絃에 오르고 宴樂으로 사용된 노래가 사람을 선하도록 교화하는 것은 자연에서 벗어나고 천기와 어긋날 수 있는 가능성을 내포한 변화라고 보았다.

국풍에 나타난 성정은 "當世 性情之正"이라고 했다. 이 말은 性情之正이라도 시대를 초월한 불변의 것은 아님을 지적하고, 시대를 초월한 불변의 성정지정을 내세우지 않고, 자기 시대의 문제에 충

---

25) 〈大東風謠序〉, 《內集》 3, 上 p. 260. "詩之國風 多從里歌巷謠 或有涵泳之化 亦有諷刺之意雖有遜於康衢謠之盡善盡美 固皆出於當世性情之正也 是以邦國陳之 太師採之 被之管絃 而用之宴樂 使庠塾絃誦之士 田野襁褓之氓 俱得以歡欣感發 而日遷善 而不自知此詩敎之所以自下達上也."

실한 것이 《詩經》의 가치라는 사실을 밝힌 것이다. 그러나 이미 '性'이라는 것이 별도로 개념화되고, '性情之正'이 의식되기 시작한 것은 경계해야 할 현상이었다. 《시경》 시대에는 하층민의 노래가 상층까지 공감을 주어 상하민이 함께 즐길 수 있었지만, 이러한 공감이 파괴되고 선비의 노래와 농부의 노래가 분열될 수 있는 조짐도 이미 나타났던 것이다.

주나라 이후에는……시와 노래는 그 體가 다르게 되고, 사람의 거짓이 늘어나 情이 글과 상응하지 않게 되었다. 그래서 聲律은 교묘하고, 格韻은 높고, 생각은 비록 세밀하게 되었으나, 자연스러운 이치는 더욱 없어졌다. 비록 바르다고 하지만, 天機는 더욱 상실했다.[26]

주나라 이후에는 선비의 시와 농부의 노래가 분열되어 문학의 위기가 시작되었다. 선비의 시는 자연스러운 정을 나타내지 않고, 聲律이나 格韻만 돌보면서 타락하는 길을 걸었다. 그런데도 주나라 이후 중국의 시가 문학의 영원한 규범인 듯이 생각하고 그것을 본뜨려고 하는 조선의 한시는 더욱 평가할 수 없는 것이라고 했다. 중국 중심의 사고방식을 그대로 따르면, "조선은 동방의 오랑캐이고, 風氣는 좁고 얕으며, 방언은 분명하지 않아서 알아듣기 어렵다"고 하게 되고, 조선의 "詩律은 工巧함이 중국에 비해서는 멀리 뒤떨어지고, 詞操의 체재는 더욱 들을 것이 없다"[27]고 하게 된다. 그러니 중국의 시가 이미 자연스러운 이치가 없어지고 천기를 상실했다면, 중국의 시를 본뜬 조선의 시는 더욱 말할 것도 없다고 하는 것이 당연한 결론이다.

그러나 사태가 이렇게 되었어도 문학의 위기는 극복할 수 없는

---

26) 〈大東風謠序〉,《內集》3, 上 p. 260. "自周以後……詩與歌異其體 人僞滋 而情與文 不相應 是以其聲律之巧 格韻之高 用意雖密 而愈失其自然理致 雖正而愈喪其天機."
27) 같은 글, p. 261. "朝鮮固東方之夷也 風氣褊淺 方言侏離 詩律之工 固已遠不及中華 而詞操之體 益無聞焉."

것이 아니고, 조선에서의 위기도 온전하게 극복할 수 있는 길이 있다고 하는 데서 홍대용의 주장은 한 걸음 더 나아갔다. 《시경》시대가 지나자 문학의 위기가 시작되었다고 하는 것은 새삼스러운 생각이 아니었고, 이러한 위기를 극복하는 방법에 관해서도 이미 많은 의견이 제시되어 있었다. 古文家는 공허하고 경박한 수식에만 힘쓰는 풍조에서 벗어나기 위해서 先秦時代의 건실한 문장을 재현해야 한다고 했다. 성리학자는 도를 저버리는 풍조를 배격하고 載道之器로서의 문학을 재건해야 한다고 했다. 그러나 홍대용은 이렇게 생각하지 않았으며, 문학의 위기는 일반백성의 노래를 다시 찾는 데서 쉽사리 극복될 수 있다는 참으로 혁명적인 주장을 내세웠다.

일반백성의 노래는 중국에서든 조선에서든 《시경》이 이루어지기 전에도 있었고, 《시경》 시대 이후에도 계속 존재한다. 그러므로 일반백성의 노래에서는 문학의 위기가 나타나지 않았으며, 문학의 위기는 다름이 아니라 바로 일반백성의 노래를 저버린 데 있다고 했다. 일반백성의 노래에서는 중국의 것이 모범이고 조선의 것은 그 복사판이라는 논리도 성립되지 않는다. 중국이 세계의 중심이라는 것은 타당성이 없는 주장이고, 모든 나라의 문화는 원칙적으로 대등한 위치에 있으며, 각기 자기대로의 주체성에 따라서 발전한다는 사상이 특히 이 경우에 명확하게 실증된다. 그런데도 중국 중심의 사고방식에 젖어 있는 사람들은 이와 같이 명확한 사실을 인정하지 않으려 하고 있었으므로 이러한 사람들을 설득하기 위해서 다음과 같이 말했다.

이른바 노래라는 것은 巷間의 상말로 엮은 것이고, 한문 문자도 가끔 섞여 있다. 옛것을 좋아하는 사대부는 왕왕 즐겨 지으려고 하지 않고, 대부분 어리석은 사나이나 어리석은 아낙네의 손에서 이루어졌다. 그러므로 그 말이 얕고 속되다고 하여 군자는 모두 취하지 않는다. 그러나 《詩經》의 이른바 國風이라는 것도 풍속을 노래한 보통말이었다.

그 당시에 듣던 사람은 오늘날 사람이 오늘날 노래를 듣는 것과 같지 않았다고 어찌 알 수 있겠는가?[28]

이렇게 말하면 일반백성의 노래가 무엇인지 완고한 사대부도 이해할 수 있게 된다. 완고한 사대부라도 《시경》의 국풍은 인정하고 있으므로 《시경》의 국풍을 끌어와서 노래의 가치를 입증했다. 그러나 홍대용은 자기 시대에 일반백성이 부르는 노래는 《시경》의 뒤를 이었기 때문에 가치를 인정할 수 있다고 생각하지는 않았다. 앞서 밝힌 바와 같이, 국풍이라도 이미 순수한 노래는 아니라고 했으며, 국풍을 끌어오지 않고 노래를 그 자체로서 평가할 수 있는 논리를 처음부터 마련하고 있었다. 그러므로 다음과 같이 주장할 수 있었다.

오직 입으로 부르는 대로 노래가 된다고 해도, 말은 마음에서 나온다. 곡조가 알맞지 못하다 해도, 天眞이 드러난다. 그러므로 나무하면서 부르는 노래나 농사지으면서 부르는 노래는 또한 자연에서 나온 것이고, 이것저것 주워모아 다듬으면서, 말은 옛것이라고 하며, 天機를 깎아 없앤 사대부의 詩보다 오히려 나은 것이다.[29]

국어문학의 가치를 입증하는 이론은 이미 金萬重이 제기했다. 시조가 한시에 못지않은 것이라는 주장은 이미 金天澤도 내세웠다. 그러나 홍대용의 논리는 김만중이나 김천택이 이르지 못한 데까지 이르렀다. 김만중은 국어문학의 가치를 주장하면서도, 사대부의 우아하고 세련된 감정을 국어로 표현하는 것이 문학의 이상이라고 생

---

28) 〈大東風謠序〉, 《內集》 3, 上 p. 261. "其所謂歌者 皆綴以俚諺 而間雜文字 士大夫好古者 往往不屑爲之 而多成於愚夫愚婦之手 則乃以其言之淺俗 而君子皆無取焉 雖然詩之所謂風者 固是謠俗之恒談 則當時之聽之者 安知不如以今人而聽今人之歌耶."

29) 〈大東風謠序〉, 《內集》 3, 上 p. 261. "惟其信口成腔 而言出衷 曲不容安排 而天眞呈露 則樵歌農謳 亦出於自然者 反復勝於士大夫之點竄敲推 言則古昔 而適足以斲喪其天機也."

각하는데, 홍대용은 나무하면서 부르는 노래나 농사지으면서 부르
는 노래는 국어로 된 것이기 때문에 가치가 있다는 사실보다 일반
백성의 생활 속에 살아 있는, 자연스럽고 천진한 情을 그대로 나타
내므로 가치가 있다는 사실을 더욱 중요시했다.

　김만중은 민족문학을 주장하면서도 사대부로서의 한계는 그대로
지니고 있었는데, 홍대용은 사대부로서의 한계를 벗어나면서 민족
문학을 주장했다. 그리고 김천택은 漢詩에 대한 시조의 우위를 명
백하게 입증하는 데까지는 나아가지 않았지만, 홍대용은 자연에 의
거하고, 天機에서 나오는 노래가 진정한 가치를 가진다고 말하는
데 그치지 않고, 이러한 주장의 철학적 근거를 理氣, 心性의 문제를
다루면서 철저하게 다졌으므로, 한 시대의 새로운 문학사상을 의심
할 바 없이 명확하게 입증할 수 있었다.

4

　홍대용이 한시를 다룬 글은 〈大東風謠序〉만큼 깊이와 폭을 갖추
고 있지 않다. 홍대용은 한시를 짓기는 했어도 한시에 대해서 그리
큰 관심은 가지지 않았다. 한시는 배우지도 않았고, 적성에도 맞지
않으며, 그래서 익숙하지도 않다는 말을 거듭 했으므로,[30] 한시에
대한 적극적인 주장을 갖추었으리라고 기대하기 어렵다. 찾아볼 수
있는 자료는 다음과 같은 것들이다.

　詩는 冲遠한 것을 귀중하게 여긴다. 차라리 졸렬하고 기교가 없을지
라도, 반드시 溫厚한 것으로 근본을 삼아야 한다.[31]

---

30) 〈繪聲園詩跋〉, 《內集》 3, 上 p. 268. 〈余素不學詩〉 ; 〈海東詩選跋〉, 《內集》 3, 上
　　p. 267. 〈不嫺於詩律〉 ; 〈與孫蓉洲有義序〉, 《外集》 1, 上 p. 433. "詩律葩藻 尤不適
　　性."
31) 〈與孫蓉洲書〉, 《外集》 1, 上 p. 456. "蓋詩貴冲遠 寧拙無巧 又必本之以溫厚."

年來에 窮하게 지내면서 무료하여, 때때로 吟咏하면서, 또한 五言古
體를 배워서 뜻에 따라서 글자를 모은다. 近體詩가 지닌 平仄聲의 병
을 앓으면서 고민하지는 않는다.[32]

漢魏의 古體를 본받으며, 孤高하게 행세하자는 것은 아니다. 입에서
나오는 대로 진실하고 솔직하게 표현하여, 平仄과 排偶의 고민이 없는
것을 좋아한다.[33]

홍대용은 궁하게 지내며 무료할 때에는 한시를 지었다. 한시를
즐기지 않았으면서도 한시를 자기가 창작하는 문학으로 삼았고, 일
반백성의 노래를 그처럼 존중하고 風謠集을 편찬하기까지 했으면서
도 풍요를 남겼다는 증거는 발견되지 않는다. 홍대용의 관심은 이
치를 따져서 이론을 세우는 데 집중되어 있었으므로, 사상의 정립
에서는 다른 사람들보다 철저할 수 있었지만, 자기의 창작을 통해
서 문학의 문제를 다루는 데 있어서는 깊이 경청할 만한 견해를 제
시할 수 없었다. 〈大東風謠序〉를 쓰고 《大東風謠》를 편찬한 것은
어디까지나 이치를 따지는 작업이 선행해서 이루어진 결과였다.

홍대용이 한시를 논하면서 한 말은 〈大東風謠序〉에서 제시한 생
각의 일부를 간략하게 나타냈다. 시는 입에서 나오는 대로 자연스
러운 정을 나타내야 한다고 하고, 그러기 위해서는 平仄과 排偶의
까다로운 규칙이 있는 近體詩를 버리고 漢魏의 古體詩로 돌아가야
한다는 것이 내세운 주장의 핵심이다. 정교한 수식으로 다듬어진
표현보다는 생활 자체의 감정이 더 중요하다고 생각했으므로 이러
한 주장을 내세웠다. 시는 의식적으로 만들어내지 않고 입에서 나
오는 대로 써야만 진실하고 솔직한 표현을 갖추게 된다는 것도 당

---

32) 〈與鄧汶軒師閔書〉, 《外集》 1, 上 p. 432. "年來窮居無聊 時有吟咏 亦學作五言古體
　　爲其隨意集字 無近體平仄聲病之苦."
33) 〈答失朗齋文藻書〉, 《外集》 1, 上 p. 452. "效漢魏古體 非敢爲高也 善其信口眞率 無
　　平仄排偶之苦."

시의 漢詩가 지닌 맹점을 극복하는 데 중요한 의의를 가진 참신한 생각이라고 할 만하다. 그러나 이러한 목표를 한시로써만 실현하려 하고, 五言 古體詩가 가장 바람직한 대안이라고 한 것은, 문제 해결을 위한 적극적인 자세라고 할 수 없다.

　시는 冲遠한 것을 귀중하게 여기고 溫厚한 것으로 근본을 삼아야 한다는 말도 검토할 필요가 있다. 충원과 온후는 한시에서 이미 오랫동안 존중되어 오던 것이고, 홍대용이 새삼스럽게 내세울 만한 의의를 가졌다고는 보기 어렵다. 홍대용은 궁하게 지내며 무료할 때면 시를 짓는다고 했다. 그럴 때 짓는 시라면 시간의 공백을 메우고, 마음에 위안을 주는 정도의 구실을 했을 것이고, 자기 시대의 문제에 대한 깊은 고민 같은 것을 표현할 수는 없었을 것이다. 시에 대한 홍대용의 생각은 그만큼 안이했다고 할 수 있다. 그러므로 박지원이나 정약용과 비교해 볼 때, 특히 이러한 점에서 홍대용의 한계가 발견된다.

7. 朴 趾 源

1

朴趾源(1737~1805)은 자기 자신을 文人으로 생각했던 사람이다. 그러나 박지원의 문학은 과거를 통해서 입신하는 데 필요한 詞章도 아니며, 山林으로 물러나서 심성을 기르는 데 필요한 載道之器도 아니었다. 그러한 문학을 모두 거부하는 데서 문학을 하는 보람과 의의를 찾았으며, 實學에 근거를 둔 문학을 주장하고 실행했다. 실학에 근거를 둔 문학이라면 실학의 당면한 과제를 문학으로 표현하거나 실학의 사회관에 따라서 문학의 문제를 설명하는 것으로 생각할 수 있는데, 박지원의 문학사상은 이러한 것만도 아니었다.

실학자들은 혼히 문학 자체는 의심스러운 것이라고 생각하면서 문학이 실학의 요구를 따르도록 하는 데 논의를 집중시켰는데, 박지원은 문학이야말로 落拓不遇한 위치에서 사회를 비판하는 선비가 할 수 있는 다른 어떤 활동보다도 중요한 의의를 가지고 있다는 점을 깊이 자각하고, 문학으로 실학을 이루었다. 박지원이 문체를 혁신하고 소설을 쓰기도 한 것은 문학에 관한 고심에 찬 탐구의 결과로 이루어진 발견이고, 자기 시대의 문학이 어떤 방향으로 나아가야 할 것인가 하는 문제에 대한 해답이었다.

　박지원의 《燕巖集》은 글을 모아놓기만 한 책이 아니고, 문학창작집이라는 분명한 의식을 가지고 편찬되었으며, 창작에 관한 이론 또한 필요한 곳마다 적절하게 삽입되어 있다. 각 권이 별도의 제목을 가진 체제를 이루고 있으며, 그 중에서 권3 《孔雀館文稿》, 권5 《映帶亭膡墨》, 권7 《鍾北小選》, 권8 《放璚閣外傳》 등에 〈自序〉가 있다. 이 밖에도 문학론에 관한 글이 적지 않은데, 특히 자기를 따르던 후진인 朴齊家, 李德懋, 李書九 문집의 서문인 〈楚亭集序〉〈嬰處稿序〉〈綠天館集序〉 같은 글은 문학운동의 방향을 제시한 선언문이라고도 할 수 있으며, 〈騷壇赤幟引〉 같은 데는 창작의 실제적인 문제가 조리정연하게 서술되어 있다. 박지원은 창자과 이론을 밀착시키고, 명확한 의도와 방법을 확인하면서 문학을 했던 사람이다.

　글을 잘 쓰는 사람이면 兵事를 알 것이다. 글자는 비유하자면 사졸이고, 뜻은 비유하자면 장수이다. 제목이라는 것은 敵國이고, 故事라고 하는 것은 戰場이며 城壘이다. 글자를 묶어서 구절을 만들고, 구절을 모아서 章을 이루는 것은 隊伍行進과 같다. 韻으로 소리를 내고 수식으로 빛을 내는 것은 金鼓 旌旗와 같다. 照應이라는 것은 봉화대이다. 譬喩라는 것은 遊騎이다. 억양 반복은 서둘러 싸워 撕殺하는 방법이다. 쓰기 시작하고 끝을 맺음은 먼저 올라가고 적을 사로잡는 것이다. 함축을 귀중하게 여기는 것은 머리가 흰 군졸은 잡지 않기 위함이다. 餘音이 있는 것은 군대를 거느리고 개선하는 모습이다.[1]

　박지원이 이처럼 글쓰는 방법을 軍事에다 비유한 것은 우연한 일이 아니다. 박지원은 세상에서 인정하는 방법으로 글을 쓰지 않았고 세상에서 인정하는 가치관을 격파하고 자기의 주장을 펴는 반란

---

1) 〈騷壇赤幟引〉, 《燕巖集》1 影印本(慶熙出版社, 1966), p. 25(앞으로는 1, p. 25와 같은 방식으로 자료의 출처를 표시한다). "善爲文者 其知兵乎 字譬則士也 意譬則將也 題目者敵國也 掌故者戰場城壘也 束者爲句 團句成章 猶隊伍行陣也 韻以聲之 詞以耀之 猶金鼓旌旗也 照應者 烽埈也 譬喩者 遊騎也 抑揚反復者 鏖戰撕殺也 破題而結束者 先登而擒敵也 貴含蓄者 不禽二毛也 有餘音者 振旅而凱旋也."

을 일으키면서 글을 썼으며, 글쓰는 것 자체가 반란이었다. 반란에서 성공하기 위해서는 대단한 장수를 내세워 사졸을 지휘하고, 필요한 전술을 두루 동원해서 싸워야 하듯이, 반란을 일으킨 글 또한 그럴 수밖에 없는 것이다. 박지원은 반란을 일으켜 세상을 뒤엎으려는 사람처럼 세심하게 준비하고, 반드시 이길 수 있도록 하는 작전을 구상하면서 문학을 했으며, 그렇기 때문에 박지원의 문학사상은 다른 사람이 생각할 수 없었던 데까지 이르렀고, 계속 미진하게 남아 있던 문제까지 두루 파헤쳤다.

글자는 사졸이고, 뜻은 장수이며, 제목은 적국이고, 고사는 전장이며 城壘라고 하는 말은 문학작품이 무엇인가를 밝힌 것이다. 글자는 겉으로 나타난 말이고, 뜻은 말로써 나타내고자 하는 주제이다. 문학작품은 이 둘을 다 갖추어야 하는데, 글자가 사졸이 되고 뜻이 장수가 되어야 온전한 질서가 이루어지고, 이와는 반대로 말이 뜻을 저버리면 수습할 수 없는 무질서에 이르게 된다. 그런데 장수는 자기의 능력을 자랑하기 위해서 사졸을 지휘하지 않고 적국을 격파하기 위해서 사졸을 지휘해야 하듯이, 주제는 반대가 되는 주장을 격파하기 위해서 설정되어야 한다. 공격 목표가 없는 문학작품은 글자나 뜻의 공연한 나열에 그친다.

적국은 공격하는 장수가 나서기 전부터 존재해 있고, 이미 여러 번 공격을 받았으므로 전장이 있고 성루가 있다. 주제가 반대되는 주장을 격파하는 행위도 해묵은 소재를 거듭 사용하면서 이루어지는 경우가 허다하다. 그런데도 전에는 이기지 못하던 싸움에서 이기고, 전에는 격파하지 못하던 주장을 격파하기 위해서는 묵은 전장과 오래된 성루에서 새로운 싸움을 일으켜야 하고, 새로운 싸움에서 이기려면 전에 없었던 작전이 필요하다. 이렇게 생각한 박지원은 뜻이 글자를 지휘하는 전술인 표현 방법에 대해서 특히 깊은 관심을 가졌다.

글자를 묶어서 구절을 만들고 구절을 모아서 章을 이루는 수법,

韻이나 수식, 照應, 비유, 억양 반복, **破題**와 결속, 함축, 여음 등의 표현 방법은 형식 위주의 문학관에서나 존중할 만한 것이고, 浮華한 형식을 버리고 건실한 내용을 갖추어야 한다고 주장하는 문학관에서는 돌보지 않던 것이라고 할 만하다. 형식 위주의 문학관은 先秦시대의 모범적인 문장이 자취를 감추게 되자 나타난 것이라고 하여, 고문가나 도학파가 다 함께 배격해 왔다. 그런데 박지원은 고문가나 도학파의 주장을 되풀이하지 않았으며, 문학작품을 쓰는 데 있어서 표현 방법이야말로 참으로 중요한 것이라고 생각했는데, 그렇게 생각한 이유가 형식 위주의 문학관을 다시 긍정하자는 데 있었던 것은 아니다. 뜻인 장수가 적국을 격파하기 위해서 글자를 사졸로 삼아 지휘하는 작전이 필요하다고 한 박지원은 형식보다는 오히려 내용이 선행되어야 한다고 생각했다.

그러나 내용을 그냥 나타내기만 하면 목적을 달성할 수 없다. 건실한 내용을 갖추는 데 그치면 적국에 항복을 하고 말아야 한다. 세상에서 인정되는 가치관과는 반대가 되는 주장을, 그렇기 때문에 결코 건실하다는 평가는 받을 수 없는 내용을 직설적으로 서술하면 자살을 하는 결과에 이른다. 힘든 싸움에서 이기기 위해서는 면밀하게 계획된 표현 방법을 두루 동원해야 하고, 직설법은 배격해야 한다. 직설법으로 이루어진 논설은 무력하지만, 운이나 수식, 조응, 비유, 억양 반복, 파제와 결속, 함축, 여음 등을 두루 갖춘 문학작품은 대단한 힘을 지닐 수 있다.

박지원이 열거한 표현 방법은 어느 것이나 뜻을 앞세우고 바로 나가는 직설법의 어리석은 행진을 제어하는 효과를 가지고 있다. 행진을 하려고 해도 글자를 묶어 구절을 만들고, 구절을 모아 章을 이루는 수법을 터득해야 한다. 운이나 수식으로 金鼓 旌旗의 효과를 내면 행진은 더욱 힘차고 화려하게 된다. 그러나 금고 정기를 갖춘 행진이라도 행진만으로는 싸움에서 이길 수 없고, 적국에서 예측할 수 없는 데다 군사를 숨겨두고, 적국에서 뜻하지 않고 있을 때에 공격하는 작전이 필요하다. 이러한 이유에서 봉화대도 필요하지만, 遊騎 즉 유격전 요원이라고 한 비유는 더욱 중요한 역할을 한다. 표현 방법을 군사에다 견준 것 자체가 비유이듯이, 박지원의 글은 실제로 비유를 다채롭게 활용해서 직설법으로는 기대하기 어려운 기발한 효과를 쉽사리 거두었다. 비유에 의한 공격은 공격당하는 쪽은 미처 알아차리기 전에 바로 핵심에 도달할 수 있는 것이다. 그리고 억양 반복, 파제 결속, 함축, 여음 등도 모두 승리를 다짐할 수 있는 효과적인 공격 방법인데, 이러한 공격 방법을 두루 활용한 박지원의 문체는 상식의 범위를 크게 벗어나는 방향에서 적국의 허점을 찌르고, 예측하기 어려운 변화를 보이는 가운데 진실을 확보했다.

박지원은 또 다른 글에서 "문장에 道가 있어야 하는 것은 訴訟하는 사람이 증거가 있어야 하는 것과 같아서……비록 辭理가 明直하다고 해도, 만약 다른 증거가 없으면 어떻게 이길 수 있겠는가?"[2] 라고 말했다. 사리가 명직하다고 해서 훌륭한 글이 될 수 있는 것은 아니다. 훌륭한 글은 싸움에서 이겨야 하는 글이고, 소송에서 이겨야 하는 글이므로, 명직한 사리 외에 다른 증거가 더 있어야 한다. 소송에서 이겨야만 목적을 달성하게 되는 것이고, 목적을 달성하지 못하는 辭理나 勝訟하는 데 도움이 되지 않는 증거일지라도 그 자체로써 가치가 있다는 주장은 인정할 수 없다. 이렇게 써야 한다는 것이 바로 문장의 道이다. 문장의 도를 터득하면 문학관이 전혀 달라진다고 하면서, 박지원은 다음과 같이 말했다.

집안사람이 예사로 하는 이야기를 오히려 學官에서 열거할 만하고, 아이들의 노래나 마을의 상말을 《爾雅》에 수록할 만하다. 그러므로 글이 공교롭지 않은 것은 글자의 죄가 아니다. 저 字句의 雅俗을 평하고, 篇章의 高下를 논하는 자들은 모두 合變의 기틀과 制勝의 방법을

---

2) 〈答蒼厓〉, 5, p. 93. "文章有道 如訟者之有證……雖辭理明直 若無他證 何以取勝."

모른다.[3]

　學官에서 가르치는 것은 성현의 말이고, 《爾雅》는 사물이나 말을 풀이한 경전이다. 글을 쓰는 사람들은 학관에서 가르치는 바를 따르고 《爾雅》를 계승해야 속되지 않고 우아한 표현을 할 수 있다고 생각해 왔다. 그러나 박지원은 겉으로 드러난 말이 속된가 우아한가 하는 것은 문학작품을 평가하는 데 아무런 의의도 없다고 단언했다. 성현의 문구나 경전의 구절이라도 싸움을 하고 소송을 하는 데 도움이 되지 않는다면 마땅히 버려야 하고, 집안사람이 예사로 하는 이야기, 아이들의 노래, 마을의 상말 같은 것들이라도 글쓰는 사람의 목적을 달성하는 데 결정적인 구실을 할 수 있으면 성현의 문구나 경전의 구절보다 존중할 필요가 있다고 했다.

　문학작품은 그것을 구성하고 있는 개별적인 요소로서 존재하는 것이 아니고 평가될 수 있는 것도 아니다. 개별적인 요소를 엮어서 이룬 전체적인 질서야말로 문학작품의 생명인데, 전체적인 질서의 본질은 바로 合變이다. 합변은 부분적인 요소를 합쳐서 부분적인 요소들이 원래 지니지 않고 있던 새로운 뜻을 만들어내는 변화이다. 마을의 상말로 비유를 삼아 상말 자체와도 다르지만 상말 없이는 구체화할 수 없는 뜻을 살리는 것이 합변의 한 예이다. 합변을 모르면 문학작품을 창작할 수 없고, 평가할 수도 없다. 그런데 합변도 그 자체로서 소중한 것이 아니고 싸워 이길 수 있게 이루어져야 비로소 가치를 지닌다. 문학작품의 가치는 制勝의 방법을 갖추었느냐에 따라서 결정된다.

---

3) 〈騷壇赤幟引〉, 1, p. 25. “家人常談　猶列學官　而童謳里諺　亦屬爾雅矣　故文之不工　非字之罪也　彼評字句之雅俗　論篇章之高下者　皆不識合變之機　而制勝之權者也.”

2

합변을 이루면서 제승의 방법을 갖추는 문학작품은 결코 옛것의 모방일 수 없다. 옛것을 모방하면 합변이 이루어질 수 없고, 제승의 방법은 더욱 기대할 수 없는 것이다. 그런데도 세상사람들은 "文은 반드시 兩漢을 본떠야 하고, 詩는 盛唐이어야 한다"고[4] 하는 데 대해서 박지원은 신랄한 비판을 했다. 옛것을 본뜨겠다는 것은 실제로 창조를 포기하는 구실이고 문학을 망치는 책동이며, 그대로 이루어질 수 있는 희망은 아니라고 했다.

옛것을 본떠서 쓴 글은 마치 거울에다 모습을 비추는 것과 같아서 비슷하게 된다고 할 수 있겠는가? 좌우가 서로 반대이니 어찌 비슷하게 된단 말인가. 물이 모습을 그리는 것과 같아서 비슷하게 된다고 할 수 있겠는가? 본말이 거꾸로 나타나니 어찌 비슷하게 된단 말인가. 그림자가 모습을 따르는 것과 같아서 비슷하게 된다고 할 수 있겠는가? 한낮에는 난장이나 땅딸보가 되었다가 해가 기울 무렵에는 키다리나 껑다리가 되니 어찌 비슷하게 된단 말인가. 모습을 그림으로 그린 것과 같아서 비슷하게 된다고 할 수 있겠는가? 걸어가던 자가 움직이지 않고, 말하던 자가 소리가 없으니 어찌 비슷하게 된단 말인가? 그러면 마침내 같게 될 수는 없지 않는가? 도대체 무엇 때문에 같은 것을 구하는가? 같은 것을 구하는 짓이야말로 바로 진실이 아니다.[5]

거울의 상, 물에 비친 모습, 그림자, 그림 등은 모두 원래의 모습을 온전하게 재현하지 못한다. 정상적인 것을 기형적인 것으로 왜곡해서 나타내거나, 생명이 있는 것을 생명이 없는 것으로 바꾸어

---

4) 〈贈左蘇山人〉, 4, p. 87. "文必擬兩漢 詩則盛唐也."
5) 〈綠天館集序〉, 7, p. 107. "倣古爲文 如鏡之照形 可謂似也歟 曰左右相反 惡得而似也 如水之寫形 可謂似也歟 曰本末倒見 惡得而似也 如影之隨形 可謂似也歟 曰午陽則侏儒僬僥 斜日則龍伯防風 惡得而似也 如畵之描形 可謂似也歟 曰行者不動 語者無聲 惡得而似也 曰然則終不可得而似歟 曰夫何求乎似也 求似者 非眞也."

놓을 따름이다. 거울, 물, 그림자, 그림은 모두 그것대로의 특징이 있어 원래의 모습과는 다른 무엇을 만들어낼 수밖에 없는 것인데, 옛것을 모방해서 글을 쓰려는 회망이 뜻하는 대로 이루어질 수 없다는 것은 이보다 더 명백한 일이다. 글쓰는 사람은 자기 자신이 거울일 수도 없고, 물일 수도 없고, 그림자일 수도 없으며, 그림일 수도 없다. 자기대로의 개성에 따라서 글을 쓰면서 자기의 모습을 보여주는 것은 어쩔 수 없는 일이다. 그런데도 자기의 모습은 의식하지 않고 모방만 하려고 하면, 모방의 대상이 되는 고문을 기형적인 것으로 왜곡하거나 생명이 없는 것으로 나타낸다. 그렇다고 해서 고문 자체가 바뀌는 것은 아니고, 자기 자신의 모습만 변질시키고 만다. 위대한 것을 모방한다고 해서 위대한 작품이 이루어지는 것은 아니다. 위대한 것을 모방하면 오히려 더욱 심한 웃음거리가 되고 만다. 關王廟에 있는 關羽의 塑像을 예로 들어서 이 점을 다음과 같이 설명했다.

시뻘건 얼굴이나 수염이 엄연히 關公이다. 남자나 여자나 학질을 앓는 사람을 그 座牀 아래 들이밀어 놓으면, 당장 질겁을 하고 그만 그 춥고 떨리던 증세가 도망하고 만다. 그런데 어린아이들은 무서운 줄 모르고 위엄과 존경을 모독해서, 그 눈망울을 굴려보지만 껌벅거리지 않고, 콧구멍을 쑤셔보지만 재채기도 하지 않는다. 덩그렇게 흙으로 만든 塑像에 지나지 않는다.[6]

關羽는 많은 사람이 존경하고 두려워하는 위대한 인물이라고 하자. 그러나 관우의 소상은 관우가 아니고 아이들의 장난거리가 된다. 관우의 소상을 보고서 관우라고 생각해 앓던 학질이 떨어질 만큼 놀라는 무리는 인습에 사로잡혀 있어서 진실을 모르고 있지만, 아이들은 인습을 믿지 않고 눈망울도 굴려보고 콧구멍도 쑤셔보면

---

6) 〈嬰處稿序〉, 7, p. 107. "貌之渥丹而鬚 儼然關公也 士女患瘧 納其牀下 慴神褫魄 遁寒崇也 孺子不嚴 瀆冒威尊 爬瞳不瞬 觸鼻不嚏 愧然泥塑也."

서 스스로 경험해서 진실을 발견한다. 옛것을 모방한 글도 이렇게 평가된다. "수박을 겉만 핥고, 후추를 통째로 먹는"[7] 사람들은 위대한 고문을 모방한 글이 바로 위대한 고문이라고 믿지만, 진실을 아는 지혜를 가지고 보면 그러한 글은 마치 관우의 소상과 같이 눈망울도 움직이지 않고 재채기도 하지 않는 생명이 없는 글자의 덩어리에 지나지 않는다. 그런데도 모방을 부끄럽게 생각하지 않는 것은[8] 용납할 수 없는 일이다.

모방은 생명이 없고 창조만 생명이 있다고 한 박지원은 創新의 문학을 주장했는데, 모방은 생명이 없고 창조만 생명이 있다고 한 이유는 문학 자체의 성격에서만 찾을 수 있는 것이 아니고, 모든 존재의 본질에서 찾을 수 있다. 박지원은 "만물의 生은 어찌 氣가 아님이 있으리오"라고 하고, "천지는 大器이니, 가득 차는 것은 氣이고 가득 차게 되는 까닭은 理인데, 陰陽이 서로 부딪치면서 理가 그 가운데 있으며, 氣가 그것을 둘러싸고 있다"[9]고 하는 一元論的 主氣論의 입장에서 만물의 생성과 변화를 이해하여, 다음과 같이 말했다.

천지는 아무리 오래 되었다 해도, 끊임없이 새롭게 생성된다. 日月은 아무리 오래 되었다 해도, 그 빛은 날마다 새롭다. 문헌은 아무리 방대하다 해도, 그 뜻은 각기 다르다. 그러므로 날아다니고, 물에서 살고, 달리고, 뛰는 동물들 가운데에는 아직도 이름짓지 못한 것이 있으며, 산천초목에는 아직도 秘靈한 데가 있다. 썩은 흙에서 芝草가 자라고, 썩은 풀더미에서 반딧불이 생겨난다. 禮에도 논쟁이 있고, 음악에도 의논이 있으며, 책에서 말을 다 쓰지 않았고, 그림에서 뜻을 다 그리지 않았다.[10]

---

7) 〈嬰處稿序〉, 7, p. 107. "外舐水匏 全吞胡椒."
8) 〈楚亭集序〉, 1, p. 12. "必法古世 遂有擬摹倣像 而不之恥者."
9) 〈答任亨五論原道書〉, 2, p. 37. "萬物之生 何莫非氣也 天地大器也 所盈者氣 則所以充之者理也 陰陽相盪 理在其中 氣而包之."
10) 〈楚亭集序〉, 1, p. 12. "天地雖久 不斷生生 日月雖久 光輝日新 載籍雖博 旨意各殊

천지만물은 새로운 것의 창조를 계속하는데, 이에 대한 인식과 표현은 낡은 규범을 되풀이할 수 없는 것이다. 자연 자체가 새롭게 되니 이미 알고 있던 바를 그대로 믿을 수 없으며, 자연에는 아직 모르는 것이 많으니 이미 알고 있던 바로 만족할 수 없을 뿐만 아니라, 자연에서 계속 변화가 일어나듯이 사람이 창조한 禮, 음악, 책, 그림 등도 변화와 발전을 거듭하지 않을 수 없다. 그런데도 옛 것에 머무르려고 하면 천지만물과 어긋나고, 자연의 요구를 배반하며, 변화와 발전을 부정하는 어리석은 짓이 되고 만다.

이러한 논리는 복고적인 문학관을 근저에서부터 철저하게 부정했다. 복고적인 문학관은 氣가 아무리 변해도 理는 변하지 않는다고 하고, 변하는 氣를 보여주는 문학은 천박하며 변하지 않는 理를 추구하는 문학이라야 숭상할 가치가 있다고 주장했는데, 박지원은 理가 氣 자체의 원리라고 하는 일원론적 主氣論으로 이러한 주장을 부정했다. 복고적인 문학관은 또한 詩書禮樂 등은 미리 갖추어진 理에 따라서 이미 완성되어 있고 새로운 창조는 기대할 수 없다고 했는데, 박지원은 미리 갖추어진 理를 용납하지 않으며 완성이라는 개념 자체를 부정하고, 문화 창조에 있어서 이미 이룬 것은 아주 미흡하기 때문에 새로운 것을 모색하기 위한 논쟁과 시비가 반드시 계속된다는 대립적 발전론을 제기했다. 복고적인 문학관은 도덕적 당위로서의 理의 구현을 문학의 사명이라고 하고, 그 근거를 이원론적 性情論에서 구했는데, 박지원은 性과 情의 구별을 내세우는 講學을 이렇게 비판했다.

講學에서 소중하게 여겨야 할 것은 그 實用이다. 만약 또다시 性命에 대해서 高談을 하고, 理氣를 極辨하기만 하며 각자의 견해를 세워 한쪽으로 귀착되려고 한다면, 담론하여 분별하자 血氣는 用이 되고, 理

故飛潛走躍 或未著明 山川草木 必有秘靈 朽壤蒸芝 腐草化螢 禮有訟 樂有議 書不盡言 圖不盡意."

氣를 나누자 性과 情이 먼저 어긋난다. 이러한 강학은 실용을 해친다.[11]

박지원은 性과 情을 理와 氣로 나누고, 浩氣와 血氣를 體와 用으로 나누면서 각자의 견해를 내세우지만, 사실은 정이나 혈기를 버리고 성이나 호기에 귀착해야 한다고 하는 성리학의 고담준론을 배격했다. 그러면서 성과 정이 하나의 마음이고, 호기와 혈기가 하나의 氣라고 하는 데서 사상의 전환을 마련했다. 하나의 마음으로 움직이는 氣는 미리 설정된 도덕적 당위에 구애되지 않고 현실과 직접적인 관계를 맺을 수 있고, 인습적인 가치관을 벗어나서 사회 개조에 참여할 수 있게 된다. 실용이라는 것은 이렇게 해서 인정되고 긍정된다. 문학의 사명은 실용적인 가치를 지닌 것을 찾아서 인습을 혁파하는 데 있으므로, 문학은 시대마다 달라져야 한다고 했다.

사물을 바로 접촉해서 眞趣가 있으면, 왜 반드시 멀리 漢唐을 취하고 오늘날은 버려야 한단 말인가? 風謠는 중국에서도 시대마다 달라져 왔다. 班固나 司馬遷이 다시 일어나더라도 결코 반고나 사마천을 배우지는 않을 것이다. 새로운 글자는 비록 지어낼 수 없어도, 나의 마음을 마땅히 다 적을 것이며, 어째서 古法에 구애될 필요가 있는가?[12]

班固나 司馬遷이 무덤에서 다시 일어나더라도 반고나 사마천을 배우지는 않을 것이라고 한 박지원은 자기 시대의 문제를 다루며, 각자 지니고 있는 마음을 나타내는 새롭고도 개성적인 문학을 주장했다. 그러나 각자 지니고 있는 마음을 나타내는 개성적인 문학이라고 해서 무엇이든지 가치가 있다는 것은 아니다. 개성은 존중해야 할 것이지만, 사물이 지니고 있는 眞趣를 발견하고, 자기시대의

---

11) 〈原士〉, 10, p. 139. "所貴乎講學者 爲其實用也 若復高談性命 極辨理氣 各主己見 務欲歸一 談辨之際 血氣爲用 理氣纏辨 性情先乖 此講學害之也."
12) 〈贈左蘇山人〉, 4, p. 87. "卽事有眞趣 何必遠古担 漢唐非今世 風謠異諸夏 班司馬 苦再起 決不學班司馬 新字雖難刱 我臆宜盡寫 奈何拘古法."

문제를 파악해야만 개성이 비로소 온전한 가치를 가질 수 있다고
했다. 새로운 것을 창안한다고 해서 모두 훌륭하다고 할 수 있는
것도 아니다.

　새로운 것을 창안한다고 하면서 “怪誕하고 淫僻스러우면서도 두
려워할 줄 모르는 것”[13]은 병통이라고 했다. 문학의 새로운 형태라
면 무엇이든지 환영해야 할 것도 아니다. 明末에 文勝質弊할 때 일
시 유행한 批評小品 같은 것은 교묘하고 참신한 맛이 있기는 하지
만 젊어서나 좋아할 것이고, 나이가 들면 허망하다는 것을 깨닫게
된다고 했다.[14] 괴벽한 소리를 하고, 교묘하고 참신한 맛을 내기 위
해서 古法을 버리는 것은 아니다. 고법을 버리는 목적은 이디까지
나 새로운 현실을 인식하고 표현하는 문학을 창조하려는 데 있다.
새롭기 위해서 새로운 것이나 文勝質弊한 풍조는 박지원이 경계하
고 배격했다.

　박지원은 상스러운 일상어 및 그러한 말과 관련된 생활 내용의
표현이 소중하다는 말을 여러 번 했다. “집안사람이 예사로 하는
이야기가 오히려 學官과 나란히 서게 되고, 아이들의 노래나 마을
의 상말이 《爾雅》에 수록될 만하다”[15]고 했으며, “말은 반드시 大道
라야 할 까닭이 없으며 一分·一毫·一釐로도 말할 수 있으니, 瓦礫
이라고 해서 어찌 버려야 할 것인가?”[16]라고 반문하기도 했다. 집안
사람이 예사로 하는 이야기, 아이들의 노래, 마을의 상말, 아주 사
소한 말, 瓦礫이라고 한 아무 가치 없이 보이는 말은 모두 박지원
이 표현하고자 하는 현실의 모습, 특히 市井人의 생활 내용이나 그
고민을 전하기 위해 반드시 필요한 것이다. 박지원은 자기가 사는
시대, 자기가 사는 사회의 문제를 다루는 데서 진실을 찾았으므로,

---

13)〈楚亭集序〉, 1, p. 12. “怪誕淫僻 而不知懼”.
14)〈與人〉, 3, p. 73.
15) 註 3)에 있음.
16)〈孔雀館文稿 自序〉, 3, p. 57. “語不必大道 分毫釐所可道也 瓦礫何棄.”

진실과 허위를 판정하는 기준이 종래의 문학관에서 내세우던 것과
는 반대가 되게 설정하지 않을 수 없었다.

> 산천, 風氣의 지리가 중국과 다르고, 언어, 謠俗의 시대가 漢唐이 아
> 니다. 만약 중국의 수법을 본뜨고 한당의 문체를 답습하려고 한다면,
> 우리가 보기에 수법이 고상할수록 뜻이 실제로 비속하게 되고, 문체가
> 한당과 비슷할수록 말은 더욱 거짓이 되는 결과를 볼 뿐이다.……우리
> 나라의 방언을 문자로 옮기고, 우리나라의 민요를 운율에 맞추기만 하
> 면 자연히 문장이 이루어지고, 眞機가 발현된다. 답습을 일삼지 않고,
> 남의 것을 빌어오지 않고, 현재 있는 그대로를 가지고 온갖 것들을 표
> 현해 낼 수 있다.[17]

수법이 고상할수록 뜻이 실제로 비속하게 되고, 문체가 漢唐과
비슷할수록 말은 거짓이 되는 결과를 볼 뿐이라고 한 것은, 고상하
고 비속한 것을 판단하고 진실과 허위를 평가하는 기준이 현실에
있기 때문에 하는 말이다. 현실을 나타내면 무엇이든지 고상하고,
실제로 말하고 노래부르는 대로 표현하면 진실해질 수 있다는 것이
박지원의 변함없는 생각이다. 그러므로 문체뿐만 아니라 官號나 地
名 같은 것도 중국에서 빌어온 문학은 "나뭇짐을 지고 소금을 사라
고 외치는 것과 같다"[18]고 했다.

그런데 이렇게 주장한 박지원이 국문으로 글을 쓰지 않았고, 국
어문학이 소중하다는 생각은 하지 않았다. 방언을 문자로 옮기고,
민요를 운율에 맞추기만 하면 자연히 문장이 이루어진다고만 했
을 뿐이고, 방언을 그대로 쓰고, 민요를 그대로 부르는 문학을 긍
정하는 논의를 전개하지 않았으며, "글자는 같아도, 글은 독자적
인 것이다"[19]라고 하여, 漢文을 사용하면서 독자적인 문학을 개척

---

17) 〈嬰處稿序〉, 7, p. 107. "山川風氣地異中華　言語謠俗世非漢唐　若乃效法於中華　襲
　　體於漢唐　則吾徒見　其法益高而意實卑　體益似而言益僞耳……字其方言　韻其民謠　自
　　然成章　眞機發現　不事沿襲　無相假貸　從容現在　卽事森羅."
18) 〈答蒼厓〉, 5, p. 93. "擔柴而唱鹽."

할 것을 주장했다.

3

그러나 박지원이 국어문학을 말하지 않았다고 해서 언어의 문제를 소홀하게 다루었던 것은 아니다. 일상생활에서 사용하는 말을 한문으로 옮겨야 자연스럽고 진실한 문장이 된다고 하는 데 그친 것도 아니다. 박지원은 언어가 무엇인가 하는 문제를 깊은 관심을 가지고 논의했으며, 문학에서의 언어는 어떻게 존재해야 할 것인가에 대해서도 설득력 있는 이론을 제시했다. 이러한 이론은 나른 사람의 글에서는 쉽사리 찾을 수 없다.

天이 天일 수 있는 까닭은 理氣이다. 언어라는 것은 理氣를 담은 소리이다. 天은 말이 없으면서 이것(理氣)을 제시하고, 사람이 그 내용을 체득해서 소리로 담아서 나타낸다.……천하의 緣故와 만물의 情에 두루 통달한 것이 언어이다. 언어라는 것은 분별이다. 분별하고자 하면 형용하지 않을 수 없고, 형용하고자 하면 저것을 원용해서 이것의 증거로 삼는데, 이렇게 하는 것이 언어의 情實이다.[20]

이러한 생각은 불교의 언어관과 맞서는 유학의 언어관이다. 불교에서는 眞如라고 부르는 진실은 언어로써 나타내기 어려운 것이라고 해 '不立文字'를 내세웠으며, 언어의 진실에 구애되지 않고 진실의 진실을 깨치도록 하기 위해서는 역설이나 비유를 사용하지 않을 수 없다고 했다. 역설이나 비유도 방편에 지나지 않지만, 이러한 방편이 아니고서는 헛된 분별과 시비를 종식시킬 수 없다고 했다. 그

---

19) 〈答蒼厓〉, 5, p. 93. "字所同而文所獨也."
20) 〈答任亨五論原道書〉, 2, p. 36. "天之所以爲天者 理氣也 言語者 理氣之容聲也 天既黙而示之 則人得以體其容 聲而發之……所以通天下之故 而盡萬物之情者 言語也 言語者 分別也 欲其分別 則不得不形容 欲其形容 則援彼證此 此言語之情實也."

러나 박지원은 "언어라는 것은 이기를 담은 소리이다"라고 했다. 진여는 있다고도 할 수 없고 없다고도 할 수 없는 것이지만, 이기는 분명히 있는 것이며 언어로써 전달될 수 있다. 이기 자체가 언어 표현의 가능성을 배제하지 않고 있으며, 사람이 이기를 체득해서 언어로 나타낼 수 있다는 데 대해서 어떤 근본적인 회의가 제기될 필요는 없는 것이다. 그러므로 "천하의 緣故와 만물의 情에 두루 통달한 것이 언어이다"라고 할 수 있으며, 이렇게 되면 언어로써 이루어지는 문학은 근본적으로 긍정해야 할 것으로 입증된다. 문학 작품이 천하의 연고와 만물의 감정에 두루 통달할 수 있다고 하게 된다.

그러나 박지원의 언어관은 유학의 정통적인 생각을 그대로 되풀이 한 것이 아니고 사상의 혁신을 내포하고 있다. 정통적인 理氣哲學에서는 天之文과 地之文이 선행해서 人之文이 이루어진다고 했다. 정도전이 이미 이러한 이론을 분명하게 전개했고, 崔漢綺까지도 이러한 이론을 계승하여 문학을 논했다. 그런데 박지원은 天은 理氣를 제시한다고만 했고, 天이 文을 보여준다고는 하지 않았다. 天之文과 地之文이 선행하여 人之文이 이루어진다고 하지 않았으며, 언어 표현인 文은 사람이 이기를 분별하고 따지는 활동에 의해 존재한다고 생각했다. 天은 보여줄 뿐이고 사람이 분별하므로, 문은 어디까지나 人之文이라는 것이다. 문이 인지문이라고 하는 사상은 천지만물을 체험하고, 분별하고, 표현하는 인간의 주체적 능력과 활동을 특히 강조하고 평가하는 데서 이루어진 것이다. 이렇게 생각하면, 문학은 이미 존재하는 자연의 질서를 따르는 것이 아니고, 인간의 주체적인 능력을 실현하는 창조를 사명으로 삼는다고 하는 결론이 쉽사리 도출된다.

언어로써 분별을 하고자 하면 형용을 하지 않을 수 없고, 형용을 하고자 하면 저것을 끌어와서 이것의 증거로 삼아야 한다고 했다. 이 말은 언어 표현의 창조적 성격에 관한 것이다. 언어는 분별을 한다. 이미 존재하는 것이라도 언어가 개입해야 분별이 이루어진다. 분별하는 작업에서 존재에 대한 인간의 관여가 시작되고, 이것이 바로 창조의 출발점이다. 그런데 분별은 이름을 짓고, 항목을 나누고, 분류하는 데 그칠 수 없다. 진위, 선후, 시종을 따지는 데 그치는 것도 아니다. 분별은 형용을 해야만 온전하게 이루어지고, 형용을 하기 위해서는 형용하고자 하는 대상과는 독립되어 있는 다른 사물을 끌어와서 증거로 삼아야 한다.

끌어와서 증거로 삼는 것은 말하자면 유추나 비유의 발견이고, 심상의 형성이다. 언어로써 이와 같은 형상을 만들어야만 비로소 온전한 분별이 이루어지므로, 분별이 창조적인 성격을 지니게 되는 것이다. 형상의 창조는 언어가 지닌 능력을 가장 효과적으로 발휘하는 방법이라고 할 수 있으며, 이러한 이유에서 직설법보다는 문학적 표현이 더욱 가치있는 것이고, 논설보다는 문학작품이 더욱 강한 설득력을 가지는 것이다. 형상의 창조는 진위, 선후, 시종을 따지는 작업을 저버리지 않고 더욱 효과적으로 심화하므로, 사상의 적국을 공격하기 위해서 무엇보다도 문학이 필요하다고 하는 이론이 이루어졌던 것이다.

문학의 의의를 이렇게 설명한 박지원이 문학을 계속 찬양하고자 했던 것은 아니다. 문학은 찬양해야 할 것이므로 자기는 문학을 했다고 하지 않았고, 문학은 오히려 '戱文'이라고 했으며, 자기는 희문을 쓰지 않을 수 없는 처지였다는 점을 강조하기도 했는데, 이렇게 말하는 데서 문학이 무엇인가 하는 문제에 대한 더욱 깊은 논의가 이루어졌다. 戱文이라는 것은 南公轍에게 보낸 편지에서 '以文爲戱'한다고 한 데서 따온 말이다. 남공철은 정조가 박지원의 《熱河日記》를 읽고 근래에 文風이 타락한 것은 박지원의 죄라고 하면서, 타락된 문체로 쓴 글이 아닌 醇正한 글을 지어 바쳐서 속죄를 하라고 한 말을 전했는데, 박지원은 다음과 같이 대답하면서 자기가 문학을 하는 자세를 말했다.

나와 같은 사람은 중년 이래로 落拓해 쓰러져서 자신을 소중하게 여기지 않고, 以文爲戱했다. 때로 궁한 슬픔과 무료가 나타나면, 雜駁하고 無實한 말을 하지 않았던 것이 아니고, 자신을 배우와 같이 사람들의 웃음거리로 만들었으니, 참으로 천하고 비루한 짓이다. 성질이 또한 게으르고 산만하여, 행실을 단속하는 데 서투르다. 雕蟲畵蘆의 기술이라는 것을 깨닫지 못하고, 자신을 잘못되게 하고, 다른 사람도 잘못되게 했다.[21]

이 말은 자기 자신을 낮추고, 자기의 잘못을 시인하는 것으로 보인다. 벼슬을 해서 뜻을 이루지 못하고 落拓해서 궁한 슬픔과 무료에 사로잡힌 나머지 自暴自棄에 빠져서 以文爲戱했고, 雜駁하고 無實한 말을 해서 배우와 같이 웃음거리가 되었다고 했다. 그리고 자기가 쓴 글은 雕蟲畵蘆라고 한 기술, 다시 말하면 벌레를 새기고 갈대를 그리는 것과 같이 아주 사소한 데 신경을 쓰는 재주를 발휘한 것에 지나지 않는다고도 했다. 이렇게 말하면 스스로 자기의 문학을 부정하는 것으로 된다. 그러나 박지원은 자기의 문학을 옹호할 수 없는 상황에 처해 있었으므로 이렇게 말했고, 사실은 내심의 확신과는 반대가 되는 반어적인 언사를 늘어놓았다고 보는 것이 온당한 해석이다. 以文爲戱는 낙척해서 불우하게 된 사람이 상승의 염원을 버리고, 자기에게 적대적인 사회 질서를 풍자하는 방법이다. 그 당시의 지배적인 사고방식에서 보면 잡박하고 무실한 것같이 보이는 글을 쓰고, 게으르고 산만한 짓을 해 사람들의 웃음거리가 되는 태도는 자포자기가 아니고 사회를 풍자하면서 자기 자신마저 풍자하는 비판정신에서 나온 것이다.

문학의 방향을 이렇게 바꾸기까지에는 쓰라린 고민이 있었고, 극복하기 어려운 갈등도 겪었다. 자기를 따르는 젊은이들이 있었으므

---

21) 〈答南直閣公轍書〉, 2, p. 33. "如僕者 中年以來 落拓潦倒 不自貴重 以文爲戱 有時 窮愁無聊之發 無非駁雜無實之語 自同俳優資人諸笑 固已賤且陋矣 性又懶散 不善收 檢 未悟雕蟲畵蘆之技 旣自誤而人誤."

로 용기를 가질 수 있었지만, 그들도 모두 박지원의 뜻을 깊이 이
해했던 것은 아니다. 젊은이들이 모인 자리에서 한 사람이 "선생의
문장은 비록 아름다우나 稗官奇書를 좋아하므로 이 때문에 古文이
흥하지 않게 될까 두렵습니다"고 하면서 박지원이 읽고 있는《熱河
日記》를 불에다 태우려고 한 적도 있었다. 그러자 박지원은 "나는
세상에서 궁한 신세가 된 지 오래되어서, 문장을 빌어 꼭두각시놀
음 같은 不平之氣를 써서 장난거리로 삼았다" 하고, 젊은이들에게
는 "글을 쓰되 나를 본받지 말고, 正學을 興起하여 자기의 임무로
삼고, 장차 왕조에서 찬란한 공적을 세우는 신하가 되라"[22]고 충고
를 하기도 했다고 전한다. 문장으로는 꼭두각시놀음 같은 不平之氣
를 썼다고 하는 것은 사실이다. 꼭두각시놀음은 미천하고 무가치한
장난거리라고 취급되지만 세상을 풍자하는 의미를 가진 것이다. 그
러나 이러한 의미는 이해하지 못하는 사람에게 설명할 수 없는 것
이므로, 자기의 생각과는 반대가 되는 반어적인 충고를 하면서 자
기의 패배를 시인하는 것 같은 자세를 취할 수밖에 없었다.

　위로는 왕이 文風이 타락한 것은 박지원의 죄라고 하고, 가까이
로는 따르는 젊은이들 가운데서도《熱河日記》같은 稗官奇書는 불
에 태워야 한다고 한 사람이 있었던 것은 예측할 수 있던 반발이
며, 이러한 반발은 세상의 허위와 싸우는 것이 문학의 사명이라고
생각한 박지원을 당황하게 하는 기습일 수 없었다. '以文爲戱'했다
고 한 것은 우선 반발하는 측을 일단 누그러뜨리기 위한 작전에서
나온 말이다. 〈綠天館集序〉에서는 李書九에게 고문을 따르지 않는
다는 비난이 있으면 "아직 널리 배우지 못해서 옛것을 미처 상고하
지 못했습니다"라고 대답하고, 그래도 따져 묻기를 그치지 않고 노

---

22) 南公轍, 〈朴山如墓誌銘〉,《金陵集》17. "山如(朴南壽)謂燕巖曰　先生文章雖工　好稗
　官奇書　恐自此古文不興　燕巖醉曰　汝何知　復讀如故　山如時亦醉　欲執座傍燭焚其藁
　(熱河日記)　余急挽而止……吾窮於世久矣　欲借文章　一瀉出傀儡不平之氣　豈其遊戱爾
　豈樂爲哉　山如元平　俱少年美姿質　爲文　愼勿學吾　以興起正學爲己任　爲他日王朝黼
　黻之臣也."

여움이 풀리지 않거든 《書經》이나 《詩經》도 그 당시의 時俗文章이었다고 조심스럽게 대답하라고 했는데,[23] 자기 자신도 이와 같은 작전을 세운 것이다.

그러나 '以文爲戱' 했다는 것은 작전상 후퇴를 하기 위한 구실만은 아니고, 오히려 적극적인 의미도 지니고 있다. 醇正한 글이나 正學에서 나오는 글은 말하자면 '以文爲敎' 하는 것이라고 할 수 있는데, '以文爲戱'는 이와 맞서는 개념이다. 이문위교 하는 문학은 지배층으로서의 득의한 자세를 가지고 이미 이루어진 사회 질서를 재확인하는 것이라면, 이문위희로 하는 문학은 박지원과 같이 몰락한 사람이나 처음부터 피지배층에 속했던 사람이 이미 이루어진 사회질서를 비꼬는 것이다.

박지원은 참다운 문학이 이루어질 수 있는 동기는 득의가 아니고 不滿이라고 했다. 자기 자신의 경우를 이렇게 설명했을 뿐만 아니라, 司馬遷을 예로 들기도 했다. 사마천은 宮刑이라는 모욕적인 형벌을 받고 《史記》를 쓴 사람인데, 박지원은 창작심리의 미묘한 국면을 설명하면서 사마천이 글 지은 동기를 언급했다.

> 아이들이 나비를 잡는 것을 보면 司馬遷의 마음을 알 수 있다. 앞다리는 반쯤 꿇고 뒷발은 비스듬히 들고, 손가락을 벌리고 앞으로 가서, 손이 닿을 둥 말 둥 할 때, 나비는 날아가고 만다. 사방을 돌아보면 아무도 없다. 열적게 웃고, 성난 듯 부끄러운 듯한 이 경지가 바로 사마천이 글 지을 때다.[24]

나비를 잡았으면, 글은 이루어지지 않는다. 사마천이나 박지원 자신이나 나비를 잡지 못했으므로 성난 듯 부끄러운 듯한 경지에서

---

23) 〈綠天館集序〉, 7, p. 107. "不能博學 未攷於古矣 問猶不止 怒猶未解曉曉然答曰 殷誥周雅 三代之時文."
24) 〈答京之〉, 5, p. 92. "見小兒捕蝶 可以得馬遷之心矣 前股半跽 後脚斜翹 丫指以前手 猶然疑 蝶則去矣 四顧無人 哦然而笑 將羞將怒 此馬遷著書時也."

글을 썼고, 그러한 심정을 글로 나타냈다. 문학은 이처럼 뜻을 펴지 못하고 억눌린 사람이 글을 통해서 자기의 세계를 이룩하고자 하여 창조하는 것이다. 그런데 사마천의 시대에는 나라를 다스리는 사람과 글을 쓰는 사람 사이의 갈등이 박지원의 시대만큼 심각한 문제로 나타나지 않았으며, 더구나 박지원은 나라를 다스리는 사람의 횡포와 허위를 용납 않겠다는 분명한 의식으로 글을 썼다. 사마천은 《史記》에 〈滑稽列傳〉을 포함시키는 정도에 그쳤지만, 박지원의 글은 온통 골계이고 풍자이다. 以文爲戲 하는 글은 바로 풍자하는 글이다.

以文爲敎 하는 문학은 기존의 통념을 옹호하는 것을 시명으로 삼기 때문에 고문의 전례를 충실하게 따르는 것이 당연한 일이다. 그러나 以文爲戲 하는 戲文으로서의 문학은 기존의 통념에서 벗어나면서 이루어지고 창조적일 것이 또한 당연한 일이다. 언어의 형상적 능력은 희문으로서의 문학에서 온전하게 실현된다. 이문위교 하는 문학이라면 미리 갖추어진 理를 지시하는 데 그치지만 戲 즉 놀이를 추구하는 문학은 지금까지의 관념에서 벗어난 형상을 계속 만들어내게 된다.

놀이는 창조적일 수밖에 없으며, 놀이의 창조는 기존관념의 목적론적 사고방식을 거부하고 자기 만족을 추구하면서 이루어진다. 그런데 자기 만족은 현실을 떠나서 이루어지는 것이 아니다. 기존관념 때문에 가리워졌던 현실을 자기의 체험으로 파악해서, 그 발랄하고 생동하는 모습을 드러내면서 이루어지는 것이다. 이문위교 하는 문학은 지배층이 마련한 보수적인 규범을 옹호하기 위해서 필요한 것이지만, 이문위희 하는 문학은 원래 민중의 것이었고, 민요, 탈춤, 판소리 같은 데서 선명하게 나타나는 것으로서 보수적인 규범을 파괴하고 현실을 새롭게 인식하는 기쁨을 나타내는 구실을 해왔다. 박지원은 이와 같은 민중문학의 본질을 이해하고 받아들였다. 李瀷도 戲謔에 대해 관심을 가지기는 했지만,[25] 박지원에 이르러서

는 광대의 희학 같은 것이 그 시대 문학의 가장 바람직한 형태라고
해야 할 이유가 밝혀졌다.

4

以文爲戲 하는 戲文으로서의 문학은 박지원의 창작에서 무엇보다
도 소설로 집약되었다. 박지원이 소설에 힘을 기울인 것이 우연한
일이 아니며, 분명한 이유를 발견할 수 있는 선택이었다. 소설은 지
어낸 이야기이며, 그러한 의미에서 놀이의 창조이다. 그 자체로서는
진실이 아닌 놀이를 창조하므로, 소설은 기존의 관념과 정면에서
대결하지는 않는다. 그러나 소설은 놀이처럼 보이지만 놀이만이 아
니고, 장난처럼 보이지만 장난은 아니다. 놀이 또는 장난과 같은 외
모를 두드러지게 확대하면서 적대적인 세력이 긴장하지 않도록 해
놓고서 자아와 세계의 긴장된 대결을 통해서 적대적인 세계의 허점
을 집중적으로 공격하는 것이 박지원의 소설이며, 소설에는 흔히
소설론이 나타나 있기도 한데 그 대표적인 예가 〈閔翁傳〉이다.

"풍자와 골계에 가탁하여 세상을 不恭스럽게 희롱하는"[26] 閔翁은
소설가의 모습을 보여주는 인물이다. 민옹은 일찍이 從軍해서 僉使
가 된 후에는 다시 벼슬을 하지 못한 미천한 인물이면서 자기대로
의 큰 뜻을 품고, 이루어지지 않는 뜻을 벽에다 해마다 글씨로 써
붙였다. 이런 짓을 평생 동안 되풀이해 왔는데, 나이 70이 되자 민
옹의 아내가 "올해는 까마귀를 그리지 않나요?" 하고 조롱했다고
한다.[27] 민옹의 뜻은 아내에게도 전혀 이해되지 못하고 있는데, 더
구나 세상이 받아들인다고는 생각할 수 없는 것이다. 그러므로 불

---

25) 李瀷, 〈以儒爲戲〉,《星湖僿說》上(慶熙出版社, 1976), p. 433 ; 〈戲謔〉, 같은 책 下,
    p. 131.
26) 〈放璚閣外傳 自序〉, 8, p. 114. "託諷滑稽 翫世不恭."
27) 〈閔翁傳〉, 8, p. 116. "其妻嘲曰 翁今年畵烏未."

우하게 지내고 뜻을 이루지 못하는 민옹은 그 울분을 戱言으로 발산했다. 희언은 듣기에 공연히 지어낸 헛소리 같지만, 사실은 진실의 토로이다. 민옹의 희언이야말로 소설의 본질을 잘 나타내주는 것이다.

민옹의 희언을 듣는 사람은 작품에서 '나'라고 한 서술자이다. 나는 나이 17·18세에 병이 들어 좋은 노래, 書畵, 기묘한 물건, 俳諧古譚 등을 두루 찾아서 마음을 위안하려고 해도 우울증을 풀 수 없었다고 한다. 나의 병은 마음의 병이다. 마음에 병이 든 나는 문학작품을 필요로 하는 독자라고 할 수 있다. 좋은 노래, 서화, 기묘한 물건, 배해 고담 등은 모두 과거의 문학이라고 할 만히다. 과거의 문학이 비록 아름답고 기묘하기는 했지만 모두 마음의 병을 낫게 해주진 못했으므로, 민옹의 희언이라는 새로운 문학이 필요했던 것이다. 민옹은 노래와 이야기를 잘해서 사람들을 웃기기 때문에 들으면 마음이 상쾌해지고 뜻이 넓어진다고 하는 말을 듣고 민옹을 불러왔다고 한다. 희언이 병을 낫게 한다는 것은 웃음으로써 마음속의 막힌 데를 풀어준다는 말이다. 그러나 웃음이라고 해서 모두 그럴 수 있는 것은 아니다. 민옹의 희언은 웃음을 위한 웃음을 자아내는 것이 아니고, 병의 근원을 찾아 풀어주기 때문에 병을 고칠 수 있다. 병은 마음을 누르고 있는 적대적인 관념의 무게 때문에 생긴 것이고, 적대적인 관념을 풍자로써 파괴하여 마음이 자유롭고 발랄한 생명감을 가지면 자연히 병이 회복된다.

"영감님은 신선을 보았나요?"
"보았지요."
"신선이 어디 있던가요?"
"가난한 사람이 신선입니다. 부자는 항상 세상에 연연하지만, 가난한 사람은 항상 세상을 싫어하지 않던가요. 세상을 싫어하는 사람이 신선입니다."[28]
"그렇지만, 영감님도 불사약은 보지 못했겠지요?"

영감님은 웃으면서 말했다.

"그것은 내가 아침 저녁으로 늘 먹는 것인데 어째서 모르겠는가요. ……불사약치고는 밥만한 것이 없지요. 나는 아침에 한 그릇 저녁에 한 그릇 먹고 지금 벌써 일흔 살이 넘도록 살았다오."[29]

민옹은 가난한 사람을 신선이라 하고, 밥을 불사약이라고 했는데, 이것은 터무니없는 말이면서 또한 진실이다. 가난한 사람이 신선일 수 없고, 밥이 불사약일 수 없다. 신선은 세상에서 벗어나 살고, 불사약은 먹으면 죽지 않고 산다. 신선이나 불사약은 부귀를 누리는 사람이라야 바라는 것이고, 가난한 사람과는 거리가 멀다. 부귀를 누리는 사람이 세상에서 차지하고 있는 이득에 戀戀하여 가난한 사람을 괴롭히는 蝗蟲과 같은 생활을 하면서도 세상에서 벗어나려고 한다는 것은 거짓이며, 사실은 부귀를 연장하기 위해서 언제까지나 죽지 않고 살겠다는 욕망을 지닐 뿐이다. 그러나 이와 같은 허황한 희망을 달성시켜 줄 신선이나 불사약은 존재하지 않으며, 가난한 사람의 생활이야말로 진실된 것이며, 사람이 살아가는 데 기본적으로 필요한 것은 밥이다. 민옹의 말은 가난한 사람의 입장에서, 부귀를 누리는 사람의 생각을 풍자한 것이다.

민옹이 신선이나 불사약을 비꼰 데는 이와는 다른 의미도 들어 있다. 신선을 찾고 불사약을 논하는 것과 같은 허황된 내용을 가진 문학도 공격의 대상으로 삼고 있는 것이다. 문학은 도피를 위해서 필요한 것이 아니고, 대결을 위해서 필요한 것이다. 소설에서 다루어야 할 것은 세상과 맞서지 않을 수 없는 가난한 사람이 밥을 불사약처럼 소중하게 여기면서 살아나가는 현실 자체의 문제이다. 이렇게 살아가는 사람이 정상적이고 보람있는 일을 한다는 사실을 밝

---

28) 〈閔翁傳〉, p. 117. "翁見仙乎 曰見之 仙何在 曰家貧者仙耳 富者常戀世 貧者常厭世 厭世者非仙耶."

29) 〈閔翁傳〉, p. 117. "善然不死藥 翁必不見也 翁笑曰 此吾朝夕常餌者 惡得而不知……不死藥莫如飯 吾朝一盂夕一盂 今已七十餘年矣."

히면서, 일하면서 가치를 창조하고자 하는 요구를 부당하게 구속하는 관념의 허위로 이루어진 사회 질서를 비판하는 것이 박지원의 소설이다. 그래서, 〈穢德先生傳〉에서 德을 지닌 선생으로 칭송된 사람은 똥을 져나르는 똥장수이다.

　〈閔翁傳〉에서 문제가 되는 것과 같은 병은 사회 전체의 병이며, 戲文인 소설은 사회의 병을 치료하기 위해서 필요한 것이다. 문학 창작을 전투에다 비유한 박지원은 이 점을 충분히 의식하고, 전투에서 이기기 위한 특히 효과적인 방법으로서 소설을 택했다. 소설은 표면적으로는 공연한 잡담을 하고 있는 듯한 인상을 주어 적국을 안심시키고는 그 허점을 집중적으로 공격할 수 있을 뿐만 아니라, 생활의 구체적인 모습을 그리는 데서 진실을 찾기 때문에, 생활의 실상을 무시하고 이루어진 관념의 적국이 스스로 무너지지 않을 수 없게 하는 효과를 거둘 수도 있다. 소설이라고 해도 한두 가지가 아니다. 국문으로 된 영웅소설 같은 것은 영웅 아닌 영웅이 부귀공명을 쟁취해 나가는 과정을 그리면서, 생활의 실상도 문제삼기는 하지만 신선이니 불사약이니 하는 것들이 속하는 관념의 세계를 버리지 않고 있는 이원론적 소설이다. 그러나 박지원 같은 일원론적 주기론자는 현실에서 전개되는 자아와 세계의 대결을 집약적으로 다루는 소설을 개척하면서, 소설의 투쟁적인 기능을 효과적으로 실현할 수 있었다.

　소설은 사회적인 지위가 다른 사람들을 하나로 연결하는 공감을 줄 수 있는 것이다. 민옹이 소설가라면 '나'는 독자인데, 민옹은 미천한 사람이고 나는 귀한 신분으로 설정되어 있으며, 민옹은 70대의 노인이고 나는 17·18세의 소년이라고 했다. 이렇게 쓴 것은 무심히 보아넘길 우연한 처사가 아니다. 민옹과 나는 이야기를 통해서 공감을 찾았으므로, 신분의 차이나 나이의 차이 같은 것은 문제가 되지 않는다. 소설을 즐기는 사람들은 소설을 통해서 어떤 권위에 참여할 것을 기대하지 않으며, 소설을 읽는다는 것 자체가 반역일 수 있으므로 반역의 쾌감은 사회적 장벽이 큰 사람들이 함께 누리는 것일수록 더욱 절실하게 된다.

그리고 소설은 작자의 것만도 아니고 독자의 것만도 아니며, 공감을 느끼는 사람들의 합작이다. 이야기는 원래 하는 사람과 듣는 사람이 둘 다 있어야 성립될 수 있고, 듣는 사람의 관여에 따라서 그 내용이 달라질 수 있다는 점에서 노래와 다른데다가, 〈閔翁傳〉은 주고 받으면서 진행되는 이야기의 형식을 따르고 있을 뿐만 아니라, 중요한 대목이 수수께끼로 이루어져 있다. 묻는 사람과 대답하는 사람이 같은 비중을 가지고 함께 참여하지 않고서는 성립되지 않는 수수께끼는 이야기보다도 더욱 긴밀한 합작인데, 귀신, 신선, 불사약, 두려움 등을 수수께끼의 형식으로 다룬 〈閔翁傳〉은 진정한 문학은 설교일 수도 없고 독백일 수도 없다는 점을 그만큼 강조했다.

〈閔翁傳〉은 이중의 구조를 가진, 소설에 관한 소설이다. 민옹은 소설가라고 할 수 있고, '나'는 독자라고 할 수 있다고 했는데, 민옹의 이야기를 글로 써서 傳을 지은 사람은 민옹 자신이 아니고 나이다. "민옹이 나와 함께 나눈 숨은 俳諧, 言談, 譏諷으로 〈閔翁傳〉을 짓는다" 하고서, 끝으로 "오호라 민옹이여, 性異하고, 기이하고, 놀랍고, 깜찍스럽고, 기쁘고, 노엽고, 또한 얄밉구나"[30]라고 말했다. 소설은 민옹의 자서전일 수 없고, 또한 나라는 서술자가 자기 중심으로 엮은 글일 수도 없다. 소설이라는 희언은 괴이하고, 기이하고, 놀랍고, 깜찍스럽고, 노엽고, 기쁘고, 얄미운 것이다. 이 점을 투철하게 인식하고 충실하게 객관화할 수 있으면 소설을 쓸 수 있다.

---

30) 〈閔翁傳〉, 8, p. 117. "遂著其與余爲隱俳諧言談譏諷 爲閔翁傳……嗚呼 閔翁 可恠可奇可驚可愕可喜可怒而又可憎."

8. 丁 若 鏞

1

　丁若鏞(1762~1836)은 "文章之學은 우리 道에 큰 해가 된다"[1]고 단언했다. '文章之學'은 문학을 일컫는 말이고, '우리 道'는 유학의 도이다. 유학의 도를 실학으로 정립하는 것을 평생의 과업으로 삼으면서, 실학과는 어긋나는 방향으로 나아가고 있는 문학에 대해서 신랄한 비판을 계속하는 것이 정약용이 문학의 문제를 다루는 기본적인 자세였다. 자기 자신도 文人이 아니었던 것은 아니고, 자기 시를 중심으로 시에 관해서는 깊은 이해력을 보여주고, 주목할 만한 주장을 펴기도 했지만, 문학은 원래 그리 긴요한 것이 아니라고 생각했을 뿐만 아니라, 특히 자기 시대의 문학은 그대로 버려둔다면 구제할 수 없이 타락하게 된다는 위기의식을 절박하게 느끼면서, 문학을 비판하는 이론을 제기했다.

　이 점에서 박지원과 정약용은 좋은 대조를 이루었다. 이 두 사람은 사상의 전개에서 대체로 보아 같은 보조를 취했고, 이 두 사람

---

1) 〈五學論 3〉, 《與猶堂全書 第 1 集　詩文集》 11(《影印本　與猶堂全書》 1, 景印文化
　　社, 1970), p. 232(앞으로는 11, 1 p. 232와 같은 방식으로 자료의 출처를 제시한다).
　　"文章之學 吾道之鉅害也."

이 있었기 때문에 실학은 당시 사회를 근본적으로 비판하고 역사 발전의 새로운 방향을 선명하게 제시할 수 있었다. 그러나 문학을 다루는 각도는 서로 상반된 것이었다. 박지원은 문학이야말로 이러한 과업을 수행하는 데 특히 긴요한 구실을 한다고 했는데, 정약용은 문학의 저해작용을 제거하지 않고서는 이러한 과업이 이루어질 수 없다고 했다.

정약용은 농촌 출신이고 도시 市井人과 맥락이 닿았던 사람이 아니었으며, 농민의 사고방식을 가지고 농민의 문제를 해결하는 것을 핵심적인 과제로 삼았다. 농민의 사고방식을 가지면 문학이니 예술이니 하는 것들은 건실한 생활 태도를 해치는 浮華한 풍조를 낳으므로 경계해야 한다고 생각하게 되는 것이 당연한 일이다. 그런 데다가 정약용은 쓰라린 고난을 겪으면서 자기 사상을 굳힌 사람이었다. 초년에는 정조와 뜻이 맞았으나, 순조가 왕위에 오르면서 강화된 반동적인 정치 때문에 귀양살이가 18년 동안이나 계속되었다. 燕行의 기회 같은 것은 없었고, 귀양살이를 하면서 저작에 몰두했다. 그리하여 당시에 개척할 수 있었던 학문의 전폭에서 반동적인 질서와 대결하는 방대한 업적을 남겼는데, 문학을 다룬 글도 그 자체로 보아서는 적지 않은 분량이지만 전체 업적에서는 큰 비중을 차지하는 것이 아니었다.

“文章之學은 우리 道에 큰 해가 된다”는 말은 〈五學論〉에 나오는 것이다. 〈五學論〉은 다섯 가지 학술, 즉 性理之學, 詁訓之學, 文章之學, 科擧之學, 術數之學을 다룬 글로서, 정약용이 벌인 사상적 대결의 폭을 알 수 있게 한다. 성리지학은 공연한 시비를 차리고 헛된 명분만 숭상하기 때문에 배격해야 한다고 했다. 고훈지학은 지엽적인 것만 풀이하는 데 몰두하기 때문에 배격해야 한다고 했다. 과거지학은 세상을 어지럽히는 기술이기 때문에 배격해야 한다고 했다. 술수지학은 사람을 미혹하는 속임수이기 때문에 배격해야 한다고 했다. 이러한 것들이 모두 배격되는데, 문장지학이 남아날 수 없는 것은 당연한 이치이다.

성리지학, 고훈지학, 문장지학, 과거지학, 술수지학을 열거한 순서를 주목할 필요가 있다. 출발은 훌륭했다고 생각되는 것일수록 앞에 열거했고, 출발부터 잘못된 것일수록 뒤에 열거했다. 그렇데 문장지학은 이 다섯 중에서 한가운데 위치하고 있다. 문장지학은 원래 성리지학이나 고훈지학처럼 세상을 바르게 하는 데 기여하는 측면이 있었지만, 시대가 흐름에 따라서 그러한 측면은 쇠퇴하고 세상을 해치는 측면이 두드러지게 되었다는 것이 정약용의 문학사관이다. 구체적으로 말하면, 한나라 이후의 문인들은 세상을 바르게 하는 道는 버리고 文만 섬기게 되자 문이 도에서 분리되는 문장지학이 드세게 되었다고 했다. 이때부터 시작된 문학의 타락상은 갈수록 심해졌다고 했다.

문학사를 타락의 역사로 생각한 점에서 정약용은 李珥와 같은 생각을 가졌다고 할 수 있다. 차이가 있다면 그것은 무엇보다도 문학의 타락상에 대한 공격이 이이의 경우보다 더 심해진 데 있는 것처럼 보인다. 문학의 타락이 심해지자 이에 대한 공격도 심해졌다고 할 수 있다. 이이는 詞章과 科文을 비교하면서 사장보다는 과문의 폐단이 더 크다고 했는데,[2] 정약용은 사장에 힘쓸 바에는 차라리 과문을 택하라고 했다.[3] 과거지학은 五學을 열거한 순서에서 문장지학 다음에 오는 것인데도 이렇게 말해야 할 정도로 문장지학의 타락이 심해졌다고 생각했던 것이다.

정약용의 시대에는 문학이 古文 단계의 것을 넘어서서 稗官小品 특히 소설의 성행을 보게 되는 데까지 이르렀는데, 정약용은 특히

---

2) 李珥, 〈文策〉, 《栗谷全書 拾遺》 4(《影印本 栗谷全書》 2, 成均館大學校 大東文化硏究院, 1971), p. 576. "士之上者 有志於道德 其次志乎事業 其次志乎文章 最下者志乎富貴而已 科學之徒 則志乎富貴者也."

3) 〈爲李仁榮贈言〉, 11, 1 p. 372. "願子自玆以往 絶意文章之學 亟歸養老母 內篤孝友之行 外勤經傳之工 使聖賢格言 常常浸灌 俾之不畔 旁治功令之業 以圖發身 以冀事君."

이것을 공격의 대상으로 삼았다. 소설을 배격하는 언사는 흔히 볼
수 있었던 것이었지만, 정약용의 주장은 그 가운데서도 특히 강경
한 편이었다.

> 살별이나 흙비는 하늘의 재앙이라고 하고, 가뭄이나 장마, 산사태는
> 땅의 재앙이라고 한다 하는데, 稗官雜書는 바로 사람의 재앙 중에서
> 큰 것이다. 음란한 말과 추한 이야기는 사람의 심령을 駘蕩하게 하고,
> 간사한 감정과 도깨비 같은 자취는 사람의 지식을 미혹하게 하고, 허
> 황하고 괴상한 말은 사람의 기풍을 교만하게 하고, 나약하고 미세한
> 글은 사람의 씩씩한 기운을 없앤다. 젊은이는 이런 데 빠져서 經史의
> 공부를 등한하게 여기고, 재상은 이런 데 빠져서 나라 다스리는 일을
> 쓸데없다고 여기고, 부녀는 이런 데 빠져서 길쌈하는 일을 폐한다. 천
> 지 사이의 재해로서 이보다 더 심한 것이 어디 있겠는가?[4]

문학의 위기는 소설에서 가장 집약적으로 나타나고, 우리나라에
서 자기 시대에 특히 심해졌다고 생각해서, "文風이 不雅한 것이
우리 동방만큼 심한 나라가 없고, 문체가 날로 쇠퇴하는 것이 요즈
음처럼 심한 때가 없다"[5]고 했다. 그리고 이러한 위기의 극복은 시
급한 과제라고 생각해서 文體反正을 지지하는 글을 정조에게 바치
고, 왕이 선두에 서서 잡스러운 문장을 금하고, 문장의 규범을 확립
할 것을 진언했다. 부질없이 들뜬 표현을 숭상하는 태도를 버리고,
문장의 근본을 바로 잡을 것을 그 후에도 여러 사람에게 역설했다.
　정약용에 의하면 문학은 표현을 중요시할 수 없는 것이었다. 나
약하고 미세한 말을 교묘하게 늘어놓는 것은 용납할 수 없다고 했
다. 그리고 문학은 사람의 뜻을 굳게 하고 건강하게 해야 하는 것

---

4) 〈文體策〉, 8, 1 p. 167. "彗孛虹霓 謂之天灾 旱澇崩渴 謂之地灾 稗官雜書 是人灾
　　之大者也 淫詞醜話 駘蕩人之心靈 邪情魅跡 迷惑人之智識 荒誕怪詭之談 以驕人之
　　驕氣 靡曼破碎之章 以消人之壯氣 子弟業此 而笆籬經史之工 宰相業此 而弁髦廟堂
　　之事 婦女業此 而織絍組紃之功遂廢矣 天地間灾害 孰甚於此."
5) 〈文體策〉, 8, 1 p. 168. "文風之不雅 莫我東若也 文體之日喪 莫近日若也."

이다. 음란하고 추하고 간사하고 허황하고 괴상한 감정을 가지도록 해서, 힘써 해야 할 일을 버리게 하는 문학은 물리쳐야 할 재앙이라고 했다.

이렇게 생각한 정약용은 문학을 바로잡기 위해서는 문학의 근본이 되는 뜻을 바로잡아야 한다고 역설했다. 뜻이 비천하면 고상한 말을 지어낼 수 없고, 뜻이 막혔으면 넓게 열린 말을 지어낼 수 없으므로 문학을 하려는 사람은 먼저 天人性命之理를 알고, 人心道心之分을 살펴서, 먼지나 찌꺼기가 없는 참된 마음을 가져야 한다고 했다.[6] 그런데 이렇게 주장하면 보수적인 문학관을 재확인하는 데 귀착하고 도학파의 문학으로 되돌아가는 결과에 이르게 되는데, 이것이 정약용이 바라는 방향은 아니었다. 그러므로 정약용은 고민이 심각해지고 새로운 문학관을 정립하기 위한 진통을 겪지 않을 수 없었다.

2

올바른 문학이 무엇인가 하는 문제는 天人性命之理나 人心道心之分 같은 것을 들어서 간단히 해결할 수 있는 것이 아니다. 李滉이나 李珥도 이 점 때문에 고민했지만, 정약용은 이황이나 이이의 사상을 되풀이하려고 했던 것도 아니었으므로 더욱 심각한 고민을 겪었고, 그 결과 자기의 이론을 정립하는 데 이르지 않을 수 없었다. 정약용은 여러 글에서 이 문제에 관한 서술을 했는데, 그 대표적인 예를 하나 들면 다음과 같다.

　　天地의 正理에 통하고, 萬物의 衆情을 두루 갖추어서, 그 지식이 마

---

6) 〈爲草衣僧意洵贈言〉, 17, 1 p. 371. "志本卑汙 雖强作淸高之言 不成理致 志本寡陋 雖强作曠達之言 不切事情……識天人性命之理 察人心道心之分 淨其塵滓 發其淸眞 斯可矣."

음에 쌓이면, 땅이 짊어지며 바다가 포용하고 구름이 모이며 우뢰가 용트림을 하는 것과 같이 되어서, 마침내 그대로 덮어둘 수 없는 것이 생기게 된다. 이렇게 되고 나서, 이것과 더불어 서로 만나는 것이 있어서 이것과 서로 드나들고 접촉하고 해서, 이것을 흔들고, 이것을 격동시키면, 퍼져서 밖으로 나가는 것이 바닷물결처럼 출렁이고, 번개치듯이 찬란하게 된다. 가까이는 사람을 감동시키고, 멀리는 천지를 움직이고, 귀신을 격동시킨다. 이렇게 되는 것을 문장이라고 한다.[7]

이 글은 문장 성립의 근거가 되는 자아, 자아와 세계가 부딪쳐 문장이 이루어지는 과정, 문장의 외형, 문장의 기능을 두루 설명한 것이다. “……그대로 덮어둘 수 없는 것이 생기게 된다”까지는 문장 성립의 근거가 되는 자아를 말했다. “……이것을 격동시키면”까지는 자아와 세계가 부딪쳐 문장이 이루어지는 과정을 말했다. “……번개치듯이 찬란하게 된다”까지는 문장의 외형을 말했다. 그리고 그 다음의 끝부분은 문장의 기능을 말했다.

문장 성립의 근거가 되는 자아와 문장의 기능에서는 天人合一이 성립된다고 했다. 천지의 正理에 통하고 만물의 衆情을 두루 갖추어야 문장을 이룰 수 있으니, 자아는 천인합일을 구현해야 한다. 그리고 문장은 이루어진 후에 사람을 감동시킬 뿐만 아니라 천지를 움직이고 귀신을 격동시킨다고 했으니, 문장의 기능 또한 천인합일을 실현하는 데서 온전하게 된다는 말이다. 그런데 여기서 말하는 천인합일은 문장이 도덕적 당위로서의 理를 지니기 때문에 이루어지는 것이 아니고, 존재의 원리로서의 理를 지니기 때문에 이루어지는 것이다. 천지의 정리와 만물의 중정을 두루 갖춘다는 것은 존재의 실상을 투철하게 체득한다는 말이다. 천지를 움직이고 귀신을 격동시킨다는 것은 존재의 실상을 변화시킨다는 말이다. 문학은 현

---

7) 〈五學論 3〉, 11, 1 p. 232. “通天地之正理 周萬物之衆情 其知識之積於中也 地負而 海涵 雲鬱而雷蟠 有不可以終閟者 然後 有與之相遌者 或相入焉 或相觸焉 撓之焉 激之焉 則其宣之而發於外者 渤渹汪濊 粲爛焜耀 邇之可以感人 遠之可以動天地 而 格鬼神 斯之謂文章.”

실에 관한 객관적인 경험에서 이루어지고 현실을 변화시키는 구실을 한다는 생각을 이와 같이 설명했다.

그러나 문학은 객관적인 것만 아니다. 우선 문장 성립의 근거가 되는 자아부터 객관적이면서 주관적인 성격을 지니고 있다. 천지의 정리와 만물의 중정은 그것대로 존재할 수 없고, 자아의 마음에서 주체적인 작용을 해야만 문장이 성립될 수 있다. 천지의 정리와 만물의 중정이라고 한 객관적인 경험이 마음 속에서 "땅이 짊어지며 바다가 포용하고, 구름이 모이며 우뢰가 용트림을 하는 것과 같이 되어서, 마침내 그대로 덮어둘 수 없는 것이 생기게 된다"고 했다. 이것은 천지만물이 자아의 충동과 욕망으로 바뀌는 변화이고, 자아가 자기를 발산하지 않고서는 견딜 수 없는 격동상태이다. 문학의 창조는 이러한 격동상태에서 이루어질 수 있는 것이다.

이러한 격동상태를 겪는 자아는 다시 세계와 부딪친다. 자아의 격동상태가 천지만물을 자기의 것으로 받아들이면서 이루어졌다는 최초의 경험만으로는 문학작품이 이루어지지 않고, 축적되어 그대로 덮어둘 수 없게 된 경험에 다시 세계와 부딪치는 충격이 첨가되어야 한다. "이것과 서로 드나들고 접촉하고 해서, 이것을 흔들고, 이것을 격동시키면"이라고 한 말에서 '이것'은 마음속에 축적되어 있는 경험이고, "이것과 더불어 서로 만나는 것"은 세계이다. 마음 속에 축적되어 있는 경험이 그대로 둘 수 없는 격동상태에 이르렀을 때 세계가 다시 격동상태에 있는 자아를 격동시키는 것이 문학 작품 성립의 필수적인 조건이다. 자아와 세계의 부딪침은 정약용이 거듭 강조했던 것으로서, 다른 글에서는 자아가 "物과 서로 만나고, 事와 서로 닿고, 시비와 서로 접촉하고, 이해와 서로 형태를 이룬다"[8]고 했다.

자아와 세계의 부딪침은 문학이 무엇인가 하는 문제에 대한 깊은

---

8) 〈爲李仁榮贈言〉, 11, 1 p. 372. "與物相遇 與事相值 與是非相觸 與利害相形."

통찰을 가능하게 해주는 것이다. 문학작품은 자아만으로 이루어지는 것도 아니고 세계만으로 이루어지는 것도 아니며, 자아와 세계가 맞서서 서로 부딪치는 과정을 거쳐서 이루어진 자아와 세계의 대립적 구조이다. 맞서서 부딪치는 데서는 세계를 그대로 받아들이지 않는 투쟁적인 자세가 논의될 수 있고, 대립적 구조에서는 문학작품의 존재 양상에 관한 이론이 전개될 수 있다.[9] 자아와 세계가 부딪쳐서 이루어지는 문학작품은 자아의 요구만도 아니고 세계의 모습만도 아닌 것을 창조해 보이는 충격을 지니기 때문에 "퍼져서 밖으로 나가는 것이 바닷물결처럼 출렁이고, 번개치듯이 찬란하게 된다"고 할 수 있다.

정약용은 《周易》《詩經》《書經》《體記》 등의 고전을 들어서 문학이 갖추어야 할 규범의 객관성을 입증하기 위해서 이러한 이론을 전개했다. 그러나 결과적으로 입증된 것은 규범의 객관성이 아니고 인식의 객관성이다. 규범의 객관성을 입증하기 위해서는 도덕적 당위로서의 理가 존재의 원리로서의 理와 다르지 않다는 것을 말해야 했을 것인데, 천지의 정리와 만물의 중정은 존재의 원리이다. 존재의 원리로서의 理를 문제 삼으면서 문학의 특징을 살펴, "문장은 우주 사이에서 精微하고 교묘한 것이다"[10]라고 했다.

정약용의 생각은 복합적인 성격을 가지고 있다. 정약용이 말한 문학의 위기도 이중의 의미를 지니고 있다. 문학의 위기는 문학이 고전적 규범에서 이탈했기 때문에 생긴 것이기도 하면서, 문학이 객관적 타당성을 상실했기 때문에 생긴 것이기도 하다. 첫째 의미에서의 위기는 道學的 문학관을 재확립함으로써 극복될 수 있는 것이지만, 둘째 의미에서의 위기는 자기시대의 현실적 문제와 정면에서 부딪쳐야 극복될 수 있었다.

---

9) 趙東一, 《韓國小說의 理論》(知識産業社, 1977)에서는 이러한 이론을 계승해서 장르 일반론 및 소설의 장르적 성격을 논의했다.
10) 〈五學論 3〉, 11, 1 p. 232. "文章之在宇宙之間 其精微巧妙者."

3

정약용은 道學에 머무르지 않았다. 宋代 이래의 도학을 버리고 차라리 漢唐 儒學을 긍정하려는 경향을 보였으며, 더 나아가서 先秦 유학의 전통을 되찾으려고 했다. 그러나 이러한 복고적인 태도는 그 자체가 목적이 아니었고, 송대 이래의 도학보다 선행하는 권위를 이용하여 송대 이래의 도학을 청산하려는 데서 나온 것이었다. 정약용의 관심은 자기 시대의 문제에 집약되어 있었다. 문학의 경우에도 자기 시대 문학의 문제를 말하기 위해서 선진 문학의 모범을 거론했으며 선진 문학으로서의 복귀가 의도하는 바였다고 할 수 있다. 〈述志〉라는 시 두 수에서는 다음과 같이 말했다.

戮力返洙泗　　힘써 洙泗에로의 복귀만 생각하고,
不復問時宜　　時宜는 묻지 않았으니,
禮義雖暫新　　예의는 비록 참신했어도,
尤悔亦由此　　허물과 뉘우침이 여기서 생겼다.

汲汲爲慕倣　　사모하고 모방하기에 급급하여,
未暇揀精工　　자기를 다듬을 틈이 없구나!
衆愚捧一癡　　어리석은 무리들이 한 癡漢을 함께 떠받들고,
呫呫令共崇　　고함 지르며 같이 절하잔다.[11]

처음 넉 줄에서 말한 것은 자기 자신에 대한 비판이다. 젊어서 벼슬 하고 있을 때에는 洙泗 즉 孔子와 孟子의 가르침으로 복귀하는 것만 생각하고 時宜는 묻지 않았던 것을 후회했다. 시의는 자기가 사는 시대의 문제를 올바르게 해결하는 방안이다. 洙泗로 복귀하면 예의는 바르게 되고 새롭게 될 수 있어도, 그렇게 된다고 해

---

11) 〈述志〉, 1, 1 p. 8.

서 자기 시대의 문제를 해결하는 방안이 생기는 것은 아니다. 다음 넉 줄에서 말한 것은 당시 사람들의 정신적 자세에 대한 비판이다.

당시 사람들은 자기대로의 주체성을 가지고 자유롭게 사상을 전개하지 못하고 사모하고 모방하기에 급급하다고 했는데, 사모하고 모방하는 대상은 儒學의 정통을 중심으로 한 중국문화의 고전적 규범이다. 유학의 정통만 숭상하고 주체적인 사상은 모색하지 않고, 중국문화의 고전적 규범만 존중하고 우리 현실의 문제를 해결하는 데는 관심을 가지지 않는 태도는 어리석은 무리들이 미친 짓을 함께 떠받들고 절하자고 하는 것이라고 규탄했다. 그러면서 단군 시대의 질박한 古風이 그립다고 했다.[12] 우리 현실의 문제를 해결하는 자세는 민족문화의 기풍을 계승하는 데서 확립될 수 있고, 자연스럽고 주체적인 사상이야말로 생동하는 가치를 가지는 것이다.

이렇게 생각하면 문학이 무엇을 해야 할 것인가 하는 문제에 대한 해답을 얻을 수 있다. 문학은 복고적인 예의를 세우기 위해서 필요한 것이 아니고, 자기시대의 문제를 다루는 것을 사명으로 삼는다. 중국문학의 고전적 규범을 되풀이하는 것은 어리석은 무리들이 하는 미친 짓이고, 현실과 부딪치는 데서 생기는 감흥을 생동하게 나타내는 것이 올바른 방향이다. 이러한 문학관을 내세운 정약용은 시를 짓는 데 있어서도 唐詩에서 마련된 聲律의 규칙을 지키기 위해서 고심하지 않고, 뜻하는 바를 자유롭게 나타내면서 '朝鮮詩'를 지어야 한다고 했다.

老人一快事	노인에게 한 가지 즐거운 일이 있으니,
縱筆寫狂詞	붓 가는 대로 따르면서 미친 말을 쓴다.
競病不必拘	까다로운 韻에 구애될 필요가 없고,
推敲不必遲	推稿하느라고 지체할 필요도 없다.
興到即運意	흥이 나면 바로 뜻을 움직이고,

---

12) 〈述志〉, 1, 1 p. 8. "未若檀君世 質朴有古風."

意到卽寫之　　　뜻이 나타나면 바로 쓴다.
我是朝鮮人　　　나는 朝鮮 사람이어서,
甘作朝鮮詩　　　朝鮮詩를 즐겨 짓는다.[13]

聲律의 규칙에 맞는 시를 쓰기 위해서 다투고, 고민하고, 또한 지리하게 퇴고하는 목적은 고전적인 규범을 모방하려는 데 있는데, 그렇게 하면 시는 생명을 잃게 되고, 시를 쓰는 사람은 자기의 뜻을 나타낼 수 없다. 고전적인 규범에서 본다면 미친 말이라고 하는 것이라도 자기대로의 흥에 따라서 자기의 뜻을 나타내도록 써야 하고, 이렇게 해야만 中國詩가 아닌 朝鮮詩가 이루어진다고 했다. 조선사람이 조선시를 쓰는 것이 당연한 일이고, 조선사람은 조선시를 써야 한다는 자아의식을 가지지 않고서는 올바른 문학이 이루어질 수 없는 것이다.

그런데 문학이 나타내야 할 자아의식은 자기의 흥이나 자기의 뜻에 충실하는 것만 의미하지는 않는다. 자기의 흥, 자기의 뜻을 나타낸 시라면 무엇이든지 가치가 있다는 논리가 성립되는 것은 아니다. 흥이나 뜻은 공연히 생기는 것이 아니고 현실을 경험하는 데서 축적되며, 현실의 경험은 객관적인 타당성을 가져야만 한다. 그리고 시는 또한 현실을 바람직한 방향으로 개조하는 것을 기능으로 삼아야 한다고 생각해서, 다음과 같이 말했다.

무릇 詩의 근본은 父子, 君臣, 夫婦의 윤리에 있다. 그 즐거운 뜻을 宣揚하기도 하고, 그 원망하고 사모하는 바를 나타내기도 한다. 그 다음으로는 세상을 근심하고, 백성을 가엾게 여겨야 한다. 언제나 無力한 사람을 도와주고, 가난한 사람을 구제하고, 측은하게 방황하는 사람을 버리지 않으려는 뜻을 가져야 비로소 詩이다. 자기의 이해만 생각하는 것은 시가 아니다.[14]

---

13) 〈老人一快事六首效香山體〉, 其 5, 1 p. 115.
14) 〈示兩兒〉, 21, 1 p. 447. "凡詩之本 在於父子君臣夫婦之倫 或宣揚其樂意 或導達其

임금을 사랑하고 나라를 근심하지 않는 것은 시가 아니다. 시대에 대해서 傷心하고 풍속에 대해서 분개하지 않는 것은 시가 아니다. 아름답다고 칭송하고 나쁘다고 풍자하기도 하며, 권장하고 징벌하기도 하는 뜻을 가지지 않은 것은 시가 아니다. 그러므로 뜻이 서지 않고, 배움이 순수하지 않고, 큰 도를 듣지 않았고, 致君澤民 할 수 없는 사람은 시를 지을 수 없다.[15]

이렇게 주장하는 뜻은 몇 가지로 요약할 수 있다. 첫째는 시인이 자기의 이해만 생각하고 자기의 개인적인 감흥만 노래한 것은 올바른 시가 아니라고 했다. 이렇게 말하는 데서 문학은 주관적인 것만이 아니라는 생각이 재확인된다. 둘째는 시는 윤리적인 주제를 지니고 현실의 문제를 다루면서 특히 가난하고 무력한 사람들을 위한 것이어야 한다고 했다. 이렇게 말하는 데서 문학은 객관적인 것이어야 한다는 생각이 거듭 강조된다. 문학이 천지의 正理와 만물의 衆情을 갖추고 천지를 움직이고 귀신을 격동시켜야 한다고 할 때에는 추상적인 개념에 머물렀던 문학에서의 객관성이 구체적인 내용을 갖추게 된다.

정약용은 천지와 만물에 대해서 논하는 것을 자기 사상의 목표로 설정하지 않았으며, 자기 시대의 구체적인 문제를 다루면서 특히 "무력한 사람을 도와주고, 가난한 사람을 구제하고, 측은하게 방황하는 사람을 버리지 않으려는 뜻"을 실현하는 것을 사명으로 삼았다. 정약용의 實學은 바로 이러한 사명을 실현하는 사상이며, 여기서 주장한 것은 실학에서 이루어지는 문학이다. 셋째는 시를 쓰기 위해서는 뜻을 바르게 가져야만 한다고 했다. 이렇게 말하는 데서는 작품과 작가의 관계가 본격적으로 논의된다.

怨慕　其次憂世恤民　常有欲拯無力　欲賙無財　彷徨惻傷　不忍遽捨之意　然後方是詩也
只管自己利害　便不是詩."
15) 〈寄淵兒〉, 21, 1 p. 443. "不愛君憂國　非詩也　不傷時憤俗　非詩也　非有美刺勸懲之
義　非詩也　故志不立　學不醇　不聞大道　不能有致君澤民之心者　不能作詩."

　작품과 작가의 관계는 정약용이 깊이 생각하고 힘들여서 다룬 문제의 하나였다. 이 문제를 다룬 목표는 문학작품을 그 자체로 숭상하는 풍조를 배격하고, 창작 수업의 올바른 방법을 제시하려는 데 있었다. 문학작품은 꽃과 같은 것인데, 꽃이 꽃으로만 존재할 수 없고 가지와 잎, 진액, 줄기, 그리고 뿌리가 모두 갖추어져야 꽃을 피울 수 있다고 했다.[16] 이런 비유에서 말한 가지와 잎은 "博聞游藝"해야 한다고 했으니, 작품을 쓰는 견문과 기술이다. 진액은 "窮經研禮"해야 한다고 했으니 인생의 원리이다. 줄기는 "篤行修身"해야 한다고 했으니 실천이고 경험이다. 뿌리는 '誠意正心'해야 한다고 했으니 마음의 바탕이다. 아름다운 작품을 쓰기 위해서는 마음의 바탕을 바르게 하고, 실천과 경험을 풍부하게 하고, 인생의 원리를 깊이 탐구하고, 견문을 넓히고 기술을 습득해야 한다는 것이 정약용의 주장이었다. 그리고 이러한 작업은 근본적인 것부터 다지면서 해야 하고, 그 반대 방향에서는 이루어질 수 없다고 했다. 그 반대 방향을 고집하는 데서 문학의 위기가 심각하게 되었다고 진단했다.

　그런데 마음의 바탕은 세상을 바로잡으려는 뜻을 지녀야 바르게 되고, 실천과 경험은 무력하고 가난한 사람들의 생활을 함께 겪는 데서 풍부하게 되고, 인생의 원리는 일하는 것이 가치의 창조라는 방향에서 탐구해야 하고, 작품을 쓰는 견문과 기술은 이미 마련된 규범에 구애되지 않고 자유로운 표현을 광범위하게 개척하면서 습득해야 올바른 문학작품이 이루어진다고 하는 것이 정약용의 글에서 찾아낼 수 있는 주장이다. 이렇게 해서 이루어지는 문학작품은 시대에 대해서 상심하고 풍속에 대해서 분개하게 되는데, 이것이 바로 실학의 자세를 지닌 문학이다.

---

16) 〈爲陽德人邊知意贈言〉, 17, 1 p. 372.

4

정약용은 끝내 자기 시대의 새로운 문학인 소설 같은 것에 대해서는 호감을 가지지 않았으며,[17] 그렇다고 해서 古文家나 道學派의 문장을 목표로 삼은 것도 아니었다. 정약용이 말한 올바른 문학은 漢詩의 새로운 경향, 그 대표적인 예로서 자기 자신의 시를 중심으로 하여 설정한 개념이었다. 정약용은 열성적인 시인이었고, 자기의 시를 자세하게 분석했다. 자기의 시를 분석하는 데서 문학에 관한 논의가 특히 심화되었다.

근래에 나는 내 상자에 들어 있는 舊藁를 뒤져 보았다. 風霜을 겪기 전에 玉堂에서 마음껏 노닐 때에는 지은 詩篇이 슬픈 기색을 띠고 기운이 막혀 있었다. 長鬐에서 귀양살이를 하게 되었을 때에는 시가 더욱 슬퍼져 비통하게 흐느꼈다. 康津에 온 후에 지은 것은 대부분 툭 터지게 마음이 넓어진 표현이나 뜻을 지니게 되었는데, 수난을 겪기 전에는 이를 수 없던 경지이다. 이러한 기상을 지니면서부터는 슬픔이 없는 데 가깝게 되었다.[18]

康津에서 귀양살이를 하고 있을 때 집에 있는 두 아들에게 보낸 글에 나오는 말이다. 자기의 시를 세 단계로 나누어서 단계마다의 특징을 지적했다. 처음에 관직에 순조롭게 나아갈 때의 시는 슬픈 기색을 띠면서 기운이 막혀 있었고, 長鬐에서 귀양살이가 시작되었을 때의 시는 비통했고, 강진에 이르러서 귀양살이가 오래 계속되었을 때의 시는 마음이 넓어지고 생각이 툭 트여서 슬픔이 없는 데

---

17) 〈爲李仁榮贈言〉, 11, 1 p. 372에서도 "矧爲此淫巧小說之支流 酸寒短句之餘裔 以輕抛此身世乎"라고 했다.
18) 〈又示二子家誡〉, 18, 1 pp. 377~378. "近日余檢余箱中舊藁 風霜以前 翱翔乎 金馬玉堂之間 而所作詩篇 皆淒楚壹鬱 至長鬐謫中 詩尤幽咽可悲 至康津以後之作 多曠達恢廓之語意者 苟害在前 既不得有此氣象 自玆以往 庶乎其無憂也."

가깝게 되었다고 했는데, 이러한 변화는 언뜻 이해할 수 없는 것
같지만 참으로 중요한 의미를 지니고 있다.

첫단계에는 아직도 시를 쓰는 데 필요한 준비를 갖추지 못하고
시가 무엇인지 깨닫지 못했으므로 시답지 않은 시를 썼다. "玉堂에
서 마음껏 노닐었다"고 해서 마음의 바탕을 바로잡고 세상을 알 수
있는 실천과 경험을 했던 것은 아니었다. 글재주만 자랑하는 정신
적 사치에 가까운 시를 썼으니, 슬픈 기상을 띠고 기운은 막혀 있
을 수밖에 없었다. 이 단계에는 "힘써 洙泗에로의 복귀만 생각하고,
時宜는 묻지 않았으니" 사상도 틀에 박혀 있었다.

그러다가 귀양살이가 시작되면서 중요한 전환점이 마련되있다.
옥당에서 노닐 때 지녔던 환상이 깨어지고 사상의 틀이 파괴되었으
며, 전에 겪어보지 못하던 험난한 경험을 하게 되면서 첫단계와는
다른 둘째 단계의 시가 시작되었다. 글재주만 자랑하는 정신적 사
치에 가까운 시는 쓸 수 없게 되고 자기의 절박한 처지를 비통하게
호소하는 시가 나타나게 되었던 것이다. 이러한 전환을 통해서 시
는 순탄한 영달에서 성숙하는 것이 아니고 처절한 고난에서 성숙하
며, 그대로 덮어 둘 수 없는 사연이 마련되었을 때 피와 살을 갖추
게 된다는 사실이 입증되었다.

그러나 비통한 시는 자기의 처지에만 집착한 것이다. 자기의 처
지가 민중의 고난과 상통한다 해도 고난의 본질을 깊이있게 투시하
지 못하고 자기 중심의 호소만 늘어놓는 것은 개인적인 이해를 벗
어나지 못하는 시이다. 시는 이와 같은 협소한 안목에서 벗어나야
하는데 강진에서 귀양살이가 오래 계속되자 그렇게 되는 전환이 마
련되었다. 자기의 처지만 문제 삼지 않고 민중이 겪는 고난을 널리
이해하면서 고독에서 벗어나고, 고난의 정체와 해결 방향을 알 수
있게 되면서 막혀 있던 시야가 열려서 마음이 넓어지고 뜻이 터진
시를 쓰게 되었다. 이러한 시는 처절하기 이를 데 없는 고난을 다루
면서, 민중생활의 보람과 의지를 긍정하고 절망을 노래하면서 희망

을 고취하기 때문에, 슬픔이 없는 데 가깝게 되었다고 할 수 있다.

己巳年에 내가 茶山 草菴에 있을 때에, 이 해가 아주 가물어서 겨울과 봄에서부터 입추가 될 때까지 赤地가 천리나 이었고, 들에는 푸른 풀이 없었다. 유월초가 되니, 流民이 길을 메워서 마음이 상하고 눈이 참혹해 살고 싶지 않을 정도였다.[19]

이러한 것이 정약용이 귀양살이를 하면서 직접 겪은 민중생활의 참혹한 모습이었다. 너무 가물어서 모내기를 할 수 없게 되어 못자리의 모를 뽑아버려야 할 형편이었는데, 나라에서는 메밀종자를 나누어 주라고 명령을 내렸지만, 고을 원은 메밀종자는 나누어 주지 않고 메밀갈이만 독촉을 했다. 흉년이 들어 보리죽도 못 먹게 되었을 때일수록 관리의 토색질은 심해지고 트집만 잡아 재물을 빼앗아갔다. 이와 같은 민중생활을 다룬 시로서 대표적인 것이 〈田間紀事〉인데, 그 가운데서 관리에 대한 원망을 나타낸 〈豺狼〉은 다음과 같이 시작된다.

豺兮狼兮	승냥이여, 이리여 !
旣取我犢	우리 소를 잡아갔으니,
毌噬我羊	우리 양일랑 그만두어라.
笥旣無襦	장 안에 저고리도 없다.
椸旣無裳	옷걸이에 치마도 없다.
甕無餘醢	항아리에 남은 장도 없다.
瓶無餘糧	병 안에 남은 쌀도 없다.
錡釜旣奪	무쇠솥, 가마솥을 다 앗아가고,
匕筯旣攘	숟가락, 젓가락도 모두 가져갔다.
匪盜匪寇	도적도 아니고, 원수도 아닌데,
何爲不臧	어째서 이다지도 착하지 못한가 ![20]

---

19) 〈田間紀事序〉, 5, 1 p. 96. "己巳歲 余在茶山草菴 是歲太旱 爰自冬春 至于立秋 赤地千里 野無靑草 六月之初 流民塞路 傷心慘目 如不欲生."

이와 같은 시는 민중의 소리를 나타낸 것일 뿐만 아니라, 민중의 노래인 민요의 가락을 따르고 민요에서 흔히 볼 수 있는 표현을 이용하여 지은 것이기도 하다. 聲律의 규칙에 구애되지 않고 뜻하는 바를 자유롭게 나타내서 '朝鮮詩'를 짓겠다고 한 생각이 이런 데서 구체적으로 실현되었다.

민중의 비참한 처지를 노래한 한시는 정약용에게서 처음으로 볼 수 있는 것은 아니다. 민중의 처지를 알아서 德治로써 나라의 정치를 바로잡아야 한다는 생각은 그 전부터 있었으며, 이러한 생각에서 恤民이나 愛民을 노래한 시가 시대마다 있었다. 그러나 정약용은 휼민하고 애민하면서 덕치를 베풀도록 해야 한다는 생각에 머물렀던 사람이 아니었다. 나라의 정치구조나 경제구조가 민중을 억압하고 수탈하도록 되어 있다는 사실을 명확하게 인식하고, 덕치가 아닌 근본적인 개혁이 해결책이라고 했다. 〈監司論〉에서는 감사라는 큰 도적을 물리치지 않고서는 백성이 살 수 없다고 했다.[21] 〈田論〉에서는 일하는 데 따라서 곡식을 나누는 제도를 마련하지 않고서는 토지문제를 해결을 할 수 없다고 했다.[22]

정약용은 이러한 사상을 구현하는 문학이 올바른 문학이라고 했다. 〈田間紀事〉와 같은 시는 "性情之正을 갖추고, 天地和氣를 잃지 않았다"[23]고 했는데, 정약용이 말한 性情之正은 사회의 모순을 용납하지 않으려는 의지이고, 天地和氣는 마땅히 이루어져야 할 정의와 평등이 실현되는 질서라고 할 수 있다. 전래적인 용어가 흔히 그대로 사용되었어도 그 구체적인 의미는 근본적인 변화를 겪었다. 성정지정을 갖추고 천지화기를 잃지 않은 문학이라면 沖澹蕭散한 경지를 지닌다고 하는 것이 관례였다. 그러나 정약용은 시의 기풍으

---

20) 〈田間紀事〉중의 〈豺狼〉, 5, 1 p. 97.
21) 〈監司論〉, 12, 1 p. 245.
22) 〈田論〉, 11, 1 pp. 223~225.
23) 〈田間紀事序〉, 1, 1 p. 96. "要其性情之正 不失天地之和氣."

로서 그와 같이 정적인 것을 존중하지 않고, 굳세고 험난한 기상을 갖춘 '蒼勁奇崛'을 높이 평가했다.[24] 사회의 모순과 대결하는 시라면 충담소산할 수 없고 창경기굴하지 않을 수 없을 것이다.

그런데 문학에 관한 정약용의 요구는 자기시대 문학의 전반적인 방향을 제시하는 것일 수는 있었어도, 구체적인 작품활동이나 문학운동과 직결될 수 있는 것은 아니었다. 소설의 시대에 소설은 오히려 건실하지 못한 것이라고 배격했고, 한시에서 문학의 혁신이 일어나야 한다고 했다. 자기 자신의 한시는 분명히 혁신적인 것이었지만 그것마저도 노래하고 싶은 바를 바로 민요로 나타내는 길을 택하는 경우만큼 효과적일 수는 없었다. 민요에 접근한 정약용의 한시는 실제로 《詩經》에서 볼 수 있었던 바와 같은 이미 난삽해진 글자를 사용하지 않고서는 성립될 수 없었기 때문에 읽어서 즐기기가 어렵다. 이러한 방향에서 새 시대의 문학운동이 일반화될 수는 없었다. 정약용의 문학사상은 자기 자신의 창작을 통해서 실행했던 것과는 다른 각도에서 실행될 때 더욱 빛나는 성과를 거둘 수 있는 것이었다.

---

24) 〈示兩兒〉, 21, 1 p. 447.

9. 崔 漢 綺

1

崔漢綺(1803~1877)는 "문장은 神氣에서 나온다"[1]고 했다. 丁若鏞이라면 "문장은 道에서 나온다"고 했을 것인데, 도가 신기로 바뀐 것은 아주 중요한 변화이다. 道가 미리 갖추어져 있는 원리라면, 神氣는 인식의 주체이다. "신기는 지각의 根基이고, 지각은 신기가 하는 경험"[2]이며, 신기는 경험을 계속 기억하고 축적하기 때문에[3] 이미 경험한 것으로 미루어 아직 경험하지 않은 것까지 알아내는 추측이 가능하고 올바른 인식이 이루어질 수 있다고 했다. 사람의 氣는 천지의 氣와 근본적으로 다름이 없지만, 사람의 생각은 신기가 경험을 축적한 정도에 따라서 대상 그 자체와 합치될 수도 있고 어긋날 수도 있으므로 인식의 객관성은 어느 경우에나 반드시 보장되는 것은 아니다. 인식의 객관성이 가능하게 되는 근거와 그것을 이루는 방법이 최한기 철학의 중심적인 문제인데, 문학에 대한 논의도 이

---

1) 〈選文章〉, 人政 14, 《明南樓叢書》 2(成均館大學校 大東文化硏究院, 1971), p. 279 (앞으로는 人政 14, 2 p. 279와 같은 방식으로 자료의 출처를 제시한다). "文章出於 神氣敷達."

2) 〈經驗乃知覺〉, 《神氣通》 1, 1 p. 29. "神氣者 知覺之根基也 知覺者 神氣之經驗也."

3) 〈神氣通序〉, 《神氣通》 1, 1 p. 4.

문제에 대한 탐구와 직결되어 있다.

정약용도 문학을 인식의 한 방법이라고 보고 그 객관적 타당성을 문제로 삼았다. 그러나 정약용에게는 이 문제가 결과적으로 중요시되었고, 처음부터 분명하게 제기했던 것은 아니었는데, 그 이유는 무엇보다도 정약용의 사상이 복합적인 성격을 지니고 철학적으로 철저하게 다져지지 않았던 데 있었던 것 같다. 그러나 일원론적 주기론을 분명하게 내세우고 인식과 실천에 관한 새로운 사상을 체계적으로 전개한 최한기에 이르러서는 사정이 달라졌다. 일원론적 주기론은 오랜 역사를 가진 사상이었지만, 최한기는 徐敬德, 任聖周, 洪大容 등이 미처 생각할 수 없었던 데까지 나아가서, 조선후기에 나타난 경험을 존중하는 현실주의적 사고방식 전반의 철학적 근거를 체계적으로 제시하고, 과학의 진보를 가능하게 하는 논리를 제공했다. 최한기의 문학사상 또한 이러한 성격을 지니는 것이었다.

최한기도 "古之文章은 道를 실어서 말이 통했고, 실질적인 것으로 글을 이루었다"고 하여 古之文章의 충실성을 높이 평가하고, "中古文章은 구절을 주위 모으고, 헛된 그림자로 비단을 짜고, 고금으로 말을 달리고, 精靈을 흔들어 보이고 하면서 文 때문에 德을 잃었으며, 새 것을 탐내다가 實을 잃었다"[4]고 하여 중고문장이 헛된 수식만 찾다가 근본을 놓쳤다고 비판한 점에서 李珥나 丁若鏞 같은 사람들이 하던 말을 되풀이한 것처럼 보인다. 그러나 최한기는 古之文章이 갖추었던 道 또는 실질적인 것을 도덕적 당위로서의 理로 이해하지 않았으며, 古之文章의 대표적인 예인 經典文章은 "交接하고 運化하는 것의 일정한 모습을 밝혔다"[5]고 했다. 교접하고 운화하는 것은 氣가 운동하는 원리이다. 경전이라도 기가 운동하는 원리를 밝혔다는 점에서 가치가 있다고 했고 인류을 규제하는 규범이므

---

4) 〈文章〉, 人政 8, 2 p. 154. "古之文章 載道達辭 因質成章 中古文章 掇拾句讀 羅織 虛影 馳騁古今 搖掀精靈 因文而喪德 貪革而沒實."
5) 같은 글, 같은 곳. "闡明交接運化之經常."

로 가치가 있다고 하지는 않았다. 그러므로 경전문장은 史策文章, 宇宙文章, 數學文章, 器用文章, 農書文章, 經濟文章 등과 대등한 것이라고 했다.[6)]

최한기가 중고문장을 비판한 것은 복고적인 문학관을 제시하기 위한 전제가 아니었다. 중고문장이 비판의 대상이 된 이유는 기가 운동하는 원리를 나타내지 않고 헛된 수식만 늘어놓았다는 데 있으며, 고대문장의 모범을 저버렸다는 것이 문제가 되지는 않는다. "새 것을 탐내다가 實을 잃었다"는 말도 새 것을 배격해야 한다는 뜻이 아니고, 진실을 경험하고 인식하는 데서는 진보를 꾀하지 않으면서 신기한 표현만 찾는 태도를 지적한 것이다. 최한기는 사상의 발전을 믿고 尙古的인 또는 복고적인 사고방식을 배격했던 사람이다. 이러한 생각은 다음과 같이 말하는 데서 분명하게 드러난다.

만약 옛날과 지금 가운데 어느 것을 취하고 어느 것을 버려야 할 것인가 논의한다면, 내가 밑천으로 삼아 살아가고, 내가 의지하는 것이 지금에 있고 옛날에 있지 않으며, 내가 써야 하고 내가 따라야 할 것도 지금에 있고 옛날에 있지 않으므로, 옛날을 버릴지라도 지금은 버릴 수 없다. 문학 하는 선비가 지금의 氣化는 모르면서 옛날 글의 자취만 가지고 지금의 백성을 다스리려고 한다면, 계획한 바에 반드시 많은 착오가 생길 것이니 어찌 다스릴 수 있겠는가?[7)]

이러한 주장은 최한기 철학의 기본적인 논리에 근거를 둔 것이다. 알아야 할 것이 도덕적인 당위로서의 이라면, 도덕적 당위로서의 이는 이미 성현이 말했던 바이고 그 내용이 시대에 따라서 달라질 수 없다. 그러나 알아야 할 것은 도덕적 당위로서의 이가 아니고 존재의 원리로서의 이이며, 존재의 원리로서의 이는 기를 근거

---

6) 〈文章〉, 人政 8, 2 p. 154.
7) 〈古今通不通〉, 人政 11, 2 p. 211. "若以古今取捨論之 我之所資育所依賴 在今不在古 所須用所遵行 在今不在古 寧可捨古 而不可捨今 苟使文學之士 罔昧今之氣化 只將古之文蹟 欲治今之民 必多違所料 何能有濟."

로 해서 이를 아는 推氣測理의 방법으로 밝혀질 수밖에 없는 것이다. 이를 먼저 생각하면 허망하게 되고, 기를 먼저 따져야 건실해지는 것이다.[8] 그런데 기는 계속 운동하고 발전하므로 지금의 기는 옛날의 기가 아니다. 기에 대한 인식도 시대마다 다르고 계속 발전해 왔다. 기가 발전하니 기에 대한 인식도 발전할 뿐만 아니라, 추기측리의 방법에서도 진보가 계속되었다. 그러므로 옛날만 아는 사람은 소견이 막혀 있고, 지금을 아는 사람이라야 소견이 트여 있다.

뿐만 아니라 더욱 중요한 것은 내가 살아가기 위해서 필요하고 의지해야 하고 써야 하고 따라야 할 것은 옛날의 기가 아니고 지금의 기라는 사실이다. 옛날의 기는 버린다 해도 지장이 없겠지만, 지금의 기와 단절되면 살아갈 수 없다. 살아가는 것 자체가 지금의 기로써 이루어지고 있는데 옛날 글의 자취만 가지고 문학을 하겠다는 것은 백성을 무지하게 하고 진실을 왜곡하고 역사 발전에 역행하려는 짓이다. 자기가 죽어 있으면서 남도 죽이려는 짓이다. 복고적인 문학관을 비판하고 문학은 마땅히 작자가 살고 있는 시대의 현실적인 문제를 다루어야 한다는 것은 조선후기 문학사상의 전개 과정에서 여러 사람이 거듭 강조해 온 바였다. 그 이유도 여러 모로 밝혀졌다. 그런데 최한기는 이 문제에 대해서 마지막으로 결정적인 해답을 제시하였던 사람이다.

2

경험과 추측이 天人의 大道에 관해서 얻은 바가 있든지 事物의 小道에 관해서 얻은 바가 있더라도 이것을 말로 나타내지 않으면 다른 사람이 어떻게 얻어 들을 수 있겠으며, 글로 쓰지 않으면 다른 사람이 어떻게 얻어볼 수 있겠는가?[9]

---

8) 〈理在氣中〉, 《推測錄》 2, 1 p. 121.
9) 〈文章〉, 人政 8, 2 p. 154. "經驗推測 有得於天人大道事物小道 不形於言語 則人何以得聞 不著於文章 則人何以得見."

이것은 지극히 당연한 말이면서, 최한기 이전에 다른 사람이 할 수 없었던 말이다. 여기서 大道 또는 小道라고 한 道는 존재의 원리로서의 이이다. 존재의 원리로서의 이는 우리 마음 속에 원래 갖추어져 있기 때문에 마음을 바르게 가지면 저절로 드러날 수 있는 것이 아니고, 天人이나 사물과 계속 부딪쳐 경험하고 추측해야만 얻어낼 수 있는 것이다. 말하고 글로 써야 할 바는 천인이나 사물에서 오지만, 말하고 글로 쓰는 행위는 자연히 이루어지는 것이 아니고 경험하고 추측하려는 노력이 성과 있게 진행되고, 그 결과를 다른 사람에게 전해서 공감을 얻으려는 목적을 설정해야만 가능하게 되는 것이다. 그러므로 문학은 인식과 전달을 사명으로 삼는다고 할 수 있는데, 인식에서는 타당성이 문제되고 전달에서는 효과가 문제된다.

인식의 타당성은 문학이 天地流行之理의 실상을 전하는가 아니면 人心推測之理에만 머무르는가 하는 데서 판정된다. 인심추측지리를 통하지 않고서는 천지유행지리를 알아낼 수 없지만, 인심추측지리는 사람의 기질에 구애되어 通塞의 차이가 생기고, 익힌 바에 따라서 견문의 차이가 생기므로 천지유행지리와 어긋날 수 있다.[10] 기질이나 견문의 한계를 벗어나기 위한 노력이 당연히 있어야 할 것이지만, 실제로는 그렇지 못해서 문장의 종류가 다음과 같이 구분되어 있다고 했다.

㉮ 經綸과 事勢에서 얻은 문장
㉯ 古書를 엮어 놓아서 얻은 문장
㉰ 詞調의 헛된 그림자에서 얻은 문장
㉱ 방탕하고 얽매이지 않는 데서 얻은 문장[11]

---

10) 〈推測與氣先後〉, 《推測錄》 2, 1 p. 121
11) 〈選文章〉, 人政 14, 2 p. 279. "有得於經綸事勢者　有得於掇拾古書者　有得於詞調虛影者　有得於放蕩無碍者."

이 가운데 천지유행지리의 실상을 전하는 것은 ㈎ 하나뿐이다. 나머지 것들은 인심추측지리가 천지유행지리와 어긋나는 방향으로 나아간 헛소리이다. ㈏처럼 古書를 엮어 놓는다고 해서 올바른 문장이 될 수 있는 것은 아니다. ㈐처럼 수식에만 힘쓰는 것은 헛된 그림자를 따르는 짓이다. ㈑에서와 같이 아무데도 구애되지 않고 쓴 문장은 장난에 지나지 않는다. 올바른 문장은 經綸과 事勢에서 얻는 것인데, 경륜은 현실을 개조하는 방향이고 사세는 경험에서 얻는 원리이다. 천지유행지리는 자연에서만 논의될 수 있는 것이 아니고 사회적 현실의 객관적 법칙까지 포괄하고 있는 개념이며, 문학에서 실제로 더욱 중요한 문제를 제기하는 것은 사회적 현실쪽이다.

그런데 인심추측지리가 천지유행지리와 합치될 수 있다는 것은 저절로 명백하게 드러나는 바가 아니고, 그렇게 되는 이유를 따져야만 납득할 수 있게 된다. 최한기는 그 이유를 일원론적 주기론의 핵심적인 내용에서 찾았다. 천지는 천지의 氣로써 이루어져 있고 사람은 사람의 氣로써 이루어져 있는데, 천지의 기는 사람의 기와 근본적으로 같은 것이므로 사람은 헛된 관념을 버리면 자기 자신에게서도 천지유행지리를 발견할 수 있다. 이러한 이치에 따라서 생각하면, 사람이 쓰는 문장인 '人物之文章'은 그것대로 독립해서 존재하는 것이 아니다. '天之文章' 또는 '地之文章'을 근거로 해서 인물지문장이 존재할 수 있고, 이러한 문장은 모두 서로 공통적인 '活動運化之氣'를 지니고 있다고 했다.[12] 천지문장 또는 지지문장은 객관적으로 가능한 문장이고 인물지문장은 주관적으로 창조되는 문장이라고 할 수 있는데, 주관적으로 창조되는 문장이 객관적으로 가능한 문장의 내용을 갖출 수 있기 때문에 문장에서의 天人合一 또는 主客合一이 이루어진다는 것이다. 문장은 활동운화지기를 지니

---

12) 〈文章〉, 人政 8, 2 p. 154.

고 있을 뿐만 아니라, 활동운화지기가 문장을 만들어내는 주체이기
도 하다는 데서 이러한 이론은 다음과 같이 전개되었다.

　　活動運化之氣를 보고 이해해서 마음속에서 活動運化之文氣를 기르
면, 말을 하는 것마다 모두 靈氣를 드러내서, 용이 꿈틀거리는 형체를
갖추고 萬化를 만들어낸다. 이것을 보는 사람이나 이것을 읽는 사람은
神氣가 흔들리어 움직이고 쉽사리 感通하게 된다. 이렇게 되면 문장을
쓰려고 애쓰지 않아도 문장이 스스로 이루어진다. 문장이 진척되지 않
는다고 걱정할 필요가 없고, 氣化가 길러지지 않는 것을 걱정해야 한
다. 문장이 어찌 억지로 되고 모방한다고 이루어질 수 있겠는가![13]

　모든 운동과 생성은 活動運化之氣가 이루는데, 문장을 이루는 것
은 그 가운데서도 活動運化之文氣이다. 활동운화지문기는 기 일반
의 보편성과 함께 문장을 이루는 특수한 작용을 지닌 기이다. 그런
데 활동운화지문기는 저절로 갖추어질 수 있는 것이 아니고, 활동
운화지기를 경험을 통해서 체득하고 그 경험이 축적되어야만 기를
수 있고, 기르게 되면 그대로 머물러 있지 않는다. 기는 활동하고
변화하는 것이 본질이므로 문기도 스스로 움직여서 문장을 만들어
낸다. 스스로 움직이고 문장을 만드는 문기를 기르지 않고, 무리하
게 문장을 지어내려고 하거나 남의 문장을 모방해서 자기의 것을
삼으려는 노력은 기를 버리고 이를 추구하는 어리석은 짓의 하나
이다.
　기는 문장을 창조하는 주체일 뿐만 아니라 문장의 내용이기도 한
데, 문장의 내용을 이루는 기는 그 가운데서 특별히 영기라고 했다.
영기는 기의 핵심 또는 精粹에 해당하는 것이라고 할 수 있다. 활
동운화지기라고 해서 무엇이든지 문장의 내용이 될 수 있는 것은

---

13) 〈文章〉, 人政 8, 2 p. 154. "見得活動運化之氣 養得胸中活動運化之文氣 發言吐辭
　　皆有靈氣之呈露 蜿蜒成體 陶鎔萬化 見之者 讀之者 掀動神氣 易於感通 是乃不期乎
　　文章 而自臻乎文章 不患文章之不進 惟患氣化之未養 文章 豈可强力爲也 摹倣成之."

아니다. 그 가운데서도 일상적인 경험에서 흔히 파악하기 어려운 것이고, 상식의 범위를 벗어나는 것이어야 하고, 그렇기 때문에 "용이 꿈틀거리는 형체"를 갖춘다고 할 정도로 충격적인 모습을 지니고, "萬化를 만들어낸다"고 할 정도로 포괄적인 의미를 지닌 靈氣여야 한다. 이렇게 말하는 데서는 인식의 타당성과 전달의 효과가 함께 논의된다. 영기는 기의 핵심 또는 정수에 해당하기 때문에 인식의 타당성을 확보하고 있을 뿐만 아니라, 일상생활에서 흔히 파악하기 어려운 충격적인 모습을 지니고 있기 때문에 받아들이는 사람의 神氣를 놀란 듯이 움직이게 한다고 하면서, 문학이 갖추어야 할 두 가지 사명은 결국 하나로 합치된다는 것을 증명했다. 이러한 생각은 다른 글에서도 거듭 강조되었던 것으로서 기의 핵심을 나타내면 문학작품은 "潤飾을 기대하지 않아도 활동하는 광채가 있다"[14]고 하기도 했다.

영기라고 부른 기의 핵심을 나타내는 문학작품은 독자의 마음을 움직여야만 사명을 완수한다. 그런데 독자의 마음을 움직일 수 있게 되는 것도 저절로 그렇게 되는 현상이 아니고, 문학작품이 어떤 신비적인 힘을 가지고 있기 때문에 그렇게 되는 것도 아니며, 독자의 마음을 이루고 있는 신기가 창조적인 활동을 하기 때문이다. 독자는 문학작품이 지닌 영기가 자기의 신기에 충격을 주기 때문에 감동을 느끼고, 감동을 느끼면서 새로운 경험을 축적하게 된다. 이러한 과정을 '感通'이라고 하였는데, 감통은 기가 활동하고 변화하는 현상의 하나이다.

3

최한기는 19세기 사상가였다. 19세기는 18세기까지 이루어진 새

---

14) 〈選文章〉, 人政 14, 2 p. 279. "不待潤飾 而有活動之光彩."

로운 사상을 더욱 높은 수준으로 이끌면서 마무리하는 시대였다고 할 수 있는데, 최한기의 문학사상은 바로 이러한 위치를 지니는 것이었다. 도덕적 당위로서의 理를 내세워 문학을 논하는 사상체계가 무너지기 시작하면서부터 문학의 존재 의의와 가치를 어떻게 입증해야 할 것인가 하는 것이 참으로 심각한 문제로 제기되었다. 性은 돌보지 않고 情을 중요시하며, 정으로써 이루어지는 경험이야말로 문학의 근거라고 해도 이 문제가 명확하게 해결되지는 않았다. 문학은 시대에 따라서 변하고, 현실의 모습을 나타내는 것을 보람으로 삼아야 한다는 요구가 이 문제에 대한 만족할 만한 해답일 수는 없었다. 허균이나 박지원, 홍대용이나 정약용도 미진한 채 남겨 두었던 이 문제에 대한 체계적인 해답을 마련한 사람이 바로 최한기였다. 최한기는 변화하고 발전하는 氣를 나타내는 것이 문학의 본질이고 사명이라고 하는 것을 입증했으므로 다음과 같이 말할 수 있었다.

무릇 이른바 문장이 運化하는 氣에서 유래하지 않고, 운화하는 기와 어긋나면 다만 無力하고 無神해서 아름다운 표현을 갖출 수 없을 뿐만 아니라, 마음을 어지럽게 하고 뜻을 혼란하게 하여 도움이 되는 바가 없다. 공연한 소리를 늘어놓는 문장, 꾸짖기만 하는 문장은 어리석은 풍속에서 일컫는 문장이고, 科場에서 쓰는 문장, 詞曲을 짓는 문장은 時俗에서 일컫는 문장이니, 이는 편벽한 習氣의 누적에서 나오는 것이다.[15]

힘있고, 신기하고, 아름다운 표현을 갖춘 문장을 쓰기 위해서는 마음을 바르게 하고 뜻을 분명하게 세워야 한다는 것은 전부터 해오던 말이다. 그러나 마음을 바르게 하는 길은 도덕적 수양에 있지

---

15) 〈文章〉, 人政 8, 2 p. 154. "凡所謂文章 不由於運化之氣 錯誤於運化之氣 非但無力無神 不成斐章 反致迷心亂志 無所補益 空談文章 呵罵文章 卽迂俗所謂文章 科場文章 詞曲文章 乃時尙所謂文章 是亦出於偏癖習氣之積累."

않고 편벽된 習氣를 버리고 運化하는, 즉 변화하고 발전하는 氣와 합치되도록 하는 노력에 있다는 것이 최한기가 제시한 방향이다. 문장이 지닌 감동력과 아름다움의 근거도 글 쓰는 사람의 재능이나 수련에서 유래하지 않고, 변화하고 발전하는 기가 왜곡되거나 손상되지 않고 그대로 살아서 움직이는 데서 유래한다는 주장 또한 이와 함께 제시한 것이다. 공연한 소리를 늘어놓는 문장, 꾸짖기만 하는 문장, 科場에서 쓰는 문장, 詞曲을 짓는 문장 등을 비판하는 근거도 각자 자기대로 지닌 취향의 차이에 있지 않고 문장의 본질과 사명 자체에 있다는 것을 입증하는 데까지 나아갔다. 이 경지에까지 나아간 최한기의 문학사상은 조선후기에 나타난 문학에 대한 새로운 이해의 마무리라고 할 수 있다.

그러나 최한기가 말한 '文章'은 대체로 문학적 문장으로 국한된 것이 아니고, 문학적 문장과 비문학적 문장을 함께 포괄하는 문장 일반이다. 이와 같은 포괄적인 개념을 사용하는 것은 오랜 관례라고 할 수 있지만 반드시 그랬던 것만은 아니었으니, 이이 같은 사람도 '善鳴'이라는 용어를 따로 설정했고, 허균이나 박지원은 이미 문학의 고유한 문제에 관심을 집중시켰다. 그런데 최한기는 문장 일반을 다루면서 문학적 문장의 문제를 그 속에 포함하는 데 그쳤으므로 기본 이론은 대단했어도 문학의 실상에 대한 논의를 구체화할 수 없었다. 뿐만 아니라 최한기의 이론이 그 당시 문학에 대한 실제 비평으로서의 의의를 얼마나 지니고 있었던가 의심스럽기도 하다.

그러나 최한기의 사상은 아직도 전모가 밝혀지지 않았다. 문학사상을 논하는 데 가장 중요한 자료인 시문집도 알려지지 않았다. 그러므로 최한기의 문학사상에 대한 논의는 자료의 한계 때문에도 미완성 상태에 머무를 수밖에 없다.

제 4 기 20세기

1. 崔 南 善

1

　唱歌, 新小說, 新體詩 등이 나타나면서 과거의 문학과는 아주 다른 新文學이 시작되었다고 한다. 과거의 문학과 신문학 사이에는 전통이 단절되었다는 말을 흔히 들을 수 있고, 문학사상에서는 단절이 더욱 심해서 신문학을 이끌어온 사상은 서양에서 들어온 것이라고들 한다. 신문학을 논하기 위해서는 과거의 문학사상은 돌아볼 필요가 없고, 눈을 밖으로 돌려야 한다는 것이 당연한 요구로 인정되어 왔다. 일본에 가서라도 서양문학을 공부한 사람이라야 신문학을 이끄는 데 지도자의 구실을 할 수 있고, 그럴 기회가 없었다면 무식을 드러내지 않기 위해서라도 잠자코 있어야 한다는 것이 새 시대의 풍조처럼 되었다.

　신소설을 쓴 李人稙은 일찍이 일본에서 서양을 공부한 사람이다. 그래서 일본의 통치를 환영하며 나라를 내어주는 것이 서양문명에 이르는 길이라고 주장했다. 여기서 다루고자 하는 최남선(1890~1957) 또한 일본 유학을 다녀와서 일본 시가의 새로운 동향에 맞는 신체시를 시작했고, 일본에서 배워온 신문명을 소개했다는 점에서 어려서부터 대단한 선각자였다고 한다. 이광수도 이 두 사람과 같은 길을 걸어서 신문학의 주동자 노릇을 할 수 있었다. 이렇게 되자 문학사상은 근본적인 전환을 겪었으며, 새로운 문학사상은 과거를 버리고 새롭게 다루어야 하고, 무엇보다도 수입의 원천과 경로를 살피면서 다루어야 한다는 것이 널리 인정되고 있는 주장이었다.

그러나 사실은 반드시 그랬던 것만은 아니다. 최남선은 신문학 출발기에 새로운 문학사상을 펴는 데 과감하고 적극적인 자세를 보였고, 문명이나 문학에 관한 글을 마치 샘물이 솟듯 항상 새롭게 써낸 사람이었으므로 우선 주목할 만하다. 온통 새로운 말만 했던 것처럼 보인다. 그러한 최남선의 주장이라도 그 전에 이미 이루어진 문학사상을 이해하고 살펴보아야만 온전한 모습을 찾아볼 수 있다. 이미 있었던 생각을 이어서 자기 말을 마련한 것도 찾아내야 하지만, 과거로부터의 이탈이 어떤 각도에서 어떻게 이루어졌는가 알기 위해서도 과거를 버릴 수 없다. 최남선은 최한기가 죽은 13년 후에 태어난 사람이다. 일본에 가기 전에 이미 한문을 공부했고, 평생의 독서에서 한문책이 가장 큰 비중을 차지했다.

최남선은 中人이었고, 양반에 대해서 대단한 반감을 가졌다. 風氣의 혁신을 주장하면서 "班風은 去하고, 班枷를 탈하라"고 주장했다.[1] 양반은 나라를 망치는 근본이고, 타파해야 할 인습의 으뜸이라고 했으며, 그 근거를 우선 박지원의 사상에서 찾았다. 박지원이 〈兩班傳〉에서, 양반을 사려고 한 賤富가 양반의 내막을 듣고서, '맹랑하구나! 나를 장차 도적으로 만들 작정인가!' 하고 외친 것을 인용하면서, 양반은 한푼어치의 가치도 없다는 생각을 이어 자기의 주장으로 삼았다. 박지원은 班과 常을 바로 대립시켜 다루지는 않았는데, 최남선은 한 걸음 더 나아가서 班을 罵倒하고 常을 찬양해야 하는 적극적인 이유를 들었다

---

1) 〈風氣革新論〉,《六堂 崔南善全集》 10(玄岩社, 1974), p. 162(앞으로는 10, p. 162와 같은 방식으로 자료의 출처를 표시한다).

班常의 경계선을 看하건대, 白面纖手는 班의 票요 頹顔强筋은 常의 證이며, 叩齒彈腦하면서 優遊消日함은 班의 態요, 汗顔泥足으로 勞役終生함은 常習이며, 情談과 浮文을 尙할수록 班中의 班이요, 苦役과 勞任을 당할수록 常中의 常이라 하여 소위 양반은 實地事業에 무능무위하건마는, 靑紫는 그네의 摘置堂上이요, 錦玉은 그네의 應食臥料가 되었으니, 實事求是하고 實益是算하는 현대인의 眼孔에는 거의 사실이 아님을 擬할 만큼 그 표준이 전도하지 아니한가?[2]

이것은 常民의 해방을 선언하면서 새 시대의 성격을 규정한 말이다. 새 시대에는 양반의 습성을 버리고 상민의 습성을 살려 힘써 일하고 노력해서, 實事求是하고 實益是算하는 방향으로 나아가야 한다는 것이 주장의 요지이고, "科學萬能의 현대가 出來하고 그 주동자인 常漢得意 新世界가 출현하였도다"[3]라고 하는 데서 그 주장은 더욱 확고하게 나타났다. 그러면서 양반의 浮文을 버리고 새 시대가 요구하는 힘차고 실제적인 문학을 하자는 것이 그의 문학에 대한 방향 설정이었다. 이렇게 생각한 점에서는 최남선의 출발이 온당한 결단을 갖추었다고 할 수 있다.

그리고 양반 때문에 멍든 사회를 개혁해야 한다고 주장했을 뿐 아니라, 양반의 정통적인 이념인 주자학이 망친 사상을 소생시켜야 한다면서, "'斯文亂賊'의 毒한 화살을 쏘는 곳과 '斥邪植正'의 굳은 防牌가 번득이는 때에……우리의 사상계는 보기좋게 멸망하였도다"[4] 하고, "모든 機能이 다 障害되고, 모든 조직이 다 病"[5]들었다고 했다. 이와 같이 멸망하고 장해되고 병든 사상을 구출하기 위해서 필요한 것이 어느 한 방향만은 아니라고 하면서, 가능한 방향 가운데에서 王學 즉 양명학이야말로 특히 중요한 의의를 가진다고

---

2) 〈風氣革新論〉, 10, p. 163.
3) 같은 글, 10, p. 162.
4) 〈王學提唱에 대하여〉, 9, p. 145.
5) 같은 글, 9, p. 146.

역설했다. 양명학은 결코 이단이 아니고 "斯文의 後脈이요 吾道의 直統"[6]이었다고 하면서 그것이 원래부터 지니고 있던 의의를 평가하고, 자기 시대의 문제를 해결하는 데 있어서는 다음과 같은 구실을 할 수 있다고 했다.

> 더욱 빨리 이 무감각 무기력한 죽음의 구렁에서 꿈꾸는 사람의 마음을 감동하고 힘을 鼓發하는 데 顯效確驗이 있을 良知를 致하고, 僞行을 去하는 陽明子의 발명에 대하여는 조금도 뜻하는 자가 없는 듯하기로, 남들이 다른 藥으로써 거기 당한 병을 고치려 할 때에, 얼마 동안 우리는 이 약을 硏之搗之하여 炙之炮之하여, 거기 당한 瘇處를 蘇完하자 할 뿐이라. 우리는 다른 아무것도 모르노라. 다만 우리 사회의 결함을 補足하고 瘡處를 生新케 함에 필요한 것이면, 그를 만들며 기르며 얻어오며 널리함만 아노라. 우리의 소망은 잠으로부터 다 같이 깨고, 없어짐으로부터 다 함께 있자 할 뿐이니라.[7]

양명학이 주자학처럼 독점적인 권위를 누리도록 하려는 뜻은 전혀 없다고 했으며, 필요한 구실을 할 수 있으므로 양명학을 돌보아야 하고, 병든 사회를 소생시킬 수 있으므로 양명학을 이용하자고 했다. 주자학의 폐단을 극복하기 위해서 양명학을 긍정해야 한다는 생각은 최남선이 처음으로 했던 것은 아니다. 양명학은 장유, 鄭齊斗 같은 사람들이 이미 새로운 사상을 펴기 위한 발판으로 삼았으며, 표면에 드러내놓고 말할 수는 없었지만 저류로서 꾸준히 발전해 왔다. 그러다가 사상의 통제가 없어지자 저류가 표면에 나타나 박은식, 정인보 같은 계몽사상가들이 최남선과 선후하여 양명학을 적극적으로 제창했고, 양명학에서 사상을 혁신할 수 있는 길을 찾았다. 최남선은 이러한 흐름에 자리잡고 있었으므로 양명학의 의의를 역설했던 것이다.

---

6) 〈王學提唱에 대하여〉, 9, p. 145.
7) 같은 글, 9, p. 147.

최남선은 양명학에서 말하는 良知는 사람의 마음을 감동시키고 힘을 일으키는 효과가 있다고 했다. 병든 사회가 소생할 수 있는 길은 우리가 이미 良知를 갖추고 있다는 사실을 깨닫는 데 있다고 생각했으며, 誠으로서의 도의를 갖추고, 力으로서의 용기를 갖추면 건실한 儒家인 사업가로서의 일을 온전하게 할 수 있다고 주장했다.[8] 그리고 양명학은 앞으로의 세계를 담당한 少年의 사상이라고 했다.[9]

소년은 과거 문화의 인습에 구애되지 않고, 순진하고 자유로운 창조를 할 수 있는 자이다. 그럴 수 있기 위해서는 소년은 마음의 가장 순수한 상태인 양지를 발휘하고, 誠으로서의 도의와 力으로서의 용기를 가지고 나아간다고 했다. 최남선은 자기의 신문학이야말로 소년의 문학이고, 소년의 길을 열고 소년의 나라를 만드는 것이 문학의 사명이라고 선언했다. 《少年》誌의 간행 취지문에서는 "우리 大韓으로 하여금 少年의 나라로 하라"[10]고 외치고, 〈海에게서 少年에게〉를 써서 소년은 바다처럼 순진하고, 굳세고, 무한한 가능성을 지녔다고 노래한 것은 모두 이러한 생각의 구현이었다.

그런데 소년은 선배가 없다고 하고, 선배가 없음을 서러워하지 않고 스스로 선배가 되는 것을 기뻐한다고 했다.[11] 그러므로 문학도 새 출발을 한다고 했다. 그러나 소년의 생각은 사상의 계승 없이 생겨난 것이 아니었다. 양반의 지배에서 벗어나야 한다는 생각은 박지원의 실학을 이은 것이고, 주자학의 구속에서 벗어나서 순수하고 자유로운 창조를 해야 한다는 생각은 양명학을 근거로 삼은 것이다. 실학이나 양명학은 이처럼 중요한 의의를 가진다는 것을 인정했으면서도 사상은 이미 멸망했다고 하고, 오직 새로운 출발이

---

8) 〈王學提唱에 대하여〉, 9, p. 148.
9) 같은 글, 같은 곳.
10) 〈少年 刊行 趣旨文〉, 8, p. 583.
11) 〈我觀 : 우리들은 先輩란 것이 없음〉, 9, p. 150.

있을 뿐이라고 단정한 것이 문제이다. 이렇게 단정한 것은 실학이나 양명학을 계승하는 것보다 밖으로 개화를 찾아나서며 서양문명을 수입하는 것이 더욱 바람직한 방향이라는 주장을 합리화하는 구실이었다. 최남선의 방황과 자기 상실은 여기서 시작되었다.

2

　人工으로써 天巧를 干함이 진실로 容易의 事 아니어늘, 예술이란 것은 곧 형태와 색채와 聲響의 界劃의 工匠으로써 造化의 微妙를 取하는 것이라. 복잡한 物象을 단순화하고 광대한 범위를 集約來하고, 심오한 핵심을 抉摘出하여 신비한 우주의 내부 생명을 혹 毫端 鑿尖과 혹 管絃 木石으로 捉拿陶甄하나니, 此 至貴한 一技인 동시에 至難한 一事인 所以라.[12]

최남선은 새 시대의 문학이 어떤 방향으로 나아가야 할 것인가 밝히기 위해서 《少年》이나 《靑春》을 간행하면서 수많은 논설을 썼다. 그런데 그 중에서도 특히 체계와 조리를 갖춘 것이 〈藝術과 勤勉〉이다. 이 글은 문학을 말하기 위해서 예술 일반을 다루고, 예술의 본질과 예술가의 자세 같은 근본적인 문제부터 다루어서 문학의 당면 과제까지 제시하는 데 이르렀다. 여기 인용한 것은 서두에 나와 있는 예술의 본질 규정이다.

　예술은 人工으로써 天巧 또는 造化의 微妙를 찾는 것이라고 했다. 天이니 造化니 하는 것은 전에도 흔히 볼 수 있는 말이었다. 허균이나 장유 또는 홍대용 같은 사람들도 인공만으로는 이루어질 수 없는 자연스럽고도 근본적인 무엇을 말하기 위해서 天이니 조화니 하는 말을 사용했다. 그런데 최남선은 天을 天機라고 하지 않고 天巧라 하고, 조화는 工匠으로써 취해야 할 것이라고 하면서, 예술의

---

12) 〈藝術과 勤勉〉, 10, p. 189.

본질을 기교로 이해하였다. 복잡한 物象을 단순화하고, 광대한 범위를 집약화하는 기술이 예술이라고 하였다. 이렇게 말하는 데서 형식주의적 예술관이 나타났다.

天機를 획득하는 것은 어려운 일이라고 했었는데, 최남선도 天巧를 공부하는 것은 어려운 일이라고 했다. 이 두 말은 아주 비슷한 것같이 보이지만, 사실은 중요한 차이점이 있다. 천기를 획득하기 위해서는 그럴 수 있는 경험을 해야 하고, 그럴 수 있는 경험은 생활의 고난을 겪는 데서 얻을 수 있다고 했었다. 특히 민중은 천기를 왜곡하는 사상적인 구속에 매이지 않고 현실 자체의 생동하는 모습을 경험한다 하고, 천기란 결국 현실 자체의 생동하는 모습이라고 하는 것이 허균의 생각이었다. 그런데 최남선이 말한 천교는 현실의 경험과는 동떨어져 있는 예술적 기교 자체이고, 인공의 기교가 인공의 기교는 아닌 것 같은 경지에 이르러야 천교일 수 있다고 했다. 최남선의, 천교를 공부하기 어렵다는 말은 이와 같은 기교의 수련이 쉽사리 이루어질 수 없다는 뜻이다.

그러므로 예술가는 마땅한 才分을 지닐 뿐만 아니라 근면하게 노력해야 한다고 했다. 근면하게 노력해야 한다는 것은 〈藝術과 勤勉〉에서 거듭 강조한 말이다. 천교의 수련은 마치 달리기 시합과 같아서 부지런히 노력하는 자라야 앞설 수 있다는 말이다. 예술가가 무엇을 해야 할 것인가 하는 문제는 이미 의심할 바 없이 해결되어 있다고 생각하고, 달리는 속도만이 문제라는 사고방식이다. 과거의 예술가는 근면하게 달리지 않았는데, 새 시대의 예술가는 근면하게 달리는 것을 자랑으로 삼는 점에서 새 시대 예술가로서의 자부심을 느낀다고 할 정도로 문제를 단순화했다.

예술가는 위대한 品格을 지녀야 한다고 했지만 위대한 품격이라는 것은 名利를 버리며 재물을 탐내지 않고, 예술에 대한 誠을 가지고 예술의 力을 발휘하는 정신을 의미할 따름이고,[13] 예술가가 세계와 어떻게 대결해야 할 것인가 하는 사상적인 자세 같은 것은 문제로서 의식되지 않았다. 예술은 국가 文運의 表象이고, 민족 性靈의 발로라고 하여 예술의 국가적 민족적 성격을 말한 것 같지만, 표상이고 발로라고 한 것은 예술을 위한 달리기에서 어느 나라 어느 민족이 앞서는가 하는 승패로만 인식했다. 이렇게 생각하면서 최남선은 자기가 물려받을 수 있었던 예술사상의 특히 소중한 전통을 배신하고, 맹목적인 기교의 경쟁이 예술의 방향이라고 하는 데 이르렀다.

자기 시대의 예술에 대한 진단도 이러한 각도에서 했다. 우리 예술의 연원은 오래 되었고, 아득한 옛날의 선조들은 예술을 위한 경쟁에서 서양보다도 오히려 앞섰다고 자랑하면서 자기 시대에 이르러서는 그렇지 못해서 서양 각국의 예술이 크게 앞서고 우리가 뒤떨어졌다는 데 대해서 통탄해 마지않았다. 그런데 그 이유는 서양의 문명인은 근면한데, 우리는 근면하지 않은 데 있다고 했다. 문명과 미개, 근면과 나태가 예술을 논하는 데 있어서 가장 중요한 기준이라고 생각할 정도로 사상이 빈곤해진 상태에서 다음과 같은 주장을 폈다.

> 금일의 세계는 문명인의 세계니, 오직 문명인만이 생존의 권리를 향유하며 오직 文明强人만이 尊榮과 威權을 보유하는 세계라. 문명인에게는 歡天 喜地가 有하되 非文明人에게는 悲風 慘雨가 有할 뿐이며, 문명인은 笑林에 逍遙하되 비문명인은 淚海에 沈淪할 따름이니, 仁天을 同戴하였으나 禍福이 別有함은 靈性을 同稟하였으나 文野가 판이한 故로라.[14)]

인류를 문명인과 비문명인으로 양분하는 양단논법을 당연한 것이라고 받아들였다. 그러면서 문명은 바로 서양문명이고, 동양문명 또는 우리의 전통적인 문명은 문명일 수 없고, 비문명일 뿐이라고 하

---

13) 〈藝術과 勤勉〉, 10, p. 190.
14) 〈藝術과 勤勉〉, 10, p. 197.

면서 민족 허무주의에 빠졌다. 그리고 문명인과 비문명인을 나누는 데 그치지 않고, 문명인은 살 권리가 있고 비문명인은 살 권리가 없다고 함으로써, 이른바 문명인인 서양인이나 서양문명을 받아들여 서양화한 일본인이 비문명인을 침략하는 것은 자연스럽고 정당한 일이라고 하면서, 제국주의를 옹호했다. 이 글이 씌어진 때는 일제에게 나라를 빼앗긴 지 7년이 되는 해였는데, 일본과 우리는 문명과 비문명이 판이하므로 일본이 지배하고 우리가 지배를 당하는 관계가 부당한 것일 수 없다는 노예의 논리를 제시했다.

물론 이 글은 우리도 근면하게 노력해서 문명인이 되고 문명인의 예술을 가져야 하겠다는 생각에서 쓴 것이다. 그러나 서양문명을 예찬하면서 받아들이고, 우리도 그들처럼 근면해야 한다고 역설한다고 해서 일찍이 예술에 있어서 서양보다 앞섰던 선조들의 위업을 계승할 수 있게 되는 것은 아니다. 예술의 사명과 내용을 묻지 않는 데서 소생이 이루어질 수 없는 것이다.

> 세계의 大局은 眼前에 전개하였도다. 濟物浦口에 漲來하는 파랑은 이미 地中海水의 鹽分이 混和하였고, 白頭山外에 響動하는 기적은 오래 西比利風의 燥氣를 전파하였는데, 종로 街衢에는 사하라 사막의 細砂가 黑軀者의 靴底에서 낙하하고, 남산 樹林은 유럽 中原의 炭氣를 백인의 口裏로서 受吸하니, 於乎, 우리 반도도 이미 순수한 韓天韓地下에 있음이 아니로다.[15]

이렇게 감탄하는 것이 최남선이 바라는 신문학이었다. 지중해수의 염분, 시베리아의 연기, 사하라 사막의 모래, 유럽 중원의 炭氣가 우리 땅에 들어와서 어떤 작용을 하는가에 대해서는 관심이 없고, 그것이 비록 공해의 찌꺼기이고, 쓸 수 없는 폐품이라도 서양문명의 만화경에 도취되는 것이 자기 시대의 감격이라고 생각

---

15) 〈世界的 知識의 心要〉, 10, p. 141.

했다. 〈京釜鐵道歌〉, 〈世界一周歌〉 같은 노래는 이러한 物神崇拜를 마음껏 나타낸 것이었다. 이렇게 믿은 최남선은 자기로서의 誠과 力을 다해 참으로 놀랄 정도로 근면하게 움직였다. 서양문명을 예찬하는 데 그치지 않고, 서양문학을 번역 소개하고, 서양문학을 본뜬 신문학을 일으키는 것을 實事求是 하고 實益是算 하는 사업이라고 했다.

그런데 이 가운데서 특히 중요한 것은 신문학을 일으키는 사업이었다. 신문학을 일으켜야 예술을 위한 경쟁에서 뒤떨어지지 않고 天巧를 얻을 수 있다고 생각했던 것이다. 복잡한 물상을 단순화하고, 광대한 범위를 집약하고, 심오한 핵심을 적출하는 것이 예술의 본질이라고 생각한 최남선은 시를 쓰면서 서양시나 일본시의 전례에 따라서 音節數가 고정되어 있는 단순한 정형시를 이루는 것이 당면한 목표라고 생각하고 다각도의 시험을 했으며, 이로써 천교를 얻는 데 이르려고 했다. 음절수가 고정되어 있지 않는 우리 시의 전통을 파괴하고, 그러한 의미에서는 자유시를 지향한다고 하면서, 특히 일본시의 律格을 이식했다. 자기 말로 "현시대의 요구하는 인물"은 "건설적 수완이 有한 인물이 아니라, 파괴적 성질이 有한 인물"[16]이라고 했는데, 최남선은 전통적 율격을 이중으로 파괴하면서 오늘날까지 우리 시의 律格論을 혼란에 빠뜨리는 장본인이 되었다.[17]

3

그러나 최남선은 파괴에만 종사한 사람이 아니었다. 단선적인 사고방식을 가진 사람이면 누구나 그렇듯이, 파괴기를 지나 건설기에

---

16) 〈現時代의 要求하는 人物〉, 10, p. 111.
17) 趙東一, 〈現代詩에 나타난 傳統的 律格의 繼承〉, 《亞細亞學報》 13(亞細亞學術研究會, 1976).

이르렀다. 파괴기에는 우리 문학의 전통을 거부하고 밖으로 탈출하는 방향으로 나아갔고, 건설기에는 전통으로 복귀하는 데 이르는 상투적인 궤적을 그렸다. 그런데 실학과 양명학은 파괴를 시작하는 구실로도 이용했고, 다시 건설의 안내자를 삼기도 했다. 실학에서 사회 비판을 버리고 역사를 고증한 지식만 일방적으로 섭취했다.

양명학의 良知를 소년이 지닌 무한한 가능성으로 이해하던 논리가 우리 역사의 시초를 풀이하는 데 적용되었다. 그리하여 壇君 예찬론이 이루어졌다. "壇君은 朝鮮 及 朝鮮心의 究極的 標幟다"[18]라고 하는 데 이르렀다. 이렇게 된 것이 뜻밖의 전환은 아니다. 문명의 우상이 단군의 우상으로 바뀌었다. 단선적인 논리는 그대로 남아 있고, 숭상의 대상만 바뀐 것이다. 개화를 추구하던 시대에는 문명을 향해서 달리던 근면한 달리기 선수가 민족문화에 대한 이해가 요구되는 시대에 이르러서는 방향을 바꾸어 달린 것이다.

그러므로 파괴기의 의지가 바로 건설기의 의지이고, 그 사이에 질적인 변화는 없었다. 먼 곳의 문명을 동경해서 달리거나 옛날의 朝鮮心을 찾아서 달리거나 지금 이곳의 문제를 외면한 도피라는 것에는 차이가 없다. 먼 곳과 이곳, 옛날과 지금의 우열을 따지고, 우월한 쪽을 전면적으로 긍정하고 열등한 쪽을 전면적으로 부정하는 양단논법은 지금 이곳의 문제를 정확하게 이해하고 해결할 수 있는 것이 아니다. 공허한 목표를 숭상하는 우상숭배가 비판정신을 마비시키고 현실과 대결하는 의지를 약화시키는 구실을 했다.

시조 부흥론도 이런 데서 나온 것이었다. 음절수가 고정되어 있는 일본식 정형시를 향한 정열이 시조를 향한 정열로 바뀐 것이다. 시조는 "音波의 위에 던진 朝鮮我의 그림자이다"[19]라고 한 것은 시조에 대한 최대의 찬사이다. 시조를 찬양하고, 《時調類聚》를 편찬하고, 시조 창작에 열을 올렸다는 점에서 최남선은 金天澤의 후계자

---

18) 〈壇君께의 表誠〉, 9, p. 192.
19) 〈朝鮮國民文學으로의 時調〉, 10, p. 387.

라고 할 수 있다. 그러나 최남선은 시조의 역사적 사회적 의의에 관심을 두지 않았고, 음란한 사설시조 같은 것은 돌보지 않았다. 일찍이 자기가 매도했던 양반의 시조가 시대를 초월해서 영원한 가치를 지니는 국민문학이라고 했고, 시조가 자기 시대의 고민을 다루는 데 어떤 구실을 할 수 있는가 하는 문제는 제기하는 것 자체가 시조에 대한 모독이라고 하는, 종교적이라고밖에 할 수 없는 독단론을 폈다. 朝鮮我라는 신비적인 무엇을 신앙의 대상으로 설정하고, 조선아는 단군시대에나 모습을 드러냈고 그 후에는 시조에서 그림자를 비치었다고 믿어, 시조는 肉化되어 있는 신의 모습인 듯이 숭상했다.

초기의 최남선은 서양을 향한 개화에서 다른 누구보다도 앞서 나간다고 자부했다. 그러나 서양을 향한 개화에서 최남선은 차차 뒤떨어졌다. 일본 가서 공부를 더한 사람들이 많아졌다. 서양말에 능통한 사람들도 적지 않게 되었다. 이렇게 되자 최남선은 달리기 시합에서 이기기 위해서 전부터 가지고 있던, 한문에서 얻은 지식을 동원했다. 漢學을 아는 사람이 줄어들고 서양학을 아는 사람이 늘어나는 세상에서 다른 사람보다 이기기 위해서는 한학을 내세울 수밖에 없는 일이었다. 그러나 최남선의 한학은 우상숭배의 경전을 짓는 데 필요한 것이 아니면 잡다한 지식을 나열하는 것이었다. 여기서 사상의 빈곤은 실로 심각하게 되었고, 정신은 황폐해졌다. 그 후에 일제의 우상을 섬기다가 그것마저 파괴되자 천주교에 귀의했는데, 그렇게 한다고 해서 더욱 심해진 정신의 황폐가 해결될 수는 없었다.

2. 申采浩

1

    서양문명을 배우는 개화가 지상의 목표이고, 이 목표를 달성하기 위해서는 일제의 지배를 받아들이는 것도 불가피하다는 주장이 망국을 자초하고 또한 합리화할 때, 이와 같은 노예의 논리를 격파하고, 일제와 맞서서 나라를 되찾으려고 민족문화를 살리는 투쟁의 사상을 수립하는 데 누구보다도 철저하고 과감했던 사람이 바로 丹齋 申采浩(1880~1936)였다.

    일제의 침략이 있었으므로 이에 맞서는 민족의 투쟁이 전개되었고, 崔南善 같은 사상적인 방황자가 신문학을 이끌려고 했으므로 이에 맞서서 사상을 구출하고 문학을 올바르게 하려는 신채호가 있었다. 신채호는 나라를 완전히 빼앗기기 전에도 민족을 깨우치며 희망을 고취하는 투쟁을 했고,[1] 나라를 완전히 빼앗긴 후에는 중국에 망명해서 무장항일운동과 관련을 가지면서, 투쟁의 사관을 정립하여 역사 이해를 개조하고, 혁명의 사상을 모색하면서 독립을 쟁

---

1) 이 시기의 대표적인 논설은 1908년에 쓴 〈大韓의 希望〉, 《丹齋申采浩全集》 下 (乙酉文化社, 1972), pp. 343~351이다(이 전집은 上·下를 乙酉文化社가 1972년에 간행했고, 補遺篇을 螢雪出版社가 1975년에 간행했다. 앞으로는 上, pp. 343~351과 같은 방식으로 자료의 출처를 표시한다).

취하는 데 일생을 바쳤다. 최남선이 근면한 사람이었던가? 그렇다 하더라도 최남선은 방황하면서 근면했고, 신채호는 자아 발견의 투쟁을 정면으로 겪으면서 근면했다. 자아 발견을 위한 투쟁은 신채호를 이해하는 데 있어서 핵심적인 의의를 가진다.

이른바 개화가 시작된 후의 우리 사상사가 전에 볼 수 없었던 활기를 띠게 되었다는 것은 사실이 아니다. 외국에서 이름난 主義란 주의는 다채롭고 풍성하게 받아들였지만, 그것으로써 우리 사상이 정립될 수 있었던 것은 아니다. "朝鮮의 主義가 되지 않고, 主義의 朝鮮이 되어서"[2) 주의가 많아질수록 남의 것을 모방하는 풍조가 심해졌고, 민족의 역사를 창조하는 데 필요한 자아의식의 정립과는 거리가 멀게 되었다. 그렇다고 해서, 사상사가 황량한 공백기로 들어섰는가 하면 그것도 아니다. 공백기라는 생각은 신채호나 韓龍雲 같은 사람의 사상을 잊어버리고 있기 때문에 생긴다. 신채호나 한용운의 사상은 사상적 전통의 값진 유산을 자기의 것으로 삼고, 새 시대의 문제와 부딪쳐 고민하고 투쟁한 경험에서 우러나온 것이다. 그것은 또한 자아 상실을 회복하는 힘을 지니고, 민족의 진로를 제시하는 예지를 지녔다. 신채호는 "민족의 성쇠는 매양 그 사상의 취향 여하에 달린 것이다"[3)고 했다. 사상의 빈곤으로 쇠약해진 민족을 되살리는 것이 신채호의 사상이었다.

사상은 박학다식에서 생기는 것인가? 아니다. 박학다식하기만 하면 도리어 혼란에 빠진다. 그러면, 조용하게 궁리하는 데서 생기는 것인가? 아니다 조용하게 궁리하기만 하면 쓸데없는 번뇌에 사로잡힌다. 신채호는 박학다식한 사람이 아니었다. 조용하게 궁리할 여유도 없었다. 신채호의 사상은 계속 부닥치고, 싸우고, 죽어간 데서 나왔다. 일제의 침략과 통치라는 非我가 거대한 힘을 가지고 自我를 짓눌렀으므로 자아 또한 이에 맞서서 투쟁하면서 위대한 사상을

---

2) 〈浪客의 新年漫筆〉, 補遺篇, p. 123.
3) 〈朝鮮歷史上 一千年來 第一事件〉, 上, p. 100.

창조했던 것이다. 위대한 사상이 될 수 있는 전통은 그 전부터 있었겠지만, 위대한 사상이 실제로 구체화된 것은 투쟁의 경험 때문에 가능할 수 있었다. 다음과 같이 요약된 투쟁의 경험 자체가 바로 사상이다.

　　역사란 무엇이뇨? 인류사회의 ‘我와 非我’의 투쟁이 시간부터 발전하며 공간부터 확대하는 심적 활동의 상태의 기록이니, 세계사라 하면 세계인류의 그리 되어온 상태의 기록이며 조선사라면 조선민족의 그리 되어온 상태의 기록이니라. 무엇을 ‘我’라 하며 무엇을 ‘非我’라고 하느뇨? 깊이 팔 것도 없이 얕게 말하자면 무릇 주관적 위치에 선 자를 我라 하고 그 외에는 非我라 하나니, 이를테면 조선인은 조선을 我라 하고……무산계급은 무산계급을 我라 하고……무엇에든지 본위인 我가 있으면 따라서 我와 대치한 非我가 있고 我의 中에 또 我와 非我가 있으면 非我 中에도 또 我와 非我가 있어, 이리하여 我에 대한 非我의 접촉이 煩劇할수록 非我에 대한 我의 분투가 더욱 맹렬하여 인류사회의 활동이 휴식될 사이가 없으며, 역사의 전도가 완결될 날이 없으니 그러므로 역사는 我와 非我의 투쟁의 기록이니라.[4]

최남선이 투쟁이라는 것은 의식하지 않고 서양문명이니 朝鮮心이니 하는 목표를 설정하고 목표에 접근하기 위한 단선적인 운동을 역설했던 것은 뿌리뽑힌 인간으로서의 사회적 위치와 생활경험에 근거를 둔 생각이었고, 신채호가 이와 같은 투쟁의 논리를 제시한 것은 일제와 투쟁하는 민족의 중심부에서 자기의 위치를 발견했기 때문에 가능할 수 있었다. 자기의 경험이 보편적인 의의를 가진다는 사실을 알아내고, 과거의 역사와 자기 시대의 문제를 한꺼번에 다루는 일반 이론을 구축했던 것이다.
　陰은 陽과의 대립 때문에 존재하고, 양은 음과의 대립 때문에 존재하며, 陰陽의 대결이 모든 사물의 본질이라고 하는 사상이 이미

---

4) 〈朝鮮上古史〉 第 1 篇 總論, 上, p. 19.

얻은 경험을 보편화하는 데 중요한 구실을 했을 수 있다. 서양의 辨證法에 대한 이해도 필요했을 수 있다. 그러나 지난날의 사상이나 남의 사상은 참고자료에 지나지 않는다. 陰陽 또는 正反의 관계를 바라보며 풀이하는 것은 신채호의 관심사일 수 없고, 음양 또는 정반 가운데 어느 것은 자아이고 다른 것은 비아가 되어서 벌어지는 투쟁에 자기 자신이 참여하고 있다는 자각에서 모든 사상이 구축되었다.

자아 상실의 시대에는 자아가 문제의 핵심이 되어야 한다. 자아가 무엇인가 하는 것이 우선 문제가 될 수 있으나, 자아의 본질은 설사 미리 갖추어진 것이 있다 하더라도 미리 갖추어진 것만으로는 이해할 수 없다. 非我가 있기 때문에 自我가 비로소 자아일 수 있고, 비아의 도전에 맞서는 데서 자아는 비로소 구체적인 내용을 갖추게 되는 것이다. 그리하여 자아와 비아 사이에 벌어지는 투쟁은 세상이 일시적으로 잘못되었기 때문에 생기는 과도기적 현상이 아니고, 역사의 변함없는 양상이고 삶의 본질이라고 하는 것이 신채호의 철학이었다. 역사가 발전하고 삶의 모습이 바뀌는 것은 자아와 비아의 내용과 이 둘이 투쟁하는 양상이 달라지면서 생기는 현상이며, 미리 정해져 있던 방향의 실현일 수 없다고 했다. 신채호는 투쟁의 시대에 살고 투쟁을 철저히 겪었으므로, 과거의 사람이나 다른 사람들이 흔히 지나쳐 버린 이러한 철학을 수립할 수 있었다.

2

非我와 自我의 투쟁에 관한 이론은 무엇보다도 먼저 역사를 이해하기 위한 史觀이었다. 신채호는 역사에서의 자아는 민족이라고 하고, 우리 민족이 다른 민족의 침략을 물리치며, 민족의 삶을 확대하고, 충실하게 하고, 질서 있게 한 자취가 역사를 서술하는 데 가장 중요한 고찰의 대상이라고 했다. 그리고 道家史觀과 實學史觀의 전례에 따라서 古朝鮮 시대와 高句麗 시대에 특히 민족의 자아가 크게 자라났던 데 관심을 집중시키고, 잊혀지고 왜곡된 고조선의 역사를 다시 찾아내고, 고구려의 역사를 올바르게 평가하는 것을 보람있는 과제로 삼았다. 외세의 침략을 물리친 민족의 영웅이 남긴 자취를 찾아서 투지를 고취하고자 했으며, 이러한 노력은 어느 것이나 일제와 맞설 수 있는 민족의 저력을 되살리기 위한 것이었다.

그리고 "我의 중에 또 我와 非我가 있다"고 했듯이, 역사에서의 자아는 민족의 내부에서 다시 문제되어야 한다고 했다. 우리 민족에 속하는 집단이라고 해서 반드시 자아로서의 의의를 가지는 것은 아니라고 했다. 우리 민족 내부에도 儒家, 漢學派, 事大黨 같은 非我가 들어와 있어서, 이에 맞서는 郎佛家, 國風派, 獨立黨의 투쟁이 계속되었던 것이 역사의 실상이라고 보았다.

그런데 이 투쟁에서 결정적인 계기가 된 것은, 유가이고 한학파이며 사대당인 金富軾 일당과 郎家이고 국풍파이며 독립당인 妙淸을 지도자로 한 세력이 싸워서 김부식 일당이 승리한 사건이라고 했다.[5] 이 싸움의 결과 자아의 수난이 시작되었는데, 수난의 극복은 김부식 일당이나 후대의 事大的 儒家가 왜곡한 역사를 바로잡지 않고서는 이루어질 수 없으므로, 韓百謙, 安鼎福, 丁若鏞, 李種徽 등 先學의 뒤를 이어, 망명지에서 역사 연구를 긴요한 과제로 삼았던 것이다. 유가, 한학파, 사대당의 정체를 폭로하고 그 해독을 공격한 작업은 과거를 바로 알기 위한 것만이 아니고, 자기 시대에 일제의 통치와 영합하는 무리는 물론이고, 독립운동을 표방하면서도 실제로는 일제에 봉사하는 참정권론자, 자치론자, 문화운동론자, 외교론자, 준비론자 등을 규탄하는 것과[6] 직결되었다.

신채호가 주장한 문학은 이와 같은 外敵 및 內敵과 맞서서 자아의 의지를 관철할 수 있게 하는 것이고, 그 밖의 다른 아무것도 아

---

5) 〈朝鮮歷史上 一千年來 第一事件〉, 上, p. 100 이하.
6) 〈朝鮮革命宣言〉, 下, p. 365 이하.

니었다. 그러므로 신채호는 서양문학을 본받아 신문학을 이루려는 것이야말로 자아 상실을 획책하는 짓이라고 생각하고, 다음과 같은 문제점이 역사 이해에서 근본적으로 중요한 것의 하나라고 했다.

오늘 이후는 서구의 문화와 북구의 사상이 세계사의 중심이 된바, 아조선은 그 문화사상의 노예가 되어 소멸하고 말 것인가? 또는 그를 咀嚼하며 소화하여 신문화를 건설할 것인가?[7]

노예가 되는 것과 씹어서 소화하는 것 사이에는 중요한 차이점이 있다. 노예는 자기를 잃고 남의 것을 받아들여서 주인이 浪漫主義를 하면 자기도 낭만주의를 하고, 주인이 自然主義를 하면 자기도 자연주의를 하지만, 씹어서 소화하는 자는 어디까지나 자기를 위해서 남의 것을 취하고, 비아를 이용해서 자아의 승리를 꾀한다. 그러므로 낭만주의와 자연주의를 그 자체로써 구별하는 것이 관심사가 아니고, 어느 것이든지 필요에 따라서 자극의 원천으로 삼고 극복의 대상으로 삼는다. 신채호는 서양에 대해서 무관심했던 사람이 아니었다. 崔濟愚가 西學의 도전을 심각하게 의식해 東學을 일으켰듯이, 신채호도 새 시대에 더욱 횡포해진 서학 때문에 생긴 위기를 극복하기 위해서 한 단계 더 발전된 동학을 일으키려고 했다.

문학도 과거의 漢文學에 머무를 수 없고, 시조나 가사를 되풀이할 수도 없으며, 국문소설을 중심으로 한 신문학을 일으켜야 한다고 생각했다. 그러나 신문학이라고 해서 외적과 맞서서 자아의 의지를 관철할 수 있는 것만은 아니고, 오히려 外敵에게 봉사하는 內敵의 구실을 하게 될 가능성이 더 크다고 하면서, 일제통치 하에서 문학운동을 표방하고 신문학을 한다는 사람들에 대해서 다음과 같은 경고를 했다.

---

7) 〈朝鮮上古史 第 1 篇 總論〉, 上, p. 22.

　　일본 강도 정치하에서 문화운동을 부르짓는 자는 누구이냐? 문화는
산업과 문물이 발달한 總積을 가리키는 名詞니, 경제약탈의 제도하에
서 생존권이 박탈된 민족은 '그 종족의 보전'도 의문이거든 하물며 문
화 발전의 가능이 있으랴……檢閱, 押收 모든 壓迫中에 幾個 신문잡지
를 가지고 '文化運動'의 木鐸으로 自鳴하며, 강도의 비위를 거슬리지
아니할 만한 언론이나 주창하여 이것을 문화발전의 과정으로 본다 하
면 그 문화발전이 도리어 조선의 불행인가 하노라.[8]

　　우리 민족에 속하는 집단이라고 해서 모두 자아로 인정할 수 없
듯이, 우리말로 쓰고 우리 생활을 다루었다고 해서 모두 우리 문학
이라고 할 수 없다는 것이 신채호의 주장이었다. 강도 일본의 지배
를 받고 있는 상황에서 강도가 허용하는 범위 내에서 문화를 발전
시키고 문학운동을 하면서 자부심을 가지면 강도에게 기생하는 노
예의 문화를 숭상하게 된다고 했다. 이러한 자부심을 걷어치우고,
우리 민족은 생존권의 유지도 어렵게 된 현실을 직시하고, 민중의
폭력혁명이 아니고서는 살 길을 찾을 수 없다는 것을 알아야 한다
는 것이 신채호 주장의 귀결점이었다.
　　강도 일본의 지배 하에서는 문학다운 문학이 이루어질 수 없다고
단언한 신채호의 주장은 분명히 극단론이다. 망명지에서 폭력혁명
을 위한 선언문을 썼기 때문에 일체의 합법적이고 평화적인 투쟁은
인정하지 않고 이와 같은 극단론을 전개했다고 할 수 있다. 그러나
신채호가 말한 노예의 문화는 실제로 민족운동이라는 구실 하에 번
창하고 있었다. 수입한 주의의 잡화상을 벌이면서 문화적 역량이
크게 성장했다고 자부하고, 퇴폐적인 낭만에 자기를 내맡긴 작가들
이 민족의 지사인 것처럼 홍청거렸다. 그리하여 문화운동을 한다는
데서 문화가 죽었고, 문학을 떠드는 데서 문학이 죽었다. 신채호는
이와 같은 착각을 근저에서부터 비판하고 민족혁명의 올바른 방향

---

8) 〈朝鮮革命宣言〉, 下, p. 368.

을 제시하는 것을 자기의 사명으로 삼았으며, 그렇기 때문에 노예의 문화는 일제의 통치와 함께 파괴의 대상으로 삼아야 한다고 선언했다. 문학은 소중한 것이다. 그러나 문학을 살리기 위해서는 문학에 대한 애착을 버려야 한다. 자아는 소중한 것이다. 그러나 자아를 살리기 위해서는 자아에 대한 집착마저 파괴해야 한다고 하면서 "必死의 我를 觀하면 我가 長不死하나니라"[9] 하고 말했다.

신채호는 帝國主義와 民族主義의 관계를 명확하게 인식한 사람이다.[10] 영토와 국권을 확장하는 제국주의에 대항하는 유일한 방법은 타민족의 간섭을 받지 않으려는 민족주의를 기르는 데 있고, "民族主義가 膨脹的 雄壯的 堅忍的 光輝를 揚하면 如何한 劇烈的 怪惡的의 帝國主義라도 敢히 侵入치 못하나니, 要컨대 帝國主義는 民族主義가 薄弱한 國에만 侵入하느니라"[11]고 했다. 문학에도 제국주의 문학이 있고, 민족주의 문학이 있다. 서양문학이나 일본문학은 제국주의 문학이다. 서양문학을 그대로 받아들이고, 일본문학의 전례를 추종하려는 것은 제국주의 문학의 침입을 자초하는 짓이다.

이에 대항하기 위해서는 민족주의 문학을 일으켜야 하고, 민족주의 문학은 "固有한 朝鮮"의, "民衆的 文化"를[12] 살리는 데서 이루어질 수 있다. 제국주의 문화가 세계문화의 중심이 된 것은 사실이지만, 민족주의 문화의 성장과 함께 역사의 국면이 달라졌다. 우리가 이루고자 하는 민족주의 문학은 변두리에 위치한 우리의 특수성을 확인하려는 것이 아니고, 세계사의 새로운 방향을 실현하는 것이다. 제국주의와 민족주의의 관계를 명확하게 인식하면, 문학의 방향도 이와 같이 이해하게 된다.

---

9) 〈大我와 小我〉, 下, p. 364.
10) 〈帝國主義와 民族主義〉, 下, p. 377 이하.
11) 같은 글, pp. 377~378.
12) 〈朝鮮革命宣言〉, 下, p. 375.

3

　　신채호는 문학의 의의를 의심스럽게 보거나 부정하려고 했던 사람이 아니다. 오히려 문학이야말로 자아의 각성을 위해서 참으로 소중한 구실을 하는 것이라고 생각하고, 이러한 구실을 깊이 자각한 문학이 일어나기를 간절히 바랐기 때문에 노예적 문화의 일부가 된 문학을 타도하고자 했다. 문학에 있어서도 자국문학의 독립국을 건설해야 한다고 하면서 다음과 같이 말했다.

　　각국 문학의 진보는 매양 다수한 작가가 나서 전사회를 고무할 만한 시나 소설이나 극본이나 기타 각종 문예작품이 많아 이로써 울고 웃고 노래하고 춤추어 飢者의 粮이 되며 病者의 藥이 되어 자국문학의 독립국을 건설할 만한 연후의 일이니, 근일에 작가로 칠 작가가 몇이냐?[13]

　　문학은 국어의 발전을 담당하는데, 국어는 모든 사람이 같이 쓰는 것이다. 문학은 특수한 사람만의 것으로 국한될 수 없고, 전사회를 고무하여, 민중이 울고 웃고 노래하고 춤추면서 즐기도록 하여, 주림을 채우는 양식이 되고, 병을 낫게 하는 약이 되어야 한다. 이렇게 말한 신채호는 문학은 민족의 구성원을 공감으로 단합시키면서 그 사회가 지니고 있는 문제점을 드러내고 해결하는 효과를 가진 것이라고 하면서, 이러한 사명을 수행하는 작가가 부족한 것이 우리의 불행이라고 했다. 논설로써 사회를 깨우치는 것도 필요한 일이지만, 문학은 논설보다 더욱 긴요한 것이라고 했다.

　　莊人正士가 莊嚴한 皐比에 臨하여 天然正大한 면목으로 心性事物의 奧理를 談하며 古今興亡의 역사를 說함에는 其傍에서 環聽할 者 一幾

---

13) 〈朝鮮古來의 文字와 詩歌의 變遷〉, 下, p. 441.

個 有文識者에 불과할 뿐더러 차차로 由하여 다소간 지식은 啓하더라
도 其氣質을 轉移하여 惡者를 善케 하고 凶者를 順케 하기는 難할지요
彼俚談俗語로 選出한 小說冊子는 不然하여 일체 婦孺走卒의 酷嗜하는
바인데 만일 其思潮가 稍奇하며 筆力이 稍雄하면 百人이 傍觀에 百人
이 갈채하며 千人이 傍聽에 千人이 갈채하되 甚至其精神魂魄이 紙上에
移하여 悲悽한 事를 讀함에 淚의 傍墮를 不覺하며 快壯한 事를 讀함에
氣의 噴湧을 不禁하고 其薰陶 凌染의 旣久에 자연 其德性도 감화를 被
하리니 고로 왈 사회의 大趣向은 國文小說의 正하는 배라 함이니라.[14]

문학은 논설보다 대중성과 감동 양면에서 사회를 위해 더욱 큰
기여를 한다고 했다. 논설은 아무리 정대한 내용을 갖추었어도 소
수의 지식인에게만 전달되는 것이지만, 문학은 부녀자나 아이들까
지도 즐기는 것이므로, 문학이 아니고서는 광범위한 민중과 관련을
맺을 수 없다고 했다. 민중은 민족적 자아의 주체이고, 사회의 주인
이다. 민족적 자아의 각성을 촉구하고, 사회의 주인이 주인일 수 있
게 하기 위해서는 논설만으로는 부족하고 문학이 있어야 한다. 이
와 같은 사실이, 민중이 혁명의 대본영이라고 한[15] 신채호에게는 참
으로 중요한 의의를 지닌 것으로 이해되었다. 그리고 논설은 지식
을 개발하는 것이지만, 문학은 감동을 주는 것이라는 차이점 또한
단순하게 생각할 수 있는 것이 아니다. 지식은 생각을 바꾸어놓을
수는 있어도 생각을 바꾼다고 해서 바로 실천이 따르게 되는 것은
아니다. 그러나 감동은 이와 다르다. 감동을 하게 되면 기질이 전이
된다고 했다. 마음과 몸이 함께 움직여, 자기도 모르는 사이에 작품
이 뜻하는 바를 실천하게 된다는 말이다. 그러므로 혁명적 정열을
고취하기 위해서 필요한 것은 지식이라기보다 오히려 감동이다.
그런데 민중을 감동시킬 수 있는 문학은 소설이라고 했다. 한시
가 문학의 중심이고 소설 같은 것은 가치를 인정할 수 없는 잡담이

14) 〈近今 國文小說 著者의 注意〉, 補遺篇, pp. 113～114.
15) 〈朝鮮革命宣言〉, 下, p. 376.

라는 문학관은 시대착오적인 것이다. 역사의 발전에 따라서 사물의 가치도 달라진다. 제국주의와의 투쟁을 담당한 민중이 역사 창조의 주체인 시대에 이르러서는 사대부의 한문학은 버려야 할 것으로 되고, 시는 소수의 지식인들이나 애호하고 광범위한 호응을 얻기 어렵다는 이유에서 크게 평가해야 할 만한 것이 아니다. 문학의 중심은 국문으로 된 소설이고, 그렇기 때문에 다른 문학에 관해서는 언급하지 않고 "社會의 大趣向은 國文小說의 正하는 배라"고 했던 것이다.

감동을 통해서 덕성을 감화한다는 말은 미리 정해져 있는 도덕률을 수입시킨다는 뜻이 아니다. 신채호는 문학이 노력에 종속되어 있는 것이 아니고, 載道之器도 아니라고 생각했다. 載道之器論은 문학이 스스로 존재할 목적이 없이 다른 무엇을 위해서 존재한다고 단정한 데서 나온 것이므로, 마땅히 버려야 한다고 했다. 그리고 소설이 권선징악을 위해서 존재한다는 생각보다는 차라리 예술지상주의가 타당하다고 하면서 다음과 같이 말했다.

> 尊華主義를 위하여 조선이 존재하며 三綱五倫을 위하여 민중이 존재하며 勸善懲惡을 위하여 역사와 소설이 존재하며 기타 모든 것이 自의 존재할 목적이 없이 他의 무엇을 위하여 존재한 줄로 단정한 누백년래의 노예사상에 대한 반감으로는 현세계에 인도주의의 문예가 예술주의의 문예를 대신하려 함에 불구하고 나는 곧 예술지상주의도 찬성하려고 하였다.[16]

존화주의, 삼강오륜, 권선징악 같은 것은 역사의 발전을 정체시키고 민중의 각성을 저해하는 작용을 하는 구시대의 노예사상이었다. 이러한 노예사상은 문학도 문학을 위해서 존재하지 않고 다른 무엇을 위해서 존재한다는 논리를 내세웠는데, 이러한 논리는 자아의

---

16) 〈浪客의 新年漫筆〉, 補遺篇, p. 130.

내부에 들어와 있는 非我의 자취이므로 마땅히 배격해야 한다고 했다. 문학은 도덕을 위해서 존재하는 것이 아니므로, 보수적이고 노예적인 도덕에서 벗어나 문학이 문학으로서의 목적을 추구해야 신문학이 수립될 수 있다고 했다. 이러한 의미에서는 예술지상주의도 찬성해야 할 것이라고 했다. 문학의 이상은 민중의 각성을 고취하고 투쟁을 이끄는 人道主義 문학이지만, 보수적인 도덕률에서 벗어나서 문학이 문학으로서의 자각을 지녀야만 이렇게 될 수 있으므로, 인도주의 문학은 藝術主義 문학을 배제하지 않는 것이라고 보았다.

이러한 관점을 내세운 신채호는 李滉이나 李珥의 계승자가 아니고 許筠이나 朴趾源의 계승자이다. 허균이나 박지원이 문학을 도학의 구속에서 해방시켰던 과업을 이어서 신문학을 이룩하고자 했다. 이것이야말로 문학에 있어서의 자주적 개화였다.

4

그러나 예술지상주의 또는 예술주의의 개념이 오해되어서는 안된다. 문학은 그 자체로서 존재하는 것이면서도 그 자체로서 존재하는 것은 아니다. 자아의식은 자아의식이지만 자아에 대한 의식만은 아니라는 것과 같은 논리이다. 자아가 자아로 고립되어 있으면 자아의식은 없어진다. 자아는 非我와 맞서는 데서 자아의식을 가지게 되고, 자아의식은 비아에 대한 의식이다. 비아의 횡포를 인식하고, 비아와 투쟁하는 자세를 가지고, 비아와의 투쟁을 그 내용으로 삼는 것이 자아의식이다. 문학에서의 자아의식도 이와 같은 것이다. 문학의 감동도 비아와 맞서서 벌이는 투쟁에서 생기는 것이며, 문학이 감동 그 자체에 대해서 스스로 감동해 버린다면 감동은 사라지고 만다. 그러므로 문학은 그 자체로서 존재하면서도 그 자체로 존재하는 것이 아니고, 문학에서의 예술주의는 바로 문학에서의 인도주의일 때만 의의가 있다. 이와 같은 논리에 파탄이 생기면 문학은 감동의 근거를 잃어버리고 현실과 유리될 뿐만 아니라, 민중의 각성과 민족 혁명을 저해하고 소멸하게 하는 구실을 하게 된다. 이러한 생각을 정리하고 발전시켜 신채호는 다음과 같이 말했다.

> 예술주의의 문예라 하면 現朝鮮을 그리는 예술이 되어야 할 것이며 인도주의의 문예라 하면 조선을 구하는 인도가 되어야 할 것이니 지금에 民衆에 관계가 없이 다만 간접의 해만 끼치는 사회의 모든 운동을 소멸하는 문예는 우리의 취할 바가 아니다.[17]

위의 문맥에서 '害만 끼치는' 것은 運動이 아니고 文藝이다. 문예가 운동을 이끌고 '革命의 先驅'가 되는 것이 마땅한 일인데, 그럴 수는 없다 하더라도 운동에 해만 끼치는 문예는 용납할 수 없다는 말이다. 문학이 사회운동을 이끌고 혁명의 선구가 될 수 있는 것은 두 단계의 구실 때문이다. 우선은 현실을 그리는 구실이고, 다음은 현실을 구하는 구실이다. 그리기 위해서는 일단 물러서야 한다. 그러나 구하기 위해서는 뛰어들어야 한다. 물러서서 그리는 것은 문학이 문학으로서의 자아를 지니고 현실을 그 대상으로 삼는 예술주의의 방향이고, 뛰어들어 구하는 것은 문학으로서의 자아를 비아와의 투쟁에서 의식하는 인도주의의 방향이다. 문학은 그리고 구해야 하므로 예술주의와 인도주의는 분리될 수 없는 것이지만 문학의 궁극적인 목표는 그리는 예술주의가 아니고, 구하는 인도주의이다. 그런데 그려야 할 것을 그리지 않고 구해야 할 것을 구하지 않는 문학은 예술주의도 버리고 인도주의도 버리면서 스스로의 생명을 포기하고 비아를 위해서 봉사하는 노예의 문학이 된다.

이렇게 생각한 신채호는 우선 구소설부터 비판의 대상으로 삼았다. 구소설은 창의력이 부족했고 이미 있는 설화를 이용하는 데 머

---

17) 〈浪客의 新年漫筆〉, 補遺篇 p. 130.

물렀다고 했다. "春香傳은 고구려의 韓珠를 演述한 것이요, 놀보傳
은 신라의 房色을 演述한 것이요, 토끼傳은 고구려의 龜兎談을 演
述한 것이니, 다 창작이 아님이 명백하다"[18]고 했다. 창작이 아니라
고 한 것은 지나친 말일지 모르나, 신채호가 지적하고자 한 바는
이들 구소설은 문학으로서의 자아의식이 아직 부족했고 예술주의를
투철하게 의식하지 못했다는 점이다. 자기 시대의 모습을 그리는
데 더욱 철저한 자각을 가지는 문학은 앞으로 이루어져야 할 신문
학이라는 것도 함께 포함되어 있는 주장이다. 그리고 구소설에 대
해서 다시 다음과 같이 비판했다.

한국에 전래하는 소설이 태반 桑間濮上의 淫談과 崇佛乞福의 怪話라
此亦人心風俗을 敗壞케 하는 一端이니 각종 신소설을 著出하여 차를
一掃함이 亦汲汲하다 云할지로다.[19]

이것은 구소설이 사회를 구할 수 없다는 말이다. "桑間濮上"이라
고 하는 것은 亡國의 음란한 소리이다. "崇佛乞福"은 노력은 하지
않고 우연을 기대하는 태도이다. 신채호는 구소설은 태반이 桑間濮
上의 淫談이기 때문에 진취적인 기상을 고취할 수 없고, 崇佛乞福
의 괴화이기 때문에 현실을 타개하는 힘을 가질 수 없으므로, 신소
설의 출현이 필연적이라고 했다.
이렇게 말하는 데서 신소설의 방향은 이미 결정되었다. 그러나
실제로 나타난 신소설은 신소설에 대한 요구를 배반하는 것이었다.
"只是 一時牟利的으로 草草 撰出하여 舊小說에 比함에 便是 百步
五十步間이라"[20]라고 하여 그 결함을 지적했을 뿐만 아니라, 새 시
대를 그린 것도 아니고 사회를 구할 수 있는 것도 아니라고 했다.

---

18) 〈朝鮮古來의 文字와 詩歌의 變遷〉, 下, p. 441.
19) 〈近今 小說 著者의 注意〉, 補遺篇, p. 114. 誤字가 있어 바로잡았다.
20) 같은 글, 같은 곳.

그 내용은 주로 "上流社會 富貴家 男女의 戀愛事情"을 그리는 "獎淫文學"[21]이고, 젊은 청년으로 하여금 연애의 단꿈을 꾸게 하여 현실에서 도피하게 하는 것이라고 했다.[22] 그런데 도피는 연애에의 도피만이 아니다. 연애에의 도피는 오히려 가벼운 것이고, 더욱 심각한 것은 문학을 도피의 수단으로 삼은 폐단이라고 하면서 이에 대해 거듭 비판했다.

먼저 들어볼 만한 것은 鄭壽銅의 일화를 통한 비유이다.

> 鄭壽銅은 距今 육, 칠십年 전의 시인이었다. 자기의 아내가 産期를 당하여 難産症으로 죽네사네 하므로 鄭이 야구으로 佛手散을 지으러 갔었다. 돌아오는 길에 어떤 친구가 나귀를 타고 金剛山을 간다 한다. 그를 본 鄭氏가 詩興이 도도하여 그만 佛手散을 도포 소매에 넣은 채 金剛山으로 달아났었다. 근일 戀愛文藝에 취심한 이가 이와 방불하지 안할까? 혹 가로되 이것이 무슨 말이냐? 하나……나는 오직 현실을 도피하는 꼴이 피차 일반이라 함이로다.[23]

현실은 鄭壽銅의 아내가 難産症으로 죽네 사네 하는 것처럼 긴박한데, 소설가는 금강산 구경을 가듯이 연애문학에 탐닉하고 있다는 말이다. 친구가 금강산을 간다 하자 정수동이 따라가듯이, 현실을 망각한 도피적인 문학은 한번 시작하자 불붙듯 유행을 해서 "新文藝의 麻醉劑를 먹은 後로 革命의 칼을 던지고 文藝의 붓을 밟으며 犧牲流血의 觀念을 버리고 新詩, 新小說의 著作에 苦心하여 文藝의 桃源으로 安樂國을 삼는"[24]것이 시대의 풍조가 되면서, 혁명도 이루어질 수 없고 문학도 망하게 되었다고 했다. "仁川의 米豆"나 "經濟의 恐慌" 때문에 살아갈 수 없을 정도로 고통을 받고 있는 민족을[25]

---

21) 〈浪客의 新年漫筆〉, 補遺篇 p. 130.
22) 같은 글, p. 128.
23) 〈文藝界 靑年에게 參考를 求함〉, 補遺篇, p. 117.
24) 〈浪客의 新年漫筆〉, 補遺篇, p. 128.
25) 〈文藝界 靑年에게 參考를 求함〉, 補遺篇, p. 117.

그리고 구하는 혁명의 문학을 하지 않고, "政治的 經濟的 現實의 苦痛에서 逃避하여 新詩, 新小說의 避亂生活로 一生을 마치려는 新靑年의 心理야말로 참말 哀惜할 만하다"[26]고 했다.

그런데 이와 같이 된 이유는 따지고 보면 鄭鑑錄의 靑鶴洞이나 찾는 避亂의 심리를 버리지 못하고 있는 탓이라고 하고, 피란의 심리를 규탄하는 데서 근본적인 비판을 전개했다.

  왼 조선 사람이야 다 죽든 말든 나 한 몸 한 가족이나 살면 고만이라고 鄭鑑錄의 十勝地를 찾아다니는 凝人은 금일에 거의 絶種되었겠지만 그러나 그 심리는 의구하다. 불평등한 이 세계를 한번 뒤집어 모든 동포가 더 행복을 누리자는 심리가 아니요 오직 한 몸 한 집을 살자는 생각으로 찾아가며 각 과학 지식을 얻는 중학교, 대학교……모든 학교도 鄭鑑錄의 靑鶴洞이며 시와 소설을 짓는 문단이나 논설 기사 등을 편집하는 신문사도 鄭鑑錄의 鐵甕城이다. 亂을 討平할 人物은 많이 나지 않고 亂을 避하는 인사만 있으면 그 亂은 救하지 못할 것이니 우리가 모두 避亂心理의 大賊을 토멸하여야 할 것이다.[27]

避亂心理에서 나온 시나 소설은 신문학의 초창기부터 나타난 것이었지만, 신문학이 차차 자리를 잡으면서 일제의 식민지 통치가 더욱 악랄해지는 것과 비례하여 더욱 확대되고, 피란처를 더욱 깊은 데서 찾았다. 초창기에는 연애가 피란처였으나, 그 후에는 연애 정도는 예사로운 것이 되자 朝鮮心을 말하고 시조의 풍월로 돌아가거나, 자연속으로 들어가 청노루를 찾으면서 靑鶴洞을 문학의 이상으로 삼았고, 이러한 문학이야말로 민족문학의 정수라고 하는 주장이 亂을 구하려는 문학의 성장을 방해했다.

신채호는 일생의 가장 중요한 시기를 망명지에서 보냈고, 일제에 체포되어 옥살이를 하다가 죽을 때에도 고국 땅을 밟지 못한 불행

---

26) 〈浪客의 新年漫筆〉, 補遺篇, p. 126.
27) 〈浪客의 新年漫筆〉, 補遺篇, p. 127.

한 사람이었다. 그러므로 문학에 관한 주장도 당시에 국내에서 일어나고 있던 신문학의 실상과는 그리 밀착된 것이 아니었다. 신문학의 폐해를 말하는 대목에서도 중국의 예를 들어야[28] 했을 정도이다. 韓龍雲, 李相和, 玄鎭健 등에서 시작된 항일문학의 성장을 살피지 못하고 신문학의 성과를 전체적으로 부정하는 논설을 폈던 것은 그의 경험의 한계였다. 그러나 신채호는 민족의 요구를 배신한 신문학의 정체를 누구보다도 정확하게 파악하고 비판하는 사상적인 깊이를 지녔던 사람이었다. 신채호의 사상이 있었기 때문에 항일문학의 성장도 올바르게 평가할 수 있다.

---

28) 〈文藝界 靑年에게 參考를 求함〉, 補遺篇, p. 116 ; 〈浪客의 新年漫筆〉, 補遺篇 p. 128.

3. 李 光 洙

1

　젊은 시절의 李光洙(1892~?)는 구사회의 제도와 윤리의 구속으로부터 해방을 쟁취하려는 투사였다. 家長의 권위가 가정을 지배하는 것을 규탄하고, 남존여비의 폐습을 타파해야 한다고 하고, 계급의 차별도 철폐해야 한다고 했다.[1] 그리하여 사회에서나 가정에서나 평등하고 자유로운 인간관계를 이룬 선진 문명국의 전례를 따르는 것이 자기 시대의 이상이라고 주장했다. 18살의 어린 나이에, 구사회의 制裁를 파괴하지 않으면 살아날 수 없다고 하는 격렬한 논설을 다음과 같이 폈다.

　現時 吾人狀態를 관찰하건대 상하 귀천은 물론하고 소위 의무라 도덕이라 하여 일시 사회의 제재와 公衆 面目에 좌우한 바가 되어 거의 塞責的 又는 표면적으로 苟且히 행동할 뿐이요, 능히 自動 自進으로 自由 自在하여 自己 心理를 不欺하고 道德範圍內에서 활동하는 者가 無하고 社會制裁의 노예가 되어 신성한 독립적 도덕으로 행동을 自律치 못하나니……만일 如此한 狀態로 一向 繼續하면 必竟 心神이 疲憊

---

1) 〈朝鮮 家庭의 改革〉, 《李光洙全集》 1(三中堂, 1971), p. 536 이하(앞으로는 자료의 출처를 1, p. 536과 같은 방식으로 표시한다).

하고 안색이 창백하여 更起할 餘力이 無하리로다.[2]

구사회의 도덕적 구속에서 벗어나서 신학문을 하며, 일본으로 탈출하고, 문명을 배우고자 하여 이렇게 주장했던 것이지만, 자기의 요구를 합리화하는 데 그치지 않고, "문명은 어떤 의미에서 보면 해방"이라고 하며, "자유를 속박하던 것은 그 형식과 종류의 여하를 물론하고 다 해방하게 되는 것이 실로 근대문명의 특색이요, 또 그 노력이다"[3]라고 하는 데까지 나아갔다.

그런데 해방을 위해서 무엇보다도 긴요한 것이 感情의 해방이라고 했다. 감정이 도덕에 종속되어서야 자주적인 인생관이 생길 수 없을 뿐만 아니라, 도덕에서는 차별이 생기지만 감정에서는 평등과 자유가 보장된다고 믿었다.

그리고 감정의 해방은 문학에서 이루어진다고 생각했다. 구사회 제도에 짓눌려 지내던 소년들이 사랑의 감정을 느끼면서 문학을 동경하는 것이 당연한 일이라고 하고, 문학은 새로운 시대의 꿈을 구현해 주는 것이라고 믿고, 문학을 위해서 일생을 바칠 결심을 굳혔다. 문학에는 사회를 교화하는 知的·善的 文學과 예술지상주의적인 성격을 지닌 美的·情的 문학이 있는데,[4] 이 가운데서 앞의 것을 버리고 뒤의 것을 발전시켜야 신문학이 이루어진다고 했다. 여기서 多情多感하고 自由奔放한 문학 소년 또는 문학 청년의 모습이 나타났다. 최남선이 외형을 제시하고, 이광수가 내용을 만들었다.

〈文學의 價値〉와 〈文學이란 何오〉는 이러한 관점에 선 문학사상을 다룬 글인데, 최남선의 경우에는 찾아보기 어려운 조리와 체계를 갖추었다. 문학이란 "인류 역사상 심히 중요한"[5] 것인데, 우리는

---

2) 〈今日 我韓 靑年과 情育〉, 1, p. 526.
3) 〈子女 中心論〉, 10, p. 34.
4) 〈少年의 悲哀〉, 8, p. 60.
5) 〈文學의 價値〉, 1, p. 545.

아직도 이 점을 인식하지 못하고 있었다는 지적이 논의의 출발이고, 문학이 무엇이며, 어떻게 존재하고, 왜 소중한 것인가 설명하는 작업이 본론을 이루었다. 두 편 다 볼 만한 것이지만, 그 가운데서도 〈文學이란 何오〉는 오늘날까지 성행하고 있는 '문학개론'의 모체라고 할 만한 비중을 차지하고 있다.

먼저 자기가 말하는 문학은 "在來의 文學으로서의 文學이 아니요, 西洋語에 文學이라는 語意를 表하는 者로서의 文學"[6]이라는 점을 밝히고 오해가 없도록 했다. 李人稙 소설의 주인공이 문명한 풍속에 젖으려면 "우선 말부터 영어로 수작하자"고 했듯이,[7] 용어부터 서양어를 따르면서, 과거에는 문학다운 문학이 없었으므로 과거의 문학과는 결별을 해야 한다고 선언했다. 여기서부터 문학을 논하기 위해서는 서양어에 의지해야 하는 새로운 풍조가 시작되었다.

그리고 문학의 정의를 내리면서 사람의 마음을 知, 情, 意로 나누는 사상을 그 근거로 삼았다. 문학은 知, 情, 意 중에서 情을 만족시키는 것이라고 하고, 문학의 가치도 바로 情의 가치에서 입증된다고 했다. 情이 知나 意에 종속되어 있지 않고 이것들과 대등한 위치를 차지하고 있으며, 그렇기 때문에 정으로 추구하는 美가 知로써 추구하는 眞이나 意로써 추구하는 善의 구속에서 벗어나서 독립적인 가치를 지닌다는 것이 근세에 와서 이루어진 대발견이고, 문학을 이해하는 데 결정적인 전환을 가져왔다고 했다.

근세에 至하여 人의 心은 知, 情, 意 三者로 작용되는 줄을 知하고 此 三者에 何優, 何劣이 無히 平等하게 吾人의 정신을 구성함을 覺하며, 吾의 지위가 俄히 昇하였나니, 일찍 知와 意의 노예에 불과하던 者가 知와 동등한 권력을 得하여, 知가 諸般科學으로 만족을 구하려 함에 情도 문학, 음악, 미술 등으로 자기의 만족을 구하려 하도다.[8]

---

6) 〈文學이란 何오〉, 1, p. 547.
7) 李人稙, 《血의 淚》, 《韓國新小說全集》(乙酉文化社, 1968), 1, p. 50.
8) 〈文學이란 何오〉, 1, p. 548.

　그런데 知, 情, 意 三分論이 사상의 발전인가 하는 데 문제가 있다. 이 문제는 자명한 것이 아니고 심각하게 따져보아야 할 것이다. 知情意論은 서양에서 들어온 것이고, 그 전에는 性情論은 있어도 지정의론은 없었다. 성정론에서의 情과 지정의론에서의 情은 같은 것이 아니다. 성정론에서는 性이 아직 움직이지 않고 있는 마음의 바탕이고 누구나 함께 지니고 있는 것이며, 情이 실제로 움직이고 있는 마음의 작용이고 사람마다 다를 수 있는 것이라고 했다.

　이런 의미에서 情은 지정의론에서 말하는 知와 意의 작용도 함께 지니고 있다. 그 전에는 성정론으로 문학을 논하는 가운데 문학사상의 발전이 이루어졌는데, 이세 성정론을 지정의론으로 내치하겠다고 하니, 우선 개념상의 혼란이 일어나 이미 이루어진 성과를 계승하기 어렵게 된다.

　문학의 본질을 情으로 이해하는 사상은 전부터 있던 것이다. 許筠에서 시작된 조선후기의 문학사상은 문학은 마음의 바탕인 性을 드러내는 것이라고 하던 조선전기의 性理學的 문학관을 극복하고, 현실과 구체적으로 부딪쳐서 구속을 거부하는 감정, 실상을 확인하려는 경험, 선입견을 버린 가치 판단으로 이루어진 情의 작용을 나타내는 것이 문학이라고 하는 새로운 방향을 다각도로 모색했다. 그 성과를 더 발전시키면 신문학의 사상이 될 수 있다. 그런데 성정론은 버리고 지정의론을 가져온다는 것은 개념상의 혼란을 일으키는 데 그치지 않고, 이미 이루어진 문학사상의 발전을 저해하는 처사이다.

　성정론에서의 情은 감정을 포함하고 있는 것이면서 감정만은 아니다. 그런데 지정의론에서의 情은 바로 감정이다. 감정만 따로 분리시킨 지정의론은 마음의 통일적인 작용을 부정하므로 문학론에서의 혼란도 피할 수 없다. 문학이 정에 속하는 것이라면 知나 意와는 아무런 관계없이 나아갈 수 있고, 정의 독립을 주장하는 것이 문학의 가치인가 하는 것이 문제가 되지 않을 수 없다. 〈文學의 價

値〉에서 이미 "금일 소위 문학은 昔日 遊戲的 文學과는 전혀 異하
나니……인생과 우주의 진리를 闡發하며"[9]라고 했는데, 이렇게 말할
수 있는 근거가 무엇인가? 昔日의 문학과 今日의 문학을 거꾸로
말한 것이 아닌가? 이러한 혼란을 수습하기 위해서 이광수는 문학
의 "副産的 實效"를 말하는[10] 군색한 이론을 폈다. 문학은 情에만
속하는 것이지만 知나 意는 완전히 버리지 않고 지나 의를 위해서
도 작용하여, 세태인정을 알 수 있게 하고, 도덕적 품성을 도야하게
하는 것이 문학의 부산적 실효라고 했다.

　부산적 실효를 든 것은 혼란을 수습하는 길이 아니고 혼란을 오
히려 더 가중시킨다. 사람의 마음을 지, 정, 의로 갈라놓은 문학론
의 허점이 더욱 심하게 노출된 것이다. 문학은 情에 충실할수록 가
치가 있는가, 知나 意까지도 만족시켜야 가치가 있는가? 어느 쪽을
택하든지 문학의 실상과는 어긋나는 무리한 결론이다. 이광수는 이
두 쪽을 함께 택하면서 적당한 절충론을 펴려고 하다가, 기이한 연
애를 힘써 그리는 감정 위주의 소설을 쓰면서 어울리지 않는 설교
를 늘어놓는 위선자라는 비판을 받았다. 구시대로부터의 해방이 감
정의 해방이라고 한 데서 시작된 이광수의 문학은 지, 정, 의가 따
로 노는 구조를 가지게 되었다. 無情하고 無意한 知와, 無知하고 無
意한 情, 無知하고 無情한 意가 서로 어긋나는 소설을 썼던 것이다.
예컨대 《흙》에 나타난 농민생활의 실상은 무정하고 무의한 知이고,
인생의 쾌락은 무지하고 무의한 情이고, 남을 위해서 자기를 희생
해야 한다는 주장은 무지하고 무정한 意여서, 인간의 온전한 모습
은 사라지고 말았다. 이 가운데서 무지하고 무정한 意를 해결책으
로 삼으려는 것은 더욱 무리한 주장이었다.

---

9) 〈文學의 價值〉, 1, p. 546.
10) 〈文學이란 何오〉, 1, p. 550.

2

이광수는 〈文學이란 何오〉에서 끝으로 '조선문학'을 살피고, "조선문학은 오직 장래가 有할 뿐이요, 과거는 無하다 함이 합당하니"[11]라고 했다. 문학다운 문학이 서양에서는 온전하게 발전했고, 일본에도 있었지만 조선에서는 찾기 어렵다고 단정한 것이다. 문학을 보는 관점이 달라졌기 때문에 이렇게 단정했다고 할 수 있다. 과거의 문학은 문학이 아니고 자기가 말하는 문학만 문학이라고 한다면, 조선에는 과거의 문학은 없고 장래의 문학만 있게 된다는 결론이 쉽사리 도출된다.

그러나 이광수가 이렇게만 생각하였던 것은 아니다. 조선에는 문학의 근거가 될 만한 정신적 능력조차 없었다고 했다. 사상사는 공백에 가까운 것이었다고 했고, 특히 조선후기 사상사는 "李退溪를 中心으로 하는 朱子學派의 完成에 다시 一波가 움직이고는 以來 三百餘年間 인해 잔잔하여 一波不動"의 상태였다고 했다. 그리고 "沈滯한 三百年間에 朝鮮人의 머리는 곰팡이 슬고 心情은 冷灰같이 싸늘하게 식었다"고 하고, "精神生活은 아주 停止의 狀態에 있었다"고 덧붙였다.[12] 이렇게 말한 것은 한마디로 무지의 소치라고 할 수 있다. 하지만 무지하면서도 단호한 주장을 펴는 것은 고정관념이 들어 있기 때문이다. 고정관념은 우선 신문명에 관한 것이다. 서양에서 들어오는 신문명을 숭상하고 절대화하기 위해서 신문명 수입 이전의 문화를 깎아내려야만 했다. 아득한 옛날에는 문화가 있고 사상이 있었다고 해도 신문명을 절대화하는 데 지장이 없지만, 신문명과 경쟁을 할 수 있는 조선후기 문화와 사상은 철저하게 격하하지 않을 수 없었던 것이다. 그런데 이러한 고정관념은 스스로 선택

---

11) 〈文學이란 何오〉, 1, p. 555.
12) 〈復活의 曙光〉, 10, p. 24.

한 것이 아니고 일제가 주입한 것이었다. 〈부활의 서광〉이라는 글은 일본인의 말을 풀이하고 부연한 것이다. 일제는 암흑 천지와 다름이 없던 조선에 부활의 서광을 비추기 시작한다고 자부했는데, 이광수는 이 글에서 일제가 꾸민 각본을 자기의 대사로 삼는 배우 노릇을 했다.

"조선의 과거에는 문예라 할 만한 문예가 없다"고 한 것은 일본인의 말이다.[13] 이광수는 이 말을 소중하게 인용하면서 이 말이 진실이라는 것을 입증하는 데 근면한 노력을 기울였다. "文藝라고 할 만한 文藝가 없다"고 하기 위해서 먼저 한문학부터 공격했다. "한시인과 漢文士의 汗牛充棟할 저술이 있다 하더라도 과연 조선인의 사상 감정을 발로하며 조선민족의 근본정신에 接觸한 者가 얼마나 될까" 하고 반문하며,[14] 한문으로 쓴 것은 모두 유학의 해독을 심은 것에 지나지 않는다고 했다. 유학은 해독만 끼쳤고 정신생활로서의 의의가 없었다고 하는 것도 수긍할 수 없는 생각이지만, 유학을 혁신하고 극복하는 방향으로 나아간 문학마저 부정해 버린 것은 식민지 지배자를 대신하는 언설로서도 지나친 주장이다.

그리고 《九雲夢》《彰善感義錄》《玉樓夢》 등은 "그 속에 드러난 사상 감정은 결코 조선인의 것이 아니었다"[15]고 단정했다. '조선민족의 근본정신'이니 '조선인의 사상감정'이니 하는 것들은 그것의 부재를 증명하기 위해서 설정한 허상이다. 뿐만 아니라, 〈春香歌〉〈沈淸歌〉 같은 것들은 '예술가의 손을 거쳐' 나온 것도 아니고, "演하는 방법도 더구나 藝術的이라 稱할 수는 없는 것이다"[16]고 했다. 이렇게 말하기 위해서 설정한 '예술가'니 '예술적'이니 하는 '예술'은 우리 예술이 아니고 일본의 예술이며 서양의 예술이다. 일본의 예

---

13) 〈復活의 曙光〉, 10, p. 25.
14) 같은 글, 같은 곳.
15) 같은 글, 같은 곳.
16) 같은 글, 10, p. 26.

술이나 서양의 예술을 평가 기준으로 삼는다면, 조선에는 예술이 없었다고 하는 것이 그럴 듯한 결론이다. '조선사상'을 들어 말해도 조선에는 문학이 없었고, '예술'을 들어 말해도 조선에는 문학이 없었다는 것이 입증되니 논증은 철저하게 이루어진 것처럼 보인다. 그러나 '조선사상'이든 '예술'이든 고정관념을 합리화하기 위해서 동원한 논리의 함정에 지나지 않는다.

이와 같이 과거를 부정해 버리는 것은 스스로의 능력을 부정하겠다는 말이다. "조선인은 정신생활의 능력이 있는가"[17]하는 의문을 제기하고서, 이 의문에 대한 대답은 부정적인 것이라고 했다. 정신생활의 능력이 없기 때문에 스스로 일어설 수는 없다. 스스로 일어설 수 없기 때문에 남의 도움을 받아야 하고 남에게 의지해야 한다. 이렇게 생각한 이광수는 기독교가 들어오고, 일본 유학생이 생기고, 日語가 보급되면서 우리는 비로소 정신생활을 하게 되었다고 하고, '復活의 曙光'이 비치게 되었다고 하면서 흥분을 감추지 않았다. 이와 함께 나타난 신소설이나 신체시는 우리가 처음으로 가지게 된 문학다운 문학이라고 하고, 그것은 또한 '朝鮮人의 精神의 소리'를 들려주는 문학이라고 했다.[18]

물론 이광수는 자기가 일제의 식민지 통치를 위해서 봉사한다고 말하지 않았고, 민족주의자로 자처했으며, 민족의 지도자라고 자부하기까지 했다. "어찌하면 이 民族을 現在의 衰頹에서 건져 幸福과 繁榮의 將來에 引導할까"[19] 하는 사명감에서 '民族改造論'을 부르짖었다. 우리 민족은 정신적으로나 물질적으로나 피폐해 있으므로 민족의 개조가 불가피하다고 하는 데서 자기의 논거를 찾았다. 당시 우리 민족은 피폐해 있었던 것이 사실이었고, 피폐한 상태는 저절로 극복될 수 있는 것이 아니었다. 申采浩도 이 문제를 힘들여 다

---

17) 〈復活의 曙光〉, 10, p. 26.
18) 같은 글, 10, p. 30.
19) 〈民族改造論〉, 10, p. 116.

루었다. 그러나 피폐의 원인이 어디 있고 그 해결책이 무엇인가 하는 데 대해, 이광수는 신채호와는 반대되는 주장을 폈다. 즉 피폐의 원인은 일제의 식민지 통치에 있지 않고 우리 민족이 스스로 지닌 열악한 성질에 있다고 하면서 열악한 성질을 고치지 않고 두면 다음과 같은 지경에 이른다고 했다.

> 우리 민족의 성질은 열악합니다(근본성은 어찌되었든지 현상으로는). 그러므로 이러한 민족의 장래는 오직 쇠퇴 또 쇠퇴로 점점 떨어져 가다가 마침내 멸망에 빠질 길이 있을 뿐이니, 결코 일점의 낙관도 許할 여지가 없습니다. 나는 생각하기를 三十年만 이대로 내버려두면 지금보다 배 이상의 피폐에 達하여 그야말로 다시 일어날 여지가 없이 되리라 합니다.[20]

성질이 열악해서 피폐를 자초했다고 하는 것은 일제와 이광수의 의견이 일치한 점이다. 그리고 피폐를 스스로 회복할 수 없고, 조선의 교육이나 산업도 대부분 조선인의 손으로 된 것이 아니라는 사실이 그 증거라고[21] 하는 점에서도 같은 생각을 가지고 있다. 이광수 나름대로의 주장이 있었다면 그것은 민족을 개조해서라도 피폐를 회복해야 한다는 것인데, 이 주장은, 기질이 열악하므로 개조해야 하고, 기질이 열악하므로 개조할 수 없다는 순환논법을 내포하고 있어서, 불가능하기 때문에 믿는다고 하는 경우가 아니면 납득할 수 없는 궤변이다.

자기 한 사람이 지도자이고 다른 사람은 모두 우매한 민중이라고 하는 자부는 그대로 통용될 수 없는 것이었고, 이광수가 내세우는 주장은 민족이 실제로 겪은 경험이 번번이 논파해 버렸다. 신문명을 받아들이면 부활의 서광이 비친다고 하는 것은 사실이 아니다. 일제의 식민지 통치에 힘입어 점차 나아질 수 있다는 것은 더욱이

---

20) 〈民族改造論〉, 10, p. 146.
21) 같은 글, 10, p. 140.

사실이 아니다. 신문학이 성행하면 정신이 각성된다고 하는 것도 사실이 아니다. 이렇게 되자 이광수는 민족개조론을 들고 나왔는데, 이것 또한 바로 논파되어 버리고 말 것이었다.

그런데 민족개조론을 주장한 이광수는 문학의 사명이 달라져야 한다고 하면서 자기의 문학관을 수정했다. 감정의 해방은 긴요한 일이 아닐 뿐만 아니라 오히려 억제해야 한다고 했다. 감정의 해방 때문에 생긴 것은 자유가 아니고 퇴폐라고 하면서, 文士는 모름지기 민족개조의 사명을 자각하고 도덕적 修養에 힘써야 한다고 했다.[22] 이리하여 초기의 문학관이 지녔던 비판적인 기질을 스스로 부정했을 뿐만 아니라, 문학의 '副産的 實效'가 문학의 고유한 사명을 부정해 버리는 데 이르러서 논리의 파탄이 더욱 심해졌다.

> 諸子의 作品을 通하여 諸子의 성격을 窺하건댄, 대개는 所謂 刹那主義요, 원대한 이상을 향하여 강고한 의지력을 가지고 勤勤孜孜히 또는 戰戰競競히 향상하려고 奮鬪하는 양은 도무지 보이지를 아니합니다. 소위 最少抵抗을 골라 나가는 생활이요, 내 의지력으로 개척하려는 기개가 보이지를 아니합니다. 意志力, 克己奮鬪, 力行, 고상한 인격, 신의 등의 덕목은 文士에게는 아무 상관도 없는 것같이 생각하시는 모양이외다.[23]

이러한 주장은 당시 성행하고 있던 퇴폐적인 문학을 비판한 점에서 어느 정도의 의의는 있다. 그러나 퇴폐적인 문학을 극복하는 길이 수양을 통해서 덕목을 회복하는 데 있는가 하는 것이 문제이다. "내 意志力으로 開拓하려는 氣槪"가 지향해야 할 바가 불합리한 현실과의 대결이 아니고 인습적인 덕목이라면, 신문학의 구호를 스스로 철회하게 되고, 문학을 진부한 설교의 수단으로 삼는다는 비난을 피할 수 없다. 그뿐만 아니라, 이광수는 의지니 기개니 하는 것

---

22) 〈文士와 修養〉, 10, p. 352 이하.
23) 〈文士와 修養〉, 10, p. 356

들도 차차 의미가 없다고 보고, 자기 시대에 필요한 문학은 "常的 文學, 正的 文學, 平凡한 文學"이라고 하면서,[24] 일체의 혁명적 문학은 배격해야 한다고 했다.[25] 자기 자신이 정신적 파탄으로 병약해지면서, 건장하고 힘찬 투지를 보이는 문학은 병약한 상태에 있는 조선 사람에게는 해로운 것이라고 했다.

3

그런데 이광수가 말한 도덕적 덕목은 正義라는 목적에서 설정되는 것이 아니고 자기 희생이라는 방법에서 설정되는 것이었다. 정신적 파탄에 빠진 이광수는 정의는 추구하기 어려웠고 자기 희생의 쾌감에서 우월감을 확인하는 비정상적인 심리를 가지게 되었다. 《흙》에서 허숭이 농민을 위해서 봉사하는 것은 정의의 추구의 명분과 자기 희생의 쾌감을 함께 누리는 행위였다. 아내 윤정선이 정신적으로나 육체적으로나 병신이 되었을 때 비로소 깊은 사랑을 느끼는 것은 자기 희생의 쾌감에서 우월감을 확인하는 짓이다. 뿐만 아니라, 만주에서 벌어지는 침략전쟁에 동원되어 떠나는 일본 군인들을 보고 허숭이 피가 끓는 감격을 느꼈다고 하는 것은[26] 무엇을 위한 희생이든 희생은 고귀한 가치를 가진다는 주장을 명확하게 드러낸다.

정신적 파탄이 더욱 심해진 이광수는 한때 인생은 苦海이고, 세상은 火宅이라고 하면서 삶 자체를 부정하는 解脫을 동경했다.[27] 고귀한 이상은 추악한 무리들이 들끓는 인생에서 용납될 수 없으므로 차라리 모든 것을 버리고 싶다고 했다. 그러나 이광수는 해탈할 수

---

24) 〈中庸과 徹底〉, 10, p. 435.
25) 〈梁柱東氏의 〈中庸과 徹底〉을 읽고〉, 10, p. 441.
26) 〈흙〉, 3, p. 170.
27) 〈無明〉, 8, p. 15 이하.

있는 사람도 아니고 버릴 수 있는 사람도 아니었으며, 자기 희생에
서 쾌감을 추구하기 위해 희생의 대상을 찾았다. 멀리서 찾을 필요
가 없었다. 일본 군인들을 보고 피가 끓는 감격을 느꼈다고 할 때
방향은 이미 정해져 있었고, 日帝는 결정된 방향으로 치닫도록 촉
구했다.

　이렇게 해서 나타난 것이 이른바 '新體制 文學論'이었다. 일본 군
국주의를 찬양하는 것이 문학의 사명이라고 하는 신체제 문학론은
이광수 문학론의 결산이고, 또한 이광수 문학론이 지닌 파탄을 가
장 잘 보여주는 것이었다. 군국주의 체제는 자기 희생의 쾌감을 누
리기에 가장 적합한 대상이었고, 거의 불가능에 가까운 것을 실행
하려고 하는 점에서도 종교적인 감격 같은 것을 맛보게 했다. 그리
고 처음부터 거추장스러운 짐이 되었던 예술지상주의를 완전히 청
산하고 "健全한 思想과 健全한 感情"을 고취하는 문학을 선택함으
로써[28] 문학론의 난문제를 한꺼번에 해결해 줄 수 있게 했다. 신체
제 문학론을 택하면서 이광수는 기꺼이 자기의 짐을 내려놓았지만,
이로써 문제가 해결된 것은 아니다.

4

　이광수를 이해하기 위해서 金東仁과의 관계를 살필 필요가 있다.
김동인은 일생 동안 이광수를 타도하고자 한 사람이다. 《春園研究》
를 써서 이광수의 정체를 해부하고, 이광수를 타도해야 할 이유를
밝히고, 그 방법을 제시했다. 그러나 김동인은 이광수와 같은 생각
에서 출발하여 이광수를 타도하고자 했으므로 결국 빗나간 공격을
하는 데 그쳤다. 김동인은 이광수가 그랬던 것처럼 신소설 이전에
는 문학다운 문학이 없었다고 했고, "朝鮮의 小說은 歷史라는 것을

---

28) 〈新體制下의 藝術의 方向〉, 10, p. 257.

온전하게 가지지 못하고 發生하였다"[29]고 선언했다. 그러고는 이광수의 소설과 자기의 소설 중에서 어느 것이 온전한 소설인가 시합을 벌이자고 하면서 서양소설을 심판으로 초청했다. 그리고 김동인은 사람의 마음을 知, 情, 意로 나누는 것은 당연한 전제라고 하면서, 眞, 善, 美의 관계를 이광수가 말했던 것과는 다른 각도로 뒤집어놓으려고 했다.

김동인은 이광수가 문학을 설교의 수단으로 삼으면서 美를 眞이나 善에 종속시키려고 했다는 것을 들어서 결정적인 공격을 했다. 美의 독립을 선언하면서 문학을 논하기 시작했던 이광수가 이러한 공격을 받았다는 것은 이광수 스스로가 지닌 허점을 잘 드러내면서, 김동인의 날카로운 관찰력도 이와 함께 보여주는 흥미로운 싸움이다. 그러나 승리는 김동인의 것만도 아니다. 다음과 같이 주장한다고 해서 문제가 해결될 수 있는 것이 아니었다.

> 나는 善과 美, 이 상반된 양자의 사이에 합치점을 발견하려 하였다. 나는 온갖 것을 '美'의 아래 잡아넣으려 하였다. 나의 욕구는 모두 美이다. 美는 美이다. 美의 반대의 것도 美이다. 사랑도 美이나 미움도 또한 美이다. 善도 미인 동시에 惡도 또한 미이다. 가령 이런 광범한 의미의 美의 법칙에까지 상반되는 者가 있다면 그것은 무가치한 존재다. 이런 악마적 사상이 움돋기 시작하였다. 나의 광포한 사상과 그 사상의 영향인 광포한 생활 양식이 이에 시작되었다.[30]

이 글에서 가장 중요한 말은 "나의 欲求는 모두 美이다"라고 하는 것이다. 사람의 마음을 지, 정, 의로 갈라놓고, 情의 발로인 美에 문학의 왕국을 세우면, 이 왕국은 주위의 것들을 침공하게 되고 선이나 진까지도 정복하게 된다. 정복을 멈추도록 하는 이른바 문학의 '副産的 實效'가 본래의 목표보다 우위에 서도록 하자는 것은

---

29) 金東仁, 《近代小說考》, 《春園研究 부록》(春潮社, 1959), 1, p. 175.
30) 같은 글, 같은 책, p. 206.

받아들일 수 없는 억설이다. 마음의 통일적인 작용을 부정하고 나서 새삼스럽게 眞이나 善을 강조한다고 해서 사태를 수습할 수는 없다. 그러나 김동인의 주장을 따른다고 해서 마음의 통일적 작용이 회복되는 것도 아니다. 김동인의 주장은 일체의 가치관을 부정해 버리는 극단론이고, 자기 스스로도 광포한 생활 양식을 초래하는 '악마적 사상'에서 나온 것이라고 했다.

김동인은 일체의 가치관을 부정하고 나서 다만 예술적 가치만을 인정하려고 했는데, 예술적 가치는 인생의 자학적 파괴에서 오는 쾌감이며 예술의 기교를 자랑하는 장난이다. 이광수와 같은 전제에서 출발한 김동인은 이광수가 파산을 했던 방향과는 반대 방향에서 파산을 했는데, 두 가지 파산 중에서 어느 것을 택할 것인가 하는 논의가 오랫동안 문학론의 근본적인 문제인 것처럼 이해되어 왔다. 사상의 빈곤은 이렇게까지 심해졌다.

4. 韓龍雲

1

韓龍雲(1879~1944)은 자기 시대의 풍조를 거슬러서 산 사람이다. 선각자로서 자처하는 사람들은 개화를 해서 일본을 배우고 서양을 본받아야 한다고 할 때, 척양척왜를 위해서 목숨을 버리고 싸운 동학혁명에 가담했다. 신문학에 뜻을 둔 지식인들이 신교육과 서양문명을 동경해 동경으로 유학갈 때, 그는 절을 찾아가 중이 되었다. 일찍부터 유학의 비판을 받고, 동학에서도 그 운수가 다했다고 했으며, 신문학과는 정반대의 위치에 있는 것 같은 불교에 귀의한 한용운은, 아득한 과거로 되돌아가서 세상일을 잊은 듯했다. 그러나 다시 세상에 나와서 新詩를 쓰고, 소설을 쓰고, 사회 활동을 하면서 승려들의 일반적인 수행도 저버렸다.

한용운의 사회 활동은 실로 눈부신 것이었다. 민족 志士라고 자처하는 사람들조차 일제의 통치에 동조하거나 협력할 때에도, 한용운은 일제의 통치를 근저에서부터 부정하고 민족의 독립을 되찾기 위한 투쟁을 중단하지 않았던 것이다.

이처럼 자기 시대의 풍조를 거슬러서 산 한용운은 기이한 예외자처럼 보일 수 있다. 문학에 나타난 시대 풍조를 열거하는 경우에는 한용운은 어느 주의에도 해당되지 않는다. 그러나 이러한 관점이야말로 수긍할 수 없는 편견이다. 세상의 풍조는 일제의 식민지 통치에 부수되는 현상이었고, 한용운은 일제의 식민지 통치에 정면으로 맞섰으므로 세상의 풍조를 거슬러서 살 수밖에 없었다. 혼자만 맞섰던 것이 아니었고, 민족의 전통과 함께 맞섰으며, 민중과 함께 맞섰다. 그러므로 그는 예외자도 아니었고, 고독한 사람도 아니었다. 신문학을 李光洙, 金東仁 또는 李箱을 중심으로 이해하던 시기에는 한용운이 관심 밖의 인물이었으나, 근래 몇년 사이에 관점이 달라졌다. 한용운이 재발견되어, 《님의 沈默》이 높이 평가되는 것은 물론이고, 소설과 논설도 활발한 논의의 대상이 되고 있다. 민족 항쟁기 사상사에서 한용운이 차지하는 위치가 서서히, 그리고 여러 측면에서 바로 보이기 시작한다.

그러나 한용운은 아직도 많은 의문점을 지니고 있다. 특히 불교, 민족운동, 그리고 문학, 이 세 가지가 한용운에게 있어서 어떤 관계를 가지는가 하는 문제가 선명하게 이해되지 않고 있다. 이 셋 중에서 어느 것을 잘 설명하기 위해서 다른 것은 논외로 하는 협소한 논리는 한용운에게 적합한 것이 아니다. 한용운은 자기 시대의 풍조를 넘어섰듯이, 이러한 논리도 넘어선다. 그렇다고 해서 한용운은 불교, 민족운동, 그리고 문학, 이 세 가지의 복합체도 아니다. 한용운에게서 불교는 불교로만 존재하는 것이 아니고, 민족운동은 민족운동으로만 존재하는 것이 아니며, 문학은 문학으로만 존재하는 것이 아니다. 이 셋은 서로 별개의 것이면서 하나이고, 하나로서의 일관성, 새로움, 창조력을 가지고 있는 것 같다. 이 점을 밝히는 것이 한용운 이해의 핵심적인 과제가 된다.

그러나 한용운을 이해하기 위해서 들어가는 길은 하나로 고정되어 있지 않다. 불교 또는 민족운동으로부터 들어가는 것도 가능하듯, 문학쪽에서 길을 찾는 것도 잘못된 방법이라고 할 수 없다. 어디에서 시작하든지, 협소한 논리를 고집하지 않는다면 문제의 핵심에 도달할 수 있을 것이다. 여기서는 문학을 논의의 주대상으로 삼고 특히 문학사상을 살피고자 하지만, 그러나 파고 들어갈 만큼 들어가면 불교, 민족운동, 문학이 하나로 작용하는 경지에 이를 수 있을 것이다. 무엇이든지 분류해야 따질 수 있는 우리의 지식으로써는 불교, 민족운동, 문학 중에서 하나를 택해 접근할 수밖에 없지만, 성실하게 찾아들어가면 한용운이 우리가 지닌 지식의 한계를 깨우쳐 줄 수 있으리라고 기대한다.

2

한용운은 文藝와 文學의 관계에 대해서 자세한 논의를 폈다. 그 요지는 문예와 문학은 동일시될 수 없다는 것이다. 문예는 문학이지만, 문학은 문예만이 아니라는 것이다. 이러한 관계를 무시하고 문예가 바로 문학이라고 하면, 문예를 너무 광의의 것으로 흐르게 하는 과실이 생기거나, 문학을 너무 협의의 것으로 구속하는 오류가 생긴다고 했다.

그렇다면 문예는 무엇이고, 문학은 무엇인가? 이 문제를 다룬 글이 곧 〈文藝小言〉이다. 이 글에서 "시, 소설, 극본 등 예술적 작품"이 문예라 하고, "자기의 무엇이든지를 문자로 나타내어 독자가 이해할 수 있게 하는 것" 또는 "文理가 있는 문자로의 구성"은 모두 문학이라고 했다. 佛經 《左傳》 《莊子》 〈離騷經〉 그리고 唐宋諸家의 문장 같은 것을 모두 문예라고는 할 수 없지만, 문학에는 속한다고 보았으며, "종교, 철학, 과학, 經史, 子傳, 시, 소설, 百家語 등 내지 尋常覺喧의 서한문까지라도 장단, 우열을 물론하고 모두가 문학에 속하는 것이다"라고 했다.[1]

그리고, 문예와 문학의 관계를 이와 같이 설명하면서, 문예와 문

---

1) 〈文藝小言〉, 《韓龍雲全集》 1(新丘文化社, 1973), p. 196(앞으로는 자료의 출처를 1, p. 196과 같은 방식으로 표시한다).

학을 혼동해 문예작품만 문학이라고 하고 문예작품 이외에는 문학이 아니라고 하는 견해를 비판했다. 이러한 견해는 개념상 혼란을 일으켜 과거의 문학 중에서 참으로 소중한 부분을 문학에서 제외하는 잘못을 저지를 뿐만 아니라, 동양 전래의 문학관을 저버리고, 서양의 고전적인 문학관도 모르는 채 일본인들이 서양문학을 받아들이면서 설정한 개념을 수입해서 생긴 것이라고 했다. 이렇게 말하는 데서 문예와 문학의 관계를 논한 한용운의 의도가 드러난다. 한용운은 시, 소설, 극본 등의 문예가 문학으로서 특히 중요한 의의를 가진 것은 인정하면서, 문예가 바로 문학이라는 기준을 내세워 과거의 문학을 일방적으로 난도질하고, 동양 선래의 문학관의 繼承을 거부하는 신문학운동을 비판한 것이다. 일본에서 받아들인 서양문학의 개념은 서양의 고전적인 문학관과도 어긋날 뿐만 아니라, 우리 문학의 방향을 왜곡시키는 것이라는 점에 대해서 경고했다.

한용운이 말한 '문예'는 협의의 문학이고, '문학'은 광의의 문학이다. 한용운은 문학을 협의의 것으로 이해하는 데 대해서 반대하지 않으면서 광의의 문학관의 지속도 바라고 있는 이중의 태도를 취했다고 할 수 있다. 그런데 이중의 태도는 자기의 입장을 결정하지 못했을 때 택할 수 있는 편법이나 무책임한 절충론이 아니고, 문학의 본질에 관한 중요한 발언을 내포하고 있는 것이다. 광의의 개념을 청산하고, 문예로 한정된 문학은 종교, 정치, 역사, 윤리 등에 관한 문제를 논외로 하면서 예술적인 것을 추구할 염려가 있고, 실제로 예술지상주의를 전개하는 근거가 되었는데, 한용운은 문학이 이러한 방향으로 나아갈 수 없다는 주장을 펴기 위해서 문예는 문학 일반에 속하고 문학 일반의 특징을 지닌다고 한 것이다.

문예만을 문학이라고 하는 것은 꽃피고 새우는 것만이 봄이라고 하는 것과 마찬가지이다. 꽃피고 새우는 것이 봄이지마는, 봄은 거기에만 그치는 것이 아닐 뿐 아니라, 인생으로서 감정보다 생활이 필요하다면 봄비의 남은 물을 上坪, 下坪에 실어 두고, 밭갈고, 논갈며 씨뿌리고 김매는 것이, 사람의 주관으로서 꽃피고 새우는 것보다 더 좋은 봄이 아닐까?[2]

문예와 문학의 관계에 관해서 한용운이 하고 싶은 말은 이 대목에 집약되어 있다. 문예만을 문학이라고 하는 것은 꽃피고 새우는 데 대한 주관적인 감정만 봄이라 하고, 실제 생활에서의 씨뿌리고 김매는 활동은 저버리는 것과 같다는 말이다. 이러한 비유는 문학이 주관적인 감정의 환상을 추구하는 데만 치우치고, 실제 생활의 진면목, 불교의 용어를 사용하면 실제 생활의 '本地風光'은 잊어버리는 경향을 비판한 것이다. 씨뿌리고 김매는 봄과 꽃피고 새우는 봄을 하나로 파악하는 것이 문학의 목표인데, 씨뿌리고 김매는 봄에서는 꽃피고 새우는 봄이 자연스럽게 느껴질 수 있지만, 꽃피고 새우는 봄만 느낀다고 해서 씨뿌리고 김매는 봄이 저절로 이루어지는 것은 아니라고 하면서, 문학에서 객관과 주관이 어떤 관계를 가지는가 하는 문제를 제기했다.

'나'가 없으면 다른 것도 없다. 마찬가지로 다른 것이 없으면 나도 없다. 나와 다른 것을 알게 되는 것은 나도 아니요, 다른 것도 아니다. 그러나 나도 없고 다른 것도 없으면 나와 다른 것을 아는 것도 없다. 나는 다른 것의 모임이요, 다른 것은 나의 흩어짐이다. 나와 다른 것을 아는 것은 있는 것도 아니요, 없는 것도 아니다.[3]

한용운은 주관과 객관의 관계를 이와 같이 파악했다. 주관은 '나'이고 객관은 '다른 것'인데, '나'가 없으면 다른 것도 없고, '다른 것'이 없으면 나도 없다고 하고, "나는 다른 것의 모임이요, 다른 것은 나의 흩어짐이다"고 했다. 이러한 말은 물론 불교에서 말하는

---

2) 〈文藝小言〉, 1, p. 169.
3) 〈나와 너〉, 2, p. 351.

‘一切唯心造’를 염두에 두고 한 것이다. 한용운은 불교에 의거해서 생각했고, 불교가 없으면 이러한 생각이 전개될 수 없었다. 그러나 한용운은 과거의 불교로 되돌아가지 않고, 불교를 자기의 것으로 만들어서, 자기의 사상을 전개했다.

‘一切唯心造’라고 해서 일체는 마음에 따라서 만들어지는 가상이고 마음은 가상이 없더라도 존재하는 실체라고 생각할 수는 없다. 일체가 가상이라면 마음도 가상이고, 마음이 실체라면 일체 또한 실체이다. 마음과 일체, ‘나’와 ‘다른 것’은 둘 다 또는 둘 중의 하나가 상대방과 관계없이 독립해서 존재하는 것이 아니고, 둘의 관계에 의해서만 존재하고, “나는 다른 것의 모임이요, 다른 것은 나의 흩어짐이다”라고 할 수 있으니, 주관이 곧 객관이고, 객관이 곧 주관이다. 인식에 있어서도 ‘나’가 다른 것을 안다는 것은 진실이 아니고, ‘다른 것’이 나를 안다는 것도 진실이 아니며, 나와 다른 것이 하나이므로 主客合一의 인식이 이루어지지만, 그렇다고 해서 이것마저도 불변의 실체일 수는 없다고 했다.

사리가 이런데도 불구하고, 나는 나고 다른 것은 다른 것이라고 갈라놓고, 나는 실체이고 다른 것은 가상이라고 하면 자기만의 고집에 빠지고, 나는 가상이고 다른 것은 실체라고 한다면 무엇이든지 있는 그대로 받아들이는 잘못이 생긴다. 자기만의 고집을 그리는 문학도 나와 다른 것을 함께 왜곡하고, 있는 그대로의 현상을 그대로 받아들이는 문학도 나와 다른 것의 실상을 배반한다. 또한 나와 다른 것이 둘 다 실체라고 한다면 둘 사이에 해결할 수 없는 장벽이 가로놓여 있다는 비관론에 사로잡히게 되고, 나와 다른 것이 둘 다 가상이라고 하면 의지할 데 없는 허무주의에 머문다. 그리고, 나는 다른 것을 안다는 생각에 빠지는 문학은 다른 것을 무시하는 아집에 사로잡히고, 다른 것에 의해 내가 알려진다고 하는 문학은 다른 것으로 구속해서 나를 무력하게 만든다. 나와 다른 것이 그 자체로 알려진다는 문학은 있는 그대로의 상태에 머무르기만

하고, 나와 다른 것이 그 자체를 떠나 알려진다는 문학은 헛된 가정을 하기 때문에 공허하게 된다.

그런데, 나와 다른 것의 관계가 바람직한 양상으로 이해되지 않는 것은 무엇보다도 잘못된 선입견 때문이다. 나와 다른 것을 갈라놓고, 나를 무력하게 만들거나 다른 것을 고정시켜 버리는 생각은 워낙 오랜 뿌리를 가지고 있어서 쉽사리 격파되지 않는다. 쉽사리 격파되지 않는 것을 격파하기 위해서는 결단이 필요한데, 한용운은 이러한 결단을 禪이라고 했다. 禪은 불교에서 행하는 종교적인 수련만이 아니고 누구나 해야 할 것으로서, 마음이 본래의 상태로 돌아가게 하는 것이라고 했다.[4] 한용운이 말한 본래의 상태의 마음은 性과 情으로 나누어져 있거나 知·情·意로 나누어져 있는 것도 아니고 오직 하나면서, 有도 아니고, 無도 아니며, 虛靈하면서도 갖추지 않은 것이 없다고 했다.[5]

이러한 상태로 돌아간 마음은 다른 것을 버리지도 않고 다른 것에 매이지도 않으면서, 다른 것과 함께 有無·動靜·生死에 자재할 수 있다고 했다. 이러한 말은 관념의 유희처럼 보일 수 있고, 문학의 당면한 문제를 해결하는 데 도움이 되지 않을 것 같기도 하다. 그러나 문학이 무엇인가 하는 문제는 문학의 근거가 되는 사람의 마음이 무엇인가 하는 데서 논의되어야 하고, 사람의 마음이 다른 것과의 관계를 어떻게 맺는가에 따라서 달라진다. 그러므로 지·정·의 삼분론을 내세우면서 사람의 마음을 내적인 분열을 통해서 이해하고, 마음과 다른 것의 거리를 전례 없이 멀게 보면서 문학을 주관적인 감정의 표현으로 생각하던 시대에 한용운은 마음을 다른 것과 함께 살아나게 하고 문학을 구출하기 위해서 有無·動靜·生死의 본질을 다음과 같이 투시했다.

---

4) 〈禪과 人生〉, 2, pp. 310~321.
5) 같은 글, 2, p. 312.

　　스스로 움직이는 것은 산 것이요, 스스로 움직이지 못하고 고요한 것은 죽은 것이다. 움직이면서 고요하고 고요하면서 움직이는 것은 제 생명을 제가 把持한 것이다. 움직임이 곧 고요함이요, 고요함이 곧 움직임이 되는 것은 생사를 초월한 것이다. 움직임이 곧 고요함이요, 고요함이 곧 움직임이어서 움직임과 고요함이 둘이 아니며, 움직임은 움직임이요 고요함은 고요함이어서 움직임과 고요함이 하나가 아닌 것은 생사에 自在하는 것이다.[6]

　　스스로 움직이기도 하고 움직이지 못하기도 하는 것은 생각 없이 살기도 하고 죽기도 하는 단계이다. 움직이면서 고요하고, 고요하면서 움식이는 섯은 삶과 죽음을 인식한 단계이다. 움직임이 곧 고요함이요, 고요함이 곧 움직임이라고 하는 것은 삶과 죽음을 초월한 단계이다. 마지막으로 움직임과 고요함이 하나도 아니고 둘도 아니라고 하는 것은 삶과 죽음을 초월한 단계를 다시 초월해서 삶과 죽음에 自在하는 단계이다. 이러한 네 단계는 일상생활과는 관계없이 이루어지는 신비한 수련을 말하는 것이 결코 아니고, 일상생활에서 어떻게 살 것이냐 하는 문제를 다루기 위해서 설정된 것이고, 살아 가기 위해서 필요한 자아의 각성을 정도에 따라서 나눈 것이다.

　　각성해야 할 자아는 어떠한 추상적인 실체가 아니고 구체적인 것이며, 하나로 고정되어 있는 것이 아니고 입장에 따라서 달라질 수 있는 것이다. "왼손의 안전을 위해서 오른손을 단절하는 때에는 왼손이 자아가 되는 것이요, 가족을 위해서 신체의 일부를 희생할 때에는 가족이 자아가 되는 것이요, 국가 사회를 위하여 자기를 희생하는 때에는 국가 사회가 자아가 되는 것"[7]이라고 한 말은 이러한 의미를 가지는 것이다. 왼손, 가족, 국가 사회 등으로 예시한 자아는 신체적인 존재이면서 또한 정신적인 존재이기도 하다. 그 자체로 살고 죽는 것인 동시에 삶과 죽음을 이해하는 주체이다. 삶과

---

6) 〈靜中動〉, 2, p. 350.
7) 〈禪과 自我〉, 2, p. 322.

죽음에 대한 이해가 생명의 把持에서 생사의 초월로, 생사의 초월에서 생사의 自在로 나아가는 것이 바로 자아의 각성이다.

한용운이 움직이지 않고 고요한 데 머무는 지혜를 가르치고 죽음을 받아들이는 자세를 갖도록 하기 위해서 자아의 각성을 촉구했던 것은 결코 아니다. 한용운은 상실과 죽음의 시대에 살았다. 이 점은 〈님의 沈默〉에서도 계속 문제가 되었다. 일제에게 나라를 빼앗겨서 나라로서의 자아는 죽었고, 희망은 억압되고, 기대는 침묵을 강요당했으므로 개인으로서의 자아도 살아 있을 수 없었다. 모든 것은 살 수도 있고 죽을 수도 있다고 하는 사실의 차원에서는 삶은 인정될 수 없고 죽음이 그 시대의 모습이었다. 그러나 죽음의 시대에는 죽고, 삶의 시대에는 살아나는 것은 자아를 형편대로 내맡겨 버리는 행위이고, 죽음을 고통 없이 받아들이는 것은 정신적인 자살이다.

그러면 죽음의 시대에 무엇을 해야 할 것인가? 우선 생명을 把持해야 한다. 사실로서의 죽음이라도 불변의 상태에서 고착되어 있을 수는 없다. 모든 것은 움직이면서 고요하고, 고요하면서 움직이며, 살면서 죽고, 죽으면서 살기 때문에 고요함 속에도 움직임이 있고, 죽음 속에도 삶이 있다는 것을 깨달아서 생명을 파지해야 한다. 한용운이 설정한 님을 두고 말한다면, 님의 침묵이 곧 님의 완전한 부재를 의미하지 않고, 님은 갔어도 님의 모습과 소리는 남아 있다. 생명을 파지하면 죽음과 대결하고, 죽음을 부정할 수 있는 길이 열린다. 죽음과 대결하고 죽음을 부정할 수 있는 더욱 적극적인 이유는 죽음이 곧 삶이고, 님은 갔지만 가지 않았다는 것이다. 이 점을 인식하면 고요함이 곧 움직임이고, 죽음이 곧 삶이라는 데 이르러 생사를 초월하게 된다. 그러나 생사를 초월하는 것은 문제의 망각일 수도 있으므로 죽음과 삶은 둘도 아니고 하나도 아니라는 데 이르러 생사에 自在할 수 있어야 한다.

죽음의 시대에 한용운은 죽음을 거부하고, 죽음이 바로 삶이라는 것을 실천을 통해서 보여주었다. 한용운은 죽지 않았고 투쟁을 멈추지 않았다. 자유를 획득하려는 것이 사람의 본성이며, 자유는 억누를 수 없다고 한 선언은[8] 이러한 확신에 근거를 둔 것이었다. 그런데 자유의 획득은 죽음과 삶을 대립시키는 데서 이루어지지 않고, 죽음과 삶을 초월하는 데서 가능하고, 더 나아가서 죽음과 삶에 자재하는 데서 마련되는 것이므로 삶의 자유를 노래한 시가 다음과 같은 표현을 갖추었다.

> 죽엄은 虛無와 萬能의 하나임니다
> 죽엄의 사랑은 無限인 同時에 無窮임니다
> 죽엄의 압헤는 軍艦과 砲臺가 씌끌이 됩니다
> 죽엄의 압헤는 强者와 弱者가 벗이 됩니다[9]

한용운의 사상은 불교에서 나온 것이면서 불교로 정지되어 있는 것은 아니었다. 元曉나 知訥이 자기 시대의 새로운 불교를 일으켰듯이 한용운도 자기 시대의 새로운 불교를 일으켰다고 하겠으나, 한용운은 어떤 종파를 창설하지 않았고, 오히려 종파의 고집에 사로잡혀 있고 교단을 민족보다 더 생각하는 경향을 파괴하는 데 과감한 자세를 보였다. 산사에 은거하여 고요한 데 머무르는 지혜를 가르치며 민족의 당면한 문제를 외면하는 불교를 밖으로 내몰았을 뿐만 아니라, 일제의 통치에 호응하여 교단의 세력을 유지하고자 한 불교를 가차없이 매도했다.

한용운은 자기가 入山한 동기가 신앙만이 아니었다고 했다. 동학혁명에 가담했다가 아버지와 형은 죽고 겨우 목숨을 구해서 입산했으며, 입산한 직후에도 세상을 알기 위해서 시베리아를 찾아 海蔘威까지 갔다. 죽음을 강요하는 세상에서 벗어나기 위해서 出世間의

---

8) 〈朝鮮獨立宣言의 書〉, 1, p. 346.
9) 〈오세요〉, 《님의 沈默》(滙東書館, 1926), p. 160. 띄어쓰기 외에는 原文대로 인용했다.

길을 택했지만, 출세간에 안주하지 않고, 불교를 비판하고 다시 세상에 나오는 出出世間을 실행했다. 한용운은 삼일운동의 지도자였고, 삼일운동 세대가 지닐 수 있는 민족 사상의 정수를 보여주었다. 불교와 같은 버려진 전통을 계승했으므로 세상의 풍조에 휩쓸리지 않고 굽히지 않는 정신력을 지닐 수 있으면서, 현실의 문제를 인식하고 해결하는 데 방해가 되는 불교는 과감하게 버렸으며, 새로운 시대의 사회사상을 긍정적으로 받아들이고 신문학의 건설에 참가하여 과거에 대한 집착을 청산했다.

3

　문학은 말로써 이루어지고 문자로 기록되는 것이다. 한용운은 문학은 문자로 구성된 모든 것이라고 하기도 했다. 그런데 말이나 문자는 과연 믿을 수 있는가 하는 것이 문제이다. 말이나 문자를 믿을 수 있다면, 문학의 가능성은 인정되지만, 그렇지 않다면 문학은 자아의 각성을 방해하는 헛된 집착을 더욱 가중시키는 것일 수도 있다.

　한용운은 자아의 각성을 방해하는 집착을 버리기 위한 결단을 禪이라고 했는데, 선은 원래 문자를 떠난 不立文字의 경지라고 했다. 문자를 가지고 모든 것을 분별해서 나타내면 '나'와 '다른 것'이 합치될 수 없고, 움직이는 것과 고요한 것을 함께 생각할 수 없으므로 문자에 대한 집착을 불식해야만 각성의 결단이 이루어질 수 있는 것이다. 그러나 不立文字만 표방하는 것은 또한 한편에 치우친 생각이고, 말을 하지 않고 침묵만을 지킨다고 해서 해결책이 생기는 것도 아니다. 그러므로 불립문자와 함께 不離文字를 인정하고, 불립문자가 곧 불리문자라고 해야 침묵에 집착하지도 않고 자기와 다른 사람이 함께 깨달을 수 있다는 뜻에서 한용운은 다음과 같이 말했다.

不立文字가 見性成佛의 한 길이라면 不離文字는 性의 圓成인 동시에 度生의 大用이 되는 것이다. 그러므로 석존의 三處傳心은 문자를 여읜 것이라고 하지마는 형색이 있으면 곧 문자를 이루느니 格外禪傳도 일종의 문자이며, 八萬大藏經은 문자라고 하지마는 未曾說一字로 보아서 49년 설법도 일찍이 문자를 여읜 것이다. 이렇게 보는 자는 능히 色에서 空을 보고 공에서 색을 볼지니, 다시 말하면 禪에서 문자를 보고 문자에서 선을 얻을지니, 선을 위하며 글을 쓰는 자는 마땅히 이렇게 쓸 것이요, 선을 위해 글을 읽는 자는 마땅히 이렇게 읽을지어다.[10]

不立文字는 空에 집착하게 하는 것이므로 그것만으로 온전할 수 없고, 不離文字는 色에 집착하는 것이므로 그것만으로는 온전할 수 없다고 했다. 그러므로 말하면서도 말하지 않고, 말하지 않으면서도 말하는 것이야말로 空執과 色執을 한꺼번에 배격하는 길이다. 글을 읽을 때에도 이와 같다. 禪에서 문자를 보고, 문자에서 선을 보아야 온전하게 읽을 수 있다. 이러한 생각은 바로 문학의 존재 이유와 문학의 바람직한 방향을 한꺼번에 제시해 준다. 문학은 空執을 타파하기 위해서 필요하고, 움직이지 않고 생명을 가지지 않은 것을 움직이게 하고, 생명을 가지게 하는 것이 문학의 사명이다. 그러나 문학은 움직임에만 치우칠 수 없다. 말하는 데서 말하지 않는 것을 찾고, 움직이는 데서 움직이지 않는 것을 발견해야만, 움직임과 움직이지 않는 것이 둘일 수도 없고, 하나일 수도 없다는 데 이르러서 생사에 자재하는 결단이 이루어진다.

이렇게 생각하면 문학은 말로써 존재하지만 말로써는 존재하지 않는다는 역설이 성립된다. 말을 버리면 문학이 존재할 수 없지만, 말에 매이면 문학일 수 없다. 말하지 않은 것이 말한 것보다 더 중요하게 여겨지며, 말에서 禪을 찾아야 한다. 말을 하는 문학은 작가나 독자에게 자아각성의 결단이 가능할 수 있게 하지만, 말에 매인 문학은 오히려 집착에 의한 자아 망각을 두텁게 한다. 그리고 문학

10) 〈文字非文字〉, 2, pp. 304~305.

은 사람을 감동시키기 위해서 필요한 것이지만, 말에서 생기는 감동을 버려야만 문학이 뜻하는 바가 관철된다. 말에서 생기는 감동에 집착하면 문학을 문학으로 독립시켜 숭상하게 된다.

이러한 생각은 또한 문학의 표현이 어떤 방향으로 나아가야 할 것인가 하는 문제도 해결해 준다. 문학의 표현은 말하면서 말하지 않고, 말하지 않으면서 말하는 것이어야 한다. 말하면서 말하지 않기 위해서는 쓰인 말이 나타난 그대로의 때문은 의미를 지닐 수 없고, 말하지 않으면서 말하기 위해서는 있는 그대로의 의미를 벗어날 수 없다. 그러므로 님은 님이 아니어야 하고, 님은 님이어야 한다. 《님의 沈默》의 서문인 〈군말〉에서 밝힌 것도 이러한 뜻이다.

> '님'만 님이 아니라 긔룬 것은 다 님이다. 衆生이 釋迦의 님이라면 哲學은 칸트의 님이다. 薔薇花의 님은 봄비라면, 마시니의 님은 伊太利다. 님은 내가 사랑할 쑨 아니라 나를 사랑하느니라. 戀愛가 自由라면 님도 自由일 것이다. 그러나 너희는 이름조은 自由에 알뜰한 拘束을 밧지 안너냐? 너에게도 님은 잇너냐? 잇다면 님이 아니라 너의 그림자니라. 나는 해저문 들판에서 도러가는 길을 일코 헤매는 어린 羊이 긔루어서 이 詩를 쓴다.[11]

"님만 님이 아니라 긔룬 것은 다 님이다"고 한 것은 님이 님이 아니라는 말이다. 님이라고 하는 것을 님으로만 해석하는 과오를 지적했다. 님은 세상사람들이 님이라고 말하는 것으로 한정되지 않고, 그리운 것이 모두 다 님이므로, 필요에 따라서 창조될 수 있다. 님은 내가 사랑할 뿐만 아니라 나를 사랑한다는 데서도 님이 고정되어 있지 않다는 생각을 분명하게 나타냈다. 님은 그 자체로서 독립되어 존재하지 않고, 다른 것의 모임인 나와 나의 흩어짐인 다른 것 사이의 관계에서 설정된다. 그러므로 님이라는 말은 나타난 그

---

11) 〈군말〉, 《님의 沈默》. 文段 구분과 文章符號 외에는 原文대로 인용했다.

대로의 때묻은 의미를 지니지 않고, 그 의미가 개방되어 있다.

그러나 무엇이든지 님이라고는 할 수 없다. 님을 설정하는 것은 각자의 자유에 속하는 일이고, 님의 의미 또한 고정되어 있지는 않지만, 이름 좋은 자유에 알뜰한 구속을 받거나, 자기 그림자에 사로잡히면 님은 존재하지 않게 된다. 님을 설정할 수 있는 자유는 나와 다른 것의 관계를 온전하게 가지고, 당연히 이루어야 할 것을 이룰 때 참으로 중요한 의의를 가지며 나를 다른 것과 단절해서 나만의 환상을 추구한다면 오히려 문자 때문에 생기는 집착이 가중된다. 세상에 님이라고 하는 환상이 부족해서 님을 노래하는 것은 아니다. 환상을 깨고 말로써 말을 막기 위해서 님을 노래하며, 말 때문에 가리워진 길을 제시하는 방법이 不離文字에 있으므로 님을 노래하는 것이다.

"해저문 들판에서 도러가는 길을 일코 헤매는 어린 羊"은 살아가는 방향을 상실한 사람들이다. 님의 노래는 이런 사람들에게 필요한 것이다. 님의 노래는 이들에게 희망을 주고 희망을 달성하는 방법을 제시한다. 희망은 환상이 아니다. 그러므로 님이 침묵하고 있다는 것을 말하지 않고서는 저마다 마음대로 설정한 님 때문에 생긴 혼란을 청산할 수 없다. 님이 침묵하고 있을 때에는 시인도 침묵해야 님의 환상에서 벗어나 님을 발견할 수 있다. 그러나 님을 발견하면 계속 침묵을 지킬 수 없고, 시인의 침묵을 깨고 님의 침묵도 깨야 한다. 살아가는 방향을 상실한 사람들에게 님의 不在는 곧 님의 存在이고, 절망이 곧 희망이라는 것을 알려주는 노래를 부르는 것이 不立文字를 不離文字로 삼는 시인의 사명이다.

    우리는 맛날 째에 써날 것을 염녀하는 것과 가티 써날 째에 다시 맛날 것을 밋습니다
    아아 님은 갓지마는 나는 님을 보내지 아니하얏습니다
    제 곡조를 못 이기는 사랑의 노래는 님의 沈默을 휩싸고 돕니다[12]

만나면 떠나가게 되고, 떠나가면 다시 만나게 되는 것은 만물의 당연한 이치이다. 죽음의 시대가 지나면 삶의 시대가 온다는 것도 또한 의심할 바 없는 진실이다. 죽음의 시대에는 죽고 삶의 시대에는 살아나는 것은 노력하지 않아도 그렇게 될 수 있는 자연적인 과정이다. 그런데 시인은 이와 같은 자연스러운 과정에 자기 자신이나 길을 잃은 민족을 그대로 내맡기는 사람이 아니다. 님은 갔지마는 님을 보내지 않았다는 의지를 가지고 죽음과 맞서고, 스스로 침묵을 깨면서 님의 침묵을 깨고, 죽음의 시대를 삶의 시대로 전환하기 위해서 싸우는 사람이 시인이다. 그러므로 시는 생사에 내맡겨진 상태를 거부하고, 생사를 초월하기 위한 지혜이고, 생사에 自在하기 위한 투쟁이다. 생사에 자재한다는 것은 마음 속으로 지닐 수 있는 일방적인 위안이 아니고, 나와 다른 것이 함께 그렇게 될 수 있도록 하는 실천적인 활동이다.

그러나 한용운은 시로써 해탈을 한 사람이 아니다. 생사를 초월하고, 생사에 자재한다는 각오로 일제와 투쟁을 했다는 말이고, 실제로 생사를 초월하고, 생사에 자재하는 경지에 이르렀다는 말은 아니다. 그럴 수 없었던 이유는 한용운의 수행이 부족했던 데 있지 않고, 민족의 해방이 이루어지지 않은 데 있었다. 민족이 고통을 당하고 있고 죽음에 내맡겨져 있는데, 자기 자신만 자유롭게 되는 해탈은 한용운이 바라지 않았던 것이고, 가능하다고 생각하지도 않았던 것이다. 그러므로 한용운의 시는 해탈의 경지를 나타내는 禪家의 시가 아니고, 죽음의 고통에서 신음하는 시였고, 죽음의 고통을 거부하는 시였다.

讀者여 나는 詩人으로 여러분의 압헤 보이는 것을 부끄러합니다
　여러분이 나의 詩를 읽을 째에 나를 슯어하고 스스로 슯어할 줄 압니다

---

12) 〈님의 沈默〉, 《님의 沈默》, p. 2. 띄어쓰기 외에는 原文대로 인용했다.

　　나는 나의 詩를 讀者의 子孫에게까지 읽히고 십흔 마음은 업습니다
　　그째에는 나의 시를 읽는 것이 느진 봄의 꽂숩풀에 안저서 마른 菊
花를 비벼서 코에 대이는 것과 가틀는지 모르것습니다

　　밤은 얼마나 되얏는지 모르것습니다
　　雪嶽山의 무거은 그림자는 엷어감니다
　　새벽종을 기다리면서 붓을 던짐니다[13]

　　이것이 《님의　沈默》의　마지막에　실린 〈讀者에게〉의　전문이다.
"詩人으로 여러분의 압헤 보이는 것을 부끄러함니다"고 한 것은 두
가시 의미로 해석할 수 있다. 시를 쓰는 것 자체가 부끄러운 일이
고, 죽음의 고통을 시로 쓰는 것이 또한 부끄러운 일이다. 시인은
쓸데없는 말을 하는 자이다. 한용운은 쓸데없는 말을 부정하기 위
해서 말을 했지만, 한용운의 시조차도 쓸데없는 말의 하나로 소음
속에 묻힐 수 있는 것이다. 그리고 한용운이 쓴 시는 불행한 시대
의 비극을 다룬 것이므로 길을 잃은 사람들에게는 필요한 것이지
만, 광명한 시대가 오면 버려야 할 것이다. 독자의 자손의 시대에는
광명이 이루어져야 하고, 자기의 시는 당연히 봄날의 마른 국화와
같이 되어야 한다는 것은 시를 버리면서 님을 맞이하고, 시인이 죽
으면서 해방을 맞이하겠다는 논리이다. 시의 가치는 버리는 데 있
고, 시인의 자랑은 죽는 데 있다.
　　"밤은 얼마나 되얏는지 모르것습니다"라고 한 밤은 한용운이 시
를 쓴 날의 밤이면서 시대의 밤이다. 그리고 雪嶽山의 그림자가 엷
어지면서 느껴지는 새벽도 시대의 새벽이기도 하다. 한용운은 시대
의 새벽을 예감하면서 시를 썼고, 새벽이 다가오기 때문에 붓을 던
졌다. 《님의　沈默》은 어느 시대 어디서나 통용될 수 없다는 뜻을
밝히기 위해서 이렇게 말했다. 그러나 시인은 시대에 한정되어 있

---

13) 〈讀者에게〉, 《님의 沈默》, p. 168. 띄어쓰기 외에는 原文대로 인용했다.

으면서 또한 시대를 넘어선다. 한용운의 시대만이 어둠의 시대였던 것은 아니다.

4

나라가 망했을 때 문학도 망했다. 일제에 의한 식민지 통치가 시작되어 세상이 바뀔수록 성현이 물려준 도리를 돈독하게 믿고 도의의 기준을 엄정하게 세우면서 이적과 맞서야 한다는 위정척사파가 문학을 구출할 수 있었던 것은 아니다. 그렇다고 해서 개화파의 문학이 문학을 살리는 해결책이었던 것도 아니다. 일본문학 또는 일본을 통해서 들어오는 서양문학을 이식하는 데서 새로운 것을 창조한다는 자부심을 가지고, 문학을 우월감 충족의 수단으로 삼거나 정신적 위안물로 삼는 신문학운동은 활발하게 전개될수록 문학의 위기를 더욱 가중시키기나 했다.

물론 新文學運動에 참가한 사람들 중에는 우월감을 탈피하고, 문학이 정신적 위안물일 수 없다는 것을 깨달아 일제의 통치 때문에 신음하는 민족의 소리를 나타내고, 문학이 해야 할 사명을 새로운 각도에서 의식한 작가도 없지 않았다. 그러나 이러한 움직임도 이식된 이론에 의거하지 않고서는 그 정당성을 주장하기 어려웠고, 새로운 이론을 이식하는 데서 발전을 기대했다. 실제의 창작은 이식된 이론에 구애되지 않고 우리 현실이 요구하는 방향으로 나아간 경우라도, 정립된 의식과 정립되지 않은 의식의 분열로, 문학론은 식민지 교육과 일본어로 씌어진 서적의 독서를 통해서 얻은 정립된 의식의 범위에 머물렀고, 정립되지 않은 의식에서 이루어지는 창작의 세찬 전진을 반영할 수 없었다. 그리하여 문학이 가까스로 구출되었을 때에도 문학사상은 구출될 수 없었다.

그런데 한용운은 문학을 구출했을 뿐만 아니라, 문학사상을 구출했다. 한용운은 동경 유학을 갈 수 있는 형편이 아니었고, 신교육을 받지 않았으며, 일본어로 독서하면서 의식을 정립한 사람이 아니었으므로, 정립된 의식과 정립되지 않은 의식의 분열을 겪지 않았다. 뿐만 아니라 한용운은 문학에 전념한 사람이 아니고 민족운동을 한 사람이었으므로, 민족운동을 통해서 사상을 정립했고, 민족 해방의 필연성에 대한 확신을 입증했다. 제국주의의 정체를 파악하고, 제국주의에 맞서서 해방을 쟁취하기 위해서 싸우는 투쟁이 우리 민족을 위한 길일 뿐만 아니라 인류 역사의 발전을 위해서 필연적으로 요청되는 방향이라는 점을 의심하지 않았다.[14] 이러한 사상을 정립한 한용운은 문학의 문제를 다루는 데 있어서도 일본이나 서양의 이론을 빌지 않고 스스로 체득한 확신을 전개할 수 있었다. 한용운의 창작은 홀로 우뚝한 것이 아니지만, 그의 문학사상은 다른 누구의 것으로도 대치될 수 없는 의의를 가지고 있다.

한용운이 불교를 택했던 것은 현명한 방법이었다. 유학의 정통을 주장하는 위정척사파의 시대착오적인 사고방식을 비판하는 데서도 불교는 대단한 파괴력을 가졌다. 또한 이식된 문학사상에 말려들지 않으면서 문학의 근본적인 문제를 반성하고 문학의 시대적 사명을 논증하는 데 있어서도 불교는 필요한 논리를 제공했다. 불교를 가지고 생각하지 않았다면 한용운이 문학사상을 자득하고, 철저하게 전개하기 어려웠을 것이다. 그러나 한용운이 더욱 현명했던 점은 불교에의 집착을 버렸다는 데 있다. 불교에서 발견하고 발전시킨 논리를 불교의 구속에서 해방시켜 민족을 위한 투쟁을 전개하고, 문학을 통한 투쟁을 설정했다.

한용운이 문학에 대해서 쓴 글은 단편적이고 자세한 내용을 갖추지 않고 있다. 문학의 근본적인 문제는 오히려 문학을 거론하지 않을 때 논의되었다. 문학에 관한 체계적인 논의를 하겠다는 의도는 보이지 않고 있으며, 스스로 문학에 관해서는 전문적인 식견이 없

---

14) 朝鮮獨立의 書〉, 1, p. 347, p. 349.

다고 하기도 했다. 이러한 태도는 불만스럽게 생각될 수 있고, 한용운의 문학사상을 정리하는 데 있어서 커다란 난점이라고도 할 수 있다. 그러나 그 반대되는 의의도 있다. 한용운은 스스로 확신을 할 수 있는 것만 글로 썼고, 남의 말을 빌어다가 생각의 공백을 메우지 않았으므로, 한 마디라도 열 마디로 알아들을 수 있다.

한용운은 삼일운동 세대의 인물이었다. 그러므로 근대적인 민족주의 사상을 처음으로 분명하게 의식하고 실행하기는 했어도, 그 후에 제기되는 문제를 두루 해결할 수 있는 준비는 갖출 수 없었다. 불교를 이용한 논리만 하더라도 시대상황이 달라짐에 따라서 지속적인 의의를 가지는 것이라고 보기는 어렵다. 그러나 새로운 한용운이 나타나지 않았으므로 한용운은 계속 중요한 의의를 가지고, 자기 자신이 우선 바라지 않았던 바이지만 오늘날까지도 살아 있다.

5. 玄鎭健

1

　　玄鎭健(1900~1941)은 문학을 길게 논한 사람이 아니었다. 소설을
쓰는 데 노력을 집중했고, 창작을 할 수 없을 땐 차라리 침묵을 지
켰다. 창작도 하지 않고 침묵도 지키지 않으며 문학을 논하는 것은
그가 원하지 않는 바였으므로, 한두 번 잡담 비슷한 글을 쓰고, 될
수만 있으면 피하려다 月評을 시도해 본 정도에 그쳤다. 그리고는
"근 7, 8년 동안 수필에서나마 그 심회의 일단조차 피력하지 않"은
현진건의 침묵을 깨기 위해 잡지사 기자가 면담을 청했을 때에도
자세하게 이야기한 것은 없다.[1] 이 정도의 자료를 가지고 문학사상
을 말하는 것은 무리라고 할 수 있다. 그 당시에는 문학을 논하는
것을 업으로 삼는 사람들이 적지 않게 나타나서, 바야흐로 유식한
다변이 문학을 이끄는 듯한 새로운 풍조가 시작되었다. 주의도 많
았고 논쟁도 많았다. 그러니 현진건 같은 사람이 대수로울 것이 없
다. 현진건의 문학사상이 무시되어 온 것은 당연한 일이라고 할 수

---

1) 〈沈默의 巨匠, 玄鎭健氏의 文學 縱橫談〉(《文章》 10, 文章社, 1939. 11)은 이렇게
　　해서 이루어진 글이다. 인용한 말은 p. 116에 있다. 그러나 이 글은 표제와는 달리
　　'縱橫談'이 되지 못했고, 記者는 계속 침묵을 깨려고 애썼으나, 현진건은 되도록
　　이면 말을 하지 않으려고 했던 태도가 역력하게 나타나 있다.

있다.[2]

그러나 때로는 한두 마디의 소박한 발언이 유식한 다변보다 더 가치가 있는 것일 수 있다. 갖가지의 주의를 현란하게 내세우고 주의 때문에 부산한 논쟁을 전개한 풍조가 문학사상사를 새로운 차원에다 올려 놓은 것 같지만, 사실은 그렇지 않았다. 남의 말을 옮겨다 놓는 재주를 자랑하기 위해서 비평을 쓰고, 일본에서 새롭다는 것을 한 걸음 먼저 가져오기 위해서 경쟁을 벌이고, 쉽사리 알 수 있는 문학을 알기 어려운 외래어로 설명하는 데 열을 올리는, 사공이 많아 문학이라는 배를 산으로 끌고 가려고 했던 시대에는 차라리 침묵을 택하는 것이 자기를 지키는 지혜일 수 있고, 침묵에 가까운 발언이 진실일 수 있다. 新傾向派文學, 프로문학이 시작된 후 10년 동안, 주의의 시대, 논쟁의 시대, 평론의 시대에 현진건은 주의도 내세우지 않았고, 논쟁도 하지 않았고, 평론가로 행세하지도 않았다. 현진건은 소설가였다. 문학의 본질과 방향을 무엇보다도 자기의 소설로 나타냈고, 〈故鄕〉을 위시한 단편이 그 성과였다. 할 말은 소설로 했고, 소설에서 보여준 것을 이따금씩 한두 마디의 문학론으로 다시 요약했다.

일제의 탄압이 더욱 심해져서 글을 글답게 쓸 수 없고, 말을 말답게 할 수 없게 되었을 때, 감옥에서 나온 현진건은 은둔과 침묵을 택했다. 원고료로 생활을 해야 하고, 글을 쓰고 말을 하는 습성은 살아 있어서, 더욱이 남보다 뒤떨어질 수 없으므로 시류를 타고 변신을 하는 데도 근면해서 신체제문학론까지 치달은 사람에 비해서, 이렇게 지내는 현진건은 뒤떨어진 것같이 보였다. 다른 사람들은 왕성한 활동을 해서 방대한 전집을 꾸밀 만한 글을 남겼는데 두드러지게 하는 일 없이 지낸 현진건은 잊혀지는 것이 당연하다고 할 수 있을 만하다. 그러나 현진건은 은둔과 침묵을 하면서도 글을

---

2) 현진건의 문학사상은 崔元植, 〈玄鎭健硏究〉, 《現代文學硏究》 13(서울大學敎 現代文學硏究會, 1974)에서 처음으로 논의되었다.

쓸 수 있는 극한까지 나아가서 〈赤道〉를 위시한 장편을 썼다. 시류를 거슬러서 살았으므로, 써야 할 소설을 썼고, 대결이 더욱 어려워진 상황에서도 일제와 대결할 수 있는 방법을 찾았다. '침묵의 巨匠'[3]은 소설을 썼을 뿐만 아니라 문학의 핵심을 이따금씩 말로 설명하기도 했다.

현진건은 기교적인 작가처럼 보인다. 묘사와 구성의 탁월한 능력이 널리 인정되고 있으며, 수법에서의 사실주의를 온전하게 보여준 사람이라고들 한다. 그러나 이것은 현진건의 외면에 지나지 않는다. 외면만 보면 그러한 평가를 하는 것도 무리가 아니지만, 내면은 그런 것이 아니다. 군말은 하시 않으면서 나타내고자 하는 바를 나타내기 위해서는 세심한 기교가 필요했으며, 나타내고자 하는 바는 분노이고 항거이다. 설익은 분노가 아니고 무르익은 분노이고, 서투른 항거가 아니고 도저히 부정할 수 없는 조리를 갖춘 항거이다.

현진건이 문학에 관해서 한 말이 오다가다 한 마디씩 한 잡담처럼 보이는 것 또한 외면이다. 정색을 하고 논문으로 쓰면 할 수 없는 말을 하기 위해서 잡담처럼 보이는 글을 택한 것이 기교이고, 작전이다. 현진건이 하고자 한 말은 문학의 본질과 방향을 근본적으로 바로잡자는 것이었다. 현진건은 신채호처럼 망명을 할 수도 없었고, 한용운처럼 문학을 택하지 않고서도 자기 사상을 펼 수 있는 사람이 아니었다. 문학 속에 들어앉아 있으면서도 문학 속에 들어앉아 있지 않고 문학을 근본적으로 재검토하는 것이 현진건의 고민이었고 과제였다. 이것 또한 자기 시대의 풍조를 거슬러 사는 방법이었다.

---

3) 註 1) 참조.

2

예술이란 무엇인가? 예술가가 무엇인가를 예술적 표현으로 만들어 내는 것이다. 예술적 표현은 "마술 지팡이"와 같은 것이어서 무엇이든지 찬연히 번쩍이도록 만들 수 있는 것같이 생각되고, 그렇기 때문에 신문학이 시작된 후에 수많은 작가들이 즐겨 예술적 표현의 숭배자가 되어서 예술적 표현의 비결을 터득하겠다고 부지런히 노력했다. 최남선의 天巧論, 이광수의 감정론, 김동인의 욕구론이 모두 이러한 노력에서 나온 이론이었다. 그런데 현진건은 天巧를 수련하고, 감정의 만족을 찾고, 욕구가 모두 美라고 한다고 해서 예술이 이루어지는 것은 아니라고 했다. 그래서 다음과 같이 말했다.

> 문예작품의 제재 가운데는 작가가 그 예술적 표현의 마술 지팡이로 건드리기 전부터 찬연히 번쩍이는 인생의 보옥이 많은 줄 생각한다. 예술은 예술적 가치만 있으면 물론 훌륭한 예술이다. 그러나 이 내용적 가치가 문예작품에 있어서 매우 중요하다고 나는 주장 안 할 수 없다.[4]

예술이 될 수 있는 것은 예술가가 예술적 표현으로 만들어내기 전에 이미 인생 가운데 존재하고 있다. 표현의 효과를 예술적 가치라고 한다면, 예술은 예술적 가치만 있어도 훌륭하다는 주장이 성립되지 않는 것은 아니다. 그러나 예술은 무엇을 나타내야만 예술일 수 있고, 무엇을 나타내는가 하는 내용의 가치는 문예작품을 평가하는 데 있어서 참으로 중요한 의의를 가진다. 문예작품 이전에도 인생은 있다. 문예작품 이후에도 인생은 있다. 인생이 있기 때문

---

4) 〈이러쿵 저러쿵〉, 《開闢》 44(開闢社, 1924. 2), p. 120 (한자를 줄이고 正書法을 손질했으며 앞으로의 인용문도 이와 같다).

에 문예작품이 존재할 수 있는 것이고, 문예작품과 같은 예술은 그 자체를 목적으로 삼을 수 없고 인생을 향상시키는 방법이어야 한다. 이렇게 생각한 현진건은 문학의 본질을 파악하는 방향을 바꾸어놓았다. 문학의 본질은 문학이 인생의 총체적인 경험에서 어떻게 분리되고 이탈하는가 하는 데서 찾을 것이 아니고, 문학이 인생의 총체적 경험을 어떻게 집약하는가 하는 데서 찾아야 한다는 것이 그 동안 성행한 문학론에 대한 현진건의 반론이다.

　　예술이 예술되는 所以然은 거기 예술적 표현의 유무에 따라서 결정될 것이로되, 그 결정된 예술이 인생에 대하여 중대한 기치기·있느냐 없느냐는, 오로지 그 작품의 내용적 가치, 생활적 가치를 따라서 결정될 것이라 생각한다.[5]

이렇게 말하는 데서 예술의 가치는 더욱 명확하게 드러난다. 예술은 인생을 표현하는 방법이다. 표현이 있으면 예술이고, 그렇지 않은 것은 예술이 아니다. 그러나 표현 방법이 그 자체로써 감동을 주는 것은 아니다. "어떤 작품을 읽어보면 잘 썼다 싶으면서도 마음이 감동되지 않고 어떤 작품은 읽어보면 못 썼다 싶으면서도 마음이 감동된다"[6]고 했다. 잘 썼다는 것은 표현 방법을 두고 하는 말인데, 표현 방법이 우수하다고 해도 그것만으로는 작품의 가치가 인정될 수 없다는 것이다. 작품은 감동을 주어야만 작품으로서의 가치를 가진다. 감동은 무엇을 나타내는가 하는 생활 내용에서 오는 것이고, 다시 독자의 생활 내용과 부딪쳐서 이루어지는 것이다. 생활 내용은 知情意論에서 말하는 情으로만 이루어지는 것도 아니고, 감동은 眞善美論에서 말하는 美로만 이루어지는 것도 아니다. 생활 내용은 知情意가 함께 들어 있고, 감동은 진선미를 포괄한 것

---

5) 〈이러쿵 저러쿵〉, 《開闢》 44, p. 120.
6) 같은 글, 같은 곳.

이다. 문학이 인생을 향상시킨다는 것은 생활 내용이 주는 감동 또는 생활 내용에 미치는 감동이 이와 같은 성격을 가지기 때문에 가능할 수 있으며, 이광수가 말한 이른바 '副産的 實效'를 지니기 때문에 가능하게 되는 것은 아니다.

그러므로 예술적 표현은 知·情·意 가운데서 어느 하나만 살리고 다른 것을 버리는 기술일 수도 없고, 지·정·의가 따로 놀지 않고 하나로 뭉쳐 있으며, 그렇게 분별해 낼 필요조차 없는 상태에서 함께 생동할 수 있게 하는 지혜이다. 지·정·의 가운데서 어느 하나만 살리려고 하면 인생은 죽어버리고 작품은 감동을 줄 수 없으므로, 작가에게는 자기가 지닌 편견 때문에 인생이 손상되지 않도록 하는 방법의 수련이 필요하다. 그렇기 때문에 표현 방법이 소중한 것이다. 그럼에도 불구하고 작가들은 지·정·의 가운데서 어느 하나만 따로 고집하면서 작품을 쓰려고 하는 것이 그 당시에 흔히 볼 수 있는 폐단이었고, 문학의 위기는 바로 여기에 있었다. 현진건이 한두 차례 한 月評은 이 점을 지적한 것이다.

張赫宇의 〈漂泊〉이나 羅稻香의 〈물레방아〉는 情을 살리려다가 죽인 작품이라고 보았다. 〈漂泊〉은 문장은 美文이고, 修辭에 고심한 자취도 역력히 드러나지만, "全篇을 통하여 생동하는 정경도 없고 逼眞한 장면도 없다"고 하고 "작자의 기름 걸레 치듯 하는 표면적 설명으로 미끈미끈하게 지나갔을 따름이다"[7]고 했다. 작자는 자기의 감정에 도취되어서 "세련된 문장과 유창한 필치"를 자랑했을 뿐이고,[8] 감정을 살리기 위해서 감동을 희생시켰다. 한편 〈물레방아〉는 감정이 풍부하고 발랄한 여주인공을 그린 작품이다. 허영심, 妖婦性, 毒婦性을 두루 갖추고 남성 편력을 하면서 뜻하지 않는 행동을 하곤 한다. 그러나 감정을 다채롭게 그렸다고 해서 인물이 살아 있는 것은 아니고, 감동을 주는 것도 아니다. "밝은 달 적막한 촌락의

---

7) 〈新秋文壇小說評〉, 《朝鮮文壇》 12(朝鮮文壇社, 1925. 10), p. 177.
8) 같은 글, 같은 곳.

공기를 흔드는 물레방아” 소리를 들려주는 “현실의 옷을 입힌 낭만”이[9] 인생의 총체적인 모습을 조직화할 수 있는 것은 아니라고 했다.

朴英熙의 〈事件〉같은 것은 知를 살리려다가 죽인 작품이라고 보았다. 작품에서 다룬 여자의 일생은 “얼마나 악착한 자본제도의 희생이냐”라고 할 만한 내용을 지니고 있지만, “도무지 보는 나의 가슴을 질르지 않는다”[10]고 했다. 이 소설은 ‘선전을 위한 문예’이고, ‘경향적 작품’인데, 현진건은 “자연성을 상실한 선전이나 진실성을 갖추지 않은 경향”은 인정할 수 없다고 했다.[11]

문학이 나타내야 할 것은 지적 개념으로 파악되지 않는 인생의 생동하는 모습이어야 하고, 그렇기 때문에 지적 개념을 희생하고 자연성이나 진실성을 확보해야 하는데, 그 당시 이른바 경향문학에는 자연성이나 진실성을 희생하고 지적 개념을 확보한 작품이 적지 않았다. 情을 살리려다 죽인 감상적이고, 주관적이고, 자기만족 위주의 작품을 구출하는 길이 이런 데 있는 것은 아니며, 선전과 경향을 내세우는 문학을 비판해야 하는 이유가, 문학은 정의 만족을 통해서 美를 추구하는 것이라는 데에 있는 것도 아니다.

崔曙海의 〈설날밤〉 같은 것은 意를 살리려다가 죽인 작품이라고 보았다. 富의 극치를 자랑하는 질탕한 만찬회가 벌어지고 있는데, 난데없는 장정 하나가 나타나서 비수를 번뜩이며 금품을 강탈한 사건을 다룬 이 소설은 빈부의 차이에서 생긴 반발의 의지를 나타냈다. 최서해는 박영회처럼 사회를 지적 개념으로 파악하지 않고 자기의 의지로 파악했다. 지식을 설명하기 위해서 소설을 쓰지 않고, 자기의 의지를 관철하기 위해서 소설을 썼다. 그러나 빈부의 차이를 시정해야 한다는 의지만으로는 작품을 생동하게 할 수 없으며,

---

9) 같은 글, p. 176.
10) 〈新春小說漫評〉, 《開闢》 66(開闢社, 1926. 2), pp. 99~100.
11) 같은 글, p. 100.

그렇다면 내세우는 의지를 관철할 길도 막히고 만다. "강도질하였
다는 사실만으로는 우리에게 속을 줄 수 없다"[12]고 하고, 사상도 깊
어지고 관찰도 깊어져야만 비로소 속을 줄 수 있다고 했다. 그러면
서 같은 최서해의 작품이라도 〈棄兒〉와 같은 것은 갖출 것을 갖추
었으므로 가슴을 치고 머리를 흔든다고 했다.[13] 가슴을 쳐야 머리를
흔들고, 머리를 흔들어야 가슴을 치는 것이다.

3

문학은 지·정·의로 나누어지지 않은 총체적인 인간을 보여주는
것이고, 문학작품이 주는 감동도 진·선·미로 나누어지지 않은 총체
적인 충격에서 생기는 것이다. 그러므로 知情意論이나 眞善美論을
버리지 않고서는 문학을 온전하게 이해할 수 없다. 이광수가 내세
운 이론은 인간을 해체하고 해체한 것을 다시 맞추면서 문학을 죽
이는 결과를 가져왔고, 김동인의 반론은 사태를 더욱 악화시켰으며,
傾向文學을 주장하는 것이 해결책일 수도 없었다. 그런데 현진건은
이 논쟁에 말려들지 않았으며, 한용운과 함께 문제를 전혀 다른 각
도에서 다루어 분열을 극복할 수 있었다. 한용운이 불교를 통해서
마련한 것과 같은 해결책을 깊은 이론을 펴지 않고 소박하게 제시
했다.

소설에서 분열이 일어나지 않는 통일적인 인간을 실제로 보여주
었고, 이미 마련되어 있는 문학사상을 계승하는 방향을 택했다. "文
은 실상인즉, 氣입니다"[14]라고 한 것이 그 증거이다. 문이 기라는 것
은 일찍이 이규보가 했던 말이고, 그 후 계속해서 문학에 관한 가
장 기본적인 명제로 인정되던 이론이다. 현진건은 복고적인 생각을

---

12) 같은 글, p. 103.
13) 〈新秋文壇小說評〉, 《朝鮮文壇》 12, p. 177.
14) 〈沈默의 巨匠, 玄鎭健氏의 文學 縱橫談〉, 《文章》 10, p. 118.

가졌기 때문에 이 말을 되풀이했던 것은 아니다. 자기가 주장하고
자 하는 바를 가장 명확하게 나타내기 위해서 '氣'를 말하지 않을
수 없었다. 기는 지·정·의로 분리되지 않는 것이고, 분리될 수 없는
것이다.

현진건이 말한 기는 우선 氣魄으로서의 기이다. 기백으로서의 기
를 말하면서 이규보가 지녔던 바와 같은 생각을 확인했다. 이규보
는 자기 시대의 문인들이 왜소하게 되어서 남의 글을 모방하는 데
서 문학을 하는 보람을 찾으려고 했으므로 문학을 하는 사람은 모
름지기 웅건한 기를 갖추고 독창적인 設意를 할 수 있어야 한다고
했는데, 현진건 또한 자기 시대의 문학에 대해서 이와 상통하는 비
판을 전개하였다.

문장이라든가 소설 만드는 기술은 가히 괄목할 만큼 진보되었더군
요. 그러나 구상의 비약이 드뭅니다. 소설이란 물론 발뿌리부터 보아야
합니다만 悠然히 南山을 보는 맛도 있어야 합니다. 東京文壇의 말기적
현상인 신변잡기 같은 것에 안주하려는 경향이 보이지 않습니까. 좀더
스케일이 큰, 공상의 초인적 발전이 기다려집니다.[15]

이것은 이규보가 했을 법한 말이다. 이규보는 자기 시대 문학의
위기를 극복하기 위해서 이러한 생각을 가졌고, 현진건 또한 "문학
의 빈곤시대"를 극복하기 위해서는 "좀스러운 손끝 小技에만 골몰
하지" 말고, "長風을 멍에하고 萬里浪을 깨칠 기백"이 있어야 한다
고 했다.[16] 문학의 빈곤시대는 세계적인 것이라고 했다.[17] 드러내놓
고 말하지 않았지만, 파시즘의 억압을 받고 있는 곳에서는 어디서
나 문학이 위축되고 왜소해져서 기교나 찾고 신변잡기나 쓰는 풍조
가 나타났다는 말일 것이다. 武臣政權 때문에 생긴 위기와 파시즘

---

15) 〈沈默의 巨匠, 玄鎭健氏의 文學 縱橫談〉, 《文章》 10, p. 118.
16) 같은 글, 같은 곳.
17) 같은 글 p. 119.

때문에 생긴 위기는 같은 성격의 것이 아니다. "氣 없는 글은 아무리 珠玉 같다 해도 死灰"라고 하는 것은 어느 때라도 타당한 말이지만, 이 시대에서처럼 절실한 의미를 지닌 적이 없었다. 파시즘에 맞설 수 있게 하는 것은 기교가 아니고 氣이다.

그런데 기는 기백만 의미하는 것이 아니다. 기백으로서의 기도 중요시해야 하겠지만 경험으로서의 기, 현실로서의 기까지 이해해야 문학의 본질이 온전하게 밝혀질 수 있다. 이규보에서 시작한 문학사상은 이러한 방향으로 나아갔고, 조선후기에 이르러서는 문학이 현실의 경험에서 이루어지고 현실의 경험을 나타내는 것이라는 사실이 명확하게 되었다. 이 이론은 문학 수업의 방법과 문학의 존재 양상을 한꺼번에 밝히는 것이었다. 현진건은 문학 수업의 방법을 묻는 질문에 답변하면서 특별히 영향을 받은 작가는 없고 "결국 예술이란 체득할 것이지 누구에게 배울 것은 아니"[18]라고 했다. 이것은 아주 평범한 말이지만, 체득의 의미는 단순하지 않다고 생각된다.

현진건은 해야 할 말을 다하지 못했던 사람이다. 말을 다할 수 없었던 이유는 우선 일제의 탄압에 있었으며, 탄압을 받지 않을 말만 하기보다는 차라리 침묵을 택하는 것이 현명하다고 생각했으므로 대담하는 기자가 계속 캐물어도 자기의 속생각을 털어놓지 않았다. 소설이라면 사정이 다를 수 있다. 소설에서는 암시적이고 상징적인 방법으로도 속생각을 나타낼 수 있지만, 속생각을 말로 하라고 할 때에는 가장 요긴한 대목은 침묵으로 대답할 수밖에 없었다. 多辯인 論客이 일제의 탄압을 구실로 삼았을 때와는 사정이 다르다. 그러나 해야 할 말을 다하지 못한 이유는 이런 데만 있었다고 하기 어렵다. 현진건은 소설을 쓰는 것이 가장 보람 있는 일이라고 생각하고, 문학을 논하는 것은 소설만큼 긴요하지 않다고 믿었다.

---

18) 같은 글 p. 120.

그래서 문학론을 깊이 다지지 않았고, 말을 할 수 없는 상황에서도 전개할 수 있는 문학론을 면밀하게 연구하지 않았다. 氣와 體得으로서의 문학만 해도 그렇다. 말을 시작했으면 제약이 있다 하더라도 더 전개할 수 있었을 것인데도 논리가 미처 마련되지 않아서 멈추고 말았다. 그래서 서론만 마련되어 있는 미완성의 이론이 되고 말았다.

현진건이 깊은 관심을 가지고 다루었던 문제는 문학 일반론이라기보다 창작 방법이었다. 작가라면 누구나 이 문제를 소홀히 할 수 없겠지만, 일제와 항거하는 민족의 소리를 표현해서 생동하는 감동을 주는 것이 자기 문학의 사명이라고 자각한 현진건은 일제의 섬열에 노출되지 않은 거점을 확보하고 이 사명을 수행하는 작전을 깊이 연구했다. 소설에서 서술자인 작가가 자기를 드러내지 않고 침묵하면서 소설이 스스로 전개되도록 하는 극적소설을 쓴 것은 이러한 작전의 하나였다고 생각된다. 그렇다고 설명하지 않은 것은 이 작전이 기밀이었기 때문이다. 박지원은 일찍이 문학창작을 전투에 비유하고, 그 작전을 탐구한 결과 戱文인 소설을 창안했는데, 현진건은 자기대로의 작전을 벌였다.

현진건의 작전으로서 또한 중요한 의의를 가지는 것은 역사소설을 쓰는 것이었다. 그 당시에 있었던 역사소설은 "역사소설도 소설인가" 하는 의문이 제기될 정도로 대수롭지 않은 것으로 취급되었으며,[19] 역사소설이 "비현실적, 도피적, 영웅주의적"이라는 비판도 있었다.[20] 그러나 현진건의 역사소설은 이러한 것이 아니었을 뿐만 아니라, 역사소설이 이렇게 인식되고 있었으므로 현진건은 역사소설에다 자기를 숨겨놓고 적국을 공격하는 작전을 강구할 수 있었다. 이 작전도 물론 기밀이다. 그러나 잡지 편집자가 역사소설에 대한 생각을 공개하라고 했을 때,[21] 기밀의 일부를 겉으로 보기에는

---

19) 〈歷史小說問題〉, 《文章》 11(文章社, 1939. 12), p. 127.
20) 같은 글, p. 128.

아주 담담한 문장으로 드러내지 않은 듯이 드러냈다. 역사소설에는 두 가지 종류가 있다고 했다. 하나는 작가가 별다른 생각없이 사실을 뒤적이다가 적합한 소재를 발견하고 쓴 것이고, 다른 하나는 "주제가 이미 작정되었지만 현대로는 그 주제로 살려낼 진실성이 다칠 염려가 있"을 때 쓰는 것이라고 했다.[22] 그러면서 두번째 경우의 역사소설은 다음과 같은 의의를 가진다고 했다.

> 작품상에는 현재라고 더 현실적이오 과거라고 비현실적이란 관념은 도무지 성립되지 않을 줄 믿습니다. 더구나 제2의 경우에는 과거가 현재에 가지지 못한 구하지 못한 진실성을 띄었기 때문에 더 현실적이라고 믿습니다. 현재의 사실에서 취재한 것보담 더 脈이 뛰고 피가 흐르는 현실감을 줄 수 있으리라고 믿습니다. 주어야 될 줄 믿습니다.[23]

여기서 말하는 현실성은 막연한 개념이 아니다. 일제와 대결하는 민족의 경험과 슬기가 생동하는 현실성이 현진건 작품에 나타난 중심적인 내용이다. 현진건의 역사소설은 이러한 각도에서 감동을 주었다. 그러나 그러한 기밀까지는 밝힐 수 없었다. 문학이 어떠한 방향으로 나아가야 할 것인가 하는 문제는 드러내놓고 말할 수 없는 것이다. 단편적으로 언급하고 암시할 수 있을 뿐이다. 가장 명확하게 말한다면 다음과 같은 주장을 펼 수 있는데, 이러한 주장마저도 작품에서 실제로 나타난 것보다는 아주 약화되어 있다.

> 시간과 장소를 떠나서는 아무것도 존재치 못하는 것이다. 달나라의 소요도 그만둘 일이다. 구름 바다의 유회도 그칠 일이다. 조선문학인 다음에야 조선의 땅을 든든히 디디고 서야 될 줄 안다. 현대문학인 다

---

21) 〈歷史小說問題〉는 《文章》誌의 편집장이 〈黑齒常之〉를 쓰기까지의 연구나 고심을 밝혀달라고 청탁하자, 이 작품에 대한 언급은 피하고, 역사소설 일반만 간략하게 다룬 글이다.
22) 〈歷史小說問題〉, pp. 128~129.
23) 같은 글, p. 129.

음에야 현대의 정신을 힘있게 호흡해야 될 줄 안다.⋯⋯오직 朝鮮魂과
현대정신의 파악! 이것이야말로 다른 아무것도 아닌, 우리 문학의 생
명이고 특색일 것이다. 달뜬 氣焰에서, 고지식한 개념에서, 수고로운
모방에서 한 걸음 뛰어나와 차근차근하게 제 주위를 관조하고, 고요하
게 제 심장의 고동하는 소리를 들을 제, 이것이야말로 우리 문학의 운
명인 줄 깨달을 수 있을 것이다.[24]

　'조선혼'과 '현대정신'은 실제로 충분한 설명을 찾을 수 없다. 그
래서 모호하고 관념적인 말처럼 들릴 수 있다. 달뜬 기염, 고지식한
개념, 수고로운 모방에서 탈피해야만 조선혼과 현대정신을 파악할
수 있다고 하는 데서 어느 정도 윤곽이 드러나기는 한다. 달뜬 기
염은 자학적이고 퇴폐적인 문학에서 토하던 것이다. 고지식한 개념
은 경향문학을 둘러싼 논쟁이 시작되면서 두드러지게 나타난 것이
다. 수고로운 모방은 일본에서 서양학문을 공부하고 돌아온 사람이
많아질수록 심해진 것이다. 이러한 경향들이 확대되는 것이 신문학
의 성장이라고 했지만, 그 결과 문학은 그 당시 조선에서 살아 움
직이고, 고민하고, 투쟁하는 인간의 모습에서 더욱 멀어져서 달나라
의 소요나 구름바다의 유희라고나 해야 할 도피를 택하는 경향이
점차 농후해졌다. 도피는 환상으로의 도피만은 아니었다. 고지식한
개념으로의 도피나 수고로운 모방으로의 도피 또한 경계하고 규탄
하지 않을 수 없는 도피였다. 신채호가 말한 '避亂心理'에 의한 문
학이었다. 도피를 격파하기 위해서는 인간은 '시간과 장소'를 떠나
서 살 수 없다는 사실을 명확하게 해야 하고, '조선혼'과 '현대정신'
을 외면하지 않는 문학을 해야 한다는 것이 현진건의 주장이었다.
　그러나 이렇게 말한다 해도 조선혼과 현대정신의 의미는 아직 모
호하다. 혼이나 정신은 피란을 근본적으로 부정할 만한 설득력을
가진 말이 아니다. "차근차근하게 제 주위를 관조하고, 고요하게 제

---

24) 〈新年의　文壇을　바라보면서 ; 朝鮮魂과　現代精神의　把握〉, 《開闢》 65(開闢社,
　　1926. 1), p. 134.

심장의 고동하는 소리를 들으라”고 하는 요구로 논리적 설득을 대
신할 수는 없다. 여기에 현진건이 지닌 생각의 한계가 있었고, 또한
현진건으로서는 어떻게 할 수 없는 표현의 한계가 있었다.

6. 崔載瑞

1

신문학은 서양문학을 이식한 문학이다. 이러한 각도에서 문학사를 이해하는 사람들은 《少年》의 창간으로 한 시대가 시작되었고, 《泰西文藝新報》에 이르러서 다음 시대로의 발전이 이루어졌으며, 《海外文學》이 나타나자 신문학은 한층 더 높은 수준에 오를 수 있게 되었다고 한다. 《泰西文藝新報》는 서양문학을 이식하고 근대시가 성립될 수 있게 자극한 공로가 있다고 하면서도, 이식과 자극이 원문에 근거를 두었던가 하는 점이 다소 의심스럽다고들 하는데, 《海外文學》은 이러한 의심을 가질 필요가 없는 것이다. 해외문학파인 李軒求, 金晋燮, 異河潤, 鄭寅燮 등은 일본 각 대학에서 서양문학을 본격적으로 전공한 사람들이고, 원문을 읽을 수 있었으므로 번역과 소개를 정확하게 할 능력이 있었다고 인정된다. 그런데 이 사람들이 서양문학을 연구하는 학자였느냐 하면 그런 것은 아니었다. 학자라기보다는 비평가였고, 비평가라기보다는 문학을 이끄는 지도자로 자부했다. 그래서 다음과 같이 주장했던 것이다.

진정한 신문예의 수립, 확대, 강대를 위하여 해외문학의 연구, 소개,

비평은 절대 필요하며, 그리하는 데서 조선의 문예운동은 자체 자국내의 성장에만 그치지 아니하고 세계적 문학조류와 공통되는 보조를 밟아 조선문예의 국제적 진출을 보게 될 것이다.[1]

여기서 말하는 '海外文學'은 서양문학이다. 서양문학이 바로 세계문학이라는 것은 당연한 전제라고 믿고, 세계문학에 참여하려면 조선문학이 조선문학으로 남아 있는 고립을 청산하고 서양문학의 영향을 적극적으로 받아들여 서양문학과 동질적인 문학을 이루어야 한다는 것이 주장의 요지이다. 그래야만 국제적인 진출도 보게 될 것이라고 했다. 개화가 시작된 후에는 이른바 세계의 조류와 다른 것은 모두 뒤떨어진 증거이므로 시급히 시정해야 한다고 계속 역설해 왔는데, 1930년대에 이르러서도 이러한 계몽이 새삼스럽게 필요했다는 사실은 李光洙의 말을 빌면 민족의 '氣質이 劣惡'한 탓일 수도 있다. 그러니 해외문학파는 우매한 작가들의 지도자로 숭앙될 만했다.

그러나 해외문학파는 두드러지게 한 일이 없었다. 《海外文學》誌는 2호로 끝났으며, 세상은 이 잡지에 참가했던 사람들이 계속해서 활동을 벌이도록 참고 기다리지 않았다. 해외문학을 논하는 것은 이들만의 독점 사업이 아니었던 것이다. 문학에 뜻을 둔 젊은이들은 다투어, 서양까지는 갈 수 없으므로 일본에 유학해서 서양문학을 전공했고, 학업을 마치고 귀국하는 인재가 계속 나타났다. 그러면 각 신문사는 기다렸다는 듯이 學藝面의 지면을 갓 귀국한 사람에게 제공해서 새로운 소리를 쓰게 했고, 먼저 쓰기 시작한 사람이 밑천이 떨어지기 전에 다음 필자가 귀국했다.

그렇게 되자 既得權을 가지고 있는 좁은 의미의 해외문학파는 오히려 밀려난 편이었고, 李源朝, 金煥泰, 金文輯, 白鐵처럼 비교적 오랫동안 활동할 수 있는 능력과 열의를 갖춘 사람들이 두각을 나타

---

1) 李軒求, 〈海外文學人의 任務와 將來〉(1932), 《韓國文學全集》 36(民衆書館), p. 68.

내게 되었으며, 문학비평은 이들의 독점물이 되었다. 이리하여 1930년대 후반에 넓은 의미의 해외문학파가 화려한 활동을 벌이는 비평 전성기가 대두했다. 번역과 소개는 이제 그리 대단치 않은 일로 취급되고, 우리 문학의 문제점을 다루고 방향을 제시하고, 작가를 키우기도 하고 죽이기도 하는 비평이 문단을 장악했으며, 서양문학을 전공하지 않은 시인이나 소설가도 해외문학파적 비평까지 해야만 행세를 하게 되었다. 서양문학의 이식은 본격적으로 이루어져서 오랫동안 기대했던 바가 성취된 셈이다.

崔載瑞(1908~1964)는 이와 같은 해외문학파적 비평가의 중심 인물의 하나였으면서도 다른 사람과는 약간 차이점이 있었다. 우선 일본에 가서 공부를 하는 대신, 경성제국대학 영문과를 졸업하고 대학원까지 마쳤으며 강사까지 한 점이 특이하다. 식민지 교육의 최고학부인 경성제국대학이 일본에 있던 대학들에 못지 않은 수준을 갖추었음을 입증했으며, 기초 지식이나 학문적 노력이 오히려 더 단단한 편이었다. 귀국하자 평론은 했으나 전공을 버린 사람들과는 달라서, 영문학을 고전에서 현대까지 두루 연구하고, 영문학뿐만 아니라 독문학이나 불문학까지도 관심을 가지고 공부를 계속했다.

문단에 대한 야심도 대단해서 《人文評論》을 내면서 세력에 있어서나 실력에 있어서나 한때 거의 독점적인 우위를 누렸다. 김문집이 가장 중요한 경쟁자였으나, 김문집마저도 결국 견디어내지 못하고 일본으로 돌아가 자취를 감추었을 정도였다. 그리고 《人文評論》을, 한편으로는 해외문학파적 비평의 무대로 또 한편으로는 신체제문학론의 무대로 만들어 양수겸장을 하고, 신체제문학론의 선두에 섰을 만큼 근면한 사람이었다. 자기의 재능과 노력을 두루 동원해서 식민지 지식인의 전형이 되었다.

해방 후에는 문단에서 물러나는 대신에 영문학자로 충실한 작업을 하여 셰익스피어를 연구하고, 《文學原論》을 집필했다. 이러한 성과 또한 칭송의 대상이 될 만하다. 우리가 서양문학을 받아들이기만 하는 시대를 넘어서서 서양문학의 연구에 참여하는 시대를 열었으며, 문학연구가 학문으로 정립되어야 한다는 것을 입증했다. 오늘날 영문학을 위시한 서양문학을 전공하고 대학에서 강의하면서 평론도 하는 사람들을 최재서의 후예라고 할 수 있는데, 이들은 본국에 가서 공부할 수 있었던 더욱 행복한 조건을 누렸지만, 대체로 보아 서양문학에 관한 학문적 연구를 끝까지 계속한 최재서의 전례를 따를 만큼 성실하지는 않은 것 같다. 그러나 최재서의 《文學原論》은 신문학이 시작된 후에 계속 갈망하던 지침서이면서, 또한 그 동안 있었던 실패의 자취를 집약한 것이기도 하다. 최재서가 영문학에 전념하면서 상아탑에 들어갔다고 해서 비평가로서 지녔던 성향에서 벗어날 수 있었던 것은 아니다.

2

문학비평가로서 최재서가 내세운 주장은 한두 가지가 아니었다. 최재서의 주장은 자기가 수입하는 서양문학의 원천에 따라서 달라지고, 또한 비평을 하는 상황에 따라서 달라졌다. 최재서는 자기를 지니지 않으려고 한 사람이었다. 나중에 《文學原論》을 쓸 때 "문학과 예술의 세계에서 발견될 수 있는 새 진리란 별로 없다"고 하고, "남들이 다 알고 있는 이념이나 의견이나 사상을 자기의 독창적인 것처럼 떠드는 일은 그 사람의 무지를 폭로하는 데 지나지 않는다"[2]고 하지 않았던가. 무지하지 않고 有知한 최재서는 자기의 독창적인 이론을 내세우는 잘못을 저지르지 않고, 원천에 따라서 또한 상황에 따라서 필요한 중계방송을 하면서 그것을 자기의 주장으로 삼았으니, 자연히 주장의 목록이 다채로울 수밖에 없었다. 그러나 그 중에서도 특히 주목할 만한 것은 주지주의 문학론, 풍자문학론,

---

2) 〈序文〉, 《文學原論》(春潮社, 1957), p. 2.

신체제 문학론이었고, 이것들을 검토해 보면 독창성은 없어도 변화의 일관성은 찾을 수 있다.

주지주의 문학론[3]은 원천에 충실한 중계방송이면서도 상황적인 발언으로서의 의미도 지니고 있다. 19세기 낭만주의 문학을 극복하고 고전주의적인 질서를 되찾으려고 하는 것이 현대 주지주의 문학이라고 했다. 낭만주의는 人本主義의 폐단이 가장 심해진 것이어서 인간 정신이 무한하다고 믿고 개성을 찬양하다가 파탄에 이르렀으므로, 낭만주의의 '痲藥的 作用'을 거부하고 인간이 유한하다는 것을 시인하며 고전적 규범으로 복귀하는 지성과 몰개성적 비판정신이 필요하다고 했다. 이것이 전통을 회복하는 길이고, 현대문명의 병상을 정확하게 진단하고 과도기적 혼란을 청산하는, 反휴머니즘의 방향이라고 했다. 말인즉 영국에서 이러한 주지주의 문학론이 일어났다는 것이다.

영국 이야기를 전하는 것이 문학비평인가 하는 의문이 일어날 수 있겠지만, 의문을 눌러 두고 겸허한 자세를 가질 필요가 있다. 흄, 엘리엇 등의 말이라면 온 세계에 두루 적용되는, 진리에 가까운 것이다. 그런 줄 모르고 있다면, 무지한 증거이다. 뿐만 아니라 주지주의 문학론에 포함되어 있는 몇 가지 내용은 그 당시 우리 문학을 진단하는 데 정확하게 적용될 수 있다. 그 전은 논의할 만한 가치도 없겠고, 崔南善이나 李光洙 이후의 신문학은, 대체로 낭만주의에 깊은 호감을 가지고 문명의 발전은 무한한 가능성을 지녔다고 믿었거나, 개성을 존중하고 감정을 예찬하는 방향으로 나아가서, 공허하게 되고 파탄이 생겼다. 그리고 비판적인 지성의 결여는 혼란을 가중시켰다. 그러므로 이제 주지주의 문학론에 귀를 기울일 때가 된 것이다.

그러나 의문이 다시 생기지 않을 수 없다. 그렇다면 우리가 회복

---

3) 〈現代主知主義 文學理論〉, 《文學과 知性》(人文社, 1939)

해야 할 고전적 규범이 무엇인가 궁금하지 않을 수 없는데, 최재서
는 이 문제에 대해서는 언급하지 않았다. 최재서가 말한 전통은 어
디까지나 서양문학에서의 전통이고 우리 문학의 전통은 관심사가
아니었는데, 이러한 태도를 취한 이유는 잡음이 섞이지 않은 중계
방송을 하겠다는 데에도 있지만, 우리에게는 긍정할 만한 전통이
없다고 단정했던 것도 숨은 이유일 것이다. 그러면 서양문학의 전
통을 가져와야 할 것인가? 그것은 사실상 불가능한 일이다. 최재서
의 방향 제시는 이미 절망을 내포하고 있는 것이다. 그러면서도 절
망을 나타내지 않았던 것은 최재서의 의도가 우선 주지주의 문학론
을 말하면서 무지를 깨우치고, 자기의 지위를 확보하자는 데 있었
다고 해석하는 것은 지나친 추측이 아니다.

　의문은 이것으로 그치지 않는다. 최재서가 주지주의 문학론을 전
개하면서 질서에의 구속을 역설할 때, 일제는 군국주의적인 방향으
로 나아가고 있으면서 질서에의 구속을 요구했으니, 두 말이 합치
되는 것은 아닌가? 최재서는 문학을 논했고 정치를 논하지 않았다
고 할 수 있으나, 때가 때인 만큼 그러한 해명을 인정하기는 어렵
다. 파시즘이 대두하는 것이야말로 문학을 위협하는 가장 큰 불안
이었고, 이에 맞서서 문학을 옹호하고 인간성의 자유를 주장하는
움직임이 서양에서도 나타나고 있었다.

　최재서와 거의 경쟁할 수 있는 위치에 있었던 白鐵은 같은 시기
에 인간 옹호의 휴머니즘 문학론을 들고 나왔다.[4] 최재서가 反휴머
니즘을 주장했는데, 백철이 휴머니즘을 주장했다는 것은 두 사람이
각기 원천이 다른 중계방송을 한 탓이라고 설명하고 말 것이 아니
다. 백철의 이론은 모호한 개념과 어긋난 논리를 지니고 있다는 비
판이 있기도 하지만, 분명히 최재서의 反휴머니즘보다는 소중한 가
치를 지녔다고 할 수 있는데, 최재서는 이 점에 대해서 해명을 하

---

4) 白鐵, 〈人間描寫時代〉(1933) ; 〈人間探求의　道程〉(1934), 《白鐵文學全集》2(新丘文
　化社, 1968).

지 않았을 뿐만 아니라, 후일의 비평사도 두 주장을 나란히 소개한
데 그친 것[5]은 납득하기 어려운 처사이다.

　諷刺文學論[6]은 원천에도 충실하면서 상황에도 충실한 주장이었
다. 먼저 문학의 위기를 지적하는 데서 논의를 시작했다. "정치적으
로 의거할 아무런 체계도 발견할 수 없다는 것이 현대의 실상"[7]이
라면, 문학의 창작이나 비평은 중단될 수밖에 없다는 것이 위기라
고 했다. 주지주의 문학론에서는 문학이 스스로를 구속하기 위해서
전통적인 질서만 필요한 줄 알았는데, 여기에 와서는 '정치적 체계'
도 필요하다는 것을 알 수 있게 되었다. 정치적 질서가 확립되어
있어야만 신념도 생기고 감정도 안정을 얻어서 문학이 온전하게 이
루어질 수 있는데, 그럴 수 없는 것이 현대의 사정이라고 하는 데
서 더욱 구체적인 논의가 전개되었다.

　　문학이 창조적 문학만을 의미한다면 문학은 감정생활이 안정되지 못
　한 곳에 발생할 수 없고, 또 감정생활은 신념이 없는 곳에 안정할 수
　없다. 감정이란 풀의 넝쿨 모양으로 늘 남에게 의지하여 생장하는 물
　건이다. 따라서 사회를 통일할 만한 전통도 신념도 없는 곳에선 감정
　은 돗대를 잃은 배 모양으로 표랑할 수밖에 없게 된다.[8]

　이러한 주장은 그 동안 있었던 신문학에 대한 비판일 수 있다.
이광수가 감정의 해방을 말한 것은 잘못이었다. 감정은 스스로 해
방될 수 없고, 사회를 통일할 만한 신념에 의지해서 생장하는 것이
다. 정치적 질서가 확립되지 않고 신념의 통일이 없는데 감정만 가
지고 문학을 하려는 것은 출발에서부터 잘못되었고, '副産的 實效'
따위로 문제를 해결하려고 한 것은 무지의 폭로이다. 그러므로 최

---

5) 金允植, 《韓國近代文藝批評史研究》(한얼문고, 1973).
6) 〈諷刺文學論〉(1935), 《崔載瑞評論集》(靑雲出版社, 1961).
7) 같은 글, 같은 책, p. 213.
8) 같은 글, 같은 책, pp. 213~214.

재서는 이광수의 知情意論을 뒤집어서 情은 知와 意에 의존하는 것이라고 했다. 이렇게 되니 이광수에 대한 김동인의 반론도 따라서 부정되었다. 주지주의 문학론에서는 아직 뚜렷하게 드러나지 않고 가능성만 보이던 주장이 이렇게 구체화되었다. 돛대를 잃은 배 모양으로 표랑하던 문학을 이제야 바로잡게 된 것 같다.

그러면 어떻게 해야 할 것인가? 의지할 만한 정치적 질서를 찾아야 할 것인가 하는 의문이 일어나겠지만, 최재서는 현대가 혼돈한 시대이므로 그렇게 될 수 없다고 했다. 혼돈한 상태를 그대로 받아들이는 '수용적 태도'도 해결책이 아니고, 전적으로 부정하는 '거부적 태도'도 바람직한 것이 아니고, 수용도 거부도 하지 않는 '비판적 태도'가 택해야 할 방향이라고 했다. 그러면서 자기가 말하는 비판은 적극적인 자세가 아니고 '소극적 파괴'에 지나지 않는다고 했다. 실망, 허무, 무가치관에 사로잡힌 지성인인 작가가 '냉소적 심리'를 가지고 "작가 자신을 해부하고, 비평하고, 조소하고, 질타하고, 욕설하는 자기풍자"가 비평적 태도에서 나오는 새로운 문학이고, 혼돈의 시대에 문학의 존재 의의를 입증해 주는 것이라고 했다.

이렇게 말하면 다시 의문이 생긴다. 현대가 혼돈한 시대라고 하자. 그렇다고 해서 실망, 허무, 무가치관에 사로잡혀야 하는가 의문이다. 혼돈이라고 하는 것은 저절로 생기지 않고, 삶의 보람을 앗아가고 비인간화를 강요하는 지배체제의 조작 때문에 생기고, 일제의 통치가 그 단적인 예라고 하는 것은 잘못이 아니다.

그러므로 실망, 허무, 무가치관에 사로잡히기만 하는 것은 결과적으로 일제의 조작에 말려드는 짓이라고 할 수 있다. 일제와 맞서서 싸우는 사람들은 삶의 보람을 되찾고 인간으로서의 요구를 확인하는 대결의 문학을 창조하고 있는데, 지성인으로 자처한 최재서는 인식 능력의 한계 때문에도 자기대로의 좌절에 사로잡혀 있으면서 현대가 혼돈한 시대라고 하는 명제를 찾아 좌절을 합리화하는 구실을 찾았던 것이다. 혼돈을 수용할 수도 없고 거부할 수도 없다는 것은 궁색한 변명이다.

수용과 거부는 정당한 요구를 수용하고 부당한 구속을 거부하는 것이어야 하는데 모든 것을 전적으로 수용하고 모든 것을 전적으로 거부하는 태도를 버려야 한다는 주장은 진실을 회피하려는 구실에 지나지 않는다. 그리고 풍자를 작가가 자기의 실망, 허무, 무가치관을 해부하고 비평하는 냉소적 심리의 발로라고 한정한 것은 金裕貞의 〈봄, 봄〉이나 蔡萬植의 《太平天下》 같은 데서 실제로 나타난 적대적 질서에 대한 풍자를 약화하고 무력하게 만드는 구실을 했다.

문학은 자기 자신을 음미하는 지성만으로 이루어질 수 없는 것이다. 사람은 어떠한 어려운 환경에서도 지·정·의가 따로 놀지 않는 통일적 존재로서 살고, 싸우고, 창조한다는 것은 당시의 문학으로서도 명백한 일이었는데, 새삼스럽게 지성만의 독립을 주장한 것은 배를 해체해서 나머지는 버리고 돛대만 물에 띄워 놓고 앞으로 나가라고 하는 요구이다.

新體制文學論[9]은 원천도 뚜렷하지만 상황에 더욱 충실한 주장이다. 상황에다 관심을 모으면 고민의 해소는 쉽사리 이루어질 수 있었는데, 서양문학의 원천을 존중하다가 없어도 좋았을 방황을 한 셈이다. 규범에 구속되어야 하고, 정치적인 질서에 의존해야 하는 것이 처음부터 바라던 바였으면, 日帝의 군국주의 지배체제에 구속되고 의존하는 지혜를 일찍 터득했어야 했을 것이다. 일제는 바라는 모든 것을 갖추고 있었다. 서양의 것보다 우월한 동양의 전통이 일본정신으로 손상되지 않고 계승된다고 했다. 신념의 안정이나 감정의 통일은 전통과 질서의 힘으로 흔들리지 않고 유지된다고 했다. 실망, 허무, 무가치관에 사로잡혀 자기 풍자를 일삼고 있는 것은 참으로 어리석은 짓이었다.

현대가 혼돈의 시대라고만 한 것은 '鬼蓄 英米'의 퇴폐적인 사고

---

9) 新體制文學論은 《轉換期の朝鮮文學》(人文社, 1943)에 집약되어 있다.

방식의 폭로였다. 최재서가 신체제 문학론을 택해서 그 선두에 섰던 것은 이처럼 필연적인 귀결이었다.《人文評論》창간호 권두언에서 이미 〈建設과 文學〉이라는 제목의 글을 쓰고, "良心的인 作家는 時局과 關聯하여서 反省하고 苦悶하였다"고 한 것은 그 동안의 경과를 고백한 말이고, "偉大한 建設 行動"에 참여하자고 한 것은[10] 꿈에서 깨어난 것과 같은 각성의 표현이었다. 다만 그 후에도 해외문학파적 비평을 한동안 계속한 것은 처음에 전공을 잘못 택했던 실수 때문이었고, 독자들이 오히려 그것을 원했기 때문이었다.

3

　민족 해방이 되자 최재서는 자기의 전공으로 되돌아갔다. 문학평론은 하지 않고 영문학 연구에만 전념했다. 문학평론을 하지 않은 것은 지난날의 과오에 대한 참회였다고 할 수 있으며, 영문학 연구에 전념함으로써 삶의 보람을 찾았던 것처럼 보인다. 셰익스피어 연구도 평가해야 할 업적이지만, 30년 문학생활의 요약이라고 한[11] 《文學原論》은 흔히 볼 수 있는 문학개론과는 차원이 다른 책이므로 특히 높이 평가할 만하다고 하겠다. 문학개론이라면 흔히 작가가 쓰는 책이라고 알려져 있으며, 자기의 체험을 중심으로 문학예찬론을 늘어놓는 것이 예사이다. 그러므로 자연히 체계나 조리가 없으며, 늘어놓은 사실은 일본인의 문학개론에서 여기저기 추려 놓은 정도의 것이다. 한마디로 문학을 학문적으로 연구할 수 있다는 것을 인정하지 않고, 오히려 그럴 수 있는 가능성을 봉쇄해 버리려는 데 주안점을 둔 문학개론이 유행했다. 그러나 최재서는 문학의 기본적인 현상을 과학적으로 설명하고 학문의 대상으로 다룬다고 하면서 이 책을 썼다. 그리고 거론한 사례들도 자기가 직접 조사하고 연구

---

10) 〈建設과 文學〉,《人文評論》創刊號(人文社, 1939. 10), p. 3.
11) 《文學原論》, p. 2.

한 것들이라는 점에서도 신뢰할 수 있는 근거를 가지고 있다.

그러나 이러한 가치가 이 책이 지닌 문제점을 해소할 수 있는 것은 아니다. 이 책은 평론가로서 최재서가 지녔던 주장을 되도록이면 내보이지 않고 객관적인 내용만 지니도록 하는 세심한 배려를 하면서 쓴 것 같지만, 사실은 그런 것만도 아니다. 객관적이고 과학적이라는 것은 구실이고, 평론가로서의 주장이 그대로 숨어 있다. 우선 문제가 되는 것은 표제는 《文學原論》이지만 내용은 영문학원론이고, 영문학을 보조하기 위해서 영문학 이외의 서양문학도 더러 언급했다. 서양문학원론으로서의 보편성도 지니지 않고 있는데, 문학 일반의 원론일 수 없는 것이 자명한 일이다. 영문학을 알면 문학을 다 안다고 생각했던 것은 최재서가 비평을 시작할 때 지녔던 태도였는데, 이러한 태도는 그대로 남아 있으며, 또한 극복할 수 없는 것이었다. 극복할 수 없는 것이 최재서로서는 당연한 일이라고 할 수 있겠지만, 이러한 문학원론을 우리 문학에 적용하면 우리 문학의 모습을 온전하게 이해할 수 없으며, 우리 문학은 일반적인 현상에서 벗어난 특수한 문학으로만 이해되고 만다.

문학의 보편성은 영문학만의 것도 아니고 우리 문학만의 것도 아니다. 그러므로 영문학에 구애되지 않고 우리 문학에도 구애되지 않은 일반론을 찾아내어야 하겠지만, 우리가 찾는 경우에는 우리 문학을 통해서 찾는 것이 더욱 실감 있는 성과에 이를 수 있다는 사실을 부정하는 데 이와 같은 책은 강력한 영향력을 행사했고, 그 후에 영문학개론에다 우리 문학의 사례를 다소 첨가한 '문학개론'류가 계속 나왔어도 사태는 호전되지 않았다. 문학의 이론은 영문학을 위시한 서양문학에서나 존재하고, 우리 문학은 그것을 적용하는 대상이라는 편견을 최재서 같은 사람이 심어 놓았다.

그리고 이미 지적한 바이지만 이 책은 문학이론에서 새로운 진리는 기대할 수 없다는 전제에서 쓴 것이다. 남들이 다 알고 있는 것을 자기의 독창적인 이론인 듯이 떠드는 행위는 무식의 폭로라고 못박아[12], 이 책에 독창적인 이론이 없는 데 대한 비판이 일어날 수 없도록 미리 방지하고, 더 나아가서 문학이론의 독창적인 탐구를 하려는 노력을 무의미하게 만들려고 했다. 최재서가 평생의 노력을 기울여 영문학을 연구했다고 하지만, 그것은 명확한 한계가 있는 노력이었다. 영미인이 아니고 서양문화를 함께 지닌 사람도 아닌 최재서로서는 영문학 연구가 자기의 이론을 전개하는 데까지는 나아갈 수 없었던 것이 당연한 일이었다. 문학평론을 할 때에는 영문학을 소개하면서도 자기의 생각을 삽입할 수 있었지만, 연구에서는 그럴 수도 없었다. 충실하게 전하는 것이 사명이라고 다짐해야 실수를 피할 수 있었다. 그러나 이렇게 다짐하면 문학의 이론은 이미 다 밝혀졌다는 착각에 사로잡힌다. 그렇다면 자기 자신의 방황도 모두 무의미했다는 말이 된다.

이 책을 쓰면서 가졌던 문학에 대한 생각은 다음과 같은 것이었다.

해방 후에 자유의 단맛을 알았지만, 또 질서의 귀중함을 깨달았다. 나날이 어지러워져만 가는 혼란한 환경 속에서 나는 질서를 그리워하는 마음이 간절했다. 그럴 적마다 나는 문학 속에 침잠했다. 나는 그것이 현실로부터의 도피가 아니라고 자기 변명할 필요조차 느끼지 않았다. 그것이 나에게는 적극적으로 진실하게, 그리고 또 풍부하게 사는 유일한 길이라 함을 자신했기 때문이다.[13]

해방 후에 나타난 것이 어지러워져만 가는 혼란한 환경이라고 한 최재서는 여전히 자유를 구속하는 질서를 동경했다. 主知主義 文學論을 쓸 때부터 가졌고, 新體制 文學論에까지 치달았던 생각이 그대로 남아 있는 것이다. 그러나 이제는 자기를 구원해 줄 체제가 없다고 판단했으므로 오로지 문학에서 질서를 찾는다고 했는데, 이

---

12) 註 2) 참조.
13) 〈序文〉, 《文學原論》, p. 1. 첫부분.

렇게 하는 것이 좌절한 인간의 도피나 변명은 아니라고 애써 부정하는 데서 도리어 일제가 남기고 간 棄兒의 가련한 모습을 쉽사리 읽을 수 있다. "문학은 체험의 조직화이고 감정의 질서화이며, 가치의 실현이라는 이론이 추호의 틀림도 없는 진리임을 깨달았다"[14]고 하는 데서는 자유를 구속하는 지배체제에 바쳤던 찬사가 문학에 대한 찬사로 바뀌어져 있다.

그러나 최재서가 동경해 마지 않던 질서를 문학이 확립해 준다는 말은 아니다. 문학을 신뢰한다고 해서 문학이 영혼의 안식처가 될 수 없다는 것은 안이한 예술지상주의자가 아닌 최재서는 잘 알고 있었다. 그래서 "정당한 의미에서의 문학창조는 秩序的인 傳統 안에서만 이루어질 수 있다"[15]는 점을 다시 강조했는데, 자기 자신은 아무리 영문학을 열심히 연구한다 해도 '秩序的인 傳統'에 소속될 수 없는 것이 당연한 이치였다. 영문학의 전통을 한참 예찬한 후에, 다음과 같이 덧붙였을 때 최재서가 다시 느꼈을 것은 실망, 허무, 무가치관이다.

> 전통이 창조의 인스피레이션이 되고 문학작품의 모태가 되는 대신에, 민족 발전의 길을 가로막는 장애물이 될 때 그 전통은 咀呪된 물건이다. 이조 오백년의 유교적 傳統은 확실히 그러한 전통이었다.[16]

최재서는 영문학에 등장했던 여러 가지 이론을 이것저것 모아서 정리하고 소개하는 편집 실무에서나 보람을 찾고, 자기의 말은 하지 않고 이미 있는 지식만 전달하려는 태도로 《文學原論》을 썼지만 이따금씩 이와 같은 고백을 하지 않을 수 없었다. 뿐만 아니라 영문학만 다루는 데에서도 좌절감은 드러난다. 네 개의 '文學思潮'를

---

14) 〈序文〉, 《文學原論》, p. 1, 첫부분.
15) 같은 책, p. 96.
16) 같은 책, pp. 233~237.

논할 때만 해도 그렇다. 문학사조에는 객관주의, 주관주의, 표현주의, 인간주의가 있었다고 하고 넷을 열거하고 설명하는 데 그치려고 한 것이 서술방법이다. 그러나 이 넷 중에서 주관주의를 가장 장황하게 설명하고 강조한 것은 숨길 수 없는 자기 고백이다. 주관주의는 철학이 욕망의 합리화이고 진위가 철학적으로 논의될 수 없다고 믿는 주지적인 회의론이라고 소개했다. 이렇게 생각하면 가치라는 것은 사라지고 만다. 창조도 무의미하게 된다. 그렇다고 해서 일찍이 주장했던 것처럼 자기 풍자를 택해야 한다는 방향 제시마저도 할 수 없게 된 상태에서 문학을 논하는 것은 그 자체가 불행이었다. 문학론이 가치를 배제한 순수한 지식이 될 수는 없는 것이다.

최재서는 무척 재능이 있고 근면한 사람이었다. 그런데 최재서의 재능은 식민지 지식인의 전형을 보여주는 데 동원되었고, 그 결과 남은 것은 파탄과 좌절이었다. 해박한 지식으로 파탄을 구하고 좌절감을 극복할 수는 없었다. 이렇게 된 이유가 식민지적인 상황에 있었다고 한다면, 그것은 타당한 말 같지만 사실은 책임회피에 지나지 않는다. 최재서만한 재능도 없고 최재서처럼 근면하지 않은 사람도 파탄과 좌절을 넘어설 수 있었고, 민족문학의 창조자가 될 수 있었다. 지식의 원천에 매여서 자기 창조를 할 수 없고, 상황에 따라서 행동하느라고 주체성을 가질 수 없는 경우에는 재능과 노력이 오히려 파탄의 자극제가 된다.

7. 趙 潤 濟

1

海外文學派的 批評이 문학론을 독점이라도 한 듯이 행세했다고 해서 세상이 온통 그쪽으로 쏠렸는가 하면 그랬던 것은 아니다. 문학을 알기 위해서 찾아야 할 것은 서양문학만이 아니고, 우리 문학의 전통이 더욱 소중하다는 평범한 진리를 발견하고 실천할 수 있었던 사람들도 또한 꾸준한 활동을 하고 있었다. 문학론은 비평가의 독점물도 아니고, 이른바 문단에서만 관심을 가지는 것은 아니라는 점을 인식한다면 사태를 바로 보는 데 필요한 시야가 쉽사리 열린다. 전통의 단절은 그렇게 되기를 희망했던 사람들의 마음속에서 결정적으로 굳어 있었고, 현대에 살면서도 전통을 호흡하고 현대의 문제를, 전통에서 추출할 수 있는 지혜에 따라서 해결하려고 했던 사람들은 해외문학파적 비평의 고식적인 논리에서는 기대할 수 없는 자유를 누렸다.

申采浩나 韓龍雲이 그러한 자유를 누렸을 뿐만 아니라, 鄭寅普, 文一平, 安廓 같은 사람들도 서양으로만 향하는 풍조에 제동을 걸고 우리 문학의 전통을 탐구하는 데 주목할 만한 자취를 남겼다. 정인보는 신채호의 사상을 따르고, 또 한편으로는 陽明學을 계승하여 민족의 '얼'이라는 개념을 정립하여 민족의 얼은 시대의 외면적인 변화에 구애되지 않고 문학에서도 현재 살아 있는 과거라고 했다. 문일평은 實學에서 학문의 방법과 방향을 발견하고, 민중문화를 우리 문화의 주류로 해석하면서 신채호의 사상을 구체화했다. 안확은 주체적인 道家思想을 이으면서 신채호의 전례에 따라서 민족의 정신적 각성을 촉구했다. 안확이 쓴 《朝鮮文學史》는 이미 上古時代에 그 모습이 갖추어졌던 민족정신이 어떻게 발전되고 변모되면서 외래사상을 섭취하고 극복했는가 하는 문제를 다루면서 쓴 사상사적인 문학사이며, 신문학이 나타난 후의 사상적 혼란을 비판하는 것을 중요한 과제로 삼았다. 신문학은 특히 '델가탄主義'가 좌우한 것이라고 보고, 그 폐단을 다음과 같이 지적했다.

> 人間社會를 尊치 않고 道德도 의심하며 오직 자기 嗜好에 적합한 대로 愉樂을 취하는 風이 있는지라, 然이나 델가탄主義의 人이라도 他一方으론 群衆의 服從을 논하고 制裁禁止의 言을 發하는지라, 차등의 사조가 不祥之兆되는 同時에 청년의 情心은 일정치 못하고 亂想으로 化하는 것이라.[1]

인간사회나 도덕을 돌보지 않고 자기대로의 愉樂을 취하는 데 그치지 않고 민중의 자유로운 주장을 억압하는 구실을 하는 것이 '델가탄主義'라고 한 것은, 퇴폐적인 문학운동의 반민족적 성격을 공격한 신채호의 논리를 구체화했다고 할 수 있다. 안확은 도피적인 피란심리보다도, 사회적 협동을 통해서 이어온 '淳厚多情'하고 '平和樂天'한 민족정신[2]을 억압하고 왜곡하는 亂想이 더욱 큰 문제라고 하고, 自覺的 統一의 필요성을 역설했다. 즉 亂想 때문에 "一般靑年

---

1) 安廓, 《朝鮮文學史》(韓一書店, 1922), p. 132.
2) 《朝鮮文學史》 부록으로 수록된 〈朝鮮人의 民族性〉에서 민족성의 특징을 이와 같이 규정했다(같은 책, p. 152 이하), 安廓의 〈朝鮮人의 民族性〉은 李光洙의 〈民族改造論〉과 좋은 대조가 된다.

의 心이 孤立 又는 便黨을 作하야 정신은 갈수록 自覺的 統一을 得치 못하더라” 하고, “此로 由하야 인생은 夢中生活을 作하야 漸次 暗黑 混沌의 世를 自作할새 救我의 道는 事大主義로 流하니”, 민족적 자각을 촉구하는 〈自覺論〉의 서문으로서 《朝鮮文學史》를 쓴다고 했다.[3]

그런데 정인보, 문일평, 안확 등 國學派가 한 우리 문학연구는 이와 같은 사상적인 의의를 지니고 있지만 우리 문학의 실상을 면밀하게 살펴서 이루어진 것이라고 하기 어려운 데 문제가 있었다. 실학의 고증정신을 차분히 계승할 만한 겨를을 가지지 못하고 작업을 서두르고 있는데, 일제는 서양의 실증주의를 자기들의 필요에 따라서 받아들여서 京城帝國大學의 학풍으로 삼았다. 이것은 중대한 도전이었다. 일제의 실증주의는 정인보, 문일평, 안확 등이 민족감정에 들떠서 역사의 실상을 보지 못하고 허황한 주장을 늘어놓는다고 했는데, 이에 대한 반론을 설득력 있게 전개할 만한 준비를 하기 어려웠다. 그러므로 초창기의 국학파와는 다른 새로운 각도에서 우리 문학의 전통을 좀더 실증을 갖추어 학문적으로 다루는 다음 세대 학자들의 등장이 요청되었으며, 趙潤濟(1904~1976)가 바로 다음 세대의 학자들 중에서 특히 중요한 구실을 한 사람이었다.

趙潤濟, 金台俊, 金在喆 같은 사람들은 경성제국대학에서 공부했다. 식민지 대학에서 공부했다는 것은 치욕일 수 있다. 그러나 일제가 내세우는 실증주의를 알아보고 서양의 학문을 받아들이는 것은 초창기 국학파의 한계를 넘어서서 새로운 학문을 하기 위해서 불가피한 과제였다. 경성제국대학에서 공부하거나 일본의 각 대학에서 공부하고서는 일제의 실증주의에 그대로 빠진 사람들도 적지 않았다. 일제 官學派의 학풍을 되풀이하여 민족문화의 자료는 계속 다루면서 민족 문화 연구에 대한 요망을 배신한 경우도 흔했다. 그러나

---

3) 《朝鮮文學史》, pp. 134~135.

조윤제는 실증주의를 받아들이면서 그 한계를 극복하고, 초창기 국학파가 제시한 민족주의를 학문으로 논리화하는 데 일생을 바쳤다.

조윤제의 과제는 쉽사리 해결되지 않았다. 신채호의 사상에서 좀더 멀리 떨어진 데서 일을 시작했는데다가, 일제 官學派의 실증주의나 그것을 되풀이하고 있는 조선인 학자의 실증주의는 간단하게 극복될 수 있는 것이 아니었다.

> 庚戌年에 우리 민족이 최대의 치욕을 받은 이후 정치가는 마음에 칼을 품고 해내외에서 치열한 투쟁을 하였으며, 문필가는 우리의 문화앙양에 큰 노력을 할 때, 나는 우리 민족의 정신을 고취하여 보고자 우리 고전문학연구에 발을 들여 놓았었다.[4]

이러한 각오가 조윤제 학문의 출발이자 또한 추진력이었다. 그러나 작업은 순조롭게 진행되지 않았다. 《朝鮮詩歌史綱》을 먼저 내놓았으나 그것은 사실의 정리이기는 해도 안확이 말한 바와 같은 "自覺的 統一"을 달성하는 데까지 나아간 업적이 아니었고, 조윤제 사상의 핵심인 民族史觀은 그 후 오랫동안의 모색을 거쳐서 해방 후에 간행한 《國文學史》에서 그 모습을 드러냈고, 《國文學史》의 개정판인 《韓國文學史》에서 완성되었다. 좀더 일찍 했어야 할 일을 두고 시간을 끈 것은 조윤제의 책임이 아닐 수 없으나, 그 성과는 중요한 의의를 가진다. 趙潤濟의 《韓國文學史》는 崔載瑞의 《文學原論》과 맞서서 문학은 우리 문학의 전통에서 이해해야 하며, 문학사상은 현실적인 문제의식에서 창조되어야 한다는 것을 역설하고 입증한 업적이다. 이론에서나 내용에서나 만족스러운 결론일 수 없고, 오히려 출발을 마련한 것이 더욱 중요한 공적이라고 할 수 있다. 문학원론의 문제를 두루 다루지 못하고 그대로 남겨둔 것이 적지 않았으며 해외문학파적 비평을 극복할 만한 능력을 가질 수는 없었

---

4) 〈國文學史 初版時의 序文〉, 《韓國文學史》(東國文化社, 1963), p. 3.

지만, 문학사상의 방향 전환을 위해서 참으로 중요한 구실을 했다.

2

　　생활은 어디까지나 살어 있는 것이고, 이 살어 있는 생활을 表現한 문학도 또한 살어 있는 것이다. 문학사는 모름직이 그 '삶'의 연속체가 되지 않으면 아니될 것이다. ……하나하나의 文學事象은 片片이 떨어져 있는 한 개의 고립적 事象이 아니고 기실은 한 생명체의 부분이며, 거기는 전체의 생명이 부분적으로 잠재하고 있어 밖으로 아무 관련성이 없어 보이는 듯한 모든 부분적인 문학적 사상도 그것을 세로 또 가로 한데 編錄하면 완전한 생명체를 구성할 수 있는 것이다. 그러므로 문학사는 실로 어떠한 상호간의 관계를 밝혀서 그 모든 문학적 事象이 한 생명체임을 잊지 말고, 그 생명을 살려 나가지 않으면 안될 것이다.[5]

　　조윤제는 《韓國文學史》의 서론에서 문학사는 이렇게 써야 한다고 했다. 요약하면, 문학은 생활의 표현이며 생활이 유기체적인 것이듯이 문학 또한 유기체적인 것으로 존재하고, 따라서 문학의 연구는 문학의 유기체적 전체성을 찾는 방향으로 나아가야 한다는 것이다. 이러한 생각은 바로 조윤제가 내세운 민족사관의 핵심적인 내용을 이룬다. 그런데 '전체의 생명'이라고 하는 것이 무엇을 의미하고 왜 이러한 개념이 요청되었던 것인가? 이 의문을 해결하지 않고서는 민족사관을 이해할 수 없다. 얼핏 보면 조윤제가 말한 생명은 生哲學에서 유래한 것 같고, 생철학에 입각한 정신사적 연구 방법을 우리 문학에 적용한 결과 민족사관이 이루어진 것 같은 느낌이 들기도 한다. 생철학과 민족사관은 실증주의를 극복하고자 한 점에서 두드러진 공통점이 있는 것은 사실이다. 삶이라는 것은 둘 다 강조했다. 그러나 생철학은 삶을 내세우면서 비합리주의를 택하

---

5) 〈序文〉, 《韓國文學史》, pp. 1~2.

고 신비주의적인 색채를 띤 불가지론으로 기울어지기도 했는데, 조윤제는 자기시대의 실증주의가 갖지 못했던 종합적 합리성의 원리로서 삶을 제시했고, 이 원리는 체계적으로 추구해야 한다고 했다.[6]

한편 조윤제의 민족사관은 日帝 國學精神의 변용이라는 해석도 있는데, 이것은 생철학을 수입한 것이라는 것보다도 더 무리한 비판이다. 일제의 국학정신은 帝國主義的 민족주의였는데, 조윤제의 민족사관은 제국주의에 반대하는 민족주의, 제국주의의 지배로부터 벗어나고자 하는 민족주의에서 이루어진 것이었다. 제국주의적 민족주의는 민족 우열론을 내세우는 비합리적이고 신비주의적인 경향을 띠게 되는데, 조윤제는 이에 맞서서 합리적이고 반신비주의적인 사상을 전개했던 것이다.

조윤제의 민족사관은 일제와 맞서는 민족의 생명을 인식하자는 이론이었으며, 일제가 내세운 비합리적인 신비주의를 물리치면서 합리적인 반신비주의를 주장하는 한편, 비합리적인 신비주의가 합리적인 근거를 가진 것처럼 위장하는 데 동원된 타락된 실증주의의 한계를 극복하고 삶의 포괄적인 원리를 발견하려는 데서 성립된 것이다. 실증주의는 원래 선험적이고 관념적인 세계관을 해체하고 경험적이고 현실적인 세계관을 제시하기 위해서 창안된 것이었는데, 제국주의 시대에 이르러서는 원래의 구실을 온전하게 하지 못하고 제국주의 이념을 수립하는 데 필요한 세부적인 작업을 담당하는 것으로 변질했으며, 일제가 가져와서 식민지 학문의 방법으로 삼은 실증주의는 이와 같은 것이었다. 조윤제는 경성제국대학에서 그런 실증주의에 의한 학문의 훈련을 받고나서, 한편으로는 원래의 실증주의가 지녔던 과학적 체계적 정신을 찾아내면서 또 한편으로는 타락을 자초했던 실증주의 자체의 한계를 극복하는 것을 목표로 삼으면서 일제와 학문적으로 맞설 수 있는 길을 찾았다.

---

6) 《國文學槪說》(東國文化社, 1955), pp. 508~509.

타락된 실증주의의 특징인 부분으로의 해체가 확실하게 아는 길이라는 사고방식은 문학이 무엇인가 하는 문제를 다루는 데 적지 않은 혼란을 일으키고 있었다. 사람의 마음을 그 구성요소에 따라서 해체하여 헛된 논쟁을 하고, 전체의 생명은 돌보지 않고 체계도 무시한 지식의 범람을 가져와서, 문제 해결로부터 더욱 멀어지게 했다. 문학사상이 문학사상에 관한 지식으로 대치되고, 서양문학에 관한 지식이 바로 문학론으로 통용되는 풍조는 신체제 문학론 같은 비합리적이고 신비적인 해결책을 택하지 않고서는 종합적 결론이 불가능하다고 한 정도로 사태를 악화했다. 이와 같은 시대에 조윤제는 문학을 구출하기 위해서는 문학을 유기체적 생명으로 인식하고, 유기체적 생명은 민족생활 자체의 표현이라는 사상을 제기했던 것이다.

조윤제의 노력은 바로 앞 세대의 국학파가 이룬 바를 계승한 것이었으면서 몇 가지 점에서는 중요한 차이점이 있었다. 신비주의를 무엇보다도 싫어한 조윤제는 '민족의 얼'이라고 하는 것은 인정할 수 없다고 했다.

그러한 관념을 내세우며 우리 민족이 정신적으로 우월하다고 주장하는 것은 실제로 설득력이 약할 뿐만 아니라 일제가 택했던 방법으로 일제와 맞서는 잘못을 저지르게 된다고 판단했다. 안확이 말한 바와 같은 '自覺的 統一'은 바로 조윤제가 이루고자 했던 바이지만, 조윤제는 안확처럼 道家思想 같은 것이 그 전제조건이라고 하는 데 동의하지 않았고, 문학사의 서술은 자아 도취의 관념에서 벗어나서, 다음과 같은 자각을 가지고 해야 한다고 했다.

국문학이라 하여 공연히 고루하고 배타적인 민족적 감정에서 자아도취의 관념론에 빠져버리는 것은 경계하지 않으면 안된다. 국문학도 일반 세계문학의 일지역적 현상이요 인류공통인 생활의 반영으로서의 문학인 것을 알아서 어데까지나 냉정한 과학적인 입장에서 국문학을 보

아야 할 것이다.[7]

  이와 같이 주장한 조윤제는 어떤 고유하고 불변한 정신이 문학사에 존재한다고는 보지 않았다. '얼'은 물론이고, '멋'이라고 하는 것이 우리 문학의 지속적인 특징이었다는 생각마저도 배격하고, 멋은 인정된다 해도 우리만의 것이 아니고 세계문학의 보편적인 현상이라고 하기도 했다. 물론 조윤제도 우리 문학의 특질을 논했고, 그 특질이 "은근과 끈기"라고 했다. 그러나 '은근과 끈기'는 "민족 역사 내지 국문학사의 운명성에서 왔다고밖에 생각되지 않는다"[8]고 하여 역사적인 개념으로 파악했으며, 불변의 실체는 아니라고 했다.

3

  조윤제가 말한 문학의 유기체적 전체성은 문학을 이해하는 데 있어서 구체적으로 문학의 역사적 연속성, 동시대적 전체성, 그리고 작품의 통일성이라는 세 가지 개념을 내포하고 있다. 그런데 이러한 개념은 어느 것이나 문학사의 서술을 통해서 부각했다는 데 조윤제가 지닌 문학 이해 방법의 두드러진 특징이 있다.

  "문학사는 모름지기 그 '삶'의 연속체가 되지 않으면 아니 될 것이다"[9]라고 한 것이 역사적인 연속성에 대한 간략한 설명이고, 그 실상은 문학사 서술의 전체 작업에서 계속 논증되었다. 그런데 역사적 연속성은 우리 문학사는 언제나 역사적 연속을 가지고 발전해 왔다는 사실을 의미하는 것은 아니었다. 오히려 어느 시대에는 문학이 위축되고 어느 시대에는 문학이 소생하면서 유지되는 것이 연속성이라고 했고, 위축의 원인은 외래문화에 압도되어 주체성을 상

---

7) 《國文學槪說》, p. 509.

8) 《國文學槪說》, p. 256.

9) 《韓國文學史》, p. 1.

실하는 데 있고, 소생은 주체성의 회복에서 이루어진다고 했다. 그리고 또한 연속은 동질적인 것의 계속을 의미하지 않고 반드시 변화와 발전을 내포한 것이라고 했다. 이러한 의미에서 “時代는 變하고, 文學은 時代로 變遷해 가는 思想的 潮流에 따라 變하며 또한 發達하여 간다”[10]고 했다. 그러면서 변화나 발전의 본질을 다음과 같이 보는 데서 연속성이 파악된다고 했다.

사상이 시대에 있어 변한다 하여, 이전의 사상은 이후의 사상에 의하여 부정되고 그대로 죽어졌다고는 생각할 수 없다. 비록 사상으로서는 그 경향이 다르다 하더라도 이전의 사상은 이후의 시상의 기반이 되었고, 따라서 이후의 사상은 이전의 사상의 하나의 발전상이라고 보아야 될 것이다. 그럼으로 항상 생생한 생명을 가지고 있다 하여도 될 것이다.[11]

문학의 역사적 연속성은 고전문학과 현대문학의 연속성을 의미하는 것이기도 하다. “현재의 국문학이 있어온 바를 역사에 의하여 이해한다는 것이 그것이 곧 미래의 국문학을 건설하는 기반이 되는 것임으로 국문학사는 실로 이 점에 중심점을 두지 않으면 아니될 것이다”[12]라고 했다.

조윤제가 말한 ‘現代文學’은 신문학을 말하지 않고 자기 시대에 창조되고 있는 문학이다. 자기 시대에 창조되고 있는 문학은 서양 문학을 통해서 알 수 있는 것이 아니고, 우리 문학사를 통해서 알 수 있다는 것은 생각하면 아주 당연한 말이면서도 해외문학파적 비평과 맞서지 않고서는 할 수 없었던 말이다. 해외문학파적 비평이 워낙 심하게 상식을 왜곡했기 때문에, 조윤제가 말한 문학의 역사적 연속성은 문학사상의 방향 전환을 위해서 중요한 의의를 가졌다.

---

10) 《國文學槪說》, p. 259.
11) 《國文學槪說》, p. 269.
12) 《韓國文學史》, p. 38.

문학의 유기체적 전체성은 한 시대 문학에 있어서 동시대적 전체성으로도 이해된다. 한 시대의 민족정신은 유기체적 전체로 존재하므로 문학 또한 그렇다는 것이다. 그런데 동시대적 전체성은 항상 보장되는 것이 아니라고 했다. 민족정신이 내적 대립을 겪으면 동시대적 전체성이 파괴될 수 있다고 했고, 민족정신의 소생과 더불어 내적 대립이 극복되면 문학에서도 동시대적 전체성이 회복된다고 했다. 이러한 관점은 향가 시대에서 長歌와 景幾體歌의 대립시대를 거쳐 시조 시대로 이르는 과정을 서술하는 데서 선명하게 나타나 있다. 즉 향가는 "결코 귀족계급의 독점물이 아니고 國民間에 널리 보급되어 하나의 국민문학으로 발달"[13]했었다 하고, 그러다가 '萎縮時代'에 이르러 향가가 쇠퇴하고, '潛動時代'에 장가와 경기체가가 나타나 다음과 같은 상황이 벌어졌다고 보았다.

> 그것(景幾體歌)이야말로 완전히 한학자라는 일부 특수계급인 귀족의 문학이었다. 고려의 長歌가 한자와 유리되어 완전히 평민계급에서만 발달한 데 대하여 좋은 대조가 되리라고 생각하거니와, 여기서 고려의 문학은 평민문학과 귀족문학으로 완전히 대립하게 되었다.[14]

그런데 이 대립은 그리 오래 지속되지 않고, 다음 시대의 '國民文學'인 時調가 나타나자 극복되었다고 했다. "特權階級, 平民階級을 莫論하고 이 시조를 통해 다시 그들의 感情은 소통되고 그들의 心境은 交歡되었다"[15]는 것이 바로 '蘇生時代'의 모습이라고 했다.

유기체적 전체성은 한 작품에서의 통일성을 의미하는 것이기도 했다. 작품을 부분으로 나누거나 개별적인 요소로 해체하지 않고, 전체를 통일적으로 보아 그 의미와 가치를 역사적 연속성과 동시대적 전체성과 관련시켜 해석하자는 것이었다. 이러한 생각은 《홍길

---

13) 《韓國文學史》, p. 38.
14) 같은 책, p. 93.
15) 같은 책, p. 96.

동전》이나 《춘향전》을 다루는 데서 잘 나타났다. 《홍길동전》은 "矛盾된 社會現實을 打破하려는 社會小說이요, 革命小說"이라고 했으며,[16] 《春香傳》은 "虛僞를 배척하고 眞實을 요구했으며, 사회적으로는 矛盾을 지적하여 그 改革을 크게 부르짖었다"고 했다.[17] 그런데 이러한 해석은 두 작품의 가치를 자기 시대의 문제와 관련해서 평가한 것이라고 할 수 있다. 조윤제는 지난날의 문학을 이해하는 것은 결국 자기 시대를 위한 작업이라는 점을 강하게 의식했다.

조윤제가 역사적 연속성, 동시대적 전체성, 그리고 작품의 통일성을 문학의 본질적인 존재 양상이고, 연속의 파탄, 내적 대립의 발생, 그리고 부분적인 해석은 결국 극복되고 마는 일시적인 현상이거나 사태를 잘못 판단했을 때에 부각되는 비본질적인 현상이라고 한 것은 분열되고 해체된 삶을 소생시키려는 이론이었다. 분열되고 해체된 삶은 문학이 인간을 다루는 관점으로만 문제가 되는 것은 아니고, 역사 이해의 기본적 입장으로서 문제가 되는 것만도 아니며, 바로 해방 후에 民族分斷을 겪으면서 더욱 절박한 문제로 등장한 것이었다. 《韓國文學史》의 서문에서 "解放後에는 뜻하지 않은 民族分裂이 되매 나는 民族의 統一을 잊어본 적이 없었다"고 했고,[18] 마지막에는 "한 나라 한 民族, 文學은 하나"라고 외쳤다.[19] 민족사관은 일제에 맞서서 민족을 되찾으려는 사상이었을 뿐만 아니라 민족의 분단을 극복하는 사상으로서도 중요한 의의를 가진다고 하는 것이 조윤제의 생각이었다. 이 과제가 남아 있는 한, 민족사관은 버릴 수 없다고 했다.[20]

---

16) 《韓國文學史》, p. 248.
17) 같은 책, p. 315.
18) 같은 책, 〈序文〉, p. 1.
19) 같은 책, p. 599.
20) 같은 책, 〈序文〉, p. 2.

4

조윤제의 민족사관은 문학을 이해하는 데서 가능하고 필요한 사상이지만, 그렇다고 해서 모든 문제를 한꺼번에 해결해 주는 것은 아니었다. 그러므로 조윤제에 대한 비판이 계속되었던 것도 당연한 일이며, 조윤제 이후 국문학 연구는 조윤제의 사상을 어떻게 비판하면서 계승할 수 있는가 하는 데 그 발전이 달려 있다고 할 수 있다.

그런데 조윤제에 대한 비판으로서 특히 두드러진 것은 實證主義 비판이었다. 조윤제 다음 세대의 국문학자들은 조윤제의 민족사관을 따르지 않고 실증주의를 택하는 방향으로 나아가는 것이 일반적인 경향이었고, 문학 유산에 대한 구체적이고 면밀한 연구를 해나가면서 조윤제의 체계가 문학의 실상과 부합되지 않은 면을 계속 지적했다. 그러나 이러한 비판은 조윤제가 제기했던 거시적인 관점을 이론적으로 논의하고 그 결함을 찾아내 새로운 이론을 수립하는 데까지 나아갈 수 없었다는 점에서 그리 중요한 것은 아니었다.

조윤제의 문학사상에 대한 더욱 중요한 비판은 이런 데서 제기될 수 있는 것이 아니고, 문제는 더욱 근본적인 데 있다. 조윤제는 문학을 유기체적 전체성으로만 이해했고, 문학사에서나 작품에서나 대립은 일시적으로 나타나는 비본질적인 현상이라고 했다. 이렇게 생각하면 전체만 실체이고 부분은 실체가 아니라고 하는 데 이르고, 부분의 독자성을 주장하는 실증주의의 공격을 막아내기 위해서 "民族歷史의 精神은 神聖한 것이다"라고 하고, "누구도 그 進行을 妨害하지 못하리라"라고 하는[21] 전제를 내세우게 된다. 이와 같은 각도에서 이해한 민족정신은 추상적이고 관념적인 전제가 되고 만다. 여기에 극복해야 할 결함이 있으며, 이 결함은 유기체적 전체성

---

21) 《韓國文學史》, p. 76.

이 대립을 배제해야만 인정될 수 있는 것이 아니고 대립적 총체라고 하는 데서 극복될 수 있을 것이다.

조윤제는 신채호에서 시작된 문학사상을 이은 사람이었다. 신채호가 安廓으로 계승되고, 안확이 조윤제로 계승되었다. 그런데 신채호가 말한 我와 非我의 투쟁은 안확에 이르러 그 의의가 약화되기 시작했고, 조윤제는 투쟁이나 대립은 비본질적인 것이라고 하면서 역사를 이해하려고 했다. 조윤제의 생각은 자아의식을 확립하는 데 중요한 진전을 가져온 것 같지만 사실은 자아의식을 관념적인 것으로 만들었다. 민족의 분단이라는 가장 심각한 문제도 그것이 해결되어야 한다는 당위를 강조한다고 해결될 수 있는 것이 아니며, 민족의 동질성을 입증하는 이론이 유기체적 생명설에 머무를 수는 없을 것이다. 조윤제가 말한 민족정신은 현실 자체에서 존재하면서 현실을 넘어서 있는 理라고 할 수 있는데, 理는 氣와 둘도 아니고 하나도 아니라는 논리가 오늘날 어떤 의의를 가질 수 있는가 하는 문제에 대해서는 심각한 검토가 필요하다.

그리고 조윤제의 민족사관은 역사의 이론, 문화의 이론에 머물렀고, 문학의 이론으로서는 오히려 공허한 느낌을 주는 편이었다. 민족정신이라는 一理를 말한다고 해서 문학이라는 分殊가 자연히 해명될 수 있는 것은 아니다. 문학의 이론은 문학의 이론이기 때문에 역사의 이론이고 문화의 이론이어야 할 것인데, 사실은 그렇지 못했던 것은 조윤제의 한계였다. 그런데다가, 실증주의로 국문학을 다루는 사람들이 조윤제가 내세운 역사의 이론, 문화의 이론마저 거부하게 되자 사태는 더욱 심각하게 되어, 이른바 고전문학의 연구는 이론 이전의 상태에 머무르고 특히 이른바 현대문학 연구는 해외문학파적 비평을 흉내내는 폐단이 한동안 오히려 확대되었었다. 그러나 이 모든 문제를 조윤제에게 미룰 수는 없다. 조윤제는 출발을 마련한 사람이고 결론을 마련한 사람은 아니었다. 자기 자신도 이 점을 의식하고 있었으므로 일찍이 다음과 같이 말했던 것이다.

　나는 나의 이 立場만이 國文學史를 쓰는 唯一한 史觀이라고 생각하지 않겠다. 또 다른 사관이 있을 것이고 또 當然히 있어서 學問의 進步가 있을 것이다. 그러면 나는 앞으로 여러 同學들에 의하여 또 다른 學問의 길이 開拓되어 더 훌륭한 國文學史가 나오기를 衷心으로 빌어마지 않겠다.[22]

---

22) 〈序文〉, 《韓國文學史》, p. 2

主 題 索 引